KB253940

왔던 길, 가는 길 사이에서

임규찬 문학평론집

창작과비평사

1997

책 머리에

  첫 평론집을 준비하면서 요즘 어느 때보다 여러 마음이 내 안을 뛰어다닌다. 뭐라 한마디로 꼬집어 말할 수 없는 복잡하고도 미묘한 심중이다. 지금까지 써놓은 것들을 이리저리 그러모으면서, 그리고 그것들을 솎아내고 정리하면서 버릴 것이 더 많다는 사실부터가 참 부끄러웠다. 그러나 그보다 더 큰 괴로움은 들여다볼수록 감추고 싶은 내 자신의 부족함에 대한 자인이다. 내가 일군 비평의 풀밭이 윤동주의 어느 시구처럼 "자랑처럼 풀이 무성할 게외다"였으면 좋으련만, 무성한 풀이라고도 할 수 없으면서 동시에 자랑으로도 되지 않는 초라함. 사실 불혹의 나이라는 사십 줄에 들어서면서 '회한'이라 표현할 수밖에 없는 상태에 이렇게 오랫동안 갇힐 줄 몰랐다. 스스로의 삶을 되돌아보면서, 더욱이 못난 제 글을 읽으면서 지금껏 내가 걸어온 길이 이렇게 들쭉날쭉한 줄을 나 자신도 몰랐다. 그리고 무엇보다 아직 탁 트인 시야 앞에 내가 서 있지 못하다는 자책감, 여태껏 내 세계라 할 만한 것을 손에 쥐지 못했다는 자괴감이 스스로의 거울 앞에 서는 것을 주저케 만든다.

  "왔던 길, 가는 길 사이에서"라는 불확정한 공간과 방향으로 이 책의 제목을 붙인 것도 그래서이다. 제4부에 실린 글들이 비교적 초기에 씌어진 것들로, 80년대를 향해, 아니 80년대 속으로 자맥질해 들어간 것들이다. 거기엔 확실히 내가 보아도 출정하는 전사처럼 자못 당당한 모습의 한 청년이 서 있다. '어디서 어디로'라는 동력학의 논리가 힘차게 약동한다. 마치 운명적인 사람처럼 비감한 모습으로, 단호하게 목청을 높인다. 그러나 그런 청년의 형상은 나머지 제1, 2, 3부 어디에서도 찾아볼 수 없다. 무언가 위기에 몰린 듯한 사내의 형상이 있을 뿐이다. 90년대의 변화된 세상에 마냥 환호작약할 수 없는 사내, 아니 90년대에 편승한 이런저런 신(新)담론에도 몸을 쉬 담그지 못하는 사내. 그래서인지 첫 평론집 속의 자화상은 절정에 몰입하여 맨몸의 연기를 했다고 느낀 순간 막이 내려지고 갑작스레 마련된 새로운 무대에서 어쩔 줄 모르고 어정쩡하게 주춤거리는 형상이다. 물론 나 자신 90년대의 변화에 무작정 등을 돌렸다고는 생각지 않는다. 무엇보다 나 자신이 변화했음을 먼저 자인하지 않을 수 없다. 변한 사람의 눈에 변화된 시대의 본질이 똑똑히 비칠 리 만무하다. 옛것과 새것이란 손쉽고도 적대적인 대결 속에서가 아니라, 변화하는 본질과 현상 사이에서 본질을 움켜쥐기가 그만큼 힘들게 여겨지기에 고통스러울 따름이다. 나 자신의 변화를 수용하면서도 나를 포함한 현실에 대한 이런저런 위기의식을 비평의 밑둥치로 삼고 있는 것도 그 때문이다.

　정작 중요한 변화는 문학에 대한 나의 생각이다. 지나치게 외적으로 정치화되고 사회화된 인간만을 겨냥하여 화살을 날렸던 그간의 비평적 태도에서 벗어나, 근년에 올수록 개개 인간의 삶 본연을 찾고자, 나 스스로의 인간됨을 위해 작품의 성취에 몰입코자, 산다는 것 자체에 대한 공경을 뿌리내리고자 애썼다. 그리고 진정한 사랑이 내뿜기 마련인 깊은 황홀감과 그 속의 새로운 세상처럼 문학만의 실감과 미감에 대한 갈애(渴愛)도 그만큼 커졌다.

　어쨌든 글이란 그때그때의 자신의 얼굴일 수밖에 없기에 평론집을 엮으면서 문장 교열 이상으로는 손을 대지 않았다. 제1부가 그때그때의 작품경향에 대한 전체적인 진단의 글이고, 제2부는 90년대에 활약한 주요 작가 및 작품을 다룬 글이며, 제3부가 1996년 한해 동안 『창작과비평』계간평을 맡아 집필했던 글이고, 제4부는 앞서 이야기한 대로 80년대의 대표적 작가 및 작품을 대상으로 한 글들이다. 비평계에 발을 내디디면서 스스로 다짐한 하나의 준칙은 그때그때 감응된 마음의 자발적인 명령에 따라 엄정한 분석과 평가를 하자는 것이었다. 곰삭은 젓갈마냥 제대로 농익지 못한 글이지만, 문학 자체의 비밀스런 생명과 창조력을 가늠할 혜안의 힘은 부족하지만, 독자분들의 너그러움을 바랄 따름이다.

막상 이렇게 책을 내려고 하니 내가 은혜를 입었던 많은 사람들이 떠오른다. 모교의 여러 은사님들, 그리고 문단에 발을 디디면서 큰 도움을 주었던 어른들과 선후배 및 동료들. 그 모든 분께 이 자리를 빌려 고마움을 전하고 싶다. 그리고 어디 그뿐이랴. 내가 직접 만나지는 못했지만 책으로, 혹은 삶으로 내 삶과 문학에 자극과 영향을 준 사람들 역시 내게는 소중한 스승이다. 이 책은 애초 '대산문화재단의 문학인 창작지원'을 받아 준비된 것이다. 책이 나오기까지 성심성의를 다해준 창비 편집부 식구들께 특별한 고마움을 전한다.

1997년 11월 24일

임 규 찬

차례

제1부

새로운 현실상황과 문학의 길
90년대 리얼리즘 소설의 몇몇 풍경
90년대 '젊은 민족문학'의 현실
왔던 길, 가는 길 사이에서

새로운 현실상황과 문학의 길

1

문학은 눈으로 보고 마음으로 느껴야 한다고 한다. 그래서 옛사람들은 말은 마음의 소리이고, 글은 마음의 그림이라고 했다. 근래 읽은 문학작품 중 이런 기분을 절로 느끼게 해준 소설로 유서로의 『지극히 작은 자 하나』가 있다. 아마도 이 소설은 근래 발표된 작품 중 어쩌면 가장 소설답지 않은 소설일지도 모른다. 왜냐하면 이 소설은 작가의 살아온 내력을 고스란히, 비교적 자유분방하게 담은, 그렇지만 나름의 절제를 가지고 서술한 자서전에 가깝기 때문이다. 저자 스스로 마음에 둔 원제가 "70년대에 대학을 입학하고 80년대를 거쳐 90년대에 살아남은 40대 문학소년의 회고록"이다. 특이한 점이 있다면 '당신'이란 2인칭 형식으로 씌어졌다는 사실일 것이다.

그렇다면 나는 지금 "세기말과 문학적 상상력"이란 특집 아래 거의 어울리지 않는, 아니 어쩌면 반대가 되는 대상에 사로잡혀 있는 것은 아닐까. 아니다. 이 소설의 해설자의 말마냥 오히려 그렇기 때문에 "적막한 90년대 우리 소설계에 한 놀라운 양식"일지도 모를 일이다. 나는 사실 이 작품을 장정일(張正一)의 『너희가 재즈를 믿느냐』와 함께 여행길의 오고가는 중에 읽었다. 장정일의 작품이 아마도 특집의 제목에 합당할 만한 '요즘'의 특색을 지닌 작품일 것이라는 기대로 집어든 필연의 책이었다면, 유서로의 소설은 그 점에서 우연의 책이었다. 그런데 이 작품들은 똑같이 나를 침묵으로 몰아붙였다. 그러나 침묵의 성격이 달랐다. 장정일의 소설은 한마디로 당혹감을 줄 정도로 기이하고 새로워 그 때문에 할 말을 잃어 침묵했다. 혼란이 침묵을 강요한 것이다. 지금 이 순간까지 그 '재즈식 글쓰기'에 대해서는 뭐라 할 말이 없다. 더구나 한 달이 지난 지금의 나에게 그 작품은 특별한 마음의 풍경화를 남겨주지 않았다. 시간의 흐름 속에 묻힌 것이다. 그러나 유서로의 소설이 준 침묵은 달랐다. 기이함도 새로움도 없었지만, 그것은 깊숙이 명상에 빠지게 하는 힘을 가졌다. 가슴 묵직하게 무언가 가라앉는 듯한 느낌, 그리고 침묵의 뿌연 안개가 차츰 걷히면서 거기 투명하게 한 사람의 삶과 그 삶을 배태한 현실이 떠올랐고, 그리하여 문학이 삶 자체로 다가왔다. 시간이 지나가도, 가령 최근 화제리에 방영된 바 있는 「모래시계」를 보면서도 다시금 그 작품은 내 마음속에 뚜렷이 되살아났다.

　여기서 두 작품을 상세히 논할 수는 없다. 그럼에도 두 작품 이야기를 하게 된 것은 근래 여러 소설을 읽으면서 유독 이 두 작품이 대조적이지만 아주 선명한 심상을 가져다주었음을 외면하고 싶지 않아서이다. 그리고 그러한 대조가 본고의 주제와 그리 먼 것 같지는 않다. 사실 유서로의 소설을 읽게 된 데에는 장정일의 공이 크다. 장정일의 또 다른 화제작 『장정일의 독서일기』에서 유서로의 소설에 대한 평가가 나로 하여금 그 소설을 읽게 만들었다. 장정일은 거기서 "몇해 전에 어떤 허풍선이 '살아남은 자의 슬픔'을 참칭하며 그 '슬픔'을 가장한 바 있으나 그것은 유치원생의 작문처럼 유치찬란한 것이었다. 그런 우스개가 모모한 문학상을 받고 나오는 난장 같은 한국 문단에, 살아남은 자들의 진정한 슬픔을 엿보게 하는, 유서로의 『지극히 작은 자 하나』가 선보이게 된 것은 너무 감격스럽다"고 말했다. 박일문의 『살아남은 자의 슬픔』류에 마찬가지로 분노했던 내 자신이기에 장정일의 이 고평

(高評)은 확실히 나를 유혹했다. 그리고 그러한 장정일이 무척 고마웠다. (그러나 작품 자체에 대해서 '문학'에 중심을 둔 평가나, 지난 시대를 바라보는 눈에서는 차이가 있었다.)

내게서 『지극히 작은 자 하나』는 아마도 이제 문학용어 목록에서 '구태의연한 청산대상자'로 지목하고 있을 법한 '전형성'을 상당한 수준에서 성취한 작품이다. 장정일의 작품에서처럼 그것은 단절된 저쪽 시기의 대상화가 아니라 '어디서' '어디로'가 부단히 작품 내적 운동으로 기능하면서 오늘에까지 이어지고 있다. 그러한 인과관계의 현실성 때문에 진실한 삶 자체가 나에게 다가왔고, 그래서 자의적인 연대기를 넘어선 진정한 소설로 여겨졌다. 그리고 그것은 리얼리즘이 여전히 관건임을 다시금 각성시켜주었다. 여기서 우리는 장정일 자신의 『너희가 재즈를 믿느냐』가 작가의 의도적인 변형에서 현실감있는 세부의 핍진성(가령 마포 거리의 풍경과 일상적 행동양태 등)을 느끼게 해줌에도 불구하고, 끝내 삶으로 왜 복귀하지 않는가를 함께 생각해볼 일이다. 다소간 차이가 있겠지만 양작품 모두 다 주관적인 경험이 작중현실을 구성한다고 생각된다. 그러나 장정일이 시간을 변형시켜도 현실 자체의 묘사로 귀결되기 때문에 인물이 현실(결국은 주관화된 관념으로 귀착되는 피상성) 속에 용해되어버린 데 비해, 유서로의 소설에서 시간은 작중인물의 특징을 묘사하는 것으로 사용됨으로써 인물 자체가 살아난다. 아주 평범한 말로 유서로의 소설에서 시간은 작가와 주위 환경과의 상호작용, 그와 다른 인간 존재와의 관계형성을 밑받침하고 있다. 역사의 역동적인 움직임을 정적인 고정성으로 대체하려는 시도, 그리하여 일상적인 삶의 공허를 지나치게 부풀리려는 시각이 실패할 수밖에 없음을 깨닫게 해준다. 장정일의 인물들이 한편으로 매우 뚜렷한 양식화의 의상을 입고 있지만, 결과적으로 흐릿한 그림자와 같은 인물로 다가오는 것도 그 때문이 아닐까. 장정일의 소설이 알게 모르게 도식주의를 그 배면에 깔고 있음을 주목할 필요가 있다. 형식적인 신선함(?), 가장된 독창성이 오히려 주관주의적 교조성을 은폐하고 있는 듯한 느낌을 준다.

　그런데 장정일의 소설과 글을 읽다보면 80년대와 완전히 결별된 세상에 우리가 살고 있다는 강박관념에 사로잡히게 된다. 딱히 장정일만이 아니다. 새롭고도 많은 작가들이 그러하다. 정말 세상은 완전히 달라진 것일까. 때로 그런 유혹을 받는다. '세기말'이란 말은 알게 모르게 20세기말이라는 시기상의 산술적 개념을 넘어서 '시대의 종말'로 느끼도록 만든다. 그러나 나에게는 '퇴폐적 징후'라는 세기말의 또다른 의미가 슬며시 손를 내민다. 가령 『너희가 재즈를 믿느냐』에서 장정일은 한때 말세론이 유행할 무렵의 사이비 교주에 의한 종교집단과 흡사하게 '재즈교회'를 설정한다. 그러나 그 의미는 전혀 다르다. 작품 속의 '재즈교회'는 새로운 시대를 표징하는 구원의 의미가 짙다. 내게는 분명 퇴폐적 '징후'로 여겨지는 것들이 여기서는 활개를 치고 있다. 가령 『장정일의 독서일기』 속의 무라까미 하루끼(村上春樹)에 대한 평가도 마찬가지이다. 그는 하루끼를 옹호하면서 "벤야민은 기술복제 시대의 대량생산물에는 '아우라'가 없다고 말했지만, 이 매력적인 작가는 기계에도 신성이 깃들이고 추억이 자리잡는다"(23면)며, 하루끼의 도시적이고 감각적인 소설을 '문화적 기호' 혹은 '문화적 할부'의 소비와 연관 깊은 것이라고 옹호한다. 결국 하루끼의 주인공은 문화적 기호를 포식하는 것으로 도시적 삶의 불안과 청춘의 허기를 달래지만 할부(기호)가 조작되는 고도자본주의 사회가 그들의 냉소와 허무를 가중한다는 것이다. 이것이야말로 현실의 공허감을 숭배하는 또다른 허무주의적인 초월적 관념론이 아닐까. 내가 문제삼고자 하는 것은 작가가 직접적으로 드러내는 정치적 태도가 아니다. 개별 작가가 내린 실제적인 정치적 결론은 부차적인 것이다. 중요한 것은 작품에 표현된 그의 세계관이 현대의 허무주의를 묵인하느냐의 여부이다.

　차라리 작가들이 정직하게 현재의 허무를 심층적으로 밝히는 데 주력했으면 좋으련만, 대다수의 경우 그런 존재상태를 내밀히 탐색하는 것이 아니라 그 현상의 새로움에 무작정 함몰되어간다. 오히려 이 점에서 장정일은 매우 정직하게 스스로의 세계에 나름의 철저성을 가지고 응전하고 있는 셈이다. 가령 그는 자유주의에 대한 본질적 탐구를 통해 구속받지 않는 자유의 실천을 감행하려 한다. (복거일·하일지·마광수 등에 대한 언급에서 이를 쉽사리 확인할 수 있고 그의 문학적 지향도 여기에 있다. 그는 흔히 포스트모더니즘 작가로 불리는데, 이런 시각에서 보면 계몽주의라는 의미에서의 모더니티 기획과 대립하는 아방가르드 모더니즘의 연장선상에 있다고 할 것이다.) 이른바 신세대 작가로 일컬어지는 상당수의 젊은 작가들은 명확한 주견도 없이 새로움의 허세에 사로잡혀 있다. 20세기의 이성, 현실인식, 가치평가 일체를 거부해버린 전제하에서, 이미 실재를 상실했다는 현실세계를 유희의 대상으로 놓고 기호 조작과 이미지 연출게임을 손쉽게 행하고 있다. 그런데 여기서 상상력은 최대의 문학무기로 추켜세워진다. 그것은 한마디로 사실과 실재를 중시하던 리얼리즘에 대한 반대의 깃발로 내세워져, 마치 문학은 사실의 세계에 매이지 않고 사실들을 마음대로 변형해 사실보다 더 아름답고 좋게(그 역도 해당된다), 다양하게 만들어 즐기는 것이라는 듯 상상의 힘을 특권화한다. 때로 그것은 금기를 가지지만, 문학영역 안에서 제멋대로 뛰어다니는 장난을 허용한다. 그런 점에서 루카치(G. Lucács)가 모더니즘을 이야기하면서 예로 든 루이스 브롬필드(Louise Bromfield)의 소설 『스미스씨』의 다음과 같은 구절은 바로 이들을 향한 발언으로도 손색이 없다. "이 일(가족생활의 지루함에서 벗어나기 위해 술에 취해 창녀들과 놀아났던 일—인용자)을 생각할 때는 언제나 나는 '쾌락사냥' '여성인'이라고 쓰인 휘황찬란한 네온싸인이 불타오르는 미로와 같은 골목들이 그려진 초현실주의 회화들 중의 하나를 생각한다. 샛길과 좁은 입구들로부터 수많은 환상의 손들이 뻗어나와 당신을 끌고 간다. 술취한 사람에게는 세상이 이렇게 보인다." 현상의 새로움에 취해 '수많은 환상의 손'에 사로잡힌 주관성의 과잉, 상상력의 과잉은 최근 신세대 소설가라 일컬어지는 작가들 모두에게서 두루 나타나는 특징이다. 이들에게서 문학적 상상력이란 이성과 대등한 관계나 상호보족적인 관계를 넘어서 이성을 아예 제외해버리거나 그저 부차적인 역할만을 수행하도록 하는 것이다. 가장 포용성 있는 입장으로 각광받는 다원주의적 문학관은 이러한 무제한의 과장된 사유방식과 깊은 관련이 있고, 또 이러한 입장은 근래 현실인식 전반에 대한 불가지론의 확산과 현상적 흐름에 추수·영합하는 경향과 깊숙이 연관되어 있다.

2

요즘의 시대 분위기 속에서 "세기말과 문학적 상상력"이란 테마는 보는 논자에 따라서 아주 색다르게 받아들여질 소지가 크다. 유행의 편승이든 혹은 명확한 입장이든간에 그것에는 계몽적 사유체계가 해체된 자유방임의 욕망사회에서 자기식대로 자유롭게 활개칠 수 있다는 아주 긍정적 의미로 받아들이는 태도도, 또는 그 반대의 퇴폐적 징후로서 현재의 상황을 세기말로 받아들여 거기에 창조적으로 대응하는 문학적 상상력의 문제를 거론하는 태도도 있을 수 있다. 이러한 문제들은 실제로 문학위기론을 받아들이는 태도, 나아가 날로 확산되는 대중문화에 대한 이해문제와도 맞물려 있다. 가령 류철균의 발언은 전자의 입장을 가장 노골적으로 표출한, 그런 의미에서 매우 정직한 표현일 것이다.

상업주의의 횡포를 경계한다는 의미에서 이런 염세주의(문학위기론—인용자)는 한번쯤 경청할 가치가 있다. 그러나 돌이켜 생각하면, 많은 문제를 안고 있음에도 불구하고 지금처럼 문학을 둘러싼 사회적 여건이 밝았던 때도 없었던 것 같다. 지금은 한국 현대사의 정오(正午), '근대화'라는 역사철학이 내포한 긴 맹목(盲目)의 그림자가 가장 짧아지는 시기이다. 우리는 60년대초 패망과 공산화 직전의 위기국면에서 천우신조로 경제개발에 성공, 서구 자본주의의 전후(戰後)적 수준에 상응하는 생산력의 발

전을 이룩했다. 또 전례없는 압축형 산업혁명을 추진하기 위해 수반되었
던 개발독재의 터널을 벗어나 민주화를 실현함으로써 60년대초부터의 '조
국 근대화'를 일단락지은 것이다. 문화는 경제의 피를 먹고 자란다. 근대
화가 만든 학교교육의 확대와 문화산업의 성장, 문화를 향수하는 대중의
질적 향상은 모두 주체적 문화창조를 예감케 하는 경제적 잉여들이다.
(「근대문학의 엘리트문화적 성격」, 『상상』 1994년 겨울호, 85~86면)

이처럼 새롭고도 활력 넘치는 새시대의 개시를 예찬하고 있기에 거
기서 세기말적 징후를 읽어낸다는 것은 생각도 못할 일이다. '한국 현
대사의 정오'라는데 어찌 세기말의 다른 의미인 '병적 징후'를 운위할
수 있겠는가. 오히려 이런 진단은 그런 징후들에 눈돌릴 틈도 주지 않
고 자본주의화에 더욱 앞장서도록 우리를 몰아붙인다. 냉전체제의 와
해와 함께 자본주의 문명의 전지구화 추세 앞에서 역사의 종말을 논한
푸쿠야마(F. Fukuyama)는 그 종말이 자본주의의 승리라고 말한 바 있
다. 부활의 가능성이 전혀 없이 맑스주의는 사망했다는 점에서 '세기
말'이다. 적어도 현재 가장 큰 목소리의 주인공들에게는 앞서 류철균
처럼 '자본주의의 승리'라는 관점에서 찬양의 세기말이다. 진보의 가
장 명백한 지표는 물질적인 것으로 판명되었다며, 오히려 분단체제라
는 특수성과 관련지어 와해된 냉전논리를 부추기며 환호하는 풍조이
다.

서울에서도 미국에서처럼 똑같은 켄터키 치킨이나 맥도널드 햄버거
를 코카콜라와 함께 먹을 수 있고, 체첸사태나 일본의 대지진사건을
우리네 안방에서 그네들 국민과 똑같이 목도할 수 있으며, 동시에 미
국이나 홍콩의 배우가 우리의 TV에 나와 우리 상품을 광고하는 국제
화시대에 살고 있으며, 컴퓨터 한대로 엄청난 정보량을 마음껏 유린할
수 있는 첨단 기계화시대야말로 바로 우리의 일상이라는, 포스트모더
니즘적 인식과 시대분위기가 날로 확산되고 있다. 이제는 많은 사람들
이 일단 허겁지겁 먹고살기 위해 발버둥쳤던 시대에서는 벗어나 여가

를 즐기고 취미생활도 할 수 있는 탈빈곤의 문명시대에 서 있다고 한다. 나 역시 이런 인식에 대해 거부의사를 갖고 있지 않다. 전부는 아니더라도 상당한 정도의 현실변화가 그러한 형태로 지금 우리 앞에 주어지고 있다. 그런 점에서 독점자본의 대량생산／대량소비 체제를 기반으로 한, 이른바 아메리카적 생활양식이라 일컬어지는 특징들은 우리에게도 쉽사리 확인된다.

첫째, 생활수단의 전면적 상품화에 따른 개인주의적인 소비생활 풍조이다. 대량생산／대량소비 체제에 의하여 생활수단의 상품화가 진행됨에 따라 생활수단 상품의 개인주의적인 소유와 이용방법, 금전주의적인 풍조가 널리 퍼지게 되었다. 둘째, 아이에서 어른에 이르기까지 일반 대중의 소비욕망이 기업의 매스미디어에 의한 자극과 조작의 일상적 영향하에 놓이게 되었다. 기업은 자기의 제품시장을 대중의 생활관습과 내생적인 욕구, 사회적·문화적 가치관에 맞추는 것이 아니고 역으로 그것들을 자기들의 제품시장에 적합하도록 자극하고 개조하는 것을 마케팅의 근본전략으로 삼게 되었다. 셋째, 이러한 새로운 소비생활 양식과 결합한 새로운 중간층 의식의 형성이다. 미국에서는 1920년대부터 일반 대중 사이에 '자동차의 자가소유'를 통하여 '중간계급'에 들어가는 것을 이상적 목표로 삼는 풍조가 확산되기 시작했다. 이러한 내구소비재를 중심으로 한 소비재의 '표준적 바스켓(물건)'을 가지고 있느냐 없느냐가 일반대중의 생활수준 의식과 사회계층 귀속의식(중간·중류 의식)의 기반으로 되는 현상이 나타나게 되었다. 넷째, '중간'층으로서의 소비수준을 확보, 유지하기 위하여 내구소비재 구입을 위한 로온(loan) 이용이 일반대중들 가운데 널리 퍼져나갔다. (成瀨龍夫, 백욱인 역, 『생활양식론』, 민글 1994, 23~24면)

비교적 젊은 세대의 소설적 공간이 바로 이러한 생활양식을 근간으로 하고 있다는 점은 누구나가 쉽사리 간취할 수가 있다. 오히려 이 점에서 80년대 민족문학이 이른바 생산양식을 기반으로 한 계급적 대립성을 인물 형상화의 절대원리로 설정했던 것은 현실 자체의 변화에 둔감했던 한 표징이다. 가령 노동자들이 맥주를 마시고, 스포츠나 유행에 대해 수동적으로 열광하는 것도 '자기 규정적인 활동'들이기 때문에 부분적으로는 틀림없이 개인에게는 가치가 있을 일상적인 행동으로 간주될 수 있다. 더군다나 경제성장이 벽을 모르고 성장 자체가 아무런 거부반응 없이 받아들여지는 요즘 같은 상대적 풍요기에서 삶의 형태적 변형만이 시대의 문제라는 목소리도 적지 않다. 노동과 생활, 일과 여가가 분리된 현대 자본주의사회의 본질적 측면이 우리 앞에도 뚜렷한 형체를 보이기 시작했다. 그래서 문화라는 것이 인간의 삶(특히 '삶의 질'이라는 이름으로)과 관련지어 최근 우리에게 더욱 큰 무게로 다가온다. 그에 따라 기술적 측면의 발전과 더불어 대중문화가 놀라울 정도의 속도로 여러 영역으로 확산되고 있다. 왜냐하면 노동과 생활의 분리 속에서 대량생산과 대량소비의 가속화가 모든 영역에서 이루어지고 있기 때문이다. 이에 따라 정신적 산물까지 상품화되고 있으며, 문학이 철저히 도시 중산층에 초점을 맞춘다든가, 일과 여가가 분리되는 생활방식 속에서 여가를 위한 유희와 오락이 전면화되고 있는 추세이다. 이제 소설 속에서도 중요한 요소가 되어버린 도시화는 지역적 현상이 아니라, 고도로 발전한 현대 자본주의사회의 인간관계 및 생활양식이 지닌 특징을 나타내는 개념이다. 이를테면 자본주의사회에서 국민의 생활양식을 특징짓는 현상인 소가족 형태, 노동과 생활의 시간적·공간적 분리, 생활수단의 상품화와 상품소비에 대한 의존 등을 생각해보라. 소비시대의 대중문화는 그런 점에서 현재의 문화적 상황을 알기 위한 중요한 토대이다. 최근 알게 모르게 대중문화에 기존의 본격문학이 휩쓸려들어가는 양상도 그러한 시대적 변천과 긴밀한 연관이 있다. 류철균이 "근대화가 만든 학교교육의 확대와 문화산업의 성장, 문화를 향수하는 대중의 질적 향상은 모두 주체적 문화창조를 예감케 하는 경제적 잉여들"이라 말한 것은 바로 이런 변모양상을 무비판적으로 수용하는 입장의 표현이다. "문화는 경제의 피를 먹고 자란다"는 이 단언적 명제야말로 과거 고급문화(본격문학)/대중문화(통속문학)

의 대립틀을 부수고 소비시대의 대중문화적 기반에 문화와 문학의 뿌리를 내리고자 하는 선언이 아닌가.

사실 우리는 예전부터 고급문화와 민중문화, 대중문화에 대한 개념적 구분을 해왔다. 고급문화는 원래부터 민중문화와 상호 긴밀한 관련 속에서, 말하자면 상호 삼투되는 가운데 참된 가치를 산출할 수 있었다. 그러나 자본주의시대에 들어서면서 과거 유기적 공동체가 해체되고 그에 따라 노동의 성격도 달라져서 민중문화의 활력은 상실되어갔다. 말하자면 창조적 의미에서 노동과 문화의 단절이 이루어지기 시작한 것이다. 과거에는 일상적 삶의 과정 속에 녹아 있던 문화적 측면은 거세당한 셈이다. (이 점에서 민중성과 대중성은 범주 구별이 필요하다.) 이것은 어제오늘의 일이 아니라 자본주의의 진전과 더불어 지속적으로 확산되고, 어쩌면 그 종착역에 서서히 다가선 것은 아닌가 의심될 정도이다. 근래 대중문화와 고급문화에 대한 논의가 그 내용의 통일성과 상관없이 활발히 논의되는 것도 워낙 과도해진 대중문화의 무게감 때문이라 할 수 있다. 그러나 양적인 측면에서 보면 대중문화에의 굴복현상이 점증하고 있다. 특히 대중문화의 중추를 이루는 전자 영상매체들의 체제 내적 결속력과 파급효과는 작가, 작품생산체계, 독자 등 문학을 둘러싼 전영역에 커다란 영향력을 미치고 있다. 소비사회의 한 특성이라 할 수 있는 상업적인 대중문화는 어떤 성격을 가질까. 누군가가 드라마는 저녁을 잘 먹고 잠들기까지의 세 시간쯤을 때워야만 하는 대중들에게 마약과 소화제 대용인 술의 중간쯤에 해당하는 것이라고 말한 바 있다. 결국 대중은 능동적 실행이 줄어들고 다른 사람들의 사랑이나 살인, 모험을 방관하며 수동적인 몰두에 빠져들어간다. 소모해야 하는 것이다. 들어보지 못한 것을 듣고 싶어하며 내다볼 수 없는 것을 보고 싶어하는, '내일의 무엇'을 갈망하는 엑스터시는 실제로 충족될 수 없는 욕구의 환상적 대리만족일 뿐이다. 그러므로 대중은 작품 속의 창조된 현실에 동참하고 공생하는 것이 아니라, 납치당하는 형태로 끌려들어간다. 되돌아와 자기 자리에 왔을 때 아무런 변화가 없는 것도 그 때문이다.

　그렇기 때문에 이른바 고급문화, 본격문학의 영역에서 이루어지는 대중문화적 요소들의 무차별한 침투가 큰 문제이다. 필자 역시 대중문화를 무조건 배척하자는 입장은 아니다. 대중문화가 가지고 있는 장점은 장점대로 살리되, 삶의 조력자로서 문학예술의 역할을 올곧게 수행하기 위한 진지한 노력은 과거보다 더 배가되어야만 한다는 생각이다. 문학위기론은 문학의 중심지층이었던 리얼리즘 문학의 한계가 가시화되면서 나왔다. 근대적 장르로서의 소설이 종언을 고하고, 스토리텔러를 지향하는 작가가 등장한 시기에 일어난 이 위기론은 지금 스토리가 있는 소설의 종착이라는 국면으로까지 치달았다. 사회는 놀라울 정도의 복잡성을 띠어 가는데, 정작 그 주체여야 할 인간이 자꾸만 왜소해져간다. 자본주의는 갈수록 모든 것을 특수화하면서 부분적인 단순 인간, 단순한 전형, 단순한 종(種) 들을 만들어놓았고, 모든 것이 충만하고 활기있는 인간, 육체와 정신 각 방향으로 평형을 이루고 있는 인간을 없애버렸다. 말하자면 삶의 전체성을 상실한 상태이기에 이를 지향하는 소설도 함께 위기를 맞이하기 시작한 것이다. 세계 자체를 인식하는 것도 어느정도 한계에 부딪치고, 그에 따라 언어에 대한 불안도 높아졌다. 그러므로 문학위기론의 본질은 영상매체의 발전에 따른 장르간의 우월성 문제가 아니라, 현실의 변화와 그것이 내포하고 있는 인간 존재의 위상 변화에 대한 문학적 대응의 문제이다. 실제로 인간과 자연, 인간과 인간의 단절 속에서 '개체'로서의 자기 감성밖에는 믿지 못하고 세계의 전체성과 교섭할 수 없는, 새로운 유형의 세대가 등장하기 시작하였다. 그것은 이전의 문학이 가지고 있던 보편적 지도이념과 덕목들을 상실한 후, 일체를 자기와의 관련 속에서만 표현하기 시작한 세대들의 등장이기도 하다. 이들이 개체성을 배타적으로 강조하면서도 국제성을 띠고 있는 것은 그 때문이다. 이미 생활의 기초가 되는 의식주 형태가 민족적 정체성을 상실한 지구화시대는 자본주의사회의 자식이다. 그러므로 최근 대량생산되는 젊은 문학은 유행이란 이름의 상품적·장식적 새로움은 있지만, 조금만 시간이 지나면 진부함, 무기력, 지적 부정직성 등을 드러낸다. 그런 점에서 뤽 페리 (Luc Ferry)의 다음과 같은 발언을 단순히 극단론으로 매도할 수만은 없다.

예술의 영역에서, 창조라는 이름에 걸맞은 모든 창조는 1930년을 전후하여 사라져버렸는지 모른다. 다시 말해서 쇤베르크와 베베른, 베르크, 깐딘스끼와 몬드리안, 삐까소, 프루스뜨와 카프카, 조이스, 린하르트나 메이어홀드 또는 피스카토르와 더불어 '반세기 이상의 이전에 행해졌던 것' 이후에 말이다. 그때 이래로, 사람들은 서양 문화의 마지막 주요 계기들을 모사하고 서투르게 패스티시하면서——또한 고도로 문명화되고 또 새로운 문맹인 대중의 무지를 통해서——혁명을 한다고 자처한다. 요컨대, 현대 문화의 근사치는 제로라는 결론이 내려지지 않을 수 없다. (방미경 역, 『미학적 인간』, 고려원 1994, 350면)

파편화된 인간을 끝없이 양산하는 자본주의하에서 문화는 그 무지를 기반으로 그때마다 새로움과 지식을 자랑하지만 그것은 결국 제로 영역을 왔다갔다하는 모습과 흡사하다는 진단이다. 최근의 작품들이 크게 보아 뚜렷한 자기 색깔을 가지기 힘든 것도 이 때문이 아닐까. 더구나 갈수록 개인화되는 사회 속에서 배태되는 욕망을 만족시키기 위해 개인은 끊임없이 개인적 영역의 협소함 속에 갇힐 수밖에 없는 처지에 놓이게 된다. 최근 우리 문학에서 두드러지게 나타나는 내면에의 탐구 경향, 혹은 회고적 후일담류는 사적 경험 영역에서 좀처럼 벗어날 수 없는 오늘날의 인간적 상황 자체를 반영한 것이 아닐까. 또한 "오늘날에는 심리학이 도덕을 대신하였고, 불안함이 죄의식의 자리를 차지하였다"는 벨(D. Bell)의 간결한 지적은 우리의 현재적 정신환경의 토대를 함축적으로 보여준 것이 아닐까. 본격문학에서 근래 가장 높은 문학성의 한 표지로서 이야기되는 신경숙 소설의 토대도 이와 연관 깊다는 것이 나의 생각이다.

3

이런 상황 속에서 문학이 가야 할 길은 어디에 있는 것일까. 더군다나 '민족문학'은 무엇이어야만 하는 것일까. 주체적 문화창조를 일굴 절호의 기회라는 낙관론이 한편으로 우리를 부추기는데, 왜 또 많은 사람들은 심각한 표정으로 작가의 창조성이 쇠퇴하고 있다며 비관론을 개진하는 것일까. 우리를 둘러싼 작금의 지배적 상황은 모든 것을 변화시켜야 한다고 하고 또 그런 강박에 시달리게 만든다. 그간에 있었던 모든 것을 낡은 것으로 치부하고 새것을 욕구하게 만든다. 어떤 재벌 총수의 마누라와 자식만 놔두고 나머지 모든 것을 바꾸자는 말이 억압으로 다가올 정도이다.

그런데 사실 우리는 지금 경제성장이 가져다준 상대적 풍요 속에 푹 빠져 문제의 심각성을 제대로 헤아리지 못하는 경향이 있다. 풍요로운 사회라는 선진자본주의 사회에서조차 각종 병리양상이 보편화되고 있다는 점은 굳이 상세히 이야기하지 않아도 될 것이다. 오히려 그렇기 때문에 '새로운 빈곤'이라 말해야 할 현상이 광범위하게 나타남으로써 풍요로움 자체가 근본적으로 의문시되기에 이르렀다. 우리의 경우도 한꺼풀만 벗겨보면 생활의 자연적·사회적 환경 악화로 인한 불만이 팽배하고, 대량생산/대량소비 체제하에서 자원의 낭비와 물·공기·토양 오염 등 심각한 도시문제와 환경문제가 생겨나고 있다. 또한 교육과 스포츠, 음악, 사랑, 섹스 같은 인간의 정신적·도덕적인 생활영역이 상품화되고 기업의 무절제한 물질주의적·향락주의적·퇴폐주의적인 상품선전에 의해 생활의 사회적 질은 현저하게 저하되었다. 그런 점에서 도시사회학자들이 주목한 일상적 사회생활에서 인간의 결합관계와 인격적 행동양식의 기본적인 변화 양상들, 이를테면 고립성, 스테레오타입, 자동화, 코스모폴리타니즘, 익명성, 충동성, 이기주의 혹은 개인주의, 금전주의 등은 인간학이자 인류의 정신적 자산인 문학이 풀어야 할 중요한 문제 영역들이다. 이런 문제들은 사실 비인격적 의미를 갖는 행동양식과 의식형태들로, 최근의 각종 사회병리 현상은 그 필연적인 분출물이다.

거기다가 본성상 무제한의 성장을 추구하도록 되어 있는 자본주의가 초래한 생태계 문제, 그리고 10대 부국의 1인당 GNP가 10대 빈국의 58배나 된다는 국가간 불평등의 문제(최근 국내에 취업한 외국노동자에 대한 야만적인 행위를 보라), 자본주의가 인류를 경제에 종속시킴으로써 사회를 구성하는 인간들 사이의 관계를 썩어가게 만들며 개개인이 현재 원하는 것말고는 중요한 것이 없는 도덕적 진공상태야말로 세기말적 위기상황이 아닐 수 없다.

그런 점에서 오늘 우리에게 가장 중요한 사항은 결국 우리 자신의 문제, 즉 이런 모순을 극복하기 위한 방안들과 그것의 구체적 실천일 것이다. 그러나 사실 요즘처럼 '진보'라는 말이 희화화된 시기도 없지 않을 것이다. 특히나 우리의 경우 그 시대적 풍조는 더욱 심하다. 서방에서는 70년대부터 '현실사회주의권에 대한 비판'과 '맑스주의의 위기'가 활발히 논의되었음에도 불구하고, 그리고 80년대말 현실에서 그것을 최종적으로 확인했음에도 불구하고, 다는 아니더라도 우리의 경우 80년대는 이미 도그마화한 스탈린주의를 향해 줄달음쳤던 것이다. 그렇기 때문에 '현실사회주의권'의 몰락은 비록 우리의 지향점과 동일시하지는 않았더라도 국내의 정치적 변화와 함께 충격과 혼란을 줄 수밖에 없었다. 이러한 현상은 지금까지 계속되고 있다고 보아도 큰 무리는 없을 것이다. 이런 상황이기에 문학에서도 '민족문학'이란 말은 얼핏 아주 낡고 촌스런 것으로 취급당하고 있다. '아직도'라는 말이 은연중 말의 권력으로 행사되고 있다. 정말 민족문학 역시 현실사회주의권처럼 '역사적'이란 형용하에 사라지고 있는 것인가. 언론매체의 최근 몇년간 문학동향 분석을 보자면 정말 그렇게 될 것임을 확신하고 있는 듯하다.

20세기의 거대이론들이 좌초한 상황에서 그보다 더 거대한 이론틀을 우리가 손쉽게 마련하고 제공하리라는 낙관적 전망은 할 수 없다. 아마도 오늘 우리가 안고 있는 비극은 여기에 있을 것이다. 자본주의는 더 무서운 속도로 국경을 무너뜨리고 개개인에게까지 무섭게 파고드는데 이를 제어할 방법이 쉽사리 모색되지 않는 과도기적 상황에 우리는 처해 있다. (그런 점에서 8, 90년대 최고작이라 평가받는 조정래의 『태백산맥』과 박경리의 『토지』의 후반부가 전반부에 비해서 완성도뿐만 아니라 성취도에서 뒤떨어진다는 일부의 평가는 바로 미래에 대한 투시력, 다시 말하자면 우리의 근대사 전반에 대한 총체적 전망의 문제와 연관된다고 생각된다. 과거의 역사를 다루면서 지나치게 그 사후로서 현재적 상황을 의식한 결과 우리 근대사의 벽을 뛰어넘을 수 없었던 것이 아닌가 하는 점이다. 또한 최근의 문학적 성과작이라 일컬어지는 최인훈의 『화두』나 이문열의 「아우를 찾아서」가 문제제기 및 설정의 심각성에도 불구하고 현상적 흐름에 대한 절충주의적 혹은 사후적 평가 수준을 넘어서지 못하는 것이 이와 관련 깊다는 판단이다.)
그래서인지 솔직히 근래 가장 가슴에 와닿았던 글은,

  '사회주의'라는 말은 서구에서는 불의의 은폐에 해당된다. 동구에서는 연옥이나 아마도 지옥을 연상시키는 단어일 것이다. 제국주의가 엄연히 현존하여 약탈과 살인을 자행하고 있음에도 불구하고 '제국주의'라는 단어는 철지난 것으로 변해 지배적인 정치용어 목록에서는 더이상 찾아볼 수 없게 되었다.
  또한 '전투성'이라는 말은 어떠한가? 그리고 전투적 열정이라는 사실 자체는? 미몽에서 깨어남을 논하는 이론가들에게 그것은 우스꽝스러운 낡은 유물일 뿐이며, 회개한 좌파에게는 혼란스런 기억에 불과하다.
  요 몇달 사이에, 우리는 사회주의의 자리를 찬탈하고 국민을 영원히 자라나지 않는 꼬마처럼 취급하면서 귀를 잡고 끌고 다닌 한 체제가 소란스럽게 난파하는 꼴을 목격하고 있다. (…)

　　이제 우리는 처음부터 모든 것을 다시 시작해야 한다. 한발짝 한발짝
씩, 우리의 몸에서 생겨난 것말고 달리 방패도 없이. 발견하고, 창조하
며, 상상하는 자세가 절실히 요구된다. 제시 잭슨(Jesse Jackson)은 선거
에서 패배한 직후 한 연설에서 꿈꿀 권리를 강력히 주장하였다. "그 권리
를 수호합시다. 누구라도 그 권리를 우리한테서 빼앗아가도록 내버려두지
맙시다"라고 그는 말했다. 그리고 오늘, 그 어느 때보다도 꿈을 갖는 것
이 필요하다. 또 한 명의 시인이 말하고 기원하였듯이 함께 꿈을 꾸는
것, 꿈으로부터 현실이 되어 이 속세에 실제로 구현되는 그런 꿈을 함께
꾸는 것이 말이다. (에두아르도 갈레아노, 「폭풍우 속의 미아」, 로빈 블랙번
편저, 『몰락 이후』, 창작과비평사 1994, 90면)

라는, 스탈린주의는 사회주의가 아니었다는, 그래서 사회주의는 아직
구현된 적이 없다는 갈레아노(E. Galeano)의 솔직한 고백이다. 이 고
백은 "이 점은 잊지 마시오. 지금은 승리하는 것이 필요한 때가 아니
라 패배를 쟁취하는 것이 필요한 때입니다"라는 브레히트(B. Brecht)의
말을 상기시킨다. "중요한 것은 어쨌든 우리가 우리의 시대에 서 있으
며, (좋았던 옛 시대가 우리 머릿속에 기만적으로 반영된) '성취'의
시대를 곁눈질하지 않고 우리 시대의 이행적 성격을 하나의 위대한 경
우로 간주한다는 점이다"고. 그런 점에서 그람시(A. Gramsci)의 말처
럼 지금은 기동전의 시대가 아니라 진지전의 시대이다. 장밋빛 안경을
끼고 당위적 현실을 지향하며 전투하던 방식에서 이제 벗어나야 한다.
우리 앞에 주어진 사회 속에서 생존하는 구체적인 인간들에 관한 진실
을 드러내는 새로운 현실을 구성하는 리얼리즘을 향하여 출발해야 한
다. 말하자면 자본주의가 갈수록 심화시키는 개별적인 참호 속에서 그
벽들을 부수고 삶의 전체성을 위해 개별 약진해야 한다. 유서로의 소
설이 우리에게 이 시점에서도 감동을 주는 것은 그런 소박하고 진실한
가치가 여전히 중요하다는 사실 때문이다. 물론 현재적 상황에 대한
유일한 방도가 '바로 이것'일 수 없다. 출발을 위해 현실로 되돌아오자

는 것이다. 그것은 정직하게 현실과 맞대면하여 진실한 마음으로 세상을 읽는 일이다. 그리하여 함께 그리고 위엄있게 사람다운 삶을 꾸려갈 수 있는 그런 사회를 다시 꿈꾸어야 한다. 문학이 거처해야 할 영혼의 집은 거기에 있지 않을까. 과학이 위기에 몰린, 그러나 기술은 끝갈 데 모르고 가는 이 시대에 문학적 상상력이 다른 어떤 시대보다도 현실적 힘을 갖게 되리라는 기대도 그 때문이 아닐까.

지금까지 필자는 주로 일반론의 형태로 현재의 상황을 점검하였다. 어찌 보면 서론만 이야기하고 정작 본론에는 들어서지 못한 감이 들어 찜찜하지만, 오늘 우리가 안고 있는 여러 현실적·문학적 문제들이 우리 자신의 문제로만 좁혀서 파악할 수 없는 자본주의의 세계체제적 성격을 가지고 있음을 간과할 수 없어서였다. 그러나 광복 50년이라지만, 냉전체제의 와해라는 세계사의 격변기에도 분단 50년을 맞이해야 하는 별난 민족, 그 민족의 험난하고도 가난한 근대사의 파행, 사상문화의 축적을 통한 지양보다는 섣부른 단절과 폐기의 악순환, 자유와 민주의 구호는 넘쳐도 여전히 존재하는 사상의 족쇄, 토대가 성수대교와 같은 사회발전의 불균등…… 우리가 안고 있는 문제는 더더욱 복잡하고 심각하다. 그런데도 우리는 마치 '졸부'처럼 거만하게 '지금 여기에' 서 있는 것은 아닌지 자문하고 싶다. 우리 문학이 서 있는 자리는 그래서 더더욱 황혼녘이다. 새벽의 저 여명을 위해서는 어둠이 더욱 깊어질 수밖에 없을 터인데, 오늘을 둘러보면 천양희(千良姬) 시인이 말한 "둥지가 없어 춥고 긴 밤을 떨면서 날이 밝으면 꼭 둥지를 지어야지 하고 밤새 다짐하지만, 아침해가 떠오르면 그 따뜻함과 편안함에 취해 집 짓는 걸 잊어버리고 만다"는 야명조가 왜 자꾸만 떠오를까.

〔문학동네 1995년 봄호〕

90년대 리얼리즘 소설의 몇몇 풍경

1

90년대에 들어서 리얼리즘 경향의 소설이 과거에 견주어 어떤 변화
양상을 보여주는가, 이것이 지금 내가 탐색해들어가야 할 주제이다.
그러나 마치 풀기 힘든 숙제를 마주한 것처럼 선뜻 상이 잡히지 않아
곤혹스럽다. 바로 앞서 존재한 것을 '과거화'하는 일은 말처럼 손쉬운
것이 아니다. 더구나 일종의 지진 단층을 떠안고서, 관망이 아닌 동참
의 길을 따라가며 현재를 움켜쥐는 일이란 더더욱 어려울 수밖에 없
다. 또한 무엇과 견준다고 했을 때 우선 비교대상을 분명하게 확정해
야 할 텐데 그것부터가 주춤거리게 만든다. 올바르다면 상식적으로 보
존과 폐기라는 지양의 변증법이 구사되어야 할 텐데, 또다른 상식적
의미에서 '새로움'의 강요가 나를 짓누른다. (실제로 80년대에 활발히
창작활동을 전개했던 젊은 작가들이 대부분 침묵하거나 문제작을 내지
못하는 경우도 이와 비슷한 상태 때문일 것이다.) 현실사회주의권의
몰락, 자본주의의 전지구적 확대, 문민정부의 등장, 후기자본주의,
세계화·정보화시대, 소비시대, 중산층 증대, 문화산업의 융성, 영상
매체의 확산 등등 90년대에 들어서서 현란하게 내걸어진 말의 소음들
로 인해, 단순히 변화한 정도가 아니라 급변(急變)했음을 미리 받아

들여버린 세태 탓이다. 덩달아 새로운 것에 자꾸 눈길을 주면서 예전 것들은 유물 취급을 받는다. 리얼리즘 역시 그렇게 유물처럼 간주되려 한다. 사태가 이러니 더더욱 여러 문제가 겹겹이 에워싼다. 80년대, 나 자신의 리얼리즘관을 어떻게 평가할 것인가, 만약 거기에 오류가 많다면 80년대 리얼리즘 문학은 어떻게 재규정되어야 할 것인가, 90년대 리얼리즘 문학의 가장 주도적인 양상은 무엇인가, 그리고 그것이 과연 90년대 현실에 가장 적실한 문학적 대응인가 등등……

이런저런 이유로 이 자리에서는 이른바 80년대 리얼리즘 소설이라 일컬었던 부류 중 오히려 문제성 많은 일련의 경향과 특징을 의식하면서, 90년대 이후 지금까지 다소간 두드러진 특징을 보여준다고 생각되는 작품들을 작가 중심으로 간단히 점검해보고자 한다.

2

90년대적 현실에 모두가 환호작약하는 것은 아니다. 오히려 그 정반대편에서 낙담하는 사람이 훨씬 많다. 실제 90년대 이후 창작된 작품들의 전반적인 표정은 거의 대다수가 그러하다. 특히 리얼리즘 경향의 작가들에게서 이 경향은 더욱 두드러진다.

날씨가 왜 이러지…… 가만, 봄에도 태풍이라는 게 부나?
사진기자와 나는 똑같이 하늘을 올려다보았다. 색깔에도 무게를 달 수 있다면 너무나 무거운 육중한 회색구름이 하늘을 뒤덮고 이상하게 섬뜩한 느낌의 바람이 불고 있었다.
꼭 금방 하늘이 무너져내릴 것 같다……
(중략)
오늘이 강경대 이주기잖아.
그는 바람을 피해 가슴을 웅크리고 걸으며 빠르게 말했다.
오늘이……?

꼭 이십년 전 일 같지……? (공지영, 「인간에 대한 예의」『인간에 대한
예의』, 창작과비평사 1994, 75면)

공지영(孔枝泳)이 한 화자를 통해 이야기하였듯이 이 땅의 현존 리
얼리즘의 한 자락은 바로 앞서 존재했던 것을 '꼭 이십년 전 일' 같은
것으로 체감해야 하는 시대분위기 속에 자기 그림자를 길게 드리우고
있다. 아주 간단히 지적하면 '개인'보다는 '공동체'의 어떤 모형을 위
해 집단적 움직임에 몰입했던 80년대가 사라지고 개인적 삶의 양식과
자본주의적 일상성 안으로 빠르게 빨려들어가는 세태변화, 마치 "날씨
가 왜 이러지"라는, 미처 예상치 못한 기상변화 속에서 그 날씨를 못
마땅해하는 심사가 내심 소설의 분위기를 장악하고 있다. 그러나 사실
은 날씨와 같은 외부 환경의 문제가 아니라, 조만간 뭔가 실현될 것이
라고 믿고 투신했던 열정과 신념의 삶이 그런 전망의 상실과 함께 이
탈하여 사적인 영역으로 쉽사리 주저앉아버리는 자기와 주변 삶에 대
한 불만이다. 그러기에 "혁명이 없어졌다는 것은 참을 수 있다. 하지
만 온 존재를 걸 수 있는 절대적인 가치가 사라졌다는 것은 참을 수
없다"(김영현 「그리고 아무 말도 하지 않았다」)라는 한 자살자의 말에서 보
듯 궁극적으로 '80년대적'인 어떤 것을 여전히 붙들고자 한다. 특히
"10년이란 건 간단한 세월이 아니었다. 특히 젊었던 우리들에게 그
10년이란 세월은 그랬다. 하지만 우리는 이제 간단하다. 짧고 간결하
다. 10년 새 우리는 간결해져버린 것이다"(공지영 「꿈」)라는 표현에서
보듯 80년대가 젊은 세대의 문제와 어우러지면서 삶에 있어서 순결성
과 세속성의 문제로 제기되기도 한다. (오히려 그 점이 한계로 작용한
다. 특정세대에 초점을 맞춤으로써 보편적 시야를 확보하는 데 방해가
되기도 한다. '낭만' '열정' '순진성' 등 핵심어도 그런 예들이다.)
이렇듯 '후일담 소설'이라 일컬어지는 부류의 작품이 90년대 소설의
주요한 한 의상으로 자리잡게 된 것은 현실의 급격한 변모와 물길을
같이하면서 나타난 현상이다. 그러나 그 현실이란 것도 따지고 보면

현실 자체의 문제라기보다는 인간 주체가 감지하게 되는 시대의 표정
에 가깝다. 염무웅(廉武雄) 선생은 80년대와 90년대가 이처럼 '과거
와 현재'라는 대립적 이분법으로 예각화되는 사태를 이렇게 진단한 바
있다.

> 희망이 사람들의 마음을 움직이는 힘으로 살아 있는 시대에 있어서의
> 그 희망의 내용은 반드시 실체적 사실과의 일치를 객관적 검증을 통해 확
> 인받아야만 유효한 것은 아니다. 왜냐하면 희망의 감정은 그 자체가 최대
> 의 자기증명이기 때문이다. 결국 한 시대의 지배적 이념이란 현실에 편재
> 한 그러한 정서적 경향의 표현일 뿐인 것이다. 꽃이 피고 녹음이 우거지
> 면 새들은 지저귀게 마련 아닌가.
> 그런데 이제 우리 소설에는 아무런 희망의 조짐도 낙관적 전망도 눈에
> 띄지 않는다. 무성한 잎사귀의 기억조차 희미해진 초겨울의 조락과 냉기
> 가 천지의 삭막함을 증언해줄 뿐이다. 사회적 열정이라 이름할 만한 것이
> 있던 자리는 폐허처럼 황량하게 변하고, 대신 거기에는 목표 잃은 개인들
> 의 고단한 일상과 소외된 자아의 메마른 내면풍경이 사막처럼 전개된다.
> (염무웅, 「고립과 단절을 넘어」『혼돈의 시대에 구상하는 문학의 논리』, 창작과
> 비평사 1995, 279면)

「불탄 자리에 무엇이 돋는가」(공선옥), 「무엇을 할 것인가」(공지영)
라는 작가들의 의문형 제목들에서 직감적으로 느껴지는 것은 '새로운
삶의 자리'이다. 90년대 리얼리즘 소설은 구체적 질감의 현장보다는
갑자기 폭우가 쏟아져 폐허로 변해버린 상황 속에서 몸은 시간의 흐름
과 어쩔 수 없이 동행하지만 자꾸만 주춤거리며 뒤를 돌아보는 형상을
취한다. 그러하기에 강렬한 몸짓의 육체적 행동성을 보여준 80년대
소설과 달리, 최근의 소설은 그러한 몸살과 열병을 앓고 난 후 겪게
되는 내면의 풍경화를 보여준다. 말하자면 금명(今明)의 시간구조가
고금(古今)의 구조로 바뀐 것이다. 이들 소설은 객관적 현실 안에서
실현될 것으로 기대되는 역사적 전망을 위해 집단성을 추구했던 삶의

방식이 전망의 상실과 함께 와해되면서 분화된 채 각기 세속의 자기 집을 짓는, 그리하여 사회로부터도 타인으로부터도 점차 고립될 수밖에 없어 소외감과 반발감을 동시에 가지는 마음자리를 과거의 거울 속으로 되비춘다. 딱히 리얼리즘 경향의 문학뿐만 아니라 90년대 문학 전반에서 사소설적 형식이 가장 일반적인 양상으로 된 것은 대항적 집단이념과 동질감이 파괴된 데만 원인이 있는 것이 아니다. 어쩌면 주체의 각성과 집단의 연대가 없기에 자본주의적 체제의 강요와 위력 앞에서 썰물처럼 휩쓸릴 수밖에 없는 개인의 무력감 때문이기도 하다. 소설은 속도에 빨려들어가면서도 거기에 적응하지 못한 결과 회고를 통해 스스로를 위안하고 확인하기 위한 형식이라고나 할까.

이러한 경향을 대표하는 작가의 한 사람으로 공지영을 꼽을 수 있다. 사실 공지영의 등단작 「동트는 새벽」(『창작과비평』 1988년 가을호)과 90년대에 발표된 작품 간에는 커다란 격차가 있다. 「동트는 새벽」은 이른바 80년대 노동소설의 일반적인 특징을 두루 갖춘, 그 끝물에 가까운 작품이다. 노동현장에 위장취업한 여자를 주인공으로 한 이 소설은 부정선거에 항의하여 집단으로 농성하는 과정과 경찰에 의한 강제진압 과정, 그리고 연행되어 취조받고 유치장에 갇히게 되는 과정을 담았다. 그런데 일련의 이런 과정은 1987년의 '구로구청 농성사건'의 추이 그대로다. 사실 노동운동가라 할 수 있는 등장인물, 그리고 특정한 운동현장, 대미의 비장한 낙관적 전망의 표명 등은 80년대 노동소설에서 보이던 정형이다.

그러나 그후의 소설들에서 작품의 성격은 크게 변모된다. 아주 간략히 도식화하면 「동트는 새벽」의 세계가 하나의 원체험적 바탕을 이루면서 90년대적 현실변화에 사회인으로서 개인적 삶을 일구어나가는 사람들이 소설의 중심축을 이루게 된다. 오늘의 가벼운 세태 속에서 80년대적 삶의 진실성과 열정을 반추하는 일이나(「무엇을 할 것인가」「인간에 대한 예의」「꿈」 등), 몰락해가는 농촌에서 진솔하게 자기 삶을 일구는 농민을 통해 절망에 빠진 자기 삶을 건져올리는 일(「절망을 건너는

법』) 등이 그러하다.

다만 이 작가와 관련해서 대중성의 문제를 함께 고려해볼 필요가 있다. 사실 단편보다 장편소설의 창작에 주력한 이 작가의 대중성 획득은 무엇보다 페미니즘 소설이라 일컬어지는 『무소의 뿔처럼 혼자서 가라』의 흥행에 힘입은 바 크다. (대중성과 장편소설의 연관성을 여기서 상세히 분석할 수 없지만, 문화산업의 주요 상품으로 장편소설이 자리 잡았다는 점, 그리고 그와 연관되면서 장편소설이 최대의 호황기를 맞으며 양적 풍요와 질적 빈곤을 드러내고 있다는 점만을 지적해두고자 한다.) 공지영의 단편에서는 작중인물 대다수가 현재의 도시적 생활양식에 기반한 점, 80년대 변혁운동을 바라보는 데 있어서도 중심인물보다는 주변인물의 시각을 빌려 전개한 점, 또한 여성적 시각을 확고하게 견지하고 있다는 점 등이 대중성과 관련해서 눈에 띈다. 그외에 작가 나름으로 다양한 양식을 실험하고(대부분 1인칭 시점이면서도 서간체 양식이나 장면축조 방식, 회고체 양식 등을 효과적으로 활용), 비유적 상징을 적절히 활용함으로써 서정적 분위기를 환기하며, 특히 특정한 분위기나 주제 환기를 위한 삽화나 함축적인 대화의 활용은 눈여겨볼 필요가 있다. 또한 영화기법, 이를 테면 장면중시 기법이나 오버랩 기법의 활용 등과 단문체 위주의 문장이나 감정상태 서술에 대한 주목 등 도시적 감성에 맞는 글쓰기도 대중성의 기반이 된다고 보여진다.

3

물론 80년대 리얼리즘 문학은 그 중심경향과 성취를 어떻게 보느냐에 따라 90년대 문학과의 연관성도 여러가지 경로가 있을 것이다. 가령 김향숙(金香淑)과 같은 경우, 이미 80년대부터 특유의 집요하리만치 주도면밀한 심리분석과 내면묘사로 주목을 받아왔다. 1986년에 간행된 창작집 『겨울의 빛』에 대해서 백낙청(白樂晴) 선생이 지적한 대로 "총체적 현실 규명의 한 방편으로 특정 인물의 내면세계를 깊숙이 파고드는 것은 하나의 가능한 방법일 뿐 아니라, 그 인물에 대해 비로소 온전한 사람대접을 해주는 방법일 수도 있음"을 보여줌으로써 그는 심리분석의 전문가적 자질을 갖춘 리얼리스트로 진작부터 평가받아왔다. 이러한 모습은 1992년에 간행된 창작집 『그림자 도시』에서도 여전히, 어쩌면 더욱 완강하고 집요하게 나타난다. 이처럼 지속적인 경향을 계속 보여주면서 창작의 질적 성취가 차츰 고양되는 또다른 예로 현기영(玄基榮)을 제외할 수 없다. 물론 이들 작품이 리얼리즘의 완전한 전범, 흠없는 완벽성을 보여주는 것은 아니다. 그러나 이런 몇몇 예들로부터 우리는 리얼리즘 문학이란 결정화(結晶化)된 어떤 고정체가 아니라 다양성을 그 자체에 내포하면서 전개되어가는 것임을 알 수 있다. 물론 자세히 보면 80년대 산물과 90년대 산물 사이에 변화가 분명 있긴 하다. 그렇지만 근본적 방향과 방법상에서 결정적인 결점을 찾기는 힘들다.

이 점에서 필자를 포함한 많은 사람들이 80년대 문학을 이야기하면서 특정한 문학이념과 정치이념을 전제로 해 문학을 한 물줄기로 끌어담으려고 했던 태도 자체는 비판되어야 한다. 문학은, 더구나 리얼리즘은 현실에 구체적으로 존재하는 인간으로부터 발원하여 삶의 구체성과 진실성을 찾아나서는 가치의 산물인 탓에 실제의 삶보다도 더 강렬한 삶을 체험하도록 만들지 않던가. 그러나 한때 현실의 총체성과 개별 삶의 구체성 사이에 간극을 두고 상호연관과 고리를 그다지 문제삼지 않았던 폐단 또한 적지 않았다.

공선옥(孔善玉)의 소설은 앞에서 언급한 공지영이나 김영현(金永顯)과 흡사하게 후일담의 형식을 취하고 있지만, 그들과는 상당한 차이를 보이며 독특하게 자기 작품세계를 열어나가고 있다.

그때, 913호의 문이 왈카닥 열리며 거기 앉은뱅이 남자가 눈을 부릅뜨고 앉아 있었다. 아니 그는 서 있었다. 방바닥을 짚은 팔뚝에 푸른 힘줄이 파득거렸다.

　그는 눈을 부릅뜨고 내게 소리쳤다.

　"못난 짓거리 하지 말아요! 나도 살아요. 나 같은 인간도 산다구요."

　나는 쫓기듯 9층 복도를 내려왔다. 뒤에서 앉은뱅이 남자가 계속 소리 질렀다. 내려가, 한정없이 내려가. 내려가서 살라구. 기를 쓰고 살라구. 밑바닥을 박박 기어서라도 살아내라구. (「목마른 계절」, 『피어라 수선화』, 창작과비평사 1994, 31면)

　도시 주변부의 임대아파트를 무대로 하여 한 가난한 이혼녀가 80년 광주의 비극적 상흔을 가슴에 안고 극심한 생활고 속에 오늘을 근근이 살아가는 구체적 양태를 생생하게 그려낸 「목마른 계절」의 한 대목이다. 생활현장에 대한 핍진한 묘사(가령 소음문제나 수돗물문제 등)와 거기서 알게 된 몇몇 인물이 보여주는 비참한 삶의 삽화, 그리고 그들이 각자 안에 품고 있는 상흔에 대한 치밀한 묘사를 기반으로 하여 작가는 '살아 있는 목숨'과 '살아가야 하는 목숨'의 문제를 엄정한 리얼리스트의 눈으로 우리 앞에 펼쳐 보인다. 말하자면 공선옥은 지금 여기에 목숨 붙이고 살아가는 현재적 인간의 구체적 삶을 '더 내려가' 붙들고 있다. 그리고 그 바탕에 확고히 서 있기 때문에 80년의 광주문제도, 여성문제와 가난한 민중의 삶 문제도, 나아가 보편적인 실존의 문제도 분산되지 않은 채 한 덩어리의 삶으로 총체화되는 것이다.

　이 점과 관련해서 최근 논란거리가 되는 현실의 재현, 반영의 문제를 짚어볼 필요가 있겠다. 현실을 있는 현실로 보든 상상의 현실로 보든 어쨌든 그것은 언어를 통해 소설의 육체가 된다. 근래 언어의 재현 문제를 거론하면서 재현의 불가능성을 화두로 삼아 제출된 작품도 나오긴 했지만(최근의 유행이론인 탈구조주의나 포스트모더니즘론 등에 힘입어), 과거 리얼리즘관의 오류를 문제삼더라도 백낙청 선생의 다음과 같은 발언은 지금과 같은 시기에 특히 주목할 필요가 있다.

　　나로서는 재현의 근원적 불가능성 운운하는 것도 하나의 독단이요 신화
라 믿지만, ‘현실’이라는 물건 덩어리가 저 밖에 있어 그것을 ‘객관적으로
전달’만 하면 재현된다고 믿는 소박한 모사론은 물론이고 좀더 복잡한 ‘전
유’(Aneignung)의 과정이라 하더라도 그 ‘올바른 방법’이 사전에 확립될
수 있다고 믿는 이런저런 리얼리즘론들에 대한 도전으로서는 이런 철저한
반리얼리즘도 충분히 제값을 한다는 생각이다. 그러므로 “어디까지나 창
조성이 먼저고 실사구시·지공무사가 먼저이며 ‘재현’은 그에 따라오는
──각 분야마다 다른 방식과 비중으로 따라오는──성과임을 거리낌없
이 인정하는 리얼리즘론”의 필요성이 절실한 것이다. (백낙청, 「지구시대의
민족문학」『창작과비평』1993년 가을호, 105~106면)

　　사실 80년대 리얼리즘 소설에서 가장 뜨거운 용암지대로 받아들여
졌던 노동소설이나 운동권 소설 상당수가 백낙청 선생의 비판에 걸맞
은 작품들이었다. 이들 소설의 주요한 주춧돌은 한마디로 ‘운동성’과
‘이념성’이라 할 수 있다. 소설의 주요한 골격은 특정한 인물집단(집단
성과 계급성으로 상징되는)을 중심으로 과연 어디로 가야 할 것인가에
맞춰졌다. 알게 모르게 작가의 세계관을 리얼리즘의 관건처럼 여겼던
것도 이와 깊은 연관이 있다. 그것은 심지어 리얼리즘과 반리얼리즘을
판별하는 일종의 도구 역할을 하기도 했다. 그러나 지금 이 시점에서
냉정히 생각하자면 작품 바깥에서 선취된 작가의 세계관이란 것이 작
품의 성과에 기여하기보다는 손상을 준 바가 컸다. 이른바 시에서 김
남주(金南柱)나 박노해 시의 아류가 속출한 현상도 그런 경향의 필연
적인 귀결이다. 작품에서 해당 인물의 성격과 행위를 밑받침할 만한
탄탄한 지성과 실감 및 묘사가 뒤따를 경우 성공작이 되었음을 상기할
필요가 있다. 소설에서 방현석·정화진 등의 경우가 그런 예에 속할
것이다. 말하자면 굵직하고도 선이 굵은 세계를 추구하더라도 선택된
세목 하나하나가 그에 걸맞은 삶의 미세한 부분까지 숨결을 부여하고
빈틈없이 서로 연결되면서 고도의 변증법적 성취를 이루었을 때 실제

삶 이상의 어떤 경지를 보여준다. 그런데 공선옥의 소설은 얼핏 이와 반대방향을 취하면서도 동일한 문학적 성취를 보여주는데, 삶의 세목을 중시하면서 폭넓은 사회역사적 맥락을 일상 삶의 자장 안으로 끌어안는다. 무엇보다도 공선옥의 소설은 비슷한 인물들(5월항쟁과 관련된 인물, 이혼녀 등)을 계속 등장시키면서도 그 자체를 획일화·고정화하지 않고 각기 자기 운명의 길을 밟게 하고 세상과 맞대면케 함으로써 생존의 다양한 양상을 설득력있게 제시한다. (모든 작품이 그런 것은 결코 아니다. 적지 않은 작품이 단순반복이나 문학적 성취도에서 문제성을 노출하기도 한다.) 더구나 심리묘사 또한 적절하게 효과적으로 활용하여 작품의 성취를 돕는다. 잔혹한 현실세계, 나아가 인간의 악마성까지 주저없이 삶의 순간성으로 포착함으로써 살아움직이는 인간과 세계를 마주할 수 있게 한다. 어미를 '개 같은 년'이라 불렀고, 자기 딸도 불신하고 거부하는 심정을 갖고 카바레를 드나들며 남편의 후배로부터 부도덕적이라고 비판까지 받았던 한 미망인의 항변을 담은 「우리 생애의 꽃」에서 주인공은 유곽녀의 삶을 일상으로 받아들여 살아가는 또다른 여성과 견주어 자신을 설명하는데, 그 대목은 두 여자의 차별성과 동질성을 동시에 보여준다.

내가 반란이라 여기는 그것, 그것이 그녀에게는 일상이다. 반란의 날이 일상화될 때, 그것이 삶이 될 때, 그 반란은 비난받을 이유가 없다. 일상화되지 않은 나의 반란에 나는 치를 떤다. 그것이 내 삶을 지탱시켜주는 유일한 수단이 되어주기는커녕 내 평화로운 일상을 깨는 무기가 되어 일상의 잠에 빠진 나를 흔들어 깨울 때, 그래서 그것이 내 저 의식의 심저를 날선 칼이 되어 찌를 때, 나는 절망한다. (「우리 생애의 꽃」, 『피어라 수선화』, 173면)

작가는 "설명되어지지 않는 것, 우리 눈에 보이는 것이 다가 아니고 보이지 않는 것도 존재하듯이 어떻게 이 세상에 이유 댈 수 있는 것만이 존재할 수 있단 말인가. 이유없는 것들의 궐기"(175면)를 절망이라 부르며, 분노와 절망, 향기와 무미건조함에 뒤범벅되어 살아가는 삶의 실상을 객관적으로 보여준다. 한마디로 "우리 생애의 지리멸렬함 속에서 가끔씩 고개를 드는", 도덕과 부도덕의 경계를 허무는 일탈적 행위를 일상 삶으로 끌어안고 있다. 이로부터 우리는 현실의 복잡성(나아가 역사까지도)과 부조리, 거기에 난마와 같이 얽혀든 인생사를 동질의 수준에서 가늠해볼 수 있다. 광주항쟁과 연관된 인물들에 대해서 작가가 하나의 방향으로 몰고 가지 않는 것도 그 때문이다. 말하자면 역사까지도 일상화하고 바로 일상성 속에서 인간 삶의 복잡성과 이율배반성을 '산, 살아야 할 목숨'의 지평에서 폭넓게 헤집고 있는 것이다.

4

사실상 리얼리즘 경향을 보여준 최근 작품들도 넓게 보면 대부분 사소설적 형식을 취하고 있다. 사실 인류사회를 바람직스럽게 변화시키기 위한 거대담론이나 계몽주의 기획들이 실제 현실의 전개과정 속에서 위력을 상실하고, 더불어 인간, 더 나아가 그 정신적 산물 또한 자본주의의 전지구적 확산과 급속한 자기 전개에 거의 무방비상태로 편입해들어가면서 극심한 환경변화를 겪고 있다. 오늘의 상황은 한마디로 갈수록 공동체적 유대를 잃게 하고 인간을 거대한 분업체계 속에서 하나의 부품처럼 개인적 영역의 협소함 속에 가둔 채 버둥거리도록 만든다. 또한 문화산업의 융성으로 작가 또한 그 종사자가 되어 물질운동에 결과적으로 예속됨으로써 창조자로서의 존재양식을 차츰 상실한다. 그에 따라 소설을 완전히 유희적 대상으로 생각하여 스스로 상품제조자라 생각하는 부류도 생겨났다. 다른 한편으로 현실체험의 협소함 탓으로 대개 사적 경험 영역에서 소재를 찾는 작가가 대거 나타났다. 남녀문제라든가 가족관계가 소설대상의 중심을 차지하고 사회적·계급적 갈등보다는 가족간의 갈등, 남녀갈등, 개개 인간과의 갈등이 주를 이루게 된다. 한편 광범하게 등장하는 역사소설 또한 제한된 직접체험의 반대급부로 나타나 사실상 간접체험의 자유로운 상상공간으로 비월하는 형태이다.

그런 점에서 예전의 도덕이라는 자리에 심리학이 자리잡고, 죄의식 대신에 불안함이 자리잡았다는 대니얼 벨(Daniel Bell)의 지적은 현재적 인간상황·실존환경을 지칭한 것에 다름아니다. 실제로 심리학과 정신분석학이 과거처럼 임상치료 차원이 아닌 하나의 이데올로기로까지 받아들여지는 상황이고 보면 오늘의 세상은 세기적 전환기이자 혼돈기임이 분명하다. 이 문제를 리얼리즘 경향과 연관시키면 도덕과 심리학, 죄의식과 불안함의 갈등 속에 문학의 중심추가 놓여 있다는 생각이다. 공지영이나 김영현이 오늘의 변화를 수긍하면서도 지속적으로 80년대적 어떤 원형, 순결성이니 순진성이라 일컫는 도덕적 차원의 당위성을 끊임없이 환기하려고 하는 것이나, 공선옥이 비교적 당돌하게 삶의 불안함 속에서 삶의 순간적 반란들을 포용하면서 죄의식과 연결시켜 부단히 갈등하는 과정을 중층적으로 보여주는 것이나, 더 나아가 신경숙(申京淑)의 철저히 비사회적인 소설에서도 그와 유사한 과정이 소설의 중심축을 이룬다는 사실이 그것이다. 가령 신경숙의 「풍금이 있던 자리」 같은 경우 단순히 한 여성의 내면갈등만이 아니고 도덕적인 수준을 동반한 사회적 갈등까지 다룬다. 그리고 근래 연재되고 있는 장편 『외딴 방』의 경우는 사회적 차원의 갈등이 어느정도 넓어지면서 양자의 갈등구조가 과거와 현재를 넘나들며 개인의 순간순간의 삶속에 용해된다.

오히려 이 점에서 전체적으로 역시 사소설적 형식을 취하면서도 주관화된 내면탐구의 길을 걷지 않고 객관적인 외화의 길을 밟는 김소진의 작품이 다소 이질적이면서 흥미로운 풍경으로 다가온다. 김소진(金昭晉)의 소설은 대부분 빈틈 하나 없는 매우 탄탄한, 꽉 짜인 구조를 가지고 있다. 이른바 고전적인 연극원리라 할 수 있는 동일한 시

간·공간·사건의 삼일치 원리를 지렛대로 삼은 경우가 많다. 「처용
단장」 「늪이 있는 마을」 「지하생활자들」 「혁명기념일」 등이 그러하
다. 또한 그 극적 구조는 대부분 비극적 내용을 담긴 하지만 소극(笑
劇) 구조이다. 프랑스혁명기념일을 맞이하여 프랑스대사관에서 주최
한 연회에 우연히 참석하여 만난, 운동가였던 선배가 외교관이 되어
과거를 희화화시키는 모습을 담은 「혁명기념일」에서, 마지막 대미는
화자가 술에 취해 구토하면서 내뱉는 '베토벤의 5번 교향곡보다 더 운
명적인 소극'과 같은 것들이다.

  가령 「늪이 있는 마을」은 그 전형적인 예가 될 것이다. 사람이 탄
자동차 한대가 늪에 서서히 가라앉아가는 광경에 초점을 맞추고, 둑에
서 이를 바라보는 몇몇 인물들을 등장시켜 늪과 관련된 개인사의 비밀
들을 자기 회상, 독백의 형식으로 차례로 들추어낸 이 소설에서 앞머
리 늪에 대한 묘사는 매우 스산한 느낌을 갖도록 만든다. 그리고 이런
분위기 속에서 등장인물들이 들추어내는 비밀 또한 얼마간은 엽기적이
고 충격적이며 그만큼 비극적인 사연들로 진창을 이루어 긴장을 더욱
고조시킨다. 가령 도라우치, 고아로 동생과 함께 사는 그는 희귀한 병
에 걸린 동생을 위해 비디오가게에서 주인 몰래 포르노 테이프를 대여
하고 벌어들인 돈으로 마약류를 밀거래로 사들여 동생에게 주사를 놓
아준다. 다음 애꾸눈 노인, 그는 해방 직후 좌우갈등에 집과 집안 식
구들을 잃고 그 증오감으로 우익 치안대에서 활동하다 좌익활동을 한
방앗간집 아들의 아내를 강제로 빼앗고 그 일행마저 직접 총살하여 몸
에 돌을 매달아 용두레 배미라는 늪에 던져버린 적이 있다. 그리고 목
욕탕 때밀이 '고수머리', 그는 동성연애론자로 자신이 찍어놓은 청년
에게서 거부당하고 다방아가씨 미스 송과 하룻밤을 자는데, 그녀는 그
덕에 애를 낳게 되자 아이를 늪에 버린 비밀이 있다. 동남정육점 주인
황씨, 사람과 접촉없이 사는 외딴집 미모의 여인과 정을 통했는데 갑
자기 그녀가 죽게 되고 덩달아 그 집 개 또한 늪속에 빠져 죽은 것을
보고는 지레 겁을 먹고 병원에 가서 에이즈 검사까지 받은 바 있다.

그런데 정작 소설은 의외의 희극적 반전으로 마무리되고 만다. 늪속에 자동차가 가라앉고 있다는, 소설 전체에 동기를 부여하는 무대장치인 이 광경이 다름아닌 행위예술가들의 퍼포먼스였다는 것이다.

이러한 소극적 특징은 작품 속의 작은 삽화나 장면, 대화에서 아주 흔하게 나타난다. 그런데 김소진 소설의 이런 극적 구조는 삶에 대한 인식이나 가치평가의 방식이 아니라 특이한 삶을 객관적으로 제시하는 데 초점을 맞춘 의도적인 장치이다. 또한 극적 구조는 나름의 치밀한 계산하에 견고한 연상장치를 통해 지탱된다. 그리고 「파애(破愛)」나 「세월의 무늬」 등 두 가지 이야기를 교묘하게 결합하여 주제의식을 양면에서 부각시키는 방식도 이와 관련된다. 그런 점에서 김소진의 소설은 쉽사리 이해되고 동질화될 수 없는 현실의 불가해함과 단절된 삶의 공간 속에서 쉽게 포착하기 힘든 독특한 운명들을 마치 토막극처럼 무대에 잇달아 올리고 있는 셈이다.

5

지금까지 비교적 젊은 몇몇 작가들을 중심으로 리얼리즘이라는 틀로 포착할 수 있는 특징들을 간단히 짚어보았지만, 마치 눈을 이리저리 돌려 눈에 띄는 바깥 풍경을 살펴보는 것에 그친 듯하다. 전체의 조감도가 그려졌을 때 비로소 정확한 위상과 의미를 가질 수 있으련만, 여전히 가시덤불과 같은 형체의 글로써 쉽게 길이 열리지 않는다. 또한 거론한 작가도 불가피하게 몇몇 특징만을 강조하다 보니 개별 작품의 엄격한 분석과 평가를 하지 못한 셈이다.

사실 '80년대' '90년대'라는 울타리를 무의식적으로 선호하지만 정작 깊이있게 파고들자면 이런 구분법은 현상에 집착하게 함으로써 오히려 본질을 움켜쥐는 데 방해되기도 한다. 솔직히 근래 가장 관심있고 감동적으로 읽은 작품을 꼽자면 현기영의 작품집 『마지막 테우리』나 현재 연재중인 장편 『지상에 숟가락 하나』다. 특히 후자는 자전적 유년

소설의 형태이지만 과거와 현재를 넘나들면서 자유자재로 자기 삶을 반추해내고 있다. 작품의 전개방식 또한 자유롭고, 문체 또한 때로는 거의 시의 수준에 육박할 정도의 강력한 서정성을 풍기는가 하면 내용에 따라 거의 반사적 감각처럼 다양한 정서의 출렁임으로 밀었다 당겼다 한다. 또한 작가가 지금까지 일관되게 추구한 제주도나 4·3항쟁의 영역에만 갇히지 않고 인간사의 여러 속살과 마음자리를 풍부하게 펼쳐보인다.

이런 점을 유념하면 알게 모르게 십년 단위 서술이 무의식적으로 강요하는 '새로움'은 때로 덧없는 것이기도 하다. 가령 여기에 박경리(朴景利)의 『토지』나 이문구(李文求)의 최근 소설들, 또한 송기원(宋基元)·방현석·김한수(金限水)의 90년대 소설도 분명한 '90년대적' 현실의 산물이다. 오히려 근래 '90년대적'이라고 일컫는 많은 것들이 과도기·혼돈기의 현상에 붙들린 것이 많기에 그것을 좇다보면 성급하게 어림짐작하여 예단하기 쉬워진다. 그때그때의 화제작이 정작 문학적 성취면에서 화제에 값할 만큼 되지 못한 경우도 많고, 일종의 유형화란 질적 수준보다는 외형적 고려에 먼저 눈길을 주기 쉽다. 가령 이러한 현실의 변화와 상당한 거리가 있고, 또 실제로 별반 주목도 받지 못했지만 김태연(金泰演)의 『그림 같은 시절』 같은 경우는 기대의 수준에서라도 리얼리즘의 성취로 간주하고 싶다. 여러 미학적 요소의 자연스런 조화, 이를 테면 소설적 재미와 주제의식의 적절한 융합, 유년 소설로서의 성격과 원폭피해자를 그린 문제소설로서의 동시적 성취, 무엇보다 생동감있는 경상도 사투리 및 우리말 구사 등은 동시대 작가들에게서 쉽사리 찾아볼 수 없는 특징이다. 그리고 복거일(卜鉅一)의 『캠프 세네카의 기지촌』 역시 굳이 리얼리즘을 거론치 않더라도 아주 담담하게, 그러면서도 다소 경쾌하게 짧은 삽화의 연속으로 기지촌 마을의 생성으로부터 해체에 이르는 과정을 재현해냄으로써, 과거 기지촌 소설이 보여준 리얼리즘의 지나친 의도화 경향에 대한 반성적 산물로서 의미있는 작품이다. 다만 전체적으로 볼 때 의식적이든 그렇지 않든 작품 형상화에서 자연스럽게 도출되는 이념성의 문제와 거대서사가 크게 위축된 것만은 사실이다.

소설이 근본적으로 총체성을 꿈꾼다는 사실을 감안하면 오늘 우리가 마주하고 있는 분단체제하의 자본주의적 현실과 인간세계를 폭넓게 만족할 만한 수준에서 담아낸 경우가 과연 있는가라는 근본적 회의론이 머리를 치켜들기도 한다. 그런데 그런 회의론이야말로 따지고 보면 리얼리즘의 본원적 욕구이자 리얼리즘 문학의 다양성과 심화를 위한 동력장치이다. 오늘의 현실에 자족한다면 모를까, 문제적 현실을 극복할 대안과 삶의 희망으로 불가불 '운동성'을 갖게 마련인 리얼리즘에서는 보다 거대한 이념성과 만인을 결집시킬 수 있는 당파성의 살아있는 육체를 꿈꾸는 일이야말로 밤하늘 별처럼 길눈 역할을 하며 가능한 영역에서 최선의 구체적 성취를 채근하는 당근일 수도 있다. 리얼리즘은 현실의 인간적 실천과 함께 하기에 때로 좌초의 형국을 초래하기도 하지만, 모순된 현실이 있는 한 샘솟을 수밖에 없고 생명의 운동력은 부단히 이를 재생시키게 마련이다. 90년대 초반 현실사회주의권의 몰락 등 인류사의 거대실험들이 실패하면서 일시 자본주의적 현존성의 위력 앞에 소설이 굴복하는 양상을 보여주었고, 자본주의의 속도감 속에서 제 살을 깎아먹는 자기 파괴력의 본성 또한 시시각각 눈앞에 나타나는 지금 이 순간에 꿈의 차원이 아닌 실체적 대안이 끊임없이 요청되고 있다. 그런 점에서 90년대 리얼리즘 소설은 아직까지 낮은 포복을 하면서 새로운 비상을 준비하고 있을지도 모른다. 아니 어쩌면 더 낮게 엎드려 현실 곳곳을 샅샅이 더 핥아야 할지도 모를 일이다. 그럴 때 기적처럼 리얼리즘은 거대한 비상의 몸짓으로 서사의 장대한 행진곡을 다시금 내보일지도 모를 일이다.

〔문예중앙 1995년 가을호〕

90년대 '젊은 민족문학'의 현실

최근 장편소설을 중심으로

1

소설을 읽어야 하는데 자꾸만 "밤이 대낮처럼 발가벗은 이 세상에서는/배가 터지도록 부어오른 이 거리에서는" 진정 "이제 나는 아무짝에도 쓰잘 데 없는 사람"(「근황」)이라는 김남주(金南柱)의 최근 시가 귓가에서 환청처럼 울린다. 왜 갑자기 지난날의 나로 되돌아가고 싶다는 그의 낮은 음조가 불치의 병에 검게 변색되어가는 그의 육신과 함께 가슴을 후벼파는가. 한 이름없는 젊은 노동자시인은 1993년 대한민국을 두고 "가벼운 자유가 무거운 희망을 살해중"(조태진, 「볼트를 죄며」)이라고 말했던가.

90년대도 어느덧 중반의 길목으로 서서히 들어서고 있다. 80년대를 굴곡 많은 계곡의 쏜살같이 내달리던 물길의 시간으로 기억하는 사람이라면 90년대는 아마도 잔잔한 바다 위에 떠 있는 선상의 시간처럼 답답하게 느낄 것이다. 이율배반처럼 물밑 현실은 거대한 속도로 빠르게 변해가는데 물위는 속도에 둔감하다. 한때 시간을 앞질러가며 80년대의 가장 가파른 암벽을 타던 젊은 문학의 유격대들은 지금 어디에 있는가. 지난 한해의 문학을 진단하는 일간신문들의 주요지표들은 '탈이데올로기' '이데올로기 퇴조' '이념성 퇴조' '서정성 회복' '순수 두각'

'새로운 감수성' '상업화' 등이었다. 대부분이 민족·민중문학에 대한 '매장의 논리'를 취하면서 '서정성' '새로운 감수성'에 기반을 둔 '순수 문학'을 주된 흐름으로 설정하고 있다. 다만 거기에 대한 현실적 부정항으로 상업문학을 내세우고 있을 뿐이다. 민족문학의 존재는 아예 배제되거나 다원주의 시각으로 진열장 한 귀퉁이, 마치 코너의 재고품처럼 처리되고 있다.

그러나 지금 내 앞에는 김영현(金永顯)의 『풋사랑』(실천문학사), 김하기의 『항로 없는 비행』(상·하권, 창작과비평사), 김남일(金南一)의 『국경』(1부 3권, 풀빛), 이인휘(李仁徽)의 『그 아침은 다시 오지 않는다』(상·하권, 일터와사람), 박혜강의 『안개산 바람들』(상·하권, 시와사회사), 김형경의 『새들은 제 이름을 부르며 운다』(전2권, 민예당), 김서정의 『어느 이상주의자의 변명』(연구사), 김지용의 『보이지 않는 나라』(새터) 등이 놓여 있다. 이들 작품은 모두 장편소설들로서 1993년 후반기 이후 간행된 것들이다. 우리 '젊은 민족문학'의 오늘이 어떠한가를 알아보고자 한권 두권 찾아 읽으면서 내가 마주했던 소설들이다. 이들 작품을 읽으면서 민족문학, 리얼리즘 문학은 어떤 특정한 계절에만 피어나는 문학이 아니라 어쨌든 사계의 흐름과 같은 다양한 색조를 내보이며 시대와 함께 호흡하고 있음을 절감한다. 말하자면 우리의 작가들은 머릿속에 든 '이념'이나 '어떤 원형'과 같은 것을 미리 상정하여 이를 형상화한 것이 아니라, 세월 속에 살아오면서 형성되고 끊임없이 변형되어온 삶을 부단히 형상화한 것이다. 그럼에도 불구하고 현실사회주의권의 몰락과 자본주의의 전지구적 확대, 과학기술의 비약적 발전과 생활양식의 변화, 문민정권의 등장과 민중운동의 침체 등등 국내외 상황은 일종의 대전환기로 간주될 만큼 급변하여 민족문학운동 진영에도 지금 갱신과 모색과 동요를 다양하게 불러일으키고 있다. 그중에서도 특히 창작자는 이런 상황변화를 직접 피부로 느끼고 실감으로 체득해서 이를 구체적이고도 창조적인 형상화로까지 이끌어야 할 힘든 역정을 요구받고 있다.

　그런 점에서 필자는 무엇보다 일반적인 문학의 위기상황을 실감케 하는 최근의 상황에서, 현실에 정직하게 맞대면하고자 하는 80년대의 젊은 민족문학, 소설가들이 어떻게 90년대에 대응하고 또 자기 자리를 형성하고 있는가가 궁금하였다. 민족문학의 위기니 침체니 하는 주변의 이런저런 소문이 대부분 이들 ‘젊은 민족문학’을 대상으로 하고 있다는 점에서도 그러하다. 이런 의미에서 당위성을 설명하는 것이 아니라 존재하는 것을 설명하고 가치평가해야 하는 리얼리즘의 바람직한 비평태도에 따라, 이 시점에서 이들 소설에 대한 조감도를 그려보는 것도 유의미한 작업일 것이다. 물론 비평이 창조의 규범이나 규칙을 개관하려 했던 그간의 규범주의적 오류를 벗어나기 위해서는 개별 작품에 대한 존엄성을 최대한 보장해주어야 한다. 왜냐하면 하나의 소설 작품이란 인간의 창조물이며 새로운 현실이기 때문이다. 어떤 작품을 리얼리스틱했던 기존의 작품들과 일치하느냐의 여부만을 검토함으로써, 그 리얼리즘 여부를 단정지을 수는 없다. 특히 이 말은 현실의 변화를 누구나가 인정하는 상황이기에 더욱 필요한 비평적 자세가 아닐까 싶다. 물론 그렇다고 단순히 현상진단에 머물거나 평가에 아량을 보이는 것만이 능사는 아니리라. 전환기·혼란기일수록 오히려 더 정직한 비판이 필요하며, 그러한 비판 자체는 좀더 생산적인 논의를 낳는 단서가 될 것이다.

2

　이 글은 전체 민족문학이 아닌 80년대의 젊은 작가에서 출발한 90년대의 민족문학, 그중에서도 장편소설을 중심에 둔다. 이 글의 제목을 “90년대 ‘젊은 민족문학’의 현실”이라고 명명한 것도 그런 역사적 맥락을 중시하기 위함이다. 실제로 이들은 80년대와 당시의 변혁적 삶의 소설화에 남다른 관심을 보여주었다. 김영현의 『풋사랑』, 김하기의 『항로 없는 비행』, 김형경의 『새들은 제 이름을 부르며 운다』, 김서정의 『어느 이상주의자의 변명』 등이 바로 그것이다. (이미 중·단편에서도 '회고소설'이란 이름이 붙을 만큼 상당한 분량이 우리 앞에 놓여 있다.) 그만큼 이들 작가들에게 있어 80년대는 그들 삶 자체와 하나가 된 시기이고, 문학적 출발의 시대이자 문학적 실천이 담겨 있던 연대이며, 동시에 그들의 젊은 삶이 자리잡았던 직접적 체험의 공간이기도 하다. 따라서 이들 소설은 80년대 삶, 다시 말해 자신에게서 벗어나 도약된 거기에 자기 자신을 투영시키면서, 자신의 소외가 아닌 대상화를 통해 바로 오늘을 사는 젊은 삶의 의미를 만들고자 한 것이다.

　『풋사랑』이 80년대의 한 시기를 통해 친척지간인 대학생과 재수생을 주인공으로 하여 당시 삶의 재현을 직접적으로 의도한다면, 『항로 없는 비행』 『어느 이상주의자의 변명』 『새들은 제 이름을 부르며 운다』 등은 바로 현재적 상황이라 할 수 있는 90년대초를 무대로 하여 80년대적 삶의 양상을 아우르는 방식을 취하고 있다. 또한 이들 작품들은 주로 80년대에 대학을 다니다 90년대 초반에 들어와 졸업한 후 다양한 삶을 살아가는 인물들을 등장시키고 있다. 그러나 이런 외적 공통성에도 불구하고 각 작품은 독특한 개성을 가지고 있어 이들에 대한 섣부른 유형화나 총괄적 개괄을 피해야 한다. 그러므로 비록 제한된 형태를 띨 수밖에 없다 하더라도 우리는 개별 작품 속의 현실로 들어서야 한다.

　김영현의 『풋사랑』은 광주민중항쟁에서 시작한 80년대가 하나의 정점을 이루고, 6월항쟁과 노동자대투쟁이 있었던 1987년 그 한해의 젊은 초상들을 복원하려고 한 소설이다. 작가 자신이 책머리에 썼듯이 "도대체 어떤 일들이 일어났던가. 우리를 그토록 분노와 슬픔과 열정에 떨게 했던 그 시대의 정체는 무엇인가. 그리고 그렇게 많은 젊음들이 불꽃처럼 사라지고 난 뒤에, 그 대신에, 우리들 속에 남아 있는 것은 무엇인가"를 묻고자 했던 소설이다. 결론적으로 작가는 "한 시대가 빠르게 흘러가고 있"는데, 대다수가 아무런 추억도, 그리움도 없이 마치 버스를 갈아타기라도 하는 것처럼 새로운 시대를 맞이하러 가고 있다는 진단하에, 그 시대의 본질을 '풋사랑'이라 명명한다. 그리고 진실한 사랑은 그리움에 의해서만 비로소 완성된다고 한다. 그렇다면 그 '풋사랑'에 대한 그리움의 실체는 과연 어떤 형상인가.

작품은 운동권인 대학 3년생 최영민과 그의 이복형인 30대 초반의 허무주의자 최영훈, 그리고 이들의 외사촌인 재수생 문경식 세 사람의 젊은이들이 펼치는 청춘의 비가이다. 작가는 재수생 경식에게 중심을 두면서 영민을 통해 80년대라는 격랑의 시대를 끌어안고 있다. 이들은 또한 각기 은숙과 재희와의 사랑도 끌어안으면서 마치 그 사랑처럼, 80년대 역시 뜨거운 청춘이 토해낸 '눈물어린 열정'의 시대, 그러나 순결하지만 미숙할 수밖에 없는 '풋사랑'의 시대였음을 말하려 한다. 이 소설은 섣부른 전형화(결국 80년대 소설에서는 도식화로 드러났던)를 시도하지 않고 경식이란 주변 인물을 등장시켜 청춘의 순수한 눈을 병행케 함으로써 동시대 대학생과 청년들의 변혁적 삶과 그 속에 자리잡고 있던 고뇌를 무리없이 드러내고 있다. 그러나 그러한 무리없음은 마치 유년시절의 회상마냥 기억의 어슴푸레한 풍경화로 다가온다. 더구나 80년대라는 역사의 무게를 들이밀면 창밖의 풍경처럼 차츰 멀어진다.

그렇다면 권성우(權晟右)의 다음과 같은 혹평은 올바른 것일까.

…그러나 『풋사랑』은 좀 가혹하게 말하면, 80년대의 앙상한 형해(形骸)만을 추린 도식적인 소설에 가깝다. 김영현은 아쉽게도, 너무나 많은 작가들이 소설적 소재로 탕진해버려서 이제는 그 어떤 신선함도 남아 있을 것 같지 않은 그야말로 구태의연한 소재를 구태의연한 방법으로 얼기설기 엮어서 우리에게 보여주고 있는 것이다. (「한 비평가와 한 소설가의 '논쟁적 사랑'을 위해」, 『실천문학』 1993년 겨울호, 376면)

한 작가가 작품의 대상을 선택하는 기준은 무엇일까? 적어도 추상적인 것이 아니라면, 그것은 대상이 갖는 인간적 중요성이라고 말할 수 있을 것이다. 그렇다면 그 질적 기준은 어느 특정한 역사적 시기에 진정한 인간적 삶을 위한 민족과 민중의 소망이나 열망을 표현하는 깊이와 풍부함이 아닐까. 80년대를 우리가 각별히 생각하는 것은 우리 민족사에서 민족·민중운동의 성장과 함께 군부독재의 철권에 맞서 혈전(血戰)을 벌인 역사의 마루턱이었기 때문이다. 이러한 혈전 덕분에 비록 제한적으로나마 이전의 사회와는 구분되는 오늘의 여기에 우리는 서 있다. 과거 자기검열에까지 시달려야 했던 창작의 자유 문제만 생각해도 이는 충분히 짐작할 일이다. 그런 점에서 "너무나 많은 작가들이 소설적 소재로 탕진"했다 하더라도 우리가 '아직도' 80년대를 붙들어야 하는 것은 그 시대와 그 시대를 살았던 인간들의 진정한 민족적 열망, 인간적 삶의 질을 보여줄 '제대로 된 문학'을 대망하기 때문이다. 분단문제에 대한 우리네 작가들의 끈질긴 집착처럼 말이다. 그럼에도 불구하고 80년대가 "너무나 많은 작가들이 소설적 소재로 탕진해 버려서 이제는 그 어떤 신선함도 남아 있을 것 같지 않은 그야말로 구태의연한 소재"일 뿐인가. 80년대가 과연 다 말해졌는가.

　시야를 이렇게 돌려보면 『풋사랑』의 형식적 결함, 미적으로 정교하지 못한 문제를 넘어서서 좀더 본질적인 문제들이 얼굴을 내민다. 과거 80년대 민중소설은 개별적인 인간보다는 비교적 큰 규모의 집단에 관심을 많이 기울였다. 그에 따라 엄밀한 의미의 인과율을 떠나 다소 통계적인 의미의 인과관계를 추구하는 편향이 나타나기도 했고, 거대하고 복잡한 실제 생활과정은 어떤 특정한 문제적 개인을 형상화하기 위한 배경이나 부속품, 혹은 줄거리 구성의 장식품으로 섣불리 이용되기도 했다. 『풋사랑』은 적어도 이러한 과거의 편향을 의식적으로 벗어나려 애썼다. 그것은 곧 그 나름의 구체적 개별자에 대한 탐구로 나타난다. 학생운동권에서 적극적으로 활동하는 영민과 노동운동권에 있는 재희, 허무주의자 영훈, 재수생 경식, 그리고 상대적 비중은 낮지만 또다른 재수생 태수와 은숙, 그들의 아버지인 최덕근, 문상사 등 모든 등장인물에 작가는 나름의 구체성을 부여한다. 그런데 개별자에 대한 강조는 도식적 유형에 기댄 정태적 현실파악을 거부하고 부단한 변화 속의 실제 인간들에 주목하여 그들의 변화·발전해가는 삶의 양상, 그것을 통한 '특수한' 삶의 내용과 의미를 소설내 관계망 속에서 면밀히 파악하기 위한 것이다. 일찍이 김영현은 "모순투성이며 자기배반적인 인간"(「변혁의 싹 품은 현실주의를 위하여」, 『한겨레신문』, 1990. 8. 25)이라고 하여 인간 자체의 모순성을 강조한 바 있다. 문제는 신승엽이 적절히 지적한 대로 이러한 인간을 붙들고 이러한 모순의 지양으로 나아가기보다는 그러한 인간들의 어쩔 수 없는 운명까지도 사랑해야 한다는 세계관의 영역으로 곧잘 수렴되었다는 것이다(「완성되지 못한 80년대의 '청춘기'」, 『민족예술』 1994년 창간호). 다른 작가보다 김영현의 특장(特長)이라 지적되었던 섬세한 인간의 형상, 심리묘사의 탁월함 등도 실제로 이와 관련이 깊다. (단편에서 어느정도 성과를 거둔 것은 이러한 점들을 기반으로 서정적 문체를 통한 주제의 시적 은유와 환기에 힘입은 바 크다.)

　그런데 『풋사랑』에서 작가는 섬세한 인간의 형상, 심리묘사의 장점을 살리지 못하고, 오히려 '객관적 묘사'가 아닌 '객관주의적 묘사'로 나아간다. 주요인물인 영민·영훈·경식의 삶 사이에 상호유기적 연관성이 없고 각기 분산되어 구성 자체가 아주 방만하게 나타난다. 가령 작품 줄거리와 연관성이 별반 없는 허무주의자 영훈과 아버지가 다니는 교회목사(종말론자)와의 대화장면이 작품 후반부의 한 장을 이루는 것이 그 좋은 예이다. (한가지 덧붙이자면, 소설 전반부에 단신 월남한 아버지 최덕근은 서북청년회 활동을 하는 등 열렬한 반공투사였다가 반공이데올로기의 벽이 무너지자 삶의 뿌리가 허물어져 갑자기 늙어버림과 동시에 종말론을 믿기 시작했다고 하는데 이 시기가 과연 그랬는지?) 또한 소설은 경식에 대한 묘사가 양적으로 가장 많지만, 고작 국민학교 때 좋아하다 헤어진 여자친구와 우연히 만나게 되어 서로 가짜 대학생이라 속이다 재수생이었음을 확인하면서 쓸쓸히 헤어지는 등의 적잖이 유치한 이야기가 주종을 이룬다. 작가의 의도대로라면 당연히 중심이 되어야 할 영민과 재희의 형상 또한 연관성 없이 분산되기는 마찬가지이다. 세부에서의 진실도 문제거니와(이를테면 서로 정파가 다름에도 불구하고 이들의 대화에서 이와 관련된 이야기가 없다거나, 시위주도로 구속됐다가 6·29조치로 풀려난 영민이 이후 자기활동에 대한 아무런 고민도 활동도 없이 그냥 군대에 간 것이나, 수배까지 당한 재희가 경식에게 자신의 행선지를 이야기하며 편지에서 자기 있는 곳을 세세하게 말하는 등 조직운동가로서 이해하기 힘든 생활 등등), 영민이 비록 감상적인 인물로 설정되었다 하더라도 당시 가두시위 '야사'까지 맡은 인물로서는 지나친 감상성을 보여줘 그다지 현실감을 주지 않음도 큰 결함이다. 소설 속에서 처음 구체적으로 등장하는 대목에서 영민은 간밤의 써클 대표자회의가 자신들의 정파를 위한 난상토론으로 시종일관하자 말 한마디 않고, "노트에다 낙서만 가득 해놓고 있었다. 어쩐지 외로운 느낌이 가슴속을 후벼파고 있는 것 같았다"(60면)고 회상한다. (바로 뒤이어 재희와 만나 이야기하면서 "나는 때때로 사람들의 운명이란 게 자신의 선택과는 관계없이 이루어진다는 생각이 들어"(65면)라고 말하는 것도 마찬가지이다.)

이렇게 본질을 짚지 못한 다분히 감정적 비판이 품고 있는 감상성은 사실 작품 내의 현실에서는 당연하다. 작가는 경식의 관찰을 통해 운동가들의 삶을, 또다른 관찰자인 영민과 재희를 통해 운동 내부의 상황을 보여주려 한다. 그러나 학생운동가·노동운동가라는 이름이 붙어 있지만 안으로부터의 행동은 없고 단순한 관찰자에 머문다. 그렇기 때문에 인물은 역으로 각기 서울의 6월항쟁과 7·8월의 울산노동자투쟁이란 사태진행의 배경으로 떨어지고 만다. 말하자면 작가 자신의 이 시대에 대한 판결, 즉 '풋사랑'의 '설익음'이었다는 것(소설 속에 자주 인용되는 노래의 첫구절인 "얼마나 먼 길을 헤매야 소년들은 어른이 되나"가 바로 그 주제가가 돼버림)이 작품 내의 분위기로 처음부터 마지막까지 미리 주어져 있는 것이다. 예를 들어 87년 말 대선시기는 여하튼 분위기가 상당히 고양된 시기였다. 그럼에도 작품의 대미에서는 행진하는 대열 위로 내리는 눈을 '한폭의 우울한 유화'로 빗대어 묘사할 뿐이다.

장편소설에는 여러 인물이 각기 자기 나름의 비중을 갖고 등장하는데, 이때 각기 살아있는 전형적 인물, 즉 본질과 현상의 수준에 상응한 다양한 인물을 창조한 경우가 제대로 된 좋은 작품이다. 본질이란 것이 다양한 현상으로 나타날 뿐만 아니라 그 자체도 다양한 층위를 이루기 때문이다. 그러나 『풋사랑』의 인물들은 이런 위계 없이 개별적인 역사만을 가질 뿐 상호교차되는 인간관계를 구체적으로 형성하지 못한다. 이미 익숙해진 평범한 삶의 외형을 그저 자연주의적으로 재현할 뿐이다. 과거 전위적인 것을 지향하면서 나타난 편향을 극복하려다 오히려 역편향에 빠지지는 않았는지. 필자가 앞서 '기억의 어슴푸레한 풍경화' '창밖의 풍경'이라고 말했던 바의 의미는 이것이다. (여기서 분석대상으로 삼지 않은 김서정의 『어느 이상주의자의 변명』 또한 이 형태에서 크게 벗어나지 않는다.)

그런데 작품 말미에 들어서면 갑작스럽게 작가는 일대파란을 연출한다. 노조파괴 전문가 제임스 박이 재희를 성폭행하고, 뒤이어 느닷없이 영훈이 제임스 박을 살해하는 대목에 이르면, 평탄하기만 했던 소설흐름이기에 자연 어리둥절해진다. 작품 내의 현실이 출발에서부터 결과에 이르기까지 하나의 과정이라고 할 때, 인물들의 삶을 결정하는 여러 규정요인이 내적으로 완결되고 연관관계가 있어야 비로소 작품을 또 하나의 현실 자체로 받아들이고, 그 속에서 내용이나 주제나 세계관 등을 인식하게 된다. 결국 창작상의 이러한 급격한 반란, 즉 갑작스런 사건을 통해 상호 인간관계를 막연하게 만들어내어 결말을 지으려는 비약의 방식은, 작가도 인식했지만, 때늦은 해결이 가져다준 모순이 아닐까.

이런 점에서 "그 시절은 결국 풋사랑이었다, 그러나 진실한 사랑은 그리움에 의해서만 완성된다"는 작품 속의 깨달음 자체가 안고 있는 그 깊이를 되새겨보지 않을 수 없다. 전체로부터 유리되어 경직되게 자립화한 부분적 진리는 결국 진리의 왜곡으로 전도된다는 사실을 상기하고자 한다. 80년대를 지극히 인간적인 눈으로, 사후적인 눈으로 포용하려는 것이 도리어 80년대를 벼랑 저편 추억의 무덤으로, 그 자신의 말대로 "죽은 자들 속에 남아 죽은 자들의 장사"를 지내는 것으로 귀착되지 않는가.

『풋사랑』이 보여준 '한폭의 우울한 유화'를 접하다 보면 우리는 김하기의 『항로 없는 비행』에 자연 관심을 가지지 않을 수 없다. 이 작품은 상대적으로 뚜렷한 윤곽을 가진 '인물화'로 부조된다. 개성적인 인물과 뚜렷한 이야기, 속도감있는 사건전개와 장면이동 등은 작품의 인상을 더욱 강렬하게 만든다. 『항로 없는 비행』 속에는 실로 다양한 인물들이 등장하여 굴곡이 큰 서사를 형성한다. 이 작품에서 80년대와 90년대는 칼로 무를 자르듯이 확연히 구별되지는 않는다. 그것은 시간의 연속으로 나타나며 새로운 세대의 등장으로 현실은 한층 복잡해진다. 거기엔 8, 90년대 학생운동의 역사가 한데 숨쉬고 있으며 또한 대학운동의 효시가 되는 70년대 후반 제1세대(마오, 마르기수)로부터 시작하여 이른바 80년대를 상징하는 제2세대(김노경을 필두로 하는 애결대 대원), 그리고 90년대 학번을 상징하는 제3세대(정다음·남이범·차태수)가 한데 어울려 있다. 또한 가족관계를 통해서 해방 직후의 아버지세대 역사까지도 포괄된다. 그런 점에서 이 소설은 『풋사랑』이 의도했던 "죽은 자들 속에 남아 죽은 자들의 장사"를 지내는 것이 아니라 "역사 속에서 계속 살아가야 할 자들의 중단없는 행진곡"이다. 물론 소설은 90년대라는 새로운 시대적 상황과 함께 '주체적 인간'으로서의 삶을 막 시작하는 제3세대의 현재적 삶에 초점이 가 있다. 그런 점에서 이 소설은 이미 '해설'에서 최원식(崔元植) 교수가 지적한 대로 성장소설의 형식을 취하고 있다. 우리 사회의 특수한 구조 속에서 대학은 앞세대와 뒷세대의 삶이 함께 현존하고 부딪침으로써 그 공간은 시대의 변화와 지적 풍향을 가장 예민하게 발산해내는 역사적·

현실적 공간이 된다. 이 작품이 학생운동사의 소설화라는 측면을 내포하고 있는 것은 커다란 역사적 무게를 얻는다. 사실 대학 초년생이 사랑과 우정, 역사와 사회에 눈떠가는 성장소설이라고 한다면 이 또한 우리에게 익숙한 문학적 패러다임이다. 물론 익숙하다고 해서 문학적 가치가 절하되는 것은 아니다. 그 가치란 결국 얼마만큼 성숙한 문학적 성취를 보이느냐에 달려 있을 것이기 때문이다.

여하튼 이 소설은 작가가 작중에서 가장 완벽한 인물로 그려놓은 김노경의 다음과 같은 말에서 그 지향하는 바를 짐작할 수 있다.

"…정작 항로 없는 비행을 해야 할 사람은 우리들이 아닌가. 길잡이 선배들도 떠나가고 맑스레닌주의도 한점 무오(無誤)의 나침반이 아닌 것으로 밝혀진 지금, 오로지 우리의 힘과 지혜에 의거해 주체적으로 우리의 항로를 개척해나가지 않으면 안될 것이다."(하권, 54면)

사실 '운동권'이라는 것이 시대와 역사를 위해 책임있는 삶을 살려는 사람들의 실천적 소산이라면 다른 어떤 인간유형보다도 더더욱 보편적 인간의 운명이란 이름으로 싸안아야 할 문학적 책무가 있다. 우리의 '젊은 민족문학', 특히 소설이 그 대상으로 대학을 주요하게 선택한 것은 작가 자신의 체험도 있지만, 민족·민중운동의 가장 뜨거운 용암지대였기 때문이다. 그런 점에서 알게 모르게 '학생운동(권)문학'과 '성장소설'을 대립시켜 후자의 방향으로 유도하는 논리 역시 경계해야 할 것이다. (이러한 논리에는 물론 이유가 있다. 이른바 노동소설에서도 자주 보였던 도식성이나 혹은 사건일지식의 보고문학적 경향 때문이다.)

따라서 이 작품을 올바로 이해하기 위해서는 작품을 통해 작가가 규명하고자 했던 지향점을 제대로 작품 속에서 찾아내야 한다. 작가는 '후기'에서 애초에는 80년대 학생운동의 근본원인을 그려보려 했으나 현실사회주의권의 몰락으로 수정할 수밖에 없어 소설의 무게중심을 자연 90년대의 현실을 살아내야 하는 젊은이들의 삶의 모색으로 옮기게 되었다고 말한다. 이것은 곧 새로운 현실변화에 응전하는 젊은이들의 삶에 관심이 가 있음을 의미한다. 작가는 한 신문의 인터뷰에서 "대학생들의 삶이 더이상 과거의 이념중심 철학 위에 놓여 있지 않다는 것을 새삼 깨달았다. 현실에 뿌리를 둔 사람중심의 철학, 그것은 사소하게는 개인주의로 표현될 수도 있지만 기본적인 휴머니티를 깔고 있다는 점에서 우리 시대의 대학생들을 긍정하게 만드는 요소"(『일간스포츠』 1993. 11. 23)라고 말한 바 있다. 실제로 작품은 여러 등장인물에게 골고루 시선을 돌리고 있지만 그 중심은 정다음과 남이범에 가 있다. 정다음은 양공주로 전락한 동생, 가출한 어머니, 횟술에 늘상 취해 사는 무능한 아버지, 그리고 두 남동생 등을 둔 불우한 가정환경 속에 살고 있으나 어렵사리 대학에 입학하여 처음에는 개인적 신분상승으로 가난의 극복을 꿈꾸지만 운동권 핵심멤버인 김노경과의 교유, 풍물패 활동과 학습을 통해 현실을 새로이 인식하면서 서서히 사회에 눈을 떠간다. 반면 정다음을 좋아하는 남이범은 대학 입학식날 한통의 편지로 자신에게 생부가 있음을 알게 되고, 탄생의 비밀을 추적해가면서 엄청난 가족사의 비밀을 알게 된다. 장기수 생부와의 만남과 의부, 어머니, 거기다 미국 정보요원 그렉 니콜슨과 얽힌 이야기를 통해 분단의 역사를 깨닫게 되면서 새로운 각성을 동반한다.

이러한 사실에 주안점을 두고 흔히 성장소설이라 이야기하지만, 실제 작품전개는 이들 외에도 김노경을 중심으로 한 '애결대'의 활약상, 오렌지족 차태수, 컴퓨터광 안경태, 그리고 작가 자신의 투영인 마오와 마르기수 등의 이야기가 펼쳐짐으로써 복잡다기한 구조를 보여준다. 그런데 이런 복잡다기함은 상당한 치밀함을 동반하고 있다. 그러나 그 치밀함을 자세히 들여다보면 거기엔 몇가지 특징이 도사리고 있다. 우선 무엇보다도 최원식 교수가 지적한 대로 재자가인(才子佳人)형 인간형상, 범상치 않은 사건, 북한소설 『청춘송가』와 같은 로맨스의 흔적이다. 정다음·남이범은 다소 예외라 하더라도 등장인물들은 하나같이 이미 주어져 있는 인물형상으로, 규정된 영역에서 완벽한 인물상을 보여준다. 또한 많은 이야기가 작중현실 자체에서 자라나서 성숙한 것으로 보이지 않는다. 왜냐하면 작가의 특정한 의도에 따라 치밀하게 구성되었다는 느낌이 앞서기 때문이다. 가령 중심인물이라 할 수 있는 정다음이 상권에 치중해 있다면, 남이범은 하권에 치중해 있다. 상권에서는 분명 정다음을 가장 중심에 두고 그녀의 각성에 초점을 모아가는데, 정작 현실인식에 눈을 뜨고 나서는 이러저러한 인물의 중개자 역할에 그친다. 대신 남이범이 가족사와 생부의 비밀을 차차 밝혀나가는 과정, 그리고 생부 지장호, 의부 남종구, 모친 심말숙 등이 직접 등장하여 회고하는 해방 직후의 삶, 이들과 연관된 그렉 니콜슨(프락치 조영달과도 연관)의 야만적 첩보활동, 나아가 애결대의 미드웨이호 타격투쟁 등을 통해 작품 전체가 지향하는 이념적 세계가 반미문제를 핵심으로 한 민족해방의 문제임을 보여주고 있다.

그러나 남이범이 탄생의 비밀을 추적하는 과정은 추리소설과 같은 느낌을 줄 뿐 엄밀한 의미에서 자연스러우면서도 필연적인 인과율을 보여주지는 못한다. 또한 1, 2세대 운동권을 그려나가면서도 '애결대'라는 특정 정파에 집중한다거나 현실사회주의권의 몰락에도 불구하고 의연함을 견지하고(대신 맑스레닌주의를 전파했던 1세대 고참인 마르기수가 이탈하는 것도 상징적이다. 한편 그만한 고참이 애결대에서 활동하고 있다는 것도 이해가 되지 않는다. 혹시 운동권 전체를 대변하기 위한 무리수는 아닌지?), 이들에 대한 형상도 영웅화되어 있다. 하나의 모험주의라 할 수 있는 이들의 활극적 활약상은 무초·마녀·나이프·티코·타이탄·약손 등 가명의 상징과 함께 마치 무협지를 연상시킨다. (이는 부산지역 학생운동사라는 보고문학적 차원에서는 가능할지 모르나 문학적 차원에서는 사실 여부를 떠나서 좀더 고도의 변형과 종합화를 거치는 것이 필요했다. 또한 구체적 개별성이 갖는 특수성은 보편성의 차원에까지 고양되어야만 가능하다는 점에서 부산지역, 그것도 부산대학교라는 특정한 대학의 특별한 예를 이야기하는 형식에서 크게 벗어나지 않은 것도 문제점이다.) 그리고 무장전위대인 애결대만을 통해서는 결코 현실사회주의권의 몰락 이후 겪게 되는 이념적 방황의 흔적은 찾아보기 힘들다. 사회주의권의 몰락을 이야기하면서도 결국 동료구출투쟁, 미드웨이호 타격투쟁 등을 벌이고 거기에 정당성을 부여하고 있다는 것은 현실사회주의권의 몰락에도 불구하고 결국 특정한 운동논리만을 승인하는 결과를 낳는다. (김노경의 '주체성' '이제 필연의 시간은 가고 주체의 시간이 온 것'이란 발언이나 작가의 '사람중심의 철학'이란 발언들도 맥락을 같이한다.)

그외에도 90년대 인간상으로 배치해놓은 차태수나 안경태 등도 최근의 현상 중 도드라진 특징을 과장 혹은 유형화한 것으로 보이지 살아있는 인간형상으로 비춰지지는 않는다. 말하자면 특정한 몇 개인의 특수성을 통한 치밀한 형상화라기보다는 최근 현상을 대표할 만한 요소들을 각 인물 속에 과장하여 두루두루 흥미롭게 배치했음을 말해준다. 게다가 남이범 외에도 많은 인물들(차태수·안경태·원동숙 등)의 집안내력도 매우 특별하다. 물론 작가는 수많은 현실인간들과 접촉하여 현재적 양상을 형상화하고자 했다고 말한다. 그러나 올바른 의미에서의 전형화가 아니라 일종의 개괄화·유형화에 머물고 있다. 앞서 『풋사랑』에서도 언급한 바 있지만, 여러 등장인물의 위계적으로 구성해야 다양한 전형화가 가능하다. 그런데 『풋사랑』이 인물형상화에서 지나치게 평균적이었다면, 『항로 없는 비행』은 지나치게 특별화되어 있다. 또한 특별화는 작품 속에서 대부분 긍정적인 면모로 나타난다. (젊은층만 문제삼으면 마르기수만 예외가 된다.) 루카치는 자기 운명에 대한 의식수준과 운명의 개인적·우연적 요소를 의식적으로 특정한 추상의 수준으로 고양시키는 능력에 의거, 중심인물 혹은 삽화적 인물 등의 위계에 따라 작품을 구성할 필요를 강조하였다. 말하자면 이 위계적 구성의 필요성은 형식주의적 요구가 아닌, 객관적 현실의 반영이 되어야 한다는 것이다. 이 문제와 직접 연관되는 것은 작가가 최근의 현실을 낙관적으로 파악하는 '기본적인 휴머니티' 문제이다. 작가는 신문기자와의 대화에서 이런 말을 한 적이 있다.

처음에는 오렌지족 차태수, 도서관에만 틀어박히는 안경태, 프락치 조양달, 변절자 남종구 같은 사람들을 미워했다. 이들을 악인으로 그리려 했는데 집필과정에서 "식민지에서 자유로운 사람은 한사람도 없다"는 김남주 시인의 시가 자꾸만 생각나고 그들이 모두 이해되기 시작하면서 애정이 갔다. 3~4년간 책과 씨름하면서 인물의 배경들을 그려가다보니까 이들 역시도 굴절된 역사의 희생물이란 걸 깨달은 것이다. (주간 『내일신문』 1993. 12. 16)

실제로 전형 하면 우리는 쉽사리 긍정적인 것을 연상하지만 부정적인 것 또한 거기에 상응하는 엄밀성을 보여주어야 한다. 그렇지 못할 경우 과거의 병폐로 흔히 지적되었던 자본가에 대한 천편일률적인 도식성이 나타나거나 할 것이다. 역사발전을 추진하는 힘이 본질적이라면 당연히 그것을 억제하는 힘 또한 본질적이다. 또한 사회의 본질을 직접적인 현상으로 생생하게 드러내주는 것이 전형이라면 부정적 전형의 개념도 성립 가능하며 그것의 층위도 다양해질 수 있다. 그러므로 부정적인 것 역시 긍정적인 것을 선명히 드러내기 위한 보완물이나 장식물에 그칠 수 없고 본질적이어야만 한다. 결국 이 작품에서 드러나는 모든 인물에 대한 긍정화는 한편으로 "사소하게는 개인주의로 표현될 수 있지만 기본적인 휴머니티는 깔고 있다"는 작가의 지나친 낙관주의적 현실이해와 맞물리면서도, 다른 한편으로 가장 적대되는 모순을 오로지 반미문제로 치환하는 극단화를 낳는다.

이렇게 보았을 때 『항로 없는 비행』 역시 80년대적 한계로부터 벗어나 어떤 항로를 보여주었다고 할 수 없다. 작품 속에서는 외세에 의한 식민지 분단의 질곡을 비교적 선명히 지적하고 있지만, 그 자신도 인정한 현실변화 속에서는 '항로 없는 비행'을 하는 모순적인 양상을 낳는다. 어쨌든 『항로 없는 비행』이 보여준 현실에 대한 낙관적 태도는 요즘 시기에 보기 힘든 힘을 갖는다. 소설 자체로는 문제점이 많으면서도 상당한 반향을 예감케 하는 것은 시대적 소용돌이에 정면으로 도전하는 작가의 적극적인 태도와 짧은 단문 문체를 통한 추리소설 기법 등의 능숙한 활용, 박진감 넘치는 사건진행과 다양한 현재적 삶의 포용 때문이다.

『항로 없는 비행』의 이런 힘있는 질주에 견주어볼 때 김형경의 『새들은 제 이름을 부르며 운다』는 분위기가 사뭇 다르다. 『항로 없는 비행』이 광장의 세계라면 『새들은 제 이름을 부르며 운다』는 밀실의 세계로, 심리의 세계에 주안점을 두면서 80년대부터 오늘에 이르는 시간을 음울한 무채색으로 채색하고 있다. 이 작품은 80년대 대학 재학 중 '민주시화회' 동인활동을 통해 학생운동에 나름대로 동참했던 네 명의 인물을 각각 화자로 내세워, 노동현장에서 활동하던 친구의 죽음을 계기로 대학졸업 후 7년 만에 다시 어우러져 겪게 되는 여러 이야기를 담은 다소 독특한 형식의 소설이다. 특히 노동현장에서 가장 치열하게 살아왔던 최민화가 자살로 생을 마감하면서 살아남은 자들이 휘말리게 되는 정신적 소용돌이와, 유서대필사건을 연상케 하는 자살방조사건, 벽화사건 등에 연루됨으로써 이들이 겪게 되는 체험과정이 핵심 줄거리를 이루고 있다.

이 작품은 예전에는 상상할 수 없었던 '1억원'이란 거액의 상금을 휘어잡은 소설(국민일보 1억원 고료 수상작)로 요즘 대중적 관심을 끌고 있다. 일단 쉽게 눈에 띄는 결점을 보면 심사평에서 두루 지적되고 있듯이 사건의 전환동기가 다소 모호하고, 시점의 변화에도 불구하고 의식이 그만큼 변별되지 않으며(이것은 한편으로 등장인물이 개별화되지 못한 것과 연관된다), 그에 따라 서술의 잦은 중복이 보이고, 작품 결말처리가 허약하다는 것 등이다. 실제로 이런 결점을 눈여겨보면 작품의 완성도에서는 상당한 문제가 있는 것으로 짐작할 수 있다. 그럼에도 불구하고 이 작품을 당선작으로 만든 소설적 힘은 무엇인가. 문장력과 글솜씨가 빚은 문체의 탄탄함, 그리고 그에 힘입어 80년대를 열정적으로 살았던 이들이 겪게 되는 시대의 실의를 의식의 내면으로까지 성숙하게 끌어안았다는 데 심사위원들은 일치된 견해를 보였다. (심사평은 민예당에서 간행된 단행본 하권에 게재되어 있다.)

현장운동의 유효성을 상실해가는 시절에 이르러 그 참여자들이 치러야 할 고뇌와 좌절이 섬세하면서도 아름답게 묘사되어 있고, 예술과 현실, 이념과 삶, 사랑과 절망, 쓰라린 마음과 무심한 풍경들의 착잡한 갈등을 다루는 그 문체는 절제력을 가지면서도 탄력적이고 신선했다. (김병익)

정치적으로 암울했던 80년대를 거쳐 4명의 젊은이를 각각 화자로 내세워 열정의 소진, 진실을 향한 치열성, 그 고뇌와 각성을 잔잔하게 펼쳐보인다. 오늘의 시점에서 그 시대를 돌아보는 시선이 이만큼 의식의 내면화에 이르렀다는 성숙성이 돋보인다. 감상성을 아슬아슬하게 극복한 정서가 맑다. (김원일)

사실 이 소설은 읽는이에 따라 여러가지 평가가 나올 가능성이 많다. "감상성을 아슬아슬하게 극복한 정서"라는 것도 말 그대로 아슬아슬하다. 초점을 어디다 맞추냐에 따라 평가가 달라질 수 있다. 오늘의 시대를 '착잡한 갈등'의 시대라고 한다면 착잡함 자체를 절제있게 펼쳐보이는 것은 그 나름의 탁월한 문학적 성취일 수 있다. 이 소설은 분명 이문구(李文求) 선생이 지적한 대로 급전직하의 환경변화와 자기한계에 의한 수정주의적 현실인식 그리고 그에 따른 의식파탄 및 이념의 황폐화과정을 조명한 내용이다. 유종호(柳宗鎬) 교수는 이를 두고 "너무 손쉬운 현실회귀가 아니냐는 혐의도 있으나 당대 세속의 한 모서리를 잘 짚고" 있다고 했지만 사실 이 문제는 '세속의 차원'만이 아닌 '역사적 의미망' 속에서 평가되어야 한다. 문학은 어떻든 구체적인 방식으로 사회역사적 존재로 이해되는 인간에 대한 하나의 확인·표현·대상화이기 때문이다.

실로 이 작품의 최대 장점은 '의식의 내면화방식'에 있다고 보여진
다. 탄탄한 문체로 내적 독백이나 시간의 불연속 혹은 시간의 전도와
같은 현대소설의 형식적 기법들도 능란하게 구사되어 있다. 80년대
대학 써클활동에서의 인간적·이념적 유대감이 하나의 진원지가 되어
그것을 상징하는 인물 '최민화'의 방황과 뒤이은 죽음의 결단에 의해
각자 일상의 세계에 있던 주변인물들의 의식·심리가 전반적으로 규정
된다. 소설은 이런 의식·심리를 주변인물 각자의 삶속에서 치밀하게
묘파하여 리얼리즘을 견지하면서도 심리주의 이상의 경지를 내보일 수
있다는 기대를 갖게 한다. 이러한 형식적 도전은 단순하게 형식적 혁
신의 문제가 아니라 리얼리즘 문학이 추구해야 할, 내용상의 변화에
따르는 불가피한 형식적 구조에서의 변화라는 측면도 있기 때문이다.
말하자면 인간현실 그 자체가 변모했다면 내용적으로나 형식적으로나
그 변모를 올바로 조응하는 것은 지극히 온당한 리얼리즘의 요청이다.

그러나 이러한 기대는 잘못이었다. 방향은 오히려 역방향을 취하면
서 내용을 갉아먹고 있다는 느낌을 지울 수 없다. 어떻게 말하면 애초
부터 이 소설은 모더니즘적 세계관에 기초를 둔 심리주의 소설 그 이
상도 이하도 아니었다. 이 소설 전편에는 짙은 허무주의가 시간을 넘
나들며 쉼없이 건반을 두드린다. 졸업 후 각자 다른 사회생활을 하던
작물인물들의 밑바탕에는 이미 허무주의가 짙게 깔려 있다. 그런 허무
주의는 이 인물에서도 저 인물에서도 약간의 편곡을 한 것처럼 비슷하
게 발성된다. 이는 작품에서 관념적인 과장된 나르시시즘, 의외의 돌
출된 행동, 때로 정신병리학적 포즈로 전락하고 만다. 그러나 섣부른
판결 이전에, 문학적 진정성에 기초한 '다원주의'를 내걸면서 허무주
의에 깊은 애정을 표시한 권성우의 발언에 한번쯤 다시 이것을 여과해
볼 필요가 있겠다. 그는 문학적 허무주의에 대해서 이렇게 말한다.

　암담한 현실의 전망 없음을 솔직하게 인정하고 허무의 심연을 철저히
통과하는 것은 마치 세상이 곧 변혁되리라는 듯이, 근거 없는 낙관적 전

망과 지극히 원칙적 관념에 의해 세상을 채색하는 것보다 얼마나 더 아프
고 고통스러운 일인가. 진정한 변혁의 씨앗은 바로 그 아픔과 고통의 심
연을 경험함으로써만 생성될 수 있을 것이다. (『비평의 매혹』, 문학과지성사
1993, 135면)

이런 진술에 따르면 이 소설은 문학적 허무주의라는 말이 적당하다.
그러나 여기엔 몇가지 전제가 필요하다. 즉 현재가 전망 없는 시대라
는 것, 따라서 전망의 시대가 되면 폐기될 운명이라는 것에 대한 확고
한 인정이다. 물론 권성우의 허무는 현실의 암담함에 대한 철저한 인
식의 소산이며, 그것을 통해 진정한 전망의 계기, 변혁의 씨앗을 추출
할 수도 있다고 진단한다. 얼핏 보면 수긍 못할 것도 없다. 그러나 단
순한 실존적 차원을 넘어선 사회·역사적 차원, 민중적·민족적 차원
으로 이끌어가면 문제는 달라진다. 민족문학론의 기획은 근대성에 충
실하되 탈근대를 지향하자는 것이다. 이른바 보존과 폐기를 통한 지
양, 계승과 혁신의 과정이다. 개인의 존엄성을 존중하면서도 분리된
개인의 실존세계가 아닌 개개 인간 사이의 유대, 나아가 계급·민중·
민족의 바람직한 공동체 세계를 향한 역사와 현실, 그리고 인간 자신
의 부단한 인간화과정이다. 우리가 내면성의 좁은 길에 갇히기를 거부
하고 민중 속에 풍부하게 준비되고 있는 폭넓은 세계를 주목하는 것은
이 때문이다.

그러나 최근 들어와 실존, 내면성, 삶의 미세한 결, 복합적이면서
도 섬세한 심리묘사 등등이 문학적 성취와 비평의 잣대로 각광을 받고
있다. 필자도 그런 문학적 가치를 도외시하지는 않는다. 그것은 그 나
름의 가치로 지속되어왔고, 지속되어갈 것이다. 다만 단편 혹은 중편
소설에서는 그것이 완벽한 문학적 가치를 구현할 수 있지만(가령 최근
의 신경숙 소설집 『풍금이 있던 자리』), 적어도 장편소설에 오면 이러
한 요소들은 더 넓은 세계로 용해해 들어가야만 한다. 최근 소설의 기
법적 특징의 하나로 감정이입을 들 수 있다. 우리는 당연히 사회가 복

잡하게 움직여가는 과정을 표현해낼 과제를 가지고 있다. 그러나 감정이입 기법만으로 이 과제를 수행할 수 있을까? 인간의 심리적인 움직임을 표현할 현실적인 계기들은 문학 속에 충분히 받아들여졌다. 하지만 세계가 단지 주인공들의 감정이나 사고를 비추어주는 거울 속에서만 나타난다면, 그 세계는 이미 우리에게 재생산이 불가능한 채로 나타나게 될 것이다. 사회의 여러 인과관계는 더이상 심리적 체험들을 일으키는 단순한 인과관계로만 한정될 수 없다. 문제는 여기에 있다. 사실 『새들은 제 이름을 부르며 운다』에서 80년대란 일종의 '원죄'('이 땅의 80년대가 젊은이들에게 뒤집어씌운 정신과적인 질환들')이다. 작중인물 중에서 원죄의 현재적 상징물은 현장활동가 최민화다. 가령 민형조는 "우리는 누구도 민화의 죽음으로부터 자유롭지 못하리라. 이것이 이십대를 마무리하는 우리의 통과의례가 되리라"(1권, 189면)라고 말한다. 실제로 최민화는 이 중에서 몇사람과는 자살하기 얼마 전부터 개별적으로 만난 경험이 있다. 그들은 모두 자신들이 민화를 죽였다고 자책한다. 그래서 그녀의 죽음과 연관되면서 살아남은 자들은 일제히 통과의례, 이를테면 실존의 고뇌와 좌절과 허무에 빠지거나, 때로 정신착란까지 일으키기도 한다. 그 사이 7년이란 세월은 은닉된 침묵의 시간이다. 시간의 불연속 혹은 시간의 전도라는 서술방식은 이와 결부된다. 체험된 개인적 시간의 진행과정과 물리적이며 역사적인 객관적 시간 사이에 분리가 이루어진다. 순간적 요소의 과도한 압력 때문에 사회·역사적인 것은 사라지고 이들 동인들끼리 겪었던 주관적 시간의 파편화된 체험이 주종을 이룬다. 물론 교사인 구운형, 탄광노동운동 경험이 있는 화가인 민형조, 미술잡지 기자인 진은혜, 명상센터 관장 김시현 등이 각각 화자로 나선 장(章)에서는 각자 일과 관련된 사회생활 이야기나, 민화의 죽음 이후 나머지 사람들간의 교류, 무엇보다 자살방조사건과 벽화사건이 확대되어 연루되는 나름의 이야기가 순차적으로 편성되어 있다. 그러나 이들의 만남이나 대화나 말하고자 하는 바는 모두 80년대 써클활동과 민화의 죽음에서 비롯된 주관적 체험과 심리의 세계로 대부분 귀착된다.

　그런데 사실 과거의 끊임없는 환기와 현재의 허무적인 의식은 상호 보충하는 계기 이상의 역할을 하지 못한다. 이것은 과거가 그 나름의 일관된 맥락을 갖지 못한 데서도 나타난다. 가령 정신병과 그로 인한 시각장애를 겪게 되는 운형과 같은 경우는 80년대를 이야기하면서 "대학시절부터 그랬다. 언제나 벼랑끝에 서 있는 느낌이었고 무슨 일을 해도 신명이 없었다. 아니 신념이 없었다"(1권, 26면)라고 말한다. 또한 은혜는 "그 시절은 누구나 그랬을 것이다. 쉽게 마음을 드러낼 줄도 몰랐고 사물을 가볍게 대하는 방식도 알지 못했다. 모든 것이 너무 무거웠고 모든 일에 두루 미숙했다"(1권, 55면)라고 말한다. 그런데 사실 최민화는 너무나 당당했고 자신만만한 것으로 회고되고 있으며, 또한 김시현은 강경일변도로 흐른 '시화회'에서 탈퇴하여 신비주의에 빠졌으며 동시에 여자를 쉴새없이 바꿔가며 연애를 하였다. 실제로 이 소설은 디테일에서도 이해되지 않는 점이 많다. 중심줄거리를 형성하는 자살방조사건 같은 경우, 죽은 자를 화장까지 한 뒤에 조사활동을 벌이는 것이나, 명색이 써클활동인데 동기생들만 등장하는 것도 사실에 안 맞고, 대학 졸업 후 7년이나 지났는데 남학생들의 군대문제도 고려치 않고 일제히 같은 시기에 졸업하여 뿔뿔이 흩어진 것이나, 벽화그리기도 첫번째는 몰라도 신문에까지 날 정도이면 이미 수사망이 본격 가동되었을 텐데 밤새도록, 아니면 몇날을 거쳐서 그렸을 벽화를 6번째까지 그렸다는 것도 상식적으로 이해되지 않는다. 또한 최민화의 형상 역시 현장운동가로는 대단히 미흡하다. 그리고 그녀가 자살하게 된 직접적인 동기가 병이라는 것도 작품 전체의 분위기를 흐려놓는다.

　이러한 사실은 이 작품이 특정한 의식이나 심리를 표출하기 위해 일정한 집단을 의도적으로 정해놓고, 이들간의 특정한 주관적 체험의 공유로 치환하는 형식주의적 방식의 산물임을 말해준다. (이런 주관적 체험의 하나로 빠뜨릴 수 없는 것이 남녀관계다. 오랜 시간이 흘렀음에도 서로 얽히고 설킨 채 이에 대한 미묘한 심리만 장황하게 서술된다.) 그렇다면 '패배한' 80년대와 관련된 허무·환멸 등을 적당히 포장한 것에 그친 셈이 아닌가. 결국 앞서 언급한 심사위원들 모두가 지적한 결점들은 전체와 분리된 부분적인 문제가 아니라 전체의 결함과 연관된 문제들로 되돌아온다. 또한 '아슬아슬한' 감상성도 이에 따라 평가가 부정적이 되며, 개성과 특성 없는 인물형상과 반복적 서술에 '지루함'을 느낄 수도 있고, 무엇보다 다 읽고 나서는 '공허함'이 남는다. (작중화자 중에서 가장 커다란 비중을 가진 '진은혜'가 작품 결말에 가서 은폐되고 또 하나 예기치 못한 정신적 파탄으로 귀결되는 것 역시 이와 무관하지 않다.) 따라서 이 작품에 대한 "세속의 한 모서리를 잘 짚고 있다"는 평가도 본질적 차원에서는 부분적 현상을 절대화하여 오히려 진실을 훼손하는, 반리얼리즘의 허무한 늪으로 이끌게 하는 것은 아닌지 생각해볼 일이다.

3

    지금까지 필자는 몇몇 작품을 제한된 형식으로나마 살펴보았다. 이제 그중에서 어떤 것은 리얼리즘이고 어떤 것은 리얼리즘이 아니다고 세세히 판결하는 것은 무의미하다. 지금 중요한 것은 현실의 새로운 진전에 부응하는 참된 리얼리즘 문학을 재생키 위한 진지한 모색이다. 그것은 의도나 지향만으로는 해결될 수 없는, 복잡다단한 현실을 향한 치열한 변증법적 탐사가 안받침되어야만 가능할 터이다. 앞서 살펴본 작품들은 분명 예전과는 다른 다양한 양상을 보여주었다. 변화된 현실을 밑그림으로 하여 작가마다 독특한 색조와 태도로 80년대와 90년대를 화폭에 담았다. 그러나 변화된 현실 이편에서 저편 절벽으로 80년대를 추억화하거나(『풋사랑』), 80년대라는 불화살에 덴 운명의 덫을 허무주의로 감싸거나(『새들은 제 이름을 부르며 운다』), 아니면 변화를 적극 끌어안더라도 도드라지는 몇몇 형체를 다채롭게 진열했을 뿐(『항로 없는 비행』) 그 이상을 보여주지는 못했다. 현실의 심장부를 움켜쥐고 그로부터 솟구치는 생생한 혈색의 인간을 마주할 수는 없었다. 시대 속에서 태어나 다시 시대 속으로 삼투해들어가야 하는 역사와 인간의 진정한 변증법이 아쉬웠다.

이제 지금까지 살펴본 결과를 바탕으로 좀더 자유롭게 최근의 소설들에서 보여지는 문제적 징후를 들추어보고자 한다.

앞서 언급한 작품 외에 이인휘의 『그 아침은 다시 오지 않는다』, 박혜강의 『안개산 바람들』, 김지용의 『보이지 않는 나라』, 김남일의 『국경』 등은 매우 상이한 현실영역을 대상으로 하고 있다. 남성의 시각으로 본 여성문제, 우루과이라운드 협상 이후 농촌의 현실과 농민의 삶, 그리고 지난 80년대 숱하게 마주친 의문사, 일제하 역사 등등. 그런데 대상이 이렇게 넓어지고 있으면서도 정작 80년대 소설의 한 축을 형성했던 노동문제를 다룬 소설이 없다는 것이 특징이라면 특징이다. 이는 노동운동의 침체와 직접 관련되겠지만, 한편으로는 '운동으로서의 문학'이 이제 '문학으로서의 운동'이라는 지식인문학의 일반적 양상으로 재편되고 있다는 의미도 될 터이다. 또한 정직하게 말하면 어떤 운동적 강제, 도덕적 강제로부터 벗어나 자신의 실제 삶의 자리에 자리잡고 예전에 비해서 자유로운 선택을 하기 시작했다는 뜻도 될 것이다. 김인숙(金仁淑)이 최근 작품집 『칼날과 사랑』에 등단작을 뒤늦게 수록하면서 '먼 길을 돌아왔다'고 고백한 것도 같은 맥락으로 읽힌다. 어떤 의미에서는 오히려 80년대가 비약의 특별한 시대였고, 지금이 정상적인 시대라는 사고가 필요할지도 모르겠다. 왜냐하면 이제 지난한 일상생활 속에서 지난한 싸움이 지속될 것이기 때문이다. 그런데 이 자유로움이란 결코 '창조된 현실'의 가벼움일 수 없는 일이며, 그것의 진정한 의미는 자신의 본질적 능력을 가장 차원 높게 실현할 수 있는 대상을 스스로 찾아내어 펼쳐보이는 데 있다. 그리고 그렇게 확장되고 풍부해진 인간화된 대상 속에서 현실에 대한 우리의 관계도 동시에 풍요로워지고 심화될 것이다.

그런 점에서 대상의 확대는 환영할 일이다. 그러나 이들 작품이 진정 풍부하게 인간화된 대상을 보여주고 있는가. (김남일의 『국경』은 아직 미완의 작품이므로 여기서 제외한다.) 고개가 끄덕여지지 않는다. 우선 위의 작품들에서 작가가 혼신의 힘을 기울였다는, 철저한 장인정신이 느껴지지 않는다. 왠지 모르지만 느슨하다는 느낌, 대상의 현실 속에 푹 파묻혀 묵혀 나왔다는 느낌이 들지 않는다. 오히려 가장 강하게 와닿는 것은 대중성을 직접 겨냥한 인위적인 색칠이다. 물론 대중성을 의식한다는 사실은 한편으로 과거의 창작실천에 대한 자기비판의 뜻이 담겨 있기도 하지만, 다른 한편으로 생존을 위한 경제적 측면에 대한 고려도 결합되어 있다. 그리하여 여성문제나 쌀개방문제, 의문사문제 등 대중적 관심이 높은 이슈를 목표로 내세우면서도 실내용이 거기에 부응하지 못하는 피상성을 보이는 경우가 많다.

가령 『그 아침은 다시 오지 않는다』는 '남성이 쓴 페미니즘 소설'이라는 다소의 특이함에다 신화 속의 세 여성상을 1993년이란 당대에 끌어내어 오늘의 세 가지 여성유형을 빚어내었다는 평가를 받았다. 그러나 소설 속에서 이런 유형화가 제대로 살아나지 못하고 인물은 두 유형 정도로 집약된다. 또한 인물 형상화에서 작가의 의도(여성 스스로 삶을 되돌아보고 사회구조적 측면과 결부된 여성의 억압구조를 밝혀낸다)와는 다른 상투적 양상을 보여주고 만다. 소녀기에 보았던 새어머니의 불륜행위로 인해 생긴, 성에 관한 병적인 결벽증세가 주원인이 되어 현모양처형 정인이 겪는 가정파탄이라는 것도 그러하고, 또한 남성성을 추구하는 동생 정윤의 연이은 사업실패의 원인도 여성에 대한 차별보다는 이미 이 문제를 넘어서 자본가간의 싸움이라는 상식적 차원에 그친다. 또한 진취적 여성상을 대변한다는 여성학 강사 우경희도 진취성과는 거리가 먼 자유주의적 분방함(김선우와의 애정행각)을 보여줄 뿐이다. (이 점은 정윤도 마찬가지이다.) 이런 상투성은 사실 대중문학의 일반적 성격과 유사하다고 볼 때 예술성·민중성을 심각하게 훼손할 우려가 있다. 선우의 외도라는 것도 의도에 비추어보면 흥미 이상의 것은 아니며, 또한 우경희가 미행당하는 것을 추리적 기법으로 서술하는 것도 마찬가지이다.

『안개산 바람들』은 비교적 전통적 리얼리즘 형식에 충실한데, 최근 농촌을 파멸로 이끌고 있는 우루과이라운드 협상문제까지도 소설 속에 재빠르게 수용하였다. 그러나 소설을 세밀히 더듬다보면 우루과이라운드 협상문제는 수몰지역 농민의 삶을 그린 초고에 덧붙인 형태임이 드러난다. 사회문제에 신속하게 대응하고자 한 80년대 소설이 드러냈던 피상적 인식을 이 작품 역시 답습하고 있다. 그리고 주인공으로서 감옥경험까지 한 해고노동자 ‘영도’가 출옥 후 좌절의 생활을 하다 농민으로 다시 일어서는 과정이 별반 설득력이 없고(동시에 노동운동의 경험에 대한 진지한 성찰도 부족하다), 장춘양반의 비극적 죽음이라거나 순천댁의 슬픈 형상도 과장된 표정으로 읽히며, 무엇보다 댐건설 이후 일종의 미신이라 할 수 있는 토속 금기사항을 신비적으로 동원하여 이야기의 골간으로 삼은 것도 사실성을 심각하게 훼손한다.

한편 작가로서 첫 등단작품이기도 한 『보이지 않는 나라』는 공안정권의 상징인 국가권력기구에 의해 자행된 의문사문제를 파헤친 소설이다. 작가의 의도는 ‘의문사’가 단순사건으로 처리됨으로써 사회로 확산되는 파장들이 각 개인들에게 어떤 영향을 미치는가를 밝힌다는 것이다. 이러한 요구에 의해 작품에는 우연히 사건현장을 목격한 주먹패의 한 인물이 오히려 범인으로 지목되어 추적당하다 끝내 다시 국가보안국에 의해 ‘의문사’당하는 과정이 그려져 있다. 이 소설에 대해 ‘해설’에서 백진기는 누구도 정치의 바깥에 서 있을 수 없다는 평범한 진실을 문학적 형상으로 훌륭히 담아내었다고 높이 평가하고 있다. 그러나 솔직히 말하면 ‘의문사’와 ‘국가보안국’ ‘운동단체’는 추리소설을 위한 외피에 불과하다. 이미 살인자는 작품 시작과 함께 독자에게 노출되고, 남는 것은 살인자로 몰린 ‘유형기’란 주먹패가 추적을 피하면서 펼치는 활극이 소설의 중심을 이룬다.

이런 정황으로 볼 때 이들 작품은 참된 대중성과는 거리가 먼 오히려 통속문학적 차원의 대중성에 빨려들어가고 있음을 보여준다. 한 작품에서 상업주의적 성격은 일반적으로 재미있는 요소가 조야하고 자생적으로, 또 예술적 구상과 혼연일체가 되어 있지 않을 때 나타난다. 이렇게 해서는 출판사의 광고전략에 따라 어느정도 구매욕구를 유발시킬지 몰라도 생명력있는 작품으로 남을 수 없다. 실제 대중성을 위한 작가들의 최근 노력에서 두드러진 점으로 추리기법과 활극적 요소, 다소 신비주의적인 색채 등을 꼽을 수 있다. 이들 작품만이 아니라 앞에서 거론한 작품들도 예외가 아니다. 이를테면 『항로 없는 비행』에서의 활극적 요소나 추리기법, 『새들은 제 이름을 부르며 운다』의 추리기법 등이 그러하다. (더 넓게 보면 영화기법도 해당된다.) 그런데 문제는 작가가 진실로 말하고자 하는 의도나 내용을 효과적으로 드러내기 위한 방편으로서가 아니라, 독자를 붙들기 위한 단순한 치장 이상을 넘지 못하고 있다는 사실이다. 따라서 올바른 소설창작을 위해서 진정한 대중성이란 무엇인가를 심각하게 고민할 단계에 와 있다.

아직도 우리 사회에는 문학과 대화를 나눌 수 없는 사람이 많다. 특히 우리들이 주목하고자 하는 민중층이 그들이다. 물론 문학에 등을 돌리게 만든 책임을 작가나 소비자에게 일방적으로 전가할 수만은 없다. 보다 근원적인 것은 물화(物化)되고 소외된 상태로 가고 있는 사회 자체이다. 사실 고급문학(본격문학) 대 대중문학이란 통상적인 이분법은 이런 물화되고 소외된 상태에서, 문학을 향유할 수 있는 선택된 소수를 위한 소수예술로서의 고급문학과 다수 대중의 수준으로 문학을 끌어내려 영합하려는 대중문학의 분리에 근거해 있다. 그러나 진정한 문학은 본질상 시대와 계급 혹은 민족의 경계를 넘어 인간적 대화를 나눈다는 사실을 유념한다면, 소수문학이냐 대중문학이냐가 아니라 진정으로 인간화를 지향하는 만인을 위한 문학이 있을 뿐이다. 설사 모든 사람이 읽지 않더라도 그 과정 자체가 역사의 발전, 인간 삶의 풍요로운 전개를 위한 과정이 될 것이기 때문이다.

그런 점에서 최근 스스로 '상품'임을 선언하고 고급문학과 대중문학의 장벽을 허물어 칵테일식 고급대중문학을 노골화하려는 경향(일반적으로 포스트모더니즘 소설, 우리의 경우 이른바 신세대소설 등)까지 대두되는 현실에서 민족문학은 자기 정체성을 명확히 확립할 필요가 있다. 알게 모르게 최근 젊은 작가들에게서 창작기간이 아주 짧아지고 있다는 사실이나, 성급한 장편대작화 추세, 그리고 조급하게 상업출판사와 직거래해서 곧바로 간행하는 행태도 이런 문제와 관련된다고 본다. 이제 우리의 작가들 역시 불확실한 생존에 대한 두려움을 가지게 되었다. 문학작품들도 자본주의적 생산의 일반법칙에 지배당하며, 작가들은 돈의 위력에 동요하고 있다. 오늘날 문학작품은 출판업체에 의해 하나의 상품으로 간주될 뿐만 아니라 투기대상이 되기까지 한다. 이것이 오늘의 엄연한 현실이다. 여기서 작가가 자신의 창작이 상품의 운명에 놓이는 것을 거부하고 자신의 자유에만 철저히 몰입했을 때 혹독한 궁핍의 댓가를 치를지도 모른다. 따라서 이제 자본주의 사회와 문학예술의 적대성에 대해 진지한 숙고가 필요할 때이다. 자본주의사회에서 작품은 그것의 창조에 소비된 사회적 필요노동시간으로 환원될 수 없기 때문에, 작품의 교환가치는 독자대중들의 기호와 관계하여 정해진 가격과 같은 주관적이고 피상적인 범주에 따라서만 형성될 수 있을 뿐이다. 그런데 만약 창작을 수동적으로 소비에 종속시킨다면 창조란 결국 대상을 주체에게 공급하는 것으로 축소될 것이며 대상의 미를 향유하는 방식은 미리 규정될 것이다. 그렇게 되면 작가는 항상 앞서 형성된 취미·가치·범주 들을 지니는 대중의 욕구에 보조를 맞추거나 뒤따라가게 된다. 따라서 우리 작가들도 일찍이 맑스가 지적한 대로 예술적 생산이 갖는 창조적 능력의 이중성, 즉 인간적 욕구를 만족시킬 수 있는 대상을 창조하며 동시에 그러한 대상의 미를 향유하는 새로운 방식도 창조한다는 점에서 적극적인 의식을 가져야만 할 것이다. (이 문제와 관련해서는 바스께스, 양건열 옮김, 『예술과 사회』, 이론과실천 1993년, 제2부 「자본주의에서의 예술의 운명」을 참조할 것.)

　지금까지 필자는 장점보다는 오히려 단점을 중시해서 최근 장편소설들을 살펴보았다. 그러나 어쨌든 전체적으로 현실을 대하는 태도에서

안이함이 눈에 띄었고, 문학을 창조하는 예인정신에서 진지함이 옅어진 인상을 받았다. 스스로 창조해낸 정신의 자식들을 보따리장사치마냥 여기 토해놓고 저기 토해놓고 할 수 없는 일이다. 그것은 문학을 스스로 상품으로 생각하는 이들의 몫일는지는 모르지만 결코 우리 민족문학이 취할 바는 아니다. 우리 주변에서 작가의 혼을 찾아보기 힘들다는 이야기가 들린다. 우리 '젊은 민족문학가'들은 80년대 다소간의 궁핍함에도 불구하고 창작의 자유와 이념에 헌신했던 그러한 문학적 열정을 계속 유지해야 한다. 민족문학, 리얼리즘 문학이 지향하는 만인을 위한 문학은 결코 쉽사리 얻어지지 않는다. 지향하는 바가 높은 만큼 그에 따르는 작가적 헌신성은 더욱 필요하다. 변화된 복잡한 현실이 두려워 가벼움을 찾아나섰을 때 그 문학은 결코 대중의 가슴에 내려앉지 못한다. 무거운 겨울외투를 벗어던지듯이 우리는 우리의 현실을 벗어던질 수 없다.

우리 민족문학은 민중과 민족의 가장 깊숙한 곳에 자리잡고 있는 여러가지 움직임을 정확하게 포착하여, 그것이 내포하고 있는 바 열망의 지적·도덕적 내용을 표출해내고자 애써왔다. 또한 객관현실의 존재에서 출발하여 역사적·사회적으로 조건지어진 인간관계 속에서 구체적인 인간들에 관한 진실을 드러내는, 그리하여 새로운 현실을 구성하는 리얼리즘을 지향하였다. 일하고 싸우며, 고통받으면서도 즐거워하고, 미래를 꿈꾸는 살아 있는 인간들과 함께 호흡하고자 애써왔다. 우리의 존재방식은 언제나 현재진행형이었고 미래지향적이었다. 진정한 문학은 자신의 시간에 충실함으로써 그 자신의 시간보다 오래 지속되며 계속해서 실제 삶과 조화되어 영원히 생존한다. 과거 위대한 문학작품들은 제각기 그 나름의 특정한 '지금 여기'에 기반을 두었지만 결코 시간의 포로가 되지 않았다.

이제 갱생해야 할 우리 민족문학은 특정 집단의 작가들과 일치해야한다거나 이전의 관념적 동질성에 계속 연루되어야만 담보되는 것은 아니다. 이제 우리는 90년대의 '젊은 민족문학'으로 거듭나야 한다.

과연 불길에 빨리 뜨거워졌다가 금세 식어버리는 냄비의 문학이 되겠는가, 아니면 뜨거운 담금질로 더욱 단단해진 강철의 문학이 될 것인가. "근대의 공적과 근대성의 상존하는 위력을 충분히 인정하면서도 올바른 탈근대를 지향하는 인식과 실천"(백낙청)이 절실한 이 세계사적 전환기에 아직 우리들은 삶의 에너지로 전환시킬 무엇을 손에 쥐지는 못했다. 그러나 그것은 결코 가망이 없는 계획이 아니다. 그것은 계획해서 나아가야 할 기나긴 여정이다. 긴 호흡, 강한 걸음으로……

[창작과비평 1994년 봄호]

왔던 길, 가는 길 사이에서

90년대 민족문학의 속내와 상처

1

문학적 진정성이란 말이 요즘처럼 자주 입방아에 오른 적도 드물지 않나 싶다. 의당 전제되어야 할 사항이 자꾸 강조되고 있는 것을 보면 그만큼 문학의 둥지가 불안하다는 증좌일 터이다. 90년대에 접어들어 지동치듯 세계사가 요동하더니 그와 연관된 사회문화적 지형의 변화가 문학의 자리를 둘러싼 담론의 중심축을 이룬다. 물론 그것의 재료들은 보는 이에 따라 다종다양하다. 어떤 이는 문학의 상품화를, 어떤 이는 대중문화 및 상업주의를, 어떤 이는 영상매체 등 정보산업의 발전을 제각기 질료로 삼아 문학이란 형상의 발병 상태, 아니 위독 상태, 더 나아가 문학의 죽음, 작가의 죽음까지 진단하기도 한다.

하지만 일종의 고정불변체로서 문학이 존재했다고 단언할 수 없듯이 문학의 위기론도 따지고 보면 '문학'이라고 불리면서 문학 자체, 더 상세히 이야기하면 새로운 문학을 태생시키기 위한 문학적인 것들의 아우성과 반란의 깃발로 늘 치켜세워졌음을 주시할 필요가 있다. 어쩌면 그런 외중에 문학의 자기 역사는 만들어졌는지도 모른다. 그런 점에서 문학의 불변성은 있으면서도 없다. 물론 과거의 위기담론이 문학 내부의 타락과 안일을 비판하며 문학에 진정한 생명성이 담긴 새로운 영혼을 불어넣으려는 다분히 공세적 성격의 것이었다면 오늘의 위기담론은 분명 수세적 방어논리의 성격이 강하다. 말하자면 오늘의 위기담론은 문학 바깥의 외적 환경의 변화와 그 변화가 문학 내부로 밀려들어오는 역류현상에 대한 제방쌓기와도 같은 형국이다.

그러나 지금 필자가 문학적 진정성을 말머리에 내세운 것은 이러한 문학위기론을 말하고자 하는 데 있지 않고, 유행적 문학위기론이 80년대의 민족문학, 민중시를 지목하여 문학의 내적(內敵)으로 슬며시 덧방놓곤 하기 때문이다. 말하자면 '문학적 진정성'이란 말을 아주 순진하게 해석하여 문학 외적인 것을 일절 배제한 '가장 순수한 의미의 문학적인 것'으로 보려는 경향이 농후해진 것이다. 이른바 문학위기론에 가탁하여 순문학주의를 새로이 부활시키려고 하는 일련의 경향이 90년대의 상업주의에 대한 비판과 함께, 그것의 원인제공자로서의 80년대 정치주의에 대한 비판을 양손에 치켜든다. 아마도 이들이 90년대와 관련해 변화된 시의 가장 본질적인 표지로 내세우는 것이 '서정성의 회복'일 것이다. 그리고 그렇게 해서 80년대의 민족·민중문학, 나아가 민중시에 대한 사망진단서를 가볍게 발부하려고 한다.

물론 80년대 민중시의 최고 정점이었던 김남주(金南柱)나 박노해의 시를 연상하면 많은 것이 무너지고 많은 것이 새로워진 것은 사실이다. 확실히 변혁을 위한 운동의 문학이라는 손쉬운 도해를 내세우면 그 도해 속의 대열은 예전과 같지 않다. 아니 사라졌다고 해도 과언은 아니다. 그러나 민족·민중문학의 원초적 마음자리를 생각하면 현실의 변화에 따라 당연히 변화되어야 할 것이 변화된 것이지(물론 현실의 변화에 대해, 나아가 변화의 본질에 대해서도 좀더 세심한 분석이 필요한 것이지만) 어느날 있던 것이 갑작스레 사라졌거나 마치 허물을 벗듯 완전히 탈바꿈한 것은 아니다. 가령 신경림(申庚林)의 근년 시집 『쓰러진 자의 꿈』(1993)에서 시인이 밝힌 후기의 한 대목을 떠올려보자.

    너무나 많은 것이 너무도 빨리 뒤바뀌고 쓰러진다. 그것들 가운데는 쓰
러지고 뒤바뀌어 마땅한 것도 적지 않지만, 값지고 소중한 것이 더 많다
는 것을 내가 왜 모르랴. (중략) 최근 나는 시는 궁극적으로 자기탐구요
시의 가장 중요한 주제는 자신일 수밖에 없다는 생각도 많이 하지만, 쓰
러지는 자들, 짓밟히는 것들의 상처와 아픔을 어루만지고 흩어지는 것들,
깨어지는 것들을 다독거리는 일, 이 또한 내 시의 숙명인지도 모르겠다.
시를 가지고 할 일이 더 많아졌다는 생각이다.

    시의 궁극적인 자기존재성이 시인 자신의 자기탐구에 있음은 분명하
더라도 그것이 결코 쓰러지고 짓밟히는 것과 무연한 것일 수 없음을
시인은 다시 한번 확인한다. 이 말은 곧 민족문학이 곧잘 이야기하곤
하는 민족이니 민중현실이니 하는 것들이 그 자체로 대상화된 어떤 외
적인 것이 아니라 시인 자신의 삶과 분리될 수 없는 자기 삶의 영역
안에 있음을 말해준다. 민중시가 현실을 배제한 고립화된 실존적 자아
의 세계를 은연중 부정하고자 한 것도 그 때문이다. 그리고 자아와 세
계 사이를 마냥 두동진 상태로 방치하는 것을 거부하는 것도 그 때문
이다. 사실 단순하지 않은, 매우 복잡하고 다층적인 인간의 자기 존재
안팎을 섬세한 촉수로 더듬는 일은 말처럼 쉬울 수 없다. 그러나 민중
시가 개인적 실존에서부터 현실세계 전체에 이르기까지 일종의 관계망
과 위계를 세운 것도, 그리하여 보이지 않는 담쌓기와 넘나들기를 하
게 된 것도 세계 속의 자아와 자아 속의 세계를 통일시키려는 인간의
적극적인 도전이자 그 도전이 때로 초래할 수밖에 없는 한계의 표현일
지도 모른다.
    적어도 이 점에서 민족·민중문학, 특히 민중시가 애초부터 한 갈래
길을 택해 마냥 그 길로만 질주하지 않았음을 상기하고자 한다. 거기
여러 길이 있어, 아니 여러 길을 더듬어가면서 때로 합쳐지고 흩어지
면서 다양한 문양을 펼쳐 보였음은 너무나 분명한 사실이 아닌가. 그
리고 그것은 어느 때든 이미 완성된 자족의 정지상태를 보여준 적은

없다. 아마도 이 점에서 비판의 과녁은 필자를 포함하여 그러한 시들을 바라보는 비평의 시선과 그 속에 자리잡은 자족적 이론체계에 있다고 보아야 할 것이다. 특정한 이념이나 이론체계를 과도하게 교과서화하여 완결된 체계로 건물을 지으려는 태도는 비판받아 마땅하다. 아울러 결국은 드러나고 만 그 이론적 설계도의 허약함에 대한 사망선고도 겸허하게 인정해야 할 것이다. (물론 모든 이론적 모색과 실천이 그런 것은 아니다. 그리고 모든 시적 산물이 또 성과적으로 인정되어야 한다는 뜻도 아니다.)

가령 80년대 변혁적 이념 지향의 민중시가 최고조에 달해가던 무렵 발표된 김용택(金龍澤)의 시집 『꽃산 가는 길』(1988) 속의 「뒤를 보며」란 시를 보자. 한적한 농촌에서 날 좋은 어느 밤 물가 바위에 쭈그려앉아 뒤를 보는 일견 매우 해학적인 장면을 그린 이 시는 한마디로 순수 서정시 이상도 이하도 아니다. 그러면서 묘한 마력이 풍기는 맨 마지막의 구절은 범용한 서정시의 얼개를 훌쩍 뛰어넘는다. "끙끙 힘을 쓰는데,/이상하다 이상하다/아까부터 뒤가 스멀스멀 근질간질 이상하다/어떤 잡놈이냐/점잖은 어른이 뒤보는데/어떤 놈이 훔쳐보느냐/밑 닦을 쑥 뜯다 엉거주춤/뒤돌아보니/엉!/달이구나/저 산 삐죽이 얼굴 내미는 늦달과 반가운 물결이구나." 세상을 넉넉하게 품에 안는 시인의 자연친화적인 자세 이전에 거기 민중적 정서의 자태와 숨결이 자연스레 흡입되어 있지 않는가. 그런데 이 시에 대한 두 가지 해석, 즉 『꽃산 가는 길』의 사회과학적 인식의 결여에 대한 비판적인 발문(김명인)과 이를 비판하고 생태학적 관점에서 재해석한 김종철(金鍾哲)의 글(「인간, 흙, 상상력」)은 80년대 민중시를 둘러싼 상황과 인식구조를 어느정도 짐작하게 해줄 것이다.

2

90년대 초반 시에서의 리얼리즘 논의가 한때 벌어졌다가 소리소문

없이 자취를 감춘 적이 있었다. 그러나 엄밀한 의미에서 자취를 감추었다기보다는 더 넓은 지평으로, 어쩌면 시 본연의 자유로움으로 놓아주었다는 것이 더 적절할지도 모른다. 시에서의 리얼리즘 논의가 민중시의 자기원리 구축이라는 측면도 있었지만, 뚜렷한 중심대열로 집결시키기 위한 비평적 담론의 측면이 더 강했다. 그 결과 의지와 신념의 표상, 부분적 현실의 거인화 경향, 공연히 목소리가 커지고 논리화되고 근거없이 강운(强韻)을 써서 구호화되는 경향이 없지 않았다. 그래서 비교적 선명하게 합치된 노선으로 모여들던 80년대에 견주어보면 90년대의 시적 조류 자체가 마치 퇴보처럼 보일지 모른다. 그러나 민족문학이 현재 보여주고 있는 일부의 적잖이 난감한 표정은 시대의 갑작스런 날씨변화 속에서 긴장, 수축할 수밖에 없는 그야말로 본능에 가까운 반응이다. 따라서 이 점에서도 표정의 체감온도를 가늠하여 전후진을 진단하기보다 현상의 배후에 있는 시대의 혈색과 호흡에 대한 깊이있는 천착의 유무를 묻는 것이 올바른 자세이다. 가령 신경림의 「길」은 이 점에서 민족문학 진영의 시경향에 대한 하나의 비판적 성찰로 읽혀도 무방할 것이다.

> 사람들은 자기들이 길을 만든 줄 알지만
> 길은 순순히 사람들의 뜻을 좇지는 않는다
> 사람을 끌고 가다가 문득
> 벼랑 앞에 세워 낭패시키는가 하면
> 큰물에 우정 제 허리를 동강내어
> 사람이 부득이 저를 버리게 만들기도 한다
> (중략)
> 길이 사람을 밖에서 안으로 끌고 들어가
> 스스로를 깊이 들여다보게 한다는 것은 모른다
> 길이 밖으로가 아니라 안으로 나 있다는 것을
>
> ──「길」부분

80년대 변혁운동의 위축과 당혹감을 '이성의 간계'라 부름직한 현상으로 바라보는 이 시편에서 시인은 동양적 사유세계의 원천인 도저한 '도'의 길로 우리를 이끈다. 그리고 "길이 밖으로가 아니라 안으로 나 있다"는 전언이야말로 단순히 8, 90년대의 문제가 아니라 더 넓은 지평에서 세기말의 극복, 나아가 문명사의 대전환으로까지 울림의 진폭을 길게 드리우며 개안(開眼)의 아포리즘을 살풋 뿜어낸다.

사실 그간 민족문학 '진영'은 안보다는 밖을 향해 지나치게 집착했다. 물론 안과 밖의 경계를 끊임없이 부정했음에도 참된 변증법적 넘나듦은 모자란 편이었다. 모든 것에다 테두리를 치고 그 안에서 철저히 경지 정리하려는 무모함이 있었다. 이것이 스스로를 위축시키고 폐쇄적으로 만든 족쇄가 되기도 했다. 더군다나 이 진영이란 개념 속에는 개인적 창작 이전에 직접적인 사회참여라는 측면이 전면에 내세워졌다. 그렇기 때문에 당장 '진영'의 범주로 접근했을 때 애매해지는 작가들도 많다. 따라서 최근 들어 '진영' 범주의 구각벗기가 알게 모르게 확산된 것도 당연한 것이며, 이러한 보이지 않는 변화가 예전의 민중시 범주를 부유스름하게 만든 요인이 되기도 한다. 그것이 변화의 와중에 나타날 수 있는 그리 길지 않는 일시적인 착시현상이 될지, 아니면 새로운 재편의 세계로 현실화될지는 좀더 두고 보아야 할 것이다. (필자 개인의 현재적 입장은 유보적이다. 따라서 이 글은 민족문학적 입장에서 현단계의 시단을 정리한 것은 결코 아니다. 필자에게 떠오르는 몇몇 풍경과 심상에 대한 소박한 말추렴으로 받아들여졌으면 좋겠다. 따라서 여기 거론한 시들도 편의상 필자의 서술에 필요한 극히 일부의 것임을 밝혀둔다.)

어쨌든 과거 민중시적 지향을 보여준 시인들의 시세계도 이제 거개가 서정시편으로 기울어지고 있음은 분명하다. 딱히 이 경향만이 아니라 오늘의 시 전반에서 서정시의 압도적 우위현상은 두드러진다. (오늘의 시단을 두고 다원주의라 말을 많이 하지만, 그것은 의상을 두고 하는 것일 뿐 실내용을 들여다보면 볼수록 획일주의의 거대한 몸체 속으로 빨려들어가고 있음을 알 수 있다. 오히려 예전에 비해 산야가 보여주는 자연스런 풍요로움도 사라지고, 마치 도시의 인조공간처럼 획일화되고 있는 것은 아닌지.) 서정시는 기본적으로 어떤 특정한 정서나 사물의 체험을 직관적으로 재현하는 데 전적으로 귀를 기울인다. 따라서 그것은 불가피하게 단편성을 가질 수밖에 없고, 그것도 '우리' 대신 시인 자신의 '나'와 연관된 단편성이기에 그 성격을 쉽사리 일반화하기란 쉽지가 않다. 시 한편에 총체성이 있다고 했지만(80년대는 여기에 대한 지나친 집착이 있었다. 외적 현실에 대한 실제적 재현을 중시함으로써 시 내부에서 스스로 우러나온 것이 아니라 예정된 총체성을 위해 거꾸로 아구맞추려는 꼴이 많았다), 그것은 엄정한 의미에서 제한성을 가진, 다시 말하면 개별자의 인식 가능한 지형 자체에서 상대적일 수밖에 없는, 특정한 범주 속에서 움직이는 시공간을 의미한 것이다. 자연 '나'를 중심에 놓더라도 타인의 '나'까지 넘나드는 '큰 나', 그리하여 자연스럽게 '우리'로 묶여지는 보편적 확산을 시는 지향하고자 한다. 가령 앞서 인용한 바 있는 신경림의 진술처럼 시의 본령은 자기탐구라 하면서도 자신의 밖을 아우르는 열림의 미학이 그것이다. 80년대에 우리가 박노해·백무산·김용택·고재종(高在鍾) 등의 시를 두고 노동시·농민시라고 부른 것도 그 때문이다.

　적어도 이 점에서 최근의 서정시로의 복귀 경향에는 이런 열림의 발걸음 대신, 시인 자신의 내면 공간에 깊숙이 닻을 내리는 안으로 파고들기가 주류를 이룬다. 물론 이 현상은 적어도 민족문학 '진영'이란 입장에서는 그동안 보여주었던 자기 바깥의, 외적인 현실세계에 대한 관심과 실천을 멈추고 우선적으로 자기 자신에 대한 진지한 성찰의 몸짓으로 다가온다. 가령 하종오(河鍾五)의 「밤으로의 긴 방황」은 그러한 마음상태를 보여주는 시로 읽어도 무방하다.

　밤을 맞습니다.

울어주던 벌레도 다 사라지고 푸르던 푸새도 다 마른 천지에 저는 혼자
입니다.

개 짖는 소리도 나지 않아 마을을 찾아갈 수도 없고, 별자리도 떠오르
지 않아서 방향을 알 수도 없습니다.

제가 이리로 온 것은 저의 의지였지만, 밤이 빨리 오는 바람에 저는 갈
길을 놓치고 말았습니다.

들판에서 둘러보면 캄캄한 어둠만이 어디론가 가고 있어, 제가 따라가
다가 숨이 차 서면 제자리입니다.

님과 저는 서로 다른 땅에 있군요.

님과 저의 행로가 일치하지 않는 것은 님과 저의 생의 끝이 달라서입니
까, 생의 시작이 달라서입니까.

(중략)

그런데 밤입니다.

저는 어느 방향을 취하여 오늘밤을 보내야 합니까.

산이 돌아앉지 않고 나무가 옮겨앉지 않으니, 저 역시 발자국을 남겨둘
길을 찾을 수 없습니다.

허허벌판에는 저의 가슴이 가늠해낼 수 없는 무명뿐, 불현듯 저 암흑의
둘레를 돌아가는 인기척이 들려도 무명뿐, 무명뿐, 저에게 전도가 없습니
다.

멀리 가 떨어지려는 풀씨들이 제 옷자락에 달라붙습니다.

사방에서 헤매는 저를 발견합니다.

원래 민중시란 시가 가질 수 있는 원심력과 구심력을 동시에 확보하
고자 하는 의지와 자발성의 산물임에 틀림없다. 자아와 세계 사이의
거리를 지우며 나아가 문학과 현실의 경계를 없애면서 동시에 양자의
존재가치를 더욱 극명하게 드러내는 데 있다. 따라서 자연 시인은 환
한 세상 속을 활기차게 뛰어다니며 함께 움직였다. 그러나 이 시의 화
자는 무명의 거대한 어둠속에서 이리저리 방황하며 고뇌하는 세계 내
적 존재로 표상된다. 그렇다고 이 둘 사이가 모순관계일까. 아니다.

무릇 좋은 시인이란 타인의 마음에 깃들일 줄 아는 존재이다. 개별자 안에 들더라도 세계 내적 존재로서 세상사람들의 체취를 끊임없이 자기화함으로써, 그리하여 더더욱 자기 자신을 지양하거나 고양함으로써 살아 있는 인간의 내면에 신성의 기운을 움트게 만든다.

민중시는 분명 세태의 어떤 유행을 부추기는 각질의 시를 배격한다. 오히려 각질을 끊임없이 뜯적거리며 거기 생채기를 내고 파고드는 아픔, 그리하여 다시 삶으로 귀환하고자 하는 재생의 고통이 민중시에는 내재해 있었다. 그러므로 '우리' 대신 '나'를 조그맣게 집어넣더라도 거기엔 '나의 감옥'에서 허우적이기만 하는 개인주의나 허무주의를 넘어서서 시대와 지상을 향해 아우라의 빛을 길게 내뿜는 어떤 기운이 있기 마련이다. 김명수(金明秀)의 짧은 서정시 「발자국」도 그런 예가 될 것이다.

　　바닷가 고요한 백사장 위에
　　발자국 흔적 하나 남아 있었네
　　파도가 밀려와 그걸 지우네
　　발자국 흔적 어디로 갔나?
　　바다가 아늑히 품어주었네

사실 80년대 민중시를 두고 서정성을 문제삼는다면 수많은 시인들의 목록을 여기에 올릴 수 있다. 오히려 그 점에서 많은 시인들의 90년대적 변화라는 것도 단절이 아닌 연속선상의 자기 길찾기임을 보여준다. 개인 감정과 정서란 것이 보편적으로 시대와의 주고받기라는 점에서 시인에 따라 경사의 완급은 있지만 정서의 마음상태와 표정이 사뭇 달라진 것은 사실이다. 물론 전체적으로 볼 때 80년대에 비해 낙관보다는 절망, 쾌활함보다는 암울함이 주조를 이룬 듯 보인다. 그러나 이 자체가 긍・부정의 표식일 수는 없다.

하나의 예를 들어보자. 최근의 시적 수확 중의 하나임에 분명한 윤재철(尹載喆)의 『생은 아름다울지라도』를 보더라도 이 점을 확인할 수 있다. 표제작 「생은 아름다울지라도」에서 시인은 "생은 아름다울지라도/끊임없이 피 흘리는 꽃일 거"라고 생각한다. 사실 이 말 자체가 어떤 큰 울림을 던져주는 것은 아니다. 그러나 도축장에 끌려가는 화물트럭 짐칸에서 기를 쓰고 흘레하려는 돼지, 사형을 앞두고 있음에도 자신의 생리현상 앞에 생의 엄연함을 몸서리치게 느꼈다는, 유태인을 무수하게 학살한 어느 독일 여자 수용소장의 이야기와 맞물리며 이 잠언은 욕망과 생 속에 무명처럼 가로놓인 인간 본연의 어떤 신성을 아픔과 아름다움의 빛으로 되비춘다.

민중시의 본성은 애초부터 이와같은 아름다움과 아픔의 동시성 속에 있었던 것은 아닐까. 박노해의 「지문을 부른다」 「손무덤」 같은 절창이 주는 감동의 밑바닥엔 생피 흐르는 아픔이 가로놓여 있다. 그리고 그것은 삶에 대한 사랑이며, 존재하는, 존재해야 할 생명에 대한 어찌할 바 모를 집착의 산물이다. 가령 참새를 통해 민중적 삶의 원형을 환기하는 고재종의 「참새」도 마찬가지이다. '저것들'이라 지칭되는, 농촌 집 언저리에 자기들끼리 사는 모습을 따사롭게 묘사하면서 "이만큼의, 이만큼의 삶이라도/서로 나누는 온기 있으니 족하다는 듯/세상 참 천연덕스럽게 재재거리는" 참새의 형상에서 시인은 사물과 인간에 대한 사랑으로 삶의 아픔을 아름다움으로 길어올리고 있지 않는가. 또한 박형진(朴炯珍)의 「사랑」도 마찬가지이다. "풀여치 한마리 길을 가는데/내 옷에 앉아 함께 간다/(중략)/풀여치 앉은 나는 한포기 풀잎/내가 풀잎이라고 생각할 때/그도 온전한 한마리 풀여치"에서 보듯 나와 풀여치와 풀잎이 한덩어리 되는 대동의 사랑. 수면을 잘박거리는 어쭙잖은 자연시의 초라한 서정과는 확실히 격이 다르다. 물론 사랑 속에 깃들인 집착이 때로 도그마화할 경향도 배제할 수 없다. 어쩌면 그 집착까지도 자유로움으로 느껴질 때가 바로 민중시의 바람직한 경지가 될 것이다.

3

　어쨌든 현재로서는 보기 힘들어졌지만, 서정시와 분명 질을 달리하는 정치시나 사회풍자시의 대거 등장이야말로 80년대의 뚜렷한 자태였다. 그러나 그것의 존재가 마치 시 본연의 어떤 원형질을 해친 듯 대하는 태도는 잘못이다. 그것은 시의 영역확산을 위해서라도 장려해야 할 현상이지 비시적인 것으로 일방적으로 매도할 성질의 것은 아니다. 아직도 우리에게 진정한 의미의 깊이있는 정치시나 사상시가 있느냐 하면 대답이 궁하다. 물론 시 본연의 서정성은 어느 부류의 시나 시 자체의 생명력을 위해 의당 존재해야만 한다. 그리고 이런 서정성이 이념이나 서사성과 반드시 길항관계에 있다고만은 할 수 없다. 이른바 문학적 진정성을 말하면서 서정성 이외의 것을 비시적으로 단죄하는 태도야말로 신판 예술지상주의의 태도이다. 그것이 오늘날 시를 더욱 독자로부터 떨어지게 하면서 이른바 시단에서만의 자족적 분위기를 형성하고 있지나 않은지 생각할 필요가 있다.

　실제로 개성있는 시세계를 보기 힘들다는 역설적인 또다른 지적이야말로 자기 바깥의 세계를 스스로 장악하고, 그리함으로써 세상의 풍정을 제 품의 창조적 공간 속에 창출하려는 노력의 부족에 기인한 것은 아닐지. 가령 근래 생태학적 관심이 높아지면서 고전적 의미의 자연친화와 흡사한 형태가 하나의 유행처럼 서정시로 대거 유입되고 있다. 그러나 대부분 소박한 수준의 상태에 머물러 양적으로는 넘쳐나면서도 결국은 고유한 개성을 엿보기 힘들어졌다. 그런 점에서 김지하(金芝河)의 다음 시(「무슨」)를 조용하게, 침묵으로 읽어보라.

　　무슨
　　소리라도 한 번 들려라
　　살포시라도

외롭구나
무슨 벌레라도 한 마리
나를 물어라
너무 외롭구나

생각하다 생각하다
생각이 박힌 곳
문득 생각하니

내 삶이란 게 간단치가 않아
온갖 소리 갖은 벌레 다 살아 뜀뛰는
무슨 허허한 우주

쓴웃음이
한 번

뒤이어
미소가 한 번

창밖의 마른 나무에
공손히 절 한 번
가랑잎 하나
무슨 종교처럼 진다.

사람들 사이에 어떤 공통의 여지가 급격히 사라지기에 차라리 사물
에 다가가 인간의 본마음을 헤아려보려는 시인들이 많아진 것은 사실
이다. 자연의 대상이나 사물은 결코 사람을 버리지 않을 것이라는 기
대, 본디 그대로 제 모습을 변함없이 피워내는 만상의 생명성. 밤이라

는 것, 바람이라는 것, 나무라는 것, 물이라는 것, 별이라는 것들. 그런만큼 사물 사이나 생물 사이에서는 아직도 사람이 관여할 수 있는 무수한 사건으로 가득 차 있다. 오히려 이 점에서 90년대는 문명의 기계화에 거슬러 역으로 사람에게서 사물로 관심이 이동함으로써 서정시의 거대한 숲이 생성되는 시기인지도 모른다. 이 점은 인간의 의지와 힘의 좌절, 불신, 자기욕망에 불타 모든 것을 죽음으로 내모는 문명인들의 야만성·소외감 등등을 생각하면 충분히 짐작할 수 있다.

그렇다면 이때 중요한 것은 커다란 내면적인 고독일 것이다. 단순한 경치감상이나 관찰이 아니라 마치 근원을 더듬듯이 자신의 내부로 들어가서 몇시간이고 아무도 만나지 않는 것, 그리하여 그때 우주가 보이고 삼라만상이 하늘마음으로 충만하는 침묵의 순간, 김지하의 「무슨」은 바로 그런 알심을 품은 깊이와 넓이를 보여주는 것은 아닐까. 자연에, 자연 속의 단순한 것에, 사람의 눈에 거의 띄지 않는 작은 것이면서도 어느덧 커다랗고 헤아릴 수 없는 것으로 변할 수 있는 그 사물들의 드넓은 세계에서 시인은 만지고 느끼면서 그 속으로 스며들고 있다.

삶과 세계의 깊이와 넓이를 진정으로 헤아릴 줄 알 때만이 다른 사람 아닌 바로 그 시인이 영생하게 되리라는 것은 불변의 진리이다. 그렇다고 해서 이 말이 결코 삶과 세계의 단순한 언어적 운반을 지칭하는 것은 아니다. 민중시에도 일정한 질적 수준과 위계가 있음을 역사는 보여주고 있다. 시인 자신의 체험과 실천이 중요한 척도가 되긴 하지만, 그렇다고 시적 성취란 의지와 자발성만의 것일 수는 없다. 진정한 의미의 창조성이란, "우리의 의지나 두뇌작용의 차원이 아니라 이성적인 언어로는 도저히 근접도 할 수 없는 저 깊은 무의식의 세계, 근원적인 욕망의 세계까지 가 닿"아 만들어진 '진정성'(김종철), 다른 말로 표현하면 "삶의 과정 그 자체에 대응된다고 할 만큼 복잡한 변용과 숨가쁜 투쟁, 순간적인 깨달음과 지속적인 사유, 집요한 인내와 폭발적인 상승, 그리고 우발성과 필연성을 동반하는 격렬한 출산의 고통의 총체적인 이행"을 거쳐 성취된 "작자 자신의 개입의 여지조차 허용치 않는 그 자체의 절대적이고 배타적인 생명성"(염무웅)이다. 그럴 때 서정성보다 더 깊은, 아니 서정성의 힘으로 떠받들어지는 사상성과 세계인식이 시를 장악하는 것이다.

그 점에서 80년대의 한 병폐를 들면 지나친 산문화의 경향이었다. 이를테면 시 속에 산문적인 내용이 내포되지 않으면 마치 리얼리즘시가 될 수 없다는 듯 시를 조종하여 탁송하려는 과신이 있었다. 그리하여 너도나도 민중 자전적인 이야기들을 시로 풀어놓아 시가 비곗살 잔뜩 찐 비만증에 걸려 무작정 산문화되었는가 하면, 산문처럼 빤히 내용이 들여다보이지 않으면 마치 반민중적인 시라는 듯 매우 안이한 내용과 형식의 작품들이 시의 무대를 종횡무진 누비기도 했다. 이런 부류의 시는 시 자체의 본질 중의 하나인 커다란 침묵, 즉 짧게 얘기하되 그것들이 살아서 더 많은 것들을 길어올리는 시 본연의 말없는 힘을 가질 수 없다. 그리고 그것은 더 나아가 진술과 논리를 지나치게 앞세워 시 자체가 스스로 움직이며 만드는 창조성을 옥죌 수밖에 없었다.

그렇지만 비교적 민중시의 존재에 우호적인 입장에서 90년대 시를 이야기할 때 곧잘 등장하곤 하는, 80년대의 경직된 이념이나 과격한 구호, 그리고 비장한 신념 대신 따뜻한 서정성과 미학적 세련미를 모색하고 있다는 진단도 더불어 다시 생각해볼 일이다. 이런 진단에는 '경직' '과격' '비장' 등 형용어를 통해서 슬며시 이념이나 구호, 신념을 폐기처분해버리는 건너뛰기가 자리잡고 있다. 말대로 보면 이념·구호·신념 자체가 문제가 아니라 그것들이 경직되고 과격하고 무작정 비장한 탓이므로 그런 성향을 극복하는 방향에 서야 한다. 어느 의미에서 그 본연의 것을 세상 속에서 찾아 시로 육화해내는 일이야말로 민족문학의 뿌리를 지키고 열매를 맺는 일일 터이다.

4

앞으로의 시적 전망에 대해서 사실 필자는 할 이야기가 별로 없다. 어쨌든 그것은 창작자의 몫일 수밖에 없다. 현재 부단히 궁글리고 스스로 내파(內破)하고자 하는 시인 자신의 생성 속에 전망이 있을 수밖에 없다. 다만 우리는 기대로서 전망을 이야기할 따름이다. 그렇기 때문에 가령 이런 시의 마음처럼 다음이 기대되는 것은 당연하지 않겠는가.

> 옛 시에 집착하지 말라
> 옛 시에는 옛 삶뿐
> 부정해야 할 어제의 네가 있을 뿐
> 아직 태어나지 않은 내가 없다
> 수많은 다른 삶을 잉태한 채 아직 처음인 세계를 꽝꽝 여는
> 오늘의 설레이는 몸짓 발짓이 없다.
>
> ——이시영의 「옛 시」 전문

"수많은 다른 삶을 잉태한 채 아직 처음인 세계를 꽝꽝 여는／오늘의 설레이는 몸짓 발짓"이란 구절처럼 시가 분출하는 힘과 활력은 아마도 흐르는 시간 속에서 끊임없는 오늘의 무엇을 길어올리는 데 있을 것이다. 이를테면 고은(高銀)의 「어느 젊은 시인에게」에서 말한 "폭포의 위력보다／폭포에 뛰어오르는 작은 고기를 보라／아니 1만 킬로 상공의 구름／그 구름의 무의지에까지／그 우연의 시간까지／치솟아오르는 지상의 비극／거기서 출발하라／아니 솔개처럼 급강하하라"와 같은 대목에서처럼 동시대를 사는 사람으로서 시인이 세상 속에서 포획하는 힘찬 생명의 숨소리들을 듣고 싶다.

과거 어떤 평론가는 시와 산문을 두고 각각 청춘의 시대, 노년의 시

대의 것이라고 말한 바 있다. 이 비유를 곰곰이 따져보면 분명 민족문
학의 시에서의 형상은 90년대 접어들어 청춘의 시대에서 노년의 시대
로 덜컥 접어든 느낌이다. 많은 시인들이 알게 모르게 90년대 접어들
어 산문집을 많이 내는 것도 이와 무관치 않은 것 같고, 무엇보다 과
거에 볼 수 있었던 당대적 심상의 대변자인 국민시인이 사라지고 있는
것도 그 때문인 듯싶다. 판매부수가 문제가 아니라 예전에 볼 수 있던
인간사회 내부에서 실제적인 시힘의 상실이 문제이다.

　80년대까지는 어쨌든 자아를 세계 속에 투사함으로써 동시에 자아
안에서 발열하는 불길의 팽창을 전체적으로 꿈꾸었다. 그러나 90년대
에 접어들어서는 세계로부터 거리를 둔 자아의 정지상태 속에서 마치
식물이 제 키를 키우듯 정적인 움직임이 서정의 얼안에서 견고히 똬리
를 틀고 있다. 물론 이런 변화는 지극히 자연스런 현상으로 눈에 밟힌
다. 몰입했던 세계 자체가 문득 바라보니 물초의 꼴인지라 자연 낯설
수밖에 없지 않겠는가.

　지금 이 순간에도 필자의 뒷덜미를 잡는 이태준(李泰俊)의 읊조림
이 있다. "자연으로 돌아가야 할 건 서양사람들이지. 우린 반대야. 문
명으로 도회지로 역사가 만들어지는 데루 자꾸 나가야 돼……"(소설
「영월영감」에서 주인공이 한 말) 어떤 이는 이 말에 무슨 소리야 할지 모
르겠지만, 그래도 이 말은 지금도 유효하다는 생각이다. 아직도 김수
영(金洙暎)이 그리워지고 그 힘에 끌려들어가는 것도 그런 예증이 아
닐까. 모든 열망과 거역까지도 송두리째 삼켜버린 거대한 괴물의 현실
계, 그 모순 속으로 더 깊숙이 들어가 그 악마성까지도 신으로 끌어올
릴 필요가 있다. 그러나 너무도 많은 사람들이 너나없이 발길을 반대
편으로 돌려버린다. 그러다보니 사라진 옛것에 기대려는 노년의 풍모
가 많아졌다. 옛날에 대한 회상, 순수자연에의 집착 등등. 그리고 덩
달아 시평을 보더라도 연륜을 이야기하는 경향이 많아졌다. 그만큼 알
게 모르게 늙어졌다. 이것이 일견 인간소외가 가져다준 점점이 고립화
된 삶의 불모성에 수양의 안식을 주기도 하지만, 따지고 보면 제 집안

작은 화단의 꽃, 아니 제 방속의 난 향내와 흡사한 것은 아닐지.

　시의 힘은 뭐니뭐니 해도 팽팽한 긴장 뒤 활시위를 떠난 화살같이 현실을 뚫고 들어가는 정신에 있다. 문장이 빚어내는 아름다운 글무늬는 시간이 갈수록 퇴색해지기 마련이다. 시가 이미지를 넘어서는 어떤 것으로 자맥질하지 않는 이상 풍경 이상의 생명을 가질 수 없다.

　또한 혼돈을 당연한 것인 양 받아들여 시 속에 자의식의 잡음이 많아지는 것도 경계해야 할 현상이다. 어떠한 경험이든 그것이 인생의 정점을 향한 집중으로 되지 않고 단순히 인생이 지쳤을 때의 위안이나 자극으로 된다면 시 역시 시간의 재로 변색될 따름이다. 단 한치의 거리도 용납치 않는 자본주의 안으로 파고들어 마주하게 되는 최후의 대면이 시의 현재적 토양이 되어야 함을 막연하게, 그러나 피할 수 없는 오늘 걸어가야 할 시의 길이 아닌가 생각해본다. 그렇게 시는 젊어질 필요가 있다.

〔시와사람 1996년 창간호〕

제 2 부

위악의 꽃, 서정의 울림
마음의 육신이 짓는 문학의 집
새로운 출발을 위한 일상의 길트기
유년과 고향, 그 신화 같은 이름이여
민감한 촉수, 민활한 변주
옛 시화를 읽으며 김형수와 나를 자문한다

위악의 꽃, 서정의 울림

송기원 소설집 『인도로 간 예수』

1

송기원(宋基元) 하면 아마도 많은 사람들은 뛰어난 서정소설 「월
행」과 「다시 월문리에서」의 깊은 감동과 울림을 맨 먼저 떠올릴 것이
다. 그리고 그를 좀더 아는 이는 1974년 시 「회복기의 노래」와 단편
소설 「경외성서(經外聖書)」로 시·소설 양방면에서 당선된, 화려한
등단잔치를 기억할 것이다. 그런 그가 10년 단절 끝에 다시 소설의 맛
깔스런 잔칫상을 차리기에 여념이 없다. 그 잔칫상의 하나가 최근에
간행된 소설집 『인도로 간 예수』(창작과비평사)이다.

등단한 지 어언 20년, 나이도 쉰 줄에 접어든 중년의 송기원. 전반
기 10년은 비교적 활발히 창작활동을 보여줘 『월행』 『다시 월문리에
서』라는 작품집을 출간했는데, 후반기 10년은 거의 단애와 같은 침묵
의 공간이다. 이 잔칫상을 눈여겨보더라도 1983년에서 1993년 사이의
공간은 그 자신이 소설 「아름다운 얼굴」에서 표현한 것 모양 "날카로
운 면도날 자국을 남긴 채" 지워져 있다.

『인도로 간 예수』에 실린 태반의 작품은 1993년으로부터 시작한다.
「다시 월문리에서」의 연작이랄 수 있는 「새로 온 사람들」 「잡초」로부
터 거의 10년의 기간은 지워져 있다. 그리고 1993년, 그는 「아름다운

얼굴」「늙은 창녀의 노래」「수선화를 찾아서」를 잇달아 발표함으로써
벌떡 일어섰다. 이후 「사람의 향기」「인도로 간 예수」, 장편 『너에게
가마 나에게 오라』 등을 잇달아 발표하였고, 현재 장편 『여자에 관한
명상』을 연재중이다.

2

그 침묵의 공간을 속대중할 수 있는 작품이 다시 작품활동을 재개하
면서 내놓은 「아름다운 얼굴」이다. "영화에 나오는 왜놈 순사처럼 도
리우찌 모자에다가 당꼬바지를 입은" 낯선 사내에게서 양말을 선물받
고 엄니한테 흠씬 두들겨 맞는 소년. 어머니한테 '급살맞은 인사'였던
그 사내는 바로 소년의 생부였다. 오랜 감옥살이 끝에 갓 출감한, 한
때 어미의 기둥서방 노릇을 하던 망나니였다. 아비 다른 누나, 거센
장바닥에서 장사하는 어머니, 술에 취해 철로를 베개삼아 자다가 기차
에 치여 잔혹하게 죽은 아편중독자였던 생부, 배에 복수가 가득 찬 채
단 한번이라도 의붓자식을 만나보길 소원하면서 죽어갔던 의부. 이것
이 칡넝쿨처럼 꽁꽁 에워싸인 그의 가족사였다.
　그러나 그것을 제대로 알지 못했던 유년기는 오히려 화려했다. "내
어린 시절의 기억 속에는 사생아거나 장돌뱅이 출신인 자신을 부끄럽
게 여긴 적이 거의 없다. 오히려 장돌뱅이로 아무렇게나 굴러다니며
잡초처럼 자라던 시절의 기억 속에는, 한줄기 구김살도 없이, 장터의
밑바닥 사람들만이 갖는 특유의 자유분방함과 낙천적인 분위기만이 가
득 차 있다."(123면)
　정작 이른 봄 같은 사춘기에 졸업앨범에서 제 얼굴을 날카로운 면도
날로 도려내며 극심한 자기 혐오감에 빠져야만 했던 젊은 날의 초입.
그리고 그후 더욱 파괴적으로만 되어가던 자기 혐오감. 사생아, 장돌
뱅이가 치부로 느껴질수록 덩달아 죄의식에 사로잡혔고, 고등학교를
중퇴하고 고향에 내려와서는 장돌뱅이로 돌아가 건달패들의 똘마니로

어린 깡패노릇을 한다.

　그를 문학으로 이끈 것은 바로 그러한 자신의 삶이었다.

　　흔히 사람들이 더이상 자기혐오를 견뎌내지 못하고 끝 모를 나락으로
자신을 던져버릴 때, 그렇듯 자신을 온전히 포기해버릴 때, 거기에서 발
견하는 것은 짓뭉개진 자신이 아니라 엉뚱하게도 자기애(自己愛)이기 십
상이다. 가등마다 겹겹이 피어나는 안개꽃을 꿈결처럼 바라보며, 나는 그
렇게 처음으로 자기를 사랑하는 법을 배웠던 것일까. 그리고 그것이 나에
게 바로 아름다움이 된 것일까. (138면)

　이 자기애의 아름다움으로부터 그는 문학을 알게 되고 복학 이후 문
학은 삶의 중심에 자리잡는다. 그리고 한 여학생을 알게 되면서 "세상
을 속이고 있는 것은 내가 아니고 마치 그들인 것처럼 여겨"지며 "차
라리 자신을 들키는 편이 낫다"며 위악(僞惡)의 꽃을 피우기 시작한
다. 그 첫 장면이 좋아하는 여학생의 편지를 망설임 없이 변소에 버린
데서 잘 나타난다. 거기에 대해 작가는 "물론 당시의 나로서는 까마득
히 몰랐지만 그것이 일테면 나의 위악의 시초였던 셈이다. 훗날 대학
시절을 거치면서 이 위악이야말로 나에게는 자신의 아름다움을 살찌우
는 자양분이 되어 있었다"(141면)라고 말한다. 송기원의 작품에서 보
여지는 죽음이라거나 탐미주의 혹은 허무주의 등은 이러한 위악의 이
데올로기가 보여준 문학의 혈색이었던 셈이다.

　소설 「아름다운 얼굴」은 이렇듯 감추고 싶은 과거의 치부를 스스로
들추어내면서 그것을 자신의 문학과 연관시키는 장면이 전반부를 차지
하면서, 후반부는 한 후배와의 만남을 통해 80년대 자기 삶을 뒤돌아
보는 한편 현재의 심정에서 담담히 자신의 모습을 거울에 비추듯 착잡
하게 내보이는 두 장면으로 배치되어 있다. 그리고 이 후반부 속에 10
년 단절의 문학적 침묵과 자기 삶에 대한 진단이 듬쑥하게 담겨 있다.
'김대중내란음모사건'에 연루되어 감옥살이를 하다 풀려나 문학운동의

일환으로 만든 출판사에서 경영을 맡고 시간이 흐름에 따라 상업성만
을 헤아리는 출판경영인이 되고 있는 자신을 혐오하여 황폐한 연애에
빠진 스스로를 숙청하기까지의 기간이 숨쉬고 있는 것이다. 사실 10
년 단절의 의미는 작가의 현실적인 세상살이에서 비롯된 것이다. 따라
서 절필이란 의미가 곧잘 연상케 만드는 문학에 대한 회의 어쩌고는
송기원과 어울리지 않는다.

3

소설 「아름다운 얼굴」의 끝에는 "만약에 나한테 조금이라도 아름다
운 게 있다면, 그건 내 게 아니야. 그건 내가 상처입힌 모든 이들 것
이지"라는 자신의 작고 낮은, 그러나 얼마간의 자탄과 울혈에 잠긴 읊
조림이 있다. 그 이후에 발표된 작품들은 사실 모두가 이런 감성에서
발원하고 있다. 무엇보다도 작가는 작품에서 날카로운 면도날로 도려
낸 숨겨진 개인사의 생채기 가득한 알몸을 드러낸다. 전남 보성의 조
성장터를 무대로 사춘기의 고뇌와 방황을 그린 장편 『너에게 가마 나
에게 오라』, 그리고 세상에 대하여 깊게 병든 대학시절과, 위악의 몸
짓으로 연애와 탐미주의와 허무주의의 늪에 빠져들던 청년기를 그린
『여자에 관한 명상』, 그리고 이 작품집에 실린, 씨가 다른 누이의 죽
음을 통해 지난 시절을 반추하는 「사람의 향기」가 모두 그러하다.

돌이켜보면, 내가 부끄러워해야 할 이들은 비단 누이만이 아닐지도 몰
랐다. 저 많은 이들, 내가 단순히 상처로만 치부하여, 그 이상은 더 애증
에 얽매여들기를 단호히 거부했던 이들, 어머니, 생부, 의부, 호적상의
어머니, 큰아버지, 이모, 이모부…… 저 많은 이들을 어쩌면 나는 다시
만나야 할지도 몰랐다. 그리하여 그들 한사람 한사람에게서 전혀 새로운
의미를 발견해야 하는지도. (112면)

  말하자면 이들 작품들은 단순히 상처로만 치부하여 거부했던 이들을
다시 끌어안고 그 상처 속에서 피어나는 꽃의 향기를 담고 있다. 면도
날 같은 위악의 삶은 마치 수크령풀의 껄끄러운 잔가시처럼 옷섶을 파
고든다. 그리고 거기 빠져들수록 가시는 더 깊숙이 파고든다. 사람에
게 잘 달라붙은 수크령풀의 꽃이삭을 우리는 도둑씨라고 했던가. 그만
큼 그의 작품은 떼려고 해도 잘 떼어지지 않고 갈수록 파고들기만 하
는 삶의 어떤 끈끈이를 가지고 있다. 그래서일까, 거기에는 굳은 혈흔
모양 흑자색의 꽃으로 환생하는 아름다움이 있다.

4

  이 소설집의 또다른 부류는 작가 송기원이 세상 속에서 길어올린,
시궁창 세상 속에 움트고 있는 한떨기 연꽃과도 같은 사람들에 대한
이야기이다. 「늙은 창녀의 노래」와 「수선화를 찾아서」가 그것인바,
작가는 "왜 나는 처음 보는 늙은 창녀의 얼굴에서 그토록 확연하게 내
자신의 얼굴을 만날 수 있었을까"라고 말하고 있다. "나 눈에는 한나
같이 숭하그나 나쁜 사람들이 없구만이라우. 그 사람들이 설사 사람을
쥑인 살인쟁이라 하드라도, 나가 좋다고, 내 썩은 몸뚱어리라도 좋다
고 갖고 딩구는 사람을 우찌게 나쁘게 볼 거이요? 글다가 봉께 인자
는 아무한테라도 정을 주는 거이 한나도 겁나들 않소."(180면)
  열여덟살에 돈 벌러 가출한 소녀가 맘씨 좋게 생긴 아저씨의 꾐에
빠져 사창가에서 20여년을 지낸 한 늙은 창녀의 인생행로를 독백식으
로 담은 「늙은 창녀의 노래」. 흔한 말로 가장 썩고 문드러진 인생의
밑바닥에서 작가는 무엇을 구원하려 한 것일까. 그러나 작가는 어디서
도 억지춘향식 구원의 표정을 짓지 않는다. 개인사의 상처 속에서 아
름다움을 찾듯이, 추한 세상이 추하게 내몬 창녀의 상처 속에서 순수
한 '사람의 향기'를 그 사람의 긴 사설로 수련하게 펴놓을 따름이다.

꿈에, 참 많이도 고향을 봤지라우. 근디 꿈만 꾸면 꼭 고향은 봄이어라우. 아매도 나가 고향을 떠날 때 봄이어서 그란 모냥이요. 참꽃은 참꽃대로 온 산에 발갛게 타고, 논에는 자운영이 무신 공단이불모냥 질펀하게 깔레서 분홍빛으로 피어나는디, 저 아래 바다 쪽으로는 유채꽃들이 덩달아 피어서, 오메, 밤에도 마치 횃불을 킨 것맨키롬 환했어라우. 글다가 꽃들이 한끄번에 벙글어져서, 살구나무, 앵두나무, 복숭나무, 배나무, 사꾸라나무, 그렇게 나무란 나무에 모다 꽃이 피어갖고 마침내 꽃사태가 나면, 오메, 가심이여, 멀리서 색깔만 봐도 가심부터 우선 벌렁벌렁 뛰놀던 그 환한 꽃들이 시방도 눈에 선하요. (166면)

필자는 사실 고향에 대한 묘사에서 이만큼 충격적으로 다가왔던 장면이 없었다. 어째서일까. 단순히 고향의 이미지를 꽃과 연관시켜 아름답게 묘사해서 그렇지만은 않다. 그 또한 장관이지만, 중간중간 "오메" "오메, 가심이여"라고 문득문득 육신 스스로 비명인 듯 발하는 대목이 가슴을 쿵하고 쳐서였다. 일찍이 「다시 월문리에서」에서 어머니가 무심코 내뱉던 말, "오메, 내 새끼야아" "어화, 이놈의 세상을 어이 넘어갈꺼나……"와 같은 한(恨)의 가없는 응축, "인자, 손님이 남 같덜 않어유"라는 늙은 창녀의 고백으로 사랑의 완성을 빚어내는 작가의 손길 앞에 어찌 저마다 마음의 떨림을 갖지 않으랴. 문익환(文益煥) 목사가 늙은 창녀의 모습에서 신의 모습을 보았듯이, "가부좌를 틀어야 무문관(無門關)이겠는가. 무문관만 길이겠는가. 몸팔기 20년의 이 수줍고 어눌한 한 소리 앞에 누구의 오도송(悟道頌)이 더 아름다울 것인가. 진땀만 서 말이다. 일찍이 박상륭(朴常隆) 선생은 그의 소설에서 저들을 '수도부(修道婦)'라 이름하여 불러주었으며 나는 뒤늦게 그 말의 참다움을 만난 것이다"(김사인)라는 말에 고개를 끄덕이게 된다.

송기원의 소설에는 한마디로 태어나지 않으면 안될 어떤 묵직함이 항상 드리워져 있다. 어떤 악귀와 같은 것에 한없이 시달리다 비로소 탈진하듯 치받치듯 풀려나오는, 이상화(李相和)가 「빼앗긴 들에도 봄은 오는가」에서 말한 바, "내 맘에는 나 혼자 온 것 같지를 않구나"와 같은 그 무엇의 '신령'이 도사리고 있다. 아니 도사리고 있는 것이 아니라 끝도 없이 치닫고자 하는 육신의 바람기가 있다. 사실 송기원의 소설은 정신보다는 육체의 편에 서 있다. 육체의 모든 감각, 기억, 욕망에서 솟구쳐오는, 악머구리 끓듯이 안고 궁구는 목숨 자체의 충동이 있다. 세상의 잣대로는 가늠하기 힘든, 어쩜 그것을 뒤집거나 뭉개버리고, 때로 그런 그물을 뚫고 위로 아래로 치닫는 것도 그 때문일 것이다. 송기원의 소설에서 언뜻언뜻 마주치는 탐미주의가 단순히 일탈이나 해탈이 아니라 삶의 비밀스런 둔덕에 다복이 자리잡은 것도, 마치 이상화가 「나의 침실로」에서 표상한 '수밀도(水密桃)'와 같은 질감 때문일 것이다. (필자는 이상하게도 송기원에게서 「나의 침실로」와 「빼앗긴 들에도 봄은 오는가」가 분리되지 않은 채 혼거하는 시적 소설상을 엿보게 된다.)

그래서인지 육체를 떠나 정신 쪽으로 자리를 옮겨 앉은 표제작 「인도로 간 예수」가 왠지 서먹서먹하고 뜨악하다. 오히려 10년 전의 작품인 「새로 온 사람들」에서 '한 마리 짐승 같은 생동감'을 느끼며 농민과 도시인의 중간에서 자기 추를 저울질하는 모습이 지금에도 정겹고, 또 지금과 그리 먼 길이 아닌 듯싶다. 우리가 발을 딛고 뒹굴어야 하는 '흙냄새' 탓이다.

여기저기 이제 막 시작된 논갈이로 갈라 뒤집혀 올라온 흙밥에서, 혹은 논에 물을 집어넣고 가래질로 흙칠을 해댄 논둑에서, 혹은 발로 짓이기고 손으로 뭉개어 흙반죽을 만든 못자리에서 흙냄새는 마치 아지랑이처럼 피어올라 이윽고 마을 전체를 감싼 생동감으로까지 변해간 것인지도 몰랐다. 아니, 어쩌면 흙냄새는 마을뿐만이 아니라 바로 마을사람들까지 자신들도 미처 깨닫지 못한 사이에 예의 생동감과 알 수 없는 저력을 갖게 한 것인지도 몰랐다. (260~61면)

송기원 소설의 맨 밑자리에는 이렇듯 침묵의 조용한 안착이 있다. 마치 실러(J. Schiller)가 사람이 꽃과 물과 이끼 낀 돌과 새의 노랫소리와 벌의 잉잉댐을 사랑하는 것은 그것들 가운데에 '말없는 창조적 생명, 그 움직임의 고요한 자유, 그것 스스로의 법칙과 내적인 필연성과, 자신과의 일체성'을 보기 때문이라고 한 것처럼, 알 수 없을 힘으로 발로 짓이기고 손으로 뭉갠 제 육신덩어리의 격렬한 요동과 흐름 끝에 내면 저 깊숙이 앙금처럼 가라앉는 어떤 깨달음과 같은 것이 있다. 그만큼 그의 소설은 생득적으로 동물적 바탕에서 출발하여 식물의 꽃과 같은 평온으로 회귀한다. 그러나 「인도로 간 예수」는 이런 동물적 꿈틀거림 없이 일거에 식물적 성장의 과정으로 옮겨가버려서인지 내용의 무게에도 불구하고 실감이 떨어진다.

6

문학은 우리로 하여금 세상을 만지고 보고 듣게 한다. 그러나 송기원의 소설은 세상에 대한 풍경을 객관적으로 보여주기보다는 철저히 자기중심적인 원환세계로 그것을 끌어당기고 있다. 세상은 자기 안에 늪으로 포진되어 있다. 말하자면 더불어 늪이 되어 있다. 그의 소설은 사실 모두가 자전적이다. 때로 자전의 틀을 벗어나더라도 자전적이다. 단순히 자전적이라기보다는 모든 것이 육친적인 유대로 맺어진다. 얼마간 감상성의 위험을 느끼는 것도 육친적 애정일 수밖에 없는, 가치척도 이전의 어떤 잣대를 허용하기 때문이다. 자기 파멸과 위악으

로부터 출발하여 세상으로의 자기 현시가 되풀이되지만, 이따금 자기
애에 지나치게 참척하는 것은 생각해볼 문제이다. 왜냐하면 그때 역사
와 현실을 향한 더불어의 손길은 마치 손잡고 달리기를 하다가 혼자
손을 놓아버리고 뒤돌아서버린 모양새와 같기 때문이다. 이 점을 우리
는 「인도로 간 예수」에서 확인할 수 있다. 이 작품은 현실 속에서 그
가 일구려 한 실천적인 활동 일체를 결국 자아로부터 동떨어진 허무한
것으로 밀어뜨리며 고도의 종교적 초월의 포즈를 취하려 한다.

　　도대체 이데올로기란 무엇인가, 어차피 이데올로기 자체가 그것을 태어
　　나게 한 시대적이나 사회적인 조건에 대한 저항의 산물이 아니던가. 그런
　　이데올로기를 자신의 것으로 삼기 위해서는 그 시대나 사회에 대한 남다
　　른 도덕력과 희생심 같은 덕목을 필요로 할 터이다. 나에게는 바로 그런
　　도덕력과 희생심 같은 덕목이 존재하지 않았던 것이다. 그런 덕목조차 없
　　이 이데올로기에 뛰어든다는 것 자체가 오히려 그 이데올로기에 대한 반
　　동이자 더할 수 없는 모욕이었을 것이다. (16~17면)

이데올로기는 저항의 산물만은 아니다. 근원적으로 사회 자체와 부
대끼며 살면서 만날 수밖에 없는 사회 자체의 산물이다. 작가가 먼저
저항을 문제삼고, 이데올로기를 도덕력과 희생심과 같은 개인적 덕목
의 차원으로 몰아가는 데서 사회와 개인의 관계보다도 불변적인 개인
의 존재 문제를 더 중시할 위험을 엿보게 된다. 「인도로 간 예수」가
세속과 분리된 출세간(出世間)의 무색지대를 더듬는 것도 그런 한 표
현일 것이다. 어쨌든 최근작들에서 그러한 조짐이 점차 뚜렷한 경향성
으로 가지를 뻗고 있다. 예전의 작품이 주는 감동의 몫 중 가장 커다
란 부분은, 자전적이고 사적인 공간이 중심을 이루면서도, 거기 난마
처럼 얽히고 설킨 복잡성 속에서 한 사회와의 만남이 구체적 개인의
바스대는 운명으로 제시되는 데 있었다. 「인도로 간 예수」에서 헤어
지자는 낯선 사내의 말에 버림이라도 받는 듯 당황한 느낌으로 "어,

어디로 가는 길입니까?"라고 '나'가 말하듯, 작가를 향해 그렇게 당황하며 말하는 사람 또한 있지 않을까.

송기원은 최근 자기 자신의 지난 삶을 모조리 게우고 있다. 그것이 도저히 견딜 수 없어 있는 대로 마구 토해버리는 구토가 아니었으면 좋겠다. 자기 안에 있는 우물에 얼굴을 깊이 비추어서, 오히려 추하고 욕된 것을 통해 맑고 아름다운 그 무엇을 길어내는, 그리하여 "순간 나에게는 그 꽃무더기들이 마치 내가 찾아오는 바로 지금을 위하여 비로소 피어나고 있는 듯한 느낌"(268면)을 계속 주었으면 좋겠다.

〔학산문학 제15호 1995년〕

마음의 육신이 짓는 문학의 집

신경숙 소설집 『오래전 집을 떠날 때』

　간혹 사람들을 대하다 보면 '타고난 팔자'란 말을 쓰지 않을 수 없는 사람이 있다. 그 일밖에 할 재주가 없고, 딴일을 한다 생각하면 영 목을 놓아버릴 것 같은 속절없는 이들. 신경숙(申京淑)도 그런 이가 아닐까. 「모여 있는 불빛」 같은 작품이나 산문집 『아름다운 그늘』을 읽어본 사람이라면 책과 글이야말로 그녀의 삶에 운명처럼 드리워진 아우라일 수밖에 없음을 쉬 느꼈을 것이다. 그리고 거기에 누구의 표현대로 "아아, 무서워라"라는, 기묘한 마성까지 느껴지는 문학의 어린 영혼이 서 있기도 하다. 초등학교 4학년이었으니 고작 열한살 때, 그때까지 읽었던 온갖 잡다한 이야기들을 다 잊어버릴 정도로 '나를 휘몰아갔던 강력한 책'이라고 감히 말하는, 그의 기억의 맨 밑바닥에 남아 있는 안데르센의 『인어공주』, 그 책읽기의 순간에 대한 짧은 글(「인어공주 생각」)은 그 자체로 숨막힌다. 책을 두고 오빠와 벌이는 숨바꼭질(이 대목은 「모여 있는 불빛」에서 실감나게 재현된다), 그 가운데 오빠가 숨겨놓은 책을 들쑤시고 찾아내 헛간으로 도망쳐서 밑알을 품고 있던 닭이 신경질을 내건 말건 짚더미에 엎어져서 저녁밥 지을 것도 잊은 채 『인어 공주』에 넋을 빼앗긴 계집아이가 있었다. 그리고 "그 도저한, 그 불가능한 사랑에 대한 아름다운 애원과 미지의 세계로 향한 무한한 동경"에 단박 빨려들어갔다. 그 뒤로 이 감동에 상처입기 싫어서 단 한번도 그 책이나 그와 연관된 어떤 것도 마주하지 않았다는데, 그래서일까 마지막 장면을 회상하는 대목은 인어 위에 어린 소녀가 들씌워지면서 신내림 같은 귀기로 섬뜩하게 달려온다. "다시 자기 자신에게로 돌아갈 수 있는 마지막 기회였는데도 왕자를 사랑하는 인어는 평화롭게 잠이 든 왕자의 가슴에 끝내 칼을 꽂지 못하고 어느날 아침에 그녀는 이 광활한 우주의 한점 물방울로 사라졌다. 공기의 딸로."

바로 그 헛간에서 대번에 조숙해졌다는 이 문학의 어린 영혼 앞에서 어찌 '타고난 팔자'란 말을 주저하랴. 하여 이제 "때로 어떤 문장은 복병 같아서 이런 가을날, 어떤 약속을 지키기 위해 거리를 걷는 틈, 갑자기 내 속 수풀을 헤치고 튀어나온다. 단박 현실을 무찌르고 나를 꽉 채우고 마는 빛에 싸여 있는 듯한 흥분. 나는 기꺼이 그 복병에 매료되어 약속을 저버린다. 집으로 간다"(『외딴 방』)라는 글쓰기 귀신이 되어버린 그.

＊

신경숙과 그의 소설들은 보면 볼수록 하나가 된다. 사람 따로 글 따로인 경우가 허다한데, 글과 사람이 일치하여 그 사이에 한치의 틈새라곤 없다. 딱 그의 소설만큼이나 소설적인 사람이라고나 할까. 늘 약간 비켜서 있는 듯한데 그 비켜섬이 외려 모든 것을 넉넉히 감싸안고 있는 것처럼 참 따뜻한 영혼을 가진 사람이다. 그가 포획하는 놀라운 풍경이나 형상을 보노라면 작가와 대상 사이에 숨통이 트여 대상과 한 무더기 되는, 일종의 복화술과도 같은 물화의 경계가 느껴진다. 그는 어떤 대상이라도 자기 내부에 오랫동안 품었다가 생피 묻은 알처럼 온기가 느껴질 때에야 비로소 낳는다. 그런만큼 육질의 정감이 잔뜩 밴 표정과 어투, 몸짓이 살아난다. 그래서 마치 마음의 육신이란 것이 있어 홀로 거닐며 만상을 쓰다듬고 두런거리는 듯하다.

그의 소설을 두고 소의 눈망울을 닮았다고 말하는 사람이 많다. 실제로 그에게는 소에서 연상되는 어떤 생명성, 이를테면 맑음이랄까, 되새김이랄까, 머뭇거림이랄까, 느림이랄까, 넉넉함이랄까 하는 어찌할 바 모를 순정함이 소복이 있다. 또 눈물 같은 것이 늘 그늘져 있기도 하다. 아마도 이걸 두고 소녀 취향이니 감상적이니 말할지 모르지만, 그러나 그의 작품에 마음을 흠씬 적신 사람이라면 그 물기야말로 신경숙 소설에서 중요한 토질의 하나임을 알 것이다. 이를테면 그 물기 앞에 정작 우리들 자신이 습자지가 되어버린 듯한, 그래서 툭툭 털어서 꼭 짜내면 파란 물이 주르르 떨어질 것 같다는 식의 비유도 곧잘 하게 되는 것이 아닌지. 필자에게는 신경숙 소설 하면 떠오르는 지워지지 않는 한 독자의 독후감이 있다. "신경숙의 소설들을 읽으면서 나는 솔직히 갈피를 잡을 수 없었다. 순정만화처럼 단순한 스토리에 감성표현만 몇 페이지씩 차지하는 소설을 그 속에 폭 젖어서 가슴 아파하며 읽어야 할지, 마치 구덩이 하나 파놓고 그 안에 들어가 손으로 흙 긁고 있는 것 같은 답답한 모습에 짜증스러워해야 할지. 솔직히 나는 어찌할 줄 모르며 이 소설들을 읽었다. 그리고는 점점 읽어내려갈수록 그 안에 젖어드는 내 자신과 가슴 한쪽이 저며오는 듯한 파문에, 신경숙의 몸부림이 내게 전염병처럼 옮았다고나 할까, 불을 끄고 누운 베갯잇에 눈물 한방울 흐르는 걸 막을 수 없었다. 젠장, 그녀는 어디까지 독자를 끌고 갈 생각인지."

그의 소설은 그렇게 머뭇머뭇 스며든다. 그리고는 한구석에 똬릴 튼 채 영 물러날 생각을 하지 않는다. 다가올 때는 더디고 주저하듯 멈칫멈칫하지만, 한순간 불쑥 소용돌이를 일으켜 제 안으로 빨려들게 만든다. 그렇게 가라앉다 떠오르며 퍼지는 파문, 무늬, 여운, 결…… 그에게는 그렇게 긴 그림자가 있다.

그래서인지 글을 읽다 보면 그와 닮아진다는 느낌을 받는다. 물론 그의 작품들도 서로 닮아 있다. 마치 꼬리에 꼬리를 물고, 혹은 넝쿨

처럼 이리저리 다발 모양으로 뻗어나간다. 그의 소설은 하나하나 어떤
단절이나 비약이 없이 이어지고 이어나간다. 실제 삶이 그러하듯 그의
문학도 참고 견뎌나간다. 그는 자기 본질을 상실하지 않으려는, 그런
자기동일성을 세월의 흐름과 변화 속에서 끈기있게 이어나가려는 작가
이다. 그래서 그에게는 존재의 끈질긴 잉걸이랄까, 존재의 존재랄까,
깊은 것이 더 깊은 무엇을 길러내며 불타고 있는 내적인 창조의 화덕
이 있다.

＊

　우리에게 익숙한 지금까지의 소설은 주로 객관이란 것의 대상화를
지향해왔다. 반면 신경숙의 소설은 사실의 표현이나 사건의 서술보다
는 한폭의 시화(詩畫)처럼 정(情)과 경(景)의 융합을 꿈꾼다. 그에게
는 시끄러운 현실이나 교활한 역사적 이성의 놀음과 같은 것이 없다.
극적인 사건 전개나 이야기 구조 대신 삶 혹은 사람관계의 한 고비에
서 작중인물이 겪는 미묘한 심리적 물굽이가 만져질 따름이다. 아마도
이 작품집을 눈여겨본 이라면 맨 밑바닥의 침전물로 채취되는 것이 정
이나 슬픔, 그리움이나 고독 혹은 죽음과 같은 매우 막연하면서도 추
상적인 마음의 문제들임을 알 수 있을 것이다.
　그의 소설은 진정한 고백이다. 우선 작가 자신이 고스란히 들어앉아
있다. 작가 자신이 직접 화자로 나선 「모여 있는 불빛」 「깊은 숨을 쉴
때마다」 「마당에 관한 짧은 얘기」나 기타리스트·가수·사진사가 화
자인 「빈집」 「감자 먹는 사람들」 「오래전 집을 떠날 때」 등이 그러하
다. 이것들을 보노라면 신경숙은 마치 나의 내부에서 자라서 성숙하지
않은 것, 내가 보고 관찰하고 경험하지 않은 것을 나의 펜으로 옮겨놓
을 수 없다, 나는 내가 경험하고 생각하고 느끼고 사랑한 것, 바로 그
것만을 쓴다고 당당히 외치는 듯하다.
　물론 사적 요소가 강하다 할지라도 이런저런 창조적 변용을 거친 것

들이기에 그의 삶과 문학이 곧이곧대로의 등호관계일 수는 없다. 그럼에도 이번의 작품집은 예전과 이어지면서도 뭔가 질감이 다른, 분명한 매듭이 느껴진다. 『겨울 우화』『풍금이 있던 자리』라는 단편작가로서 자기 길찾기와 집찾기를 거쳐, 장편 『깊은 슬픔』『외딴 방』 등 화려한 문학적 개화에 연이어 나온 작품집이어서만은 아니다. 「깊은 숨을 쉴 때마다」에서 작가 자신이 작가로서의 자아를 되돌아보는 다음의 대목은 이 점에서 의미심장하다.

> 큰오빠 집에서 둘이 분가해 서울의 좁은 방을 나와 함께 옮겨다니며 살던 동생은 내가 쓴 소설 원고를 맨 먼저 읽어보는 독자이기도 했다. 그애는 갑자기 내게 언니는 왜 일인칭 잘 안써? 라고 물었다. 내가 그러니? 나는 그애가 왜 일인칭을 잘 안 쓰느냐고 물어올 때까지 내가 일인칭을 안 쓴다는 것도 모르고 있었다. 그렇잖어, 맨날 그는, 그녀는, 이건 아예 이니셜이네. 그랬다. 그때 동생이 읽고 있던 원고엔 동생 말대로 그도 아니고 그녀도 아니고 담배 피우는 C, 운전하는 O, 아예 기호였다. 동생의 지적은 그때까지 내가 쓴 스물몇 편 되는 중단편들을 돌이켜보게 했다. 나로 시작되는 일인칭은 두 편인가 세 편에 불과했다. 동생은 무심히 자신이 없는 사람들이 나는이라는 말을 잘 못하지, 언닌 뭐가 그렇게 자신이 없어? 라고 되물었다.

이번의 작품집에서 '나'로 시작되는 일인칭이 중심을 이룬다는 것은 (3인칭도 이 범주에 포함되는 것이 많다) 산문집 서문에서 밝힌 대로 "사람들은 제 소설을 두고 고백체라고 합니다만 저는 그동안 소설 속으로 열심히 숨어다녔습니다. … 그랬는데 이렇게 솔직해져도 되는가, 싶어요"라는 말과 상통한다. 실제로 이전의 작품들 상당수가 애정문제나 죽음에 따른 고뇌와 아픔을 다루면서도 때로 마땅히 감내해야 할 현실적 맥락을 사상함으로써 다소간 신비화로의 일탈이라는 오해를 받기도 했다. '삶의 고백'보다는 그것을 피해 '소설 속으로 숨어듦'과 무관치 않을 것이다. 그 결과 빼어나게 섬세한 필치와 치열한 실험정신 등 당연한 작가적 미덕이 때로 "사회와 절연된 개인의 내면풍경에나 탐닉하고 현실 재현의 과제를 문체에 의존해서 피해가는 모더니스트의 징표로 비판받거나 (평자의 입장에 따라서는) 배타적으로 칭송되기 십상"(백낙청, 「지구시대의 민족문학」, 『창작과비평』 1993년 가을호)이었다.

그런 그가 한꺼풀 한꺼풀 껍질을 벗더니 이제 자유로움으로, 한순간도 멈춰 있지 않는 유동하는 삶의 어느 한순간을 두려움 없이 있는 그대로, 혹은 창조적 상상의 변용을 통해 마음껏 펼쳐 보인다. 그리하여 예전에 간혹 볼 수 있었던, 문체가 모든 것을 앞서버린 듯한 느낌이 지워지고 대신 삶의 흙내와 체취가 먼저 눈에 잡힌다. (이 자리에서 구체적으로 분석할 여유는 없지만 문체상의 미묘한 변화와 그것의 소설 내 역할문제를 눈여겨보는 것도 흥미로울 것이다. 아울러 이 글에서는 개별 작품에 대한 구체적 분석은 피하고자 한다. 전체적인 느낌을 헤아려보는, 그 역시 매우 제한적이고 단편적이겠지만, 첫 시식자의 이런저런 맛보기로 이 작품집에 동숙하고자 한다.)

*

그의 작품은 마치 그물망처럼, 아니 그보다는 거미줄처럼 치밀하면서도 자연스럽게 직조된 세계이다. 굳이 거미줄에 비유한 것은 그것이 그물망과는 다르게 주변대상에 선을 댄 생명줄을 바탕으로 직조되듯 그의 작품세계가 작품 안의 세계에만 갇히지 않은, 밖의 세계, 우주의 무게에 의존하며 서로 조응하고 있기 때문이다. 그리고 그 안에서 거미줄의 중심부처럼 한 인간의 내면세계가 과육마냥 내밀한 밀도와 심도로 펼쳐진다. 좋은 인물화일수록 배경이 중시되듯 인간의 참모습은 자아와 그 주변세계의 관계가 만들어내는 어떤 통합성에서 나오게 마련이다. 물론 그것의 통합 정도와 양적 비중의 차이는 개별 작품마다 다르겠지만, 그것은 신경숙의 거개 작품에서 하나의 본성처럼 자리잡

혀 있다. 그리고 그 자체가 신경숙이라고 해도 좋을 문체와 그 배후의
사유구조가 그 관계를 마치 점선처럼 끊어질 듯 이어나가게 만든다.
그는 어떤 대상을 향해 곧바로 직진하는 길을 택하지 않는다. 언제나
성큼 안으로 들어서길 주저하는 묘한 머뭇거림을 보여주는데, 그가 만
든 형상은 그러한 되새김과 누적의 과정 속에서 열린 듯하여 들어서면
닫혀 있고, 닫힌 듯하여 물러서면 열려 있다. 아마도 이 점을 염두에
두고 박완서(朴婉緖) 선생도 "대상과 시점 사이에 어느만큼 거리 유지
를 하고 바라봐야 가장 쓸쓸하고, 적당히 슬프고, 그리고 보기 싫은
것이 지워진 아름다운 구도가 되는지 신경숙만큼 잘 터득하고 있는 작
가도 드물 것 같다"(현대문학상 수상작 「깊은 숨을 쉴 때마다」 심사평)라고
했을 듯싶다.
　그의 인물들 역시 인물화와 같은 뚜렷한 형상을 내보이지 않는다.
그러나 최종적으로 보면 어떤 통일성을 이루는 명백한 삶의 스타일이
은밀히 숨어 있다. 인물형상은 존재 자체에 의해서 즉자적으로 구성되
는 것이 아니라 일련의 과정이 쌓아놓은 생성에 의해서 육체를 얻는
다. 사람 됨됨의 과정 속에서 되어감으로써 실존한다. 분명 특이한 개
체성이 작중인물에게서 금방 체감되면서도 그 개체성이 하나의 과정
속에 용해되어 있는 탓에, 그에게는 입자와 파동이 언제나 동시에 활
동한다. 더구나 그는 원인과 결과를 순서대로 쌓아 계단을 만드는 통
상적인 방식으로 확실한 위계적 세상을 만들지 않는다. 어떤 원인이
반드시 어떤 결과를 내포하지 않는다. 결과는 원인을 재현하고 그것들
각자 다소곳이 제자리로 돌아간다. 기억과 현실, 대상과 자아 사이의
부단한 감응의 이전을 통해 원인과 결과가 다발 모양으로 집적되는 것
이다.
　이런 면모 때문에 기존의 손쉬운 독법을 그의 소설은 배반한다. 그
래서 그의 작품을 두고 여러 분석과 평가가 다양한 방식으로 공존할
수 있는지도 모른다.

*

　근래 필자는 「감자 먹는 사람들」을 짤막하게 논평하는 자리(「문학의 빛과 작가의 인격」, 『창작과비평』 1996년 가을호)에서 신경숙이란 작가가 이 시대에 각별한 의미로 다가온 것은 그의 문학이 뭔가 문학의 근원적인 힘과 연관된 듯 느껴지기 때문이라고 말한 적이 있다. 그 자체가 투명한 것이어서 보이지는 않지만, 사물들을 비추어서 우리로 하여금 그 사물들을 밝게 볼 수 있도록 해주는 빛과 같은 문학의 불가사의한 어떤 기운이 그의 작품에 감돈다.

　그 점에서 나는 신경숙의 작품 속에 구현된 인물의 의식 기저에 깔린 인간과 인간, 인간과 자연, 세계 전체의 융합을 주목해봤으면 한다. 근래 두드러지게 나타나는 자아중심적인 세계지향에 반해 우주중심적인, 인간이나 자연 모두에 관철되는 공통적인 법칙성에 그는 숨결을 대고 있다. 이런 동일성의 감각을 상실할 경우 인간 사이, 나아가 나무나 산과 같은 무생물과 유기물에 대해 어떤 관계를 맺을지 등한시할 뿐만 아니라 동물에 대한 동감마저 잃기 십상이다. 근래의 소설에서는 아예 이런 것들이 시야 밖으로 사라진 경우가 허다하다. 그러나 그에게는 모든 것을 은총으로 받아들이려는 겸허한 마음이 있다. 이 은총은 분명 신의 은총이니 하는 것과는 성질을 달리한다. 그의 모든 작품에서 우리는 소·닭·거위·개·고양이 들이나 나무와 채소 같은 것들이 존재하는 것에 대한 고마움, 「깊은 숨을 쉴 때마다」에서처럼 말라깽이 소녀나 금방 쓰러질 것 같은 처녀가 힘들면서도 맑게 살아가는 것에 대한 고마움, 「감자 먹는 사람들」에서처럼 세상에 제 식으로 정성껏 피붙이와 더불어 목숨 붙이고자 애쓰며 사는 이들에 대한 고마움 등등을 마주하게 된다. 더구나 「마당에 관한 짧은 얘기」 「오래전 집을 떠날 때」처럼 이미 세상 바깥의 사람까지도 혼신의 힘으로 환생시키는, 육신 너머 영혼의 목숨에까지 육체성을 부여하는 등 그의 소

설 어디에나 존재하는 것에 대한 고마움 속에서 새로 싹터오르는 조화
의 세계가 환하게 온몸을 펴고 있다.

*

　그러나 작품의 현재는 어둠 쪽으로 대부분 기우뚱해져 있다. 이른바
'비어 있음'(부재)이라고 할 수 있는 이별·죽음과 같은, 상실이나 공
백 등이 현재를 이룬다. 이번 작품집에서 '빈집'의 모티브가 자주 등장
하는 것도 이와 무관치가 않다. 그래서 현재는 언제나 스산하다. 마치
육신이 병들면 꺼칠해지듯 만상에 건조한 사막과 같은 삭막함이 감돈
다. 「빈집」에서 수위 아저씨가 키우는 거위의 생기와 작중인물들이
키우는 방안 고양이의 살기, 그 선명한 대비를 상기해보라.
　실제로 작중 화자 역시 대부분 혼자이다. 그래서 첫 느낌은 거미줄
의 외줄을 따라 이리저리 옮겨다니는 거미처럼, 한 고독한 인간의 외
로운 어슬렁거림이다. 이 점에서 신경숙의 작품 역시 근래의 주된 경
향성이랄 수 있는 일상의 공허감이라든가 권태감과 얼핏 표정을 같이
하는 듯 보인다. 그러나 그는 그 안에다 진정한 세상을 만들 줄 안다.
어찌할 도리 없이 타락한 시대의 딸일 수밖에 없다는 제행무상의 숙업
으로 오히려 그것을 보듬는다. 분명 고독은 공허감과 함께 현대인에게
모든 면에서 가장 견디기 힘든 위협물이자 존재조건으로까지 받아들여
진다. 삶의 방향에 대한 통찰력이랄 수 있는 자아정체성이 상실되고
함께 공유할 수 있는 삶의 유대로서 공동체성은 해체되었다. 공동체와
의 결합을 통해 가능했던 자아실현의 문제가 고작 상품소비의 심미적
삶속에서 상상적으로 실현될 뿐이지 않은가. 내부의 텅 빔이 초래하는
불안·고독·공허 때문에 이른바 여론이나 유행과 같은 허깨비 권위
앞에 갈수록 무력해지는 우리 자신을 보라.
　신경숙 소설이 이 시대에 특별한 의미와 반향을 가질 수밖에 없는
것은 바로 이 지점에서가 아닐까. 고독한 자가 보여주는 일상적인 무

마음의 육신이 짓는 문학의 집　111

서움·불안감·외로움 등에 대한 구체적인 실감을 바탕으로 그는 그것을 끌어안고 뒹굴며 넘어서는, '빈집 속에다 삶의 집짓기'를 한다. 병이 깊으면 정신이 혼미해지면서 허깨비가 보이듯, 그가 지은 소설의 집에 찾아드는 환상(환시·환청·곡두 등)도 근원에 닿고자 하는 갈망의 밑뿌리가 퍼올리는, 상처입은 영혼의 속깊은 병 때문이 아니던가. 그의 소설은 삶에 대한 직관이나 그를 통해서 남들과 의미있는 관계를 일구어내는 작업 속에서 정이라든가, 그리움이라든가, 슬픔이라든가, 헤어짐이라든가, 사랑이라든가, 연민이라든가 우리에게 너무 낯익어 오히려 헤퍼져버린 것들을 그 원천인 마음에로 되돌려 숨을 불어넣고 맥박을 뛰게 한다. 나와 타인 간의 어쩔 수 없는 배타성을 용인하면서도 거기에 벽을 쌓지 않고 '사이'가 숨을 쉬도록 활성체를 만드는 그것이야말로 진정한 삶의 밑뿌리이자, 사라진 공동체성을 복원할 기반임을 소리없이 주장하는 것은 아닌지. 그렇다면 '되찾아야 할 과거의 낙원도 없고 건설해야 할 미래의 낙원도 없는' '약속된 땅'이 없는 이 시대에 "합리성·환희·사랑·동정에 대한 우리의 능력이 태양 에너지만큼이나 커다란 심리적 에너지를 보유하고 있다"(에드가 모랭, 『20세기를 벗어나기 위하여』, 문학과지성사 1996)는 믿음을 그는 나름으로 꿋꿋이 실천한 셈이지 않은가.

신경숙의 소설은 이처럼 '비어 있음'의 문제를 정면으로 제기함으로써 사실상 이 시대 전체와 육감적으로 조우한다. 더구나 절대적인 상실을 시초로 내세움으로써 현대인의 심리적 공황상태라는 심연을 날카롭게 자극한다. 부재의 문제는 결코 양의 문제가 아니다. 단순히 채워넣으면 되는 어떤 단지가 아니다. 사람 냄새, 마땅히 사람으로서 풍겨야 할 본성이나 자질과도 같은 훈기가 서려야 한다. 이것이 없는 공간에서 그의 필치는 냉혹할 정도로 차디차다. (흔히 그의 소설을 두고 지나치게 따뜻하고 부드럽고 연약하고 아름답다는 말을 많이 하지만, 그래서 신록빛의 엷은 수채화 같다고 하지만, 안을 들여다보면 먹빛부터 시작하여 암갈색, 회색 등 여러 빛깔이 여기저기서 반사되어 나온다.

한 예로 아주 짧은 「벌판 위의 빈집」 같은 경우 대립되는 정서가 서로를 부추겨 단애와 같은 상승을 이루면서 어떤 알 수 없는 삶의 비의 속에서 전율하는 섬뜩한 아름다움으로 다가온다.)

소설 속에서 마냥 부드럽고 따사로운 인간처럼 보이는 인물이 때로 보여주는 앙칼진 면모(「깊은 숨을 쉴 때마다」에서 애인과 헤어지고 나서 아무런 심리적 갈등도 내보이지 않는 선배에게 행한 태도)나 의외의 도발적 행동(「오래전 집을 떠날 때」에서 페루 여행중 홀로 먼저 귀국하는 장면)도 그런 각도에서 이해할 수 있을 것이다. 그리고 무엇보다 대상과의 관계의 깊이에 따라 작품 전체의 분위기가 달라지는 것도 그 때문이 아닐까. 가령 비교적 밝은 색채감을 보여주는 「모여 있는 불빛」과 「깊은 숨을 쉴 때마다」의 경우, 전자가 이른바 혈연이 내포하는 오랜 관계성 속에서 의연 생기가 넘치는 데 비해, 후자는 전자와 마찬가지로 자연친화력을 보여주면서도 낯선 이와의 만남이 가져다준 보이지 않는 거리감과 함께 관찰의 속성을 보이면서 그 농도는 다소 엷어진다. 반면 상실을 함유한 한밤중의 삭막한 도시의 집을 무대로 한 「마당에 관한 짧은 얘기」와 「빈집」을 보더라도, 전자에는 막 떠난 사람(여동생이기에 영원한 이별은 아니다)의 자취가 남아 있어 집안 사물까지도 미진하나마 온기가 남아 있는 데 비해(그런 여동생과의 헤어짐이 남자와의 이별에도 전이되어 "나와 함께가 아니더라도 어디서든 살아 있으면 된다"라는 긍정의 생기로 활생한다), 후자에는 영원히 떠나버린 타인이기에 그런 온기마저 만질 수 없어 집안 사물까지 덩달아 차디찬 질감으로 표백된다.

＊

신경숙 소설에서 정작 중요한 것은 그러므로 개인적인 것이 아니다. 측량의 무게감은 작중인물의 고유한 고뇌와 행복을 통해서 측정되겠지만, 사회적 삶의 지반과 연관을 가질 때 신경숙 소설의 우물은 비로소 더욱 웅숭깊어진다. 자신의 지저귐에만 귀를 기울이는 작가의 운명이란 한시적 삶을 '살아낼' 뿐이다. 그러나 신경숙은 한시적 삶속에서 그 시간을 넘어서는, 보편적이랄 수 있는 '살아갈' 무엇을 내보여준다.

현재라는 짙은 어둠의 시공을 가로지르며, 그 한시성과 손잡고 시간을 넘어서는 기억의 문제를 이제 떠올리지 않을 수 없다. 그의 소설에서 기억의 역할은 가히 절대적이라 할 정도인데, 그래서 마치 시간이 흘러가버리지 않고 정지된 채 축적되어 있다는 느낌마저 준다. 과거를 생생하게 저장하는 작가 역량도 역량이거니와 그것을 감당하면서 창조의 저편으로 이끌어가는 묘사력이 그만큼 뛰어나다는 증좌이다. 그가 불러내는 기억들은 하나같이 멀리서 합치는 메아리처럼 향기와 색채와 음향이 서로 화답하면서 작품 전체를 붙들어매는 접착체 역할을 한다. 그 자신의 말처럼 "시간은 되풀이되지 않지만 지나가는 일도 그냥 지나가지 않는다. 사소한 일이라도 그들은 지나가며 생김새와 됨됨이를 새로 갖는다. 나에게 소설은 재생된 새 꼴들을 담아놓을 수 있는 공간이고 시간"이라는 것이다. 흔히 볼 수 있듯 과거의 기억이 자신의 현재적 삶을 합리적으로 보충할 심리기제가 아니고, 그 자체가 하나의 유기체이면서 동시에 더 큰 유기체로의 창조적 도약을 안받침하는 효소가 된다는 것이다. 이런저런 작은 삽화들이 그 자체로 선명한 이미지를 주면서도 이미지 차원을 넘어서는 것도 그래서일 것이다.

어쨌든 정태성에 가까운 이런 더딘 되새김질이야말로 사실은 속도사회가 요구하는 망각을 치유하기 위한, 단순히 산술적 흐름과 반복적 속도를 지시하는 시계의 기계성을 넘어선, 진정한 삶의 시간성을 획득하기 위한 고투이다. 그리고 거기 대가족제도에서 보이는 이른바 혈육공동체가 고향의 존재처럼 숨쉬고 있다. 그의 작품은 분명 도시에 몸을 두고 있다. 그러나 언제나 몸속에 고향 정읍을, 그 자신이 샤갈을 두고 말하듯, 넣어 다니고 있다. 이것을 두고 없는 것을 부르고 있다고 항변하기도 하지만, 흔한 독법처럼 가족의 해체나, 도시·농촌 간의 단순이분법의 접근이라든가, 핏줄이 내포하는 논리 이전의 본성문제로 손쉽게 치부해서도 안될 것이다. 그 자체가 진정한 공동체의 본질에 충실한 사람됨, 공동체의 외양의 문제가 아닌 그 바탕으로서의 인격문제로 바라볼 필요가 있다.

언젠가 작가와 이런저런 이야기를 나누다 나 자신에게 깨우침을 준 한 소설의 대목을 그에게 보여준 적이 있었다. 그 대목은 이렇다.

오랜 동안 나에게 너무도 당연했던 문장들 가운데 다음과 같은 구절이 있었다: "지나간 시민사회의 계급과 계급 간의 적대관계를 대신하여, 만인의 자유로운 발전이 한 개인의 자유로운 발전의 조건이 되는 그러한 하나의 연합이 도래한다." 언제부터 그 구절을 여기 쓴 대로 그렇게 읽기 시작했는지 나는 알지 못한다. 그 당시 나의 세계관이 그와 상응하였기에 그렇게 읽었고, 또 그렇게 파악되었을 것이다. 수십년이 지난 다음 그 구절이 실제에 있어서는 다음과 같이 바로 정반대의 내용을 담고 있다는 것을 발견했을 때, 나의 놀라움, 그 경악감은 얼마나 엄청난 것이었는지: "…한 개인의 자유로운 발전이 만인의 자유로운 발전의 조건이 되는 그러한…"(슈테판 헤름린, 『저녁노을』, 당대 1996)

이 대목을 물끄러미 바라보며 낮게 내뱉던 그의 말이 생각난다. "그게 내가 꿈꾸던 것인데……"

우리가 말하는 자아의식은 분명히 생생하고 통일된 자신의 표현으로서 행동하는 것을 목표로 하고 있지만, 그렇다고 자아의식에서 도피하고 무작정 집단의 움직임에 뛰어드는 나방과 같은 행동주의일 수는 없다. 어쩌면 살아 있다는 것은 때로 행동하면서, 때로 창조적으로 가만히 있는 것을 뜻하는 것은 아닐까. 그렇다면 그의 소설은 지금 이 시대에 필요한 창조적 명상을 우리에게 나직하게 제시한 것은 아닐까.

그의 소설에서 강하게 풍기는 모성성의 문제도 이와 무관치 않을 것이다. 김사인(金思寅)의 지적대로, "그의 소설을 지배하는 의식은 다분히 모성적이다. 그의 소설에 대한 근년의 호응은 돌아가 어머니의 무릎을 베고 누워 위로와 안식을 다시 얻고 싶어하는 우리 시대의 내밀한 욕구에 일면 대응하는 것이다. 이 기계와 소음과 속도의 '호로자식들'은 일확천금의 헛꿈에 취해 몸과 마음을 돌이킬 수 없이 거덜내고야 이제 집과 어머니가 그리운 것"(김사인, 「『외딴 방』에 대한 몇개의 메모」, 『문학동네』 1996년 봄호)이기도 한다. 신경숙은 분명 "너의 부모가 물려준 것에서／너는 너의 것을 만들도다"라는 괴테(J. Goethe)의 시구에 충실한 작가이다. 조상의 전통과 관계를 이어가면서 이제 한 사람의 성인으로서 의당 가질 수밖에 없는 단독자로서의 삶을, 자유와 개인적인 책임을 희생함이 없이 어떻게 이끌 수 있는가를 그는 끊임없이 자문한다.

*

우리 인간의 경험은 사실 무한히 다양하다. 그러나 알게 모르게 그런 경험을 일반화하려는, 이른바 논리화하려는 경향이 강하다. 그리고 실제로 그 역도 가능하다. 이른바 비논리적인 것의 논리화라 할 수 있는 그런 측면도 분명 있다. 신경숙의 소설을 두고 이른바 후자의 측면에서 이해한 논자들이 그간, 그리고 지금도 꽤 많다. 이를테면 80년대적 이성과 이념에 기반한 합리주의·논리주의의 상대적 극점 이동으로서 논리와 합리성으로 해명될 수 없는 삶에 대한 미학화라는 진단 등이 그러하다. 그간의 주도적 이론체계였던 일원론의 한계에 대해서도 사려깊은 접근이 절실히 요청되는 시대가 다름아닌 오늘이기에 이 비판이 일리가 없는 것은 아니다. 실제로 작가 자신도 그런 뉘앙스를 강하게 풍기는 말을 하기도 했다. "내가 살아보려 했으나 마음 붙이지 못한 헤어짐들, 슬픔들, 아름다움들, 사라져버린 것들, 과학적인 접근으로는 닿지 못할 논리 밖의 세계들, 말해질 수 없는 것들, 그런 것들. 이미 삶이 찌그러져버렸거나, 아무도 알아주지 않는 익명의 존재들에게 생기를 불어넣어주고 싶은 욕망, 도처에 어른거리는 죽음의 그림자나, 시간 앞에 무력하기만 한 사랑, 불가능한 것에 대한 매달림, 여기 없는 것에 대한 그리움…… 이 말해질 수 없는 것들을 불러와 유연하게 본질에 닿게 하고 자연의 냄새에 잠기게 하고 싶은 꿈. 그렇게 해서 이 순간에 가둬놓고 싶은 실현 불가능한 꿈."(「말해질 수 없는 것들」)

그러나 자세히 들여다보면 신경숙의 심안(心眼)은 의식과 무의식, 질서와 무질서가 서로 결합되어 있는 사물 자체의 본성을 겨냥한다. 그래서 우리네 삶의 집이 대개 2차원의 이해범주에 있다면 그가 창조한 문학의 집은 직관과 연상을 통해 현실과 환상이 창조적으로 변용된, 마치 3차원의 공간과 정감으로 조성된 삶의 집처럼 보인다. 그는 영혼의 잠재된 능력을 일깨우는 어떤 힘으로서, 의식과 무의식을 넘나들며 감각세계까지도 임의로 사용할 수 있는 마음의 마술까지도 이용한다. 그런 두 차원의 것이 「마당에 관한 짧은 얘기」 「벌판 위의 빈집」 「오래전 집을 떠날 때」 등에서 때로 그네뛰기와도 같은, 맥놀이와도 같은 창조적 율동을 벌이기도 한다. (물론 이러한 실험정신이 극대화된 경우 그 연결·상호침투의 깊이와 현실과의 관련성에 따라 실감과 감동의 성격은 달라질 것이다. 이런 문제에 대해서는 필자의 「환멸의 시대, 환멸의 문학」, 『창작과비평』 1996년 여름호에서 「마당에 관한 짧은 얘기」를 다룬 부분이나, 「벌판 위의 빈집」에 대한 뛰어난 미적 분석을 보여준 김병익의 「불길한 아름다움」, 『문학동네』 1996년 가을호를 참조하기 바란다.) 그리고 이 경우 꿈이 주요한 역할을 하는데, 꿈이 갈등과 억압된 욕망의 표현일 뿐 아니라, 우리가 이미 예전에 습득했으나 잃어버렸다고 느낀 것들에 대한 표현이기도 하다는 것을 그는 상기시킨다.

*

쓰고 보니 첫 시식자의 맛보기가 아무래도 어느 한 맛에 지나치게

사로잡힌 듯도 하다. 이미 신경숙 하면 독자들 또한 보증수표로 받아
들일 정도로 그의 충분히 숙성·발효된 작품은, 좋은 음악이 음악의
귀를 열어주듯 문학의 섬세한 미감을 끊임없이 건드리는 예민한 문학
의 실핏줄 다발과도 같다. 더구나 이 불모의 시대, 메마른 마음밭을
촉촉이 적셔줄 단비와 같은 것이기에, 눈밝은 이들에 의해 그의 문학
이 더욱 환해졌으면 좋겠다.

〔오래전 집을 떠날 때, 창작과비평사 1996〕

새로운 출발을 위한 일상의 길트기

김인숙 소설집 『칼날과 사랑』

1

"사람은 저마다 사는 방식이 다를지도 모르니까……" "생긴 대로 살다 가믄 그만이지." 이 말들은 김인숙(金仁淑)의 작품 「당신」과 「한 여자 이야기」 속에서 지나가는 말로 내뱉어진 대화 속의 한마디이다. 그러나 이런 말은 사실상 우리가 누군가와 이야기를 나누는 도중 자주 접하게 되는 흔한 말이기도 하다. 누군가와 세상살이에 대해서 이런저런 이야기를 나누다 서로 대립되는 의견이 오갈 즈음이면 불쑥 이런 말이 튀어나와 이야기가 파장으로 치닫는 경험을 누구든 해보았을 것이다. 진지한 토론으로 고조되던 분위기가 일거에 주저앉으면서 끝내 뒷맛이 개운치 않은 채 상대방과 헤어져 돌아오는 길의 그 찜찜함이란……

그런데 우리는 일상에서 이런 유의 말을 흔히 '개똥철학'이라 이름붙여 사실상 자기 생활 혹은 행동을 합리화하는 막강한 도구로 활용하고 있다. 물론 보다 좋은 의미로 해석하면 이 말은 누구나 자기 나름의 고유한 삶을 살기 마련이라는 '개별성'과 '개성'의 존중일 수 있고, 따라서 '삶의 다양성'을 인정하는 아주 민주적인 포용주의가 될 것이다. 그러나 문제를 좀더 깊이있게 파고들면 이 말은 이렇게 저렇게 나타나는 '현상' 혹은 '우연성'에 스스로를 내맡겨버리는 것이며, 결국 그 '본질'과 '필연성'에는 아예 관심을 가지지 않는 결과를 초래한다.

필자가 새삼 '개똥철학'을 들먹이며 이 귀중한 축하지면을 시작하는 것은 소설가 김인숙이 바로 우리네 일상에서 흔히 볼 수 있는, 참으로 우연스럽게 돌출되는 삶의 현상을 붙들고 삶 자체의 사회적 존재양식을 해명하고자 지금 누구보다도 힘든 고투(苦鬪)를 벌이고 있기 때문이다. 물론 소설다운 소설치고 실인즉 이런 개똥철학에 대한 정신적 도전을 감행하지 않는 경우란 거의 없다. 왜냐하면 문학 자체의 본래적 속성이 현상과 본질, 우연과 필연의 변증법에서 발원하는 것이기 때문이다. 그럼에도 불구하고 김인숙의 새 작품집을 이야기하는 자리에서 이 문제를 특히 강조하고자 하는 데는 나름의 이유가 있다. 그것은 그녀가 이미 이전에 보여주었던 작품세계와는 다른 문학적 모색을 하고 있기 때문이다. 바로 우리가 발을 딛고 살아가는 일상성의 세계에 대한 과감한 도전이 그것이다. 말하자면 초기 작품세계를 관통하던 '개인적 갈등과 번민의 세계'가 다시 중요한 자리를 잡아가고 있고, 반면 첫창작집 『함께 걷는 길』이 보여준 당대의 사회적 정치적 문제로부터는 다소간 거리를 두고 있기 때문이다. 「작은 공장」 「쌍가락지」가 『함께 걷는 길』에 비교적 가까이 서 있는 작품이라면, 그로부터 「한 여자 이야기」와 「관리인 차씨」, 그리고 「당신」 「양수리 가는 길」 「칼날과 사랑」 순으로 점차 멀어지고 있다.

1963년생인 젊은 작가이면서도 아주 이른 나이에 등단한 그녀는 벌써 10년이라는 적지 않은 작가 이력을 가지고 있다. 또한 그 10년 동안 벌써 물굽이를 몇번 틀었다. 20세 때인 1983년 신춘문예에 「상실의 계절」로 화려하게 등단, 뒤이어 『핏줄』이란 베스트셀러 작품으로 문학적 호사를 만끽했던 한 여대생 작가. 그녀가 1987년 격동기의 학생운동사를 다룬 『'79~'80 겨울에서 봄 사이』란 장편을 발표했을 때 우리는 우리 시대의 대표적 여성소설가 윤정모(尹靜慕)의 놀라운 변신에 견주었다. 그녀는 실제로 집단창작활동에 그치지 않고 직접 노동현장에 뛰어들어 보고문학작품을 창작하기도 하였다. 그 성과는 1989년에 발간된 작품집 『함께 걷는 길』에 대부분 수록되어 있다. 「함께 걷는 길」 「강」 「성조기 앞에 다시 서다」 등은 실제로 80년대 후반의 정치적 추세에 발빠르게 대응한 변혁운동소설이었다. 1987년 대통령 선거 때의 어느 한 단면을 그린 「강」, 노동자대투쟁 등을 겪으면서 불붙기 시작한 노동운동을 대상으로 한 「함께 걷는 길」 「성조기 앞에 다시 서다」 「가까운 불빛」 「하나 되는 날」, 1989년 공안정국을 염두에 둔 「부정」 「구경꾼」 등이 다 그러하다. 그리고 작품 속에 투영된 작가의식 또한 당시 변혁운동세력의 입장과 내밀한 연관을 가지면서 계급적 시각에 입각한 인식과 가치평가를 보여주었다. 이처럼, 작품의 실제적 성과는 별도로 하더라도 80년대 후반에 이르러 그녀는 민중운동 특히 노동운동 현장에 직·간접으로 뛰어들어 이를 소설화하는 선두주자의 한 사람으로서, 당시의 가장 민감하고 핵심적인 문제에 정면으로 맞대응하는 정공법의 사회소설들을 산출하였다.

그런 그녀가 90년대에 접어들면서 조심스럽지만 그러나 새로운 변화를 조용히 시도하고 있다. 현재 민족문학의 위기니 동요니, 거대 인식체계의 해체와 사회주의적 이상의 몰락이니, 문민정부의 등장으로 민주화가 진전되었느니 어떠니 하면서 아직 실체 없는 혼돈 속에 지성의 언어들이 떠도는 사이 그녀는 그녀 나름의 지난 시절에 대한 비판과 새로운 예감으로 자기 길을 묵묵히 열어나가고 있다. 그런 점에서 작가 스스로가 근자에 발언한 다음의 대목은 그녀가 추구하는 변화의 방향을 가늠케 해준다.

옛날엔 내가 운동의 본질을 잘 모른다는 것 때문에 많이 고민을 했는데, 지나고 보니 그 본질을 몰라서 문제였던 것이 아니라 경직되게 나 자신을 꿰맞추려고 하고, 내가 나의 자유로운 부분들, 바람직한 부분들까지도 가지를 쳐가면서 너무 한쪽 방향으로 밀고 나갔던 것이 아닌가 생각해요. 그게 물론 좋은 면도 있었겠지만 나쁜 부분으로도 많이 작용했던 것은 아닌가, 그래서 지금은 그것을 열어야 한다는 생각을 할 때 과거의 그런 모습이 한계로 작용하는 것을 느끼면서 사실은 당혹스러워요. (좌담 「90년대를 살기 위하여」, 『노둣돌』 1992년 겨울호)

'한쪽 방향'으로만 밀고 나갔던 자세에서 벗어나 '열어야 한다'는 최근의 이 발언은 그녀 나름의 운동적 속박 혹은 사회과학적 인식의 결박으로부터 벗어나 좀더 자유롭고도 열린 자세로 창작에 임하겠다는 일종의 자기고백이다. 덧붙여 그녀는 현재 자신이 처해 있는 조건, 다시 말해 주부로서의 사회적 조건을 잘 활용할 수 있는 보통 여성들의 이야기나 대중소설에도 관심을 가지고 있고, 지금까지 자신이 가다듬어놓은 세계관으로 대중의 일상 관심사를 소설화하여 독자들과 진지하게 만나고 싶다고 했다. 말하자면 "어떻게 다시 세계와 나를 만나게 하는 창구를 열 수 있을 것인가"를 깊이 고민하고 있다는 것이다. 이런 변모된 작가의식은 실제로 이 작품집에 벌써 상당한 정도로 삼투해 들어가 있다. 실제로 이번 작품집을 보면 최근작일수록 평범한 인물들을 등장시켜 가정이나 집안 혹은 직장 등 일상공간의 좁은 울타리에서 바동거리며 살아가는 삶의 양상을 주대상으로 하고 있다. 초점은 주로 여성에 모아지고 있으며, 그녀가 펼쳐놓는 이야기도 일상적 삶의 틀을 쉽사리 벗어날 수 없는 평범한 인간들이 개별적인 삶속에서 부딪칠 수밖에 없는 무수한 감정의 굴곡, 그 내면의 상세한 기상도(氣象圖)이다. 그런 점에서 김인숙이 초기에 보여준 개인적 번민과 갈등의 측면은 최근 소설에서 다시 살아난 셈이다. 그러나 다른 한편으로 『함께 걷는 길』에서 확고히 갖추고자 했던 세계관의 힘이 보이지 않게 작동한 결과 초기소설과는 확연히 구별된다. 이번 작품집에 등단작인 「상실의 계절」이 함께 실려 있는데 여타 작품들과 쉽사리 구별되는 것도 그러한 요인 때문이다.

2

　이번 작품집에 실린 작품들의 두드러진 특징은 앞서도 잠깐 이야기했듯이 일상생활 속에서 참으로 우연스럽게 돌출되는 삶의 현상을 붙들고 그것으로 인해 파급되는 삶의 본질, 내면의 움직임을 철저히 해명하고자 노력하는 데 있다. 김인숙은 의외의 돌발적 행동, 예기치 않은 뜻밖의 말을 대단히 중시하여 이를 중심모티브로 삼아 작품 전면에 뚜렷이 부각시킨다. 가령 「당신」에서 남편이 갑작스럽게 해직교사가 되는 과정이나, 「칼날과 사랑」에서 '종희이모'가 단 한번의 외도에 대해 아주 뒤늦게 고백하는 것이나, 「관리인 차씨」에서 차씨의 돌출되는 행동과 말 등이며, 그밖에 작중인물의 대화 속에 자주 나타나는 예기치 못한 돌발적인 발언 등이 그러하다. 흔히 이런 경우는 우연성의 남발이라 하여 창작상의 경계사항으로 지목되지만, 김인숙에게서는 오히려 작품의 생명력을 이끄는 내적 뿌리로 기능하고 있다.

　그렇다면 김인숙은 대체 우연성을 어떻게 문학화하는가. 그녀는 사건을 작위적으로 연결하기 위해서 혹은 억지 필연성을 만들어내기 위해서 우연성을 활용하는 것이 아니라, 우연성이 다름아닌 현실의 견고한 껍질 속에서 똬리를 틀고 있다가 어느 순간 발현해 나온 필연성임을 드러내는 방식을 취한다. 우연성의 배후를 추적하는 그녀의 눈길은 촘촘한 그물망처럼 빈틈이 없다. 흔히 김인숙 소설의 최대의 장점으로 손꼽히는 탁월한 심리묘사는 여기서도 주요한 문학적 무기가 된다. 사실 자기 작품 속의 인물들에 대해서 김인숙은 아주 냉엄하다. 그리하여 흔히 리얼리즘을 지향하는 소설들에서 곧잘 보이는, 필연성에 지나치게 집착하여 초래한 일종의 유형적이며 도식적인 인물형상과는 분명히 구별된다. 그녀가 그려낸 인물형상은 벌판을 질주하며 달리는 명쾌한 행위 중심의 동물적 형상이 아닌, 이리저리 줄기를 뻗고 얽히고 설킨 복잡한 심리 중심의 식물적 형상이다.

그런데 그녀에게 우연성, 그리고 그것이 환기하는 의외성, 돌발성
이란 실상 현 사회구조 및 사회심리 상태의 성격과 깊은 관련을 갖고
있다. 또한 이런 요소들을 실감있게 만드는 심리변화에 대한 치밀한
묘사 역시 그러한 것들로부터 파생되어 나오는 인간 내면의 복잡성,
분열성에 다름아니다. 이 작품집의 대표적 작품의 하나인 「당신」을
읽다보면 우리는 주인공 '윤영'의 복잡다단한 심리변화 혹은 동요를 경
험한다. 작가는 아내의 눈을 통해 남편이 갑작스레 해직교사가 되고
나서 겪게 되는 나날의 고통과 갈등, 생활상의 변화를 집요하게 추적
하여 이를 여성 자신의 내적·사회적 정체성에 대한 물음으로 끌어올
리고 있다. 이 작품에서 작가의 시선은 윤영의 갈등에 집중되어 있다.
해직교사를 찾아간 자기 반 학생들 때문에 교장으로부터 질책을 당하
자 묵묵하기만 하고 어찌 보면 소심하기까지 하던 남편이 '무슨 바람
이 불어 교장과 맞싸움'을 해버렸던 것이다. 결국 스스로 사표를 낸
남편이 학생들의 방문을 계기로 전교조활동을 시작하자 아내인 윤영은
이를 이해하려고도 하고 뒷바라지를 잘하려고도 한다. 그러나 살기 위
해 월세를 올리려는 악역을 맡아야 하고 또한 남편의 교사라는 직업에
대해 어떤 자부심도 확인하기 힘든 자신의 처지에 절망하고 만다. 이
처럼 남편에게 제아무리 가까이 가려 해도 결코 좁혀지지 않는 간극과
겉도는 모습으로 허우적댈 수밖에 없는 평범한 주부의 내면을 작가는
치밀한 심리묘사로 드러내고 있다. 결국 아내와 남편이란 공존관계에
서 윤영은 스스로 소외감을 느끼며 "다만 오늘 이 순간, 바로 이 자리
에서 남편과 함께 부대끼며 문대낼 수 있는 공통분모의 고통"을 필요
로 하고, 또한 "오직 단 하나, 자기 몫의 세상 현실을 분간하고 싶은"
욕구를 기대한다. 이러한 자신의 소외감에 대한 분노와 남편에 대한
애증 속에서 자신의 주체적 삶을 찾고자 하는 자각이 이 작품의 결론
이다.
　그런데 남편이 해직교사가 되기 직전까지 그들의 삶이 어떠했는가를
눈여겨보면 작가가 갑작스런 '해직' 이후 겪게 되는 삶의 변화를 통해

무엇을 말하고자 하는지 분명해진다.

결혼 10년째가 되기까지, 그들도 남들이 그러하듯 그저 '부부이기 때문에' 살았다. 애틋한 정도, 가슴 떨리는 감동도 물론 없었다. 그들 사이의 기쁨은 아이들의 성적표나 재롱 떠는 모습, 또는 호봉이 오를 때 정도로만 국한되었다. 남편은 성실한 사람이었고 또 가정적인 사람이었다. 특별한 문제가 없이 흘러온 10년 동안, 남편이란 존재는 그저 바람막이 안방의 벽과 다를 것이 없었다. (76면)

평범한 사람들로서, 오히려 평범함 때문에 자부심 같은 것을 느꼈던("우리는 절대로 부자로 살지 맙시다") 결혼 전후의 소박한 꿈과 이상은 "생활의 먼지 속에 파묻혀들어가, 끝내는 그 자취마저 사라져버렸다". 말하자면 언제부턴가 그들 살림살이의 가장 정당한 가치기준은 "큰 욕심을 부리지는 않아도 비난받지 않을 만큼의 작은 욕심은 끊이지 않고 이어졌고, 남들처럼 사는 것"이었다. 그것은 곧 자본주의적 질서가 강요하고 있는 '안정감' 혹은 '순탄함'이다. '남들처럼 사는 것'이란 바로 '진정한 나의 본질과 목표'가 빠져버린 관행적 생활양식에의 예속을 의미한다. 원래는 다른 가치있는 목적에 대해 단순한 하나의 수단에 불과하던 경제력이나 사회제도 들이 이제는 목적 또는 자기목적이 되기 때문에, 수단적인 것이 목적적인 것으로 독립하고 그렇게 됨으로써 자기 본래의 '의미' 내지 목적, 즉 본래 인간과 그 요구에 따라 방향지어진 목적합리성을 잃어버린다. 보이지 않는 이러한 조직적·제도적·관습적 제약으로 결과적으로 주체가 되어야 할 인간은 '강철 같은 틀' 속에 하나의 부품처럼 얌전히 거주(居住)할 수밖에 없게 된다.

그렇기 때문에 남편의 갑작스런 '사표'는 일거에 모든 것을 뒤흔들어버린 거대한 충격파로 엄청난 혼란을 초래한다. 윤영이 그후 말과 행동에서 보여주는 아주 분열된 반응과 돌출적인 태도는 그런 점에서 당연하다. 그러나 우리가 여기서 놓쳐서는 안될 사항은 이전의 안정 속에서도 항시 출렁거리고 있던 내면의 움직임이다. 말하자면 김인숙에게서 우연성이란 사실 외면적인 것으로, 필연성의 돌출로서 의미가 있다. 이는 외적 강제력에 밀리고 밀리다 폭발하는 내면의 욕구가 드러낸 형식 그 자체이다. 워낙 외적 강제력이 강하다보니까 우리에게 겉으로는 의외성·돌발성·갑작스러움으로 느껴져 우연성의 형식으로 받아들여질 뿐이다. 남편의 평소 행동양식으로서는 도저히 예측할 수 없었던 갑작스런 사표 제출이나 전교조 참여는 일상 배후에 깊숙이 감춰져 있던 인간적 욕구였다.

　　──아주 오랫동안 선생질이라는 걸 우습게 생각하며 살아왔지. 얼마나 오래됐을까. 몰라…… 어쩌면 교단에 서기 시작한 첫해, 벌써 그때부터였는지도 몰라. 돈이 필요하지 않았다면 당장 그해에 때려치워버렸을지도 몰라. 10년…… 10년을 그렇게 버텼어.
　그쯤해서 그는 다시 윤영을 바라보았다. 윤영의 얼굴은 창백하기 그지없었다.
　　──당신 이해할 수 있을지 모르지만 나한테도 희망이 필요해. 선생으로, 아니, 사람으로…… 그래, 그냥 사람으로 말이야. 옳다고 믿는 대로 살 수 있는…… 아니, 그것도 아니야. 적어도 그르다고 믿는 것은 하지 않을 수 있는…… 그래, 적어도 그런 만큼은 살고 싶어. (83~84면)

　그런 점에서 김인숙의 많은 소설은 사실상 실생활 자체를 그야말로 있는 그대로 소설화한 것들이다. 우리네 생활을 강제하는 사회·경제적 관계, 사회적 통념 혹은 관습, 그리고 인간들간에 가로놓인 사인성(私人性)의 벽들이 김인숙 소설의 토대를 형성하고 있다. 말하자면 행동이나 말의 갑작스런 돌출은, 당사자에게는 깊은 뿌리가 있고 안으로 숨겨져 있지만, 타인에게는 우연적인 돌출로 보이는 것이다. 이런 형식화는 사실 우리 리얼리즘 소설에서는 보기 힘든 것이다. 작중인물의 행위가 자연적 현상이라는 성격을 덜 지니면 덜 지닐수록 특정한 궁극적인 가치와 생의 의의에 대해서는 직접적인 연관관계를 지니게 된다. 지금까지 리얼리즘 소설은 주로 이러한 경향을 취해왔다. 따라서 작중인물이 취하는 궁극적인 가치와 생의 의의는 행위 속에서 구체화되어 그 목적이 되고 그것은 다시 합리적인 행위로 전화된다. 그러나 「당신」에서는 이러한 방향으로 나타나지 않는다. 남편의 행동은 윤영의 관찰을 통해 어렴풋이 그렇게 나타나고 있지만, 윤영의 행동은 그렇지가 않다. 여전히 개인적 생활은 불투명하고 분열된 상태 속에서 자기 자신이 바로 강제되고 있다고 느끼거나, 아니면 자신이 바라지 않았던 방식으로 제약받고 있다고 느낀다. 나와 너의 분리, 나와 사회의 분리, 이로부터 야기되는 분열된 태도의 내면적 통일은 작품 말미에 가서야 비로소 어렴풋하게 주어진다.

3

최근 김인숙의 관심은 확실히 자본주의적 질서가 보이지 않게 만들어놓은 제도적 틀 속에서 개인이 겪는 번민과 고뇌에 가 있다. 그런 점에서 막스 베버(Max Weber)의 다음과 같은 말은 김인숙의 소설을 이해하는 데 있어서 하나의 실마리가 될 것이다.

'질서'만을 필요로 하는 인간, 이 질서가 한순간이라도 동요하게 되면 신경질내고 겁내는 인간, 오로지 질서에 적응하며 일단 그 상태로부터 벗어나게 되면 어찌할 바 모르는 인간——우리가 마치 알면서 일부러 그러한 인간이 된 것처럼 말이다. 세계가 그러한 질서인(秩序人)밖에 모른다는 이러한 발전에 우리는 여하튼 휘말려 있다. 따라서 우리의 중심문제는 그러한 발전을 더욱 진척시키고 촉진시키는 것이 아니라, 오히려 그나마 남아 있는 인간성을 이러한 관료제적 생활 이상의 독재, 혼의 분할로부터 지키기 위해서는, 이러한 조직에 반대해서 무엇을 내놓아야 하는가 하는 것이다. (M. 베버, 『사회학과 사회정책 논집』, 칼 뢰비트, 『베버와 마르크스』, 문예출판사 1992, 69면에서 재인용)

베버의 주장은 한마디로 인간 자신이 그의 불가피하게 '분할된 인간성' 한가운데에서, 자기책임에의 자유를 전체적으로 보존할 수 있는 길을 찾는 일이다. 물론 이러한 길은 김인숙의 대부분의 소설에서 명료하게 나타나지 않는다. 대개 '분할된 인간성'이 가져다주는 자기 소외감을 진지하게 들추어내는 경우가 많다. 물질적 생활관계가 갖는 힘의 위력이 소설 전체를 휘감으면서, 대신 작품 말미에 가서야 그것과의 모순 속에서 '자기소외' '자기정체성'의 문제를 어떤 방식으로든 대면시키고자 한다. 가령 일상적 인간으로부터 확연히 돌출되는 인물을 그린 「관리인 차씨」의 경우에도 주인공 '정애'와의 거리는 여전히 남아 있고 남편에 대해서도 마찬가지이다. 작품의 마지막 말은 이것을 잘 예증해준다. "왜들 나한테만 이러는가, 나는 단 한번도 부정한 욕심을 부려본 적이 없다. 뿐인가, 나는 단 한번도 절망하고 좌절할 여유조차도 없었다. 단지 살기 위해 달려왔을 뿐인데, 내 이 소박한 살림살이의 욕심에 무슨 죄가 그리도 많단 말인가. 그러나 정애의 절절한 항변에도 불구하고 무언가 거대한 것이 허물어져내리는 소리는 멈추지를 않는 것이었다." 또한 「작은 공장」에서도 마지막에 분명한 목적과 관점을 가지고 단체행동을 도모하는 것이 아니라, 그냥 회사를 나가려다가 만주와 치강이 "등신 소리 듣고 갈 수야 없제" 하면서 "돈보담두, (…) 그란께 그란 거를 우리도 한번 가져보자, 이 말이제!"로 끝맺는 것도 마찬가지이다.

말하자면 작가는 개인적 번민과 고뇌를 통해 자기정체성을 찾고자 하며 그것을 통해 다시금 '나와 너' '나와 사회' '나와 세계'를 만나게 하는 창구를 열어 보이려 하고 있다. 그러나 그녀는 성급한 결론을 향해 달려가고 있지 않다. 언뜻 보면 아주 단순할 것 같지만 실상 매우 복잡한 '평범함'이라든가 '대중성'을 깊이 탐색하고, 언뜻 보면 평면의 동질성을 보이는 것 같지만 실제로 대단히 굴곡 많고 변화무쌍한 일상의 벌판을 헤집고 있는 것도 한때 성급한 결론을 향해 돌진했던 자신의 작품세계를 비판적으로 극복하고자 하는 태도로 보인다.

「한 여자 이야기」는 그런 점에서 김인숙의 변모과정을 이해할 수 있는 하나의 단서가 된다. 이 작품의 외관적 줄거리는 아비가 셋이나 되는 '영주'라는 한 여성의 비극적 개인사이다. 그녀는 좌익 장기수였던 '한갑수'를 새아버지로 맞으면서 아비의 사랑을 느끼지만 아비가 다시 사회안전법으로 구속되면서 '빨갱이' 집안에 대한 주위의 엄청난 형벌에 시달린다. 더구나 전향서만 쓰면 즉시 석방되는데도 그것을 거부하는 아비의 행위에 다시 개가할 수밖에 없었던 어미를 따라가지만 끝내 이를 견디지 못하고 가출하고 만다. 그녀는 이후 꿈을 갖고 노동자로 나서지만 현실의 벽에 힘없이 무너지고, 그후로 술집을 전전하게 되며 끝내 일본에 창녀로 팔려갈 각오까지 하기에 이른다. 작품은 이런 비극적 개인사를 가진 한 여성을 따뜻한 애정으로 감싸안으려는 젊은 노동자 '승기'의 눈으로 그려진다. 여기서 승기는 건강한 노동자로 제시되고 있는데, 지역 노동상담소의 교육활동에 열심히 참여하면서 노조 설립을 도모한다. 승기의 그런 위치는 예전 작품 속에서라면 당연히 어떤 방식으로든 자기발전의 길을 밟아나가고 상대방에게 영향력을 미치겠지만, 「한 여자 이야기」에서는 영주를 통해서 현시대의 사회적 존재양식을 밝히고자 하는 하나의 '반사경'으로만 기능하고 있다.

영주의 눈에 비친 세상은 한마디로 '쓰레기 같은 세상'이다. 그러한 '지긋지긋한 현실'에서 끝없이 도망치고자 하는 것이 바로 영주다. 그런 영주에게 세상이 따뜻하게 다가왔던 때가 두 번 있다. 한번은 의부 한갑수와 산 짧았던 기간이다. 사랑에 굶주린 아이에게 사랑을 주었던 시절. 그러나 한갑수로 상징되는 '빨갱이'라는 것이 가한 엄청난 이데올로기적·관행적 형벌은 우리네 사회구조의 '강철 같은 틀' 중의 하나였다. "그때 세상사 배짱있는 젊은것치고 뻘간물 안 들을 사람이 있었가니. 세상이 저 잘못된 줄은 모르가니……" 하는 승기 아버지 '남씨'

의 말이나 "변해뿐 것이 산인가, 세상인가, 사램인가 모르지" 하는 한씨의 말 등에서 엿볼 수 있듯이 변화된 세상 속에서 그 세상을 살아가야 하는 영주의 삶은 철저히 파괴되고 만다. 열심히 일하면 자기도 한번 남부럽지 않게 살 수 있을 것이라는 희망을 품었던 노동자 영주의 좌절과 붕괴는 친구 명순의 허망한 중독사고가 그 첫 출발점이었지만 결정적인 것은 '빨갱이'란 관용어 때문이었다. 노동자들과 관리자들의 싸움에서 툭하면 관리자들이 내뱉는 '빨갱이'라는 말에 '점점 더 창백해지고 점점 더 파란 독기'를 띠던 영주는 끝내 사장 앞에 "빨갱이만도 못한 자식!"이라는, 역설적이면서 많은 의미를 함축하고 있는 단한마디 말을 내뱉고 노동자 생활을 청산한다. 그리고 그녀의 삶은 결국 술집으로 치닫고 만다. 이처럼 '빨갱이'라는 말이 발산하는 이데올로기적 질곡은 우리네 삶 자체를 친친 동여맨 삐삐선과 흡사하다는 것을 이 작품은 말해주고 있다.

더구나 작가는 거기서 한걸음 더 나아가 우리네 세상이 견고한 사인성(私人性) 혹은 가족이라는 작은 세계로 분할된 이익체계라는 것을 한씨와 영주를 누구보다도 잘 이해하는 남씨를 통해 드러내고 있다. 하나밖에 없는 아들을 술집 계집하고 정분나게 놔둘 수 없다며, 세상살이에 대해 "마른자리만 골라 디뎌도 폭폭한 세상인디 진자리 골라 딛지를 말라"고 냉혹하게 내뱉는다. 이렇게 '냉정할 수밖에 없는 현실' '냉혹한 자본주의적 현실'을 작가는 고발하고 있다. 세월 속에서 시간의 흐름이 만든 변화, 무엇보다 주체인 인간도 알 수 없는 사이 망가뜨리는 변화된 세상이 보여주는 삶의 비극을 그리고 있다.

「양수리 가는 길」 「칼날과 사랑」은 그로부터 더 나아가 '사인성의 벽'에 갇힌 인간들간의 고립감, 쉽사리 '관계'맺어지지 않는, 그리하여 애정이니 사랑이니 하는 인간적 감정이 자리잡을 수 없는 개인의 내면성 속의 예측하기 힘든 날씨를 보여주고 있다. 가령 「양수리 가는 길」은 30대 중반의 평범한 소시민 부부를 통해 그 벽의 단면을 그려낸다. 남편인 '오대리'는 아내에게 평소 작은 소원으로 가지고 있던 양수리로 드라이브하자는 말을 끝내 못하고, 또한 동남아 파견근무건도 아내에게 쉽사리 이야기하지 못하는, 스스로 말한 대로 '왜소한 사내놈'이 되어 있다. 아내 또한 가게일을 보면서, 액세서리를 훔친 여대생과의 싸움이 끝난 뒤 자조적으로 "난 어쩌다 이런 아줌마가 됐지"라고 말하고 있다. 사랑은 간데없고 '최소한 동거인으로서의 윤리'만을 간신히 생활철학으로 가지고 있는 이들 부부의 삶에 대해 작가는 "그들이 변하기 전에 세상이 먼저 그들을 장악"해버렸다고 말한다.

「칼날과 사랑」 역시 인간관계의 단절감, 개인의 내면에다 또다른 비밀의 삶을 간직하고 살 수밖에 없는 고립된 인간성의 비극적 면모들을 형상화하고 있다. 먼저 이 작품 전면에 떠오르는 색조는 「당신」 「양수리 가는 길」에서도 보았던 부부생활·가정생활의 무미건조함, 바로 자본주의적 삶이 내뿜는 사인성의 지리한 산문성이다.

> 어쨌든 우리의 결혼생활은 시간이 흐를수록 점점 더 무미건조해져가고만 있는 것 같았다. 우리에겐 아직 아이도 없었고, 물론 더이상은 서로를 열렬히 원하는 마음도 없었다. 나는 가끔씩, 내가 그와 함께 살고 있는 이유를 스스로에게 묻곤 하는데, 그럴 때 가장 정확한 대답은 오직 그와 헤어질 이유가 없어서라는 것이었다. 맙소사…… 나는 그와 헤어질 이유가 없어서 그저 살고 있는 것뿐이었다. (26~27면)

섬뜩하다. 자본주의적 냉혹함은 사랑이라는 인간적 감정으로 묶여야 할 부부간에까지 파고들어 인간관계 그 자체를 사물화하고 말았다. 인용은 작품에서 아주 간략히 언급되고 있는 30대 초반의 여성인 '나'의 말이다. 물론 이야기의 중심은 '나'의 시선을 통한 이모와 이모부의 이야기이다. 여기에 외도문제가 개입되어 상당히 진부하고 통속적인 이야기틀을 가지고 있지만, 이야기 자체는 다소 파격적으로 치닫는다. 젊었을 때 남편의 외도와 도박, 폭력 등 가정에 대한 무관심에도 불구하고 끝없는 인내를 보여주던 이모가 막상 이모부가 정상으로 돌아왔는데도 불구하고 갑작스레 이혼 운운하며 전혀 딴사람처럼 변모한다. 그런데 이모는 갑자기 15년 전인 결혼 초기에 딴 남자와 하룻밤 외도를 했다는 고백을 '나'에게 한다. 이해할 수 없는 일들을 둘러싼 '나'의 분석이 비중있게 깔리고 있지만 분명하게 정리되지는 않는다. 바로 명확히 정리되지 않고 '쉽사리 이해할 수 없는' 개인의 비밀스런 복잡한 내면에 대한 인정이 이 작품의 주제이다. 결국 시간이 흐를수록 견고해지는 자본주의적 질서에 외면적으로는 순응하면서, 비밀스럽게 '침묵으로 가려놓은 내심' 속에서는 내적 욕망을 부둥켜안고 사는 인간의 삶을 고발하고 있는 셈이다. 물론 어렴풋하게나마 세대간의 관계를 작가는 겨냥하고 있다. 이모와 이모부가 끝내 비수를 숨긴 채 적당히 화해하는 장면을 보고, '나'는 비수를 숨기지 않고 생활 속에서 남편과 싸워 부부의 한쪽과 한쪽으로 살아가려고 다짐한다. 그러나 작가는 결론적으로 이렇게 말하고 있다. "어차피 쓸모없을 수밖에 없는, 이 부부라는 관계에 조금이라도 그럴듯한 의미를 갖기 위하여 말이다. 아아, 어차피 산다는 건 그런 게 아닌가 말이다."

　이처럼 작가는 현재의 사회적 상황이나 삶을 극도로 비관적, 때로는 아주 허무적인 태도로 바라보고 있다. 그러나 그렇기 때문에 오히려 '그럴듯한 의미부여'를 통해서라도 자기정체성, 나아가 막연한 희망찾기, 다시 말해 자기존재를 확인하려는 슬픈 희망의 미학을 꿈꾸고 있다.

4

　확실히 근래에 발표된 김인숙의 소설들은 쓸쓸하다. 황폐하다. 김인숙은 예전의 '함께 걷는 길'에서 지금 '나 혼자서라도 찾아나서야 할 흐릿한 길'을 향해 서성거리고 있다. 그러나 손을 잡고 앞으로 힘찬 발걸음을 내딛던 그녀의 발걸음이 사라진 것을 탓할 수는 없다. 그녀는 적어도 함께 걷는 길을 만들던 이전의 많은 것들이 문제있다고 판

단하고 있다. 새로이 펼치고자 하는 그녀의 세계에 필자가 주목하는
것은 그 모든 것을 낳을 수밖에 없는 현재의 사회적 상황, 관습, 자본
주의적 질서에 대하여 작가가 끈질긴 산문정신으로 힘든 싸움을 전개
하고 있다는 사실이다. 많은 작가들이 작품의 말미에서 다소 애매하고
추상적이고, 때로 비관적으로 끝맺는 것까지도 열린 마음으로 주시할
필요가 있다. 공통된 사회적 지반을 확고히 문제삼고 있기에, 제각기
뿔뿔이 흩어지는 듯한 그녀의 세계 역시 사실상 우리 모두가 함께 걷
는 길을 다각적으로 모색하고자 하는 물음으로 다가온다. 이전에 우리
의 많은 소설들이 해답을 찾기 위해 바쁘고 성급한 발놀림을 했다면,
지금 그녀는 해답을 또다시 찾기 위한 근본적인 물음을 천천히, 그러
나 긴 호흡으로 토해내고 있다. 김인숙에게서 오늘의 세상은 분명 '이
대로 둘 수 없는 세상'이다. 그러나 '쉽사리 뜯어고칠 수 없는 거대한
괴물'임을 알았기에 그녀는 이대로 둘 수 없는 세상이 토해놓은 비극
적인 삶을 냉혹하게 주목하고 있다. 그녀가 보여주는 쓸쓸하고 황폐한
인간의 선율은 작품에서 그렇게 만들어서가 아니라 이 세상사가 들려
주는 하나의 선율이다.

　물론 김인숙의 최근작에서 '민중' '민족'이니, '계급' '변혁'이니 하는
말이 낯설어짐은 어떤 의미에서건 진지하게 검토해볼 문제이다. 이들
개념은 '나와 너' '나와 사회'를 매개해줄 수 있는 살아있는 개념이기
때문이다. 그렇기 때문에 그 개념의 참 의미를 실제 생활에서 추출하
여 삶의 양식으로 만들어내는 것은 우리 시대 작가의 중요한 책무이
다. 이를 위해서 지나친 개인성에 대한 탐구에 앞서 인간과 인간의 관
계, 그 상호연관성과 의존성에 대한 따뜻한 시선을 놓쳐서는 안될 것
이다. 베버가 말한 대로 '그나마 남아 있는 인간성'의 진정한 결합을
통한 새로운 어떤 것의 창출을 목표로 하지 않고서는 자칫 그 자리를
뱅뱅 돌 수밖에 없을지도 모른다. 벌레떼가 달려들 때 제자리에 서서
그것을 떨어내려고 하다가는 끝내 주저앉을 수밖에 없다. 우리는 달리
면서 떨어내어야만 한다. 김인숙의 최근 소설이 방향성이 매우 희미하

새로운 출발을 위한 일상의 길트기　133

다는 점 역시 아직 뚜렷이 방향을 찾지 못한 현재 상황의 반영이기에
그녀 자신의 한계라고 할 수는 없지만, 그 방향성마저도 통일되지 않
고 흩어지고 있다는 점은 생각해볼 문제이다.

　여하튼 김인숙은 지금 앞으로 걸어가는 것이 아니라 멈추어서서 우
리네 주변을 샅샅이 헤집고 있는 듯하다. 새로운 단계로의 진입을 논
하기보다는 새로 펼쳐진 상황에서 지나간 것을 반성하고 새로운 것을
모색해야 하는 오늘의 상황에서 이 작업은 그 출발점을 찾기 위한 하
나의 정신적 고투이다. 바로 오늘 우리 자신이 떠안을 수밖에 없는 자
본주의 삶속의 일상적인 인간의 내면, 그것이 펼쳐놓은 변화무쌍한 기
상도(氣象圖)이다.

〔칼날과 사랑, 창작과비평사 1993〕

유년과 고향, 그 신화 같은 이름이여

김태연 장편소설『그림 같은 시절』

1

오랜만에 혼자 낄낄대며 소설을 읽었다. 그것은 읽는 즐거움임과 동시에 기억을 끝없이 퍼올리는 일이기도 했다. 철들면서 알게 모르게 꽁꽁 봉인한, 그리하여 기억조차 희미해져버린 사람과 행동과 가슴앓이 등등이 벌떡벌떡 일어나 내 육체를 간질인다. 그래서 또 혼자 낄낄댄다. 분명 남의 이야기였지만 나의 이야기로 치환되는, 그리하여 망각의 강을 건너오는 낯선 사람의 얼굴이 아닌, 한길 사람 속 깊숙이 자리잡은 내 유년의 얼굴이 우물 속의 달마냥 환하게 떠오르는 환영에 휩싸인다. 이야기 중에는 내가 모르던 서럽고 슬픈 이야기가 많았고 나와는 환경이나 생활양태도 아주 달랐지만, 그럼에도 기묘한 동질 (同質)의 존재양식에 어찌할 수 없는 유쾌함과 즐거움에 빠져들어야만 했다. 비록 그것이 결국 슬픔이나 쓸쓸함, 혹은 가난이나 역경으로 판명되더라도 그것은 그 이후의 일이다. 결코 어떤 사진첩으로도 복원할 길 없는 '유년'이란 존재의 텃밭에 되돌아가서, '그때 그 낮은 눈높이'로 그 시절을 다시 마주한 느낌이다.

아동기 혹은 어린시절로 이야기하기도 하는 이른바 '유년기'란 인간에게 있어 기억의 첫 군락지를 이룬다. 특히 다른 어떤 민족보다도 귀소(歸巢) 본능이 강한 우리에게 '고향'이란 이미지는 절대적 친화의 공간으로서 오죽하면 죽어서라도 귀소하는 것이 하나의 꿈이었겠는 가. 그래서 어떤 이는 한국인의 시간관으로 금명(今明)보다는 고금 (古今)을 든 바가 있다. 즉 현재와 과거의 결합이 현재와 미래의 결합 보다 우선한다는 것이다. 그런데 '고향'이 가장 실감나는 경우는 단순 히 '내가 태어난 곳'보다도 '내가 자라나서 뛰놀던 곳', 바로 유년기의 삶과 뒤섞여질 때가 아닐까. 그때의 공간이야말로 가히 절대적 부피로 다가오지 않는가. 고향은 그래서 더더욱 삶의 본적지로 영원해진다. 시간을 이미 끌어안고 있는 공간이랄까, 아니 시간조차 소멸되어버린 신화의 장소랄까…… 호기심 많고 모험심 많던 시절, 밤잠을 설치던 '나'란 존재의 초년기, 누구나 끝없이 신화로 만들고 싶은, 그리하여 존재의 근원처인 양 배치시켜놓고 싶은 비밀의 성채, '나도 그때는'으 로 시작되는 신화의 이야기에서 누군들 빠지고 싶겠는가. '고향'과 '유 년'은 그런 점에서 항시 등가(等價)의 시계추마냥 우리의 가슴을 울렁 이게 만든다.

　실제로 우리에게도 '고향'과 '유년'을 향한 많은 소설이 있다. 그러 나 과문한 탓인지 대다수의 것들이 '배고픔'과 '역사의 무게'로부터 쉽 사리 벗어나지 못해 왠지 어둠침침하고 쓸쓸한 분위기였다는 느낌이 다. 그래서 우중충한 날씨에 가끔씩 햇살이 솟아오를 때처럼, 곳곳에 배어 있게 마련인 찬란한 기억의 편린들도 결국은 칙칙하고 어두운 분 위기에 가려져버린 것 같다. 물론 이러한 정조는 누구나 한꺼풀 더 벗 기고 나면 마주할 수밖에 없는 우리들 자신의 표정일 것이다. 그러나 '유년의 시절'은 가스똥 바슐라르(Gaston Bachelard)가 말한 바대로 생 애 최대의 풍경이다. 역사와 시대가 틈입하기 전에 유년은 그 자체로 서 축복의 카니발을 벌인다. 황순원(黃順元)의 「소나기」가 여전히 아 름다운 것도 그 때문이 아니던가. 시대도 없고 역사도 없고 개울과 마 을만의 덩그런 무대임에도, 그리고 무엇보다 슬픈 이야기임에도 빛나 는 아름다움으로 가슴 뿌듯해짐은 그 때문이 아니던가. 그러나 「소나기」는 왠지 지나친 순수로 유년이 채색된 듯한 느낌이다. '악동(惡童)'이란 이름이 은밀히 손을 내미는 또다른 유년의 욕망적 심상과는 분명 거리가 있다.

그렇다면 우리들 유년의 얼굴이란 무엇일까. 혹여 혜원(蕙園) 신윤복(申潤福)의 유명한 풍속화「단오풍정(端午風情)」의 얼굴은 아닐까. 단옷날 냇가를 무대로 그네를 타거나 머리를 곱게 빗는 처녀며, 그리고 저기 젖통을 드러내놓고 옷감을 지고 걸어오는 아주머니하며, 무엇보다 개울에서 반나체로 요염하게 미역을 감는 여인네들이 손에 잡힐 듯 떠오를 것이다. 그러나 바로 그 뒤편 냇가 바위 너머로 이를 훔쳐보며 낄낄 웃어대는 까까머리 아이중의 얼굴, 바위 너머나 돌담 너머 가득 찬 호기심으로 뭔가를 훔쳐보며 짓는 저 아이의 짓궂은 표정이야말로 우리들 유년의 영원한 얼굴이 아닐까. 바로 김태연(金泰演)의 소설은 그 표정을 작품 전체의 배경색으로 물들여놓고 있다. 그의 소설이 우선 재미있고 유년다운 자연스러움으로 받아들여지는 이유가 여기에 있다.

물론 우리의 유년이 비록 역사의 바깥에 자리잡은 푸른 별자리마냥 초시간적 존재로 주관화된다 하더라도 역사의 일부이자 시대의 산물로서 그 흔적을 지워버릴 수는 결코 없다. 이 소설은 실제로 꽤 무거운 현실을 담고 있다. 역사의 비극, 무엇보다 마을 사람 대다수가 일제 치하에서 원자폭탄에 희생당한 이들이고, 주인공의 집안 또한 이 고통으로부터 벗어나지 못한다. 그럼에도 이 소설은 재미가 있다. 그것이 슬픔이든 아픔이든간에 유년의 심리와 행동양식에 근본적으로 충실했기 때문이다. 배경색이 어두울수록 빛이 더욱 황홀해지듯, 그런 어둠이 있기에 우리들 유년의 별자리가 더더욱 찬란한지도 모를 일이다. 이 소설이 흔히 악동소설로 불리는 소년소설류의 과장된 치기나 통속적 재미와 구별되는 점도 여기에 있다.

2

　이제 우리를 유년의 세계로 안내할 인물은 막 국민학교 5학년생이 된 '이세진'이다. 때는 1970년. 소설은 꽃샘추위가 닥친 신학기에서 시작하여 다음해 2월, 전학을 가기 위하여 고향을 떠나기까지 1년의 과정을 액자화한 구조로 되어 있다. 말하자면 한 어린아이가 가정과 학교에서, 아니면 마을에 살면서 또래들과 어울리며 보고 들었던 것들을 자기의 눈길·발길·귓길이 닿는 대로 써내려간, 진달래꽃과 개나리꽃이 흐무러지게 핀 이른봄부터 시작하여 여름, 가을을 거쳐 겨울에 이르는 세진이의 5학년 생활이 고스란히 담겨진 추억의 일기장이다. 그렇기에 이 소설은 줄거리를 요약하기 힘들다. 아니 이야기의 시작과 끝이 없다고 해도 과언이 아니다. (자기완결된 구조를 갖는 것으로는 누나 친구 순자와 벌암양반 사이의 희극적이고도 비극적인 이야기가 유일하다.)

　사실 국민학교 5학년, 그 1년이란 기간은 유년의 일부이지 전부는 아니다. 그래서 흔히 성장소설로 일컬어지는 작품에서 보이는 뚜렷한 주제의식이나 흔히 분단문제 등을 그리면서 차용하는, 어린이의 시선을 빈 성숙된 주제 부각(성장한 작가의 관념이 투영된 것)과 구별된다. 이 소설이 한편으로 앞서 언급한 바 있는 신윤복의 그림처럼 풍속 혹은 세태소설로 받아들여지는 것도 그 때문이다. 시오리 길을 걸어 등하교하고, 가난한 동네에서 집안일과 농사일을 도우며 살아가는 농촌 어린이들의 가식없는 진솔한 이야기로, 저 6, 70년대 아이들의 사계(四季)를 담은 열두폭 풍경화라 할 만하다. (이 소설이 1년이란 시간구조를 갖게 된 이면에는 씨를 뿌려 곡식이 입에 들어갈 때까지 사람의 품이 여든여덟 번이나 든다는 벼농사를 포함한 농촌 삶의 순환성과 깊은 연관이 있다.)

　대수롭지 않은 일로 주먹다짐을 벌이는 일이며, 친했다가는 다시 멀어지고 또 가까워지는 아이들의 세계. 싸움 후 상대를 눕히고 '짐짓 거드름을 피우며 가는 체하다가 안 보일 쯤 해서 줄행랑'을 친 아이는 바로 나 아니고 누구였던가. 떼지어 소 먹이는 일이며, 여느 때 집에서 못 먹던 쌀밥이나 별미가 다같이 먹고 싶어 환장할 지경이면 형편 닿는 대로 십시일반으로 거두어 어느 한 집에 들어가 실컷 먹는 '디리'며, 몰래 장난담배 피우다 남의 묘를 태워버린 일, 학교를 땡땡이치고 서리하기, 미역감기, 썰매타기, 불장난, 연날리기 등등 우리들 유년을 화려하게 장식하던 삶의 유희가 참 정겹게 그려져 있다. 그것은 전적으로 자기중심적이요 재미 위주의 유희를 하던 유아기의 껍질을 벗고 서로 상호적 성격을 띠면서 타인의 기분과 반응에 호응하며 하나의 공동체를 일구던 첫 사회인이자 존재의 초년병으로서 자아찾기의 과정들이다.

소설의 무대는 해인사가 있는 가야산 언저리의 '안골'이라 불리는 조그만 벽지마을이다. 타성바지로 이루어진 백 가구 남짓 살고 있는 산간마을로, 소설은 그 지역의 지리적·역사적 사실에 부합되게 가공되어 있다. 할아버지, 아버지, 어머니, 그리고 누나, 남동생과 함께 사는 이세진은 이 마을에서 가장 유복한 집안의 태생으로, 명문집안인 이씨가문을 이어갈 똑똑한 장손이다. 학급에서 반장을 도맡아 할 정도로 공부실력도 출중하고, 할아버지로부터 직접 가르침을 받아 그 또래에 어울리지 않게 상당한 한문실력까지 갖추고 있으며, 나아가 집안일, 농사일도 열심히 도와주는 모범생이다. 세진이 집안의 권세와 위엄은 특히 할아버지로 상징된다. 이 고장 사람들로부터 '이학자님'으로 불리고, 나아가 '애국자'로도 칭송받는 명망가인 할아버지는 고종황제 인산에 참석하러 상경했다가 독립선언서 다섯 장을 신발 밑에 감추고 내려와 기미년 만세운동 때 앞장을 섰다가 대구감옥에서 징역까지 산 경력의 소유자이다. 세진이는 바로 할아버지로부터 엄격한 가정교육을 받으며 비교적 빨리 철이 든다.

그런데 이 집안 최고의 골칫거리는 아버지 '새터양반'이다. 그는 일제시대 때 징용에 끌려가 원폭피해자가 되어 병신이 된 인물로, 마치 인생을 포기한 양 술과 계집질에 빠져 말썽의 근원지가 되고 만다. 세진이는, "뼈가 휘고 살갗이 오그라들어 걸을 때면 제기라도 차듯 왼발을 바깥으로 휘두르고 오른팔로는 뒤쪽으로 동그라미를 그리는 꼴사나운 몰골"로, 술로 세월을 보내면서 집안 재산만 축내고 끝내 첩살림까지 하는, 그 반면에 가족을 못살게 굴고 철저히 집안을 방기하는 아버지가 차라리 죽었으면 좋겠다는 마음까지 먹는다. 그에 따라 집안살림은 철저히 어머니 몫으로 떨어져, 가난한 집안 출신의 어머니는 헌신적으로 집안일뿐만 아니라 농사일까지도 책임지고 있다. 그리고 누나 세희는 서울에 유학간 여고생으로 대학입시를 앞두고 정신질환(이 역시 최근에 밝혀진 일이지만, 전형적인 피폭자 및 그 2세에까지 나타나는 병의 일종이다. 햇빛을 싫어하고 빈둥빈둥 놀기만 한다고 해서 일명 '빈둥빈둥병'으로 불린다)으로 낙향하여 집에서 치료를 받게 되고, 남동생 세호는 그 또래답게 개구쟁이로 등장한다. 그런 점에서 이세진의 집안은 일반적인 우리 민족의 가족형이라 할 수 있는 모자(母子) 중심에다, 비록 할아버지가 아버지 역할을 대신하고 있지만 엄부자모(嚴父慈母)형에 가깝다. 오히려 아버지의 이런 파격은 이미 염상섭(廉想涉)의 『삼대』에서 엿볼 수 있듯이 근대 이후 가족관계의 한 전형이기도 하다.

성년이 되어 고향땅을 뒤늦게 밟아본 사람은 그렇게 넓게 생각되던 '한길'이 어느 만큼 좁았던가를 잘 알 것이다. 유년의 소설에서는 그만큼 '그때 그 시절의 낮은 눈높이'가 중요하다. 이 점에서 이세진이란 아동은 너무 노숙하고 미화되지 않았나 하는 느낌을 받을지도 모르겠다. 그러나 이세진은 그 또래에 비추어 비교적 좋은 환경의 심성 곱고 머리 좋은 아이로서 의당 가질 법한 성격에서 크게 벗어나지 않는다. 사실 유년기는 자신이 똑똑하다, 밉다, 힘이 세다고 생각하면 그것이 원동력이 되어 그렇게 행동하게 되는 시기이다. 또한 자신과 집안식구들을 박대하는 아버지를 미워해 아버지가 차라리 죽어버렸으면 하고

바라는 순진한 아이였고, 뭔가 도덕률에서 벗어난 일을 했을 때 죄책
감에 시달리는 평범한 아이였으며, 은밀한 본능에 어찌할 줄 모르는
사춘기 직전의 아이일 따름이다.

　　——얼레꼴레리, 거시기 하는 거 다 봤지롱.
　　——신랑 각시 겉네, 똑.
　　——점심때마다 우리들캉 안 놀고 저 가시나와 살림차렸구만. 꼬롬한
새끼!
　　——새끼, 여기서 호박씨 까고 있었구마. 그래 꼬시나? (상 44면)

이 대화에서 누구든 담벼락에 끝없이 이어지던, 가히 글로 옮길 수
없는 단순명료한 춘화(春畫)며 글귀들을 떠올릴 것이다. 이것이야말
로 가장 신나는 놀림감이자, 반면 당사자는 가장 유난스런 호들갑으로
맞대응하던, 아마도 이 시절 가슴 가장 깊숙이 꼭꼭 봉인해놓은 비밀
의 다락방이 아니던가. 거기다가 좋아하는 사람이 짝이 되었다가 이웃
반 누군가 변했다가 선생님 혹은 친구 누나가 되는 등 종잡을 수 없지
않던가. 아동기는 실제로 남자다움과 여자다움이 가장 예민해지는 시
기로, 성(性)은 이 시절, 분명 식욕과 더불은 순수 욕망의 두 수레바
퀴였다. 그래서 이런저런 조건이 개입할 틈도 없이 맑은 영혼의 거울
로서 빛나던 두 눈에 비친 첫 영상이야말로 그 전부가 아니던가. 우리
의 주인공 이세진도 자못 심각한 애정갈등을 겪는다.

　1)——오빠 니, 심심하마 뫼똥 주위에 어슬렁거렸제? 요 근처에 뭐하
러 왔띠고? 내 말은 안했지만서도 다 보고 있었다 아이가.
　미미가 정수리에 송곳을 사정없이 박았다. 땅 밑에 들어갈 수만 있다면
영원히 나오고 싶지 않았다.
　　——그, 그건……
　얼버무릴 수밖에 더 있겠는가. 막히지도 않고 거리낌없이 쏘아대는 말

유년과 고향, 그 신화 같은 이름이여　141

에 세진은 완전히 두 손을 들고 말았다. "오빠 니가 신경이 쓰여서 책을
몬 보겠다 아이가" 그니가 기어이 이 말까지 내뱉어 서머하기가 이를 데
없었다. 할 이야기가 있으면 당당히 찾아와서 하라고 할 때는 식은땀이
났을 정도로 바끄러웠다. (상 41~42면)

　　2) 미미보다 못났을 것이라는 지레짐작이 얼마나 어리석었는지를 어제
오늘 뼈저리게 느꼈다. 예전에 선생님이 지나가는 말로 막내가 인형처럼
생겼다고 한 소리가 빈말이 아니었다. 다 빼어났지만 그 가운데서도 얼굴
에 비해 지나치게 큰 눈방울과 자그마한 입맵시가 인상적이었다. 촌아이
답지 않게 하얀 살결이 더욱 눈부시게 만들었다.
　　——이세진이구마. 만나서 반갑대이.
　　선생님과 창기 형이 잘되기를 바랐던 때를 무를 수만 있다면 무르고 싶
은 심정으로 손을 내밀었다. (하 38면)

　　3) 솔직히 세진은 영이와 상미야 가도 괜찮았지만 승애는 더 있었으면
하고 진심으로 바랐다. 예쁜 자태를 쳐다만 봐도 가슴이 설레었기 때문이
었다. 거기다가 서울 말씨가 얼마나 듣기 좋았던가. 억센 경상도 사투리
만 듣다가 부드러운 말을 듣게 되자 천사들 목소리가 따로 없는 듯싶었
다. 말이 거의 없는 승애가 어쩌다가 고운 목소리를 한마디 던질 때면 오
줌을 쌀 정도였다. 분명 정은이보다 몇배나 더 아름다웠다. 만약 두 여자
가운데 한 명을 고르라면 단연코 승애였다. 워낙 나이가 벌어져 어찌할
수가 없었지만 할 수만 있다면 승애와 사귀고 싶은 마음 간절했다. (하
187면)

　　위에 인용한 대목들은 이세진이 관심을 기울였던 세 여성과 각기 처
음 만나고 나서 느낀 심정을 밝힌 글들이다. 세 여성에 대한 편력기에
서 우리는 미묘한 심리변화를 읽게 된다. 처음엔 미미에게 끌리다가
정은이를 보고는 정은이에게 끌려가는 마음을, 그럼에도 또한 둘 모두
를 놓치기 싫어하는 어린 사내의 애정상태, 나아가 누나 친구에 대한

솔직한 호감을 있는 그대로 아름답게 들추어내고 있다.

3

앞서 필자는 신윤복의 그림에 등장하는 악동의 훔쳐보기를 이야기한 바 있다. 그 훔쳐보기를 통해 우리는 그 시절의 풍속이며 세태를 읽어낸다. 이 소설 또한 마찬가지로, 작가의 구수한 입담에 의해 아이의 앙증맞은 훔쳐보기뿐만 아니라 훔쳐듣기의 방식으로 저 6, 70년대의 농촌풍속화가 질펀하게 재현되고 있다.

매화집을 거쳐 주막 공굴다리를 건너는데 어디서 티격태격하는 사람 소리가 났다. 공굴다리 언저리에 있는 으슥한 짚북더기에서였다.

"박서기님, 이런 데서 사리마다를 벗기마 우짭니꺼? 날 받아서 하입시더예. 접때맨쿠로 읍내 여관이나 해인사 겉은 데 가가꼬…… 야아, 부탁입니더."

정치 이야기를 그만 하라고 하던 여자 목소리였다.

"급해 죽겠구마는. 시방 당장 몬하마 논바닥에라도 찔러야 원이 풀리겠구마는. 우떻노? 이런 데서 한분 해보는 거도 별미 아이가? 군담 말고 잽싸게 허벅지 벌리거라."

"별미 찾다가 동태 될라꼬예. 까끄라기 땜에 아파서 도무지……"

"살몽둥이 맛을 첨 보는 거도 아이민서 와 그리 새실이 많노?"

"그라마 서서 하입시더. 아야! 아, 아야! 제발 살살 하이소. 거시기가 절딴나겠심더. 뽀도시 넣어야지 이것 숫제 말뚝을 박는 것도 아이고…… 아이고, 나 죽는대이."

한바탕 감탕질이 푸지게 벌어졌다. 가까이 가서 볼까 하고 사방을 살피는데 누가 먼저 선수를 쳤다. 서로 마주치면 창피할 듯싶어 이러지도 저러지도 못하고 있는데 대뜸 악에 받친 소리가 났다.

"내 이 연놈들을 몬 때리쥑이마 사람새끼 아이대이."

박서기 부인이었다. 아기를 등에 업고 뒤를 밟은 듯했다. 지겟작대기로 후려치는 소리, 술집 여자의 죽는소리, 박서기의 혀짤배기소리, 아기가 목놓아 우는 소리가 범벅이 되어 겨울 하늘에 울려퍼졌다. (하 114~15면)

실제로 이 소설의 백미는 바로 그러한 의미에서 세진의 눈과 귀에 포착된 한 산간마을의 살아 움직이며 꿈틀대는 삶들에 있다. 그 속에서 우리는 참으로 다양한 사람들, 그러나 우리 모두가 어디선가 보았음직한 인물들을 정겹게 마주할 수 있다. 자기 눈 밖에 벗어나면 곰방대로 갈기는 대추씨영감, 뱃속에서 불길이 인다며 석유를 한잔씩 마시는 석유영감, 보통 아이들보다 머리통이 두 배나 되고 뻗정다리에다 벙어리에 가까워 천덕꾸러기 취급을 받는 왕대갈통이라 불리던 문호, 양공주가 되었다는 소문에 똥지로 불리는 금님이며, 농약 묻은 상추를 훔쳐먹다 죽은 사람 이야기 등등…… 또 대봉산지기 같은 아주 희한한 인물도 내용이야 다르겠지만 어느 마을에서나 전설처럼 존재하는 유형이랄 수 있다.

그러나 사실 이 마을은 아주 특별한 마을이다. "유달리 대봉산 사방에 사는 사람들 가운데 원자폭탄 후유증을 앓는 이들이 흔했기 때문이었다. 이 고장 어느 마을이고 할 것 없이 환자가 지천으로 널려 있었지만 안골은 그중에서도 본보기 동네였다. 더러 다른 마을 사람들이 병신촌이라고 얕잡아 부르기까지 할 정도였다. 병신촌답게 안골 어른치고 히로시마에 안 갔던 사람이 거의 없었다."(상 19면) 바로 이런 현실적 바탕 때문에 우리는 마냥 유쾌한 재미로만 자맥질해 들어갈 수가 없다. 소설 곳곳에 나타나는 원폭피해자들의 비극적 삶은 이 소설을 역사적 지평으로 옮겨놓는다. 우선 주인공의 집안도 비극적인 역사 때문에 상처입은 집안이다. 아버지 자신이 피해자일 뿐만 아니라, 그로 인해 세진이가 보지 못한 큰엄마와 이복형제들이 세상을 떠났다. (아버지의 좋은 의미에서의 '방황'은 직접적으로 여기에서 연유한다. 또한 큰아버지, 작은아버지, 고모 등도 학도병, 징용, 정신대로 끌려가

죽임을 당하거나 사할린에 남겨졌던 비극을 안고 있다.)

그런가 하면 복날에 개를 잡아 그슬려놓은 것처럼 상처가 심해 고약으로 버티다가 끝내 저 세상으로 가고 만 이 마을 질청양반의 경우, 숨이 끊어질 무렵, 상처에 구더기가 들끓고 파리가 알을 슬어 눈뜨고 못 볼 지경이었다는 것이다. 그 아내인 질청댁도 살갗이 엉겨 있기는 매한가지이고, 아들 문호에까지 대물림되기도 했다. 이처럼 한가족이 모두 원폭 후유증에 시달리는 경우로 필수네가 또 있다.

오학년에 올라서자마자 세진이 반에서 작은 소동이 벌어졌다. 너도나도 필수와 짝이 되지 않겠다고 발랑 나자빠졌다. 그도 그럴 것이 필수를 보기만 해도 구역질이 났기 때문이었다. 목과 얼굴이 짓무르고 헐어 고름투성이였다. 고약 냄새가 진동을 했고 머리카락도 몇가닥밖에 안 남아 문둥이로 잘못 볼 지경이었다. 게다가 온몸이 자잘한 비늘로 덮여 있어서 허물 벗은 뱀껍질이 따로 없었다. 그에게 붙은 '뱀껍데기'란 별명이 꼭 들어맞았다. (상 6면)

필수가 이 지경이니 그 가족인들 오죽할 것인가. 맨머리에 고름집투성이인 그 어머니와 벙어리인 형이 있다. 그리고 평우 큰어머니는 온몸이 그슬렸고 젖통이 반 가량이나 타버리는 통에 젖꼭지가 없을 뿐만 아니라, 한겨울 불도 안 땐 방에서도 열기를 못 참고 문을 열어둔 채 헐떡이며 찬물을 들이켜고 부채질까지 해야 하는, '한여름에 더위에 지친 개팔자' 신세이다. (그래서 작품 속에서는 원폭 때 살갗이 타들어 간 자국들을 복날에 그슬려진 개의 형상으로 자주 비유한다.) 그외에도 뒤늦게 후유증이 나타나 하루아침에 건강한 장사몸이 데친 나물처럼 변해버린 땅마양반의 경우도 있다.

늘 힘센 것을 자랑하느라 남의 곱이나 되는 짐을 지고도 뛰다시피 하던 사람이 비영비영해 모두 고개를 갸우뚱거렸다. 단지 껍더리가 된 것에 그치지 않고 수건으로 얼굴을 가리거나 밀짚모자 챙을 턱까지 눌러쓰고 다녔다. 얼굴에 콩만한 것부터 동전만한 것에 이르기까지 얼룩덜룩하고 희끄무레한 반점이 무더기로 돋아났기 때문이었다. 맨 처음에는 입술이 자주 부르트곤 해서 몸을 무리하게 써서 그런 줄로만 알았다가 큰코다친 셈이었다. 까막골양반한테 '애꾸'나 '개눈깔'이라고 막 부르거나 후유증을 앓는 다른 사람한테도 듣기 싫은 별명을 도맡아 부르던 양반이 아니던가. 그동안 약올린 죄값을 덤터기로 받은 꼴이었다. 그가 없는 자리에서는 이제 땅마양반이나 땅마장사보다는 '백문디(흰 문둥이)'로 통했다. 더욱이 그는 원자폭탄을 직접 맞은 것도 아니어서 억세게 재수 좋은 편이라고 곧잘 떠들지 않았던가. (상 48면)

더구나 그때의 충격으로 이들 피해자들은 극도의 피해망상에 시달리기도 한다. 이것은 세진이가 아버지로부터 직접 당하는 경험으로 제시된다. 세진이는 어느날 대청마루에 솟구쳐오른 못대가리를 박기 위해 곡괭이로 내리치다가 밑도끝도 없이 방안에 있던 아버지로부터 구타를 당한다. 북해도 탄광에서 아침마다 복도를 두드리는 곡괭이 소리가 악몽처럼 되살아난 탓이라는 것이다. 아버지는 또 술취한 상태에서 천둥소리를 원자폭탄이 터지는 걸로 착각하여 난리법석을 피우기도 한다.

그런 점에서 공장에서 일하다 원폭이 투하되면서 정신을 잃어 유리쪼가리가 눈에 박혀 애꾸가 된 까막골양반이나 윗몸에 화상자국만을 가진 벌암양반의 경우는 그야말로 약과다. 소설 속에서 유일한 시작과 끝을 갖는 순자와 벌암양반의 이야기는 그것과 연관되면서 참으로 희극적이다가 비극으로 끝나는, 이 소설에서 가장 극적인 반전장면을 연출한다. 원래 까막골양반과 벌암양반은 매우 특이한 공생관계이다. 나이야 아비와 자식뻘이었으나 천하의 노름꾼인 까막골양반의 뒷배를 봐주는 주먹꾼 벌암양반이기에 서로 형님 아우 하는 사이다. 그런데 그러한 벌암양반이 까막골양반 모르게 그의 큰딸 순자를 속된 말로 '따먹은' 것이었다. 벌암양반이 누구인가.

　그는 벌써 서른을 넘겼고 두 번이나 장가를 들지 않았던가. 맨 처음 여자는 첫날밤에 도망을 쳤고 나중 여자도 사흘을 못 넘기고 달아난 것이었다. 남편의 알몸에 질려 만정이 떨어진 것은 물론 소름이 끼쳐 도저히 살을 맞대고 살 수 없었다고 하였다. 세진이 두눈으로 확인한 적은 없으나 윗몸에 난 화상자국이 흉측하기가 이만저만이 아닌 듯했다. 이에 더하여 문신에다 칼자국투성이니 어느 여자가 참고 견디겠는가. 그래도 사람들은 벌암양반더러 살아난 것만 해도 흔감한 줄 알아라고 이르기 예사였다. 히로시마에서 어머니 등에 업혀 있다가 벌암양반만 천행으로 살아났기 때문이었다. 어머니가 새카맣게 타죽기 전에 너만이라도 살라고 멀리 던졌는데 기적처럼 명줄을 보전한 거였다. 더 다행인 것은 윗도리만 걸치면 겉으로는 자국이 거의 드러나지 않는다는 사실이었다.　(상 23면)

　그런 그가 까막골양반 모르게 처녀딸을 망쳐놨다. 그런데 어느날 약초캐러 간 어머니를 마중 나갔던 세진이의 야산 숲속에서의 훔쳐보기에 포착된 벌암양반과 순자의 성희(性戱)는 정말 가관 중의 가관이다.

　어느새 벌암양반이 순자 다리를 어깨에서 내려놓고 두 손으로 바닥을 짚은 채 엉덩이를 빼고 넣는 짓을 되풀이하였다. 그러다가 허벅지 위에 순자를 앉히며 끌어안았다. 바닥과 맞닿는 곳이 쓰라리다고 앙탈을 부렸기 때문이었다. 이제는 순자가 앉았다 일어났다를 줄곧 했다. 그니가 하고 싶어서가 아니라 그가 볼기 두 쪽을 손아귀에 넣고 아래위로 짓까불어서였다.
　눈길을 거두자니 참으로 아쉬웠다. 놓치기 싫은 눈요기였으나 만판 죽칠 수는 없어서 뒷걸음질을 하려고 할 즈음에 벌암양반이 순자를 생선처럼 자반 뒤집기를 시켰다. 아직 끝난 것이 아니었다. 그니를 엎드리게 한 뒤에 두 팔로 허리 아랫부분을 감으며 벌떡 일어났다. 그 통에 불알 두 쪽이 덜렁거렸다. 순자는 자신의 두 팔뚝 위에 얼굴을 파묻고서 장딴지를

벌암양반 겨드랑이 속으로 집어넣었다. 벌암양반이 말뚝을 넣고 뺄 때마
다 순자 발꿈치가 남자 어깻죽지를 찧었다. 순자 몸 가운데에서 바닥에
닿는 곳이라곤 팔뚝과 얼굴뿐이었고 그밖에는 모두 저 칙칙한 하늘을 향
해 활짝 열려 있었다. 모르긴 해도 두 사람이 남한테 죽어도 보이고 싶지
않은 광경이리라. 그 가운데서도 속살 중의 속살을 눈여겨보느라고 눈동
자에 핏발이 섰다. (상 26~27면)

　우리 소설사에서 좀처럼 찾아보기 어려운 정사장면일 것이다. (이
소설 속에서 이와 견줄 만한 대목으로는 앞서 언급한 바 있는 면직원
과 술집 여자의 노변 정사장면과, 그리고 술집 아들인 세진의 친구 주
태가 몸무게가 150근이나 나간다는 뚱띠 작부와 벌인 이야기일 터이
다.) 그러나 어쨌든 자기가 평소 좋아했던 누나가 이를 거절치 못하고
한데 어울리는 일이 여간 못마땅한 게 아니지만 순자는 끝내 아이까지
가진 채 쉬쉬하다가 결국 벌암양반이 까막골양반한테 이야기해 한바탕
난리를 거친 후 결혼식을 갖는다. 그런데 일은 여기서 벌어진다. 순자
가 뼈가 없는 딸아이를 낳은 것이다. 그리고 이에 충격받은 벌암양반
은 자기 물건을 돌로 짓이겨 병원에 눕게 되고, 순자는 딸을 목졸라
죽이고 농약을 먹고 자살하고 만다. 사실 소설 속에 아이를 낳기 전까
지 이들간에 벌이는 행태는 그야말로 흥미진진한데, 그 대단원의 비극
적 반전을 통해 결국 원폭이란 것이 어느만큼 무서운 것인가를 뼈저리
게 상기시켜준다.
　엄밀히 말해 작가가 겨냥한 문제의식은 이러한 역사적 비극이다. 실
제로 이 소설은 원폭피해자의 비극적 삶말고도 산박댁을 통한 정신대
문제, 그리고 월남전에 참전했다 제대한 개차반과 영배를 통한 월남전
의 실상, 가난을 못이기고 고향을 뜬 사람들 이야기를 통해 당대의 여
러 문제를 치밀하게 담아내고 있다. 그러나 작가는 놀랍게도 이 무거
움을 적어도 읽는 동안은 완전히 정반대로 반전시켜놓는다. 이 소설이
가지는 장점은 바로 여기에 있다. 이러한 육체적 정신적 고통에다 가

난에까지 시달려야 하는 이들 벽촌 농민들의 삶이 어떠했으리라는 것
은 누구나 쉽사리 상상할 수 있을 터이다. 그럼에도 작가는 여기에 놀
랄 만한 생기를 불어넣어준다. 그리고 그것은 작가의 붓끝으로 덧칠된
것이 아니라 그들 삶속에서 스스로 우러나오는 질기디질긴 생명력의
소산임을 자연스럽게 드러낸다.

　　그때 느닷없이 대포소리가 났다. 약숙양반이 뀌는 방귀소리였다. 평우
　가 "에이, 아부지도 참"을, "애시당초 양반 되기는 다 글린 양반"이라는
　소리는 약숙댁이 하였다. "울매나 꾸시노, 반찬삼아서 묵으마 맛있을 끼
　꾸마는"이라고 약숙양반이 받자 곧 웃음꽃이 피어올랐다. 궁뚱망뚱한 오
　막살이에서 수제비를 후루룩뚝딱 넘기는 소리가 진동을 했다. (하 107면)

웃음이 나올 수밖에 없는 대목이다. 또한 이와 연관된 어떤 장면을
누구든 가지고 있을 법한 것이기도 하다. 실제로 『그림 같은 시절』은
한 시골마을이 보여줄 수 있는 삶의 양태, 풍속·세태 등을 그야말로
다채롭게 들려준다. 주인공 아버지를 포함한 작중인물의 첩질·계집
질 이야기며, 시골 장터의 모습, 주막집 풍경, 노름, 결혼식 광경,
이런저런 싸움들, 개나 소 잡는 일, 산짐승 잡는 일 등등……

　　"골라 골라, 통고무줄, 납작고무줄, 헝겊고무줄, 생고무줄! 골라 골
　라…… 세상에 고무줄이라꼬 생긴 건 다 있심더. 아지매, 서방님 불알을
　넘들이 안 보도록 고무줄 사가서 달아주이소, 야아. 저, 저기 가는 저 아
　재, 시방 자기 여편네 알궁딩이를 넘들이 꼬나보는 거도 모리고…… 고무
　줄 왕창 사서 거시기 뭐시기랑 마카 가리고 사입시더이. 자애, 공끼니께
　구경이나 하고 가이소. 구경한다꼬 돈 달라 안 칼 텐께." (상 171면)

앞서의 몇몇 인용문에서도 충분히 짐작할 수 있겠지만, 무엇보다 이
런 생동감있는 형상화는 작가의 능숙한 언어구사에 힘입은 바 크다.

그야말로 구수한 입담체를 고스란히 재현함으로써 소설은 아연 활기를 띤다. 그외에 술집을 그릴 때도 제법 권세가 있거나 유지급에 속한다는 이들이 폼잡고 들락거리는 기품있는 '매화집'이라는 기생집과, 퇴물들이 자리잡고 있는 '점백이집', 그리고 현찰이 없어서 곡식을 퍼주고 마시는 선술집 등을 구별하여 당대 세속을 짚어낼 정도로 작가의 수완은 보통이 아니다. 그리고 겉장 뒷면까지 네모칸을 쳐 빼곡하게 쓴 다음 공책을 사달라고 하는데, 띄어쓰기로 비워둔 칸을 두고 빈칸을 함부로 남기고 돈만 달란다며 아우성인 가난과 무식이 빚어낸 어이없는 광경이나, 손트는 것을 막는다며 요강에 손을 담그고, 부잣집처럼 잘살게 된다며 보름날 하루 전 부잣집 안마당 흙을 훔치는 일 등 실생활 속의 풍습도 폭넓게 담아내고 있어 방영웅(方榮雄)·이문구(李文求) 이래로 오랜만에 '지난 세상'에 흠뻑 취하게끔 해준다.

4

사실 『그림 같은 시절』을 처음 읽고서 가장 가슴에 와닿았던 점은 사투리였다. 필자는 전라도 출신이기에 경상도 사투리가 처음엔 다소 낯설게 보였지만(꼭 사투리 탓은 아니지만 정말 모르는 말이 많았다) 이내 그 진국의 맛에 흠뻑 취해야만 했다. 진정한 사투리는 서로 통하는 거구나, 경상도 사투리도 이제 임자를 만나 살아있는 육체를 얻었구나, 그리고 무엇보다 민중적 정서라고 하는 것은 어디서나 정말 숨결을 같이하는구나를 실감하였다.

문득 이 작가를 처음 만난 때가 생각이 난다. 그럴듯한 구레나룻에다 거무튀튀한 얼굴색 탓인지 첫 느낌은 서울이란 대도시와는 선뜻 어울리지 않는 산적풍의 인상이었다. 그런데 키가 작고, 안경과 양복까지 착용하고 있어 더더욱 기묘한 부조화를 연출했다. 자본주의시대에 살면서 자본주의와는 정작 어울리지 않는 인상이랄까. 그런데 막상 공대 출신에 기술자격증만도 여섯 개나 된다는 이야기며, 그 이전에 오

랜 공장노동자 생활을 했고, 검정고시를 거쳐 대학에 입학해서는 그야
말로 거지 같은 생활을 했다는 이야기며, 그리고 쉬지 않고 떠드는 그
의 입담에서 우리 시대에 보기드문 '골동품'이 되겠구나 하는 느낌을
받았다. 『그림 같은 시절』에서 작가가 그런 골동품답게 맛깔스런 민속
주를 비로소 제대로 담가냈구나 하는 것이 필자의 솔직한 생각이다.
물론 이 작품에 대해 아쉬움이 전혀 없는 것은 아니다. 그러나 필자,
첫술을 가장 먼저 맛있게 먹고 이미 취해버렸음을 어찌하라.

〔그림 같은 시절 (하), 창작과비평사 1994〕

민감한 촉수, 민활한 변주

이순원 소설집 『낙타는 무릎이 약하다』

1

이순원의 작품세계가 보여주는 핵심은 한마디로 동료작가 장정일이 "오늘의 상황이 개인으로 하여금 전방위적인 관심을 갖도록 강요하는 것일까. 한 작가의 작품집이 형식과 내용에서 이토록 다양하게 나타날 수 있다니"라는 아주 간단한 지적에 잘 나타나 있는 듯 보인다. 창작집 『얼굴』을 두고 한 소리이지만, 이 선집에 대해서도 같은 말을 할 수 있다. 사실 그는 뛰어난 이야기꾼이면서도 소설건축가로서의 자질 또한 풍부하게 가지고 있다. 물론 그렇다고 이 건축가가 이른바 우리네 집장수처럼 비슷한 꼴을 연달아 모아놓은 그 흔한 주택단지를 선사한 적은 결코 없다. 언젠가 한 인터뷰에서 작가 자신이 "가령 집을 짓는다고 할 때 흙집, 나무집, 시멘트집 등 재료에 따라 집 짓는 방식이 달라지듯 작품의 소재나 주제에 따라 문체도 달라져야 한다"라고 밝혔듯이, 다양한 소재와 그것을 통한 주제로의 구현을 위해 여러가지 언어매체와 구성을 활용하여 그야말로 다채로운 이야기 집을 지어놓았다. 적어도 이런 견지에서 현실 상황의 복잡한 면모를 다각도로 파악하고 접근하기 위한 작가로서의 성실성과 나름의 장인정신은 현재의 작단에서 흔치 않다. 이를테면 분단문제나 전쟁의 상흔을 다룬 「혜산

가는 길」「아버지의 수레」「그 여름의 꽃게」「소」, 우리 사회의 익명
성과 그 익명성이 내포하는 사회적 문제를 다각도로 분석한 「익명
…」, 군대사회에서의 폭력과 모순문제를 다룬 「낮달」「다시는 빵을
핥지 않기 위하여」, 노동운동을 특이한 각도에서 다룬 「낙타는 무릎
이 약하다」, 가족사문제를 다룬 「수색, 그곳에 가지 않아도 보이는
무늬」 등 그야말로 소재가 다양하다. (그외의 작품까지 포함하면 말
그대로 그의 눈길을 벗어난 시공간은 가위 없다고 해도 과언이 아니
다.)

  그러나 한때 필자는 왜 그의 소설을 애써 기피하고자 했을까. 그것
은 한마디로 그러한 소재를 통해서 작가가 말하고자 하는 의도 때문이
었다. 많은 평론가들이 그를 두고 열린 시각을 소유한 작가, 누구보다
도 민감한 촉수를 지닌 작가라고 말했지만, 필자는 솔직히 그 '열린
시각'과 '민감한 촉수'에 적잖이 불만을 가졌던 것이다. 그러나 한편으
로 소재 및 주제의 다양성에 각기 그만큼의 다양한 문체로 형상화해나
가는 글쓰기 방식을 매우 소중하게 생각하였다. 어쨌든 다소 혼란된
시각의 착종상태에서 그를 흘려보내고 있었던 셈이다.

  이순원의 소설은 자신의 의도를 구현하기 위해 소설을 이루는 모든
요소를 치밀하게 직조함으로써 분석적이고 투명하다. 사실 80년대의
리얼리즘 소설도 대개 그러한 방식이었다. 바로 그런 방식의 유사성
때문에 필자는 애써 그의 소설에 눈을 감아버린 듯하다. 결국 관건이
되는 작가의 의도에 반감을 품었기 때문이다. 등을 서로 돌린 채 딴곳
을 바라보는 형태라고나 할까.

  한 예로 「그 여름의 꽃게」를 들어보자. 외관상 이 작품의 소재는 한
국전쟁이 가져다준 한 상처이다. 남쪽의 한 시골마을에 이북에서 내려
온 피난행렬이 몰아닥치면서 겪게 되는 배반당한 삶의 형태가 그것이
다. 초반부에서 자기 이익만을 좇는 노랑잔나비란 별명을 가진 할아버
지에 대해 읽는 사람은 자연 분노할 차비를 갖춘다. 난리를 피난민들
의 소문으로만 들었을 뿐, 빨갱이 그림자조차 비치지 않은 오지마을에

할아버지는 치안대를 조직하여 '떼거지 같은 삼팔따라지들'로부터 마을을 보호, 아니 자기 집만을 보호한다. 게다가 한술 더 떠 제집에는 단 한사람의 피난민도 들이지 않으면서 집의 논밭과 과수원을 돈 한푼 들이지 않고 피난민들 일손으로 꾸려나가기까지 한다. 그런데 미주란 계집애가 등장하면서 소설은 반전된다. 화자인 '나'의 병신삼촌(할아버지의 둘째아들)을 이 미주란 계집애가 사로잡아 할아버지로부터 인심을 얻고 파격적인 특혜를 입게 된다. 그리하여 병신삼촌과 미주를 양집안이 짝지우기로 약정하면서 미주네는 '우리집'에 편하게 얹혀 지내면서 살림과 식량, 돈까지 미주 작은아버지를 돕는다며 빼돌리기까지 한다. 결국 미주네가 미주 작은아버지를 보러 간다며 떠나고 나서야 철저히 속았음을 알게 되는 것으로 소설은 끝맺는다. 그런데 작가는 말미에 미주의 다음과 같은 말을 인용하면서 그 의도를 너무도 분명하게 드러낸다.

이마에 손을 얹고 항시 동구밖 쪽에 눈을 둔 할머니의 빈 손가락과 뜨락에 아무렇게나 팽개쳐져 있는 삼촌의 목발을 보며, 나는 지난해 여름 뒷내에서 그 영악해빠진 계집애가 내게 치마를 벌리며 하던 말을 떠올렸다.
"다슬기를 보니까 생각나는데 우리 원산 바닷가엔 꽃게라는 게 있단다. 집게라고도 부르는데 그놈이 어디서 사는 줄 아네?"
"어디서 사는데?"
"빈 소라껍질 속에서 산단다. 그러나 몸이 커지면 또 어떻게 하는 줄 아네? 먼저 살던 껍질을 버리고 보다 큰 껍질로 옮겨 사는 거야. 그게 꽃게한테는 제일 안전하거든. 이제 알아듣겠네? 요 맹추야."

사실 이 작품을 통해 우리는 경악스럴 정도로 영악한 미주라는 한 계집애를 만나게 된다. 이 점에서 한국전쟁은 마치 연극무대의 고정된 배경막이 될 뿐, 작가의 의도는 그러한 특수한 배경 속에서 나타날 수 있는 인간심성의 악마성을 들추어내고자 하는 데 있다. 그리고 그것을 위에 인용한 꽃게라는 삶의 방식으로 은유화하여 드러낸다. 따라서 작품 전체의 골조는 전쟁상황에서 피난민과 지주층 간의 갈등구조인데, 작가는 사회경제적 고리를 배제하고 인간 본성에 대한 탐구로 빠져나가고 만다.

이런 방식은 남북 이산가족의 삶을 통해 통일문제를 다룬 「혜산 가는 길」도 마찬가지다. 연변의 친척을 통해 북에 있는 노모 소식을 들은 아들이 중국으로 건너가 어머니가 사는 집이 보이는 압록강 건너편까지 가 어머니를 보려 했지만, 어머니는 나타나지 않고 어머니와 함께 사는 사촌동생과 친척 아저씨가 대신 나와 어머니 소식을 전달받는다. 사실 상식적으로 생각해서 아들 앞에 어머니가 끝내 모습을 보이지 않는 것은 이해가 되지 않는다. '모성'이란 이름만 들어도 가슴 쩌릿한 우리들이 아닌가. 실제로 이 작품 안에서 어머니의 형상은 충분히 그런 모성을 예감할 정도로 헌신적인 상으로 제시된다. 그러나 작가는 놀랍게도 어머니를 결정적인 대목에서 차디찬 얼음장의 논리적 세계에 붙박아놓는다. 그것은 다름아닌 작품 말미에 제시되고 있는, 일흔이 넘은 친척 아저씨가 주인공을 향해 어머니의 소식을 전하면서 말하는 아버지의 '벌 합봉'이라는 작가의 의도와 맞물려 있다. 말하자면 분단되어 살아온 한을 한꺼번에 다 씻을 수 없으며, 조금씩 조금씩 그 벽을 허물어 하나가 되는 과정을 거쳐야 한다는 통일관을 '벌 합봉'에 비유한 것이다. 여기서는 「그 여름의 꽃게」와는 달리 분단된 사회정황과 별개로 이산가족이라는 특수한 운명의 모습을 모자간을 통해 드러낼 듯하다 작가의 의도된 통일관을 결부시키는 방식으로 나타난다.

이런 작가의 의도가 예전의 필자에게는 적잖이 마땅찮았다. 아주 간단히 말하면 어떤 소재를 다루는 데 있어서 본질적 측면을 약화시키고 부차적인 측면에 초점을 맞추는 것으로 다가왔던 것이다. 그래서 광주문제를 다루더라도 가해자의 측면에서 그 고통을 다룬 「얼굴」이란 작품도, 노조운동을 다루면서 조합원들의 이율배반성을 꼬집는 「낙타는 무릎이 약하다」도 자연 못마땅했던 것이다. 심지어 이 작가가 근원적으로 뭔가 불순한 의도를 갖고 있는 것은 아닌가 생각할 정도였다. 이른바 변혁적 논리와 과학적 현실인식이란 80년대의 운동경향에 사사건건 시비를 거는 듯 보이기도 했기 때문이다. 여기에다 일련의 ‘압구정동 시리즈’까지 맞물려 이 작가가 근본적으로 시사성·토픽성에 강한 집착을 보이고, 나아가 저널리즘적 센세이셔널 취향까지 가지고 있는 것은 아닌지 의심을 품기도 했다.

2

지금 생각해보면 이순원이 현실의 움직임에서 살풋 비켜서서 이른바 ‘정설(定說)’이나 ‘통설(通說)’의 오류를 지적하여 살아있는 삶터의 복잡다기한 표정을 그 나름으로 포착하려 한 노력은 매우 값진 것이었다. 그렇다고 위에 예시한 작품들에 대해서 예전과 정반대되는 비평적 입장으로 필자가 돌아선 것은 아니다. 다만 우리네 삶과 사회, 역사가 가지고 있는 복잡성에 대해서 섣부른 단순화를 경계해야 한다는 소박한 의식이 이전과는 다른 폭넓은 이해를 필자 내부에서 촉구하기 시작한 것이다. 그 점에서 이순원은 적어도 현실과 인간과 역사를 폭넓게 사유하라는 소설적 직언을 한다. 그리고 동시에 작가의 의도나 의식 못지않게 작품 자체에서 솟구치는 자연스런 울림에 먼저 충실해야 한다는 생각이 과거의 이런저런 선입견들을 지우기 시작했다. 이럴 때 이순원의 작품은 새로이 읽히기 시작했다.
어쨌든 이런 변화의 외중에 필자의 눈을 사로잡은 작품이 「강릉 가는 옛길」이었다. 한 계간평에서 필자는 일련의 인연담을 다룬 작품을 점검하면서 이 작품에 대한 인상을 이렇게 이야기한 바 있다.

그 점에서 어린 시절 엄청난 상처를 준 인물을 다룬 이순원의 중편 「강릉 가는 옛길」(『문예중앙』 1995년 겨울호)도 좋다. 특히 '선생님'을 대상으로 해서 더 충격적이다. 국민학교 담임이었던 이관모 선생의 부음에 '그 관모'라고 막말하는 데서 소설은 시작한다. 그리고 국민학교 시절의 지울 수 없는 상흔의 시기가 재현된다. 우리는 그 속에서 '자기의 영향력만큼 안에서 자기의 직업을 철저히 모독한' 한 가증스런 인간형을 만난다. 빈부에 따라 차별대우하는 선생, 그 차별의 아픔이 가장 예민한 나이에 송두리째 안아야 했던 상처들만큼이나 선명하게 재현된 이 작품으로 인해 읽는이는 자신의 유년기에 만난 '나쁜 선생놈'을 한 사람쯤 회고하게 된다. 그만큼 목표로 삼은 대상에 대한 집요한 탐색이 가져다준 소설 내의 현장감은 독자의 기억창고까지 자극한다. 더구나 기억 속에 내장되었다가 급작스레 분출된 충격 뒤의 긴 여운처럼 작품을 자연스럽게 뒷마무리한 것도 좋았다. 양적으로는 국민학교 시절 이야기가 압도적이지만, 그 비중이 주는 격렬함을 완만함으로 포용하는 여유가 좋다. 가령 "이건 옳다 그르다 얘기가 아니라 누구를 마음속에 잊을 수 없는 스승으로 둔다는 건 그것 자체로 순수하고 아름답다"고 생각하게 되는 것도, 또한 "나이를 먹으면서 어쩔 수 없는 속물이 돼 가는구나" 하는 안쓰러움조차도, 어릴 적 친구들의 현황을 이야기하면서 쓸쓸한 회한에 잠기는 것도, 세상 어디도 큰 세상이 아니라 결국은 '작은 사람들이 모여 사는 작은 세상'임을 깨달으면서 고향을 환기하는 것도…… 물론 아쉬움이 없지 않은데, 주요인물 중의 하나인 수종이에 대한 형상화가 미진하다는 점이다. 부분의 결함은 마치 다른 곳은 다 채색되었는데 어느 한 부분만 스케치에 머문 그림을 대할 때처럼 때로 전체의 느낌을 심각하게 훼손할 수도 있다. (「존재와 생성의 변증법」, 『창작과비평』 1996년 봄호)

사실 이 작품과의 만남을 나름대로 소중하게 생각하는 것은 앞서 말한 대로 소설적 자연스러움 때문이다. 따라서 작가가 치밀하게 직조해낸 이야기의 집일 텐데도 그 안에 들어가 있으면 제 스스로 뿌리를 내리고 꽃을 피우고 잎을 떨구는 어떤 자연적 흐름이 만져졌다. 말하자면 다른 어떤 것보다도 삶 자체의 원리나 활력이 먼저 스며든다. 그에 따라 자연스럽게 읽는 사람도 자기 삶의 역사를 환기하는 힘을 얻게 된다.

「수색, 그곳에 가지 않아도 보이는 무늬」도 그래서 자연 관심을 끈다. 연작의 하나라 이 작품만 가지고 그 특성을 지적하기는 쉽지 않지만, 이순원 소설의 진정한 모태가 어디에 있는가를 가늠할 수 있는 작품임에 틀림없다. 사실 문학을 아주 단순화한다면 과거의 시간을 실재화하며 무엇보다 현재화하는 일일 것이다. 물론 그때 특정한 시간을 포착할 수 있는 어떤 정지된 점이 없다면 그 시간이란 그저 흐르는 세월의 한 순간일 뿐이다. 그것이 하나의 정지된 점으로 다가온다는 것은 그 시간 속의 어떤 것에 자신의 관심을 투사해 현실화했기 때문이다. 만약 그런 대상에 아무런 관심도 주지 않았다면 그 존재는 그냥, 아무런 관계도 없고 따라서 거들떠보지도 않는 무형 속으로 사라지고 말 터이다. 말하자면 의미있는 어떤 시간이 마음에 가라앉아 스스로 무늬를 빚어내는 순간 문학은 개화된 언어의 숲을 가질 수 있다.

이순원은 그동안 비교적 다양한 대상에 관심을 기울여왔다. 대개 직관에 의해 취사선택된 대상을 나름의 방식으로 능숙하게 요리하였다. 그러나 논리와 모순되는 직관은 진정한 의미에서 직관이 아니라 편견이다. 진짜 직관은 논리를 따르되 논리를 넘어서는 광대무변의 세상을 내보이게 마련이다. 말하자면 연역추론이라는 가느다란 실에 매달려 있는 것이 아니라 더 넓은 근거에서 원심과 구심을 가진 자장력의 파장으로 드넓게 펼쳐지는 것이다. 적어도 이 점에서 과거 이순원이 즐겨 활용하던 다양한 문체실험도 필자로서는 소설적 의도의 또다른 논리화를 위한 수단화의 측면이 강했지, 결코 물이 흐르듯 그리고 그 흐름에 따라 고저장단으로 자연스럽게 외화된 것은 아니었다고 본다. 문학이 본질과 가까이 하고 있지만, 그럼에도 불구하고 현상의 산물이란 것은 분명한 사실이다. 모든 생명이나 시간 속에 나타나는 물질적인 모든 사물처럼 작품은 현세——그 어떤 것도 영원히 지속되지 않는, 만물이 변해가고 유동적인 영역 속——에서 생겨난다.

「수색, 그곳에 가지 않아도 보이는 무늬」에서 주인공 이수호가 아내와 아무런 이유없이 단지 집필을 이유로 각방을 쓰고, 급기야는 따로 하숙을 얻어 나가게 되는 일상의 파격이 이루어지는 것은 일상에 대한 심한 허무감 때문이다. 그런 일탈 속에서 무언가를 찾아나가는 삶 자체의 비밀스러움, 그리고 그 실체는 자신이 체험했던 자신의 것이라 일컬을 만한 것들에서 나올 수밖에 없음을 작가는 잔잔하게 들추어낸다. 어머니, '수호 엄마', 고향 강릉, 그리고 수색 등등 한 개인의 마음자리를 복잡하게 휘도는 자기역사 속에서 차츰차츰 무늬로 모여드는 자기 세계야말로 삶의 중요한 원천이라는 것이다.

3

근래 보았던 책 중 필자에게 꽤 인상적이었던 것은 독일인 리하르트 빌헬름(R. Wilhelm)이 쓴 『주역강의』이다. 책 전체에 끌려들어간 것은 아니지만 부분부분 눈뜨이게 하는 말의 맑은 샘터가 있었다. 그중의 하나가 『역경』의 예술정신을 이야기하면서 지적한 '문(文)'과 '도(道)'에 대한 대목이었다.

유럽에서는 예술작품에 있어 형상이 결정적이라고, 기껏해야 예술작품이란 실체에서 자극을 끌어낸 것이며, 또 오직 형상을 지닌 실체만이 예술작품일 수 있다. 그러나 이와 반대로 '문'이란 것을 내가 정의한 대로 해석한다면, 분명히 '도'가 예술작품의 본질을 이루고 있다. 그러나 '도'는 착상이나 구상의 속성은 아니다. 그 누구도 괴테만큼 자기 작품에 대한 구상의 속성을 비웃은 사람은 없다. 『파우스트』의 주제가 무엇이라고 보느냐는 물음에 괴테만큼 괴로워한 사람은 없었다. '도'는 여기서 전혀 다르게 해석되어야 한다. 만물이 제자리에 있게끔 형상이 질서를 갖도록 하는 '문'에 진정한 의미를 부여해주는 것은 외부에서 삽입된 주제라는 외적 사유가 아닌 삶의 원리, 활력인 것이다.

사실 필자 또한 이런 인식의 역방향, 이를테면 유럽적 사고방식에 지나치게 젖어 있었다는 생각이 문득 든다. 본바탕〔素〕이 무늬〔文〕보다 더 본질적이라는 주장에서 그간 '힘'을 앞세운 필자 자신의 문학적 단선논리의 맹점을 통감한 것이다. "겨울의 폭풍은 얼음을 더욱 꽁꽁 얼게 하지만 봄바람은 부드럽기 때문에 얼음을 녹이지 않는가"라는 이 저자의 한 비유에 따르면 필자는 폭풍과 같은 외관의 힘에 지나치게 집착했던 것 같다. 물론 본바탕이 무늬보다 더 본질적이라고 해서 무늬 자체를 결코 폄하하려는 것은 아니다. 내적인 빛에 의해 광채를 발하는 글이야말로 진정한 문학이란 의미일 터이고, 아름다움은 무력도 압박도 아닌, 내적 매력으로 인해 힘을 발휘하는 생기의 산물임을 말하는 것이리라. 작가 역시 언젠가 자신의 약점으로 "표면적인 이야기는 다양하지만, 작품들이 한결같이 지나치게 윤리적이고 도덕적이라는 점이 불만"이라고 말한 적이 있다.

적어도 이 점에서 필자는 「강릉 가는 옛길」이나 「수색, 그곳에 가지 않아도 보이는 무늬」의 만남을 매우 소중하게 생각한다. 그것은 마치 각자 딴길을 가다 드디어 한곳에 만나 함께 길을 가는 듯한 정겨움을 가져다주었다. 물론 각자의 딴길도 그 나름으로 의미로운 길이다. 어떤 평자는 연작 "수색, 그 물빛 무늬"를 이야기하면서 이전의 작품들에 대하여 잘못된 보편성에 대한 비판과 본질에 대한 회피는 한곳에 머무르지 못하는 자의 특권이자 함정이라고 다소 비판적으로 이야기한 바 있다. 그러나 "수색, 그 물빛 무늬" 이전의 작품이 보여준 세계가 '잘못된 보편성에 대한 비판'이라고 생각되지는 않는다. 그 역시 보편성에 대한 나름의 탐구이며 그런 나름의 본질 탐구가 보여준 또다른 한계의 표출은 혹여 아닐까. 그리고 그러한 한계에도 불구하고 그 연작은 그 안에 일면적 진실, 아니 필자의 경우에는 쉽사리 간과하기 쉬운 어떤 본질을 포착한 작가능력의 발현이기도 하다는 생각이다. 또 자신만의 역사가 고스란히 담겨진 집으로부터 너무 멀리 떨어져 있어

정처없이 다양한 소재와 주제를 편력한 양 보는 것도 필자와는 다른 생각이다.

　세상을 활발히 뛰어다니며 그 체취와 인간사를 포획하는 작가가 요즘처럼 드문 적도 없었던 것 같다. 소설적 힘의 보이지 않는 퇴행은 이러한 사실로부터 비롯된 바 적지 않다. 소설 역시 세상을 장악하기 위한 인류의 한 고안이다. 물론 문학의 영역이 신성한 양, 혹은 모든 것을 다할 수 있는 양 과대평가하는 시대는 사라졌다. 속도의 시대, 사색과 반성의 시간마저 상실한 현대이기에 그 물꼬를 트는, 아니 시멘트와 강철 등으로 두껍게 굳어진 시대의 육체에 생채기를 내는, 망각이 아닌 기억하기의 낮은 읊조림마저 각별한 의미를 가지게 되었다. 그리고 그것은 문학작품이 주는 감동의 원천은 아무리 작은 세계일지라도 그 속에서 살아 움직이는 인간형상이 내뿜는 빛과 무늬에서 비롯됨을 일깨워준다. 말하자면 개별작품이 포용할 수 있는 세계 안에서 발휘되는 힘의 범위와 역동성을 제대로 보여줄 때 작품은 하나의 발광체일 수 있다. 따라서 지금은 작은 세계에서 획득한 문학적 진정성을 더 큰 세계의 서사로 끌어올리는 도약과 갱생이 다시금 필요한 시대가 아닐까. 아니 이런 안팎을 넘나드는 소설의 길이야말로 삶이 그러하듯 문학의 진정한 모습이 아닐까. 이순원의 작가적 역량이 진정 꽃필 곳은 바로 그런 방정식에 있지 않겠느냐 하는 것이 필자의 솔직한 심정이다.

　이순원의 소설을 의미면에서 보지 않고 그냥 읽어가면 읽는 재미가 쏠쏠하다. 최근의 한 글에서 필자는 이순원의 경우 작품을 만들 줄 아는 재주가 승해 이것이 문학적 깊이를 파고드는 데 방해요소가 되지 않았으면 좋겠다고 말한 바 있다. 작가 자신은 이 점 또한 상당히 중요시하는 듯하다. 그러나 대중성, 시사성, 센세이셔널리즘이 지나칠 경우 소설이 영화나 무협지의 수준으로까지 내려앉은 경우를 우리는 보아왔다. 80년대의 정치편향적 측면을 욕망의 심리나 경제학으로 역공세를 취한 것이 그런 한 예다.

　그러나 최근 들어 작가는 차분히 자기 발치를 내려다보며 시간을 움켜쥐려는 기미를 보이면서 새로운 고빗길을 넘어서고 있는 듯하다. 그런 점에서 필자로서는 이 선집이 작가의 일회용 무대장식으로 끝나지 않고 도약과 갱생을 위한 전기가 되어주길 기대한다. 사십 줄에 이르면 해방 전후부터 오늘에 이르기까지 한국자본사를 소설로 쓰고 싶다는 그의 포부가 부디 성공하기를……

〔낙타는 무릎이 약하다, 중앙일보사 1996〕

옛 시화를 읽으며 김형수와 나를 자문한다
김형수 시집 『빗방울에 대한 추억』

⬜ 시 보기가 갈수록 두려워진다. 희부연 물체가 점차 밝아지면서 살아 움직이는 새벽이지 않고, 살아 움직이는 것들이 오히려 장막 속으로 묻혀가는 어둠처럼 시가 나를 곤혹스럽게 한다. "짙어가는 잎사귀에 가린 꽃은 봄 지난 뒤에도 남아 있고, 옅은 구름 사이로 새는 햇발은 빗줄기 속에서도 밝구나"(李奎報의 「夏日」)와 같은 개안(開眼)이 없다. 돌무더기처럼 언어와 시의 집들이 내 앞을 가로막는데, 세상이 돌밭처럼 메말라서인가 내 감정 또한 겨울의 매운 바람 앞에 웅크러든 살갗 같다. 그래서인가 돌가죽 같은 살갗을 파고들 시가 없다고 소리치고 싶은데, 내 둔감해진 살갗의 차가운 기계성이 먼저 나를 괴롭힌다. 예부터 시를 아는 어려움이 시를 짓는 어려움보다 심하다고 했던가. 갈수록 시 자체가 어려워진다. 시는 거친 마음을 가진 덤벙대는 사람이 쉽게 말할 수 있는 것이 아니라는데, 시를 보려면 반드시 금강(金剛)의 눈동자를 갖추어야만 방문(榜門)의 자그마한 법에 현혹되지 않는다 했는데, 그리하여 시를 아는 이는 야광구슬과 범상한 돌을 단박 구별한다는데……

이 땅의 수많은 시인들이 토해놓은 기암괴석들 앞에 나는 망연자실한다. 말이란 마음의 소리이고, 글은 마음의 그림이라고 했건만 그간 나는 마음을 읽거나 보지 않고 쉽사리 노출되는 뜻을 따라 재바른 눈길을 돌리지나 않았는지, 하여 말을 중첩되게 가져다가 중언부언 다시 써서 지붕 위에다 다시 집을 짓는 꼴은 아니었는지 부끄러울 뿐이다. 귓전을 날카롭게 때리는 뇌성벽력의 시만을 좇지는 않았는지, 그래 이 토록 귀멀고 눈멀고 마음먼 것은 아닌지 나를 윽박지르며 자문(自問), 자문(自刎)한다.

2 김형수(金炯洙) 시인이 시집 해설을 부탁했다. 그런데 원고를 받아놓고 몇날을 술만 먹는다. 그러다 간간이 정신이 나면 원고를 들춰본다. 그리고는 엉뚱하게 『시화총림(詩話叢林)』 같은 과거의 문자 숲에 들어가 노닐었다. 어떤 고관대작이 평소 귀애했다는 기생에게 "인연은 봄밤처럼 짧고, 인정은 술잔처럼 깊네"라고 부채에 써줬다는 이야기 등등에 괜시리 부러움이 부풀어 일어난다. 가슴이 묵직하고 무언가 턱 걸려 체한 듯 거북살스런 체증이 좀체 떠나지 않을 때, 훌훌 털듯이 "산은 그림같이 구름 저편에 서 있고, 길은 단풍나무 속으로 들어가네"(鄭磏) 같은 시 속의 그림에 취해 술을 마셔댔다. 그러나 그 것만은 아니었다. 김시습(金時習)이 「무제」란 시에서 읊었던 "마음에 상념이 없나니 어찌 육체의 종이 될 것이며, 도는 본래 이름이 없나니 어찌 빌려서 이루리?"라는 대목들에선 가쁜 호흡을 가다듬기도 하였 다. 귀가 한시도 조용하지 않고 소란스러운데 일천 묏부리가 고요하다 는, 이제 내게는 무하향(無何鄕)일 수밖에 없는 세계를 가만가만 소 요하는 옛사람의 발걸음이 불현듯 그리워짐은 진정코 어찌할 도리가 없다. "남자의 한평생이란 오랜 검에 별무늬 싸늘히 비치는 것"이라는 이제신(李濟臣)의 기상이 내 피와 뼈를 자극하는데 진정코 어찌할 도 리가 없다.

3 그러나 지금 나는, 자본의 시멘트바닥에 낮게 엎드려 꿈틀대는 지렁이의 처지로서 이무기를 꿈꾼들 춘몽(春夢)밖에 더 되겠는가. 지 금은 추운 겨울날이다. 청산보다는 빌딩이 먼저 눈길을 가로막는 소란

의 세상이다. 도(道)보다는 당장의 욕망과 일상이 우리를 옥죄는 문명의 속세에서 여기 사는 육체가 떨며 토해내는 부생(浮生)을 보듬어야 하는 게 아닌가 새삼 자문해본다.

그제서야 김형수의 시가 저벅저벅 낮은 소리로 내게 다가온다. 그리고 나는 얼마간 부끄런 몸짓으로 그와 악수를 나눈다. 손끝에 온기가 느껴진다. 문득 그를 와락 껴안고 싶다. 그러나 체온을 느끼기 전에 바깥의 서늘한 냉기로 인해 더 추워진다. 아하, 문득 몸이 더 추워야할 때인가보다고 자문한다.

10월인데도 강바람이 셌다 한때 편갈라져 논쟁했던 사내랑 나는 나란히
잠바깃을 세우고 둑을 따라 걸었다 얼마큼이나 걸으면 시대의 아픔을 잊
을 수 있을까 얼마큼이나 멀어지면 역사의 고뇌를 벗을 수 있을까
　나는 걸으면서 생각했다

　돌아가야겠다
　서울의 기억이 아련타
　다시 또 내일 아침을 살기 위하여
　거리에 흐르는 서태지의 노래며
　문민정부로 가득 찬 신문들이 있는 곳

　나는 계속해서 걸으면서 생각했다
　손바닥만한 고수부지에 재배된 옥수숫대가 마른 몸을 문질러 큰 소리로
서걱이고 잎 진 미루들도 잔가지를 부딪쳐, 욕심 하나로 부지해온 자기의
존재를 뉘우치고 있었다. 그곳에 내내 아무 일 없었던 듯 잎 떨어진 자리
에 새가 가서 앉았다

　돌아갈 것이다
　나도 새처럼 내 자리에 가 앉을 것이다
　텔레비와 잡지와 산더미 같은 시와 재미없는 소설과

또 들을거리와 걱정거리와
그리고 일감과 가족이 기다리는 곳

그런데 왜 죽으러 가는 기분인가
귀소 귀소

——「남한강 기행—歸巢」 전문

　시대와 역사의 등짐을 진 채 일상과 힘겨운 아귀다툼을 벌이는 서른 후반의 사내가 거기 서 있다. "십년 생애를 등심지 돋우며 이야기하고, 반평생 좇던 공명을 거울 잡고 보노라"던 임춘(林椿)의 시처럼 쓸쓸하고 괴롭다. 그것은 마치 곱사등이 형상처럼 처연하다. 차라리 한 바탕 덩실덩실 춤이라도 추고 있으면 좋으련만, 춤판이 끝난 후 어그적어그적 지친 모습으로 걸어가는 서글픈 뒷모습이 연상된다. 불씨를 안고 시대에 뛰어들었다 불에 덴 한 슬픈 무리의 상두꾼이 그렇게 서 있다. 문을 열고 들어선 시집 안에서 시인은 그런 표정으로 "맑스가 무너지고 레닌이 쓰러지고 또한／우리들이 꿈꾸었던 혁명의 신화들이 물거품이 되고／도대체 어디로 가는 거야 어딘지도 모르게／간밤에 꾼 악몽이 뒤끝처럼／한 시대가 쏜살같이 사라지는 아침에도／나는 아무것도 손쓸 수가 없었다／신열에 싸인 딸아이를 등에 업고／소아과에 줄 서 차례를 기다리다／졸다가 깨다가 가위에 눌렸을 뿐"(「멈출 수 있다면」)이라고 자문한다. 나는 시 속의 시인을 그렇게 처음 만났다.

　4 사실 시집 해설을 부탁받은 순간부터 속이 거북해졌다. 아니 거북했다기보다는 당황했다. 자칭 평론가랍시고 '객관적 평가'를 들먹이며 칼춤추기를 좋아했던 욕된 공명심이 머리를 수그린다. "동요하는 배는 닻을 내려라"라고 단호하게 일갈하던 그의 우직스러움에 반감도 적잖이 작용하여 나 또한 정면공격을 감행한 적이 있다. 그것이 나란 존재의 동요(動搖)인지, 현실의 요동(搖動)인지, 어쨌든 잡히지 않는

실체를 두고 적잖이 혼란으로 출렁였던 처지라 선명한 일직선 도로가 내게 낯설었던 것만은 사실이다. 그래서 본의 아니게 시인에게 상처를 입히지는 않았는지 자괴감이 늘상 한구석에 웅크리고 있었다. 그래서 더더욱 당황스러웠다. 피차 어느정도는 80년대의 한쪽, 굽이치는 격랑의 물줄기에 청춘을 던진 처지로서, 그 소용돌이 속에서 때로 으르렁거렸던 미물스러움이 적잖이 멋쩍기도 하거니와, 어쨌든 갑작스런 90년대의 한가로움(?) 속에 갈피를 못 잡고, 하여 이색(李穡)의 시구처럼 "어찌 곧 이렇게 멍하니, 어쩔 줄을 몰라해야만 한단 말인가" 하고 탄식의 그늘 속에 어정거리는 심처(心處)도 자못 못마땅한 터라 더욱 그러했다.

그럼에도 사양은 하면서 왜 거절치 못했을까. 단지 빚갚음의 의미만은 아니었으리라. "양자강, 황하와 작은 시내, 그리고 숭산(崇山), 화산(華山)과 뭇산은 그 형세는 달라도 물은 아래로 흘러가고, 산은 위로 솟았다"는 그런 때늦은 동질감의 회한, 어쩜 발을 빼내기도 전에 급류처럼 밀려오는 포스트모던 속에서 더더욱 살을 저며오는 스산한 겨울의 공복감 탓일지도 모르리라. 어쩌면 "인정이란 매미날개같이 가벼워 때 따라 변하고, 세상일이란 쇠털 같아 날마다 새로워진다네"란 옛시인(姜淮伯)의 나직한 음성이 애늙은이처럼 가슴을 쳐서였다. 그러기에 「져야 할 때는 질 줄도 알아야 해」 같은 시가 쉽게 마음에 잡힌다.

> 때깔 고운 잎이라건
> 시샘할 일도 아니지만 미워할 일도 아니다
> 가을 가고 겨울 오면
> 흔적조차 없다지만 그것은 또 그것의 일
> 나무라면 그 나이테 안에
> 꽃이라면 그의 작은 씨앗들 안에
> 그가 땅 위에서 서툴게 누렸던

청춘을 남겼을 터
그가 사랑했던 님 앞에 닿아보기 위해
그 많은 날 애써 부대꼈던
햇살을, 비바람을
제 몸 어딘가에 감춰두고 있을 터

나는 왜 자꾸 예민하게 구는가
져야 할 땐 아낌없이 질 줄도 알아야 해
벌레 먹은 대로
바람구멍이 난 대로
고집스레 매달려 어쩌자는가
이파리 한 잎 제 여름을 다 살고
이제 가을 되어 아낌없이 져야 할 때
나 혼자 지지 못하고
늦도록 가지에 남아 어쩌자고 자꾸만 버텨보는 것인가

　가을날, 열매를 쥐지 못하고 잎새에 자신을 견주는 사람, 흔적조차
없어질지도 모를 시간의 위기 속에서 열매의 재생을 이야기하기보다는
나무와 꽃의 마지막 자태를 끝내 붙들고 있는 사람. 그래서 더 허전한
가. '안'을 알면서도 '겉'의 삶을 붙들 수밖에 없는 궁벽함 때문인가.
"활에 맞은 새 같은 내 신세를 그 누가 애달퍼할까? 말을 잃은 늙은
이 같은 마음을 스스로 비웃네. 고향의 학은 돌아오지 않는 내게 정녕
화를 내겠지만 그 누가 알았으리! 엎어진 동이에서 빠져나오기 힘든
줄을"이라고 읊은 조광조(趙光祖)의 심사가 겹쳐서 마음자락을 휘어
잡는다. 엎어진 동이에서 빠져나오기 힘든 줄을, 엎어진 동이에서 빠
져나오기 힘든 줄을…… 이 대목에서 나는 자꾸만 주춤거린다. 그리고
또 자문한다.

　⑤ 그러나 김형수 시인은 그런 사람이다. 져야 할 때 한번 더 버팅

기며 "절망에 지친 땅강아지처럼" "파묻히면 나오고 파묻히면 또 나오
는"(「길고 긴 침체의 늪에서」) 그런 길을 택한다.

> 세월이 흐르고
> 혹자는 잘되고 혹자는 못되어
> 패배감만 안고 떠날지라도
> 추억밖에 내게 남겨진 게 없더라도
>
> 나 결코 후회하지 않는다
> 땅 위의 의인들이 겪었던 시련을
> 나 역시 그 무렵에 겪었던 것이므로
> 역사의 홍역을 내 그 나이에 치렀던 것이므로
>
> 아, 숨막히는 간절함으로
> 나 한때 젊음을 태웠나니
> 그 젊음 하나도 아낌이 없었나니
> 한번도 한번도 후회롭지 않았나니
>
> ——「주사파라고 했던가」 부분

시인은 그때를 '절정'이라고 말하며, 또 자기 자리를 "서둘러 냉전기
를 산 지상의 실패한 혁명가"(「남한강 기행—산촌순례」)로 부르고 있다.
역사의 홍역을 젊음으로 응답했다는 이 솔직함은 발언 자체로서 당당
하고 아름답다. 하나 솔직함은 진실함과는 구별되거늘, 그렇다면 시
인은 시로써 어떤 것을 길러내고 있을까.

> 보아라, 한차례 영광이 지나간
> 폐허의 가슴에선 늦가을 햇살처럼
> 빠르게 반복되는 희망과 좌절이
> 다시 또 반복되는 기쁨과 슬픔이

얼마나 꿈 같은가 그럴 땐 마치
머나먼 바닷가 인적 없는 섬마을에
꽃 피고 지는 아득함만큼이나
아무도 모르게 고개를 끄덕이며
누구나 나중에는 생각할 것이다
돌아보면 참 길게도 오만했다
내 젊음은 하필 그때였단 말인가, 고

──「젊음을 지나와서」 부분

　"참 길게도 오만했다"는 이 솔직한 진술은 어쩌면 이 시집 전편을
휘감는 그의 마음자리일지도 모르겠다. 사실 그의 시는 자신을 참 투
명하게 드러낸다. 그래서 일단 진솔하고 평담(平淡)하다. 물흐름이
지세에 따라 빨라졌다 느려졌다 하듯 그의 시는 희망과 좌절, 기쁨과
슬픔이 빠르게 교차되어간다. 그럼에도 그의 시가 전체적으로 '희망'
'슬픔'으로 소용돌이치는 것은 무엇일까. 현실의 삶속에서 시인은 기쁨
보다는 슬픔을 껴안고 있지만, 그 슬픔이 좌절로 곤두박질하지 않고
'좌절' 속에서도 '희망'의 빛을 결코 놓지 않으리라는 자세 탓인가. 그
의 많은 시는 실제로 희망을 내포하는 어떤 구원의 빛을 품은 채 물러
섬 없이 버팅기는 자세를 보여준다.

대통령 선거가 끝나고
우리는 뿔뿔이 흩어졌다.
다들 다시는 돌아보고 싶지 않겠지
패배란 그런 거니까
마지막까지 남아
빚을 갚은 놈들끼리 조직을 해산하고

나는 차를 타고 산촌들을 돌았다
밤과 낮을 가리지 않고

아니 밤이면 더욱더
자갈길과 아스팔트길을 가리지 않고
아니 자갈길이면 더욱더
아직 더럽혀지지 않은,
나의 절망이 아직은 싹트지 않은 빈집과
하모니카와 같은 슬픔의 열매를 알알이 달고 있는
옥수수밭을 만났다

내가 더이상 갈 곳이 없었을 때
거기 김삿갓의 무덤이 있었다
거기 조기천이 전사한 계곡이 있고
거기 전쟁 때 미군기가 폭격한 너와집이 있었다
점심을 먹자마자 해거름이 오고
햇살은 붉었다 잘 익은 석류처럼
그리고 계곡을 벗어나야 만나는
황혼은 피 흐르는 가슴의 상처였다.

슬프다는 느낌은 들지 않았다
아아 친구들이여
서둘러 냉전기를 산 지상의 실패한 혁명가들이여
나는 이럴 때 밥짓는 마을의 연기처럼 그리운
20세기의 인민들을 눈물로 회고한다, 그
몇억, 몇십억에 이르는 역사 속의 연인들을
한꺼번에 몽땅 잃은 것 같은 심정으로
몇 안 남은 동지들께 편지라도 썼으면
그리고 또 하루가 간 것일까
갈참나무숲 위에 낮달만 차가운데
무덤 같은 산 뒤로 마지막 햇살이 기울어버리자
이내 몇억 광년의 속도로
빛무리가 달려와 나의 그림자를 쓰러뜨렸다

나는 이미 전의를 잃은 후였으므로
그림자를 길게, 아주 길게 드리워놓고
황혼이 만지작거리는 대로
내 영혼을 맡겨버렸다
——「남한강 기행 — 산촌순례」 전문

이번 시집에서 가장 강력한 인상을 주는 작품이다. 몇억이라는 숫자
상의 광대함 탓만은 아니고, 무언가 탁 트인 절망의 희망이 느껴진다.
마치 겨울의 죽은 나무가 봄의 산 나무로 재생하듯, 스스로 감당할 부
활을 내부 깊숙이 불지르고 있다는 느낌이다. 거기 그만큼의 무게를
지닌 삶의 고통과 체온이 있기에, 좌절의 가장 밑둥치에 영혼을 거처
케 하며 깊은 숨소리를 토해내었기에 가능한 것이 아니었을까.

⑥ 김형수의 시는 그의 삶과 마찬가지로 떨어질 듯한 바위와 깎아지
른 절벽의 나무를 감고 올라가는 푸른 등나무 같은 끈질김을 보여준
다. 젊음을, 청춘을 홍역 치르듯 지나온 것으로 스스로를 자리매김하
면서도 여전히 젊음이고자, 청춘이고자 하는 생명력이 그 끈질김만큼
이나 깊게 시 속에 뿌리내리고 있다. 그가 육신의 젊음보다는 역사의
젊음을 갈망하기 때문이다. 절망과 슬픔마저도 그는, 역사와 시대와
한무더기가 되어 뒹굴려 한다. 등나무의 겉가죽처럼 거친 듯하지만,
그건 역사의 푸르름을 꿈꾸는 삶의 꿈틀거리는 근육이었던 것. 가령
요절한 우리 시대의 혁명시인 김남주의 혼백을 대신해서 넋두리한 「이
제 누가 와서 내 울음을 울어라」를 보라.

아우들아, 이제 누가 와서 내 울음을 대신 울어라
나도 이제 갈란다
어깻죽지 짜구나게 일만 하다 간 사람들
그들이 부르니, 책상도 사람도 안 치우고 갈란다

이 땅에 와 크면서 역사타령할 사람들
그들이 부르니, 보따리도 흉허물도 안 챙기고 갈란다
아우들아, 나 가거든 하루 저물도록
내 거닐었던 오솔길에 와보거라

형제도 친지도 돌볼 새 없었단다
자식도 아내도 아내 뱃속의 또 하나 빈자리도
마음쓸 겨를이 없었단다
새봄이 안 올까봐, 세상이 영영 무너져버릴까봐
해남에 고즈넉이 혼자서 살고 있는
늙은 어머니도 돌볼 새 없었단다
이 길이 어떤 길인지 알겠니?
아, 아우들아 뜨겁게 달아오른
한 인간이 자신의 절정을 세상에 바칠 때

시인은 시 앞머리에 "또 해가 진다 내가 이렇게 헛되이 흘려보내는 하루하루가 김남주 선배가 병상에서 그토록 간절히 갖고 싶어했던 내일이었다는 사실이 생각날 때마다 나는 온몸에 소름이 돋고는 했다"고 적어놓고 있다. 그만큼 시인은 김남주의 삶을 온몸으로 받아들이고 있다. 그러므로 그가 앞으로도 역사의 강에서 "강하의 흰 갈매기／겨울 여름 없이 둥둥 떠 있네／새 종류 적지 않으나／나는 이 새를 사랑한다네／해마다 해마다 기러기와 함께 남북으로 떠나지 않고／날이면 날마다 물결 따라 오르내리는 갈매기"(鄭斗卿의 시 「詠白鷗」)로 부생 (浮生) 하리라는 것은 충분히 짐작할 수 있다.

김시습이 어렸을 때 지었다는 시구가 더불어 생각난다. "늙은 나무에 꽃이 피니 마음은 늙지 않았도다." 나이가 들어 늙었음에도 꽃이 생명의 환희를 불어넣는데, 오히려 요즘 나를 포함한 젊은 축들 중 상당수가 "젊은 나무에 꽃이 피지 않으니 마음이 이미 늙었도다"가 아닌가 자못 의심스럽다. 이런 시세이기에 김형수와 같은 시인의 몫은 크다. 그가 스스로 꽃과 열정을 소생의 씨앗으로 품고 있다는 것은 축복이다.

그래서인가, 그는 김시습의 "에라! 시로써 수심스런 낯이나 펴자꾸나!"처럼 간간이 환하고 힘찬 표정을 지으려 애쓴다. (물론 김시습도 김형수도 시를 자위의 수단으로 여기지는 않는다. 거기엔 현실과의 부조화가 깔려 있다고 보는 것이 타당할 것이다.) 그러나 입을 앙다문 것과 같은 그의 집착은 때로 '아집' '고집'의 골조를 쉽사리 노출하기도 한다. 특히 시집 3, 4부의 시편들이 감상의 샛강으로 빠지거나, 갑작스런 의지의 벼랑으로 치솟아오르는 형상이어서 시 전반을 관통하는 흐름에 거스른다. 또한 의식적으로 시도하는 쉬운 시는 때로 자연스럽다기보다는 옛사람이 강조한, "시의 뜻이 말 밖〔言外〕에 있고, 함축미를 풍부하게 가진 것을 아름답게 여긴다. 만약 시어와 의미가 겉으로 드러나고, 있는 그대로 말하여 숨긴 것이 없다면 아무리 사조(詞藻)가 굉장하고 아름다우며, 화려〔侈靡〕하다고 하여도 시를 아는 자라면 좋다고 하지 않는다"(洪萬宗)의 흠을 주기도 한다. 그리고 '나'란 주체의 의지적 강조는 왠지 그가 함께 했던 주변을 너무 의식하고 있다는 느낌으로 다가온다. 혹여 이 자체를 시인이 대중성으로 생각한다면 "내가 내 거문고를 타나니 꼭 내 소리 이해해줄 사람 필요하랴"던 옛 시인(高原尉)의 시구를 함께 생각해보고 싶다.

⑦ 한 시집을 해설하는 자리와는 무관하지만, 그리고 무엇보다 시를 잘 모른다고 선언한 자로서 과당한 발언일지도 모르지만, 위 말의 오해를 피하기 위해서라도 이 말만은 덧붙이고 싶다. 우리는 지금 시인은 풍작이지만 정작 시는 흉작이라는 것을. 쭉정이 많은 낟알을 아무리 수확해봐야 양식이 될 수 없음은 분명할 터, 고려시대의 대표적 문인이었던 이규보의 구불의체론(九不宜體論)을 되새기며 나 자신과 더불어 감히 이 땅의 시를 자문하고 싶다.

시에는 아홉 가지 마땅치 않은 체가 있는데, 이것은 내가 깊이 생각하여 스스로 체득한 것이다. 한편의 시 안에 옛사람의 이름을 많이 쓰는 것이 재귀영거체(載鬼盈車體)이다. 옛사람의 뜻을 훔쳐 쓰는 것은 잘 훔친다 해도 안 되는데, 제대로 훔치지도 못한 것이 졸도이금체(拙盜易擒體)이다. 근거 없이 강운(强韻)을 쓰는 것이 만노불승체(挽弩不勝體)이다. 자기의 재주를 헤아리지 않고 압운하여 지나치게 어긋난 것이 음주과량체(飮酒過量體)이다. 말이 순하지 않은데 애써 끌어다 쓰는 것이 강인종기체(强人從己體)이다. 일상어를 많이 쓰는 것이 촌부회담체(村父會談體)이다. 공자와 맹자의 이름자를 범하기 좋아하는 것이 능범존귀체(凌犯尊貴體)이다. 말이 거친데 깎아버리지 않는 것은 낭유만전체(莨莠滿田體)이다. 이러한 마땅치 않은 체들을 면할 수 있는 다음에야 더불어 시를 이야기할 수 있을 것이다. (「백운소설」)

이름붙인 것도 재미있거니와 그 재미를 넘어서는 날카로움이 번뜩인다. 과거의 시, 무엇보다 한시(漢詩)를 대상으로 했기에 오늘의 시 현실과 다소 거리가 있지만, 근래 갈수록 가벼워지는 시적 상황에 대한 준엄한 질타가 아닐 수 없다. 시인이 시를 가벼이 여긴다면 뭇 대중이야 더할 나위 있겠는가. 이 글에 대해 굳이 세세한 설명을 덧붙인다는 일은 췌사와 다름없을 것이다. 그럼에도 진중한 시인이라면 경청할 대목이 많지 않나 생각한다.

그런 의미에서라도 "저 홀로 견디었던 마음의 상처 위에"(「가두시인」) 꽂힌 영혼의 깃발을 안으로 안으로 삼키며 이 한많은 지상의 인간들에게 아름다움, 슬픔과 기쁨, 절망과 희망 모두를 혁명하고자 했던 시인이여, 우리 한번 더 자문하자. 그대의 시가 자리잡은 '지금'은 아직 뒤를 향해 더 많은 눈길을 보내고 있다. 그래도 "둥글기 전에는 항상 더디 둥그는 것 한스럽더니, 둥근 달 된 뒤에는 어찌 저리도 쉽게 이지러지는가? 서른 밤 중에 둥근 날은 하룻밤뿐이니, 한평생 심사는 모두 이와같은 것일세"(宋翼弼의 「望月」)는 아닐지니, "역사는 시간이 지나면 반드시 해답을 준다"(맑스).

아직 우리가 삶으로 희원했던 절정의 만월은 떠오르지 않았다. 초승달처럼 날카롭던 모서리들이 이제 이렇게 둥그런 몸짓으로 서로의 손을 잡듯 김형수의 시 속에서 나는 마지막 악수를 그렇게 나누었다. 그렇게 악수하고 우리 다시 긴 길 떠나 새 씨를 뿌린다면, 누군가 다시 "창 밖에는 그 누가 대나무 만 그루를 심어놓았는가"(申光漢) 하지 않겠는가.

〔빗방울에 대한 추억, 문학동네 1995〕

제 3 부

존재와 생성의 변증법

1. 그때그때 잡지에 발표된 작품 전부를 다루어야 할 월평이나 계간평은 마치 밭을 갈고 가꾸는 농부의 일손과 흡사하다는 생각을 평소에 해왔다. 땅을 갈아 돌을 제거하고, 움튼 싹을 돌보며 잡초를 솎아내는 일과도 같은 것. 그러나 필자로서는 이번처럼 한꺼번에 많은 작품을 과식한 경우도 일찍이 없는지라, 작품들이 옮겨앉은 내 마음밭은 마치 돌보지 않은 텃밭마냥 어지럽기만 하다. 전체적인 독후감은 높낮이가 분명한 산들을 오르락내리락한 기분보다는 엇비슷한 잡목숲을 더 많이 헤맨 듯한 느낌이다.

어쨌든 세상사람의 삶이 제 견지에 서면 '어떻게도 할 수 없는 내가 걸어가는' 형상이듯 작품 또한 마찬가지라고 생각한다. 인간사의 미망을 붙잡아 이곳에 정처(定處)하고자 하는, 이른바 무명(無明)의 세계에 어떤 색채를 부여하고 빛을 투사하려는 생명욕의 한 발현일 테니까. 그런즉 작품 속에서 세상을 향해 무언가 갈애하는 작가들의 눈빛을 좇아 심중에 막연히나마 잡힌 이 계절의 소설지형을 따라 답사를 떠나기로 하자. 다소 무리가 따를지 모르겠지만, 가능한 한 새로 발표된 중·단편 전부를 대상으로 하여 지도를 작성해보는 것이 필자의 이번호 계획이다.

2.1. 이 계절에 가장 인상 깊은 소설의 풍경은 신예작가 은희경이 그려놓은 「빈처」(『현대문학』 1996년 1월호)에서였다. 30대 샐러리맨 남편과 아내가 있다. 어느날 남편은 전혀 예상치 않은 아내의 일기장을 엿보게 된다. 남편은 자연 호기심이 생길 수밖에 없었고, 더구나 우연히 펼쳐든 일기장엔 "나는 독신이다"라는 뜻밖의 선언이 씌어져 있다. 화자인 남편의 일인칭 시점으로, 아내의 일기장을 보게 된 날로부터 얼마간의 가정사가 들추어진다. 중간중간 엿보게 되는 아내의 일기를 인용하면서 남편의 생각을 자연스럽게 덧붙여나가는 식이라 실제 대화나 행동의 맞부딪침 없이 각자의 심중이 저절로 드러난다. 이들의 가정생활은 평범한 가정을 쉽사리 연상시킨다. 신혼 때는 이혼을 합네 마네 투덕거리기도 했지만, 시간이 흐를수록 "난 당신 포기했어"라는 말이 의미하듯 이른바 '적당한 타협과 적당한 무관심과 적당한 안정'이 습관화된 일상으로 자리잡는다. 연애시절에는 잔디밭에 앉아 아내와 함께 문학토론도 하고 포장마차에서 소주잔을 기울이며 시국에 대한 막연한 의분을 토로하기도 했지만 그것은 어디까지나 '아줌마'가 되기 전의 일이라는 것. 남편의 입장은 으레 아이를 키우고 살림하는 일이 '아줌마' 생활이라고 생각할 만큼 아내에 대해 무심하다. 그러나 아내의 일기장은 남편이 미처 모르는, 말하자면 무관심이 배태한 아내의 내면세계를 거울처럼 들여다볼 수 있는 투시경이 된다. 아내의 입장은 "남편이라면 내게 오지 않는 것이 상처를 주겠지만 애인이니 조금의 쓸쓸함만을 남길 따름이다. 신통하게도 아주 변심하여 영원히 안 와버릴 애인은 아니니 그나마 다행 아닌가"라는 데서 잘 나타난다.

그러나 그런 체념 속에서도 때로 아내의 불만과 그 이상의 어떤 욕구, 나아가서 일상의 반란이라 할 만한 충동이 시시각각으로 들끓는다. 회사에서 일찍 들어온 어느날, 지방대학 교수로 있는 친구의 전화를 받고 남편은 외출한다. 별 이야기도 아닌 이야기를 나누면서 술을 마시고 집에 들어와 보게 된 그날의 일기는 그런 예가 될 것이다. 새벽에 파고드는 그이를 안는데 이상하게 눈물이 핑 돌면서 사는 게 안

쓰럽기만 하였다는 것, 그러면서도 '쉬운 여자' '하찮은 존재'임을 자인하지만 때로 참을 수 없는 기분이 든다는 것이다. 그날 아내는 아이를 업고 남편을 찾기 위해 주변 포장마차를 이잡듯이 뒤졌고, 가게에서 소주 한병을 사 길거리에서 병째 들이켜며 집으로 돌아왔다. 또 낯선 젊은 외판원이 찾아왔을 때 '그와 얘기하는 게 괜찮아서' 듣는 척하는 아내의 심사에서도 그것을 엿볼 수 있다. 이런 아내의 심중을 차츰 알게 되면서 남편도 반성적 사색의 편린을 보여준다. '명치께가 아픈, 둔중한 무엇으로 가슴을 얻어맞은 듯한 느낌'이 들면서 남편 역시 '어쩐지 산다는 게 울적'해진다. 그럼에도 의사소통 없이 흘러가는 세월이고 보면, 아내의 일기 한 대목처럼 "이루지 못한 사랑에는 화려한 비탄이라도 있지만 이루어진 사랑은 이렇게 남루한 일상을 남길 뿐인가"를 실감케 한다.

그렇지만 이 소설의 압권이자 그 자체로 감동적인 결말부분은 남루한 일상이더라도 거기에 존재하는 삶의 존엄함 혹은 삶의 진정성, 모성의 아름다움을 '아픈 각성의 바늘'에 찔리듯 되살린다. 아이가 아픈 어느날, 그날 역시 남편은 늦게 돌아왔다. 아내의 일기장에는 "내 몸에서 나온 똥을 한참 보니 더럽다는 생각이 안 든다. 이제 막 궂고 수고로운 일을 마친 가족 같기도 하다"라고 적혀 있다. 그리고 눈앞에 펼쳐진 상황, 아이 병간호하다 지쳐서 자는 아내의 모습과 아내의 무의식적 행동에 대한 남편의 담담한 서술장면을 보라.

아들녀석이 칭얼거린다. 아까 5분 넘게 벨을 눌러도 끄떡 않던 그녀의 잠은 아이의 뒤척이는 소리에 민감하게 깨어난다. 그녀는 황급히 아이 곁으로 다가가더니 이마 위의 물수건을 내려놓고 아이를 품에 끌어안는다. 그리고는 눈을 감은 채 아이의 뺨에 자기 뺨을 대고 앞뒤로 몸을 흔들며 등을 토닥거린다. 그러나 잠이 덜 깬 탓에 등을 토닥이다가 뒤통수를 토닥이다가, 손놀림이 일정하지 않다. 그녀의 앉은 엉덩이께에는 약봉지며 체온계며 대야, 수건 같은 것이 어지럽게 널려 있어 지금 아이를 안는 그녀의 동작이 몇시간 동안이나 반복된 것임을 말해준다.

이 모습을 본 남편이 "살아가는 것은, 진지한 일이다. 비록 모양틀 안에서 똑같은 얼음으로 얼려진다 해도 그렇다, 살아가는 것은 엄숙한 일이다"라고 마지막으로 내뱉는 말은 말 자체의 무게만큼 엄숙함을 지닌다.

사실 작중의 이야기 자체야 누구나 일상에서 또다르게 손쉽게 마주하는 것이랄 수 있다. 그럼에도 이 작품과의 만남을 필자가 특별히 소중히 생각하는 것은 그동안 이른바 여성문학의 단골메뉴인 부부문제에 지나치게 일방의 시각으로 접근하는 태도가 적잖이 못마땅했기 때문이다. 부부문제도 남녀 성대결 차원에서 바라본 결과, 어느 일방의 강조를 위해 상대방을 어떤 식으로든 왜곡해 결국 상대의 형상은 도식화되고 획일화되는 경향이 없지 않았다. 여성작가의 남성 형상화뿐만 아니라 남성작가의 여성 형상화 또한 마찬가지이다. 가령 오십대에 접어든 어느 전교조 해직교사와 의상실을 하는 부인의 이혼문제를 다룬 민병삼(閔丙三)의 **「지난 여름의 술잔」**(『문학사상』 1995년 12월호)의 경우, 남편의 입장에서 이해되지 않는 아내의 이혼요구에 난처해하는 양상을 보여준다. 소설 속에 그려진 아내는 "고작 무능력하고 대책도 희망도 없는 남자와 살 생각 없고 다른 삶을 살고 싶다"는 정도로 처리하고 만다. 사실 부부는 서로 애정의 대상이기도 하지만 속박의 대상이기도 하다. 자기정체성과 공동체성 사이에서 집착과 같은 갈등이 작동하는 관계이다. 따라서 가정은 어느 한편의 움직임으로만 이루어질 수 없는 운동공간이다. 여성의 시각이든 남성의 시각이든 이를 제대로 관철하기 위해서는 먼저 현실세계, 인간 전체에 대한 시야 속에서, 그리고 부부 쌍방의 전체상 속에다 자기 위치를 잡고 그 속에서 조감하고 대상과 함께 움직일 때만이 진정성을 얻을 수 있다. 이 점에서 은희경의 「빈처」는 적어도 남편과 아내 모두에게 고루 삶의 무게를 실음으로써 그 공간 자체가 살아 움직인다. 그래서 일상적 부부의 존재와 생성의

변증법을 작으나마 열어놓고, 나아가 삶의 우물에 두레박을 던지기도
한다.

　문학의 지향점은 그것이 경험적 현실보다 더 투명해지려는 데 있다.
제한된 작품 안에 필연성·통일성을 추구할 뿐만 아니라 가시화된 하
나의 전체 세계를 꿈꾼다. 그러기 위해서는 작품의 정신적 전개와 모
순되지 않는 한도 내에서 가능한 한 현실의 폭넓음과 다양성을 끌어안
고 함께 뒹굴어야 한다. 이런 식으로 작품의 통일성을 이루어내는 것
은 무척 힘든 일이겠지만, 일단 이루어내면 훨씬 더 근사한 모습이 되
기 마련이다. 은희경의 「빈처」도 그 한 예다. 물론 그것은 군더더기
없는 깔끔한 문장, 속살을 만지는 듯한 투명한 언어의 빛, 살아 움직
이는 묘사력, 탄탄한 구성, 냉정침착한 서술태도 등 남다른 작가의 수
완이 뒷받침되었기 때문이다. 필자는 「빈처」를 읽고서 부랴부랴 ‘문학
동네 신인상’ 수상작인 장편 『새의 선물』을 읽었다. 아니나 다를까,
거기서도 뛰어난 묘사력은 만개하고 있었다. 근래의 작품인 김태연의
『그림 같은 시절』(창작과비평사 1994)과 좋은 짝을 이루는 유년소설의
수준작이라 할 만하다. 물론 이 작품에 대해 불만이 없는 것은 아니
나, 어쨌든 좋은 작가가 나왔다는 예감을 숨길 수 없다.

　2.2. 실제로 이 계절에도 여성작가가 부부문제를 다룬 작품들이 많
았는데(이청해의 「우리는 가다가 예기치 않은 일을 만난다」, 전경린의 「염소를 모
는 여자」, 한정희의 「유리집」, 서하진의 「추일서정」 등), 작품마다 정도와 해
법의 차이는 있지만 공통적으로 드러나는 특징은 남성 형상의 불구성
이다.

　이청해(李靑海)의 중편 **「우리는 가다가 예기치 않은 일을 만난다」**
(『세계의 문학』 1995년 겨울호)는 기존의 여성문제에 대한 사회학적 접근
에 대해 일종의 반기를 든 작품이랄 수 있다. 서른여섯, 두 아이의 어
머니에다가 영자신문사 아르바이트, 대학원 수업, ‘아침의 전화’ 상담
원, 여성학 논문 집필 등 이른바 여성운동가로서 활동적인 삶을 살아

가는 '지호'란 여자가 주인공이다. 결혼 후 얼마 전까지 서로 불편함
없이 그들 부부는 동반자로서의 삶을 모범적으로 살아왔다. 남편은 다
정다감하면서도 성실하고, 무엇보다 합리적이고 진취적인 의식을 소
유한 남자였기에, 그녀 역시 아무런 문제 없이 여성운동에도 뛰어들
수 있었다. 그러나 최근 들어 그녀는 "열심히 둘이서 구축해놓은 가정
이라는 곳에서 그는 딴사람처럼 허우적대고 있는 것"을 느끼면서 예전
과 다른 '낯선 표정'을 보게 된다.

  이런 남편과의 불편한 관계 속에 학위논문을 준비하면서 그녀는 취
재한 대부분의 여성들에 비해 아주 예외적이었던 신소현을 자꾸 떠올
린다. 대학에서 사학을 전공한 여자임에도 남편을 위해 1백만원짜리
부적까지 마련하는 등 가정과 남편을 위해 정성을 다하면서 행복과 만
족을 느끼는 여자였다. 그런 어느날 안면이 있는 여성장교 출신 김선
생의 아파트를 방문, 흥미로운 그녀의 가정사를 살피는 데서 소설은
한 고비를 이룬다. 실제로 김선생은 소설 속에 그려진 걸 제대로 정리
하기 힘들 정도로 복잡한 관계와 생각, 행동방식을 소유한 흥미로운
인물이다. 능숙한 외국어 구사와 젊은이 같은 몸매, 그리고 스케이트
를 탈 정도로 취미도 고상해서 누구나 세련되고 풍부한 교양을 갖춘
현대적 여성이라는 느낌을 가지기 마련이지만, 뜻밖의 이해할 수 없는
이면(난장판과 같은 집, 짐승이나 아기 울음을 내는 퇴역장성 남편
등)을 가지고 있었다. 그런 속에서도 쾌활하고 멋지게 사는 김선생을
보고 나는 또다른 충격을 받는다.

  결국 자신의 부부관계를 되돌아보며 논리로 따져서는 옳게 행동해왔
지만 남편의 기분까지 존중한 것 같지는 않다며 반성하는 것으로 막을
내린다. 덧붙여 여성운동을 하는 선배로서 후배들에게는 면목이 없을
수도 있지만, 이제 의지대로 되지 않는 삶의 조각들을 수긍할 수밖에
없음을 고백한다. 사회학적 진단이 초래하기 쉬운 손쉬운 도식을 거부
하고, 단순히 논리로만 이해할 수 없는 삶의 복합적인 면모를 눈여겨
보려는 시도는 좋다. 그러나 문제를 좀더 깊숙이 파고들면 쉽사리 납

득할 수 없는 단층이 있다. '논리'와 '기분'으로 처리하는 해결방식도 문제거니와 거기엔 스스로 일반화했던 여성관을 또다른 예외적 여성관으로 성급히 일반화함으로써, 기존의 사회학적 정면승부수와는 또다른 식의 사회학적 추구가 가져오는 급격한 자리옮김, 단절적 비약이 있다. (작가의 또다른 작품 「한밤의 목소리」(『현대문학』 1996년 1월호)는 사회심리학적 접근으로 인한 문학적 형상화의 불균형을 뚜렷이 보여준다.) 그리고 거기 남편은 이유도 없이 '낯선 얼굴'인 채 여전히 부동자세이다.

중산층 30대 주부의 일반적 특징을 공유하면서도 자의식이 매우 강한 서른둘의 주부 '윤미소'의 그야말로 특별한 일상생활을 다룬 전경린의 **「염소를 모는 여자」**(『문학과사회』 1995년 겨울호)를 보자. 그녀는 권태와 냉담에 이미 체념한 한 주부로 살고 있지만, 그것을 늘 못견뎌하여 자기정체성을 찾고자 욕망한다. 그리하여 끝내 '오래 전에 훼손된 집'의 주부가 벼랑으로 끊긴 길에서 "두 눈을 감고, 두 귀도 닫고 자신의 본질을 향해 어느 순간 훌쩍 뛰어내리는" 결단을 감행한다. 그것은 가출이다.

이미 이 결말 속에서 짐작하겠지만 이 여성은 무언가 자기근원으로 회귀코자 하는, 그러나 그것은 현실에 존재할 수 없는 무엇이기에 환상적인 가상현실을 좇는다. 그 가상현실의 동반자가 염소남자와 염소, 그리고 커다란 박쥐우산을 쓴 청년이다. 소설 속에서는 실제적이고 현실적인 것으로 등장하지만, 일상의 눈으로 보면 비현실적인 것들이다. 말하자면 현실과 환상은 소설 속의 실제세계를 이루는 두 단층이다. 전혀 설득력 없는 초월적 환상(풍뎅이와 낯선 남자)을 계기로 하여 일상적 삶의 의미를 반성적으로 끌어안는 한정희의 「유리집」(『작가세계』 1995년 겨울호)과는 달리, 「염소를 모는 여자」는 일상 안에서 일상으로부터의 극복이라는 본래의 의도와는 다르게 관념화된 가상현실에다 집을 지음으로써 현실의 집은 허물어진다. 그 속에서 의당 남편이란 이를 입증하기 위한 도구가 될 수밖에 없다. 한때는 시국사범,

지금은 비디오만 보는 남자, 그리고 적당한 곳에서는 바람 피우는 남자로 끝없이 둔갑되어야 하는 허깨비와 같은 것일 뿐이다.

사실 「염소를 모는 여자」를 처음 읽고서 필자는 마땅치 않으면서도 왠지 모를 흡인력을 느꼈다. 앞서 거론한 은희경과는 색감이 다르지만, 작품 곳곳에 적잖이 도발적이면서 어떤 핵심을 건드리는 듯한 언어의 힘, 그리고 그로부터 분출되어 나오는 장면묘사의 동적 화상 때문이었다. 이를테면 베란다에서 빨래를 널면서 남편이 출근하러 차에 타는 광경을 묘사하는 대목은 단절된 부부간의 쓸쓸한 분위기를 탁월하게 보여준다. 그외에도 아파트에 모여앉아 친구들끼리 대화하는 장면이나 자신의 심경을 피력하는 대목 곳곳에서도 그런 기쁨을 만끽할 수 있다. 그런데 현재의 무미건조한 생활을 환기시키는 멋진 서술과 대화, 장면들이 작품 전반으로 녹아들지 않는다. 아울러 멋지다고 생각되는 대목도 곰곰 생각해보면, '참되다'와는 다른 질감을 준다. 분명 자기만의 좋은 장기를 가지고 있는 작가인 듯한데, 왜 자기 길을 마다하고 어설픈 가공의 미학주의로 날갯짓하려는 걸까.

3.1. 윤용호의 「다시 내리는 눈」(『동서문학』 1995년 겨울호)의 서두에는 이렇게 적혀 있다. "한 20년쯤 세월이 흘러 우연히 가해자, 실연의 고통을 안겨준 연적이라 해도 좋고 직장을 쫓겨나게 한 상사라고 해도 좋다, 한때 뼈저린 아픔과 열패감을 심어준 그런 상대를 만났다 치자. 그럼 당신의 기분이 어떨까." 엄밀히 말해 이 진술은 작품 「다시 내리는 눈」 자체에서는 사족에 불과하다. 그러나 이 계절의 주된 흐름이 되는 소재영역 중의 하나이기에 여기에 예시해보았다. 「다시 내리는 눈」은 각기 정도를 달리하면서 가해자의 형상, 혹은 그 정도는 아니더라도 자신이 지독히 혐오했던, 아니면 어떤 식으로든 인연을 맺은 사람에 대한 이야기이다. 사실 이런 흐름은 어느 시기를 막론하고 존재하는 문학의 보편적 대상이기도 하다. 인간(人間)은 '인생(人生)'과 '세간(世間)'의 준말이라고 한다. 간단히 말해서 인간은 '인생'이란 시

간적인 면과 '세간'이란 공간적인 면에서 존재할 수밖에 없다는 뜻이
다. 바로 그 변화무쌍한 시공간 속에서 사람과의 관계가 복잡하게 얽
혀 무수한 인연이 만들어진만큼, 이 문제는 각자의 삶과 **불가분 숙업**
관계를 맺기 마련이다.

　「해묵은 포도주」(『동서문학』 1995년 겨울호)·「밍크코트가 된 고래」(『창
작과비평』 1995년 겨울호)·「알몸과 누드」(『상상』 1995년 겨울호), 무려 세
편을 이번 계절에 발표한 윤영수의 작품들은 질적으로 비교적 고른 수
준이라 이 계절의 작가 중 가장 신뢰감을 주었다. 그중에서도 **「해묵은**
포도주」가 가장 인상적이었는데, 비교컨대 이문구의 「유자소전」만큼이
나 살아있는 인물형상을 창조한 하나의 수확으로 보인다. 대학교수인
화자 서수정과 고등학교 때 친구인 하원경이 여고 졸업 후 만나지 못
하다가 20년 가까이 지나서야 갖게 된 뜻깊은 해후를 다룬 작품이다.
이들은 여고 1, 2학년을 같은 반에서 공부한 사이였는데, 둘 다 편모
슬하였다. 그러나 서수정은 유복한 편이었지만, 하원경은 둘째 가라
면 서러울 정도로 가난했다. 서울의 명문여고생이라 자존심과 실력만
이 최고인 시절이었다. 그러나 하원경은 소문난 수다쟁이에다 행동도
제멋대로인 말썽꾼이었다. 그런 그녀를 서수정은 절대로 가까이 하지
않는다. 그녀와 자신을 이어서 '아비 없는 후레자식'이라고 생각할까
봐서였다. 오히려 서수정은 공부 잘하는 모범생으로서 그녀와 정반대
의 길을 걸었다.

　서수정은 졸업 후 대학에 진학하면서 그녀를 의식하지 않고 살아왔
는데 한 친구로부터 원경이 자신의 아파트에서 차를 닦는다는 소식을
듣고서는 그녀를 만나야만 된다는 결론을 내렸다. 서수정은 원경과 자
기만이 알 수 있는 비밀을 담은 글을 동창회보에 실음으로써 결국 그
녀로부터 전화가 오게 만든다. 하원경이 몰래 옥상으로 나가는 층계
참, 흰 회벽과 천장에 운동화짝을 던져 발자국을 남긴 일이 있는데,
마치 그 일을 자신이 한 것처럼 글을 썼던 것이다. '떡메를 치듯 천장
에 날아오르던 그녀의 운동화, 그녀의 암팡진 팔매질'은 그 이후 서수

존재와 생성의 변증법　**187**

정의 생에도 커다란 심상으로 남은바, 일종의 의지이자 집념으로 표상
된다. 그것은 자신에게 처음부터 결여되어 있고 그녀는 흘러넘치도록
가지고 있던 큼지막한 무엇이었다. 소설은 이후 둘이 백화점 입구에서
만나 서수정이 하원경에게 일방적으로 이끌려 백화점 지하 스낵코너,
란제리 가게, 지하 슈퍼마켓 등을 함께 다니면서 겪게 된 우스꽝스러
운 사건과 대화로 이루어진다. 여전히 평행선을 긋는 두 인간, 거기서
우리는 명백히 대조되는 두 인간형과 조우하게 된다. 그리고 관심은
자연 서수정의 눈에 주책망발로만 보이는 하원경의 말과 행동에 쏠린
다. 예전과 전혀 다름없이, 아니 오히려 더 가살맞은 모습, 후안무치
의 배짱과 남은 아랑곳하지 않고 끝도 없이 이어지는 수다와 장난질
등, 박진감 넘치는 현장묘사는 보기 드문 장관이다. 아마도 소설의 백
미는 하원경이 속치마를 훔친 뒤 서수정에게 떠넘겨서 서수정을 도둑
으로 몰리게끔 만든 대목일 것이다. 서수정에 대해 하원경이 일종의
통렬한 보복을 한 셈이다.

　따라서 하원경의 행위로 말미암아 작품 공간은 시종 해학과 웃음이
넘치고, 오직 상대방 서수정만이 자기 체면에 어쩔 줄 몰라하는 희귀
한 장면이 계속 연출된다. 그럼에도 작가는 어떤 화해도 용납치 않고
각자의 길을 끝까지 가게 할 정도로 냉엄하다. 그럼에도 그 속에서 묘
하게 두 사람은 동질감을 짙게 확인한다. "예나 지금이나 우리는 어쩔
수 없는 단짝이었어, 아무리 멀리 떨어져 앉아 등을 대고 있어도. 우
리는 똑같이 겁쟁이였고 우리는 똑같이 외로웠지"라는 표현대로. 여기
서 우리는 다시 하원경이란 인물을 곰곰이 생각하지 않을 수 없다. 하
원경의 여고 졸업 후 이력은 이른바 공순이 생활, 봉제공장에서 분신
자살을 기도한 남자와의 결혼, 앵벌이나 노름에 미친 남편 대신 파출
부에 차닦이, 식당 주방일, 하숙까지 치는 억척아줌마의 삶이었다.
그런 그녀가 문득 내뱉는, "얼음처럼 냉정하고 무표정하고 기계 같은,
사람의 체온이라곤 없는 듯한 서수정. 그렇게 건방지게 살아도 오히려
그게 잘 어울리는 서수정. 너한테는 아버지가 없는 것조차 매력으로

보였다. 나도 너처럼 강했으면 얼마나 좋을까, 나는 네가 항상 부러웠
다. 부러운 건 지금도 마찬가지다. 너처럼 제 성질 다 부리며 살아봤
으면 좋겠다. 손톱만큼도 세파에 허물어지지 않고, 먼지떨이로 먼지
털듯 주위의 모든 것을 탈탈 털어가며 홀가분하게 살아봤으면 원이 없
겠다"라는 말은 그녀 뒤에 숨은 삶의 고뇌와 고통을 일거에 분출시킨
다. 니체(F. Nietzsche)가 말한 "인간만이 깊이 괴로워한다. 그러므로
그들은 웃음을 고안해내지 않을 수가 없었다. 가장 불행하고, 가장 우
울한 동물이 당연히 가장 쾌활한 동물인 것이다"라는 경구를 실감케
만든다.

  3.2. 윤용호의 「**다시 내리는 눈**」은 윤영수의 「해묵은 포도주」보다
더 극적인 인물, 이른바 원한관계의 인물과의 해후를 다룬 작품이다.
그 대상은 군대시절에 만난, 질정없이 도끼를 휘둘러댈 만큼 성격이
포악하고, 까진 이마 때문에 '마도끼'로 불리는 마병장이다. 소설 속
의 화자인 서경인도 그로부터 야전삽으로 옆구리를 찍히고 이빨 세 개
가 부러져나간 적이 있다. 20년이 지난 후, 서울서 유치원을 경영하
는 서경인은 군대시절을 보낸 전방지역의 유치원과 자매결연을 맺게
되어 그 숙명의 땅을 다시 방문한다. 그리고 군대에 '말뚝'박고 육군
중사로 제대하여 잠깐 이곳을 떠났다가 빈털터리가 되어 식당에서 일
하는 마도끼를 보게 된다. 서경인은 식당에서 마도끼를 만나 슬며시
옛일을 상기시키고, 그가 밤중에 찾아와 함께 술을 마시며 이야기를
나누다 쓰러져 잤는데, 다음날 아침 마도끼가 억병으로 취해 개천둑
밑에서 잠이 들어 얼어죽었다는 이야기를 듣게 된다. 물론 이 소설에
는 그외에도 절친한 친구 이천우에 대한 회상이나 군대시절의 몇가지
삽화가 곁들여진다. 그것들은 소설의 윤활유 역할을 하면서 마도끼와
의 운명적 기억을 고조시킨다. 마도끼에게 야전삽으로 찍히는 장면에
대한 묘사는 소설의 절정부라 할 것이다. 친구 이천우가 면회오고 나
서 며칠 뒤에 온 두 통의 편지를 마도끼가 내무반에서 공개적으로 읽

는다. 한 통은 면회를 갔다 돌아오는 도중 천우가 차사고가 나 죽었다는 그의 여동생에게서 온 편지이고, 또 한 통은 곧 결혼한다는 여자친구 순미에게서 온 편지였다. 순간 아득해진 서경인이 쉴새없이 떠벌이는 마도끼로부터 편지를 뺏으면서 사건이 일어나게 된 것이다.

그러나 정작 소설의 대단원이라 할 수 있는 마도끼와의 20년 뒤의 만남과 마도끼의 갑작스런 죽음은 그때까지의 긴장과 흥미를 마치 모래성처럼 허물어버린다. 마도끼도 서경인의 이름을 똑똑히 기억하고 있을 정도로 뭔가 과거의 끈을 쥐고 있는 듯한데, 그리고 어떻게 판이 끝났는지 모르게 그냥 잠들어버렸다는데 그에 대한 싱거운 묘사와 뒤이은 마도끼의 죽음은 허망하다. 과거의 기억으로만 잠들어버리고 흘러온 세월 속에 의당 담겨 있을 만한 인생에 대한 어떤 의식을 길러내지 못한 결과이다. 이런 유의 작품을 보면 과거 선명한 기억, 이를테면 아주 극적인 요소를 갖춘 악연이나 인연을 질료로 삼아 그 자체만으로 완결성을 갖추기 힘들기 때문에 현재적 해후를 통해 그것을 부각시키면서 어떤 의미망을 제시하려는 작가의 고심이 엿보인다. 그러나 그것이 지극히 개인사적인 경우, 그런 협소함을 넘어서 보편적 인생사의 의미로 고양되어야 하는데 거기에 이르지 못함으로써 단순히 인상적인 장면제공 이상을 넘지 못하는 경우가 많다. 반면 윤영수의 「해묵은 포도주」는 단절된 세월의 흐름 속에서 성숙을 동반한 변용을 제시함으로써 과거에만 묶이지 않는 삶의 어떤 비의를 느끼게 해준다.

그 점에서 어린 시절 엄청난 상처를 준 인물을 다룬 이순원의 중편 **「강릉 가는 옛길」**(『문예중앙』 1995년 겨울호)도 좋다. 특히 '선생님'을 대상으로 해서 더 충격적이다. 국민학교 담임이었던 이관모 선생의 부음에 '그 관모'라고 막말하는 데서 소설은 시작한다. 그리고 국민학교 시절의 지울 수 없는 상흔의 시기가 재현된다. 우리는 그 속에서 '자기의 영향력만큼 안에서 자기의 직업을 철저히 모독한' 한 가증스런 인간형을 만난다. 빈부에 따라 차별대우하는 선생, 그 차별의 아픔이 가장 예민한 나이에 송두리째 안아야 했던 상처들만큼이나 선명하게 재현된 이 작품으로 인해 읽는이는 자신의 유년기에 만난 '나쁜 선생놈'을 한 사람쯤 회고하게 된다. 그만큼 목표로 삼은 대상에 대한 집요한 탐색이 가져다준 소설 내의 현장감은 독자의 기억창고까지 자극한다. 더구나 기억 속에 내장되었다가 급작스레 분출된 충격 뒤의 긴 여운처럼 작품을 자연스럽게 뒷마무리한 것도 좋았다. 양적으로는 국민학교 시절 이야기가 압도적이지만, 그 비중이 주는 격렬함을 완만함으로 포용하는 여유가 좋다. 가령 "이건 옳다 그르다 얘기가 아니라 누구를 마음속에 잊을 수 없는 스승으로 둔다는 건 그것 자체로 순수하고 아름답다"고 생각하게 되는 것도, 또한 "나이를 먹으면서 어쩔 수 없는 속물이 돼가는구나" 하는 안쓰러움조차도, 어릴 적 친구들의 현황을 이야기하면서 쓸쓸한 회한에 잠기는 것도, 세상 어디도 큰 세상이 아니라 결국은 '작은 사람들이 모여 사는 작은 세상'임을 깨달으면서 고향을 환기하는 것도…… 물론 아쉬움이 없지 않은데, 주요인물 중의 하나인 수종이에 대한 형상화가 미진하다는 점이다. 부분의 결함은 마치 다른 곳은 다 채색되었는데 어느 한 부분만 스케치에 머문 그림을 대할 때처럼 때로 전체의 느낌을 심각하게 훼손할 수도 있다.

3.3. 기억 속 인물과의 해후를 다룬 이들 작품과는 달리 좀더 일반적으로 자기와 관련된 특정인물의 인생사를 다룬 김영현의 「벚꽃 아래로」, 박상륭의 「로이가 산 한 삶」 등도 있다. 김영현(金永顯)의 **「벚꽃 아래로」**(『현대문학』 1995년 12월호)는 우리 문학사에 곧잘 등장하는 다소간 모자라면서 인정많고 희생적인 '누님'의 형상을 그린 작품이다. 그러나 누님의 거의 전생애를 시간순으로 담아 지루한 감이 없지 않다. 말하자면 누님의 인생축도가 조각의 선명한 명암처럼 소설 속에 살아나지 못한다. 더구나 유년기와 직접 연관된 부분에서는 그 형상이 살아있음에 반해, 커가면서 각자 다른 삶을 살아가는 부분은 그렇지 못해 단편으로서의 긴장감을 상실한다. 이는 처음엔 동생인 '나'의 1인칭 시점으로 전개되다 각자 다른 삶을 살아가는 세월에 이르러서 슬며

시 전지적 시점으로 이끌고 간 것과 무관치 않다. 아울러 '과거 속에서 기억된 누님'의 형체는 뚜렷하지만 '연륜의 무게를 지닌 누님'의 형체는 진부한 모습으로, 그래서 그만큼 흐릿해지고 만다. 오히려 이 점에서 박상륭(朴常隆)의 「로이가 산 한 삶」(『창작과비평』 1995년 겨울호)이 주목될 필요가 있다. 자신의 서점에 자주 찾아오는 한 인물에 대한 형이상학적 보고서라 할 수 있는 이 작품은 단순한 흥미 위주의 삽화나 극적인 어떤 구조의 재현과는 거리가 멀다. 한 개인을 통해서 화자는 자신의 철학적·사회학적 사유를 자유자재로 펼침으로써 인간 자체의 정체를 탐색한다. 솔직히 말해서 아직 필자는 그의 도저한 형이상학적 사유를 정리해낼 능력이 없다. 단순히 난해를 위한 난해만이 아닌 이런 철학적 접근의 소설에 익숙치 않아서일까.

결과적으로 이런 부류의 작품은 작중화자가(결국은 작가의 문제이다) 얼마만큼 그 대상을 장악해서 성격을 창조하느냐의 문제일 것이다. 가령 이동하(李東河)의 「엇길」(『동서문학』 1995년 겨울호)은 대학 때부터 낭인기질을 가지고 있던 양길웅이란 친구의 곡절 많은 삶에 대한 이야기인데, 정작 독자들이 관심을 가질 법한 대목을 에둘러 가, "다만 양길웅이 그 생애의 어느 대목쯤에서 엇길로 빠져들었고, 그것은 또 어떤 사정에서였는지가 새삼 궁금해졌을 따름이었다"라고 말함으로써 무명의 어둠에 내맡겨버린다.

사실 너무 많은 말들을 가진, 그러나 아무리 쏟아내도 돌아서면 아무 말도 하지 않은 것처럼 보이는 기억, 절망과 욕망, 얼어붙은 눈물과 굴욕과 꽃으로 피지 못한 그리움의 씨앗 들이 한데 뒤엉킨 한 사람의 인생사를 언어로 환생시킨다는 것이 그리 쉬울 수만은 없을 것이다. 그러나 과장이긴 하지만 어떤 무덤 속에도 하나의 세계사가 잠들어 있다는 하이네(H. Heine)의 말이야말로 문학이 가져야 할 근본 마음이 아닐까 싶다.

4.1. 이렇게 보면 사사로운 개인사의 영역과 그 속에서의 개인적인

실존의 문제가 여전히 강세이다. 이번 계절에도 사회역사적 현실을 문제삼은 작품은 그리 많지 않다. 어쨌든 소재적 측면에서 살펴보면, 분단과 이념 문제를 다룬 윤정규의 「작은 당골 비가」, 교육문제를 다룬 김향숙의 「미나」와 박명희의 「바람벽」, 여성 성폭력문제를 그린 김지수의 「남한산성」, 그리고 노동자의 삶을 그린 이예훈의 「딸들의 방」, 농촌총각의 결혼문제를 그린 박병례의 「살다 보면」 등을 그나마 손꼽을 수 있다. 그러나 결론적으로 말해서 성과작은 아주 드물다. 오히려 오랫동안 유행하고 있는 후일담소설류의 연장이라 할 수 있는 작품들이 여전히 많은 것도 특징이라면 특징이다.

김향숙(金香淑)의 「**미나**」(『문학사상』 1996년 1월호)는 몇년간 외국생활을 하다 아버지의 해외파견 근무가 끝나 다시 국내 학교에 다니면서 겪게 되는 '미나'라는 한 여학생의 갈등을 다룬 작품이다. 필자로서는 외국에서는 이른바 한국적 의식 때문에 '중세 수도원에서 나온 아이' 취급을 받고, 귀국해서는 오히려 그쪽의 의식 때문에 '발랑 까진데다 엉뚱한 아이' 취급을 받으면서 의식의 방황을 겪는 대목이 흥미로웠다. 그러나 미나의 가출과 가출 이후의 생활 부분은 선뜻 이해되지 않기도 하거니와 무엇보다도 이른바 문제아집단에 속하는 선희와의 연결을 통해 어떤 공감대의 제시로 마무리하려는 것도 적절치 않은 듯하다. 사실 요즘 신세대 운운하면서 마치 세계화와 이를 동일시하는 경향이 있는데, 진정한 세계화란 세계 속의 보편적이면서 긍정적인 가치를 우리 것으로 내화하는 일이다. 교육문제는 우리가 더더욱 낙후된 상태임을 감안할 때, 미나의 형상은 교육문제를 통해 우리 시대의 모순과 조우할 수 있는 좋은 소재였건만, 근래 계속되는 작업인 청소년 갈등의 한 양상으로만 끌고 가 아쉬웠다. 어쨌든 작가는 이 작품을 최소한의 언어로 드러내고자 하는 대상을 가장 풍부하게 표현할 수 있으면 좋겠다는 생각으로 써본 것이라고 '작가의 말'에서 말하였다. 적어도 이런 언어의식은 이 작가만의 문제가 아니라 모든 작가에게 해당되는 의미있는 전언일 것이다. 그런데 그 방식으로 택한 것이 '저마다

다르게 마련일, 각각의 시선들에 포착된 조각그림들이 어우러져 대상
의 윤곽을 구체화'하는 방식이라고 했다. 물론 작가도 그 성취에서는
안타까움을 피력했는데, 필자 역시 불협화음을 느낀다. 미나 자신을
포함하여 다양한 외부의 시선을 교차해 서술하는 이 방식이 성공하려
면 개인들의 차이와 공통점이 선명하게 제시되어 그 속에서 스스로 미
나의 자기정체성이 드러나야 하는데, 여러 타인의 시선이란 각자마다
미나와의 관계에서 차이가 커 이른바 현상과 본질의 혼동이라 함직한
모순을 가지기 마련이라, 초점의 집중과 심화가 아닌 분산과 확산으로
더욱 혼란을 초래할 소지가 커지기 때문이다.

　노동자의 삶을 다룬 신인 이예훈의 「딸들의 방」(『소설과사상』 1995년
겨울호)은 정통적인 사실주의적 기법으로 일반인들이 쉬 알 수 없는 여
성노동자들의 삶에 대한 정직한 보고서인데 이 계절에 특별한 질감을
갖는다. 비교적 안정된 문장력을 바탕으로 떠돌이 편직공 '나'가 태양
실업에 입사하여 여사원기숙사 생활을 하면서 보고 겪게 되는 여공생
활의 일단을 탐색한 소설이다. 무엇보다 80년대 노동소설의 한 병폐
였던 성급한 계급적 도식화에서 벗어나 악착같은 생활력, 방종한 성,
계층상승 욕구, 노동자들간의 반목과 질시, 다양한 인물성격의 제시
등 일상적 노동자의 다채로운 삶과 내면을 가감없이 보여주었다는 데
특징이 있다. 아울러 자본가의 손길에서 쉽사리 벗어날 수 없는 계급
적 제약에 따른 미래에 대한 불안감까지 밑바탕에 깔고 있어 노동자집
단의 생활 축도를 비교적 탄탄하게 구축하였다. 적어도 이 점에서 작
가의 절실한 체험의 산물이자 오랫동안 심혈을 기울여 만든 작품임을
짐작할 수 있는데, 늦깎이 신인으로서 오히려 그 점을 경계해야 할 듯
싶다. 우선 주체인 '나'가 있으면서 '나'가 부재한다. 주인공이 관찰자
로서만 기능하고 중심주체로 서지 못한 탓에 벌여놓은 삽화나 요소들
을 한데 묶지 못한다. 대상의 넓이를 아는 만큼이나 중요한 것은 대상
의 깊이를 잡아내어 무언가를 발견해내는 일이다. 이래서 정직한 보고
서라 했던 것이다.

　사실 주제의식이 강한 작품일수록 창작상의 제약이 클 수밖에 없다. 가설이나 의도는 사다리와 같은 역할에 머물러야 한다. 세울 때 필요할 뿐 중요한 것은 그 자체의 질료로 엮고 묶어서 탄탄한 이야기의 집을 만드는 일이다. 괴테의 말마따나 무언가 커다란 것에 의해서 자신의 힘을 키우고 싶다면 더욱 작은 것 중에서 커다란 무엇을 찾아낼 수 있어야만 한다. 말하자면 개별자의 고립성이 사라질 정도까지 개별자에 집착함으로써 지평을 넓히는 일이다. 따라서 당연히 일반자와의 관계를 고려할 수밖에 없는데, 이는 포섭관계가 아니라 오히려 역에 해당하는 것이다. 작품이 열어 보이고자 하는 의미세계와 소재·질료 사이의 싸움이 그만큼 치열할 수밖에 없다. 그런 점에서 해방 직후부터 한국전쟁에 이르기까지 경상도의 한 산골마을에서 벌어졌던 좌우갈등의 비극을 현재의 시점에서 들추어낸 윤정규의 「작은 당골 비가」(『작가』), 외국에서의 윤간, 남한산성에 얽힌 비극, 정신대문제를 한데 묶어 여성의 수난을 그리고자 한 김지수의 「남한산성」(『현대문학』 96년 1월호)이나 농민회 활동을 하는 농촌총각이 결혼문제로 갈등하는 양상을 담은 박병례의 「살다 보면」(『실천문학』 1995년 겨울호) 등은 소재, 주제, 이야기 엮음새의 여러 균열이 작품완성도에 치명상을 입힌 작품들이었다.

　4.2. 윤영수의 「밍크코트가 된 고래」, 공지영의 「모스끄바에는 아무도 없다」(이상 『창작과비평』 1995년 겨울호), 박상우의 「캘리포니아 블루스」(『작가세계』 1995년 겨울호)는 모두 다 가장 최근의 유행이랄 수 있는 이른바 기행소설의 형식을 취하면서 아울러 후일담류의 성격까지 겸비한 작품들이다. 이 중에서 윤영수와 박상우의 작품이 독특한 문양을 가지고 있어 흥미롭게 읽혔다. 윤영수의 **「밍크코트가 된 고래」**는 중국 연변과 백두산 여행 속에서 개인과 시대, 과거와 현재를 넘나들며 70년대에 이른바 '운동권'이었던 40대들의 현재 삶을 잔잔하게 반추한다. 함께 여행을 떠난 세 친구와 그 가족 모두에다 시선을 고루

보내고, 행동과 대화를 통한 외적 묘사와 각 인물들의 내면묘사를 다양하게 접합하여 개별과 전체가 두루 살아있게 함으로써 자칫 지루해지기 쉬운 여행담의 단순한 시간성과 공간이동을 극복한다. 더구나 등장인물간의 애정어린 시선과 격의없는 대화를 통해서 우정과 애정이 빚어내는 작은 공동체의 아름다움은 이 단절과 소외의 시대에서 그 자체로 큰 기쁨이다. 특히 밍크와 고래를 둘러싼 농담 등은 소설 속의 윤활유이자 소설 자체에 경쾌한 속도감을 불어넣어 자연 웃고 우는 일상 자체의 리듬감으로 편하게 다가와 마치 수필을 읽는 듯하다. 물론 불만이 없지는 않다. 무엇보다 40대의 정체성을 좀더 깊이 파고들었으면 하는 아쉬움이 크다. 이 작품에서도 역시 세대적 시각으로 처리하고 마는데(가령 "누구 말대로 기성세대는 입을 다무는 것이 옳을지 몰랐다. 어미나무로서 묵묵히, 자신이 맡은 일에 전념하는 것만이 그가 할 수 있는 최상의 애국일 것이었다"라는 홍의 생각 등등), 이는 이미 일상적 통념이다. 세 친구 중 의식면에서 일관된 성격과 나름의 활동을 보여준 김현중의 형상이 외따로 노는 듯하고 분명치 않은 것도 그 때문이 아닐까. 일상 이데올로기의 한계 끝에서, 다시 말해서 일상의 그물이 던지는 끝선에서 바로 현실과 대면하고 그것을 넘어서는 어떤 힘을 독자로서는 갈망하기 마련이다. (박상우의 중편 「캘리포니아 블루스」는 일련의 연작소설 중의 하나라 이 자리에서는 성급한 진단을 피하고자 한다. 어쨌든 소설에서 재미있다, 잘 읽힌다는 것이 무엇을 의미할까를 다시금 생각하게 한 소설이었다. 흥미로운 여러 기제를 한 군데 몰아넣고 치밀하게 베짜기한 소설로 근래 한 흐름을 형성하는 영화·음악의 활용이나 환상기법의 활용, 소설가소설류의 문제의식을 폭넓게 담고 있어서 별도의 상세한 분석이 필요할 듯하다.)

4.3. 그외에 후일담류 소설에서 김하경의 「청비리」(『작가』 1995년 11·12월호)와 박혜강의 「미완의 탑」(『작가』 1995년 11·12월호)이 관심을 끌었다. 김하경의 **「청비리」**는 특이하게 노동운동에 참여한 노동자를 주

인공으로 하여 지난 세월을 되새김하는 꽤 긴 중편이다. 그러나 단순히 80년대만을 문제로 삼는 것이 아니라 유년시절부터 반추하면서 현재 삶의 의미를 탐색하여 80년대를 영웅화하지는 않는다. 주인공 '운일'이 경상도의 아주 깊숙한 산골마을 청비리를 걸어서 찾아가는 첫 장면의 섬세한 자연묘사가 주는 서정적 선율은 무척 감동적이다. 거기다 애인 유나를 회상하는 대목이 틈새에 끼어들어 흥미를 유발하며 그가 현재 자기 길을 찾지 못하고 방황하고 있다는 것, 그래서 고향에 돌아와 새로운 길을 모색하려 한다는 것 등등 주인공의 현재 상태가 자연스럽게 제시된다. 그리고 고향마을에 도착해서는 마주치는 대상, 이를테면 작고한 할머니·아버지·어머니의 무덤과 초막, 그리고 마을사람들 등과 연관되는 과거사와 지나온 추억들을 회고하면서 자연스럽게 주인공의 지나온 삶의 적층화가 이루어진다. 역마살로 정처없이 살아온 아버지 이야기, 산골을 끝내 붙들고 산 어머니와 할머니의 삶, 나중에서야 밝혀지는 빨찌산 출신의 할아버지, 그리고 그것을 두고 갈등과 화해를 보여주는 형과 동생 등등 좌우갈등의 밑뿌리에서부터 주인공의 노동운동에 대한 회상, 마을의 과거사에 이르기까지 긴 역사가 숨쉰다. 소설은 결국 운일이 유나에게 보내는 편지를 통해 다시 공장 노동자가 되었다는 것, 새 인생을 출발한다는 것을 밝히면서 막을 내린다.

그러나 양과 내용의 복잡성에 비해 형식이 단조롭다. 전체적으로 현재 마주치는 대상에 대한 묘사와 그에 연관되는 과거의 어떤 이야기를 교차 서술하는 방식이 대종을 이루어서 그러하다. 크게 10장으로 나뉜 이 소설에서 이야기가 미리 배분이라도 된 듯 테두리지어져 있는 것도 결정적인 흠이다. 소설 속의 전체 이야기가 그물망처럼 밀도있게 조직화되지 못했고, 또 과거라는 시간 속에 편제된 시간의 선후관계가 무척 혼란스러운데다 현재까지도 과거형 서술이어서 혼란은 더 가중된다. 또한 사물마다 의미를 부여하려는 노력이 지나쳐 이야기의 무게는 갈수록 커가는데도 긴장과 흥미는 반감되는 역현상이 나타난다. 그래서 전체적으로 내용이 형식과 잘 아구맞지 않아 생살이 비어져나오듯 내용과 형식, 내용과 내용, 형식과 형식이 균열을 일으킨다.

박혜강의 「미완의 탑」은 흥미로운 내용과 형식이다. 장편 『안개산 바람들』에서도 전설이나 설화를 소설 속에 끌어들인 바 있는데, 이 작품 역시 전설을 주요 모티브로 삼아 역사적 사건과 그것을 결부시킨다. 광주항쟁 당시 시민군으로 참여했다 마지막 도청사수 때 빠져나와 죄책감에 시달리는 한 인물이 방안 가득히 돌탑을 쌓아놓고 글을 남긴 채 잠적하자 동생과 어머니가 운주사로 그를 찾아가는 과정이다. 형은 항쟁 이후 죄책감에 시달려 투병생활을 하다가 지금은 가족과도 일체 교섭 없이 폐쇄된 생활을 하고 있다. 소설은 동생의 시점으로 서술되지만, 초점은 중간중간 형이 쓴 글을 동생이 읽으며 형의 고민과 생각들을 자연스럽게 들추는 데 있다. 그래서 한층 신비스러운 분위기를 띠는데, 천불천탑이나 운주사에 대한 상세하고도 재미있는 풀이 등으로 일단 잘 읽힌다. 따라서 작가의 의도는 역사의 재해석을 통해 광주항쟁의 의미를 민족사의 흐름에 자리매김하여 그 의미를 찾고자 한 것인데, 그것은 천불천탑이 내포하는 '돌'과 '미완'을 광주항쟁이 내포하는 '투석'과 '미완'으로 연결시킨 착상의 결과물이다. 그러나 그 연결고리가 사실은 단순하고 눈에 쉽사리 잡히는 것이어서 전설과 역사적 사건 사이의 커다란 공명이 작품 내부에 울려퍼지는 것은 아니다. 그리고 무엇보다 형의 현실적 존재상 역시 실감을 주지 못한다. 이런 형의 모습은 최근의 세계사적 변동까지 눈여겨둔 현재적 시점의 산물인데, 광주항쟁으로부터 15년이 지난 오늘까지 형은 어떤 모습으로, 어디에 있었는가.

한편 박경철의 「페루를 향해 죽으러 가는 새들」(『문학과사회』 1995년 겨울호)은 유행하는 후일담소설 같지만 그렇지 않다. 80년대 운동 때문에 몇년간 옥살이를 하고 나온 한 사람을 등장시켜 어디에도 정처를 구하지 못하고 예전에 활동한 지역을 떠돌면서 과거를 회상하고 옛 인물을 추적하는 과정을 담았다. 그러나 이미 전제부터 허무주의에 감염

된 주인공의 혼란된 의식을, 작중 표현대로라면 '아무런 의미도 해석도 불가한 모자이크의 몇몇 조각'을 아주 복잡하게 얽어놓아 그야말로 난해를 위한 난해소설이다. 일부에서 80년대가 상징적 기호로 부유한 지 꽤 시간이 지나면서 더욱 흉한 몰골로 치닫는 것 같아 기분이 좋지 않다. 얼마만큼 가당찮은 80년대의 기호화인지, 어설픈 포스트모더니즘의 흉내, 말을 줄여야겠다.

5. 이제 답사여행을 마칠 때가 되었다. 그러나 내 마음밭에 내려앉지 못하고 아직 부유하고 있는 몇몇 작품이 있다. 첫째, 배수아의 「프린세스 안나」(『문학과사회』 1995년 겨울호). 근래 송경아·백민석·김연수 등과 함께 젊은 작가군을 이루면서 가장 순수한 형태의 신세대 작가로 일컬어지는 주목대상이다. (정확히 말하면 주목하게끔 만들어지는 대상 같다. 어쨌든 최근의 사회문화적 환경까지 아울러 판단할 필요가 있을 듯하다.) 필자는 세대 개념을 별로 달가워하지 않지만, 정서구조의 변화가 다른 어느 때보다도 빨라지고 있는 오늘의 현실을 감안하여 이번호에 다루려다 보류했다. 컴퓨터로 한번 쓰고 절대 고치지 않는다는 당돌함만큼이나 비문, 어색한 문장도 많고, 문장과 문장 간의 의미고리가 심각하게 파손되어 있어 솔직히 기본기 없는 새로운 연기자를 보는 듯도 하지만, 오히려 그 점에서 성급한 판단을 보류코자 한다. 서사보다는 이미지 중시, 사실 재현보다는 환상적 기법 사용, 젊은 도시세대의 새로운 인식, 허무주의 등등 이른바 '포스트모더니즘적'인 요소를 짙게 풍기는 것이 눈에 띈다는 점만 지적해둔다.

둘째, 이문열(李文烈)의 「사로잡힌 악령」(『동서문학』 1995년 겨울호). 처음 계획엔 이 작품을 상세히 다루어볼까 했으나 이 지면과 어울릴 것 같지 않아 제외했다. 성급한 비판을 자제하고 싶어서이다. 그러나 한가지만은 지적해두고자 한다. 나는 왜 작품 속에서 음흉하게 활개치는 악령 대신 작품 배면에 숨어있는 어둠에 진저리쳐야만 할까. 그의 작품을 읽으면, 왜 무대 위의 어떤 사람이 조롱당하고 있다는 생각만

들까. 문장의 빠른 속도 속에 은닉된 알 수 없는 얼굴, 다 드러낸 듯
하면서도 사실은 아무것도 드러내지 않는 저 어둠의 얼굴. 작가라면
의당 자신이 가장 중요하다고 생각하는 인간사를 다룰 것이라고 믿는
데, 자신의 정체를 숨기고 냉소적 시선으로 딴죽을 거는 배후의 표정
이 언짢기만 하다.

　적어도 역사적으로 특정한 행위집단을 대하는 것은 특정한 사적 인
간을 대하는 것과는 달라야 한다. 하이네가 「베르네 메모」에서 말한
대로 "책을 읽고 있는 동안에는 혁명은 깨끗해 보인다. 그러나 그것은
흰 모조 양피지 위에 수를 잘 놓은 풍경과도 같은 것이어서, 그렇게
바라보고 있을 동안에는 순수하고 좋다. 그러나 실지로 그 풍경을 보
면 훨씬 장대하기는 하지만, 세부적인 부분에 더러운 것이라든가 좋지
않은 것들이 많이 눈에 뜨인다." 어느 집단에나 세목에서 보면 더럽고
추한 요소나 그런 사람이 없을 수 없다. 전체에 대한 평가 속에서, 그
리고 그 바탕 위에서 세부의 오류를 지적하는 것이 올바른 태도가 아
니겠는가. 특히나 작가 스스로 시대에 대한 끈질긴 악의로 오해되지
않기를 바란다면. 특정한 역사적 행위집단을 제멋대로 활용하는 것도
하나의 유행이 되어버렸다. 이번 계절에도 전교조 남편(민병삼의 「지난
여름의 술잔」), 시국사범(전경린의 「염소를 모는 여자」), 80년대 운동권 대
학생(박경철의 「페루…」) 들이 맥없는 허깨비처럼 등장한다.

　마지막으로 기존의 수준에서나 대체적인 평가에서 어느정도 기대를
걸 만한 작가의 작품이라 공들여 읽었으나 착잡함만을 던져준 작품도
꽤 많았다. 최윤의 「물방울음악」, 최인석의 「평화의 집」, 이혜경의
「서자들」, 구효서의 「오후, 마구 뒤섞인」, 공지영의 「모스끄바에는 아
무도 없다」, 김한수의 「변두리」, 김연(차주옥)의 「아버지의 겨울」, 최
수철의 「유랑의 새벽」, 하창수의 「황혼의 정신」 등이 그러했다.

〔창작과비평 1996년 봄호〕

환멸의 시대, 환멸의 문학

1.1. 요즘 문학잡지를 보면 확실히 특정 경향과 잡지와 작가 사이에 형성되던 일정한 연대망이 현저히 약화되었음을 알 수 있다. 상당수의 작가들이 이 잡지 저 잡지를 불문하고 각종 지면을 넘나들고 있다. 거기에 새로운 이름들도 빠르게 등장하여 빠르게 합류해들어간다. 물론 이런 추이가 일견 바람직스럽게도 보인다. 그만큼 일정한 문학적 수준을 확보한 작가들에 대한 사심없는 배려, 문학적 성취에 대한 공통된 시선집중이 이루어진 듯 보이기 때문이다. 그러나 앞짧은 소리일지 모르지만 무언가 나쁜 유행의 흐름 같은 것도 저류에 깔려 있음을 외면할 수 없다. 일종의 투기행위와도 흡사한 기미 탓이다. 오늘의 문화적 상황에서 문학잡지는 한마디로 밑지는 장사라는 말을 많이 한다. 그래서 출판사의 전략에 따라 작가를 잡기 위한 보조수단으로 치부할 만큼 잡지는 일종의 버리는 카드라는 말도 나온다. 따라서 투자대상으로서 작가를 잡기 위한 경쟁은 특정 작가의 다산성을 낳게 한다. 물론 출판사의 입장을 단순히 '돈의 논리'만으로 매도할 수는 없다. 알게 모르게 '평단의 찬사'와 '독자의 사랑'이란 두 마리 토끼를 잡기 위한 전술에서 그 나름의 고육책으로 표출된 결과라고 보아야 할 것이다.

그런 점에서 이 부류에 속한 작가들에 대한 점검은 역으로 지금 만들어지고 있는 문학적 주류상황을 가늠할 바로미터일 수 있다. 최근의 실례를 들어보자면, 최윤·김인숙·박상우·이순원·김영현·이남희·김소진 등 이미 어느정도 확고한 자기기반을 갖춘 작가들과 함께 그보다 비교적 신예군에 속하는 배수아·송경아·박성원·박경철·차현숙·함정임·서하진·박청호·은희경·전경린·한강·이응준 등의 이름이 자주 눈에 띈다. 신예군에 속하는 작가의 면면을 보면 등단연도가 각기 다르고 작품경향도 유사하면서 다양한 편이다. 그러나 근래 다원주의라는 이름이 그 어느 때보다 객관적인 것으로 간주되는 형세 속에서 다원성은 별 문제가 되지 않는다. (아니다. 다원성의 옹호라는 것이 뭔가 걸리기만 하라는 식의 이른바 낚싯바늘과도 같은 도구적 미끼노릇을 하기도 한다.) 그런데 이들 작가들이 이른바 문제작 혹은 새로운 문제의식이나 실험을 보여주면 너나없이 달려들어 이들의 진을 빼버려, 곧 소진되고 말 유행상품의 운명을 연상케 한다. 물론 이것은 작가 자신의 적극적인 동참이 있었기에 나타날 수 있는 현상이겠지만, 어쨌든 비슷한 유형의 잦은 변주와 동어반복, 혹은 여물기도 전에 풋바심하거나 억지로 만들어낸 듯한 함량미달의 면치레용 작품이 눈에 많이 잡힌다. 창조적 진통과 산고의 긴 시간 뒤에 하나의 작품이 탄생하고, 다시 침묵 속의 재충전 과정을 통해 창조의 시간을 갖게 되는 수공업적 장인의 삶과 같은 긴장과 여유를 요즘 작가들에게서 찾기 힘들다. 히트상품이 나오면 대량생산체제로 곧바로 전환하는 자본주의적 상품논리가 정녕 창작에까지 범람하고 있는가.

1.2. 어느날 친척 장례식에 가기 위해 남도에 내려갔다가 우연히 자살을 하려는 한 여자를 만나 해변가 여관에 머물면서 겪게 되는 '나'의 특이한 인연담을 그린 윤대녕(尹大寧)의 「천지간」(『문학사상』 1996년 4월호)은 동양적 인연설화를 모티브로 했다는 점에서 그에게 흔히 따라붙는 '신화적 상상력'이니 '시원으로의 회귀'니 하는 세계와 그리 먼 곳에 있지는 않다. 그러나 90년대 벽두부터 90년대적 문학주의의 대표

주자로 각광받은 작가의 명성에 비하면 제자리걸음, 아니 후퇴하고 있다고 여겨진다. (최근에 발표한 '애매한' 장편 『추억의 아주 먼 곳』까지를 감안하면 이는 더욱 분명해질 것이다.) 물론 이 작품에 대한 상찬의 목소리가 없지 않을 터, 시적 이미지를 환기하는 꼼꼼한 분위기 묘사와 단단하고 안정된 문장, 자연풍경 묘사를 통한 서정성 환기, 신비로운 분위기에 휩싸인 인물형상 등 그의 강력한 미학주의는 요즘 문단 풍토에서는 색다른 질감을 준다. 그만큼 그는 개성이 강한 작가이다. 그러나 『은어낚시통신』의 경우 심층의 불교적 세계관을 비롯한 사상적 색채가 문학적 성취 면에서 중요한 역할을 했음을 빠뜨릴 수 없다. 물론 이것이 작품 속에 완전히 용해되어 스스로 어떤 깊이를 형성한 것은 아니다. 단편이라는 양식적인 제약 탓일 수 있지만, 오히려 그 제약 속에서 사상적 색채를 은유와 상징으로 환기하는 시적 울림에 작품의 성취가 힘입은 바 크다고 생각된다. 그 점에서 『은어낚시통신』도 지나치게 고평된 바 없지 않다. 약간의 징후를 내보인 작가에게 지나친 성취감을 안겨줌으로써 작가를 안주시킨 것은 아닌지, 작가 고유의 세계를 계속 진전시키기 위한 동반적 비판의 부재 또한 결과적으로 거기에 한몫 거든 것은 아닌지. 실제로 『은어낚시통신』에서 드러나는 불교적 세계관이란 것도 미학적·허무적 감각과 연결된, 말 그대로 '감(感)'의 단계이지 '관(觀)'의 단계에까지 도달한 것은 아니다. (이 점은 무상감과 불교적 의미의 무상관을 생각하면 짐작 가능할 터이다.) 지나친 헤살일지 모르지만 환멸의 시대와 짝을 이루는 허무주의를 밑절미로 하여 불교적 분위기 등을 뒤발한 미적 왕국은 아닌지 어림생각을 품게 한다.

「천지간」은 겉으로는 그렇지 않지만 심층은 병리학에 젖어 있다. 작중 주인공인 화자 '나'는 지극히 평범하고 정상적인 사람이다. 그러나 그로 하여금 낯선 여행을 하게 만든 여자는 그렇지 못하다. 그에게 고독한 한 개인, 여자가 던져진다. 알 수 없는 마력이, 그녀의 차디찬 죽음의 그림자가 그를 그녀 곁에 머물게 한다. 그들은 결코 가까워지

지 않는다. 그녀가 자살할 것이라는 확신을 가지고 있지만, 그들은 적
당한 거리에서 서로를 의식하면서도 분리된 채로 서성거릴 뿐이다. 뜻
밖에도 하룻밤 정사를 나누지만 분리는 마지막까지 남는다. 아무런 대
꾸도 하지 않던, 단 하나의 말도 내뱉지 않던 여자가 그의 방에 들어
섰고 그들은 몸을 섞었다. 다음날 소리소문 없이 떠나버리고 나서야
그녀의 삶이 화자의 입으로 이렇게 말해진다.

여자는 임신 사개월째였다. 삼개월 전 한 남자와 이곳 구계등에 왔다가
첫관계를 갖게 되었다. 그런데 보리싹이 팰 때 결혼하자던 남자가 한 달
전에 여자의 곁을 떠나버리고 말았다. 여자는 광주에서 검은 양복을 입고
있던 나를 본 순간에야 자신이 죽으러 가고 있다는 사실을 깨달았다. (중
략)
나와의 관계를 원한 건 자신의 전생을 지우기 위함이었다. 말하자면 아
이는 살리되 아이의 아비에게서는 그만 놓여나기 위함이었다.

근래 자주 사용하는 추리기법을 방법적 도구로 삼아 화자는 이런 그
녀와의 만남을 '기이한 인연'이라고 말한다. 이 기이한 인연론은 전에
무얼 했느냐는 화자의 물음에 '만인이 다 혹자'라는 주인의 대답, 더불
어 여자에 대해서 아무것도 아는 것이 없다는 생각, 그리고 마지막으
로 이들이 주고받는 "인연이 되면 또 만나겠죠"라는 말에 이르기까지
치밀하게 운산되어 있다. 사실 그녀의 고백 속에서도 이 점은 엿보인
다. 그러나 이 고백은 엄밀하게 보면 아무런 설득력도 주지 않는다.
심하게 말한다면 작가의 어떤 관념을 발라맞추기 위한 억짓손처럼 보
인다. 그리고 그 속에서 얼마간의 병적이고 백치와도 같은 인물 분위
기를 오히려 실감한다. 그녀가 보여주는 고독한 모습은 죽음이라는 일
생일대의 운명적 사건 앞에서의 모습이라기보다는 인간 자체의 존재론
적 고독, 이른바 허무주의의 짙은 암영이다. 사실 이 작품이 보여주는
인연론은 본래의 불교적 인연론과는 거리가 먼, 세속화된 인연론일 따

름이다. 작가의 본심은, 나는 특별한 여자에게 끌려 특별한 체험을 했다는 하나의 특이한 주관적 체험에 있다. 여기에 해변가 묘사, 판소리꾼의 소리연습이라는 배경음악과 함께 불교적 의장을 빌려 한껏 매혹적 분위기를 연출함으로써 단순성의 윤곽이 흐려졌을 따름이다.

그렇다면 지난 계절에도 「아무것도 기억나지 않는 나라의 분명한 기록」(『문학정신』 1996년 봄호)과 「어둡고 쓸쓸한 날들의 평화」(『상상』 1996년 봄호) 두 편을 발표한 신예 이응준(李應準)의 경우는 어떠한가. **「아무것도 기억나지 않는 나라의 분명한 기록」**은 한마디로 요즘의 한 유행패턴이랄 수 있는 일상적인 평범함과 비정상적인 특이함이라는 추상적인 대립관계에 기초를 두고 있다. 서울의 화려한 강남 한복판에서 "내가 그 이상스런, 그래, 여러모로 보아 이상스럽다고밖에는 설명이 불가능한 닭 울음소리를 처음 들었던 건, 지난 9월 중순의 어느 길고 깊은 새벽이었다"로 시작하는 이 소설은 닭 울음소리가 계기가 되어 알게 된 한 여자와의 만남 이야기이다. 그런데 이 만남 역시 기이하다. 닭 울음소리의 발원지를 찾다가 근처 오피스텔에 사는, 얼굴만 알던 그녀를 우연히 직접 대면하게 된다. 그녀는 친구들 사이에 바람둥이로 악명 높은 지우와 '그냥 시시껍절하게' 만나 '일주일 만에 해치워진' 여자였다. 결국 한데 어울려 술을 마시고 집으로 돌아가다가 그녀의 제안으로 오피스텔에서 함께 술을 마시게 되면서 상황은 반전된다. '나'는 아주 근사한 오피스텔 내부를 보면서 "이 여자는 참 이상하다"는 생각과 함께 심상치 않은 매력을 느낀다. 그리고 대화하면 할수록 끌려들어가고 '나도 모르는 사이' 그녀와 정사를 가진다. 다음날 그녀가 그만 만나자고 한다면서 "독특한 여자인데, 섹스가 그러했다"는 지우의 속물성에 격분하여 나는 지우를 폭행한다. 그런데 그날 밤 그녀의 오피스텔을 찾아갔을 때 그녀는 어딘가로 떠나고 없었다.

얼핏 보면 요즘 젊은이들(신세대라고 해도 좋을)의 세태와 성풍속도에 대한 진솔한(그렇지만 그 자체로 풋기운이 감도는) 보고서라고 할 만하다. 물론 작품 내적으로 보면 나름의 주제가 숨쉬고 있다. 화자의 특이한 가족관계가 하나의 배경을 이룬다. 바로 신이 내려, 무당 아닌 무당으로 지내는 할머니와의 관계가 그것이다. 아버지는 무당의 아들, 곧 당자(堂子)로서의 삶을 자연스레 받아들여 시골에서 할머니와 함께 살고 있는데, 자신은 그게 싫어 할머니를 철저히 회피하는 삶을 살아왔다. 결국 그녀와의 만남을 통해 할머니를 받아들이는 것으로 소설은 귀결된다. 무엇이 이런 전환을 이루게 하는지 모호하지만, 이와 관련하여 소설 속에 그려진 내용을 추려보면 다음과 같다. 추측컨대 그녀가 과거를 존중하지 않은 채 살아간다는 것, 미국에서 살다가 한국으로 혼자 옮겨온 이유를 설명하면서 위험이 있기에 변화가능성이 주는 스릴을 중요시한다는 것, 외로움을 주기적으로 찾아오는 생리통처럼 자연스럽게 생각한다는 것, 삶이든 예술이든 현실에 속박된 리얼리즘이 아니라 환상을 중시하는 것 등이다. 적어도 이것만으로도 우리는 과거와 미래와 단절된 채 현재, 아니 찰나의 영원성을 우선시하는, 허무와 탐닉이 양극단을 이루는 세계관이 개인주의의 얼안에 갇혀 있음을 손쉽게 알아차릴 수 있다. 잃어버린 고향도 약속된 땅에 대한 희망도 없는 세대가 확실히 등장하기는 했나보다. (또다른 작품 「어둡고 쓸쓸한 날들의 평화」는 여러모로 과거 표절시비로 논란이 있던 박일문의 『살아남은 자의 슬픔』을 연상시킨다. 다른 점이 있다면 80년대가 어떤 의미에서건 소설 속에서 사라졌다는 사실이다.)

1.3. 이상의 작품 예를 통해서 우리는 1인칭이든 3인칭이든 시점에 상관없이 나타나는 사소설적 경향, 그리고 그 주된 문학적 대상으로서 남녀문제, 조금 더 넓혀 가족문제, 일상성의 전면화, 내면묘사와 심리주의적 서술의 강세, 이미지를 중시하면서 인상파적인 혹은 다소간 신비적인 미학주의에 의한 심미화 경향을 쉽게 추출할 수 있다. 그런데 이러한 경향성은 사실 최근 이른바 '90년대' 작가들 다수에게서 나타나는 주류적 현상이다. 그때그때 산출된 작품을 통해 일정한 추세와 새로운 경향성을 추출하는 것도 중요한 몫이 될 수밖에 없는 계간평에

서 작품 완성도와 다소 구별하여 (그렇다고 분리되는 것은 아니지만),
작품 속의 계기들과 부분성까지 비평 대상으로 삼아야 한다는 점에서
이런 주류적 경향성에 대한 총괄적 진단도 필요할 듯싶다. 다만 이미
형체도 불분명한 채 특정한 분위기와 몇몇 이미지만을 내보인 많은 작
품들을 이 자리에서 세세하게 거론하면서 분석하고 싶지는 않다. (지
난 계절 각종 문학잡지에 새로 발표되어 내가 읽은 중·단편소설을 셈
해보니 80편에 달했다. 그러나 읽고 나서 어느정도 시간적 공백을 가
지고 머릿속에 떠올려보니 섬세한 신경조직처럼 하나의 완전한 유기체
가 되어 스스로 생명력을 부단히 발산하는 작품은 의외로 적었다. 상
당수 작품이 이미 짧은 시간 속에 형체를 잃어버렸고, 다시 책을 들추
어보았을 때야 '아 이 이야기였구나' 하는, 이미 불타버린 잿더미 속에
뼈대만 앙상히 남은 모습을 연상시켰다. 물론 형제간에도 외양이 다르
고 성격차가 심하듯 이들 내부에도 여러 층위에서 편차가 있을 것이
며, 작가적 수완이나 작품 완성도에서도 차이가 있을 것이다. 그러나
많은 작품들이 워낙 여러모로 닮아 있다보니, 아니 서로 닮아가다보니
이들 작품 속에서 완성도와 성취도의 우열을 따지는 내 저울추가 작동
불능인 듯도 하다.)

  하여간 뒤숭숭한 이들 작품에서 만져지는 토양은 한마디로 질펀질펀
한 감상의 늪과 같다. 감상성을 동반하지 않고서는 전파력을 가질 수
없는, 몇몇 인상적 이미지를 걸지 않고서는 불가능한, 그래서 은유와
분위기로 전달할밖에 도리가 없는, 혹은 몇몇 초현실적인 마법을 구사
하지 않고서는 제 속내를 감당할 수 없는 그런 질펀질펀한 뒤엉킨 내
면의 진펄이다. 실제로 문장, 더 나아가 전체적인 문체에서부터 습기
차 있는 경우가 많다. 그래서 이미지와 분위기만 어렴풋하게 잔영처럼
부유하고, 그 지하실엔 잡음이 잔뜩 섞인 자의식의 혼돈이 우글거린
다.

  등장인물이 극히 제한되어 있다는 것, 아주 사적인 관계로 국한되고
무엇보다 그 자체로 닫혀 있다는 것도 이것을 더욱 부추긴다. 아니 근

원에 이런 제한성이 포진하고 있기에 더욱 그럴지도 모른다. 환멸과 나르시시즘, 혹은 그로부터 일탈하고자 하는 환상과 특이성. 이것이 형식화로까지 고양된 이면에는 물론 일상적 삶의 문제가 가로놓여 있다. 반복적인 일상생활은 한편으로 만족과 안락을 제공하지만 동시에 불만과 박탈감을 발생시켜서 지금의 삶과는 다른 어떤 삶의 가능성에 대한 그리움과 열망을 불러일으키기 마련이다. 거론한 두 소설의 평범함과 특이함의 교접도 이런 분열의 표현이자 욕망의 이율배반적인 분출이다.

특히 회상소설이나 주관적 체험을 극단화한 사소설의 경우, 개인을 심리학적 측면에서만 조회함으로써 개인과 사회의 관계는 분리될 수밖에 없다. 사회체계 안에서 개인은 미립자처럼 단자화되고 사회는 일체의 현실성을 잃고 일종의 '태반 껍데기'가 되고 만다. 주관적 체험을 극단적으로 이해함으로써 자연 사고방식은 나는 내 생애의 전기적 특이성 때문에 세계를 내 방식대로 보고 해석하고 묘사한다는 식으로 치닫기 십상이다. 또 인간 내부에 아무런 응집력도 없고, 상이한 여러 특성들이나 반응방식을 종합하는 요인도 없다. 그때그때 즉흥적인 인상비평을 분절적으로 나열해놓을 따름이다. 충동·욕망과 삶에 대한 사유가 진정한 방식으로 결합되지 않음으로써 어떤 의상을 입혀도 사유와 존재는 분리되고 만다. 그들의 체험과 사회생활의 실제적인 연관관계나, 이러한 체험을 객관적으로 유발하는 원인들, 그리고 이러한 체험을 사회의 객관적 현실과 결합하는 여러 매개과정에 대해서는 아예 눈을 돌린다. 따라서 소설의 뼈대가 자연 추상적이고 단조로울 수밖에 없다. 그에 따라 아무런 내적 운동이 없는 정신분열에 가까운 심리와 정서의 모순덩어리가 정적인 상태에서 혼음하는 늪지대로 되어버린다. (도대체 언제까지 인간내면의 복합성을 그 자체로 마냥 용인해야만 할 것인가!) 그러니 읽고 난 후 소설 자체가 삶으로 환기되지 않고 몇몇 이미지와 어렴풋한 분위기로만 부유하는 것은 당연하지 않은가.

2.1. 최근의 작품을 읽다보면 문학에서의 윤리적 측면이 이제 사라진 시대가 도래하지 않았는가 착각이 들 정도이다. 가령 이응준의 소설 속의 '나'는 특별한 일회적 성체험에 대해서 이렇게 말한다. "사람이란 참으로 묘해서, 전혀 예상치 못했던 어느 순간의 하찮은 계기로 인해, 한권의 아름다운 서정시집처럼 아득히 슬퍼질 수 있나보다"라고. 철저히 일회적인 것, 지속성을 갖지 못하고 분절된 채 '특이하고 강한 인상을 남긴' 그야말로 일회적인 추억거리에 불과한 것을 미학적으로 최대한 치장하려는, 뒤집어 말하면 통속성을 고급화하려는 포스트모더니즘 논리가 만져질 따름이다. 흔히 윤리는 타인을 위한 그리고 모두를 위한 것이라고 해석하지만, 무엇보다 중요한 것은 윤리는 자기 자신을 위한 것이라는 사실이다. 이 점을 우리는 김원우의 중편 「**산비탈에서 다시**」(『동서문학』 1996년 봄호)에서 확인할 수 있다. 백두대간의 대종주라는 긴 등산여정 속에서 현재 사귀는 여자와의 관계를 스스로의 내면에서 탐색하는 이 소설은 바로 그 내면 속에 두 사람의 과거와 현재, 그리고 현재의 성풍속과 세태의 대비를 통해 자기식의 확고한 세계를 찾고자 한다. 우리말을 되살리려는 공력이 돋보이는 가운데 등산여정에 대한 묘사도 남다르니거와, 후배와 단 두 사람만의 여정이라는 고독 안에서 이루어지는 세계상이야말로 개인성 안에 깃들인 사회성의 탐구이다. 가령 요즘의 성풍속에 대한 주인공의 비판("오늘의 대개의 우리 젊은것들은 '저질러놓고 본다'고 해도 좋을 정도로 성관념이 헐렁한 게 사실이다. 그런 성관념은 배짱 좋은 사랑의 각개약진이 아니라 주기적인 욕구불만의 해소에 가깝다. 남녀 어느 쪽도 그렇다. 물론 그 짓거리가 걸맞은 관행에 이르면 애정이라는 순수한 장식이 덧붙여져서 살 만한 집을 이루는 경우도 있기는 할 것이다. 그러나 사람은 개미와 달리 머리로 먼저 집을 짓는다. 그게 사람의 천부의 권리이자 도리다라는 게 나의 신념이다")이나, 도시생활에 대한 비판("도시인들은 그 속에서 저마다 여론과 각종 유행의 행방에 촉각을 곤두세우며

살아간다. 그러므로 그들은 서로를 감시하는 모니터를 한대씩 지니고 있게 마련이다. 그런 생각이 들면 내 삶, 나아가서 도시에서의 삶이란 것은 어딘가 가짜들이 듣기 싫은 가성을 합창으로 내질러대는 소굴에 다름아니며, 외모는 멀쩡하나 반미치광이들인 그들과 도시환경이 힘을 합쳐 만든 그 위태위태한 긴장을 즐기는 도착증세까지 빤히 보이는 것이었다") 등에서 쉽사리 짐작할 수 있다. 그 속에서 주인공은 '손잡고 숨소리 정도만 서로 입김으로' 아는(그것을 '이제 겨우'라고 말한다) 현재 사귀고 있는 여자와의 만남에 대해서 "우리의 지난 여름은 괄한 숯불을 재로 은근쩍 덮어놓은 화로 같았을 것이다. 그 온기를 우리는 쓰다듬으며 즐겼다"라고 분석한다. 사실 그 여자는 이혼 경험이 있는데, 주인공은 어떤 상처의 흔적도 드러냄이 없이 그녀가 당당해지기를 기다리는 자세를 취한다.

보는이에 따라서 이러한 인식에 대해 생각을 달리할 수도 있을 법하다. 그러나 사랑이란 공적인 성격이 희박하고 이런저런 협조 등으로 해결되기 어려운 문제이다. 그리고 저마다의 경우에 따라서 새롭고 특별한, 오직 개인적인 해답을 필요로 하는 인간과 인간 사이의 절실한 문제이다. 그런 점에서 릴케(R. M. Rilke)의 이런 말이 실감으로 다가온다. "두 사람이 서로를 인식한다는 것이 중요하지는 않습니다. 그들이 바로 알맞은 시기에 서로를 발견하고, 서로 깊고 조용한 축제를 행하고, 그 소망 속에서 결합되면서 하나가 되어 폭풍우에 대항하는 것이 매우 중요한 것입니다." 어쨌든 이 작품에는 개인적인 사랑이란 모티브를 통해서도 세계와 싸우는, 그리하여 그 속에 자기세계를 세우는, 자신의 내부에서 무엇이 되는, 작지만 미더운 하나의 세계가 있다. 말하자면 개인적 존재가 성취하고자 한 총체성이 숨쉰다.

2.2. 사실 지난 계절의 작품 중 필자의 가슴에 가장 선명하게 둥지를 튼 소설은 중진 작가들의 작품이었다. 최일남의 「우리나라 입」(『현대문학』 1996년 3월호)과 전상국의 「개미거미들의 화음」(『문예중앙』 1996년

봄호) 「시인의 겨울」(『작가세계』 1996년 봄호) 등이 그것이다. 작가이면서 공론기관의 위촉을 받아 인터뷰 기사를 많이 쓴 '고철상'씨의 신문을 읽다 떠오르는 상념을 유장하게 풀어놓은 최일남(崔一男)의 「**우리나라 입**」은 말마다 걸쭉하면서도 힘이 실려 있다. 이른바 삶의 활력이라 할 만한 이것은 인물의 행동을 통해 나온 것은 아니다. 이 소설은 묘사가 거의 없는 몇가지 일화 예시와 화자의 직접적인 서술로 이루어진, 외적으로 아주 따분한 형태에도 불구하고 의외로 활기에 차 있다. 전직 대통령들을 비롯한 고위층들이 줄줄이 감옥으로 가는 신문 속의 사진을 보고 그 가운데 그가 면담한 적이 있던 당 대표와의 용돈 이야기를 떠올리면서 시작되는 이 소설은, '우리 사회의 한 자락을 구획짓는 각계의 내로라하는 인물들' 백여명을 면담한 경험에서 우러난 인간사의 프리즘이다. 인터뷰에 얽힌 이런저런 소소한 이야기들도 귀맛이 나고, 나름의 인터뷰 기술이나 우리말 표현의 모호한 성격에 대한 서술도 재미만큼이나 유익하면서 그것들이 전체를 향한 유기적 요소가 된다. 언어의 원초적 힘이랄 수 있는 사유의 직접적 현실성을 실제로 동력화한 결과 우리네 역사와 인성에 대한 예리한 분석은 말 그대로 정문일침(頂門一鍼)이다. 또 몇몇 실례로 든 대화 내용이 문학과 삶에까지도 적용가능한 시적 언어쓰기의 창조성을 보여주어, 자꾸만 머물러, 곱씹게 만든다.

　　명창 명고수를 겸했던 장판개(張判介)의 북치는 솜씨를 두고, '그냥 치는 것이 아니라 꽃이 되어 둥실, 그냥 묻어 떨어졌노라' 묘사했다. 앞뒤 비유가 모두 이만저만 과장된 게 아니지만, 어지간한 시어(詩語)가 따르기 힘든 아름다운 정확성을 그때 느꼈다.
　　인터뷰라는 것도 필경의 말의 수작에 불과하다면, 백만이나 삼사십만으로 표시된 아라비아 숫자는 오히려 이때 추상적이다. 아리송한 수사(修辭)가 한층 정직하게 들리는 역설은 무엇일까.

환멸의 시대, 환멸의 문학　211

전상국(全商國)의 중편소설 「개미거미들의 화음」은 자신의 소설에서 가장 주된 악인형 모델이 되었던 인물을 몇년 만에 다시 만나면서 겪게 되는 일련의 과정을 다룬 작품이다. 전업작가인 '나'가 집필에 전념하려고 고향에 거처를 마련했는데 그곳에 바로 문제적 인물 박한대가 나타났다. 박한대는 의붓삼촌인 동갑내기 '나'와는 특이한 관계이다. 그가 고향에 나타나자 동네사람들이 숫제 대문에 빗장을 지른 데서 알 수 있듯이 위로 쭉 째진 눈초리와 들짐승처럼 번득거리는 눈빛을 가진, 그리고 지나친 '육징의 소유자'로 많은 사건을 저지른, 일종의 '악인형 전설'의 장본인이라 할 수 있는 흥미로운 인물이다. 그런 그가 예전과 판이한 인물로 변해서 나타났다. 전에는 고기타령과 고기에 얽힌 엽기적인 얘기가 고작이었는데, 세상일에, 또한 '나'가 썼던 소설에도 관심을 보이고 뜻밖에도 지자체 선거에 출마하겠다는 것이다. 그리고 '나'를 선거에 얽혀들게 만들면서 그의 특이한 연기는 더욱 신명나고 푸져진다.

그런데 흥미 이상의 삶의 국면으로 우리를 이끄는 것은 소설가인 '나'를 선거에 얽혀들게 하면서 박한대와 '나' 사이에 형성되는 보이지 않는 긴장이다. 그에게는 그사이 비밀스런 한 여자가 있었다. 대학 다닐 때 박정희 대통령의 귀신이 들려 학교를 졸업하고 결혼도 했지만 그 때문에 정상적인 결혼생활을 하지 못하고 이혼한 여자, 그리고 끝내 여기저기 떠돌면서 무당 아닌 무당 행세를 하는 여자와의 만남과 생활은 적잖이 신비스럽다. 더구나 소설책 읽기를 좋아하는 그녀가 '나'의 소설책을 읽게 하여, 그래서 박한대 자신이 새로 태어났다는 것이다.

결국 박한대는 시의원에 출마하여 당선되는데, 이 과정 역시 흥미로우면서 매우 사실적이다. 아마도 이 소설의 핵심은 박한대가 당선되고 나서 나에게 한 말에 있는 듯하다. "허지만 이 사람아, 시골 무지렁이들을 상대하기 위해선 어느정도 풍도 필요한 게야. 자네가 쓰는 소설두 그런 거 아니여? 허지만 내 허풍은 자네 같은 소설쟁이들이 하는

그 거짓말과는 근본적으루 다르다는 걸 알아야 헌다 그거여. 무신 얘
긴고 허면 소설쟁이들은 지가 한 얘기에 대해 책임을 지지 않아두 되
지만서두 내가 한 말은 내가 책임을 질 수밖에 없다 그거여. 지가 한
짓을 지가 책임지는 일이 얼마나 무서운 건지 자녠 죽었다 다시 깨어
나두 모를 거여." 묘한 역설로 다가오는 이 말은 문학 이전에 삶에 대
한 책임이 앞서야 함을 통렬하게 일깨운다. 이렇듯 이 작품은 다소간
비정상적인 인물의 반어적인 삶을 통해 오히려 삶의 비의를 흥미롭게
들추어낸다.

반면 「시인의 겨울」은 평범한 한 시인(현세)의 지극히 일상적인 삶
을 잔잔하게 형상화해나간다. 초등학교 앞에서 문방구를 하는 이 인물
에게 특별한 점이 있다면 다소 복잡한 가계(家系)를 들 수 있다. 아니
가족관계가 드리우는 어두운 그늘은 그의 삶의 밑자락을 채색하는 짙
은 배경색이다. 전처 소생의 큰아들로서 무능과 가난의 굴레에 사로잡
힌 아버지의 체념, 배다른 첫째·둘째 동생이 핏줄이라는 사슬로 동여
매는 그늘. 거기에 안쓰러운 또하나의 동생인 막내 현우가 있다. 그는
학생운동을 하다 군에 가 자대배치를 받은 지 한달 만에 정신병원으로
후송되었다가 4개월 만에 군대에서 쫓겨난 인물이다. 그 소식을 알리
려 그가 잠깐 얼굴 보인 것을 마지막으로 가뭇없이 사라진 상황이 이
소설의 시간대이다. 반공포로로 자살 직전에 현세 아버지가 구해내 몇
해 함께 살다 죽은 생모 또한 특이하다. 그런 속에서 문학이야말로 그
에게는 '세상살이의 그 구체적인 던적스러움으로부터 도망치고 싶은
욕구가 찾아낸 하나의 출구'이다. 그러나 그가 찾는 이상향은 자신이
그처럼 혐오하는 현실의 구체적인 삶속에 있음을, 몽상의 무지개가 아
니라 살아 있는 인간감성의 뼈요 현실의 울음임을 확신한다. 출발지점
이랄 수 있는 특이한 사적 환경이 오히려 현실과 분리되지 않고 무엇
보다 일상적인 방식으로 현실에 밀착해들어가는 동력으로 기능한다.

이 점만으로도 우리는 이 작품이 요즘의 주류적 경향과 역방향에 서
있음을 짐작할 수 있다. 말하자면 가족 내적 관계로 닫히지 않고 외부

로 열려 있는 것이다. 크게 두 영역에서 이루어지는 이 관계망 속에서 세상의 모습이 하나둘씩 조형된다. 첫째, 이른바 문학권의 문제로 지방문인들의 실정을 통해 타락한 문단상황을 고발한다. 둘째, 생활인으로서 문방구를 운영하면서 겪게 되는 부패교사의 문제가 그것이다. 그리고 이와 구별되면서 독특한 만남을 갖게 되는 시청직원인 다소 특별한 남자가 있다. 동생 현우와 의미면에서 내밀히 연결되는 이 남자와의 만남은 외면상의 정상 속에 웅크리고 있는 닫힌 시대의 은폐된 질곡을 단숨에 열어젖힌다. 이 사람은 "정확히 그리고 철저하게 살자"는 철두철미한 신념의 소유자이다. 그런데 어느날 아들이 제 어미한테 "난 아버지처럼 살지 않을 거예요"라고 하는 말을 듣고 충격을 받는다. 비로소 세상을 알았다는 느낌과 동시에 세상이 싫어졌고, 끝내 몽유병 같은 질환에 시달린다. 그리하여 어느날 무작정 차를 타고 휴전선 근처의 다방에 들어가 깜빡 잠이 들었다가 무심결에 장난감 권총을 꺼내들고 사람들에게 총을 겨누고 방아쇠를 당겼다가 경찰서에 끌려간다. 그 장난감 권총을 문방구에서 구입한 탓에 주인공도 경찰서에 가게 되면서 둘은 비로소 이야기를 나누게 된 사이다. 각질을 뚫는 듯한 각성은 시청직원이 스스로 불온한 생각을 갖고 있다며 털어놓는 "이북 사람들은 어떻게 살구 있을까 그게 궁금해 미치겠어요" "김일성인 어떻게 죽었구, 김정일인 왜 아직두 수상 자리에 오르지 않는지, 북쪽에는 지금 다섯살 아래 어린이 이십 퍼센트가 영양실조에 걸릴 상태로 식량난이 심각하다는데 지난해 홍수가 정말 그렇게 심했던 건지"라는 순진무구한 질문에서 나온다. 이에 대해 화자는 "정치와는 무관하게 외곬의 삶을 살아온 그에게 있어 북쪽은 더이상 다른 나라가 아닐 수도 있었던 것이다. 그는 같은 말, 같은 생각을 하는 동족을 얘기하고 있었던 것이다"라고 서술한다. 가장 순수한 눈빛과 마음이 타락한 시대에서는 병이 될 수밖에 없음을 절감케 한다. 작품 마지막에 부패교사와 운동장뛰기 내기를 하면서 죽도록 내달리는, 지극히 원시적인, 그러나 참으로 쓸쓸한 주인공의 승부에서 묘하게 우리 사회 전체가 환기되는 것은 웬일인가. 결국 한 개인의 존재를 통해 안과 밖이 소통되면서, 몇사람과의 관계라는 색감만으로 한지 전체를 물들이며 피어나는 다채로운 질감의 세상이 여기에 있다.

3.1. 양적으로 압도적인 신예작가 중에서 한창훈(韓昌勳)의 「증인」(창작과비평 창간 30주년기념 신작소설집 『작은 이야기 큰 세상』)이 단연 돋보인 것은 나의 보수성 때문일까. 어떻게 30대 남성작가가 40대 도시서민층의 여성심리와 형상을, 그야말로 수더분하면서도 거쿨진 아줌마상을 이처럼 솜씨있게 재현해낼 수 있을까, 미쁘기 그지없다. 그리고 오지다. 문학의 언어사용이 말하기의 문제가 아니라 궁극적으로 존재를 구현하는 문제임을 다시 한번 확인하였다. 「증인」을 포함하여 그의 최근 작품집 『바다가 아름다운 이유』에 대한 별도의 평가자리가 있기에 구체적 분석은 생략하겠지만, 다만 한가지 사항만은 지적해두고 싶다. 힘있는 묘사력의 특장을 더 큰 문학의 세계로 이끌어내기 위해서는 무엇보다 작가의 시각, 민중적 세계관과 현실주의적 천착이 더 깊어질 필요가 있다. 「증인」을 보더라도 민중의 건강한 삶의 활력이 해학의 미학으로 빛을 발하지만, 따지고 보면 이는 인간적 면모의 측면에서이지 그들의 사회적 처지까지 아우르지 못한다. 인간 삶의 희로애락 전체가 요동치는 서사의 바다로 나아가려면 사회적 존재의 밑바닥에까지 파고들어가 그 모든 것의 총합을 이루어야만 한다. 이 점에서 특히 작품집 후반부의 작품들이 사회적 시야에서 접근해들어갔으나 상대적으로 실패한 데 대해 작가 스스로 유념할 필요가 있다. (이상권의 「살구꽃은 소리없이 진다」(『작은 이야기 큰 세상』)도 상이하면서도 유사한 면이 많다. 「증인」이 주는 동물적 활기에 비해 이 작품은 식물적 온유함을 주는 느낌인데, 민중의 양면적 속성을 오히려 중화시킴으로써 실감이 줄어든다. 또한 이 작가의 경우 지나친 요설도 경계해야 할 듯싶다.)

어쨌든 한창훈의 「증인」은 소설에서의 현상과 본질의 변증법적 구현의 충실한 모범을 보여주면서도 그 내부의 깊이에 대해 생각케 만든다. 그것은 곧 남들도 함께 체험할 수 있도록 예술적으로 형상화한 '표면구조'가 일차적(혹은 결정적일 수도 있는) 관건임을 환기해준다. 이러한 묘사는 밖에서 주석을 붙이는 일 없이 형상화를 통해 묘사된 생의 단면 속에서 본질과 현상의 연관관계를 보여준다. 본질과 현상의 관계가 그 자체로 형상화된다. 지난번 평에서 은희경을 주목한 것도 그 때문인데, 이번의 「타인에게 말걸기」(『문학동네』 1996년 봄호)를 보니 우려할 바 없지 않다. 장편 『새의 선물』에서도 엿보인 것으로, 묘사된 형상의 진정한 깊이의 문제가 그것이다. 사실 『새의 선물』은 세태소설로서 성공작이다. 세태란 대상이 되는 시공간의 대표적 외양을 얼마나 잘 형상화했느냐 하는 현상적 측면이 승하다. 물론 한 소녀의 위악적인 관점도 보는이에 따라서는 긍정적으로 여길지 모르지만, 열두살에 성장이 멈춰버렸다는 선언은 그 당참만큼이나 소설을 제약한다. 전반부보다 후반부가 힘을 잃는 것도 작품에서 말하는 자아 내부의 이원성이 부단히 갈등 변화하면서 동력이 형성되지 않고 오히려 그것이 차단목이 되어 정적인 국면으로 빠져든 탓이다. 말하자면 내부와 외부의 결합관계가 고정됨에 따라 인격 내부의 모순이 지니는 생명력과 영향력이 점차 사라지고 만다. 결국 인간 내부의 갈등 속에서 이루어지는, 이른바 오류와 변화와 각성의 여러 계기를 통한 움직임이 결여되면 순간적인 단편적 체험들의 불규칙적인 나열상태로 이어질 공산이 크다. (현재 일간지에 연재중인 소설은 이 나쁜 징후를 노골화하는 듯해서 필자로서는 주목한 만큼 불만도 크다.)

3.2. 신경숙(申京淑)은 이번에도 생피가 물씬 스며든 작품 「**마당에 관한 짧은 얘기**」(『문학동네』 1996년 봄호)를 내놓았다. '자전소설'이라 이름붙였지만, 사실은 자전과 무관한 상상적인, 아니 현실적이기도 한 생체험의 세계를 품고 있다. 이 작품은 이른바 환영의 문제, 눈앞에 없는 사람이나 물건의 모습이 있는 것처럼 삼삼해 보이다가 가뭇없이

사라져버리는 ‘곡두’의 문제를 다룬다. 도시 복판 건물에서 닭을 안고
서 있는 소녀가 바로 그 존재이다. 작가는 여기서 상상적인 것과 현실
적인 것 사이의 미묘한 국면을 헤집는다. 근래 환상을 소설 속의 주요
계기로 삼은 작품들이 흔하게 눈에 띄는데, 대개 사개가 맞지 않아 억
지춘향식 품을 보여줄 따름이다. 거기서는 상상과 현실을 어떻게 상식
적으로 접합시킬까가 문제였지만, 신경숙의 소설에서는 가까운 사람
들이 자기 곁을 떠나간 쓸쓸한 제 마음밭이 더 근본적인 문제이다. 호
남속요 「정타령」의 말마따나 “보이지도 않고 만져지지도 않는 것이 색
깔도 없고 냄새도 안 나는디 그것이 들면 화끈해지고 그것이 나면 오
싹해지며 그것이 부풀면 사족을 못 쓰고 그것이 닳으면 사지가 풀리며
그것이 붙으면 엿처럼 끈적이고 그것이 떨어지면 세상이 캄캄”해지는
인간사의 정. 신경숙은 인간의 저 끝간 데 모르는 밑바닥에까지 침잠
해들어가 ‘내 몸속에 살고 있는 마당’을 찾아내어, 바로 ‘정(情)’이란
마음의 시윗줄이 울려내는 경이로운 세계를 내보인다. 그때 불현듯 상
상적인 것과 현실적인 것이 분별되지 않는 거리낌없는 세계가 펼쳐진
다. 누군가는 그의 소설을 두고 없는 것을 부르고 있다고 했지만, 이
말은 맞으면서도 틀리다. 도시 대 농촌이라는 이분법을 적용한다면 맞
는 말이겠지만, 원초적인 뿌리에 숨결을 댄 사람의 마음엔 이런 경계
란 무의미하다. 상상적인 것과 현실적인 것의 맥놀이 속에서 “나는 비
로소 그 또한 살아 있으면 된다, 는 생각을 했다. 나와 함께가 아니더
라도 어디서든 살아 있으면 된다, 고”라는 마지막 구절처럼, 집착을 넘
어서는 무집착의 마음이 무명(無明)의 껍질 위로 봄볕처럼 내려앉는
다.

3.3. 그외에 비교적 젊은 작가로서 주류적 경향과 형식상으로는 유
사하면서도 분명하게 구별되는, 문학적 성취를 이룬 작품으로 이순원
의 「말을 찾아서」(『상상』 1996년 봄호)와 공선옥의 「그 푸른 바다 눈에
보이네」(『문학사상』 1996년 4월호)를 들 수 있다. 이순원의 **「말을 찾아**

서」는 이효석(李孝石)의 「메밀꽃 필 무렵」의 무대가 되는 봉평의 장터와 길, 거기에 나온 나귀며 메밀밭에 대한 취재기사를 써달라는 전화를 계기로 작중 화자인 나(이수호)의 기억 속에 내장된 '작품 속의 나귀가 아닌 또다른 나귀와 아부제(양아버지) 얘기'이다. 완전히 숙성·발효되었다고 생각하지 않지만, 스스로 은폐시킨 유년의 체험을 우연한 계기로 맞닥뜨리면서 자아를 진솔하게 성찰하는 소설이다. 사람도 따지고 보면 시공간의 존재로서, 우리가 특정한 누구라 했을 때 그 자체가 이미 역사이다. 문제는 과거의 재현이 얼만큼 시간을 심화하고 기억을 양질화하느냐에 있다. 다만 이 작가의 경우 작품을 만들 줄 아는 재주가 승해 이것이 문학적 깊이를 파고드는 데 방해요소가 되지 않았으면 좋겠다. 작가의 또다른 작품 「영혼은 호수에 가 잠든다」(『한국문학』 1996년 봄호)는 그럴싸하게 억지로 꿰어맞춘 듯한 소설의 한 전형이다.

공선옥(孔善玉)의 **「그 푸른 바다 눈에 보이네」** 역시 가족과 애정 문제라는 개인사적 범주에 속하는 소설로, 그의 이전 소설과 맥을 같이 한다. 바람기 많은 어머니를 경멸하면서도 그와 유사한 삶의 길을 밟아가는 십대 후반의 '나'를 통해 그 또래의 심리적 갈등과 내면의 얽힘을 정갈하게 그려놓았다. 특히 이 작품은 과거에 비해 시적인 압축과 여운을 남기는 간결한 서술과 묘사력, 구성력 등에서 진전된 면모를 보여줌으로써 작가의 또다른 수완을 인상적으로 선보인다. (이남희의 「사십세」(『작은 이야기 큰 세상』)도 주목할 만한데, 별도의 평가자리가 있기에 생략한다.)

4. 이번 봄에도 우리는 또 몇몇 젊은 죽음을 마주함으로써 시대의 짐이 얼마나 오랫동안 우리를 짓누르는가 자문하게 된다. 생목숨까지 자진해서 죽음으로 끌고 갔던 악마의 계절은 이제 끝난 줄 알았는데, 80년대와 똑같은 이유로 스스로 분신, 목숨을 끊는 사람들이 속출하는 잔인한 봄날이 참 을씨년스럽다. 그래서인지 김인숙의 「봉우리, 어디

쯤……」(『한국문학』 1996년 봄호)과 차현숙의 「불임나무, 1995. 12」(『한국문학』 1996년 봄호)를 읽는 기분 또한 덩달아 스산해진다. 마치 망자들을 위한 굿판마냥 다가온다. 물론 김인숙(金仁淑)의 **「봉우리, 어디쯤……」**은 이 시대의 그러한 죽음의 견지에서라면 잘못된 판단에 기초를 둔 듯 보인다. 왜냐하면 한 가족 내의 두 죽음을 다룬 이 소설은 80년대, 시대를 이유로 분신자살한 오빠와 90년대, 터울이 많이 나는 여동생의 사적인 환멸의 죽음이 제시된다. 실제로 이 작품 속의 80년대와 90년대는 명백히 대립된다. 가령 동생의 남자친구 명현을 만나러 대학교정에 들어서서, "스물하나. 이 아이들의 세계는 무엇일까. 자신이 스물한살일 때를 아무리 되짚어봐도 결코 어울려 생각할 수 없는 또다른 세계. 어쩐지 완벽히 등을 돌리고 서로 외따로 떨어져 있는 것 같은 세계. 들여다볼 수도 상상할 수도 없는 세계"라고 진단한다. 그러나 최근의 현실에서 예전의 그 무엇이 여전히 지속되고 있음을 보았을 때, 지금 눈앞의 현실도 변화하면서도 변하지 않는 복합적인 것임을 유념해야 할 듯싶다. 물론 오빠의 삶을 반추하며 토로하는, "그래, 오빠에게 거기가 최고의 봉우리였던 거야? 거기만 오르면 세상이 전부 다 아래로 내려다보일 줄로만 믿은 거야? 지금은 다들 말하고 있는걸. 그건, 그저 고갯마루에 불과했던 거라구. 봉우린 줄 알고 올라보니 더 높은 봉우리가 있었더라구!"라는 이 소설의 알심은 여러모로 환기될 필요가 있다. 그러한 인식이 현재의 삶과 연결되지 않으면서, 무언가 지독한 환멸의 시대를 우리가 지금 살아가고 있는 것은 아닌가 하는, 또다른 의미에서 오갈든 공복감을 갖게 된다.

차현숙(車賢淑)의 **「불임나무, 1995. 12」**는 최근의 한 사건과 연관되면서 더욱 물기를 머금는다. 지난 4월 19일, 4·19 국립묘지 내 기념탑 계단에서 안미옥씨가 몸에 시너를 뿌리고 분신, 자살을 기도한 사건이 있었다. 그는 대학시절 학생운동을 했고 이후 노동운동을 하기도 했으나, 최근 들어 정신이상 증세를 보여왔다고 한다. 자연 소설 속의 인물 영도를 고스란히 떠올리게 만든다. 전직 대통령의 구속에

때맞춰서 갖게 된 민주동문회 모임을 계기로 지난 세월의 소회를 담은 소설로서, 현재 TV 구성작가로 살아가는 지수를 화자로 내세워 대학시절과 한때 연인이었던 영도를 회상하는 내용이다. 영도가 자신과 헤어져 90년대에도 여전히 조직에 참여하여 노동운동을 한다는 소식을 들어왔는데, 결국 정신병원에 갇혀 있음을 알게 된다. 그런데 작품이 뚝뚝 떨군 물기에 젖어들면서도 한편으로 왜 자꾸만 청승맞다는 생각이 들까. 먹고사는 문제 때문에 운동을 떠난 사람들에 대한 화자의 불편한 심정 탓만은 아니다. 사적으로 만나 이야기를 나눌 때 스스로를 패배자 취급하는 것이며, "부족한 이 땅에 빚을 준 것은 바로 우리들입니다" "우리는 패자가 아닙니다"라는 모임 속의 발언이나 뒤이은 박수소리, 휘파람소리에서 작중화자가 "아주 짧은 순간, 생기를 띠고 있다"라고 표현한 대목에서 그러했다. 그것은 '90년대를 소화할 수 없어서 3년째 정신병동 생활'을 하는 영도를 지나치게 의식한 결과이기도 하지만, 그만큼 순진한 일반화의 관념적 그늘에 세상을 들이밀어서 그래진 것은 아닐까.

하이데거(M. Heidegger)는 "우리는——스스로 인정하든 말든간에——땅속에 뿌리내린 채 그 땅을 뚫고 나와 창공 속에서 꽃피우고 열매를 맺어야 하는 식물들이다"라고 말한 바 있다. 중요한 것은 지금 이 자리에의 거주능력을 잃는다면 우리의 뿌리도 사라지고 삶의 활력과 미래도 없어지고, 모든 창조의 원천과도 멀어질 수밖에 없게 된다는 사실이다. 현재가 없이 지나치게 과거에 의존하면 현 실존의 빈곤감만을 확인하게 되고, 그저 과거의 자아에 대한 회상의 그림만 바라보기 십상이다. (나름의 성취와 진솔함을 보여주지만 정태규의 「길 위에서」(『작은 이야기 큰 세상』), 전진우의 「전화가 걸려왔을 때」(『실천문학』 1996년 봄호)도 이 범주에서 크게 벗어나지 못한다.) 두 작품 모두 현재가 빈곤하여 의도의 무게를 감당치 못하고, 결국 희망이 아닌 쓰러진 자의 절망만을 보여준다. 한때 이데올로기들에 우리가 빠진 것은 우리가 그것들을 가지려고 했기 때문이다. 우리는 그것들을 우리 자

신, 우리의 욕구, 우리의 열망, 우리의 경험, 우리의 삶과 동일시했
다. 그렇다면 에드가 모랭(Edgar Morin)이 말했듯이 "되찾아야 할 과
거의 낙원도 없고 건설해야 할 미래의 낙원도 없는" '약속된 땅'이 없
는 이 시대에 무엇을 해야 할까. 그의 말마따나 합리성·환희·사랑·
동정에 대한 우리의 능력이 태양에너지만큼이나 커다란 심리적 에너지
를 보유하고 있다는 믿음이 필요한 것은 아닐까. 그래서 새싹을 틔워
내는 봄날의 대지와 같은 따스한 온기의 소설이 그리워진다. 무언가
부활할 빛과 소리의 수태고지가 기다려진다.

〔창작과비평 1996년 여름호〕

문학의 빛과 작가의 인격

1. 임화(林和)가 그랬던가, 지나간 시대나 벌써 앞서가는 시대를 분석하고 전망하는 것은 용이할지 모르지만 동시대인이 그 시대 문학의 고유한 특색을 발견하는 것은 쉽지 않다고. 우리 근대문학사의 화려한 개화기였던, 그러나 당시로서는 그저 혼란스럽기만 하고, 무엇보다 자신의 전부였던 카프(KAPF)가 해체됨으로써 곤경에 처한 1930년대 후반에 했던 말인데 그로부터 60년이 지난 지금, 왜 나도 이 말을 말머리로 삼고 싶은가. 사실 몇몇 작가를 중심으로 논의한다면 모를까, 오늘의 문학 전체를 떠올리면 그저 혼돈이란 말로 적당히 얼버무리고 싶은 심정 탓이다. 그러나 혼돈이란 전부를 표현하는 듯하면서도 실상은 아무것도 의미하지 않는다는 임화의 또다른 발언이 그것마저 용인치 않는다. 물론 나는 본지 지난호에서 주류적 문학경향에 대해 상당한 불만을 표한 바 있다. 그러나 주류적 경향을 현상적으로 비판한 이면에는 진정한 본질을 추출하기 곤란한, 내 처지에 대한 반발도 있었다. 그러면서도 근래 작품에 대한 불만이 갈수록 커지다보니 문학의 시대적 혈색을 따지기 전에 문학의 근원을 더듬어보고 싶은 원시적(?) 욕구 또한 팽배해진다.

그런 욕구가 강해진 탓인지 사실 요즘은 뭔가 고전적인 발언에 자꾸 눈길이 간다. 해서 다음과 같은 대목이 말의 맑은 샘터로 다가왔다.

"만물이 제자리에 있게끔 형상이 질서를 갖도록 하는 '문(文)'에 진정한 의미를 부여해주는 것은 외부에서 삽입된 주제라는 외적 사유가 아닌 삶의 원리, 활력인 것이다."(리하르트 빌헬름의 『주역강의』) 이 대목에서 문득 '빛'이라는 말이 떠올랐다. 빛은 그 자체가 투명한 것이어서 보이지는 않지만, 사물들을 비추어서 우리로 하여금 그 사물들을 밝게 볼 수 있도록 해주기 때문이다. 물론 내가 여기서 말하고자 하는 것은 삶의 원리나 활력, 빛과 같은 특정한 무엇을 끄집어내려는 것이 아니다. 작가의 의도나 사상, 언어, 구조 등 일반적으로 우리가 측량의 기준으로 내세우는 것만으로는 해명되지 않는, 아니 애써 측량했다고 본 순간 더 큰 힘이 느껴지는 문학의 불가사의한 어떤 기운에 대한 그리움 때문이다. 정작 가장 감동적인 순간은 어떤 말도 떠오르지 않고 그저 먼산바라기할 때가 아니던가.

근래 신경숙이란 작가가 필자에게 각별한 의미로 다가온 것도 바로 이러한 근원에 대한 갈증 탓일까. 지난호에서 지적한 대로 신경숙은 「마당에 관한 짧은 얘기」에서 헤어짐을 통해 사람 사이의 정(情)을 '삶의 원리, 활력' 차원에서 보여준 바 있는데, 이번의 **「감자 먹는 사람들」**(『창작과비평』 1996년 여름호)에서도 병과 죽음의 문제를 통해 사람 사이의 관계와 그 관계가 빚어내는 삶의 내밀한 풍정(風情)을 내보인다. 자신이 좋아하는 선배언니에게 보내는 편지글 형식으로 씌어진 이 소설은 뇌에 석회질이 떠다니는 병으로 입원한 아버지를 곁에서 돌보는 과정을 통해 작중화자가 느끼는 여러 기억과 상념을 자유롭게 펼쳐놓는다.

그런데 이 작품은 한마디로 고요하다. 뭔가 들썩들썩이는 파도와 같은 흐름이 아니라 흔들리지 않는 물의 잔잔함. 아니, 굽이치는 파도와 같은 마음 밑으로 문득 정지된 듯 흐르는 물의 마음이 만져진다. 그래서 이 마음은 마치 조용한 음악처럼 들려온다. 작품의 실제적인 구성도 마음의 음악적 흐름에 내맡긴 듯 자연스럽다. 비오는 날, 심신이 고달픈 병든 아비의 딸이자 무명가수인 한 사람이 병실 창가에 서 있다. 그때 떠오르는 상념, 그리하여 불쑥 '윤희언니'에게 편지를 쓰게 된 심사를 토로하면서, 아버지의 병 재발과 입원과정, 양친이 보여준 삶의 무늬들, 그리고 병든 아버지의 석양빛 표정, 그를 바라보는 딸의 안쓰러움과 내면이 다시 '윤희언니'에게 편지 쓰는 행위로 연결되어 그와의 만남을 회상하고, 지금 병실에서 일어난 일들을 이야기하면서 처음으로 근친의 죽음을 받아들이려는 자기 자신의 심사가 서술된다. 그리고 이러한 과정이 중층화되면서 그 사이 오빠에 대한 이야기나 어릴 적 친구 유순을 만나게 된 이야기 등이 새로이 겹쳐져 점차 소설세계는 깊어져간다. 말하자면 아버지의 병과 죽음에 대한 공포를 중심으로 자신을 포함한 어머니와 오빠 등 가족들의 마음졸임, 그리고 하나같이 가슴시림으로 다가오는 자기 주변의 병과 죽음에 의한 고통의 흔적들, 공사장 인부였다가 머리를 다쳐 어린아이가 되어버린 남편을 향해 매일매일 죽기를 바랐다는 아주머니가 똥 묻은 속옷을 빨며 흘리는 어찌할 바 모를 눈물, 소아당뇨에 걸려 이마에 주삿바늘을 꽂아야 하는 세살배기 아이를 둔 친구 유순의 입술을 앙다문 아픔, 젊은날 위암으로 남편을 떠나보낸 윤희언니가 버릇대로 남편을 찾는 안타까운 모습, 딸(달님)을 잃은 중년남자가 '달이 떴네'란 말에 광분하는 행동 등이 흘러흘러 하나의 호수와 같은 짙푸른, 고요하면서도 속깊은 세계가 형성된다.

그리고 거기 삶과 죽음을 바라보는 맑은 눈, 마치 비늘을 떨어낸 듯한 눈빛이 있다. 삶이 가져다주는 것 중에서 '우리가 물리쳐볼 수 없는 절대의 상실'에 직면하여 딸의 맑은 영혼이 불러오는 아버지에 대한 삶의 단편들은 마치 여러 폭의 수채화처럼 명료하다. 물론 슬픔마저도 밝은 햇살이 감싸는 듯 느껴지는 것은 병으로부터 도피하지 않고 병과 친히 대면하여 자신의 생애를 추스르는 아버지 자신의 진정성과 화자의 마음이 하나가 된 탓이다. 가령 딸과 함께 병원 주변을 산책하면서 고구마를 캐는 아주머니에게 "고구마는 비가 온 다음에 캐야 쓰는디요"라고 말하는 아버지, 병실로 돌아와 시골집 어머니께 전화를 해서 고구마를 캤는지 확인하면서 "안 캤이믄 기냥 놔두소. 내가 내리 가서 캘 테니께는"이라고 말하는 아버지. 그런데 문득 아버지의 야윈 귀를 바라본 딸은 "아버지의 귀가 어머니께 말씀하시는군요. 나는 오늘같이 가을볕이 좋은 날, 밭에서 고구마를 캐다가 그렇게 갈라네. 늦봄 볕이 따사로운 날 감자를 캐다가 가만히"라고 갈무리한다.

슬픔마저도 이처럼 투명한 빛살로 되살아나는 것은 작가의 분신이랄 수 있는 작중화자의 인격이 발산하는 힘 때문이다. 적어도 이 점에서 문학이 스스로 내뿜는 발광체는 작가 자신의 전인격이 집중적으로 표현되면서 동반되는, 자기 안에 따뜻이 품어 자신의 혼과 숨결을 불어넣은 창조의 잉태물임을 다시금 되새길 필요가 있다. 화자는 자신을 차디찬 설원을 헤매고 다니는 승냥이같이 생각한다. "그 어떤 것도 내 가슴속을 잠식하기 시작한 이 마음시림을 투명하게 걷어내주진 못하기 때문입니다. 내가 이미 누군가의 존재를 잊었듯이, 나의 존재를 기억할 나의 증인들도 사라지겠죠. 나의 아버지를 시작으로 해서 이제 나는 끝도 없이 나의 증인들을 잃어갈 것입니다. 가을이 끝나가는 저 하늘에 잠시 모였다가 흩어지는 저 구름처럼, 결국은 아무것도 남지 않겠죠. 존재의 무(無). 그러나 끝없는 순환. 한편에서 나의 증인들은 사라지고 다른 한편에서 나의 증인들은 태어나고…… 생의 갑옷은 철갑옷인가 봅니다. 다시는 돌아오지 않을 것들 앞에서 노래를 부르고 싶은 욕망이 더 강해지는 건 또 어인 까닭인지."

제행무상(諸行無常)이란 말을 실감나게 하는 대목이다. 사실 이 말의 참뜻은 무엇보다 자연현상이나 남의 일보다 먼저 자기 자신의 존재와 마음의 무상을 진정으로 바라보는 데 있다. 그리고 그러한 무상감을 인생관이나 세계관으로 심화시켜 올바른 마음의 눈으로 세상을 바라볼 때가 진정한 무상관이다. 그것은 자기 발치를 바라보고 자기를 배워서 아는, 만족을 자기 안에서 찾는 지족(知足)의 지혜와도 같다. 말하자면 한계를 알고서 스스로에게서 기쁨을, 충족을 발견할 줄 아는 지혜이기에 "다시는 돌아오지 않을 것들 앞에서 노래를 부르고 싶은 욕망이 더 강해지는" 자기 삶에 최선을 다하고자 하는 다짐으로 이어진다.

우리는 운명이나 숙명, 혹은 천명이란 말을 곧잘 한다. 그러나 나는 숙업(宿業)이란 말을 더 선호한다. 인과율 혹은 인과법이란 인간 위의 어떤 권위로부터 주어진 운명에 무릎꿇는 것이 아니라, 과거에서 현재까지 자기의 행위·말·사고가 각각 인(因)이 되고 연(緣)이 되어 어떤 결과에 이르는 일련의 과정을 지칭한다. 인간은 자기 스스로를 통해 자기 탄생에 대한, 자기의 성립과정에 대한 명백하고도 부정할 수 없는 증명을 갖기 마련이다. 겨우 열한살에 부친을 여읜 아버지, 젊은 날 미남에다 소리에도 일가견이 있었던 사람. 그런 이가 자식과 가족을 위해 농투성이로서 혼신의 힘으로 일구어놓은 인생밭. 그리고 근년에 자식들이 있는 곳으로 이사를 가지 않고 선산과 문중 전답이 있는 고향땅을 떠나지 않는 일이며, 선조들의 묘비를 세우는 일 등 아버지의 삶 자체가 진정성을 동반하기에 그러한 삶의 결과로서, 즉 한 개인이 살아가면서 획득한 구체적인 인격이 있기에 죽음에 대한 두려움에도 자기 삶을 아름답게 추스를 수 있었던 것이다. 더구나 한 사람의 농민으로서 자신의 노동이 단순한 생존의 수단에 그친 것이 아니라 그 자체가 자신의 일차적인 삶의 욕구였음을 다면적으로 펼쳐보인 것도 이 작품의 미덕이다.

2.1. 작고한 어머니를 회상하면서, 보편적으로 위대하다고 간주하는 인물과의 대비를 통해 인간간의 우열문제를 논한 흥미로운 작품이 있다. 김병언의 「금색 크레용」(『동서문학』 1996년 여름호)은 어머니와 동년배인 유명한 저항시인의 빈소에 문상 갔다가 함께 한 좌석에서 듣게 된 이야기를 통해 어머니의 희생이 보여준 삶의 가치를 가늠한다. 이야기인즉, 문화는 높은 데서 낮은 데로 흐른다는 문화낙차론은 오류라며 서로 다른 문화 사이에 우열 같은 것은 존재하지 않는다는 얘기를 듣다가 불쑥 어머니를 떠올리면서 이를 인간사에 적용해본 것이다.

인간에게 우열이 없다는 얘기는, 구체적으론, K시인과 어머니 사이에 우열이 없다는 걸로 바꿔 말할 수 있었다. … 그런 맥락에서, 한 위대한 저항시인의 영전에 뿌려지는 수많은 눈물과 줄을 잇는 애도는, 시장 골목에 펴논 좌판을 지키다 외롭게 숨져간, 그리고 자식을 향해 "나는 니한테 속았다"는 말밖에 남기지 못했던, 한 가련한 여자에게도 똑같이 바쳐져야 마땅할지 모른다는 생각이 들었다. 만인을 위한 희생이든, 한 사람만을 위한 희생이든, 그것의 무게는 신만이 잴 수 있을 터이므로.

사실 '어머니' 하면 이미 논리 이전의 세계로 간주될 만큼 원초적인 그 무엇이다. 특히 우리의 경우 감정의 극한에서 저도 모르게 구원자로서 찾을 만큼 어머니는 절대적인 의미를 갖고 있다. 그래서 어머니를 인간간의 우열관계라는 척도에서 바라보려는 자체가 언뜻 형용모순처럼 보인다. (굳이 비교하자면 인간간의 우열관계보다는 인종간의 우열관계를 문제삼는 것이 훨씬 현명한 처사가 아닐까.) 다만 여기서는 '누구의 어머니'라는 특정한 개인을 문제삼았기에 일단 구체적 개인간의 문제로 받아들여보자. 그러나 이 작품은 두 개인의 삶에 대한 대비로 이루어진 것은 아니다. K시인의 이야기는 소설의 도입부와 의미를 형성하는 모티브 역할을 할 뿐, 소설의 중심내용은 화자의 가족사에 대한 회고이다. 또한 작가도 화자의 입을 빌려 "한 인간의 삶은 그 인간만이 가지는 고유한 환경과 역사의 산물이며 그 나름의 최선"이라고 작품 말미에 밝히고 있다.

어쨌든 이 작품에 그려진 어머니 역시 하나의 유형이랄 수 있는 무능력한 남편 대신 생활전선에 뛰어들어 가족을 위해 억척스런 삶을 산 여인네이다. 이혼문제가 거론될 정도로 부부 사이가 나빴지만 공부 잘하고 똑똑한 작중화자인 장남만을 믿고(그 밑으로 남동생과 여동생이 있지만) 남편이 죽자 혼자 어렵사리 나물장사를 하며 자식들을 키워온 어머니이다. 그러나 장남은 어머니의 은공에 보답하듯 대학까지는 잘

들어갔으나 이후 운동권에 몸담으면서 어머니의 바람과는 다른 길로 접어든다. 도피생활과 제적 끝에 군대를 갔다와서 한동안 어영부영하다 선배가 경영하는 출판사에 근무하기에 이른다. 말하자면 장남만 잘되면 모든 식구가 잘될 것이라는 기대 속에 나머지 모든 식구가 희생해왔는데 장남은 이 기대를 저버린 셈이다. 그래서 끝내 어머니로부터 "난 니한테 속았는 기라"는 말까지 듣게 된다. 자연 작중화자의 지나온 삶에 대한 성찰과, 생각이 다른 어머니에 대한 화자의 태도가 관심 대상이 된다. 그러나 본질적인 차원에 들어갈수록 작품은 뿌리가 허약해진다. 우선 한 사람의 실천적 지식인으로서, 주인공의 자각도 뚜렷치 않거니와, 쉽사리 납득되지 않는 사고의 단면들을 곳곳에서 노출한다. 가령 이런저런 사상논쟁에 대하여 "그건 차라리 각자의 기호나 기질, 사회를 바라보는 천차만별의 시각, 거의 우연에 의해 지배되는 한순간의 자각 따위가 결정할 문제인지도 몰랐다" 하여 일거에 논쟁 자체를 쓸데없는 짓거리로 규정한다. 물론 가련한 어머니와 동생들에게 무엇 하나 도움을 주지 못했던 자신의 처신을 부끄럽게 여기기도 하지만, 한편으로는 자신의 삶이 어머니를 흡족하게 해주는 것과는 거리가 멀었다는 사실을 후회하지 않을 만큼 자기 삶에 대한 신념을 완강하게 고집한다. 그러나 자식에 대한 어머니의 실망에 대처하는 논리로서 화자가 전태일과 박종철을 예로 들어, 그들의 비극적 최후에 비하면 내가 어머니에게 저지른 행위쯤은 그야말로 아무것도 아니라는 식의 논리를 내비치는 대목에 이르러서는 어안이 벙벙해질 따름이다. 작가도 애초의 의도를 고작 이런 식으로 매듭짓고 만다. "하지만 한 가지 문제만은 목에 걸린 가느다란 가시처럼 아련한 아픔으로 남아 있었다. 그건 내가 어머니가 억지를 부렸다고 치부하면 할수록 그만큼 어머니의 삶이 외롭고 가련해진다는 거였다. 어머니의 희생을 자양분 삼아 피와 살을 키우며 자라난 내가 어머니에 대한 평가를 그런 식으로 내릴 수밖에 없다는 건 안타깝기 그지없는 노릇이었다. 나는 어머니를 명예로운 모습으로 기억하고 싶었다." 말하자면 실상과는 무관하게,

어찌되었든 자식으로서 어머니를 명예롭게 기억하고자 애쓴다는 식이
다. 사실 작가의 생각 안으로 더 들어가면 '어떻게도 할 수 없는 그가
저렇게 걸어가는데……'라는 식의 태도가 엿보인다. 그러나 어떤 대상
이든 '저렇게'로 감쌀 만한 실감을 느끼지 못하는 한 '어떻게도 할 수
없는' 그 나름의 필연성 또한 이해될 수 없다. 사실 이 작품 속의 어
머니는 봉건적인 가부장제 가족관에 서 있는 인물임을 부인할 수 없을
뿐더러, 이야기 자체가 주변적이라 여겨지는 것들로 장황하게 덮여 있
어 범용한 자식과 어미 간의 상식적인 이야기 수준에서 그다지 벗어나
지 않는다.

2.2. 오히려 이 점에서 젊은 날을 함께 했던 한 친구의 죽음을 되새
기는 김별아의 「대관령」(『창작과비평』 1996년 여름호)이 관심을 끈다. 강
원도 출신인 다섯 명의 또래가 무대의 주인공들이다. 그중 한 사람인
희수가 대학시절에 자살로 자신의 삶을 마감했는데, 상당한 세월이 흐
른 뒤 기일을 맞아 나머지 사람들이 한데 모여 희수의 뼛가루를 뿌린
산을 찾아나서는 과정을 은민의 시점으로 풀어나간다. 그들의 지나간
세월에 대한 반추나, 마음도 육신과 더불어 무상한 존재임을 상기해주
는 세월의 흐름 속에 각기 다른 삶을 살아가는 데 대한 이런저런 소회
도 후일담소설로서 무리없는 현실감을 준다. 그러나 그 또한 이미 일
정한 역사적 속성으로 일반화된 탓에 이 작품의 고유한 특성으로 생각
되지는 않는다. 오히려 그런 일반화된 속성을 은밀히 뒷받침하는 구체
성에 이 작품의 특장이 있다. 그것은 곧 저 불의 시대였던 80년대에
강원도, 재수생, 이류대학생이라는 당시로서는 변방에 속하는 여러
요소들이 형성하는 특수한 현실성 때문이다. 무엇보다 가장 보수적인
지역이라고 일컬어지는 강원도 영동지역의 특성을 삶의 형상과 자연스
럽게 연결했다는 점은 주목할 만하다. "영동과 영서의 교통로인 대관
령·미시령·진부령·한계령·진고개·구룡령의 여섯 고개 중 가장
나지막한 대관령, 아흔아홉 굽이 구절양장 같은 길을 감고 묵묵히 서

있는 그 고개는 가난한 변방의 사람들에게 유일한 탈출구이자 벽이었다."말하자면 일종의 고도(孤島)와 같은 곳이라 남의 나라처럼 소문으로만 살아야 할 만큼 배타적 시공간지대였으며, 그 결과가 의사소통이 불가능한 보수적 체제를 형성했다는 것이다. 그런 한 예로 동학혁명 때 양반과 농민이 단합하여 농민군의 진군을 막았다는 일화를 상징적으로 제시한다. 여기서 우리는 특정 공간에 특징적인 감정구조가 형성되는 일종의 장소감(sense of place)을 떠올릴 수 있다. 그것은 또한 구체적으로 인간실존, 개인정체성의 원천이 될 수 있음을 말해준다. (실제로 특정한 이데올로기와 결합할 때 지역중심주의적인 전체주의로 휩쓸려들어간 예를 현실에서 얼마든지 볼 수 있다.)

어쨌든 이 소설은 그런 벽에 갇히지 않고 그곳을 탈출한 일군의 젊은이들을 뒤쫓는다. 이들이 만난 곳은 입시학원이었고, 무엇보다 재수생이라는 어정쩡한 신분으로 대학생의 시위물결에 휩쓸려다니면서 한 무리가 된다. 일부이겠지만, 탈출이 가져다준 새세상에서의 해방의 기쁨을 이런 방식으로 과격하게 표출한 것도 고향에서 지녔던 일종의 소외감에 대한 젊은 혈기의 상대적인 반발과 같은 것이리라. 오히려 그렇기 때문에 이들은 그후 대학에 들어가서 자연스럽게 '운동권 학생'으로 자리잡게 된다. 그런데 거기 그들 내에서도 희수라는 색다른 인간형이 있다. 친구들 중에서 유난히 마음이 여리고 내성적이었던 희수는 삼수를 거쳐 간신히 후기대학에 들어감으로써 이들 내부에서 또다른 소외감에 시달리게 된다. 은민의 기억 속에 선명하게 남은 한 장면을 보자. "기억한다. 은민과 정태의 학교에서 열린 어느 연합집회장에 각 단과대와 동아리가 횃불처럼 저마다 피워올린 깃발의 파고를 뚫고 홀연히 초라한 깃발 하나를 들고 나타났던 희수. 운동의 마이너 캠이라는 의식 때문이었든지, PVC 막대 끝에 매단 깃발마저도 터무니없이 커 보이는 소수의 인원 때문이었든지 그들의 구호와 노래는 우렁차면서도 처연했다. 그들은, 악전고투의 운명을 지닌 포위당한 섬 같았다." 결국 소용돌이치는 시대의 격랑을 헤치고 나아가기에는 턱없이 나약하면서도 그러기에 더욱 투철한 삶을 살려는 의지와의 길항 속에서 희수는 자신이 낙방한 대학 뒷산에서 스스로 목매달아 자살하고 만다.

물론 희수의 뼛가루를 뿌리고, 다시 기일을 맞아 그곳을 찾아가는 과정이 강력한 서정성을 내뿜으면서 작품의 주된 골조로 탄탄하게 구축된 것도 이 작품의 문학적 성취를 보이지 않게 뒷받침한다. 그렇다고 이 작품에 허점이나 아쉬움이 없는 것은 아니다. "희수조차, 자신의 죽음을 다 설명할 수 있을 것인가"라고 작중화자는 말하지만, 어쨌든 중심인물일 수밖에 없는 희수의 자살동기에 대해서는 좀더 상세한 정보가 주어져야만 했다. 덧붙여 그와 가까웠던 현영과의 관계도 나중에 현영이 정태와 결혼한 미묘한 사연을 위해서라도 더 구체화될 필요가 있었다. 이 점에서 오히려 작중화자가 고향집을 찾아가 어머니와 만나는 다소 긴 장면은 이 작품에서는 군더더기 같다.

3. 개별적 성취와 상관없이 작품들을 무작정 읽어나가다가 눈에 띄는 세 작품이 있었다. 성미나의 「하루」(『리뷰』 1996년 여름호), 차현숙의 「삼십삼세」(『문학사상』 1996년 5월호), 박명희의 「못난이 인형」(『작가세계』 1996년 여름호)이 그것이다. 모두가 기혼여성의 일상사를 다룬 소설인데, 흥미롭게도 삼십대와 사십대를 주인공으로 하여 세대 차이를 느껴볼 수 있지 않느냐 하는 호기심을 유발하였다. 실제로 그런 차이는 손쉽게 만져졌다. 사십대를 다룬 「못난이 인형」말고, 삼십대 주부를 주인공으로 한 「하루」와 「삼십삼세」에서도 상당한 차이가 있다. 자기 자신과 대화하는 방식을 통해 결혼한 지 6년이 된, 서른을 갓 넘은 주부의 일상사를 다룬 성미나의 **하루**는, 33세 주부의 부부문제와 외도문제를 다룬 「삼십삼세」에 비해 문장이나 작중인물의 사고나 행동에서 훨씬 젊은 기운(?)이 배어 있다. 「하루」의 주인공은 편집 디자이너로 일하다 상사와 맞지 않아 사표를 내고 지금은 집에서 쉬고 있는, 스스로 말하길 "그냥 돈벌이를 쉬고 있는 일개미, 아니 일해야

하는 베짱이"이다. 다시 취직하기 위해서 몇군데 이력서를 디밀어놓은
상태에서 무료하게 시간을 때우는 한 젊은 주부의 그야말로 일상을 담
은 소설이다. 옥상에서의 달리기, 가게 가기, 유선방송 청취, 낮잠,
이런저런 전화, 남편과의 대화, 우편배달부 방문 등 하루의 무료한 삶
을 진열하듯 늘어놓는다. 주인공은 그냥 편하게 자유롭게 살고 싶을
따름이라는, 그래서 아직 아이도 낳지 않고 있다는, 아직 인생의 목표
가 확실히 잡히지 않았다는 의식의 소유자이다. 그러나 이런저런 계획
이 있으나 무엇보다 "몸과 돈이 따르지 않으니 그냥 있을 뿐"이나,
"그냥 어찌어찌해서 우리는 둘 다 돈을 벌어야 했고 그렇지 않으면 살
아가는 여러가지 즐거운 것들을 놓쳐야 했다"거나, 혹시 남편이 돈을
잘 벌면 "진짜 맘 편히 놀아볼 생각"이라는 말들에서 보듯 돈과 관련
된 경제적 문제만큼은 그녀의 삶에서 절대적인 무게를 지닌다. 단지
먹고살기 위해서, 아니 그것을 넘어서 '다음의 자유'를 위해 각개전투
하듯 살아왔다고 생각하기에, 아이마저도 "끊어내버리고자 했던 세상
살이의 거미줄 속에 영영 갇히고 말" 대상으로 다가온다.

　그렇다면 이 소설이 말하고자 하는 진정한 의미는 무얼까. 혹여 자
본주의사회를 살아가는 젊은 부부의 일상적 삶과 세계를 진솔하게 그
린 작품일까. 한마디로 이 작품은 맑스가 말한, "대상을 가지고 있을
때에만, 따라서 자본이 우리를 위하여 존재하거나 우리가 직접 자본을
소유하고 먹고 마시고 우리 몸에 걸치고 그 안에 거주할 때에만, 간단
히 말해 우리가 자본을 사용할 때에만 비로소 대상은 우리의 것으로
된다고 생각하는", 철저히 사적 소유에 갇힌 인물형상에 딱 들어맞는
다. 실제로 작중인물의 의식세계를 면밀히 파악할수록 이 점은 더욱
뚜렷해진다. 물론 작중인물의 사고는 단편화되어 있어 그 어떤 것도
확실치가 않다. 감각적으로 내뱉고 흘려보낼 따름이다. 오히려 그 속
에서 개인과 사회를 단절 내지 대립관계로 바라보는 원자화된 개인,
타인을 의식치 않는 이기적인 개인의 욕망세계만이 꿈틀거리고 있음을
포착할 수 있다. 국회의원 선거에 투표도 안했으면서, 과거 민주투사

였다 여당 출마자로 변신한 이를 두고 "음. 그래. 세상이 변해서, 어떻게 변했는지 내막은 잘 몰라도, 아무튼 당신의 세상은 바야흐로 국회가 당신을 필요로 하는 세상인가보지 뭐. 잘 해보소, 열심히. 요즘 아이들 표현으로 기깔나게 잘 해보소. 그리고 우리 시어머니 표현대로 지 팔뚝 지가 흔드는데 누가 뭘 말리겠소"라는 데서 볼 수 있는 정치적 무관심의 표현도 그런 예이다.

어쨌든 외도문제에 대해서도 이 젊은 주부는 당차게 발언한다. "아니 솔직히 그렇잖아. 어느 날 갑자기 당신이 날씬하고 멋있고 꽤나 똑똑한 여자가 됐다고 쳐. 괜찮은 남자가 아주아주 괜찮은 분위기로 우연히 정말 우연히 말을 걸게 되면 당신, 당신은 어쩔 건데? 나? 그거야 당연히 나도 멋있고 괜찮게 말하겠지. 바보처럼 있을 순 없을 테고. 그래? 그런 게 외도의 시작이야. 그래서 그건 남자들만의 문제가 아닌 것 같애. 남자들은 좀더 기회가 많은 거뿐이라니깐. 사람마다 자기 아내나 남편을 사랑하는 방식에 차이가 있는 게 아니겠어?"

이 점에서 같은 30대로서 자신이 직접 외도에 빠진 주부 이야기를 담은 차현숙의 「삼십삼세」가 흥미로워진다. 스스로 "한 일이라곤 아이를 낳은 것밖에 없"다고 자탄하여 33년 동안 삶에 아무런 의미도 갖지 못했다는 공허감에 빠진 여성이 남편 아닌 다른 남자를 만나 그와 육체적 관계를 맺고 그를 그리워하기까지의 꽤 심각한 현실을 문제삼는다. 물론 이런 공허감을 갖게 된 원인으로는 남편과의 사이가 결정적이다. 오로지 섹스로써 하나의 여자, 한 남자의 아내, 엄마라는 것을 일깨우는 남편과는 일체의 대화와 소통이 단절된 탓이다. 물론 소설 속의 '나' 또한 약간의 특이한 자기존재성에 회의한다. 아이 앞에 모성적 감정이 일어나지 않아 오히려 "이렇게 낯설고 평생 저 아이하고 끊을 수 없는 복잡한 삶을 살아야 된다는 자신없고 무거운 감정만 일어난다"는 것이다.

그런 그녀가 친구의 소개로 낯선 남자 K를 만난다. 유부남인 그는 지금 부인과 별거중이다. 이 남자와의 대화를 통해 많은 부부들이 서로의 은밀한 세계를 알지 못하고 알려고 하지 않음을 은밀히 흘려놓는다. 진부한 관계에 매여 하루하루를 습관적으로 살아갈 뿐이라는 것이다. 어쨌든 K를 만나고서 '나'는 "처음으로 한 남자와 연애를 하는 감정"에 빠진다. "세팅되지 않은 보석 같은 분"이라는 K의 말과 관심에 생기를 얻고, 그의 고통스런 삶과 상처를 어루만지고 싶은 연민에 빠져 결국 그들은 육체적 관계를 맺기까지 한다. 이야기의 귀결은 그후 K로부터 전화도 오지 않는 상태에서 자기 자신을 추스르는 과정으로 이루어진다. K는 그후 처가의 도움으로 대학에 취직한 것으로 나오면서 외도가 한때의 객기인 것처럼 암시되는데, 이 여자는 다르다. 첫 관계를 맺으면서 "지금, 이 순간 나는 목숨을 거는데 당신은 무엇을 걸었나요?"라는 말, 혹은 "오직 자기에 대한 사랑만을 가지고 오라"는 식으로 갈애(渴愛)한다. 그러다 결국 우울증에 시달린 삼십대 주부가 투신자살한 신문기사를 보면서 "인생은 결국 자신의 몫이다"라는 말로 간단히 마무리한다. 그렇다면 결혼생활의 공허함, 그리고 외도라는 일시적 일탈도 그녀에게 아무런 해결을 가져다주지 못하고 오히려 심리적 장애를 더 심화시켰음을 보여주는 것말고 뭐가 있을까. 그런데 이 작품은 단문 형식에다 많은 조각으로 구성되어 언뜻 시적인 산문 같은 인상을 준다. 그러나 시적인 여백이 감싸는, 빈 듯하면서도 충만된 질감이 아닌, 채워져야 할 것이 제대로 채워지지 못한 덜 산문화된 공백감으로 다가온다.

어쨌든 소설의 전개를 이끌어나가는 것은 정신과 의사와의 짧게 요약된 상담내용이다. 일종의 고해성사와 같은 일이 신부가 아닌, 한달에 60만원 주고 정신과 의사 앞에서 이루어지고 있다는 것. 결국 죄의식에 대한 고해성사가 아닌 불안감으로 인한 정신질환으로 자기 자신의 내적 상태를 진단한 셈이다. 오늘날에는 심리학이 도덕을 대신했고, 불안함이 죄의식의 자리를 차지했다는 말이나, 정신분석이 임상치료 차원을 넘어서 하나의 이데올로기가 되어버렸다는 말이 정말 실감으로 다가온다. 하여 정신과 상담을 권유한 친구는 이렇게 말하지 않는가. "애, 냉장고를 팔아서라도 꼭 가봐라. 인생이, 변한다!"

반대로 박명희의 「**못난이 인형**」은 외도를 한 남편의 이혼요구 앞에서 고민에 빠진 사십대 주부의 이야기이다. 남편과 쌍둥이인 시동생을 등장시켜 곁가지를 덧붙인 외에는 지나간 시절에 대한 회상과 현재의 가정사를 이리저리 뒤적이는 한 주부의 내면세계가 주를 이룬다. 「삼십삼세」와 다르게 이 소설 속의 여자는 이른바 '현모양처형' 주부의 삶을 내보인다. 그녀는 "평범한 여자가 사는 방식, 지극히 정상적인 삶이 어쨌다는 말인가"라고 항변한다. 가정은 똑똑한 여자들이 흔히 말하듯 여자의 식민지가 아니라며, 오히려 허허벌판에 쳐진 가정이라는 울타리가 그녀에게 안정된 삶을 제공해주었기 때문에 몸이 두 개 있어도 모자랄 만큼 집안일과 딸애들 키우기에도 바쁜 삶 자체를 희생으로 여기지도 않는다는 것이다. 오히려 남편이나 애들도 나름대로 자기만큼 힘들 것이라고 생각한다. 그래서 결국 "삶이란 누구나 다 고만고만하게 살아내게 되어 있다. 여자가 이렇게 살지 않았으면 대단한 뭔가 이루었을 거라는 가정은 허망한 짓거리였다"라고 말한다.

사람에 따라 다르겠지만, 이 자체를 가지고 잘잘못을 따지는 일은 그다지 중요한 것 같지 않다. (반대로 「삼십삼세」에서 보이는 가정생활의 공허함에 대해서도 마찬가지이다.) 다만 지나치게 이분법적으로 가정과 사회생활의 우열을 가늠하려는 자세가 문제다. 또 실제 가족을 위해 사는 삶 자체에서 파생되는 여러 문제들에 대해서, 이를테면 중심문제로 제시된 남편과의 이혼문제나 어머니의 삶에 대한 자식들의 불만 등 구체적 대상을 통해 해결해나가야 할 것에 대해서 눈을 감고 마치 세상에 대한 항변인 것처럼 화살을 엉뚱한 방향으로 돌려버린 데 문제가 있다. 그 결과 시동생과 나눈 본질과 무관한 잡다한 이야기의 나열이나, 작품 말미에 느닷없이 시동생이 다쳐서 병원에 갔다 듣게 된 이해하기 힘든 남편과 시동생의 대화 등 샛길로 빠지고 만다. (그외에 「삼십삼세」와 유사한 서하진의 「홍길동」(『현대문학』 1996년 5월호), 「못난이 인형」과 유사한 김선주의 「방어의 집」(『현대문학』 1996년 7월호)

도 있다. 그러나 이들 작품은 지나치게 산만하다. 물론 산만함은 이들 작품에만 해당되는 것이 아니라 앞서 거론한 「못난이 인형」을 포함하여 상당수의 작품에서 보이는, 최근 소설의 한 습벽이다. 이는 뚜렷한 목표나 자의식이 없다 보니 그저 그때그때 외부의 자극에 이끌려 마치 이것저것 군것질하듯이 기웃거리는, 그래서 혼란되고 불안한 심경과 내면세계를 그야말로 있는 그대로(?) 표출해서일까?)

자기실현으로서의 활동성이 인간본질의 주요한 측면이라면, 이들 작품에는 자신의 조건과 처지에 따라 구체적인 대상 속에서 자기 세계를 생성해나가는 활동성이 결핍되어 있다. 이는 곧 작중인물의 삶(행동·말·사고)에서 체현되는 어떤 인격이 실감으로 만져지지 않는 것으로 이어진다. 사회의 한 존재로 살면서, 사회적 제관계를 기반으로 한 활동과정에서 형성된 자기존재의 고유한 개성, 그 속에서 보이는 욕구나 동기들, 사유세계, 자기의식 및 감정체계가 진정한 현실로 재현되지 못한 탓이다.

4.1. 근래 소설들 중에는 작품 전체의 의도를 환기 내지 상징하는 듯한 비유적 대상을 삽화로 사용하는 경향도 많아졌다. 물론 최근의 현상이라고만 할 수 있는 것은 아니고, 이른바 은유장치로 최대한의 효과를 내려는 소설적 방법으로 진작부터 사용된 것이다. 어쨌든 그중에서 방현석의 「겨우살이들」(『현대문학』 1996년 5월호)에서의 '겨우살이'와 정영희의 「피아골 가는 길」(『동서문학』 1996년 여름호)에서의 '뻐꾸기'가 작품의 개성적 면모와 함께 인상적으로 눈에 잡혔다. 방현석의 「**겨우살이들**」은 크게 두 가지 이야기로 이루어져 있는데, 전교조 활동으로 해직되었다가 복직한 교사인 주인공이 학교 내에서 겪은 일과 누나의 갑작스런 교통사고로 시골집에 가서 겪은 일이 그것이다. 겨우살이 이야기는 시골집에 가면서 어렸을 때 누이를 회상하는 대목에서 나온다.

“예쁘니?”

“응.”

“그렇지만 겨우살이는 나쁜 나무야.”

“왜?”

“겨우살이는 다른 나무들처럼 땅에서 물을 빨아먹지 않고 다른 나무에 뿌리를 내려서 저 나무들의 물과 양분을 빼앗아먹고 살거던. 봐라. 저 상수리나무가 얼마나 아프겠니?”

나는 고개를 끄덕거렸다.

“겨우 남의 양식이나 훔쳐먹고 겨우겨우 사니까 이름도 겨우살이가 된 거야.”

대화 자체가 너무 상식적이어서 지나쳐버리기 십상이겠지만, 유년기라는 시점을 감안하면 이 짧은 삽화는 생애의 중요한 화두로 자리잡을 공산이 없지 않다. 실제로 이 대화가 주인공의 삶에 강력한 뿌리를 내렸으리라 짐작되는 것은 누나가 주인공을 키우다시피 했고, 그에 따라 주인공 또한 누나를 끔찍이 따랐기 때문이다. 나와 누나 간에 있었던 몇가지 일화는 그것의 구체적인 실증이다. 뱀에 물린 누이 발에서 독을 빨아내던 일, 독사에게 물리면 그 뱀을 잡아죽여야만 사람이 살아날 수 있다는 이야기를 듣고 꼬박 사흘을 지킨 끝에 독사 한 마리를 작대기로 후려쳐 잡은 일, 누나가 기찻길을 가다 기차 승강대에서 누군가가 던진 돌에 다쳤을 때 무려 한달간이나 기차 승강대에 매달려 있는 사람들에게 자갈을 던진 일이 그것이다. 물론 중심 이야기는 학교 내에서의 생활과 교통사고를 처리하면서 맞게 되는 몇가지 문제적 현실을 객관적으로 그려내는 것이다. 이를테면 이백만 원짜리 영·수 과외를 받고, 대학교수에게 논술도 지도받았다는 한 아이가 낮은 점수를 가지고 국립대를 고집하면서 벌어지는 세태와, 반장선거를 둘러싸고 벌어진 교감과의 갈등, 그리고 법조항의 위반사항에 해당되지 않으면 종합보험에 든 운전자는 사고를 내도 아무런 민형사상의 책임도 지지 않기에 사고운전자는 코빼기도 안 비치는 비정한 세태 등을 객관적인 묘사방식으로 차분히 서술해나간다. 그러나 소설의 향기는 이런 문제적 현실의 고발보다도 바로 위에서 언급한 누나와의 추억, 그리고 반장선거를 둘러싸고 박송미를 중심으로 아이들이 보여준 반란 같은 행동에서 흘러나온다. 학교방침은 성적이 상위 20%에 해당하는 11등까지로 학급간부를 제한했으나 화자는 이에 얽매이지 않고 학생들에게 자율선거를 허용한 결과, 뜻밖에도 면학분위기를 강조하는 11등 이내의 후보를 제치고 반 전체의 평등한 우정을 강조한 18등의 박송미가 압도적인 지지로 반장에 당선된 것이다. 그리고 박송미는 아이들의 적극적인 동참하에 가장 모범적인 반을 만들었다.

그런데 전체적으로 이런 향기가 왜 몇몇 문제있는 일상적 현실의 묘사 속에서 사그라지는 것일까. 문제는 이 소설의 내부적인 힘으로 작동하는 인격의 자유로운 발전과 공동체적인 사회형성 사이의 괴리에 있는 것은 아닐까. 먼저 개인이 속해 있는 공동체는 크든 작든 자기 자신과 동일시할 수 있을 정도로 실질적인 의미에서의 공동체여야 한다. 누이를 위해 저지른 쉽게 상상하기 힘든 악바리 같은 행동이나 박송미를 중심으로 한 학생들의 반란이 큰 감동으로 오는 것도 그 때문이다. 만약에 자신이 속한 공동체가 실제로 자기의 다양한 욕구 충족과 긴밀하게 연결되지 않는 형식적인 공동체에 불과하다면 그 속에서 개개인의 활동이란 진정한 활력을 내보일 수 없다. 학교 내에서의 활동, 이를테면 학생 손으로 선출된 가난한 집 아이 박송미가 "다만 보여주기 위해서 공부한 건 아녜요. 나도 대학 가는 애들만큼 공부 잘할 수 있고, 잘했다는 사실을 제 스스로 확인하고 싶었어요" 하면서 대학을 가지 않겠다고 말할 때, 주인공이 쉽게 체념에 빠지고 마는 것과 무관치 않다. 결국 이러한 문제는 화자가 다시 복직하면서 스스로 다짐한 자신의 의식에서부터 발원된 셈이다. "전교조 탈퇴각서에 도장을 찍고 복직하기로 했을 때 나는 이미 '참교육' 같은 거창한 꿈은 잊기로 했다. 세상 전체를 어떻게 바꿔보겠다는 희망도 함께 포기했다. 인간이라는 이름을 가진 동물 전체를 향한 막연한 기대 역시 철회했다. 세상 전체를 이러저러하게 만들어야 한다는 사명감 자체가 내 분수를 넘어도, 터무니없이 넘는 짓이라는 것을 인정한 마당에 포기하지 못할 그 무엇이 있었겠는가. 그래도 살아갈 변명은 있어야겠기에 아무도 몰래 스스로에게 한 약속이 단 하나 있다면 내 한몸으로 책임질 수 있는, 나와 인연이 닿은 아이들에게 최선을 다하자는 것이었다.”작품의 마지막에 이르면, 주인공이 운전자 집을 찾아가 사고를 낸 자동차에 붙어 있는 '내탓이오' 스티커에 얼어붙고 말았다고 표현하듯이 허탈해지고 만다.

4.2. 정영희의 「**피아골 가는 길**」(『동서문학』 1996년 여름호)에서 언급되는 뻐꾸기 이야기는 앞서의 겨우살이 이미지보다 훨씬 더 가증스럽고 잔혹하다. “뻐꾸기는 말이다, 자기 어미 품에서 태어나는 것이 아니고 붉은머리오목눈이라는 새의 둥지에서 오목눈이 어미새의 품안에서 새끼로 태어난단다. 근데 갓 태어난 뻐꾸기 새끼는 아직 눈도 뜨기 전에 같은 둥지에 있던 오목눈이 새의 알과 새끼를 밖으로 밀어내버리지. 그리고 오목눈이 어미새가 물어다주는 먹이를 먹고 자란단다. 갓 태어난 핏덩이가 혼신의 힘으로 남의 알과 새끼를 땅에 떨어뜨려 죽이는 그 잔혹한 행위를 상상해봐…… 그러면서 그 울음소리는 저 혼자 한맺힌 듯 울지 않니. 그 가증스러움이라니…… 자연의 법칙은 때로 불가사의하단다.” 이런 뻐꾸기 형상은 직접 작중화자의 남편으로 제시된다. 그리고 남편을 그렇게 규정한 사람은 다름아닌 오빠이다. 이런 예시만을 보면 특이한 인물형상을 흥미진진하게 마주할 수 있을 것이라는 기대를 누구나 가질 것이다. 그러나 결론적으로 말해서 그러한 인물창조는 실패했다. 신세대 증권브로커인 남편 '현수'는 오빠의 친구인데, 고등학교 때부터 아버지의 도움으로 한집에서 살면서 대학까지 다니게 된 사람이다. 그녀는 그때 오빠의 삶은 경멸하면서 그와 열애에 빠져 자신이 하고자 했던 음악마저 포기한 채 그와 결혼한다. 그

런데 그는 오빠가 참여했던 조직을 밀고하여 많은 사람들에게 상처를 준 인물이다. 그러나 그런 인물로 제시만 될 뿐 살아있는 형상으로 부 조되지는 못한다.

대신 소설의 중심은 오빠가 보여주는 삶에 두어진다. 과거 '운동'을 하다 옥살이까지 경험한 오빠는 함께 옥살이를 한 친구가 고문후유증 으로 자살하자 그 충격으로 가출하여 지리산 피아골산장에 은둔한 인 물이다. 오빠가 옥중에 있을 때 어머니는 돌아가시고, 또 출옥한 후 갑작스레 오빠가 가출해버리자 이에 충격받아 아버지마저 눈을 감는 다. 수소문 끝에 오빠가 지리산 피아골산장에 있다는 사실을 알게 된 여동생이 남편의 비아냥에도 불구하고 오빠를 찾아나서는 데서 소설은 시작된다. 따라서 1년 남짓 산생활을 하는 오빠와 또 한 사람의 동거 자 '미스터 삼천포'의 삶을 통해 지난 삶을 되돌아보며 새로운 의미를 찾는 그녀의 심경에 초점이 모아진다. "그들은 이 세상 사람 같지가 않았다. 아침에 일어나 하루의 일과로 별을 닦고 달을 닦고, 참나무 고목에서 자라는 버섯을 따다 지붕에 말리고, 깊은 숲속 바위틈에서 자라는 황기를 캐와 말리고, 야생화를 뜯어와 술을 담그고, 다람쥐에 게 먹이를 준다. 그리고 정원수를 가꾼다. … 그게 다였다. 그래 산다 는 것이 정말 별것 아닌지 몰라. 어쩌면 아주 간단한 일일 거야. 그저 나무처럼 묵묵히 살아내면 될 텐데, 난 왜 이리 우울하고, 복잡하고, 힘들지……?" 오빠 역시 "무엇이 된다는 것은 또다른 욕망이고 권력 욕 아니겠니? 그저 살아가는 거지. 저 나무처럼, 풀벌레처럼, 다람 쥐처럼…… 참으로 편안하다. 여기가 바로 내가 그리워하던 세계만 같 다"라고 말한다. 결국 그녀는 자연 속에서 자신의 존재가 한없이 작아 짐을 깨닫고, 반면 돈·권력·명예에 대한 무상감과 함께 도시생활을 '보글보글 끓는 냄비 속' 같은 환멸의 대상으로 간주하게 된다.

「피아골 가는 길」은 이처럼 일종의 선적(禪的)인 지향을 보여준다. 이는 근래에 자연서정시가 주류를 이루면서 아울러 선적인 경향을 내 보이는 시편이 많아지고 있는 현상과도 무관치 않은 듯하다. 물론 선적인 경향 자체가 나쁜 것일 수는 없다. 부패한 사회에 대한 일종의 환멸이 사회와의 단절과 자연에의 귀의라는 방식으로 손쉽게 현실을 회피하려는 데에 문제가 있다. 이 점에서 한 선사의 말을 귀담을 필요가 있다. "요새 시속사람들이 그 진실한 도리를 깨치지 못하고 다짜고짜 의식을 단절하여 부동의 자세로 굳어가지고, 현실적 사물의 세계를 통틀어서 허무화하고, 눈을 딱 감은 채, 한 생각이 일어나자마자 고개를 쌀쌀 흔들어서 생각을 파제(破除)하며, 염기(念起)의 징조만 보여도 문득 억누르는 것을 선(禪)으로 알고 있으나, 이것은 적멸허무에 떨어지는 외도요, 채 숨을 거두지 않은 죽은 사람과 마찬가지로 각지(覺知)도 없이 캄캄한 굴 속에 파묻혀 있는 것이니…… 이러한 견해는 다 일찍이 현사사비(玄沙師備) 선사가 묵조사선(默照師禪)이라고 꾸짖던 바로 그것이다."(大慧普覺 禪師)

5. 사회는 인간 앞에 이미 주어진 상태로 항상 존재하기에 인간의 욕구를 끊임없이 억제하는 경향을 갖고 있지만, 그러나 인간이 자기 욕구를 다양하게 형성하고 충족시킬 수 있는 곳 역시 사회일 수밖에 없다. 따라서 사회와 인간의 욕구 사이의 현상적 적대성의 근저에 놓여 있는 인간의 근원적인 사회귀속성, 인간의 공동체적 본성을 놓쳐서는 안된다. 작품에 대한 공감도 작품 안에서 저절로 생성되어, 풍겨나오는 이런 인간의 공동체적 본성에 자연스럽게 젖어들 때가 가장 근원적임은 앞서 거론한 작품들을 통해서도 알 수 있을 법하다.

이런 측면에서 최근의 가장 두드러진 특징이랄 수 있는 일상성의 문제를 좀더 사려깊게 들여다볼 필요가 있다. 일상세계는 한마디로 노동과 여가·생산·소비, 가족·친구·이웃 관계 등으로 단편화되어 있으면서 그것들이 총합적으로 구성되어 있는 세계이다. 사람들과의 직접적인 대면으로부터 매스미디어를 통한 간접적 대면에 이르기까지 무수하게 많은 사회적 상호작용이 거미줄처럼 얽혀 있는 곳이 일상세계이다. 그런데 우리가 진정 눈여겨볼 것은 표피적 현상계가 아닌 사회적 상호작용과 그 속에서 이루어지는 일상의 권력관계이다. 일상생활 세계는 국가·자본의 권력으로 대변되는 '수직권력'과 일상생활 속에서 다양하게 전개되는 '수평권력'의 교차공간이라고 말한다. 전자는 종종 생활현장에서 거시적으로나 암묵적으로 나타나지만, 후자는 인간의 상호작용 속에서 주로 미시적으로나 직접적으로 나타난다. 이른바 미시권력은 위계적인 사회관계의 산물이다. 예컨대 남녀간의 성별관계, 어른과 아이의 관계, 조직의 상사와 부하의 관계, 그리고 인간과 자연의 관계에 광범위하게 존재한다. 따라서 일상생활세계는 흔한 지적처럼 그렇게 협소한 영역이 아닌 것이다.

그런데도 통상 일상생활 하면 대중이란 범주와 연결해 이를 무규정의 거대한 실체로 파악함으로써 무정형·비활동·비논리적인 것으로 손쉽게 치부하는 경향이 농후하다. 사실 근대화 과정은 한편으로 균등화 과정이면서 동시에 차별화 과정이다. 일상적 삶의 내용이 균일하게 진행되면서 다른 한편에선 계급, 세대 그리고 지역에 따라 차별화가 이루어진다. 물리적 토대나 문화양식이 공간적으로 차별화되어 있는 만큼 모든 사람들의 삶이 균일한 것은 아니다. 한데도 최근의 작품들은 왜 갈수록 획일화되어가는 것일까. 새로운 것에 대한 과도한 집착이 특정 부분의 일률적 확산으로 현상되는 것도 한몫한다. 그러나 이것 역시 전형적인 자본의 논리이니, 광고와 같은 문화상품을 손쉬운 예로 꼽을 수 있을 것이다. 그보다 일상생활은 순환적인 반복이기에 보잘것없으면서도 견고하게 여기고 쉽사리 균등화 과정으로만 파악하는 경우가 많다.

그러나 자본주의적 일상성에 굴복하지 않기 위해서는 견고한 껍질 안에서 이루어지는 차별화 과정에까지 손을 뻗쳐야 한다. 그러기 위해서는 먼저 각자 자기 몸 상태를 가늠하고 가까운 주변을 더듬어 그 위치를 전체 현실 속에서 인지할 만한 능력을 키워야 한다. 물론 제임슨 (F. Jameson)처럼 양립하기 힘든 공간들이 병렬적으로 공존하는 현재의 상황, 즉 '비동시성의 동시성' 때문에 방향감각을 상실함으로써 재현의 위기에 처해 있다는 비관론도 없지 않다. 이 공간에 가득 차 넘쳐흐르는 질량 속에 빠져들어 탈근대적이 된 우리의 몸뚱이가 공간좌표를 잃고 실제로 거리를 가늠하는 일이 불가능한 시점에 도달했다는 것이다. 그렇다고 수수방관해야만 할 것인가. 현실 이곳저곳을 넓게 뛰어다녀 곳곳의 살아있는 움직임을 부단히 찾아나설 도리밖에 없다. 정말 뛰어다니는 소설의 '운동'이 절실히 필요한 때이다.

〔창작과비평 1996년 가을호〕

위안의 문학과 인도(引導)의 문학

1.1. 얼마전 종로거리를 친구와 함께 밤중에 걸은 적이 있었다. 서울의 밤거리가 워낙 휘황찬란한 네온싸인의 풍년이라 별다른 생각 없이 걸었는데, 맥도널드 햄버거집을 지나치다 문득 발길이 멈춰졌다. 그 건물 위에 단조로이 걸린 M자형의 붉은 네온싸인. "저것이 어머니의 젖가슴을 닮았는가." 곁에 서 있던 친구는 무얼, 하며 호기심어린 눈길로 내 눈을 좇아 허공을 휘둘러보고는 영문을 모르겠다는 투로 나를 쳐다본다. 예전 같으면 나 역시 그랬을 것이다. 그러나 나는 한동안 그것을 뚫어지게 쳐다보았다. 솔직히 색다른 감흥을 불러일으킬 만한 어떤 기미도 거기엔 없었다. 그러나 나는 "꽃잎처럼 금남로에 뿌려진 너의 붉은 피 두부처럼 잘리워진 어여쁜 너의 젖가슴 오월 그날이 다시 오면 우리 가슴에 붉은 피 솟네"라는, 한때 많이 불리던 민중가요(「광주출정가」)를 입엣말로 가만히 읊조렸다. 그런 날이 있었다. 맥도널드를 상징하는 M자를 보고 광주의 비극을 모순적으로 떠올린 그런 날이 있었다. 김승희(金勝熙)의 중편 **「회색고래 바다여행」**(『문학사상』 1996년 9월호)이 내 마음에 날카롭게 스친 탓이다.

워낙 배가 고픈 속에서 허겁지겁 햄버거를 먹으면서 보아서 그런지 그 M자가 마치 하늘에 떠서 여행자들을 부르는 어머니 젖가슴처럼 보인다고 순간 생각했다. 어머니 젖가슴이 하늘을 향해 봉긋 솟아 있다. 유두는 솟아 있지 않지만 그것은 분명 어머니 젖가슴의 변형된 디자인이다.

맥도널드 지붕 위에 걸려 있는 로고 M자를 바라보는, 10년 기자생활 끝에 1년간의 해외연수 기회를 얻어 미국에 체류중인 한 여기자가 거기 서 있다. 그리고 미국에서 알게 된 '강채청'이란 교포화가가 또 있다. 채청이 아프다고 미지의 동거인으로부터 갑작스런 전갈을 받은 이 여기자가 유학중인 후배 경파의 차를 타고 함께 그녀의 집을 찾아가는 여로형 소설이다. 그런데 사실 위에 언급된 정도의 비유라면 그게 새삼스러운 인상으로 남을 리 없었을 것이다. 그러나 어머니 젖가슴으로 비유된 M자가 바로 채청의 화폭을 가득 채우는 상징물임을 떠올리면서 작중화자는 뜨거웠던 비극적 역사의 현장으로, 그 악몽과 신열에 시달리는 한 삶속으로 우리를 밀어넣는다. 그리하여 외국인 동거자로부터 그녀에 관한 이런저런 이야기를 듣게 되면서 M자의 표상은 이렇게 구체화된다.

어쩌면 그녀는 어두운 밤의 하늘 위에서 붉은 네온빛을 흘리며 떠 있는 선혈의 M자를 보면서 항상 영혼의 그림자처럼 따라다니는 옥례의 악몽을 맞닥뜨렸던 건지도 모르겠다. 모르지, 알 수 없다. 인간의 무의식 속에 억압된 악몽이 얼마나 질긴 힘으로 사람을 뒤쫓고 있는지는, 그리고 언제 어디에서 의식의 검열을 뚫고 그 사람의 영혼을 공격해오는 건지도. 그러나 잘 모르겠다. 그녀의 그림에서 본 M자는 어떤 때는 아주 탐스럽고 요염하고 또 어떤 때는 아주 아리땁고, 슬프고, 또 어떤 때는 성모 마리아처럼 성스럽고 또 어떤 때는 젊고 관능적인 유모의 젖처럼 희고 풍성하고, 또 어떤 때는 W자를 그리며 하늘에 떠 있는 카시오페이아 별자리를 뒤집어놓은 것처럼 별빛을 잔뜩 머금은 아우라의 금빛으로 빛나고 있기도 했던 것이다.

그렇다면 '옥례'란 인물은 누구인가——광주민중항쟁 사망자 명단

54번: 손옥례. 여 19세. 여고 졸. 취업준비. 사망일시 및 장소: 80. 5. 21. 장소불상. 사인: 총상 및 자상. 비고: 유방자상 희생.

1980년 5월 19일, 친구 병문안을 간다고 집에서 나간 후 21일 시신으로 발견된, 왼쪽 가슴은 대검에 찔렸고 오른쪽 가슴은 흉탄에 관통되어 사망한 꽃다운 처녀. 소설은 이 꽃다운 처녀의 영혼, 아니 그 역사의 중음신에 붙들린 한 교포화가의 그늘진 삶과 마음의 문을 조심스럽게 열어젖힌다. 작가 자신의 말대로 "한국계 이민 1세의 삶을 들여다보면 어디에나 조금쯤은 한국 현대사의 일탈과 그것으로 인해 일그러진 개인의 상처, 그것이 구부려놓은 길들을 볼 수가 있었다. 역사는 집단적인 것이지만 상처는 개인의 것이고 개인은 그 상처를 안고 어디에서나 자기생존의 서사를 써가는 것이라는 것"을 실감나게 만든다.

사실 「회색고래 바다여행」은 교포화가의 삶에만 초점을 맞춘 것은 아니다. 무엇보다 작중화자인 여기자 자신의 삶에 대한 반성과 우리 현실에 대한 감별도 빠뜨릴 수 없는 이 소설의 육체이자 정신이다. 하기야 엄밀한 소설의 눈으로 볼 때, 시인이었다가 소설가로 전신한 작가의 이력까지 염두에 둘 때, 이 소설은 아직 작중화자가 자신을 두고 말한 '통과제의의 지진아' 단계라 할지 모른다. 흔한 말로 지나친 사변 탓이다. 작품 서두부터 4분의 1에 해당하는 분량이 소설이기보다는 시사칼럼이나 수상문을 대하는 것 같다. 그리고 그후에도 대화형식을 통한 서술방식으로 약간 변형될 뿐 그런 특성이 사라진 것은 아니다. 그러나 의외로 독자로 하여금 소설적 실감 여부를 떠나서 작품의 흐름에 몰입케 만든다. 주관의 손쉬운 노출이란 병폐가 오히려 소설의 활력소 역할을 한다. 이를테면 홍세화(洪世和)의 자전적 에쎄이 『나는 빠리의 택시운전사』의 자극과 같은 되돌아보기·비교하기의 교육적·교양적 의미가 만만치 않은 탓이다. 여기서 자세히 지적할 수 없지만, 90년대 사회 전반의 분위기에 대한 나름의 진단이나 그로부터 도출해내는 우리 민족의 특성에 대한 지적, 우리 것의 소중함 혹은 '우리만의 울림의 코드'를 이역땅에서 상대적 입장으로 요모조모 상기시킨 대목들은 그 자체로 값진 인식들이다. 최근에 붐을 이룬 많은 기행소설들이 섣부른 이국정취에 휩쓸려들어가 우리네 현실을 더욱 추상화시킴으로써 자기도 모르게 그릇된 세계주의의 덫에 발목잡힌 경우가 많았는데, 이 작품은 그 점에서도 하나의 경종이다.

물론 지나친 요설이 흠이라면 큰 흠이다. 소설도 독자를 대상으로 하는 커뮤니케이션의 한 방식이라면 보는 각도에 따라 이 작품이 손님 끌기에 어딘가 문제가 있으리라는 생각이다. 실제로 첫번째 읽을 때와 두번째 읽을 때 감동의 질이 달라지는 것도 이와 무관하지 않을 터, 문학에서의 사상은 결코 논리적 인식을 그대로 옮겨놓는 것으로 끝나지 않는다. 의도가 작품의 세부를 관통하고 형상의 온갖 세포들에까지 사상의 혈액이 흘러들어 작품 전체가 살아 움직이는 유기체가 되어야 한다. 그렇다고 해서 이 작품이 소설적으로 결정적인 하자를 가진 것은 아니다. 자세히 들여다보면 작가 나름의 치밀한 소설적 운산이 보인다. 초반부의 약점에도 불구하고 소설은 전체적으로 하나의 원환을 그리며 구심력을 갖는다. 이를테면 채청의 집으로 가는 도중 보게 된 고래떼의 이야기가 다시 돌아오는 과정에서 소설 전체의 내용을 집약하는 하나의 시적인 은유장치로 환치되어 북소리와도 같은 시적 울림을 발산하면서 자연스럽게 마무리되는 것도 그 한 예일 것이다.

어쨌든 작품의 세계관, 사상성, 교육적 역할을 부정하는 것이 마치 미덕인 양 간주되는 오늘의 가벼운 재주놀음 속에서 「회색고래 바다여행」은 둔중한 현실 안으로 우리를 밀어넣는다. 고양된 정신이 팽팽하게 줄을 당겨 내튕기는 남다른 소설적 힘, 그로부터 느껴지는 생명욕은 문학이 현실의 진정한 자식으로서 스스로 제 운명을 만들고자 고투하는 데서 나오기 마련일 것이다.

1.2. 역시 광주항쟁이 모티브 역할을 하는 김국태(金國泰)의 「**세상 돌아가는 방식**」(『현대문학』 1996년 9월호)은 필자의 나태함으로 이 작가의 작품으로서는 처음 대한 것이지만, 마치 간이 잘된 음식을 먹은 것

처럼 마음밭이 간간해진다. 한마디로 맛갈진 김치찌개와 같은 작품이다. 흔한 재료의 음식이라 별 생각 없이 입에 댔다가 간과 양념, 그리고 주모의 손맛이 가져다주는 뜻밖의 미감에 놀라듯 그렇게 다가왔던 작품이다. 아주 일상적이지만 그 속에서 제 식으로 세상을 거짓없이 마시고 걸러내는 글맛이 씹을수록 소록소록하다. 누구를 향하는지 모를 경어체로 서술되는 일인칭 시점의 이 소설은 문체까지도 술 좋아하는 주인공을 닮아서 마치 술에 취해 주절대는 넋두리와 흡사하다. 주인공이 잡지에 광주항쟁을 다룬 소설을 발표한 것을 축하한답시고 친구들이 사무실에 대낮부터 찾아와 한데 어울려 회음하다 어찌어찌 혼자 집에 가지 못하고 여관에 들게 되었다. 그리하여 자정이 지나 우리의 주인공이 아직 술이 덜 깬 상태로 집에 가기 위해 탄 택시의 젊은 운전사와 나누는 대수로울 것 없는 인연담이 주내용이다. 그러나 작가는 이 중심줄기를 위해 가지를 쉽게 쳐버리지 않는다. 보이지 않는 감칠맛은 중심줄기를 놓치지 않으면서도 한 소시민의 삶의 실감을 가식 없이 일상의 형식으로 토해내었다는 데 있다.

결국 두 사람은 이런저런 이야기를 나누고, 손님이 소설가라는 사실에 흥미를 가진 운전사가 자신이 살아온 내력까지 스스로 발설한다. 장기 하사관으로 광주항쟁 때 공정대로 파견된 바 있고, 그뒤로 잠시 산사생활을 하다 환속하여 운전대를 잡게 되었다는 것이다. 그런데 화자가 광주항쟁을 다룬 자신의 작품이 실린 잡지를 운전사에게 건네주면서 서사의 끈이 생겨난다. 운전사는 자라 보고 놀란 가슴 솥뚜껑 보고 놀라듯 혼겁하여 자신은 광주에서 행정요원이었기 때문에 시위진압 현장에 나갈 필요가 없었다는 것을 새삼스레 강변한다. 어쨌든 그날 둘은 술까지 마시게 되지만 술이 덜 깬 우리의 주인공은 또다시 금방 억병으로 취해버렸다. 다음날 기억이 가물가물한 술자리를 이리저리 궁글리고 또 아내에게 그것을 확인하는 대목에서 이 소설의 감칠맛은 빛을 발한다.

"내가 도대체 어떻게 된 거요. 엉."

나는 짜증을 내며 물었습니다. 그렇게 된 사단이 똑 아내 책임인 양 덤터기를 씌우는 수작 아니겠습니까? 속으로는 미안했지만 하는 수 없었지요. 아내가 뒤로 무르춤하면서 말했습니다.

"새벽 세시에 동네 파출소 순경에게서 전화가 와 막내 깨워가지고 가서 데려왔어요. 순경들은 실실 웃어대었는데 당신은 그 살인자를 내 손으로 죽이고 말겠다고 소리소리치는 거예요. 아니, 어떤 살인자하구 술을 마셨으며 당신이 무슨 힘 있다고 살인자를 때려죽입니까."

(중략)

"거 쓰잘데없는 소리 작작 하고, 콩나물 북어찌개 얼큰하게 끓이고, 소주 한병 사와요."

정작 광주항쟁의 주범들에게는 뭐라 항변할 능력도 재주도 없으면서 광주항쟁 진압부대원이었다는 운전사를 술김의 호기로 응징하는 태도며, 제 집안에서만 권력을 마음껏 누리는 한 소시민 가장의 모습이 자연스럽게 눈에 잡힌다. 어쨌든 젊은 운전사가 2주쯤 지난 뒤 '나'에게 전화를 걸어와 징징 우는 소리로 광주문제와 자신이 관련없음을 재차 강조한다. 그리고 그뒤 '내'가 그에게 전화를 해 한번 만나자고 했으나 운전사는 약속장소에 나타나지 않는다. 두달쯤 뒤 잔뜩 취한 그로부터 다시 전화가 와 지금은 강원도에서 중기운전을 하고 있다며, 약속을 지키지 못한 것을 변명하면서 또 광주문제를 이야기한다. "서선생님, 광주 소설을 꼬옥 쓰셔야 합니까. 다시 꼭 쓰실려면 쓰십시오. 제가 어떻게 선생님 하시는 일을 말리겠습니까. 그렇지만 이것 하나는 알아두십시오. 이 못난 저지만요, 제 동창 중에는요, 현직 검사가 한 놈 있구요, 변호사도 한 놈 있다는 이것만은 알아두시라구요. 알아두셔야 한다구요. 알아들으셨어요."

작가의 의도가 비로소 이곳에 있음이 드러난다. 협박을 할 만큼 '저 영혼을 저토록 망가뜨려놓은 세상 돌아감 방식'이 '나'는 미웠던 것이다. 세상에 의해 스리슬쩍 닳은 소시민의 남루한 영혼이 거기 웅크리고 있는 것이다. 그리고 그와 연관지어 정치판에 대한 비판을 직설적으로 토로하는 것으로 소설은 마무리된다. 이런 마무리 대목은 어찌 보면 통상적인 정치판에 대한 술좌석 이야기 수준에 머문 듯도 하지만 이 역시 소시민의 일상을 있는 그대로 보여주려는 작가의 의도적 산물이기도 하리라. 그럼에도 이를테면 대통령이 당선통지서를 들고 고향에 내려가 부친과 계모에게 큰절을 하는 텔레비전 화면에 대한 지적은 말 그대로 언중유골이다. "아 글쎄, 이걸 따는 데 40년이 걸렸습니다, 큰 소리로 말했지요. 그때 나는 울고 싶었습니다. (중략) 그리고 크게 말한 그 소리를 어쩌자고 자꾸자꾸 틀어댄단 말입니까. 청소년에게 수단과 방법을 묻지 말고 목적을 향해 치달려라 하고 가르칠 작정이라도 했단 말입니까." 근래 보기 드물게 얼큰하면서도 구수한 맛이 도는 유쾌한 소설이었다.

2. 김미선의 「눈이 내리네」(『창작과비평』 1996년 가을호)와 임영태의 「포곡에서 술을 마셨다」(『세계의 문학』 1996년 가을호)는 있는 듯 없는 듯 가장 잔잔한 음률로 심금을 파고드는 이 계절의 소곡(小曲)들이다. 제목 자체부터 유행가 분위기를 물씬 풍기는 김미선의 **「눈이 내리네」** 는 장애인 부부의 세상살이라 초반부터 적잖이 안쓰러운 기류를 생성한다. 그렇다고 장애인 부부라는 소재 자체가 은연중 강요하기 쉬운 감상성을 직접 독자의 딜레땅띠슴(dilettantisme)에 호소하는 형식의 것은 아니다. 그들 나름의 인간적 체온과 삶의 곤궁함을 삶 자체의 충실함으로 잘 형상화하여 소재의 감상성을 극복한, 대상과 주관의 혼연한 일치가 펼쳐내는 마음의 연주가 가슴을 건드린다. 아마도 눈길을 걷는 두 부부의 정경에 대한 묘사만으로도 이 작품은 성공한 것이 아닐까.

나는 미끄러지는 것을 피하기 위하여 눈이 다져지지 않은 갓길을 택해 발을 옮겼다. 거기에는 불규칙적이고 파행적인 선들이 이리저리 그어져

있다. 선이 시작되는 곳에서는 그나마 약간의 무게가 실린 듯 조금 옴폭
하게 패여 있다가 끝으로 갈수록 그것은 점점 희미해졌다. 그러나 조금
앞에서 눈은 다시 패이고 떨리듯이 희미하게 그어진 선은 계속하여 지속
된다. 이 한 움직임을 위하여 시간이란 것이 얼마나 숨막히도록 천천히
흘러갔을까. 그래도 그것은 꾸준히 앞을 향하여 나아가고 있었다. 아직
진화가 덜 되어 발이나 손 부위가 아주 둔탁한 생물이 사력을 다해 온몸
을 밀고 간 흔적 같다.
　그건 다름아닌 남편의 발자국이었다. 그는 온몸을 앞꿈치에만 의지하여
발을 끌듯이 걸었다. 나는 희미한 그 선 위에 다시 나의 발자국을 만들며
그에게로 간다. 작은 발 두 개와 그 양쪽에 동그란 도장을 찍으며. 동그
란 도장이란 나의 목발이 만들어내는 자국이다. 우리 뒤에 오는 사람이
있어서 이 발자국을 본다면 이건 도대체 무엇이 만든 흔적이란 말인가 하
고 고개를 갸웃거릴지도 모르겠다.

아울러 자동차에 덮인 눈을 쓸어내는 대목이나 남편이 귀가하여 문
을 열고 들어오는 장면, 정상인의 삶과 똑같이 박자를 맞추려다 보니
'빨리'라는 말이 은연중 습관화된 남편의 모습 등 가슴 한켠을 전율케
하는 장면묘사도 눈여겨보라. 정상인의 눈에 지나치기 쉬운, 상실 혹
은 부족의 시선으로 바라보는 '있음'의 문제, 가령 발이란 것의 소중함
등도 잔잔한 일깨움이다. 또한 그들끼리 '장씨문중'이라 부르는 장애
인들의 세계에 대한 여러 단면들, 그리고 그들의 끈끈한 유대의식도
눈여겨볼 대목이다. 물론 소설은 화자인 아내에게 요청해온 장애인들
끼리의 결혼에 관한 강의건에 대해 화자가 가지게 된 고민이 중요한
골간을 이룬다. 다만 이 문제와 연관되면서 작품의 결말이 미지근한
상태로 끝나버리는 것이 아무래도 아쉽다. 어떤 의미에서건 결말이 없
다는 사실은 하나의 세계로 완결짓지 못했음을 자인한 셈인만큼 작가
스스로 엄정한 자기성찰이 필요할 듯하다. 작가로서는 글쓰기를 결말
에 해당하는 것으로 상정했을지 모르지만, 만약 그렇다면 그 또한 경
계해야 할 일이다. 글쓰기가 현실의 고통으로부터 도피하기 위한 하나

의 수단으로 비치기 십상이기 때문이다. 글쓰기와 삶의 연관이 그 점에서 더 철저해질 필요가 있다.

임영태의 「**포곡에서 술을 마셨다**」도 인물형상이 인간적 체온으로 자연스럽게 감전되는 작품이다. 이야기인즉슨 간단하다. 작가 자신이랄 수 있는 작중화자('민')가 자신과 특별한 관계를 가진 적은 없지만 자신의 글에 세 번이나 등장시킨 초등학교 동창생 '석'을 고향 '포곡'에서 우연히 만나면서 겪게 된 이야기이다. 석은 모범생 그룹에 속했던 민과는 다르게 그림자 같은 처지의 외톨이에다 최고의 싸움꾼을 가볍게 제압하기도 한 특별한 아이였다. 민이 6학년 2학기 때 서울로 전학오고 나서 잠시 서로 편지왕래를 나눈 것이 인연이라면 인연인 셈이다. 그런데 이 편지왕래야말로 이들 사이의 '우습고도 기묘한 관계'를 보여주는 하나의 징표였다. 석이 보낸 편지의 첫마디는 늘 '보고 싶은 민에게'였지만, 막상 간혹 고향에 내려가서 서로 마주칠 때는 둘 다 모르는 체 외면하며 지나쳐버린 것이다. 어쨌든 그럴수록 석은 지워지지 않는 인상과 함께 호기심을 불러일으킬 만한 인물로 비밀스러워질 수밖에 없다. "그의 육체는 정말 다부져 보였다. 다소 기형적이라는 느낌이 들 만큼 양어깨가 빳빳하게 올라와 있는 그의 상체에서는 쇠망치로 두드려도 거꾸러질 것 같지 않은 강인함이 냉랭하게 풍겼다. 그러면서도 몸 어딘가에는 짙은 그늘이 드리워져 있었다."

작가가 내심 겨냥한 것도 이 비밀스런 인물의 현재적 삶에 대한 호기심의 증폭이다. 가령 석이란 인물이 성인이 되어서는 어떤 모습일까라는 생각을 독자들까지도 자연 갖게 된다. 작가는 마침내 우연한 만남의 형식으로 그 무대를 활짝 열어젖힌다. 동창회가 열리는 갈비집에서 우연히 만나 함께 술을 마시면서 나눈 대화, 또 그가 술집에서 한 행동 등에서 예전의 인상과 이어지면서 그만의 비밀스런 삶의 현재가 눈앞에 현시된다. 동창생 하나에게 칼침을 놓을 작정이라는 말이며, 민이 화장실에 갔다오다 실수로 옆좌석의 술을 쏟게 되어 시비가 붙자 석이 섬뜩하게 날이 선 작은 칼을 빼내어 옆좌석의 사람에게 반강제적으로 구두에 따른 술을 먹이는 행동 등에서 그는 암흑세계의 인물로 전면화된다. 그런 연후 스스로의 입을 통해서 일찍이 홀할머니 밑에서 소년원을 갔다왔고, 그후 폭력조직에 들어가 일하다 지금은 '독고다이'로 활동하고 있다는 것이 밝혀진다. 그리고 그와 헤어져 민이 다시 동창회가 열리는 갈비집을 찾아가다 그 근처에서 칼침을 맞은 한 사내를 목도하는 것으로 소설은 마무리된다.

사실 이런 내용전개만 놓고 보면 이 작품은 그다지 새로울 것이 없다. 그러나 이 소설의 매력은 애초의 미묘한 관계처럼 여전히 거리를 가진 채, 어쩌면 더 먼 거리라 할 수 있는 형태로 두 사람의 삶이 갈려나간다는 데 있다. 간혹 대상에 대한 지나친 집착은 대상과 주관의 관계에 따라 차별화될 수밖에 없는데도 억지로 자기 몸뚱어리를 대상 안에 집어넣으려는 무리수를 쓰기 쉽다. 「포곡에서 술을 마셨다」는 관계의 거리감에 걸맞은 보여주기 형식을 자연스럽게 구사함으로써 이러한 유혹으로부터 벗어난다. 다만 작품의 서두와 말미를 장식하는 너스레는 군더더기 같다.

비교적 작가의 의도와 주제가 선명하게 잡히는 작품이면서, 독특한 형상화 방식으로 참신함을 보여주면서 동시에 자연스런 질감을 느끼게 하는 또다른 작품으로 최시한(崔時漢)의 중편 **「섬에서 지낸 여름」**(『문학과사회』 1996년 가을호)이 있다. 작품 전체에서 보이는 분절된 단문들의 연속, 내용이 다르면서 각기 무얼 지칭하는지 선뜻 다가오지 않는 감상 형식의 글들. 그것들은 마치 밀물 든 바다 위에 솟구쳐나온 바위마냥 드문드문 박혀 있다가 썰물 때 물이 빠져나가면서 밑바닥이 온전히 드러나듯 나중에서야 그 하나하나가 전체의 세부로 제자리를 찾는다. 따라서 한 사람의 단편적인 심리상태를 조금씩 맛보다가 거기 묻어 있는 정보를 통해 아 주인공이 지금 섬에 와 있구나, 때는 바캉스 시즌이구나, 입시를 코앞에 둔 고3 학생이구나, 가족관계가 심상치 않구나 하는 등의 정보를 하나둘씩 축적할 수 있다.

작품의 주제야 문제의 심각성에도 불구하고 뻔하게 다가오는 제도교육 문제, 입시지옥에서 시달리는 고3의 고통이지만, 뻔한 이야기의 상투성을 극복하고 문제의 심각성을 자연스럽게 공유케 하는 힘을 「섬에서 지낸 여름」은 구사한다. 말하자면 인위적으로 구성된 의도의 배설이 아니라 작품내 현실 자체의 형상과 움직임 속에서 조용히 흘러나오는 빛으로 의도를 투사한다. 그리고 무엇보다 고등학교 3학년생이 가질 법한 자기 주변과 세상사에 대한 이런저런 생각과 느낌은 마치 일기를 엿보고 있는 듯한 착각을 불러일으킨다. 고집스러울 정도로 교육문제에 집착하는 이 작가로서는 이제 하나의 준령을 넘어선 듯도 하다.

3.1. 뭔가 소설의 꿈틀거리는 근육을 만지고 싶은 사람은 최인석(崔仁碩)의 중편 「혼돈을 향하여 한걸음」(『문학동네』 1996년 가을호)을 보라. 단언컨대 근년의 최인석은 아무도 눈여겨보지 않는 사이 묵묵히 자기의 문학적 성채를 탄탄하게 구축한 작가 중의 한 사람일 것이다. 그의 작품들은 쉴새없이 움직인다. 그렇다고 탄탄대로를 질주하는 문학이냐면 그렇지도 않다. 뚜렷한 사상이나 서사가 있어서 그러하다는 것은 더더욱 아니다. 기묘하게도 그의 소설은 직접 연극을 보는 듯한 현장감을 연출한다. 문장이나 구성, 혹은 인물형상 그 어느 것도 어떤 특이성을 쉽게 풍기지 않는데 무언가 꿈틀거리는 움직임이 있다. 저 만만치 않은 소설의 근육. 그래서 소설이 지향하는 소설 내적 분위기와 상관없이 독자들은 긴장 속에 소설의 추이를 주시하게 된다. 그런 만큼 자기만의 분명한 호흡과 맥박으로 물굽이를 만들고 불쑥 소용돌이치게 하는 등 자유자재, 종횡무진의 기운이 만져진다. 작가와 작중화자 사이에 약간의 거리만 가졌으면 참 좋았을 지난 계절에 발표된 「숨은 길」도 그러하거니와, 이번 계절의 「혼돈을 향하여 한걸음」도 숨쉴 여가 없이 독자를 소설의 마지막 마침표로 밀어다놓는다. 아버지와 한 소리꾼 여인네가 펼쳐 보이는 곡절많은 삶의 애환은 그야말로 한판의 판소리 난장이다. 그들의 삶에 대한 이런저런 가치평가 이전에 거

기 늘어지고 휘어지고 자지러지며 솟구치는 숨가쁜 삶의 가락들……

사실 이 소설의 구도는 간단하다. 그러나 그 구도 속에 풀어놓은 실타래를 가지런히 정리하기란 녹록치 않다. '나'에 의해 안내되는 집안의 아버지, 그 아버지의 첫 얼굴은 한마디로 악의 화신이다. "집, 아버지와 어머니의 싸움이 있고, 돈이 눈에 띄기만 하면 그것이 누구의 돈이건 무슨 돈이건 거머쥐고 집을 나가 몇날 며칠이고 세상을 떠돌다가 술에 만취하여 돌아와서는 다시 어머니와 다투는 아버지가 있는 집, 다투고 나서도 한밤중에 돌연 북을 내려놓고 덩덩두둥둥, 두들기며 흥얼흥얼 소리를 내놓는 아버지가 있는 집, 어머니의 울부짖음과 눈물과 한탄이 있는 집, 학교는 그만두고 어디든 취직하겠다고 어머니를 조르는 누이동생이 있는 집……" 그러기에 "하늘은 한 장 구겨진 신문지처럼 흩날렸다"로 시작하는 소설 서두, 아버지의 죽음 장면마저도 '나'에 의해 끔찍할 만큼 사물화된 정조로 제시된다. 최근 이청준(李淸俊)의 『축제』가 보여준 죽음과 장례의 따뜻한 미학적 의식화와는 질이 다른 차가움의 한 극치이다. 사실 감수성이 예민한 소년시절에 가정이란 거의 절대적인 환경이다. 소리를 좋아하는 데서 언뜻 풍류객으로서 한량 기질을 엿볼 수 있지만, 자신이 직접 보고 어머니를 통해서 소년에게 각인된 아버지의 형상은 "그 많던 재산 헛놀음으로 다 날리고 저 꼴이 뭐라냐. 그렇게 귀허게 태어난 양반이 어쩌다가 그 몹쓸년 만나갖고…… 악연도 악연도……"이다.

소설은 바로 그 여자찾기로 제2단계에 진입한다. 그리고 거기에 '소리'가 매개되면서 아버지의 두번째 얼굴이 나타난다. "소리라는 것이 참 묘허다. 좋은 소리를 듣고 있으믄 내 혼이 날아오르는 것 같어. 참…… 좋다. 이 비루헌 세상에서 벗어나는 것 같어. 자유스러워. 그것뿐인 줄 아냐. 걸레쪽 같기만 허든 내 존재가 전연 다른 것으로, 새로운 것으로 비로소 실감이 되는 거여. (중략) 극락이 있다믄 바로 그런 거겄제. 존재의 충일함, 존재 자체로, 그냥 여기 있다는 것 자체로 그만 아무 부족한 것도 탐나는 것도, 그렇제, 생각마저도 없어지고 마는

…… 해탈이 다른 거겄냐. 그런 거이 해탈이제”라는 아버지의 소리,
“저그…… 십만억 불토(佛土)를 지나가믄 거그 극락이 있다네. 거그
서는 바람이 불믄 나무랑 구슬, 꽃이랑 풀, 지붕이랑 기둥에서 소리가
나는디, 그 소리가 백천 가지 음성이 한꺼번에 나오는 것 같아서 그
소리만 들어도 저절로 세상 번뇌에서 벗어나게 된다네. 만나고 헤어지
는 괴롬도 없고 태어나고 살고 죽는 괴롬도 없다네. 우리 눈에 눈물이
아니라 꽃이 피고, 우리 입술에 한숨이 아니라 보석이 열리고, 우리
가슴에 한이 아니라 천도(天桃)가 열린다네. 거그로 가는 길에 우린
여그서 그저 잠시잠깐 만난 거여. 춥다봉게 소리도 허고 술도 묵고 미
워도 허고 쌈질도 허고 몸도 섞고 사기도 치고……”라는 소리꾼 현정
순의 소리, 그 소리야말로 또다른 세계의 표정이다. 신선의 형상이 그
것이다.

　아마도 이 소설의 절정은 현정순이란 소리꾼 여인네가 뿜어내는 자
기 내력과 아버지와의 인연담, 소리의 세계에 대한 일사천리의 사설대
목일 것이다. 타령조의 청승기가 전혀 없는 것은 아니지만, “세상물정
모르는 어린 나이에 시집이라고 갔는디, 서방은 알거지에다 주정뱅이
요 딸린 식구는 주렁주렁, 그뿐이면 차라리 나슬 것인디, 장가 못 간
시동생이라는 놈이 호시탐탐 몸을 노리는디, 아이고, 어찌나 무섭고
징글징글헌지”로 시작하는 자기 내력과, 소리가 좋아 끝내 애를 데리
고 가출하여 오갈 데 없어 거지생활을 하는데 우연히 나의 아버지를
만나 그의 도움으로 풀빵장사를 하면서 소리공부를 시작하게 된 인연
담은 그 자체의 특이성으로 인해 흥분과 긴박감을 부여해주는데, 이
사설이 한편으로 계면조의 전라도 사투리에 실려 더욱 애절하다. (이
대목은 아마 송기원의 「늙은 창녀의 노래」와 좋은 짝을 이루는 사설일
것이다.) 계면조는 흔히 서리 내리는 가을 달밤에 기러기 지저귀는 소
리를 상징한다고 말한다. 소설 분위기도 아버지의 죽음과 이제 어찌할
수 없이 쇠잔해버린 “주름살이 가득한 시커먼 얼굴, 퀭한 눈, 검은 입
술, 헝클어진 긴 머리칼”의 노인 모습의 소리꾼이 투사되기에 더욱 그

러하다.

어쨌든 아버지의 여인찾기는 다름아닌 아버지의 또다른 얼굴찾기이다. 가족의 안과 밖에서 각기 악의 형상과 신선 형상으로 분리된 아버지의 두 얼굴은 이제 비승비속의 세계를 넘나드는 인간형의 모습으로 하나가 된다. 이 분리된 삶의 통합과정 속에 작가는 또하나의 밑그림을 그린다. 바로 아버지의 삶을 통한 작중화자 자신의 모습찾기이다. 아버지가 그토록 소중히 여긴 북을 찢고 가출한 적이 있던 주인공이 세상 바깥으로 탈출(자살)하기 직전에 발견한 다빈치의 '날개'로 인해 세상에 다시 귀환하여 아버지의 또다른 얼굴을 마주하면서 진정한 장례를 끝내고 현정순이 준 북을 내던지기까지의 과정이 바로 그것이다. 따라서 아버지의 실루엣 속에서 정작 중요한 것은 그 밑바닥에 깔린 자기 그림자를 스스로 들여다보게 되었다는 사실이다. "아버지가 미웠지만, 나중에는 미움도 사람 사이의 여러가지 관계 가운데 한가지 방식이라는 것을 알게 되었다. 사랑이냐 미움이냐보다 더 중요한 것이 바로 그 관계라는 것을 알게 되었다. 그리고, 미움은 용서로, 사랑으로, 무관심으로 변할 수도 있지만 그 관계는 변할 수 없다는 것도 알게 되었다. 그런 관계가 바로 사람의 운명이라는 것도 알게 되었다." 이 점에서 소설의 사족처럼 덧붙여진 듯한 가출한 두 소년소녀의 이야기며, 가출한 소녀와의 동침이라는——술취한 상태였기에 정확히 그 소녀였는지 다소 모호한 상태로 처리되지만——일탈의 과정 역시 아버지와 자기의 뒤섞임과 분리라는 특수한 관계의 운명적 투영이다.

그러나 소설은 이 대목에서 약간 흐트러진 감이 없지 않다. 마치 지금까지 쥐고 있던 것을 갈마쥔 형국이다. 아버지의 북을 찢고 가출한 자신의 이야기와 맞물려 두 소년소녀 이야기를 삽입한 것은 이야기를 다층적으로 끌고 가기 위한 작가의 전략이겠지만, 일종의 소설적 뿌리로 기능하는 아버지와 현정순의 이야기와 진정한 피붙이가 되지 못한다. 오히려 앞이야기를 갉아먹는다는 생각이다. 이 대목의 한 상징이랄 수 있는 다빈치의 날개 이야기도 그 전략을 충분히 감당치 못할 뿐

더러, 그 결말 또한 막연하다. 작가의 무의식적인 운명론적 단선구도가 복합적 형상을 온전히 구현하는 데 방해되지 않았나 하는 의심이 든다. 사실 이 소설의 중심은 아버지의 형상이다. 그러나 아버지의 두 얼굴은 비승비속의 세계를 넘나드는 단일체로, 따라서 그 내부에 도사릴 수밖에 없는 복잡한 모순의 행동양식으로 진정하게 육체화·정신화되지 못했다. 자기 존재에 아버지를 지나칠 정도로 비벼대지만 오히려 끝까지 그것들이 분리되어 화자 자신을 괴롭히며 혼돈상태로 빠뜨리고 있다는 생각이다. 그래서 작가는 "혼돈을 향하여 한걸음"이라 이름붙였는가. 이 역시 혼돈이다.

3.2. 기대되는 신예작가 한창훈은 이번에도 역시 생동하는 민중언어의 진수를 보여주었다. 결혼한 지 얼마 안되는 농촌의 젊은 부부의 삶을 다룬 **「입덧」**(『창작과비평』 1996년 가을호)이 그것이다. 예상치 못한 임신을 한 아내의 입덧 장면을 앞뒤로 하여 농촌생활의 단면과 현재의 곤궁한 실상을 아주 사실적으로 묘파하였다. 무엇보다 한창훈은 삶의 희로애락을 그 자체의 실감으로 재현해내는 능력이 뛰어나다. 이 작품에서도 그의 특장이랄 수 있는 민중의 해학이 유감없이 발산된다. 특히 풍물에 대한 묘사 속에 보이는 서술적 힘은 최인석의 작품에서와는 달리 경쾌함을 낳는다. 마치 중중모리에 자진모리, 휘모리를 주축으로 하여 온화하면서 씩씩한 느낌을 주는 우조(羽調)의 창법을 연상케 한다. 그만큼 젊은 기운이 배어 있다는 뜻이다. 다만 필자가 지난 여름호에서 지적한바, 사회적 시야에서 접근해 들어간 작품의 상대적인 실패 문제가 「입덧」에서도 여전히 극복되지 못하고 있다. 주인공의 이력과 함께 작품의 의도 면에서 가장 빛을 발해야 할, 농촌지도소를 찾아가 항의하는 대목에 이르러 오히려 상투성과 함께 식상해지고 말아 작품에 역효과를 초래했다는 점은 이 작가에게 큰 짐이다.

그외에 박범신이 오랜 침묵 끝에 발표한 중편 「흰 소가 끄는 수레」(『문학동네』 1996년 가을호), 신경숙의 「오래전 집을 떠날 때」(『문학과사회』

1996년 가을호), 이남희의 「하오의 햇빛」(『한국문학』 1996년 가을호) 등도
이 계절의 수작으로 추천할 만한 작품들이다. 또한 전성태의 「가문 정
월」(『실천문학』 1996년 가을호), 이혜경의 「떠나가는 배」(『세계의 문학』
1996년 가을호), 심상대의 「나팔꽃」(『문학동네』 1996년 가을호)도 관심을
끄는 작품이었고, 이선의 「귀신들」(『세계의 문학』 1996년 가을호), 양귀
자의 「금지된 말」(『현대문학』 1996년 8월호), 최윤의 중편 「전쟁들: 숲속
의 빈터」(『동서문학』 1996년 가을호) 등은 신경숙의 「오래전 집을 떠날
때」와 함께 현실과 환상성의 교직 형태를 각기 독특한 방식으로 보여
주고 있는바, 최근의 새로운 경향에 대한 진단이란 측면에서 엄밀히
분석해볼 만한 대상이었다. 필자의 게으름으로 거기까지 세세하게 손
길을 내뻗지 못해서 미안한 마음이다.

4. 어쨌든 지난 계절의 소설은 가을호답게 수확이 만만치 않은 셈이
다. 그러나 크게 바라보면 전체적으로 소설의 기가 갈수록 쇠해진다는
느낌을 지울 수 없다. 무엇보다 만물의 생장에 절대적인, 온화하고 부
드러운 봄의 기운과 같은 새 현실의 창조정신이 그다지 느껴지지 않는
다. 치열한 현실과의 길항 속에서 솟구치는, 저 황석영(黃晳暎)의
「객지」처럼 '꼭 내일이 아니어도 좋다'는 큰 외침이 그리워짐을 어찌하
랴. 위에 거론한 작품들을 포함하여 최근의 상당수가 일인칭 시점에다
내면심리 묘사에 상당히 치중하는 것도 이와 연관지어 생각해볼 필요
가 있다. 자기 안에 갇힌다는 것은 대상의 견지에서 볼 때 관찰자의
테두리를 쉬이 벗어날 수 없다. 그러나 임화의 말대로 단순한 관찰자
에게 현실은 자기의 심오한 비밀을 개시(開示)할 리가 없다. 80년대
가 우리에게 준 교훈의 하나는 인간의 의지와 상관없이 때로 현실이
우리 등뒤에서 역습하기도 한다는 사실이었다. 80년대에도 현실 속으
로 뛰어듦이 그만큼 부족했다는 역설이다. 근래 보게 되는 파멸의 징
후들도 대상에 대한 정복과 인간 자신에 대한 정복이 동시에 균형을
이루지 못한 데 있는 것은 아닐까.

　분명 작가들이 독자들로부터 뜨거운 호평을 받고 있는 경우가 없지 않지만, 솔직히 말해 그들로부터 진정한 존경을 받는 경우는 드문 듯하다. 왜일까. 전체적으로 왜소해지고, 국부적으로만 발달한 현대인들의 형상에 현상적으로 부응하는 동감과 위안의 문학에 머물러 있지, 새로운 세계를 향해 자연스레 인도(引導)하는 문학으로 올라서지 못해서가 아닐까. 그를 위해서라도 사유의 진정한 힘을 다시금 복원할 필요가 있다. 현실 속에서 현실을 새로이 세우려는 충만된 정신, 그 정신의 투영으로서 생성하는 인간의 지행(知行)이 필요하다. "리얼리스트가 아닌 시인은 죽어간다. 그러나 단지 리얼리즘적이기만 한 시인 역시 죽어간다"라고 빠블로 네루다(Pablo Neruda)는 말했다. 현실에 발을 붙이되 현실에 집착하지 않는 자유로운 영혼으로, 존재와 언어의 내적 심연 속에서 큰 세계를 향해 비상하는 문학의 날갯짓이 이 불길한 시대에는 덧없는 환상일까.

　이것은 딱히 창작만의 문제가 아니다. 비평도 자세히 보면 최근 들어 고작 대상과 대상의 특성을 연결짓는 것이 최고인 양 간주하는 경향이 강하다. 하나의 대상에서 본질을 인식하고 그것을 진리의 기준에서 가치평가하는 것이 아니라 대상에서 어떤 특성만을 인식하여 이를 백과사전 식으로 그저 나열하고 설명하는 식이다. 이른바 과도한 지식화 경향과 짝패를 이룬 해석주의 안에서 현재가 박물관처럼 사물화되면서 단순한 사실의 나열과 집적으로 학문화·유형화되는 경향이 갈수록 농후해지고 있지 않는가. 그러니 마치 화장술의 문제가 우열의 관건인 양 다가오지 않는가.

〔창작과비평 1996년 겨울호〕

제 4 부

역사의 '태백산맥', 문학의 『태백산맥』

『태백산맥』의 문학적 위치와 정당한 평가를 위하여

민족문학의 최고봉이라 불리는 조정래(趙廷來)의 『태백산맥』! 실제로 침체되었다는 80년대 소설사에서 소설계 전체의 명예를 단숨에 회복시켜준 통쾌한 일편으로 극찬을 받았고, 우리 문학이 여기까지 이르기 위해서는 해방 40년의 기간이 필요하였다고까지 그 역사적 의의를 인정받았던 소설이다. 전10권, 1만 6,500매의 분량으로 1983년 9월부터 1989년 9월까지 6년에 걸쳐 완성된 이 소설은 우리 현대소설사에서 그 양적 규모만 따져도 대작의 하나임이 분명하다. 더구나 오늘 우리가 발을 딛고 있는 격동의 현실, 그 물질적 토대의 형성기이자 이데올로기적 흐름의 구축기인 1945년 8·15해방 직후로부터 6·25 한국전쟁까지의 역사와 그 역사를 일구어놓은 민중들의 삶을 조명한 소설이기에 더욱 주목을 받지 않을 수 없었다. 그야말로 작가의 말대로 '민족사의 매몰시대' '현대사의 실종시대', 바로 왜곡과 굴절의 분단사를 파고들어가 객관적으로 복원하고자 한 작가의 노력에 대해서는 아낌없는 찬사를 보내야만 한다. 그것이 소수인의 치장을 위한 비단이 아니라 다수인의 살을 감싸는 삼베나 광목이 되고자 했기 때문이다.

이미 작가 조정래는 작가생활을 시작한 이후부터 줄기차게 「청산

댁」「황토」「유형의 땅」「불놀이」 등의 작품을 통해서 우리 민족이
겪은 역사적 수난과 아픔을 쓰고자 했다. 그러나 사실 이전의 작품은
비록 현대문학상, 대한민국문학상의 영예를 얻기도 했지만 그다지 평
단이나 독자의 관심을 끌지 못했다. 그것은 자신의 지적처럼 우리가
알고자 하는 의식의 허기를 채우지 못했고 오히려 변두리를 헤매고 돌
았기 때문일 것이다.

그러다 비로소 이전의 모든 작품은 『태백산맥』(한길사)을 위한 준비
작업이었다는 작가의 말을 입증이나 해주듯이 조정래는 『태백산맥』을
통해서 그 소용돌이치는 역사의 한가운데를, 또한 왜곡과 굴절의 견고
한 껍질을 뚫고 거기 피투성이로 잠들어 있는 시신들의 육신에 혼을
불어넣으며 살아있는 역사를 우리 앞에 내보이고 일약 문단의 주목과
함께 우리 소설의 한 전기를 마련한 독보적 자리를 차지하게 되었다.
작가는 분명히 이 작품이 살아있는 역사 그 자체임을 자부하고 있다.

나는 그(그 시대의 복원—인용자) 작업을 위하여 수많은 사람들을 만
났고, 여러 현장을 찾아다녔다. 소설은 단순히 상상력의 산물일 수만은
없으며, 엄연한 역사사실 앞에서 소설을 쓰는 자는 제멋대로일 수가 없는
것이다. 『태백산맥』에 나오는 수많은 이야기들은 그렇게 증언을 토대로
하고, 확인을 거친 것들이다. 그 이야기들을 엮으면서 나는 시대진실에
냉정하고자 했고, 우리의 오늘을 투영하고자 했다. (제8권 「작가의 말」)

그래서 평자들은 이 작품을 두고 단순한 소설이 아니라 민중사의 처
절한 대실록이다, 혹은 8·15 이후의 민족분단 과정과 6·25를 중심
으로 하는 분단고착 과정을 밝히기 위한 현지답사와 탐문, 진실을 드
러내려는 열정과 용기, 그리고 섬세한 문체를 통해 우리 현대사의 물
줄기를 제대로 그려내 민족통일을 지향하는 오늘의 역사에 올바르게
이어주고 있다고 평가를 하고 있다. 사실 이 작품을 주의깊게 읽어보
지 못한 독자라 할지라도 이 작품에 등장하는 각 계급·계층과 그들의

다양한 삶의 형태, 그들의 의식과 역사에 대한 해석 등을 통해 전면적이고도 깊이있는 묘사와 진술에 마주함으로써, 이전에 보지 못한 충격과 감동을 느끼지 않을 수 없다. 더구나 현시기 민족민주운동의 진전에 따른 당시 사회에 대한 인식의 전반적 심화와 결부되어, 대중이 굶주려 하는 당대의 메마른 역사 인식이 총천연색 필름을 돌리듯 다가왔기 때문에, 그 강도는 더욱 클 수밖에 없었다.

사실 엄청난 내용의 왜곡과 일면성에도 불구하고 우리는 얼마전까지만 해도 그 시대와 그 시대의 소외당한 인물들을 다룬 사실 자체만으로 칭찬을 아끼지 않았다. 이병주(李炳注)의 『지리산』, 김주영(金周榮)의 『천둥소리』, 김원일(金源一)의 『겨울 골짜기』 등에 대한 우리의 찬사를 되새겨보라! 이는 한국전쟁 이후, 이 땅의 지배 이데올로기로 민중의 꿈을 짓밟은 금기의 간고한 벽을 허무는 손짓 자체에 대한 가녀린 찬사에 다름아니었다. 그러나 지금 우리는 민족민주운동의 폭발적 고양과 함께 노동해방, 인간해방을 갈망하는 역사적 시대에 살고 있다. 이제 우리는 송두리째 우리의 역사를 갖고 싶어한다. 40년 동안 우리의 영혼에 족쇄를 채웠던 지배이데올로기의 벽을 부수고 마주쳐야 할, 한꺼번에 되찾아야 할 피흘림의 역사를. 그런 점에서 이제 우리는 '최고봉'이라고 섣부른 최고의 찬사를 던지기보다는 '이제 본무대로 진입'했다는 엄정한 자기반성과 위치를 먼저 부여한 다음 그에 대한 본격적인 평가를 내려야 할 것이다.

『태백산맥』은 과거의 특정시기를 다룬 역사소설이다. 말하자면 일제로부터 해방된 1945년 이후 당대 사회가 요구하는 자주적 정권수립과 민주주의적 개혁의 욕구가 고양되고, 또한 실제로 그러한 과제를 둘러싸고 첨예한 계급투쟁이 전개되던 혁명적 시기를 다룬 소설이다. 그중에서도 이 작품은 전라남도의 한 읍에서 서로 투쟁하던 여러 세력들에 대한 역사적 형상물이다. 이 작품이 보여주는 탁월성은 바로, 농민이 절대적 다수를 차지하던 당시의 계급구조에서 농민의 삶에 기반한 보편적 계급투쟁을 그리면서도, 일제하로부터 변화 발전해온 '벌교'라는 지역의 특수성까지도 예리하게 포착하여 그려내고 있다는 점이다. 사건들은 거의 예외없이 이 좁은 공간에서 펼쳐지며 인물들 또한 벌교라는 지역을 거의 벗어나지 못한다. 그러나 매 사건과 각 인물들의 동향은 전국적 성격을 갖고 있으며, 그에 따라 작품에 흐르는 정신은 결코 개별성에 국한되지 않고 일반성으로 고양된다. 실제로 사건과 인물들이 벌교라는 지역을 벗어나는 경우는 예외없이 일반성을 위한 형상화에 불가피한 때만이다.

이러한 점이 『태백산맥』이 지니는 폭넓음의 가장 중요한 토대가 될 것이다. 왜냐하면 작가는 일반적으로 위대한 리얼리즘 소설이 확보하고 있는 보편성과 특수성의 통일을 이 작품의 주요골조로 주도면밀하게 배치해놓고 있기 때문이다. 이 점을 가장 극명하게 드러내는 것은 인물의 설정이다. 실제로 이 작품에는 무수한 인물이 등장한다. 물론 그 인물들을 결과적으로 공통적인 인물군으로 설정할 수도 있지만, 이 시기 각 계급 계층의 다양한 정치적 태도와 의식의 상위를 서로 다른 인물들로 형상화해 상호 갈등과 대립, 융합과 변화·발전의 길을 밟아나가는 방식 속에 각기 자기 자리를 잡고 있다. 실제로 지방의 한 읍에서 이러한 다양성이 배출될 수 있는가 누구나 의심할 만한 사실이지만 이 작품을 읽다보면 그러한 의문은 쉽사리 사라진다. 왜냐하면 그것은 '벌교'라는 지역사회의 토대와 결합되어 지극히 자연스럽게 작품 속에서 해명되기 때문이다. (물론 이 말이 곧바로 이 작품이 갖고 있는 당대 역사와 진리의 문제를 해명해주는 것은 아니다. 그것은 작품 내에 흐르는 계급투쟁에 대한 진정한 형상화, 거기에 농축된 전형의 문제로부터 나올 수 있기 때문이다.)

따라서 이 작품을 올바로 이해하기 위해서는 '벌교'라는 지역의 특수성에 대한 충분한 인식이 전제되어야 한다. 먼저 작가가 작품에서 심재모와 김범우를 통해서 말하고 있는 '벌교'를 예로 들어보자.

벌교라는 곳은 여러가지로 이상하고 특이한 데가 많았다. 규모나 인구

가 군청 소재지인 보성보다 배 이상인 것부터 시작해서, 농토를 중심으로
한 고읍들과 상업을 중심으로 하는 포구의 이중구조로 이루어져 있었고,
그 서로 다른 모습은 전형적인 농촌과 개화된 도시가 가깝게 붙어 있는
것 같았다. 보통의 읍단위에서 볼 수 없는 다양하고 규모가 큰 상점들,
솥공장, 철공소, 제재소, 주정공장, 정미소 같은 시설들, 금융조합, 우
체국, 공설시장, 사진관 등의 규모가 그 어떤 도시와 거의 다를 게 없었
고, 소방서까지 갖추어져 있는 데는 놀라지 않을 수 없었다. "그게 바로
벌교의 장점이면서 문제점인지도 모릅니다. 이곳은 일정시대부터 도시화
가 이루어졌습니다. 그래서 이곳 사람들은 다른 곳 사람들과는 많이 다릅
니다. 지주는 지주대로 땅만 믿고 있는 재래지주가 아니라 사업을 겸하고
있는 신식지주가 많고, 농민들은 농민들대로 눈 열리고 귀가 열려 아는
것이 많습니다. 그러니 그 관계에 갈등이 자꾸 심해집니다. 가까운 보성
이나 고흥의 보수성에 비하면 벌교는 너무나 진취적이고, 벌교의 진취성
에 비하면 보성이나 고흥이 또 너무나 보수적이고, 그렇지요. 벌교를 순
천이나 여수와 나란히 비교하는 것도 그 도시화 때문일 겁니다. 일정때부
터 여수나 순천의 잘사는 여자들이 입는 신식 옷을 이곳의 잘사는 여자들
도 같은 시기에 입었습니다. 여수에서 뱃길로 반나절밖에 안되기 때문이
죠. 그래서 다른 고장 사람들은 벌교사람들을 영악스럽다거나 약빠르다고
나쁘게 말하기도 합니다만, 그건 반대로 말하면 영리하고 똑똑하다는 뜻
이기도 할 것입니다. 그게 다 도시화의 영향이겠죠. 참 우스운 건, 보성
군이나 보성에서 이러저러한 일이 있었다, 하고 공적으로 거론하는 사건
들은 태반이 벌교에서 일어난 일들입니다. 그런데 행정단위 중심으로 사
건 정리를 하다 보니 벌교는 감춰지고 보성이 드러나게 되는 거지요. 같
은 군내에 있으면서도 두 지역 사람들의 감정이 서로 묘하게 뒤틀려 있는
게 결코 우연한 일이 아닐 겁니다. 심사령관이 이곳에 오기 전에 보성은
알았으면서도 벌교를 몰랐다는 것도 다 그 때문입니다. 이곳이 특히 좌익
세가 강한 것도 다 그런 맥락에서 파악하면 될 겁니다. 화순에 좌익세가
강한 건 탄광이 있기 때문인 것과 같은 거지요." 김범우의 설명이었다.
(제5권 99~110면)

이상의 설명에서도 알 수 있듯이 '벌교'라는 곳은 행정단위에서는 군 단위의 중심읍도 아니면서(보성군 벌교읍) 실제로는 이미 준도시적 성격을 갖는 읍이었다. 이러한 도시화는 일제의 식민지 지배가 낳은 변화의 산물인 셈이다. 즉 벌교는 일제 침략 전에는 인근 낙안고을에 속해 있었던 변방 마을에 불과했으나, 철도건설에 따라 교통요충지(광주로부터 고흥, 순천을 잇는 삼각 요충지)로 되면서 상업이 흥해지고 또한 이 작품 내에서 중요하게 언급되듯이 간척지 공사로 대단위 농업지역이 형성되면서 급속도로 도시화되어간 지역이다. 이런 점에서 일제 지배하 식민지자본주의화의 한 전형적 성격이 표출된 지역이 바로 벌교라고 할 수 있다. 새로운 지배계급이 태동되고 또한 전반적 도시화에 따라 교육수준도 상대적으로 타지역보다 월등 높은 지역적 특수성을 갖게 된다.

그렇기 때문에 이 작품에 나오는 많은 지식인, 농민들, 그리고 상업자본가들에 대한 인물 배치와 그들의 높은 지적 표현에 우리들은 아무런 의심을 갖지 않고 작품 내적 흐름에 합류해들어간다. 이러한 벌교의 사회경제적 특수성은 곧 이 작품에 드러나 계급투쟁의 높은 의식형태를 담보해주는 토대였고, 실제로 벌교가 이 시기의 중요한 역사적 사건인 '여순사건'의 한 무대로 발현되도록 한 것이었다.

물론 그렇다고 해서 이 소설에 나오는 각종 사건과 인물들을 그야말로 있는 그대로 파악하여 소설을 실증적 역사물로 받아들이려는 태도는 아니다. 오히려 그러한 속물적 실증사관에 대해서는 가차없는 비판적 태도를 견지해야 할 것이며 작가 또한 그러한 것을 목표로 하고 있지는 않다. 역사소설에서 중요한 것은 역사적 내용을 현재의 인식수준에서 바라보고, 다른 한편으로 역사적 대상의 예술적 형상화를 통하여 현재를 좀더 잘 이해하도록 만드는 데 있다. 말하자면 역사적 인물이나 그들의 운명을 직접 체험하도록 하는 것이 아니라 자신이 접할 수 있는 가능한 한 다양한 종류의 역사기록물이라는 개별성을 통해 그것을 일반화하는 것이다. 그렇기 때문에 우리는 이 작품을 통해 특정 지역의 경험을 전해듣는 것이 아니라 그러한 형식을 당대 역사의 본질적 부분을 인식하는 것으로 끌어올리고 바로 그 토대 위에서 작품을 평가해야 하는 것이다.

『태백산맥』의 시대적 배경과 공간적 배경

『태백산맥』의 역사적 시·공간은 정확히 남한만의 단독정부가 수립된 후, 제주도에서 4·3항쟁이 발발하고 뒤이어 터진 여순사건이 진압된 1948년 10월부터 6·25전쟁이 끝난 1953년 10월까지 5년간의 역사이다. 크게 4부로 이루어진 이 작품은 시대순으로, 제1부(1~3권)가 여순사건이 진압되면서 패주하게 된 염상진 일행이 야산투쟁으로 돌입하는 1948년 10월부터 그해 12월까지, 제2부(4~5권)가 율어면을 해방구로 장악한 1949년 1월부터 농지개혁법 공포로 소작인 시위가 일어나기 시작한 1949년 10월까지, 그리고 제3부(6~7권)는 6·25전쟁이 일어나기 직전인 1949년 10월부터 전쟁이 일진일퇴를 거듭했던 1950년 11월까지, 제4부(8~10권)는 1950년 1월부터 휴전이 조인되고, 야산투쟁이 최후의 종지부를 찍는 1953년 10월까지이다.

이제 이 작품의 줄거리를 간략히 살펴보며 문제를 구체화해보자.

'한의 모닥불'이란 제목하의 제1부는 크게 도당에서 활약하는 정하섭의 거점(소화) 확보와 여순사건으로 벌교를 점령한 염상진 일행이 패주하여 야산투쟁에 돌입하고 그에 따른 입산자 가족들의 수난, 지주들의 동향과 청년단·멸공단의 만행, 그리고 소작인들의 분노와 계엄군의 주둔 등이 다각도로 형상화되고 있다.

제1부에서 작가는, 일제 식민지시대부터 응어리진 소작농민의 분노를 해방 직후의 모순구조에 연결해 형상화함으로써 단순히 좌·우익이라는 이분법의 허구성을 폭로하며, 아울러 중도파적 지식인 김범우·

손승호의 시각을 빌려 현실의 제반 문제를 해명한다. 작가는 제1부에
서부터 시간순으로 이야기를 풀어나가고 있으며 다양한 인간들을 등장
시켜 총31장, 그리고 각 장마다 3～5개의 단락으로 이야기를 담아내
는 방식을 취한다. 연재물로 집필된 『태백산맥』의 이러한 성격은 적어
도 제1부에서는 독자들을 강하게 작품 내로 끌어들인다. 중도파 김범
우의 논리적 서술은 진리의 문제를 부단히 방해하지만, 인물들의 다양
한 선택과 배치는 이 작품을 웅대하게 이끌어나가고 있다. 이 다양한
인물들의 대립 갈등은 그 복잡성을 압도한다. 그리고 그것은 곧 작품
이 계속 이어지면서 현실의 복잡미묘함을 차츰 명쾌한 유기적 구조로
해결해나아가리라는 기대감을 갖게 한다.

제2부에서도 이러한 기대감은 계속된다. '민중의 불꽃'이라 이름붙
은 제2부에는 염상진의 야산대가 율어를 해방구로 장악한 이후 전개되
는 투쟁과 소작인들의 소작쟁취투쟁, 그리고 그에 대응한 '좌익결성위
원회' 결성 등 지배집단의 동향과 암투(심재모 계엄사령관의 용공혐의
연행, 강경 계엄군의 진주), 국민보도연맹의 결성 등 입산자 가족의
가중된 수난, 농지개혁법 제정을 둘러싼 농민과 지주들의 동향 등이
그려지고 있다.

제1부에서도 그렇지만 제2부에서도 이러한 주요한 역사적 사건에
대한 각 계급, 집단의 동향이 면밀히 배치되어 형상화되어 있는 한편,
몇몇 인물들의 개인적 행동(특히 여성관계)이 삽화식으로 배치되어
일상성까지도 놓치지 않아 재미를 부추기고 있다.

분단으로 비롯된 전쟁이란 의미로 '분단과 전쟁'이란 제목이 붙은 제
3부는 1949년 10월부터 전쟁이 일진일퇴를 거듭하는 1950년 11월까지
1년간의 기간을 다루고 있다. 전쟁 발발로부터 시작하지 않고 7개월
전을 출발점으로 잡은 것이 특이한데, 이는 바로 해방 직후의 흐름이
6·25로 귀결된다는 작가의식의 발로이다. 징병제 실시에 따른 동계
토벌작전이 개시되면서 야산대는 율어를 포기하게 되고 적극투쟁에서
조직의 보존 유지투쟁으로 위축되어간다. 농지개혁이 본격적으로 실

시되면서 농민의 분노는 거세지고 자기 이익을 위한 지주들의 음모도 현실화된다. 이러한 와중에 시행되는 2대 국회의원 선거에서 이승만 정권에 대한 민중의 분노가 표출되며, 계엄이 해제됨에 따라 계엄군이 벌교를 떠나고 그런 와중에 갑작스레 6·25가 터진다. 그리고 후퇴에 직면하면서 보도연맹원에 대한 무차별 살상이 자행되고 변절한 중도파 지식인 손승호, 그리고 이학송 등이 다시 좌익에 가담한다. 그리고 인민군이 벌교를 장악하면서 야산대도 읍내로 돌아와 활동을 재개하고 농지개혁을 실시하는 등 제반조치를 단행한다. 그러나 미군의 인천상륙작전으로 전세는 역전되어 염상진네는 다시 입산해 후퇴를 거듭한다. 벌교는 다시 부역자 색출의 바람이 불고 압록강까지 밀린 인민군은 중공군의 진주와 함께 새로운 국면을 맞이한다.

이러한 것들이 주내용으로 되어 있는 제3부는 사실 이 시기의 중요성에 비추어볼 때 제1, 2부에 비해 상대적으로 비중이 낮게 취급되어 있다. 또한 두드러진 특징은 새로운 인물들 중심으로 이야기가 전개되고 있다는 점이다. 즉 그 대표적 인물로 이학송, 그리고 현오봉을 들 수 있다. 이들의 등장은 이야기의 진행과 긴밀한 관련이 있다. 전쟁이라는 사건에 비추어 전자는 인민군(『해방일보』 기자로서 인민군의 진로와 바로 결합되어 그려지고 있다)으로, 후자는 국방군으로 배치되어 전쟁의 흐름을 조감하는 역할을 맡고 있다. 이에 따라 제1, 2부에서 독자들의 관심을 끌었던 인물들의 동정은 흐트러지고 만다. 결국 현실주의적 인물 배치가 아니라 자연주의적 인물 배치임이 밝혀진다. 또한 인물이 자체의 변화 발전이라는 성격화의 측면에서 부각되지 않고, 현상 혹은 사태 추이에 예속된 존재로 받아들여짐으로써 극적 재미가 반감되기 시작한다.

'전쟁으로 더욱 굳어진 분단'이란 의미의 제4부 '전쟁과 분단'은 마지막 부로, 중공군 개입으로 다시 역전되는 전쟁상황에서 시작되어, 일시 서울을 점령하고 다시 미군의 반격으로 전황이 교착되는 상황과 결국 휴전이 조인되면서 고립되는 빨치산의 비극적인 마지막 항거와 그 결말을 주내용으로 하고 있다. 여기서도 제3부의 형상화 방식이 그대로 재현되고 있다. 38선 부근에서 전쟁이 교착상태에 빠지자 구빨치산과 퇴로가 막힌 인민군들로 이루어진 빨치산부대는 지리산을 중심으로 한 산악지대에서 처절한 투쟁을 계속해나간다. 그런 한편으로, 작품의 중심내용은 제3부에서처럼 이학송·양효석 등을 중심으로 한 전쟁의 흐름과 거기서 나타나는 몇몇 단면을 부각시킨다. 빨치산투쟁에서도 조원제라는 새로운 인물을 중심인물로 부각시킨다.

그런데 제4부에서 특이한 것은 민족주의를 내걸고 중도파적 지식인을 자처하며 동요하던 김범우의 극적 행로이다. 6·25가 터지면서 오갈 데 없는 선택적 국면에서 좌익에 의지하던 그는 우연한 기회로 미군 통역장교가 되고 다시 거기를 탈출하여 인민군 통역장교 역할을 하다 포로가 되어 거제도 포로수용소에 수용되는데 거기서 위장 반공포로로 석방된다. 이처럼 제4부 역시 인물이 집중되지 않고 더욱 분산되는 현상을 목도하게 된다. 이러한 나열은 역시 작가가 형상화하고자 하는 이 시대의 몇몇 주요한 현상을 직접적으로 드러내기 위한 방법 이상의 의미를 보여주지 못하고 있다.

전체적으로 보아 주요한 줄거리는 염상진을 필두로 한 벌교 출신 야산대의 행로, 그리고 벌교 읍내의 지배집단의 동향, 그리고 제1부에서부터 팔방미인격의 활동을 벌인 중도파 지식인 김범우·손승호의 행적이 가장 중요한 골조를 이룬다. 작품 결말 부분을 중심으로 이 작품이 말하고자 하는 바를 먼저 정리해보자. 가장 중요한 것으로, '인민 해방'의 날을 꿈꾸지만 마침내 처절한 패배와 죽음에 직면한 빨치산들이 미래의 역사 발전에 대한 희망을 불태우며 현실에서 피할 수 없는 패배와 죽음을 무릅쓴 투쟁을 끝까지 전개함으로써, 미래의 역사에서 그들의 투쟁이념이 되살아나기를 꿈꾸고 있음을 보여주는 점이다.

당은, 지난 '오일오 결정'이 내려진 그날로부터 우리의 투쟁이 현실투쟁에서 역사투쟁의 단계로 바뀌었다는 것을 분명하게 밝히는 바입니다. 동지 여러분! 모두 똑똑하게 들으십시오. 우리의 투쟁은 이제 현실투쟁이 아니라 역사투쟁 속에 있습니다. 여러분들은 그동안 학습을 열심히 해왔으므로 현실투쟁이 무엇인지, 역사투쟁이 무엇인지 다 아실 것입니다. 현실투쟁은 인민해방을 우리가 살아있는 동안 눈앞에서 성취시키는 것이며, 역사투쟁은 인민해방을 우리가 목숨을 바쳐 뒷날 역사 속에서 성취시키는 것입니다. 우리 앞에 놓인 투쟁은 오직 한길, 우리보다 먼저 역사투쟁을 벌이고 죽어간 수많은 동지들의 뒤를 따라가는 것입니다. 여러분, 앞서 죽어간 그 많은 동지들은 우리의 정의로운 싸움이 역사 속에서 기필코 승리한다는 것을 믿었습니다. 또한 인민해방의 진리를 지키는 싸움에 바친 자신들의 목숨이 역사 속에서 틀림없이 되살아난다는 것을 믿었습니다. 그렇습니다, 우리도 그 사실을 철통같이 믿어야 합니다. 역사와의 싸움은 깁니다. 우리는 그 역사의 승자입니다. 우리는 그 역사의 주인입니다. 우리가 흘리고 죽어간 피는 인민해방의 꽃으로 역사 위에 찬란히 피어날 것입니다. 여러분, 우리는 그 틀림없는 사실을 믿어야 합니다. 그래야만 우리보다 앞서 죽어간 수많은 동지들의 죽음에 보답하는 것입니다. 인민해방의 역사는 우리를 부르고 있습니다. 민족해방의 역사는 우리를 부르고 있습니다. 이 마당에 어찌 죽음을 두려워하겠습니까. 최후의 순간까지 투쟁하다가 깨끗하게 죽어가는 것만이 가장 당당하고 떳떳한 해방전사의 모습입니다. (제10권 258면)

사실 『태백산맥』의 가장 중요한 성과 중의 하나는 기존의 소설이나 수기들이 보여준 반공주의적 일방적 매도와 패배주의 혹은 회의주의에 깊숙이 침윤된 관점을 과감히 떨쳐내고 빨치산투쟁의 역사성·현실성을 전면에 부각시켰다는 점이다. 더군다나 당시의 정치집단간의 싸움을 단순히 이데올로기 차원으로만 고정하지 않고 소작농민들이 토지를 매개로 지주들과 벌인 처절한 생존투쟁으로 보고 그것을 기본골격으로 하여 당대 피지배계급의 생존문제의 해결이란 차원으로 구체화함으로써 역사적 실천성을 담보했다는 점이다. 그러한 것을 밑받침으로 하여 위의 진술과 같은 비극적 혁명성이 싹터나온 것이다.

그런 점에서 이 소설이 껴안고 있는 가장 중요한 역사적 사건, 여순 사건과 6·25는 "일단 봉기가 개시된 이상 최대의 결단성을 가지고 행동하여야 하며 기어이 무조건적으로 공격으로 넘어가야 한다. 방어는 무장폭동의 죽음이다"(맑스)라는 언표와 깊은 관련을 갖는다. 그리고 실제로 이 작품에서는 이러한 혁명적 현실주의 원칙이 어느정도 적용되었다고 볼 수 있다. 그러나 그것은 작품 전체를 관류하지 못하고 있다. 부분 부분에서 작동될 뿐 작품 전체에서 힘을 발휘하지 못하고 있는 것이다. 특정 공간에서만 작동할 뿐 대부분에서는 자연주의 혹은 비판적 현실주의의 덫에 걸려 있다. 이제 왜 이러한 판단을 내릴 수밖에 없는가를 구체적으로 살펴보기로 하자.

해방 전후 시기의 총체적 인식의 결여

이 작품은, 가장 주요한 인물 중의 하나인 염상진이 여순사건이 실패로 돌아간 이후 야산투쟁에 돌입하는 데서 시작하여, 최후까지 투쟁하다 마지막 남은 수류탄 한발로 자결한 염상진의 상여가 나가는 데서 끝나고 있다. 이러한 내용과 구조는 이 작품의 주요한 성격을 해명하는 관건적 역할을 한다.

동백나무 숲은 어둠이 한결 짙었다. 얼굴을 촘촘히 맞대고 있는 동백나무의 윤기 나는 두꺼운 잎들이 달빛을 야멸차게 막아내는 탓인지 몰랐다.
"하동무, 무사하게 왔구만."
염상진이 하대치의 손을 덥석 잡았다. 자신의 손을 움켜잡은 염상진의 손이 부르르 떨렸다. 그 파장이 하대치의 심장을 일직선으로 찔러왔다. 그건 단순한 동지애의 표현만이 아니었다. 하대치는 사태가 절망적임을 직감했다.

"후회할 수밖에 없게 됐소. 뜨기 전에 수행헐 임무가 있소." (제1권 36
면)

"동무들, 우리 다같이 어깨동무를 합시다."
염상진이 팔을 벌렸다. 네 사람도 양쪽 팔들을 벌렸다. 그리고 그들은
어깨동무를 했다. 어깨동무를 하게 되자 그들의 간격은 자연히 좁혀들었
다. 수류탄을 든 염상진의 오른손이 그들이 만든 동그라미 가운데 놓였
다.
"동무들, 우리 다같이 만세를 부릅시다."
염상진은 말을 마치자마자 입으로 수류탄의 핀을 뽑았다.
"인민공화국 만세에――"
꽝!
이틀이 지나 벌교역 앞마당에는 사람의 목 하나가 내걸렸다. (제10권
322면)

여기에서 우리는 왜 작가가 여순사건의 발발로부터 시작하지 않고
그 패주로부터 시작했는가 하는 질문을 던지지 않을 수 없다. 물론 작
가는 스스로 '작가의 말'에서 지적하고 있듯이, 이 작품을 쓸 시기인
1983년의 상황(작가는 이를 '1983년 9월의 어둠'이라 부르고 있다) 때
문인지 모른다. 또한 작가는 좀더 폭넓은 당대 사회의 형상화를 위해
이러한 방법을 채용했다고 말한다. "여순사건을 다루되 그것이 분단상
황 속에서 왜 일어나야 했으며, 왜 그 짧은 시간 사이에 그렇게 파급
되었으며, 그것이 분단사회 상황에 미친 여파는 무엇이며, 민중들의
삶과는 어떤 연관이 있으며, 그 후유증이 전체 사회구조의 변화와 6·
25에 미친 영향은 어떠한가 등을 총체적으로 파악해내기 위하여 일부
러 여수 순천을 피했다." 실제로 어떤 평자는 작품의 이러한 시·공간
적 설정에 대해 매우 적극적인 평가를 내리기도 했다.

여기에서 우리가 맨 먼저 주목하여야 할 것은 현재 우리의 눈앞에 놓여

있는 이 작품의 1부가 모든 면에서 보아 분명히 여순반란 사건을 중심되
는 배경으로 삼고 있으면서도 그 사건의 현장으로 직접 뛰어드는 것을 회
피하고 있다는 사실이다. 시간적으로 보아도 이 작품은 반란이 일단 진압
된 시점에서 첫 페이지를 시작하고 있으며, 공간적인 면에서도 반란 사건
의 중심지역이었던 여수와 순천을 일부러 버리고 그 대신 변두리 지역인
벌교를 선택한 것이다. 또한 그렇게 많은 등장인물이 나오지만 정작 여순
반란 사건의 주동자로 이름이 역사에 남아 있는 사람들은 이 작품 속에
그 모습을 비추지 않고 있다. 이처럼 작가는 모든 면에서 여순반란의 핵
심 부분과 직접 맞닥뜨리는 것을 세심하게 피하고 있는데, 바로 이러한
작가의 결정이야말로 『태백산맥』의 예술적 승리를 가능케 한 제1차적 요
인으로서 마땅히 주목의 대상이 되어야 할 것이다. (이동하, 「한국 분단소
설의 새로운 전진」, 『현대문학』 1986년 10월호)

  그러나 '모든 면에서 여순반란의 핵심 부분과 직접 맞닥뜨리는 것을
세심하게 피하고 있는 것'과 '이러한 작가의 결정이야말로 『태백산맥』
의 예술적 승리를 가능케 한 제1차적인 요인'이 곧바로 한 묶음으로
묶일 수 있는 것인가? 필자는 이러한 인식적 태도에 명백히 반대한
다.
  실제로 앞서 인용한 서두와 결말이 주는 비극의 대응 구조에서 우리
는 이 작품 전체가 주는 어둠의 무게를 느끼지 않을 수 없다. 이것은
작품 내적으로, 끝내는 동지적 삶으로 귀환하지만 부동하는 의식상태
를 보여주는(민족주의 입장을 내걸면서 이쪽저쪽을 단편적으로 비판
하는) 김범우·손승호를 통한 엄청난 양의 양비론적 논리에 힘입어 더
욱 깊어진다. 사실상 작가는 지배계급과 피지배계급의 대립을 작품의
주요한 구조로 설정했음에도 불구하고, 그 내적 대립구조는 바로 이들
과 염상진 일행으로 대표되는 야산대 혹은 이승만정권과 그 비호세력
으로 형성되어 작품을 혼미의 늪으로 내몰고 만다. 말하자면 현실의
힘보다는 관념적 토대가 미리 대립의 본질에 대한 해명을 차단하고 있
다.

그러나 여순사건의 발발로부터 시작하지 않았다는 사실보다 해방 직후의 혁명적 고양기로부터 시작하지 않고 이미 퇴조기에 깊숙이 빠져든 1948년 후반기부터 시작한 데 더 큰 문제가 있다. 그런 점에서 역으로 작가가 오히려 패주장면으로부터 발단을 잡은 것은 현실성을 살리는 부분이 될 수 있다. 그러나 그러기 위해서는 어떤 방식으로든 혁명적 고양기이자 투쟁기인 그전 시기에 대한 평가와 배려가 있어야만 했다. 그러나 작가는 이 부분에 대해서는 철저히 침묵하고 있다.

1945년부터 1953년까지의 해방 8년기의 역사적 시·공간은 어떠했는가? 1945년 8월 15일 독일·이딸리아·일본 등 파시스트 국가들을 한 축으로 하고 미국·영국 등 여타 제국주의 국가와 쏘비에뜨 등 사회주의진영을 다른 한 축으로 하는 제2차 세계대전에서 연합국측이 승리함으로써 일본제국주의의 침탈에 신음하던 한반도도 해방이 되었다. 그에 따라 식민지의 정치적·경제적 유산의 척결과 반제반봉건혁명의 완수라는 역사적 임무를 수행할 절호의 기회를 맞게 되었다. 그러나 민족해방투쟁의 지속적 전개가 승리의 동인이긴 했지만, 식민지 재분할을 위한 제국주의전쟁과 자본주의와 사회주의 간의 전쟁이 더 우위를 차지하게 됨으로써 그 두 측면의 동시적 성격이 미·소 진주의 형태로 나타난다. 말하자면 38도선을 경계로 미국과 소련의 분할점령 결정은 이 시기의 성격과 이후의 한반도 운명에 결정적 중요성을 갖는다. 북한은 소련의 강력한 지원정책에 힘입어 순조롭게 혁명을 완수하는 데 비해 남한은 미제국주의에 의해 반제반봉건혁명의 완수는커녕 신식민지체제로 재편되고 만다. 이에 따라 반제반봉건민주주의혁명을 완수하고 완전한 해방으로 나아가기를 바라는 다수 민중의 기대와 엄청난 투쟁은 좌절되고 만다. 그런 점에서 1948년 이승만정권의 성립과 1950년 한국전쟁의 발발은 반제반봉건혁명운동에 쐐기를 박는 것이고 이로 인해 국내의 혁명투쟁 역량은 거의 궤멸되고 만다.

이러한 퇴조기 국면만을 독립적으로 설정한 결과 이전의 투쟁에 농축된 전민중과 미군정·반동정권 간의 권력싸움의 형태는 민중과 빨치산투쟁의 분리로 나타나고, 그 결과 당파적 힘으로 지탱되어야 할 농민들의 삶과 야산대의 투쟁은 비록 부분적 연관성을 놓치지 않고는 있지만 통일성 위에서 역사의 추진력으로 대두되지 못한다. 오히려 야산대는 민중과는 별개의 소수 결사체 이상의 의미를 넘어서지 못한다. 오직 특정한 국면, 이를테면 6·25전쟁중 인민군이 있을 때만이, 그것도 일방적 지도의 형태로 표현될 뿐이지 민중의 가슴속에 살아 있지 못하고 산과 바다의 관계처럼 공간적 거리감으로 나타난다. 오히려 그러한 거리감을 작가는 팔망미인격인 김범우·손승호·서민영, 그리고 심지어 심재모 계엄사령과 권병제 서장, 이재술 지서장으로 메우고 있다. 결국 역사의 획을 그을 수 있는 특정 시기의 가장 중요한 국면을 사상함으로써 역사 전반이 불구의 형상이 되었을 뿐만 아니라, 더 나아가 특정 국면에 철저히 갇힘으로써 내적 형상화에 치명적인 약점을 산출하고 만다. 잘 알다시피 소설내 세계의 발전을 주도하는 전망의 문제는 바깥에서 바라보는 문제가 아니라 역사의 합법칙적 발전의 견지에서 안으로부터 작용하는 힘을 묘사하는 데 있다. 이 말은 곧 사회적 힘의 취급문제이다. 그렇기 때문에 특정 역사시기의 일상성을 주목하는 것이 아니라 그러한 힘들이 극대화되는 시점을 우리는 중시한다. 말하자면 사회적 모순 분출의 한가운데서 아르키메데스적 접점의 발견을 추구하며, 이러한 모순의 발현과 그것이 역사발전의 질로 전환되는 역사적 성격을 문제삼는 것이다. 우리가 이 시기를 중요하게 생각하는 것은 작가의 말대로 우리 현대사를 가늠하는 그야말로 격변의 시기이기 때문이다. 그렇다면 당연하게 그 시기 중 어떤 힘이 주요한 위치를 차지하는가, 그리고 그 힘은 이후 어떻게 작용하는가 하는 본질적 물음에 대한 작가의 노력이 당연히 요구되는데도 이를 피하고 있다.

이러한 점과 관련해 이 작품은 궁극적으로 6·25에 대한 역사적 형상화에 주목하고 있다 할 것이다. 기본적으로 6·25를 '조선인민과 미국의 전쟁'이라고 결론을 내리지만(민족주의자 김범우의 변모와도 깊은 관련을 갖는), 작가가 또 하나 중요하게 부각시키고 있는 것은 바로 소작인투쟁으로부터 싹터나온 야산투쟁이다(뒤에 인용할 염상진의 '기회'에 대한 인식은 그것의 발현이다). 즉 분단 내인론을 주목하고 전쟁의 진행과정에서 미제국주의 문제(분단 외인론)를 전면에 대두시키는 방식을 취하고 있다. 이는 해방 직후 혁명적 고양기가 퇴조기로 밀려나가는 과정에 대한 총체적 인식이 결여되어 있기 때문에 나타나는 이분법적 해석이다.

『태백산맥』에 나타난 인물들의 성격과 한계

사실 『태백산맥』을 올바로 이해하기 위해서는 당대 객관적 현실에 대한 인식의 정도가 관건적 역할을 하고 있는 것은 사실이지만, 미학적 측면에서 핵심적 사안이 되는 것은 무수히 등장하는 인물들에 대한 올바른 전형화의 여부이다. 이미 지적했다시피 사회적 힘의 유기적 관련에 대한 불철저한 인식은 적대적 모순이 작품의 중심골조에 놓이지 못하고 비적대적 모순의 형상화와 뒤섞임으로써, 복잡성의 단순성으로의 집중이 행해지지 못해 자연주의적 나열로 현상화하거나 문제의 왜곡이 일어나면서 인물의 형상화에 중대한 결함을 산출하기도 한다. 그 단적인 예가 심재모의 양심적 활동에서 잘 드러난다. 이는 계급성과 개인적 특성을 제대로 자리매김하지 못한 것도 중요한 이유이지만, 다른 한편으로 작가가 명확한 노동자계급적 당파성, 민중적 입장을 견지하지 못하고 각각의 현상을 나열적으로 인식함으로써 적대적 모순과 비적대적 모순의 차별화가 이루어지지 못한 탓이다. 그렇기 때문에 심재모 개인에게 있어서 반성적 자료가 풍요함에도 불구하고 여전히 삶은 평행선으로 치닫고 만다.

일반적으로 『태백산맥』을 읽는 사람들은 중반까지는 그런대로 재미있다가 후반부는 재미가 없고 식상해버렸다는 지적을 곧잘 하는데 바로 이러한 문제와 깊은 관련을 맺고 있다. 수많은 인물의 등장은 그만큼 이 작품의 폭이 넓음을 말해주는 것이긴 하지만 그 인물들이 유기적 관련성으로 통합, 집중되지 못하고 나열됨으로써 진정한 현실주의 소설이 되지 못하고, 자연주의 웅덩이에서 완전히 벗어나지 못한 소설로 되고 만다. 초기 다수 인물의 등장은 일정한 문제의 확산을 독자에게 부여해주기 때문에 독자는 적극적인 반응을 보이지만 후반부에 갈수록 작중사건의 설명을 위한 소도구 역할밖에 수행하지 못함을 볼 수 있다.

당대의 주요한 계급적 역관계와 결부해 민중진영과 지배진영의 중요 인물군을 도식화해 정리해보면 다음과 같다.

(1) 민중진영

① 염상진을 필두로 한 안창민·하대치·강동기 등 야산대: 이들은 야산투쟁에 돌입하면서 소규모 침투 공격작전을 개시하다 율어를 해방구로 장악하여 활동을 벌이고 6·25가 일어나기 전인 50년초에 토벌작전의 시행으로 해방구를 잃으며 다시 6·25가 터지자 벌교읍내를 장악하고 다시 정세의 역전에 따라 야산투쟁으로 전환하여 지리산으로까지 후퇴하는데 휴전이 조인되고 대규모 토벌작전이 전개되자 궤멸된다.

② 벌교 읍내 소작인: 강동기·김복동·서인출·유동수·김종연 등 몇몇 지주의 소작인들이 주요한 인물군으로 등장한다. 이들의 활동은 당시 농지개혁법 등과 같은 정책의 구체적 실현자들인 지주들과의 직접적인 생존권투쟁을 간헐적으로, 극히 자연발생적으로 전개해나가지만 그 대부분은 일상적 삶과 애환에 집중되어 있다.

③ 야산대 가족들: 염상진·하대치·강동식 등의 가족(여인네와 자식들), 그리고 애인관계인 소화 등의 인물군으로 편성된다. 오히려 소작인들보다는 이들 가족사적 수난을 통해 민중의 수난을 더욱 부각시키고 있다.

④ 민중적 지식인들: 김범우·손승호·서민영·전원장·법일스님 등

이 이에 해당된다. 전반적으로 이들은 민족주의에 깊이 침윤되어 있으나 개별적으로 상이한 정치의식과 개성을 가진 인물로 형상화되어 있다. 이 중 일부는 6·25를 계기로 양 대립구조에 편입된다.

(2) 지배진영

① 지배계급: 벌교 읍내에서 가장 지배적인 계급군인 국회의원 최익달, 최익승, 윤삼걸, 정해동, 유주상 등이다. 그러나 이들과 당대 이승만정권 및 미제국주의와의 관계는 직접적인 형태로 연관되지 않고 그 자신들의 개인적 이익관계를 통해 계급적 성격을 드러낸다. 다른 한편으로 여순사건으로 희생당한 지배계급의 제2세대인 윤태주·양효석·최서학·송성일·현오봉을 통해 반공이데올로기로 무장되어 새로운 지배계급으로 등장하려는 젊은 세대들이 그려지고 있다.

② 친일세력: 주로 읍내 공권력을 형성하는 집단으로 군경의 수뇌들이 이에 해당된다. 남인태·백남식·임만수·염상구 등이 이에 해당된다. 그러나 이들 중 일부(심재모·권병제·이재술 등)는 이와 대립하는 '그나마' 양심적인 세력으로서 형상화되어 내부 모순관계를 표출한다.

③ 맹목적 반공주의자 월남자: 교사였다 특무대원으로 전환한 선우진 등을 통해 서북청년단과 내용적으로 궤를 같이하면서 형상화된다.

이러한 양진영의 형상화에서 문제점을 보자면, 첫째 민중진영의 결속력이 작품 전체를 압도하지 못하고 분산되어 있다. 이는 앞서 지적대로 사회적 힘의 근원에 대한 작품 내의 지도원리로서 당파성이 자리잡지 못하고 있기 때문이다. 구체적 형상화에 있어 이 점을 보면 무엇보다도 당대 사회에 대한 해명과 정세판단이 당파성의 구체적 담지자

들에 의해 수행되지 못하고 그 대부분이 소시민성과 민족주의에 집착
해 사회적 힘이 뒷받침되지 않는 김범우·손승호·서민영 등에 의해
이루어지고 있다. 그 결과 힘의 통일문제, 모순의 첨예화로 집중되지
못하고 나열적 형상화로 분산되고 있다. 말하자면 현상적으로 다양하
게 보이는 인물들의 현상형태를 계급적 그물망으로 정확하게 포착, 힘
의 우위를 보여주어야 함에도 불구하고 인물들의 배치와 결합관계에서
실패하고 있는 것이다.

오히려 염상진에게서 보여지는 완벽성은 이른바 위대한 현실주의 소
설에서 보여지는 '종결된 인물'과는 상당한 거리가 있다. 흔히들 소작
농 출신의 사회주의자 염상진을 주인공으로 설정한 것을 두고(여기다
하대치와 같은 우직한 소작농의 등장까지도 포함하여) 우리는 아낌없
는 찬사를 쏟아부었다. 이제 우리의 소설이 여기까지 왔노라고. 그것
은 이 시대가 산출해낸 가장 전형적인 인물이다라는 판단에 의해서이
다. 그러나 과연 그러한가. 이는 염상진의 형상화에서 완벽한 사회주
의자로 성장하기까지의 변모과정에 대한 형상화, 말하자면 발전하는
인물의 성격화가 없기 때문에 하는 말은 아니다. 의식화된 인물로 등
장하여 의식화된 인물로서 행동하며 행동을 자기 손아귀에서 조정할
수 있는 인물로 형상화된 점을 우리는 문제시한다. 이때 중요한 것은
이 '종결된' 인물의 내적·지적·감정적·도덕적 풍부성을 서술하고
있느냐이다. 그러나 이 점에 있어서 감정적·도덕적 풍부성과 철저한
투사적 기질은 드러내놓았지만 한 인간에게 있어서 관건적인 정치적
판단과 행동, 즉 당파성의 현실화는 모호하게 하거나 의도적으로 회피
하고 만다. 이 소설의 첫 발단이 되는 여순사건의 실패와 야산투쟁의
돌입에 대한 그의 견해를 들어보자.

　　지금 그의 감정은 아침 햇살이 퍼지고 있는 동녘 하늘과는 정반대로 캄
　캄한 어둠이었고 암담한 좌절뿐이었다. 후퇴, 패주, 그 어느 것이든 상관
　이 없다. 그건 말의 뜻이나 강도만 다를 뿐, 그런 현상이 일어나는 것은

분명 상대적인 힘의 약세 때문인 것이다. 상상하기 어려운 일이었다. 혁명의 주체가 되어야 하는 북조선의 힘은 막강한 것이라고 믿고 있었다. 해방과 더불어 혁명의 붉은 깃발을 세웠고, 이듬해에 지주와 부르즈와 계급 말살과 함께 토지개혁을 완료한 북조선의 조직화된 공산주의의 힘은 경이적인 것이었다. 그런데 미군정하에서 시작된 남조선은 어떠했는가. 친일파와 지주계급이 군정과 어울려 득세를 했고, 새 시대의 국민을 위해 실시한다는 토지개혁은 해방 삼년이 지나도록 단행을 하지 못한 상태였다. 그건 오합지졸이 모인 힘의 비조직화를 여실히 드러내는 것이었다. 힘은 조직화될수록 강해지고, 그 힘은 공격을 감행할 때 더 강해지고, 그리고 승리를 쟁취했을 때 그 힘은 절정의 꽃을 피우게 되는 것이다. 그건 힘의 법칙이고, 힘의 미학이었다. 북조선의 일사불란하게 조직화된 힘은 절호의 기회를 얻게 되면, 남조선의 오합지졸인 비조직화된 힘을 일거에 쓸어버리고 한반도 전역에 공산혁명의 깃발을 나부끼게 할 것임을 굳게 믿어왔다. 그래서 굶주리며 쫓기는 투쟁을 불사했던 것이고, 마침내 봉기의 때가 왔음을 확신하고 읍내를 장악한 다음 무차별한 혁명의 숙청을 감행하지 않았던가. 그런데, 하늘처럼 믿었던 북조선의 조직화된 힘은 뻗쳐오지 않았고, 오합지졸인 줄만 알았던 남조선의 힘에 쫓기게 된 것이다. 힘은 힘 앞에서만 굴복한다. 왜 북조선은 힘을 쓰지 않은 것인가. 남조선이 그만큼 강하기 때문이었는가. 그럼 북조선의 힘을 너무 과대평가했던 것일까. 아니다, 아니다——염상진은 깊이를 더해가는 회의를 떼쳐내려고 신음을 물었다. 자신의 마음을 회의와 절망으로부터 구해낼 수 있는 그 무엇이 있어야 했다.

그때 염상진의 뇌리를 스치는 생각이 있었다. 그렇다, 분명 그랬을 것이다.

"그래, 이번을 절호의 기회라고 판단하지 않았을 것이다."

염상진은 스스로를 일깨우듯 낮게 중얼거렸다. 자신의 목소리가 목판을 새기듯 자신의 가슴에 선명하게 박히는 것을 느꼈다.

"절호의 기회라고 생각한 것은 어리석은 내 판단일 뿐이지." (제1권 110~11면)

이상의 염상진의 자기독백은 실로 이 작품 전체를 통해서 엄청난 무게를 지니고 있다. 그것은 우선 이 인용문은 염상진 자신의 정치적 태도 표현의 모호함을 반증해주는 것이고, 대신에 일체의 것을 당에 대한 충성으로 귀일시켜 당의 오류와 역사적 한계 범주가 명확하게 제시되지 않은 채 당 혹은 북조선으로 이월해버리는 자세이다. 한편으로 투사 자체의 삶에 대한 단호함을 이 작품은 충분히 그려놓고 있지만 당의 일부로서 전위적 인간의 성격화에는 실패하고 있다. 물론 이 작품에는 소규모의 전투를 통한 탁월한 지도력은 부분부분 잘 나타나 있다. 그러나 더 중요한 것은 전체 민중의 운명과 사회의 운명에 대한 책임부분이다. 또한 이것이 발단의 내용을 형성하고 있다는 점에서, 그리고 6·25에 대한 예비적 발단임을 분명히 암시하면서 '절호의 기회'를 대기하며 투쟁하는 삶이 이 시대의 성격이라는 것을 말해준다. 절호의 기회란 객관적 현실의 물질적 토대 위에서 주체가 투쟁하며 만들어가는 현실과 주체의 변증법적 교호관계의 소산이다. 따라서 작가는 6·25가 역사에 존재했다는 사실에 매달림으로써 결과론적 이해 수준을 넘어서지 못하고 있다. 그 자신의 정확한 객관적 정세인식의 결여는 역사적 진행과 소설이 올바로 결합되는 것을 방해하고 있다. 그것은 일차적으로 여순사건에 대한 자기평가가 없는 데서도 알 수 있고, 더 나아가 해방 삼년 전반의 사태 추이에 관한 엄밀한 자기정립이 없는 데서 더욱 확연해진다. 그렇기 때문에 이러한 전위적 인자의 불구적 형상화는 사회주의자로서 일반화된 이론의 대변 혹은 빨치산투쟁 자체 내에서의 완벽성으로만 끊임없이 보충될 뿐이다.

객관현실 파악에 대한 과학적 인식의 결여는 대신 중도적 지식인들인 김범우·손승호 등의 개별적 만남과 술집 대화 등에서 넘치도록 표출된다. 당대의 역사적 진행과정과 그 주체세력의 대응이 긴밀하게 결합하지 못하여 방관자적 거리에서 나오는 언표들을 객관적 거리로 오인하는 것은 유물론적 태도가 아니다. 물론 이들이 6·25를 전후로 하여 자기 변모과정을 겪는다 하더라도 문제가 해결된 것은 아니다.

이들 역시 발전하는 인물의 전형적 형태를 취하고 있지만(특히 손승호와 이학송) 전반부에서 이들의 삶의 형태는 철저히 사회적 힘과 결합하지 못하고 술좌석의 푸념으로만 귀결된다. 소설에서 대화는 사회적 삶과의 직접적인 관련을 끊임없이 추동하는 의식적 언표가 되어야 함에도 불구하고 이들에게 있어 대화의 끝은 '적당히 얼버무림' 이상을 넘지 못한다. 대신 이들에게 부여된 것은 인도주의적 행동양태들이다. 바로 주변사의 만능 처리꾼으로 팔방미인의 활동을 벌이는 이들의 삶의 형태는 작품 내의 흐름에서 문제의 핵심을 흐려놓는 기묘한 역할을 한다. 물론 이들과 심재모 등의 친화에서 일정한 자유민주주의적 정치의식의 범주를 상정할 수는 있다. 그러나 이미 해방 직후 미군정기간 동안 현실 속에서 필연적으로 귀결되지 않을 수 없었던 그들의 '자리없음'에 비해 그 비중은 너무도 과도하게 배치되어 있다. 후반부에 가서야 '도피할 수 없는 선택적 국면'에서 일정한 삶의 전환을 단행하지만 김범우의 경우 그때에 드러난 것은 소위 소시민성에 대한 계급적 한계의 각성과 새로운 계급성의 획득으로 나타나는 것이 아니라, 민족주의를 그대로 지닌 채 반민족주의에 대한 거부로 인해 끌려들어가는 방식이다. 이는 민중성의 관점에서 끊임없이 당파성을 쳐다보고 회의하는 형태이다. 사실 김범우는 이 작품에서 염상진에 버금가는 중심인물로 오히려 그보다 더 비중이 컸으면 컸지 작지 않은 인물이다. 그런 점에서 김범우의 민족주의('민족의 발견')에 대한 올바른 해득은 이 작품의 사상적 기조를 이해하는 첩경이다.

　"미국이다, 소련이다, 민족주의다, 공산주의다, 자본주의다, 사회주의다, 우리에게 지금 필요한 건 그런 정치적 택일이 아닙니다. 그건 한 민족이 국가를 세운 다음에나 필요한 생활의 방편일 뿐입니다. 지금 우리에게 필요한 건 민족의 발견입니다. 그 단합이 모든 것에 우선해야 해요."

　김범우는 일제때 염상진과 함께 좌익운동을 하다 학병으로 끌려가

버마전선에 투입, 영국군에 투항한 후 OSS요원(해외전략군 첩보훈련원)
으로 활약하다 해방과 함께 포로로 귀환하면서 인식의 전환을 겪게 된
다. 김구의 노선을 충실히 대변하는 김범우의 민족주의는 놀랍게도 전
환의 계기가 모택동에게서 나온다. 그러나 모택동이 반제의 문제를 중
시한 것은 사실이지만 결코 노동계급의 지도성을 방기하지도 않았고
일시적 전술로서 민족부르즈와지와의 동맹을 말했을 뿐 영구적인 것으
로는 결코 생각하지 않았다. 이는 계급문제와 민족문제를 총체적으로
사고하지 못한 작가 자신의 세계관적 제약의 소산이다. 작가의 외삼촌
이력을 옮겨다 새로운 인물로 창출한 김범우란 인물의 민족주의는 사
실상 정확한 인식에 근거한 것이라기보다는 감성적 차원으로 만들어진
것으로 그 형성동기부터 애매모호하기 짝이 없다. 대부분은 김구의 노
선을 거의 직역적으로 대행하는 형태이고, 실제로 사회주의에 민족주
의로 전환하게 된 배경은 거의 언급되지 않고 있다. 단편적으로나마
확실한 인식의 편린을 엿볼 수 있는 것이 손승호에게 고백하는 대목
등일 뿐이다.

　다음으로 더욱 근본적인 이 작품의 약점은 실제 민중의 삶에 대한
형상화에 있다. 역사 주체로서 민중의 삶에 대한 폭넓은 형상화의 진
정한 방법은 무엇이어야 하는가. 이 작품에서는 사실 사회발전의 합법
칙성이 민중의 삶 각 부면까지 침투해들어가지 못하고 있다. 자신들의
생존투쟁마저도 빨갱이로 매도당하는 탄압 속에서 소작쟁의의 여러 양
태는 지속적으로 분출되고 있지만 여기서는 그 이하도 그 이상도 아닌
상태로 고정되어 있다. 말하자면, 그 이상의 것은 이미 주어진 관념의
형태로 상위에 서 있고 민중에게는 하나의 선택대상의 의미를 갖지 못
한다. 그렇기 때문에 당대 민중의 염원을 대변해주는 염상진네에 대해
서 민중의 관계는 부분적인 관계 혹은 실제적 관련성을 잃은 막연한
기대의 수준으로 위치지어지고 만다. 그러한 형태가 민중의 수난받는
삶의 형상화에서도 야산대로 활동하는 집안의 수난에 치중되고 일반
민중의 삶의 형상화는 상대적으로 부차화되어 있으며, 또한 소설 내적

으로 지하조직의 활동상이 언급되어야 함에도 불구하고 그 부분에 대한 형상화는 거의 전무한 형편이다. 오직 이지숙을 중심으로 극히 개인적인 방식으로 처리되고 있을 뿐이다. 그렇기 때문에 민중의 삶에 대한 형상화에 있어 이 작품이 집중할 수밖에 없는 것은 끈질긴 삶의 집착에 대한 형상화이다. 이 역시 민중성의 중요한 특징이긴 하지만 작품에서 직접적으로 의미를 갖기 위해서는 사회적 모순이나 경향적 발전을 역사적으로 보아 객관적으로 반영할 수 있는 능력, 따라서 역사적으로 진보적인 여러 계급과 계층의 이해를 대변할 수 있는 능력으로 구현되어야 한다. 따라서 민중성이 현실변혁 과제의 당위성에 관한 즉자적 규정에 그치지 않기 위해서는 당연히 계급적 실천의 현재적 상황과 그 객관적 발전전망의 인식에 기초를 둔 당파성의 문제와 결부되어야만 한다. 당파성은 그렇기 때문에 작가의 세계관으로부터 예술적 형상화 방법에 이르기까지 예술적 실천의 모든 국면에서 그 진리성 여부를 검증하는 본질적 기준이 되는 것이다. 그러므로 민중의 생활을 단순히 객관적·역사적·구체적으로 그려내는 것만으로 끝나서는 안된다. 우리의 주요한 관심은 민중 전체의 삶이며 그들이 나아가야 할 운명, 근본적 변혁에 대한 지향이다. 그러기에 우리는 그 속에서 적극적으로 행동하는 주인공들을 추출해 그려내는 것이다. 위대한 현실주의는 민중이 단순한 객체가 아닌 역사의 주체로, 또한 단지 역사의 피조물로서만이 아니라 자신의 운명의 주인, 지상의 모든 물질적·정신적 가치의 창조주로서 그려낸다. 물론 염상진을 비롯한 하대치·강동기·천점바구 등 위대한 민중형상을 작가는 주목하고 있다. 그러나 그들은 대개 종결된 형태로 이미 주어져 있다. 여기서 우리가 문제삼고자 하는 것은 뛰어난 인물이 있다는 사실 자체가 아니라 이들과 민중의 결부, 그리고 이들을 매개로 하여 민중 속에서 커나오는, 발전하는 인물의 성격화이다. 동시에 지배계급에 제약되고 자기 계급의 이익에 제약되는 살아있는 모순의 형상화이다.

그러나 『태백산맥』에서 민중의 힘은 구체적 현실의 모순에서 싹터나오기보다는 오히려 역사적 축적에서 구축된 민중적 정서의 표출에 힘입은 바 크다. 농촌의 자연환경과 풍물에 대한 치밀한 묘사, 전설과 야담, 옛이야기 등에 대한 격조 높은 형상화 등이 그것이다. 이러한 민중정서의 형상화 방식은 이미 우리 역사소설에서 홍명희(洪命憙)의 『임꺽정』, 황석영의 『장길산』에서도 위대한 힘을 발휘한 바 있다. 그러나 이러한 민중정서는 당대의 모순구조에서 싹터나온 혁명적 힘과 결합되지 않는 한 즉자적 운명을 면치 못한다. 불행히도 『태백산맥』에는 이 혁명적 힘과 민중의 삶 사이에 작가 스스로 그어놓은 선이 명백하게 자리잡고 있다. 작가가 초기 작품부터 줄기차게 추구해온 '한(恨)이라는 정서의 베짜기'가 여기서도 중심정서가 된다. 특히 제2부 '민중의 불꽃'에서 그려지는 농민들의 삶, 자연물과 농민의 한스런 교섭, 그리고 궁핍을 매개로 한 어린아이들과 자연의 교섭은 한의 정서가 그려놓은 극치라 할 수 있다. 그러나 이는 "뼈빠지게 농사지어 지주한테 다 뺏기고, 배곯고 헐벗고 사는 억울함과 분함을 욕으로라도 그나마 풀어야 살아갈 수 있지 않겠느냐"(제3권 11면)는 식으로 '욕'이라는 카타르시스적 차원을 벗어나지 못하고 있다. 물론 이러한 한풀이가 곧바로 입산으로 나아가기도 한다. 소작인 강동기는 자신을 지주 서운상이 '벌거지'라고 욕하자 그 분을 견디지 못해 "머시여, 벌거지!" 하며 삽으로 서운상을 찍어버리고 입산하게 된다. 그러나 이때도 한에 기반한 즉자적 전환에 머물고 있을 뿐이다. 이렇듯 한의 농도에 의해 좌우되는 즉자적 민중상이 대부분이다. 그러기에 많은 경우 야산투쟁의 실천이 어떻게 하면 대상화된 민중의 지지를 받을 것인가 하는 방식으로만 나타나고 민중과 함께 떨쳐 일어서는 혁명적 국면은 형상화되어 있지 않다.

두번째로 지배진영에 대한 형상화의 문제점을 보자.

무엇보다도 먼저 지적해야 할 사항은 미제국주의와 이승만정권의 반민중성, 반민족성이 이 작품의 지배진영으로 묘사된 벌교 지주들과 철저한 결합을 이루어내지 못하고 있다는 점이다. 벌교 지주의 행동은 거의 모든 경우 자기 계급의 즉자적 이익 추구에서 제시되고 있을 뿐이다. 그 결과 지배진영 내부의 모순관계가 지배진영 내의 정확한 계급적 이해관계에 정초한 것이 아니라 이른바 사회적 역할, 이를테면 지주 대 군인·경찰의 방식으로 나타난다. 이는 지배진영의 형상화에 있어서 지나치게 개인성에 치중하면서 다양한 형태를 중시하는 데서 확연히 나타난다. 말하자면 당대 지배집단의 삶의 형태를 다양한 인물을 등장시켜 분배하는 방식이다. 실제로 전형이란 긍정적 인물을 형상화하는 데서만 필요한 것은 아니다. 그것은 부정적 인물을 형상화하는 데서도 필수적으로 요구되며, 이때 다같이 중요한 것은 선명하고 독특한 개성으로 특정한 계급·계층·집단 들의 공통된 특징을 개괄하고 사회생활의 본질과 합법칙성을 반영하는 데 있다. 말하자면 역사과정과 그 제약성 속에서 사회적·계급적 본성이 적나라하게 드러나야 한다. 이 점에 있어 이 작품에 등장하는 인물 중 국회의원 최익승의 역할은 자못 중요하나 다른 지주들과 함께 평준화되어 취급되고 만다. 특히 이 작품의 문제는, 전체의 틀을 일반성과 특수성을 통일시켜 형상화할 수 있는 형식적 구조를 갖추고 있으면서도 내용성에서는 개별성으로 떨어져버리는 오류가 많다는 데 있다.

그리고 이 시기에서 결코 빠뜨릴 수 없는 사회구조적 변화의 측면에 대한 무고려는 이 작품의 결정적 약점이다. 즉 미군정에 의하여 시작되고 이승만정권에 의하여 이어진 신식민지 자본주의화의 길은 이 작품 어느 곳에서도 자리잡고 있지 않다. 벌교의 특수성을 단순히 '농촌'이 아닌 자본주의 세례를 충분히 받은 지역으로 선택한 이유가 작품 내에 관철되지 못하고 있다. 그것은 인물의 의식적 특징의 일부로만 작용할 뿐 사회현실의 객관적 반영이란 측면에는 다가서지 못하고 있다. 그래서 사실 제국주의에 대한 형상화에서도 미군의 우월주의와 야만적 행패만이 부분적으로 부각되어 있을 뿐 본질적 접근은 제한당하고 있다. 또한 당대 정치세력에 대한 인식에서도 계급성 자체의 치밀한 분석과 토대와의 연관을 풍부하게 담아내지 못함으로써 그 차별성이 명료하게 제시되지 못하고 당면 과제의 해결이란 측면에만 머물고 있다. 이는 농촌이란 지역성에만 집중되고 신식민지 자본주의적 질서의 재편이란 토대의 변화 측면을 확고히 인식하지 못했기 때문이다. 그렇기 때문에 과학적 계급해방, 인간해방의 관점에서 현실인식이 수행되지 못해 농민층에서는 동학에 대한 관념과 사회주의가 거의 동일시되고 있고, 그에 대한 농민적 이데올로기의 한계는 전혀 비판되지 않고 있다. 또한 김범우를 중심으로 한 지식인의 민족주의가 지닌 본질이 모호한 형태로 보다 포괄적인 인식틀로 작동하고 만다. 작가는 철저한 사회주의자를 등장시키고 또한 그들을 통해 행동의 우위를 보여주고 있으나 민중성의 지도개념으로서 당파성을 현실화해 내지 못하고 민중성 일반, 다시 말하면 농민의 이데올로기와 민족주의에 갇히게 된다.

따라서 인물면에서 전체적으로 평가하자면 다양한 인물의 형상을 그려놓고 있지만, 이것이 당대 사회의 객관적 반영과 현실의 합법칙적 전개에 적합한 다양한 위계를 가진 인물군인가 하는 점에 대해서는 의문이다. 전형적 인물에 대한 형상화의 부족에 따라 이들 인물에 있어서도 나열적 형상의 측면이 더 강하다. 당대 역사의 복잡성을 다각도로 드러내는 데 주안점이 두어지면서 이 결과가 인물의 성격화를 통한 단순화로 이끌어지지 못한다. 개체적 예술형상을 매개로 한 보편화 과정, 즉 전형화 과정이 올바로 이루어지지 못하고 있는 것이다. 전형적인 것, 특징적인 것의 명쾌한 선택과 보편화가 부족하다. 작자는 민중에 대한 애정어린 시선을 가지고 있지만 복잡한 현상 중 주요한 현상을 어루만지는 데 그치고, 그러한 힘을 결집해 민중성을 지도해나갈 당파성의 체현에는 이르지 못하고 있다. 제3, 4부에서 전쟁의 경과를 뒤따라가며 그것을 전달해주는 인물의 자의적 설정과, 몇몇 인물을 제외한 많은 작중인물이 그 자신의 역사가 드러나지 않는 현상의 대변자로 자리잡고 있는 것도 그 반영이다. 특히 인물간의 대립구조가 계급적 토대에 올바로 근거해 있기보다는 개인의 심리적 측면에 압도되어 있는 경우가 많다. 염상진과 염상구 형제간의 대립, 최석학과 송경희, 양효석과의 대립 등등. (이에 대해서도 과학적 분석이 요구되지만 여기서는 문제점으로만 지적해둔다.)

『태백산맥』, 이제야 길목 접어든 때이른 '최고봉'

『태백산맥』의 뛰어난 장점은 미리 주어진 추상개념의 도식을 가지고 작업하지 않은 데 있다. 『태백산맥』은 대신 매우 개성적인 예술형상을 보여준다. 이러한 성과를 뒷받침해주는 한 요인이 바로 작품 속에 드러나는 삶의 다면성이다. 거기에는 사회적 관심이 주요한 위치를 차지하고 있지만 일상생활, 사랑과 엽색행각 등 개인적 관심사도 풍부히 그려진다. 그런 점에서 고리끼가 적절히 표현했듯이 문학은 인간학이란 사실을 『태백산맥』은 잘 말해준다.

특히 이 작품의 장점은 앞서도 지적했듯이 민중생활과 결합된 자연환경에 대한 탁월한 묘사, 그리고 민중의 의지와 감정을 대변하는 전설과 옛이야기, 아이들의 놀이와 생활 등을 일상생활 자체에 자연스럽게 용해함으로써 이 작품의 현실성을 담보해주는 물질적 토대가 된다는 점이다. 그러나 민중성과 관련해서 항시 염두에 두어야 할 사항은 통속성이다. 이 작품은 지나치게 통속성을 겨냥하고 있다. 그 대표적인 것이 흥미를 위한 양념으로 등장하는 애정행위와 엽색행각에 대한 지나친 형상화이다. 사실 주요한 인물은 모두 다 이 부분을 적어도 한 번쯤은 삽화식으로 끌어안고 있다. 염상구의 끊임없는 엽색행각(특히 외서댁과), 정하섭과 소화의 기묘한 접합, 하대치와 주모의 과장된 정사, 송경희의 자유연애주의를 칭송하며 벌이는 치졸한 애정행각, 심재모와 순덕의 순정관계, 백남식과 장모 윤씨와 그의 딸 사이의 삼각관계, 마름 허출세의 겁탈행위 등 대부분의 애정관계가 정상적 윤리관에 기초한 방식이 아니라 그야말로 재미를 위한 하나의 삽화적 도구로 희화화되어 있다. 물론 그것들은 모두 다 일정한 계급성과 개성을 담보로 하고 있지만 과도하게 형상화됨으로써 현실성을 반감시키고 있다. 우리가 소설에서 인간의 다양한 면에 대한 형상화에 주목하는 것은 전면적으로 발달한 개성을 목적으로 하는 문학 고유의 사회적 기능이 있기 때문이다. 인간 행위의 객관성, 그의 감정, 지향, 의지의 객관성은 그것들을 동기로 하여 수행되는 실천적 활동의 결과를 통해 규정된다. 이 결과들 속에는 이념만이 아니라 인간의 정서, 감정, 원망 등도 객관화되어 있다. 따라서 인간의 실천적 활동은 예술적 진실의 확고한 규준이다. 물론 예술적 형상은 객관적으로 참된 인식이 제공하는 것보다 훨씬 멀리까지 나아간다. 문학은 단지 객관을 반영할 뿐만 아니라 주관도 표현한다. 우리가 문제삼는 것은 이것의 분리가 아닌 유기적 결합이다. 예술적 진실을 문제삼는 것이다.

물론 전체적으로 『태백산맥』의 문학적 가치는 기존의 이와 유사한 어떠한 소설보다 뛰어난 예술적 가치를 가지고 있다. 그러나 그 가치도 위에서 살펴보았듯이 아직은 도달할 거리에 비해서 멀었다는 생각이다. 말하자면 이제야 역사의 길목에 접어들었을 뿐 아직은 때이른 '최고봉'이란 생각이다. 이 작품의 근본적인 문제점을 간단히 정리해보며 글을 맺기로 하자.

첫째, 작자는 민중에 대한 애정의 시선을 놓치지 않고 있지만 그것이 민중의 근본적인 염원으로 통일되지 않고 분산되어 표출되고 있다. 말하자면 당파성의 불철저성, 작가의 세계관에서의 한계이다. 이를테면 야산투쟁은 혁명투사의 철저한 투쟁정신으로만 그려지고 있으며, 객관현실에 대한 파악은 주로 민족주의 지식인의 제법 경건한 객관성의 외관으로 집중되어 있으며, 또한 지배계급의 반민중성, 반민족성은 6·25의 성격에 대한 묘사에서 드러나듯이 자유주의자 군인에 의해 이루어지는 등 집중되지 않고 교차되는 시선으로 역사적 흐름을 조명하고 있다.

둘째, 이러한 당파성의 불철저성은 객관적 현실의 반영에서도 총체성의 획득보다는 평면적 다면성을 그려내 보이고 있다. 객관적 현실의 복합성을 형상화하고자 하는 작가의 의도는 높이 사야겠지만 현실 파악에서 과학성이 부족하여 자연주의적 틀에 집착할 수밖에 없게 되었고 결과적으로 비판적 현실주의 범주를 넘어서지 못하고 있다. 말하자면 복잡성·다양성을 그 자체로 해결하려는 나열적 방식이 주조를 이루고 있다.

셋째, 이러한 한계를 가장 분명하게 파악할 수 있는 미학적 요소가 인물의 형상화 문제이다. 무수히 등장하는 인물군은 개성적 성격을 분명히 담지하고 있으면서도 지도원리로서의 당파성이 불철저한 결과 나열적 인물군으로 귀착되고 만다. 초기에 기대했던 다양한 인물군이 작품 마지막까지 그대로 고정되는 경향이 일반적이며, 또한 그렇지 않으면 주요한 현상의 묘사에 따라 인물이 교체되는 등 환경과 인물의 상호관계에 따른 성격화 문제, 그리고 그것을 통한 전형의 문제에 중대한 결함을 내보이고 있다.

따라서 1945년부터 53년까지 일제 식민지로부터 해방이 되면서 혁명의 가능성과 현실성이 들끓던 이 시기를 그린 역사소설로서 『태백산맥』은 적어도 본질적 측면을 내포한 주요한 현상들을 안으로 끌어들였지만 아직은 산맥 전체를 포괄하는 위대한 현실주의 소설은 되지 못하고, 그 산맥을 총체적으로 구성하는 산들을 분산적으로 결합한 슬라이드적 상연물과도 같은 대작이다. 그에 따라 개별 산들에 대한 형상화에 있어서도 문제점을 안게 된다. 물론 그렇다고 이전의 소설과 비교해서 이 소설의 뛰어남을 무시하는 것은 결코 아니다. 그 우위는 아무리 강조해도 지나치지 않다. 그러나 진리는 여전히 『태백산맥』 저편에서 아직 역사의 태백산맥으로 서 있다. 오직 철저한 당파적 입장에 의한 소설만이 그 거리를 지우고, 분명한 윤곽을 갖는 산맥 그 본질 자체로 끌어안을 것이다.

〔베스트셀러, 시대평론 1990〕

역사의 '태백산맥', 문학의 『태백산맥』 293

보론: '현실주의 정신'의 실천

6년 만에 10권으로 완간

적어도 1945년 이후 소설문학에서 현대사 연구를 앞질러나간 소설로 유일하게 손꼽히는 작품이 조정래의 『태백산맥』이다. 말하자면 1983년 가을부터 집필하여 만 6년 만에 10권 분량의 살아있는 현대사를 조정래는 작품으로 내놓았던 것이다. 우선 이 작품은 작가인 조정래조차도 '당황할 만큼' 돌풍을 일으켰고, 흔히 베스트셀러가 갖는 통속성·상업성과는 질이 다른 작품으로서 이만큼 폭발적인 판매부수를 발행한 것은 거의 유일무이하다. 일제시대 때 『고향』이 가난뱅이 작가 이기영(李箕永)에게 최고의 소설가라는 명예와 함께 집까지 마련해주었다는 사실 정도가 비교될까.

특히 대중의 호응도와 관련하여 우리가 높이 평가해야만 될 사실은 서슬 퍼런 전두환정권 아래에서 그 정권이 민중에게 족쇄를 채웠던 것이 바로 분단상황을 빌미로 한 반공이데올로기의 무차별한 칼날이었기에 이것의 뿌리를 밝혀내어 그것의 허구성과 반민중성을 여실히 폭로해낸 이 작품의 주제의식은 정권의 칼날에 맞선 위대한 정신의 칼날이라는 점이다. 따라서 『태백산맥』은 1986년 1부 '한의 모닥불' 세 권이 출판되면서부터 문학계·사회과학계뿐만 아니라 민중운동세력의 비호를 받으면서 쟁점으로 떠오른 행복한 작품이었다. 물론 여기에는 이미 작가 자신이 밝히고 있듯이 1980년대 후반이 갖는 사회적 변화, 역사적 진보 물결과 불가분의 관계를 갖고 있다.

이런 점에서 이제 10권으로 완결된 지 어느정도 시간이 지났고, 따라서 진행형으로서 갖던 초기의 갈채와 바람에서 한걸음 비켜서서 냉정히 이를 평가하여 이 갈채와 바람을 진정으로 올바른 작품적 가치로서 독자에게 전달해야 하는 본격적 비평의 역할이 요구되는 시점에 서 있다고 할 것이다. 이 글 역시 이러한 관점에서 제3부(6·7권)를 발간하면서 행한 1·2부 다섯 권의 수정작업을 살펴봄으로써 『태백산맥』을 올바로 이해하는 데 도움을 주고자 한다.

수정작업은 시대적 상황의 산물

일단 완간된 작품을 개작 혹은 수정작업을 하는 경우는 드물기는 하지만 간혹 있는데 작품이 완결되지 않은 상태에서 그렇게 하는 경우는 거의 없다. 그러나 『태백산맥』은 앞서도 이야기했다시피 제3부를 발간하면서 이미 20쇄에서부터 10쇄 정도가 팔린 1·2부를 수정하여 이를 '정본'으로 한다고 하였다. 그런데 이러한 수정작업에서 우리는 몇가지 특징적인 점을 발견할 수 있다. 우선 무엇보다도 내용의 전면개정이 아니라 각권마다 약 100매, 총 500매 분량 정도를 주로 삽입·보충하고 있다는 점이다. 그리고 수정작업과 관련해서 작가는 "독자들의 역사이해를 더 구체적으로 돕고 아울러 작품의 충실도를 더할 수 있도록 정치·사회상황이 달라지고 있는 것을 한없이 기쁘게 생각한다"고 시대상황과의 관련을 밝혀놓고 있다.

잘 알다시피 이 작품은 작품 분량이나 다른 작가들의 집필속도에 비해서 6년이라는 놀랄 만큼 빠른 시일에 완성된 작품이다. 이 점을 염두에 둔다면 집필이 빠른 만큼 충분히 소화하지 못한 부분을 곧바로 수정한 것이 아니겠느냐는 생각이 언뜻 들지도 모른다. 물론 이러한

면도 부분적으로 없는 것은 아니다. 개정판의 수정내용을 형태상으로
보면 크게 문장교열, 사실적 측면의 오류의 시정, 새로운 의미 내용으
로의 수정, 그리고 새로운 내용의 보충 등으로 구분할 수가 있다. 그
러나 문장교열이나 사실적 측면의 수정은 전체 수정내용에서 보면 극
히 일부분이고, 실제 그 중심은 새로운 내용의 보충과 새로운 의미 내
용으로서의 수정에 있으며 또한 후자보다는 전자가 훨씬 압도적이다.
그리고 개작과 관련해서 보더라도 문장교열과 사실적 측면의 수정은
그렇게 큰 비중을 가질 성격의 것은 아니다. 논의의 편의상 이 부분에
대한 내용을 간략히 지적하자면 문장교열은 대개 띄어쓰기 혹은 어색
한 문장교열, 완전한 사투리로의 교정 등으로 나타난다. 그리고 사실
적 측면의 수정은 염상진의 출신학교를 '순천사범' 출신에서 '광주사
범' 출신으로, 소화의 '신내림굿'을 '대물림굿'으로, 반란군의 벌교 장
악기간을 '1주일'에서 '5일'로 고친 것 등을 들 수 있다. (그리고 이와
관련해서 사실적으로 모호한 부분은 극히 일부분이고 그 분량도 한 문
장 정도이지만 삭제를 하였다.)

  그렇다면 어떠한 내용을 어떻게 보충하고 수정했는가가 이제 우리의
관심사로 제기된다. 이와 관련해서 우리는 이 수정작업과 시대상황과
의 관련을 떠올리지 않을 수 없다. 작가는 추후의 회고에서 '1983년 9
월의 어둠'에 시달렸고 '여러 국면에서 갈등하고 고통을 겪어야' 했다
고 하여 초기 작품을 써나가면서 겪었던 상황의 어려움을 호소했다.
그런데 그는 1·2부를 새롭게 손질하면서 '정치·사회상황이 달라지고
있는 것'을 유독 강조하였다. 이는 단적으로 말해 6월항쟁, 7·8월 대
파업투쟁 등 노동자를 비롯한 민중세력의 폭발적 고양과 지배세력의
일시적 후퇴와 타협이 이루어놓은 시대적 상황의 산물임을 말해준다.
이러한 진술 속에서 적어도 우리는 수정내용이 시대적 제약 속에서 객
관적 조건과 자기검열에 의해 말하지 못한 부분 혹은 인식치 못한 부
분, 그리고 왜곡할 수밖에 없었던 부분을 새롭게 손질한 것임을 알 수
있다. 또한 이것은 1·2부에 비해 훨씬 자유스럽게 3부와 4부를 집필

하였음을 말해준다.

내용의 완전수정은 좌익쪽 활동을 기술한 부분 중 확실치 않은 선입관(그중에서도 여성관)의 표현을 객관적 서술로 바꾸는 것으로 두 군데에서 나타난다. 1권에서 정하섭이 소화에 접근하면서 당간부로부터 교육받은 내용이 언급되는데, 초간본에서는 여자를 세포로 삼는 데 가장 빠른 방법은 몸을 섞는 일이라고 한 데 비해 개정본에서는 임무수행의 경계대상으로 술과 함께 여자를 들고 여자를 의지를 약화시키는 독으로 여기는 것으로 바뀌져 있다.

> "임무수행중 특히 경계해야 할 것이 두 가지가 있소. 술과 여자요. 그건 둘 다 독이오. 술은 감정을 해이하게 만드는 독이고, 여자는 의지를 약화시키는 독이오. 철저히 경계하라. 단, 냉철한 당원의 이성으로 판단했을 때 사업에 절대 이익을 줄 수 있는 여자까지도 포함시키는 건 아니오. 그 판단기준은 당원의 이성에 맡기겠소."(개정본 1권 25면)

초간본에서 사실 정하섭이나 하대치가 각각 소화와 장터댁과 통정하게 되는 방식은 '여자를 세포로 삼는 데 가장 빠른 방법은 몸을 섞는 일'(초간본 1권 23면)에 근거를 두고 거기에 과거의 인연과 흥미를 뒤섞는 것이었다. 초간본에서는 하대치가 포섭대상으로 장터댁에 접근하였는데 개정본에서는 "자연스럽게 정이 오가서 통정이 이루어지고, 그래서 어떤 도움을 받는 정도로만 생각"(개정본 1권 297면)하는 쪽으로 변화된다.

특히 1권 모두를 장식하고 있는 정하섭의 소화에게 접근하는 대목은 전체적으로 볼 때 다소 비약적이고 어떤 의미를 담고 있는지 선뜻 들어오지 않고 좌익 지식인과 무당이라는 기묘한 남녀관계가 주는 흥미적 요소만이 부각되는 흠이 있었다. 개정본에서는 정하섭의 벌교침투 경과나 목표, 또한 소화와의 옛 인연과 추억을 보충하여 사랑을 매개로 한 연인관계임을 드러냄으로써 전개상 자연스러워졌다(개정본 1권

24~26면, 111면)

당시 민중투쟁의 성격을 명확히 강조

앞의 경우처럼 작품 전개상 무리가 있는 부분을 보충한 경우를 제외하고 개정본에서 새로이 보충되거나 첨가된 것은 이 작품에서 작가가 의도하고자 하는 바를 좀더 선명히해주는 특징과 중요성을 갖고 있다.

우선 무엇보다도 두드러진 것은 미군정과 미군의 야만성, 제국주의적 본질을 폭로함으로써 당시의 민중투쟁이 반제 민족해방투쟁의 성격을 갖는 것임을 한층 명확히 보여주었다는 점이다. 특히 초간본에서 이 부분은 별로 강조되지 않았던 점에 비추어 매우 중요한 의미를 담고 있다. 실제의 내용 변화를 살펴보면 10월항쟁시 화순탄광 광부에 대한 미군의 직접 진압(개정본 2권 87~94면), 여순사건 진압시 미군의 무력행사(개정본 3권 30~31면) 등을 첨가하고 미군의 무차별 군사력 사용을 서술하면서 미군의 군사력에 의해 혁명이 좌초되어감을 서술하거나(개정본 4권 155~56면), 이에 따라 미군정이 명확한 혁명의 적임을 서술하여 남쪽 땅을 식민지화하고 인민을 노예화한 장본인임을 분명히 밝혀놓고 있으며(개정본 3권 260~62면), 민중 또한 이러한 과정에서 갑오난리와 동일시하여 소작쟁의를 민족해방투쟁으로 인식(개정본 4권 155~56면)하고 있음을 보여준다. 또한 미군정의 활동을 전면적으로 비판하여 살인학살정권임을 선언하고, 정치·경제면에서 나타나는 제국주의적 침략상을 서술(개정본 5권 301~303면)해놓고 있다.

　"허! 한 읍을 이만 명으로 잡으면, 다섯 개의 읍민들이 깡그리 죽어없어지고, 다섯 개의 읍이 사라져버린 셈이군요."
　손승호가 기막혀했다.
　"그게 군정 삼년이 세운 업적이고, 그 시체들 위에 이승만정권은 세워진 것 아닌가.”

　김범우가 푹 한숨을 내쉬었다. (개정본 5권 301면)

　이러한 인식은 작가가 당대를 미제국주의와 그 비호하의 한민당정권 대 민중이라는 대립구도로 명확히 인식하고 있음을 보여주는 것으로 초간본에 비해 놀랄 만한 인식의 진전이라 할 수 있다. 그 다음으로 주목해야 할 것은 김범우의 민족주의에 대한 내용의 보충이다. 이를테면 1권의 김범우와 염상진의 논쟁에서 김범우가 주장하는 ‘민족의 발견’은 초간본(1권 76면)에서는 매우 소략했는데, 개정본(1권 80~82면)에서는 상당한 보충을 통해 그 내용을 공고히하고 있다. 즉 개정본에서는 민족개념을 새로이 추가하여 현재를 미소에 의해 점령당한 식민지로 파악, 친일반역세력을 제외한 절대다수의 민중이 중심이 된 민족개념 아래 모든 정치이념들이 단합할 것을 주장함으로써 초간본에서 엿보이는 동요하는 중도적 민족주의를 명확한 민족주의 좌파로 바꿔놓고 있다. 말하자면 김범우는 공동의 삶을 방어하고 옹호하는 집단(개정본 1권 158면)으로서 ‘민족의 발견’, 즉 민족해방의 과제를 선취한 연후에 민중해방을 기해야 한다는 단계적 변혁론을 가진 인물로 확립된다. 이러한 변화는 작품 후반부, 특히 한국전쟁 기간에 좌익으로 선회하는 사상적 근거를 작품 전반부부터 확보하는 것으로 나타난다. (이를 필자는 ‘민족주의를 그대로 지닌 채 반민족주의에 대한 거부로 인해 끌려들어가는 방식’이라 하였다.)

시대추이 전반에 대한 재인식

　다음으로 관심을 끄는 것은 해방 직후부터 여순사건까지 좌익을 중심으로 한 투쟁의 여러 측면에 대한 내용첨가와 평가의 삽입이다. 실제 초간본에서 이 작품이 갖는 치명적 약점은 여순사건 이후 야산대투쟁으로 돌입하면서 그 이전 시기에 대한 서술과 평가가 거의 없음으로 인해 나타나는 당대 시대추이 전반에 대한 총체적 인식의 결여문제였다. 그런데 개정본에서는 양적으로 이 부분의 보충에 가장 많은 관심을 기울였다. 특히 1946년 10월의 화순광부투쟁을 사적 전환점으로 위치지음으로써 작품 전반부가 갖는 시대적 국면이 퇴조기임을 어느정도 부각하고, 동시에 개별성에 떨어지기 쉬운 농민 위주의 투쟁에 노동자투쟁을 결합시킴으로써 총체적 투쟁양상을 보여주려 하였다(개정본 2권 87~94면, 3권 143~50면).

둘째로 좌익의 폭력적 무장투쟁 평가에서 초간본에선 폭력에 대한 다소 비판적 인식이 전제되었는 데 비해, 개정본에서는 이를 정당방위적 성격으로 규정함으로써 남로당의 신전술에 나름대로 긍정성을 부여하고 있다. 이를테면 초간본(1권 61면)에선 김범우가 문서방이란 인물의 말("워째서 마구잽이로 쥑이기만 허는지, 날이 갈수록 그 사람덜이 무서짐스로 겁이 살살 난당께요")을 통해 폭력투쟁을 염상진이 빠지고 있는 함정으로 본 데 비해, 개정본(1권 64~65면)에서는 그러한 요인을 미군정의 무력탄압에 명백한 원인이 있으므로 방어적 폭력, 상대적 폭력이라고 규정함으로써 일단 긍정을 한 연후에 이를 비판하고 있는 것으로 바뀌졌다. (5권에서도 군경과 야산대에 의한 폭력의 맞교환을 설명하면서 같은 입장을 취하고 더 나아가 그 유래와 과정을 설명하여 우익측의 폭력이 앞서 있음을 밝혀놓고 있다.) 이를 위해 작가는 또한 개정본에서 우익측의 각종 폭력과 만행을 덧붙임으로써 이를 실증하고 있다. 그리고 덧붙여 중요한 사항은 이러한 인식하에 무장·폭력투쟁에 대한 자체평가를 첨가하고 있다는 점이다. 즉 초간본에서 다소간 맹목적으로 당의 활동지침에 따르던 방식이 개정본(1권 308~14면)에서는 본격적 야산무력투쟁 및 공개투쟁, 장기화투쟁과 그로 인한 세력약화에 대한 우려의 목소리가 나오고, 또한 '결정적' 시기에 대한 의문을 제기하고 있으며 중앙당과의 일사분란한 조직활동에 대한 문제가 제기되는 등 하부조직의 자체 평가가 첨가되었다. 이것은 이에 대한

김범우의 인식과 결합함으로써 작가가 주장하고자 하는 바를 명료히
표명해주는 단서가 된다. 그것은 다음과 같은 김범우의 추가진술로 정
리될 수 있을 것이다.

> 무차별한 폭력 앞에 자기를 지킬 수 있는 방법, 그것은 또다른 폭력밖
> 에 없는 것이었다. 그러나 그 결과는 제국주의적 지배술수에 말려든 것일
> 수도 있었다. 그리고 이쪽의 폭력이 상대의 폭력을 이기지 못할 때 그건
> 자멸의 길을 재촉하는 것일 뿐이었다. ……김범우는 그 '방어적 폭력'의
> 외로움과 한계성이 너무 답답할 뿐이었다. (개정본 1권 65면)

이외에 새로이 추가된 내용으로는 우익의 동향과 일반 민중의 동향
에 대한 새로운 내용을 들 수 있다. 우익측의 동향에 대해서는 먼저
최익승이 해방 직후부터 국회의원이 되기까지의 경과를 삽입하여 미군
정과 친일세력의 온상인 한민당 사이의 결탁을 통해 지배세력이 되는
과정이 추가되었고(개정본 1권 14~17면), 그외에 농지개혁을 전후하여
지주들의 논빼돌리기작전(개정본 5권 196~99면) 등이 삽입되었다. 민중
의 동향에 대해서는 좌익인자 가족들의 좌익에 대한 인식("비비틀리고
비비꼬이는 세상이 남편을 좌익으로 만들었다."—개정본 2권 40~43면)
이나 농지개혁 등 미군정의 시책에 대한 불만(개정본 2권 52~55면) 등
이 삽입되었다. 또한 야산대의 율어해방구에서의 활동을 보충하고 이
를 통해 당원의 윤리성 및 빨치산 전사의 혁명적 순결성이 강조되어
있다. (개정본 5권 91~95면)

개작을 통한 작가인식의 발전

이상의 개정본 수정내용에서 어떠한 변화를 읽어낼 수 있는가. 우선
무엇보다도 작가인식의 발전을 들 수 있다. 흔히 발자끄(H. de Balzac)

의 '현실주의의 승리'를 곧잘 운위하는데『태백산맥』의 개정작업을 통해서도 우리는 이 성과가 '현실주의 승리'의 한 징표라 말할 수 있을 것이다. 이미 작가가 말했다시피 상황의 호전이 가져다준 결과이기도 하겠지만 보다 근원적인 것은 작품 내에 관통되고 있는 현실주의 정신에 충실하고자 하는 실천의 '승리'라고 말하는 데 주저하고 싶지 않다.

첫째, 작가는 작가 자신의 의식을 삼투시킨 김범우를 여러 측면에서 변모시켜 적어도 좌파적 민족주의자로 명확히 위치짓고 있다. 초간본에서 김범우는 결과론적 파악에 의한 관념적 지식인상을 크게 벗어나지 못했지만 적어도 개정본에서는 당시 시대흐름과 밀접히 결합한 좌파적 민족주의자로서 작품 내에서 말하고자 하는 여러 측면을 객관적으로 평가하는 역할을 성실히 수행하는 인물로 분명히 자리잡게 된다. 사실상 앞에서 살펴본 내용 중 평가 내지 서술부분은 대부분 김범우와 연관된 지점에서 행해진다. (물론 이러한 변화와 전형화에 대해 또다른 객관적 평가가 필요하다. 적어도 여기서 지적하고자 하는 것은 초간본에 대한 상대적 입장에서이다.)

둘째, 당대 미군정에 대한 인식을 명확히함으로써 당시의 대립구도와 진행상황을 보다 확실하게 구현하였다. 그리고 해방 직후 야산대투쟁에 이르기까지 운동의 흐름을 어느정도 보충함으로써 이 작품이 주요하게 다루고 있는 여순사건 실패 후 야산대투쟁이 갖는 사적 위치를 분명히해주었다.

그외에도 여러가지 측면에서『태백산맥』의 수정작업은 성공적이었다고 할 수 있는데, 이는 한 작품이 작가 개인의 산물이 아니라 그것을 쓰는 시대의 산물이자 그 시대를 올곧게 살아가고자 하는 사람들과의 결합을 통해서 얻어진다는 진리를 입증해준 셈이다. 사실 수정된 내용의 주요한 것들은 이 작품이 연재되면서 쟁점이 되었던 것들이었다. 김범우에 대한 문제, 미군정에 대한 인식 문제, 좌익인물들의 여성관 등이 그것이다.

그러나 이러한 성과가 있다 해도 진실로 이러한 수정내용이 그야말

로 작품 내에 현실주의적으로 관철되었느냐는 별개의 문제다. 하나의
인식이 전형적 상황과 전형적 성격의 창조로 풍부하게 구체화될 때만
이 온전한 힘을 얻을 수 있기 때문이다. 아울러 소설 전반부보다는 오
히려 후반부에 불만을 더 갖고 있는 필자의 경우는 이러한 작업이 1·
2부에 그치지 않고 지속적으로 그리고 대폭적으로 이루어졌으면 하는
바람이다.

〔한길문학 1990년 10월호〕

해방전후사의 소설화와 리얼리즘

『녹슬은 해방구』론

1

우리에게 역사란 무엇인가? 역사학 영역에서만이 아니라 문학의 영역에서도 수많은 작가들이 셀 수 없이 많은 사건과 행위와 현상 들로 뒤범벅인 역사의 현장들을 문학의 무대로 활용해왔다. 그리고 그 속에서 나름대로 역사의 미궁, 그 대문을 여는 열쇠를 찾고자 수많은 노력을 기울여왔다. 그런 점에서 우리 역사에서 가장 난폭하고, 가장 첨예한 격동의 시기이며, 그 실체에 대한 탐구에 있어서 왜곡과 은닉이 심했던 시기는 아마도 1945년 8·15를 전후한 시기일 것이다. 이 가깝고도 먼 시기에 대해 우리의 문학가들 역시 그 직후부터 수많은 문학적 화살을 쏘았던 것은 익히 아는 바이다. 6·25문학(전쟁문학), 분단문학, 분단극복문학 등등의 명칭의 변모에서 알 수 있듯이 이 시기의 문학화는 시간의 흐름에 따라 더욱더 '비밀스런 모습'으로 우리에게 각인되어왔다. 어찌 보면 이에 대한 문학적 추적은 우리 현대사를 관통하고 있는 또다른 시대이념 찾기의 족적이라고 해도 과언이 아니리라.

타율적 힘에 의해 일제 식민지로부터 벗어나면서 부닥친 우리 민족의 운명, 새로운 외세의 진주로 인해 야기되는 계급적·민족적 문제, 그 갈등, 남과 북의 분단, 전쟁, 분단의 고착화와 남과 북의 첨예한 대립…… 오늘 이 순간에도 여전히 존재하고 있는 문제들의 '비밀스런' 탄생지가 바로 그곳이었다. 이 시대를 두고 아직도 많은 사람들이 역사의 사각지대 혹은 매몰지대라고 일컫는 것도 바로 이 때문이다. 그렇기 때문에 이 시대에 대한 문학화에서 무엇보다 일차적인 평가기준이 되었던 것은 '역사' 자체였다. 즉 역사적 측면에서의 올바름이 다른 어떤 요소보다도 앞섰다. 흔히 이에 대한 문학화에서 수기인 이태의 『남부군』을 새로운 단계의 표지로 내세우는 것도 이러한 이유에서이다. "나는 이태의 『남부군』을 대하며 빨치산의 존재를 처음으로 의식 속에 받아들였고, 조정래의 『태백산맥』을 읽으며 역사 안에 그들의 자리를 찾아주려고 노력했었다"는 정운영 (鄭雲暎)의 말처럼 이태의 『남부군』을 필두로 하여 많은 빨치산 수기, 그리고 이의 본격적 소설화라 할 수 있는 조정래의 『태백산맥』, 다른 한편으로 최초로 좌익 장기수 인물을 소설의 주인공으로 끌어안은 김하기의 일련의 중·단편 소설들, 그리고 빨치산 2세인 정지아의 『빨치산의 딸』 등이 등장했다. 이들 소설들은 80년대 소설문학의 큰 흐름 중의 하나인 '분단극복으로 나아가기 위한 분단문제의 소설화'의 대표적 작품들이다.

　그리고 놀랍게도 이들 소설의 공통성은 '빨치산'을 중심인물로 삼고 있다는 점이다. 이것은 곧 이 시기의 역사와 인간을 다루는 데 있어서 '빨치산'의 운명과 마주치지 않고서는 진정한 복원을 이룰 수 없다는 사실의 자연스런 반영일 것이다. 바로 이들의 운명이 그 시대의 중심부를 관통하고 있고, 이 시대의 방향을 가늠하는 잣대였기 때문이다. 그런 점에서 권운상의 『녹슬은 해방구』는 매우 흥미로운 작품이다. 이 소설은 마치 『태백산맥』과 김하기의 중·단편집 『완전한 만남』과 『빨치산의 딸』을 합작한 듯한 느낌이다. 이 작품은 원래 광주항쟁까지 계획했다가 1953년까지만 다루었던 『태백산맥』의 목표를 어쨌든 달성하고 있고, 김하기가 주로 다루었던 장기수들의 특별사동의 삶 또한 포괄하고 있고, 정지아와 같은 빨치산 2세의 삶 또한 9권에서 다루고 있기 때문이다. 다시 말해 이 작품은 빨치산의 출발부터 마지막 삶까지를 그려냄으로써 『남부군』의 변두리 주인공을 훌쩍 뛰어넘고 있고, 『태백산맥』에서 불철저했던 시·공간의 총체적 흐름을 명료하게 붙들고 있으며, 또한 현재 '모스크바'로 불려지는 특별사동의 삶을 탁월하게 그린 김하기의 일련의 중·단편에서 다루어지지 않았던 '바로 그 시대의 삶'이 함께 녹아 있다.

그러므로 이 소설은 지금까지 이 시대를 다룬 소설의 여러 측면을 한데 융합하여 그려내고자 하는 야심찬 포부의 산물이다. 필자가 이 소설에 지대한 관심을 갖게 된 것도 바로 이러한 사실 때문이었다. 실제로 필자는 조정래의 『태백산맥』, 김하기의 『완전한 만남』에 대해 나름의 의견을 표명한 바 있고, 거기서 『녹슬은 해방구』가 꿈꾸었던 문학적 목표를 내심 요구하고 있었다. 그러나 이러저러한 이유로 이 소설을 손에 들지 못하다가 우연히 정운영과 임헌영(任軒永)의 이 소설에 대한 찬사를 읽으면서 필자는 곧바로 이 소설을 붙들게 되었다. 그런데 그 찬사의 뿌리는 두 분 다 주로 '소설적 재미'보다는 새로운 역사적 사실과 해석이라는 역사적 측면에서의 접근이었다.

『녹슬은 해방구』는 탁월한 재질을 갖춘 한 작가의 상상력에서 우러난 허구의 소산이 아니라, 바로 이 0.75평의 '해방구' 안에서 30년 혹은 40년의 남은 생애를 바쳐 그 가혹한 투쟁을 계속하고 있는 혁명투사들의 피맺힌 외침이고 울혈든 보고서이다. …
『남부군』에는 저자의 현장체험이란 강점이, 그리고 『태백산맥』에는 작가의 문학수업과 자료섭렵이 소설의 저력을 이루는 데 반해, 이 『녹슬은 해방구』의 경우에는 각지 각처에서 투쟁을 전개해온 혁명주역들의 경험과 증언과 의견이 집필자의 뚝심을 바탕으로 강인하게 펼쳐진다. (정운영, 「'녹슬은 해방구' 밖에 서서」, 『사회평론』 1991년 7월호)

분단시대 빨치산의 기원을 1942년까지 거슬러올라가 그 구체적인 증언을 바탕삼아 엮어낸 실록소설인 『녹슬은 해방구』는 『자유언론』지 1988년 2월호에 처음 연재될 때부터 나를 사로잡았다. 작가 권운상이 나와 화원

교도소 동창이라는 정실 때문만이 아니라 몇가지 특이한 소설적 구조와 믿을 만한 실존인물의 증언을 깔고 있기에 더욱 신경이 곤두서졌다. (임헌영, 「『녹슬은 해방구』를 읽고」, 『녹슬은 해방구』 1권 '추천의 글')

필자 역시 이 소설을 처음 접했을 때는 그러한 역사적 측면의 진술에 빠져, 새로운 역사적 사실을 제기하고 그를 통해 이 시기 역사를 단순명료하게 해석함과 동시에 낙관성으로 밀어붙이고 있는 작가의 뚝심에 빨려들었다. 또한 소설 속의 주인공 '나'(박선생)처럼 그 시대의 중음신들의 고뇌에 함께 시달리기도 하였다. 그러나 이 소설을 두세 번 자세히 검토하면서 작품에 형상화된 역사적 사실에 대한 의혹이 하나둘씩 싹틈과 동시에 회의가 자꾸 들기 시작하였고, 그러면서 너무나 분명하게 표징화되어 나타나는 소설 밑바닥의 '아주 단순한' 경향성을 중시하지 않을 수 없었다. 또한 이러한 경향성이 작품 자체에서 자연스럽게 우러나오는 것이 아니라 작가가 조작한 문학적 최면술에 의해 교묘하게 은폐되어 강요되고 있다는 결론에 이르지 않을 수 없었다. '믿을 만하다' '뭔가 이상하다' '이것은 문제있다' '뭔가 조작된 것 같다' 등등, 이 작품을 읽으면서 필자는 끊임없는 판단의 동요에 시달렸고 이제 그 동요의 닻을 내리고 필자 나름대로 이 작품의 진실성과 문학성을 판정해보고자 한다.

따라서 필자는 『녹슬은 해방구』의 중심적 가치를 이루는 작품에 구현된 역사적 사실에 대한 소설화의 문제점과 의혹을 살펴보고 그에 기반하여 이 소설의 문학적 성격과 한계를 지적해보겠다.

2

1982년 모사건으로 10년형을 받은 '나'(박선생)는 특별사동에 수감되어 좌익 장기수들과 함께 생활한다. 그런 어느날 같은 사동에 있던 '송인석 선생'의 죽음을 마주하면서 '김형석 선생'으로부터 놀라운 '역사강좌'를 듣게 된다. 한편으로 1982년의 특별사동에서 보고 듣게 되는 여러가지 이야기와, 다른 한편으로 1942년 송인석 선생과 함께 천둥산에 입산하여 일제하 최초의 국내 항일유격대로서 삶을 살게 되는 김형석 선생의 '역사강좌'가 소설의 양축이다. 그렇기 때문에 이 소설은 스스로 분명하게 증언을 통해 기술된 수기적 성격의 소설임을 표명함으로써 있는 그대로의 역사적 사실의 복원을 강조한다.

> 1982년 겨울, 나는 교도소 문을 나서면서 30년을 거기서 보내고 있는 사람들의 삶과 청춘과 투쟁, 그리고 우리 역사의 빈 자락 한 무더기를 품고 나왔다.
> 간수 몰래 깨알같은 글씨로 숨죽여 쓴 구겨진 종이뭉치에는 1942년 가을 천둥산에서 결성된 어느 항일 빨치산부대에 관한 기록에서부터 남로당 어느 세포 조직의 모습, 전쟁을 둘러싼 빨치산들의 활동, 소백산맥 그 수많은 골짜기마다 해방의 길목에서 싸우다 쓰러져간 전사들의 삶이 실타래처럼 얽혀 있었다. (1권 「책머리에」)

실제로 이 점은 특별사동에서의 '역사강좌'를 기본뼈대로 하여 다른 한편으로 특사에서 이 강좌가 진행되는 기간의 삶(1982년)이 동시에 반영되는 구성과도 연관된다. 이러한 소설적 장치는 다소간 소설적 가공이 첨부되었다 치더라도(한 예로 '역사강좌'는 이 이야기를 들려주는 김형석의 일인칭 시점이 아니라 작가의 전지적 시점에 의해 형상화되고 있다) 들려준 이야기를 재구성하였다는 점에서 사실의 복원이란 점을 의심할 수 없게 만든다. 그렇기 때문에 작가는 "나는 그들의 이야기를 대신 전할 뿐이다"라고 자신있게 말하고 있다. 실제로 작품 중간중간 삽입되는 특별사동에서의 장기수들간의 대화나 당시 사태를 놓고 논쟁을 벌이는 장면들은 이를 더욱 신뢰하게 만들고 있다. 이런 요인으로 인해 많은 사람들이 일단 작품 속의 이야기를 사실로 믿고 이것의 '새로움'과 '명료함'에 찬사를 보냈던 것이다. 그리고 소설 이전에 역사적 기록물로서 이 작품의 의의를 강조하였다.

그렇다면 과연 『녹슬은 해방구』는 역사적 측면에서 어떤 새로움을 던져주었는가. 이 소설은 '역사강좌'(1942년부터 1980년까지)를 토대로 하여 3부로 구성되어 있다. 제1부 '항일별곡'(1~3권)이 1942년 국내 항일유격대(월악산부대) 형성과 8·15 직전까지의 실천, 제2부 '해방일기'(4~6권)가 8·15로부터 제주 4·3항쟁 전까지의 이들 부대원들의 활약상, 제3부 '반역의 세월'(7~9권)이 제주 4·3항쟁부터 전쟁 이후 빨치산부대의 최후까지의 활약상, 그리고 그 이후부터 80년까지 그들 자식의 삶과 실천이 그려져 있다. 이렇게 볼 때 이 소설은 김점분 대장을 중심으로 김형석·김삼응·윤철중·김재성·김지길·조상태 등 월악산부대원의 활동상이 중심을 이루고 있다.

먼저 관심을 끄는 것은 일제하 국내 항일유격대로서 월악산부대의 역사적 의의이다. 이 점은 『녹슬은 해방구』 곳곳에서 강조되고 있다.

만약에 국내 항일유격대의 소부대들이 건재하지 않았다면 45년 해방 이후에 남로당이 그렇게 빠른 속도로 소백산맥 주변에 조직을 장악할 수 없었을 겁니다. 그런데 이 땅의 역사는 어찌된 일인지 남로당이 하늘에서 떨어진 전설의 것인 양 이야기들 하고 있는 모양인데, 아무런 역사적 전통과 투쟁적이고 대중적인 조직을 근거로 하지 않았다면 한두 달 만에 어떻게 몇십만의 조직으로 발전할 수 있었겠습니까? 국내 항일유격대는 해방 후 남쪽 혁명조직의 각 단위별 조직을 만드는 데 기둥이 되어 광범위한 농민대중과 지식인대중 속에서 신뢰와 사랑을 받을 수 있었던 것입니다. 미국놈들은 그에 대한 대처능력이 없었죠. 국내 항일유격대는 각 소부대별로 그들이 활동하던 주변마을로부터 더할 수 없는 신뢰 속에서 남쪽 전체의 광범위한 조직으로 발전한 것입니다. 영웅적이고 신화적인 동지들의 몇마디에 의해 만들어진 것도, 한두 집단의 힘에 의해 형성된 것도 아닌 전체 인민의 고민과 고통 속에서 창출된 최후의 저항지가 바로 국내 항일유격소부대였다고 저는 확신해요. (1권 230~31면)

해방이 되고 건준과 인공이 건설될 시점까지는 거의 완전무결할 정도로 월악산과 함께 했던 인맥이 권력을 장악했으나 6·25 민족전쟁으로 대부분의 활동가들이 죽고 말았다. (3권 109면)

그리하여 김형석은 "북의 전통을 알려면 만주를 알아야 하고, 남의 전통을 알려면 소백산맥을 알아야 한다"고 재삼 강조한다. 실제로 이 소설은 1942년부터 1945년 8월까지 월악산부대의 형성과 그 활동을 시기별로 자세히 제시함으로써 상당한 설득력을 담보하고 있다고 생각한다. 또한 다음으로 이 부대가 8·15 이후에도 남로당 지도부를 비판하면서 당시 지방 대중들의 요구에 부응하며 독자적인 활동영역을 개척하였다는 사실을 월악산부대원들의 활동을 통해 보여주고 있다. 그리고 그간 역사연구에서 돌발적 성격의 운동으로 혹은 지역적 특수성 속에서 중앙과 관련없이 독자적으로 이루어졌다고 지적되었던 대구인민항쟁, 여순사건, 제주 4·3항쟁 등이 이들과의 연관 혹은 영향관계 속에서 기술되고 있어 역사적 측면에서 흥미를 더해주고 있다. 이러한 사실들은 지금까지 역사연구와 관련지어 볼 때 새로운 관점을 제기한 것으로, 만약 이것이 사실이라면 새로운 연구의 단서를 제공해줄 수도 있을 것이다. 이미 조정래의 『태백산맥』에서 우리는 역사연구를 일부 앞지르는 문학적 인식의 성과를 가진 바 있다. 그렇기 때문에 이 소설에 대한 단편적인 평가들도 이 점을 매우 중시하여 그 가치를 드높였던 것이다.

그렇다면 먼저 이 소설에서 관건 역할을 하는, 일제하 시기를 다룬 1부 '항일별곡'(1~3권)을 보기로 하자. 이 소설에서 나오는 월악산부대의 주요활동을 연대별로 정리해보면 다음과 같다.

• 1942년: 9월 중순경 조성옥 등 일행 천둥산 입산. 청풍마을 강제징용자 구출투쟁 및 주재소 습격. 그해 가을 천둥산부대 월악산으로 이동(63명). 월악산부대로 개칭. 충주 이부잣집 찾아가 자금 및 폭약 얻어냄. 경

성 노동운동그룹 핵심멤버 입산. 죽령터널 화물열차 습격. 첫서리 내릴
무렵, 재차 조성옥 이부잣집 방문하다 일본 헌병 매복으로 죽음. 대외협
력을 위해 조상태 등 각 지역 순회.

　• 1943년: 3월 부대이동에 따른 재원마련 보급투쟁. 3월말 영등포 조직
원 등 11명 입산. 4~5월 월악산·속리산·대덕산·지리산지대 등 4개
지대로 분할 배치. 지리산지대 이현상과 합류. 6월 전체 지도부대회 개
최. 7월말 강제징용자 구출투쟁 및 산청서 습격.

　• 1944년: 8월 진주 일본인 상가 방화. 9월 일본군 수색작전. 가을 ‘봉
화대 7호보급투쟁’인 공출거부투쟁 조직. 만주 항일유격대 접촉 위해 유
호성·조상태 만주 파견. ‘월악산 반딧불 2호작전’(보급투쟁으로 확보된
쌀 200석 농민들에게 분배) 실행.

　• 1945년: 1월 조상태·유호성의 만주행 보고. 농촌에 조직강화 작업.
봄에 서울과 거창 연락소 형성. 밀양에서 지하신문『여명』제작. ‘우리
손으로 국가 건설 준비 위해’ 각 지역책 모형 작성. 8월 원자폭탄 투하소
식 들음. 중원지역 확대간부회의, 8·16 전체 지도자회의 소집 결정. 8·
15 일본의 항복선언 들음.

작가는 제1부에서 월악산유격대의 형성과 활동상을 이처럼 상세히
복원함으로써 그 사실성 여부에 신뢰를 불어넣고 있다. 실제로 작품
속에서도 이야기되고 있지만 여기서 나오는 몇몇 사건, 가령 주재소
습격, 곡물수송열차 폭파사건 등등은 그 주체가 불확실하나『매일신
보』에 실려 있는 것으로 알려지고 있다. 그런데, 이 작품에서 당시 월
악산유격대의 활동상이 상세히 기술되어 있는 것처럼 보이지만 자세히
살펴보면 1943년 8월부터 1944년 8월까지가 공백으로 나타난다. 그러
나 소설상의 진행에서는 1943년 7월말과 1944년 8월의 일이 연속된
상황으로 제시되고 있다. 이는 작가가 시기별 줄거리를 엮어나가는 데
있어서 중대한 착오를 범한 것으로 규정할 수 있지만 1년이라는 기간
의 공백은 작품 자체의 신뢰도에 의문을 제기케 한다. 실제로 필자 역
시 이 책을 처음 접했을 때는 이전에 볼 수 없었던 새로운 역사적 사

실과 해석에 강한 호기심을 갖고 '단숨에' 읽어내려갔지만, 두번째로
이 책을 보면서부터는 책장을 넘길 때마다 의혹을 떨칠 수 없어 자꾸
앞페이지로 되돌아가는 것을 느낄 수 있었다.

예를 들어, 1942년 조상태 등이 대외협력을 위한 섭외활동으로 각
지역을 순회하면서 영등포의 박정호를 통해 들었던 이야기는 대단히
중요한 역사적 의미를 갖고 있다. 여기서 박정호는 조상태가 입산했다
는 말을 전하자 자신도 어제 산에 들어간 동지들의 소식을 처음 들었
다며 다음과 같이 말하고 있다.

그래요? 그러면 제가 들은 대로 말해보죠. 변우섭·이현상·이재유 세
분이 경상도로, 백윤혁·박영출·이원봉 등이 전북 무주 쪽으로 들어가셨
답니다. 안병춘·이호철·김승훈 등이 경북 봉화 쪽으로 올랐다는 이야기
만 전해옵니다. 그리고 단양·충주 쪽에 홍누구라 하던데…… 죽었답니
다. 포위되자 다른 동지와 끌어안고 자살했다지요? (2권 98면)

여기서 단양·충주 쪽의 '홍누구'는 바로 월악산유격대 1대 대장 조
성옥을 말한다. 결국 이 이야기도 상당히 신빙성을 갖게 만드는데, 그
러나 이런 이야기는 이 순간뿐이다. 오직 이현상만 곧바로 지리산지대
에서 만나게 되고 나머지 사람에 대해서는 어떠한 관계도 형성되지 않
고, 또한 그에 대한 어떠한 모색도 나오지 않고 있다. (다만, 동명이인
으로 작가가 기술했는지는 모르지만 조상태 자신과 함께 이미 입산한
인천 부두노조의 '변우섭'이 소설 속에 나오고 있다. 그러나 이에 대해
서 아무런 이야기도 나오지 않는다.) 또한 특사에서의 대화 장면에서
김형석의 입을 통해 다음과 같이 말하고 있다.

박선생, 그건 말이오. 이렇게 얘기할 수 있을 거요. 일제 말기에 산으
로 집결하던 시기는 43년부터 절정을 이루어 44년에 비교적 체계화되었지
요. 그 사이 산마다 교류가 있었음은 분명해요. 그러나 그 형성기간이 너

무 짧았고, 또 오랜 기간 성숙될 수 있는 시간적인 여유도 없었어요. 하지만 그것은 대단히 중요한 일이었어요. 적의 심장 안에서 창을 들이대는 것과 같았으니까 말이오. (1권 130면)

이처럼 유격대간의 교류가 있었다고 진술하면서도 막상 '역사강좌' 속에서는 이에 대한 언급이 없을뿐더러 아무런 모색도 이루어지지 않고 있다. 대신 현실성이 적은 만주 항일유격대와의 교섭만이 시도된다. 그것도 불과 석 달 정도에 만주를 갔다가 되돌아왔다는 비현실적 기술로 나타나고 있다. 또한 밀양에서 형석의 즉자적 제기로 출발하게 된 지하신문 『여명』에 대한 서술도 그러하다. 아무런 조직적 협의 없이 사후추인 형태로 보통학교 졸업생이고 입산한 지 겨우 두 해 지난 18살의 김형석의 권유로 지하신문을 제작하게 된 것이나, 이 신문이 꽤 광범위하게 배포되는 등 많은 성과를 얻었으면서도 그 책임자였던 전태삼이 죽자 유야무야되는 등 조직적 실천의 측면에서 이해되지 않는 면이 곳곳에 눈에 뜨인다. 상식적으로 생각해볼 때 이 정도로 지하신문이 효력을 발휘했다면 당연히 신문은 지도부에서 체계적으로 관할, 제작해야 하지 않았을까?

그리고 이 소설의 세부에 있어서 앞뒤 문맥이 맞지 않는 대목은 너무 많다. 이를테면 1942년의 박진목 등 청풍마을 징용자 구출투쟁이 9월 12일 유성화가 박진목을 만나면서 구체화되기 시작하는데, 유성화 등이 정식 입산한 때가 앞에서는 9월 중순경으로 나오고 있다. 실제 작품 속에서는 그 이후에 많은 일들이 이루어지고 나서 이 구출투쟁 대목이 나온다. 단순히 작가의 불성실, 실수로 보기에는 무언가 조작의 혐의가 짙다. 이를테면 조성옥 대장이 죽게 된 장면도 그러하다. 분명히 충주에서 텅스텐광산을 하는 이부자를 1권에서 한번 찾아가 '태백산 홍'이라고 하였는데(1권 238면), 2권에 와서 다시 찾아가는 대목에선 이미 조성옥의 부친과 안면이 있고 성옥과도 모르는 사이가 아니라고 하는 등(2권 8면) 혼선을 빚고 있다.

8·15 직후를 다루는 대목에서 이러한 식의 오류는 더욱 심해진다. 8월 13일, 8월 16일 간부회의를 개최하기로 하고 서로 연락을 하기로 했는데도, 그리고 이현상과 김재성이 개최장소인 거창상회에 이미 내려와 있는데도(8월 13일), 김점분 등 월악산에서는 일방적으로 20일로 회의를 연기하고 인근 마을로 내려가 해방의 기쁨을 동네사람들과 함께 한다. 그런데 특별사동에서의 대화장면을 통해서는,

"언제 산에서 내려오셨나요?"
나는 행여나 이 질문을 놓칠세라 황급히 말했다.
"8월 17일 밀양에 도착했어요."
"이현상 선생은요?"
"김재성 동지와 함께 당일 경성을 향해 출발했지요. 두 분은 그후로 줄곧 중앙에서 활동을 하신 걸로 알고 있어요."(4권 63~64면)

라고 하여 이현상과 김재성이 8월 17일 경성을 향해 출발한 것으로 나오고 있다. 그런데 김재성에 대한 서술부분에 와서는 해방이 되자마자 지리산 식구들을 고향으로 가게 하고(앞대목에서는 지리산 식구들은 하루 늦게 소식을 들었고, 김재성은 그때 거창상회에 있는 것으로 나옴), 20일 간부회의 개최 소식을 듣고 17일날 밀양까지 형석과 형랑 등과 함께 왔다고 나온다. 그리고 경성으로 이현상과 함께 가 '지극히 짧은 시간에' 동향을 살펴보고 19일 월악산에 당도하였다는 것이다. 그러면서 막상 개최된 간부회의에서는 김점분을 비롯한 김삼웅과 김재성 간의 노선대립만을 서술한 채 흐지부지 처리하고 만다. 또한 8월말, 9월초에 각 지대별 회합을 갖기로 결정했음에도 불구하고 뒤에서는 이에 대해 아무런 언급도 나오지 않는다.
　한편 8·15 이후 월악산유격대의 활동양상은 중앙으로 올라간 이현상·김재성·이영복 등 몇명을 제외한 나머지 과거 월악산유격대원들의 개인적 활동의 양상으로 표출되고 있다. 즉 자신의 고향지역으로

내려가 인민위원회에서 활동하거나(주로 치안대장) 혹은 당 하부단위의 성원으로 활동한다. 다만 김점분은 월악산 지역에 그대로 남아 김삼웅·박진목 등과 중원지역 활동에 전념하면서 여타 대원들의 지역활동을 보좌하고 지시하는 역할을 한다. 이들의 활동은 주로 미군정에 의해 체포되거나 혹은 테러행위로 구속된 동지의 탈출을 위한 경찰서 습격사건과 그에 대한 응징투쟁, 혹은 보복테러행위 등이다. 그런 점에서 실제 작품 속에서 '월악산 식구들'로 표현되는 것은 의미심장하다. 즉 이것이 당체계 속에서 정확하게 어떠한 성격의 조직인지는 그 자체의 논의에서도 혹은 그 구체적 형상에 있어서도 분명히하지 않은 채 하나의 '식구'라는 개념, '인간적 유대로 끈끈하게 결합되어 있는 결사체'에 머물고 있음을 보여주고 있다. 다만 현실인식에 있어서 해방의 순간부터 남로당 지도부와 현격한 대립을 보이면서 반미항전과 지역 인민위원회 사수를 그 기치로 내세우고 있다는 점만 강조되고 있다. 따라서 미군정에 대한 전투적 대응으로 지역에서 활동하고 있던 대원들 상당수가 1945년이 가기 전에 수배조치를 받아 월악산 혹은 지리산에 근거를 두며 활동하게 되고 중앙에서 이를 비판하였다고 하여, 당중앙과 월악산부대와의 갈등만이 고조되고 있다.

다만 특이하게 1946년 9월부터는 중앙과 월악산대원의 공동참여 속에 활동이 이루어지고 있다. 이것은 소위 조공의 '신전술'과 긴밀한 관련이 있는 것으로 나타난다. 그러나 여기서도 중앙과 월악산대원, 지역활동가 사이의 대립은 여전히 나타난다.

지난달 도당에서 간부들이 나와 지역농민위원회 간부들과 연석회의 과정에서 벌어졌던 일들이 갑자기 생각났다. 그때 한 여성간부는 신전술에 대한 설명과 함께 '미제국주의자들이 우리 당을 파괴하기 시작했습니다. 우리는 일치단결하여 당을 사수하고 저들의 마수를 꺾어야 합니다!'고 일장 연설을 늘어놓았다. 그러자 영천군 농민위원장 주영환이 벌떡 일어나더니 '바로 그 말은 내가 1년 전에 이 자리에서 도당과 중앙당을 향해

서 했던 말 아닌교?' 하며 반문한 것이 계기가 되어, 좌석은 격론의 자
리로 변하고 만 것이다. 현석도 분명히 1년 전의 그 일을 기억하고 있었
다. 지역 단위에서 바로 그같은 요청을 했을 때, 중앙에서는 무지한 농민
들의 편견이라는 둥, 사회혁명을 교조적으로 보느니 하면서 미국은 새로
운 민주국가로서 우리나라의 완전한 독립을 위한 동반자임을 명심하라고
호통을 쳤다. (6권 55~56면)

이처럼 중앙과 월악산대원, 중앙과 지역활동가와는 뚜렷한 대립이
여전히 있었다. 다만 이 시기에 들어 중앙 지도부가 신전술을 채택하
여 뒤늦게나마 미국을 '적'으로 규정함으로써 같은 입장을 갖게 되었다
는 사실을 중시하고 있다. 그러나 양자간에 여전히 문제가 가로놓여
있음을 당 중간간부 김재성은 인식하고 있었다.

　월악산 식구들이 당초부터 주장해왔던 반미해방전선의 입장과 당이 이
번에 채택한 신전술은 거의 동일한 내용을 담고 있었고, 실제적인 투쟁과
정에서 당이 월악산 식구들의 투쟁경험을 필요로 하는 경우도 있었다. 그
러나 이러한 조건이 마주친 것만으로 상호관계가 완전히 이루어질 수는
없다는 사실을 재성은 알고 있었다. 당이 지난 1년여 동안 이들에게 취했
던 냉엄한 조치들을 이들은 잊지 않고 있었고, 이번 조치에 대한 진의마
저 의심하는 사람도 있었다. 그 중에서 무엇보다 중요한 것은 김점분과
김삼웅으로 이어지는 이들의 지도중심 내에 형성되어 있는 당지도부에 대
한 강한 불신이었다. (6권 152면)

이처럼 10월항쟁에서만 잠시 협조적 관계에 놓였을 뿐 월악산부대
는 제3부 '반역의 세월'에 와서도 시종일관 당 지도부에 대해 불신을
갖고 대신 각 지역에서 독자적인 투쟁을 계획하고 혹은 지역투쟁을 지
원하는 것으로 그려지고 있다. 여기서도 특징적인 것은 뒤늦게 당 지
도부의 요청으로 진작부터 무력투쟁을 위해 노력했던 월악산유격대가
제2차 빨치산투쟁의 터를 최초로 형성하였고, 다시 당 지도부가 이를

빼앗고 말았다는 2차 빨치산에 대한 역사적 평가이다. 또한 앞서도 지적했지만 대구항쟁, 여순사건, 4·3항쟁 등에 당 중앙과의 관련성보다는 월악산부대와의 관련성이 더 짙다는 것을 대원들의 활동과 연관하에서 그려내고 있다. 이제 이러한 역사적 사실의 복원과 해석이 얼만큼 설득력있게 제시되고 있는가를 구체적으로 살펴보기로 하자. 제2부 '해방일기'(4~6권), 제3부 '반역의 세월'(7·8권)에서 언급되고 있는 주요사건들을 간략히 예시하면 다음과 같다.

- 1945년: 10월, 전남 보성 인민위에서 활동하던 윤철중, 친일파 고광훈 살해하고 지리산으로. 김점분 등 불나비 1호작전(미군정에 의해 체포된 구속동지 구출투쟁). 연말경 김삼웅, 당노선 비판한 「현정세와 우리의 나아갈 길」 발표.
- 1946년: 2월 김지길, 윤철중 등 서장·군수 총살(하동사건). 김형석도 체포 직전에 도주, 미군장교 저격. 3·1절 때 김형석 단신 경찰서 급습, 구속자 구출. 3월말 김삼웅, 북행하여 북쪽 사정을 직접 목도함. 4월 김점분 일행, 쌀 수송작전 실행. 윤철중 등 부친살해범 응징투쟁. 8월 화순사건 발발. 10월 대구항쟁, 김재성과 최영민의 활동, 최영민의 장렬한 전사. 30여명의 월악산 식구들 무력투쟁 선언. 윤철중 등 보성경찰서 습격. 12월 산청농민위, 경찰서 습격.
- 1947년: 봄 김재성 등, 김점분에게 지리산 근거지 복원 요청. 8월 과거 월악산부대 소속대원 중심으로 지리산 집결(50여명). 9월 중순 제주도 일본군 은닉무기 수송 위해 제주도행.
- 1948년: 제주 4·3항쟁. 5월 소년유격대 밀양경찰서 습격. 이현상, 북에서 내려와 지리산 빨치산체제 구축. 여순사건 발발.
- 1949년: 1월부터 토벌대 산악마을 방화 등 군경합동 대단위 토벌전 시작.
- 1950년: 4월경, 빨치산 마지막 생존을 위해 몸부림. 6·25 발발. 각 지역 유격대 활동 재개. 이현상 중심의 유격부대 낙동강 전선의 공격 참여. 9월 중순 인천상륙작전으로 유격대 재형성.

• 1951년: 1월 김점분 거창·보은 출신의 빨치산 따로 모아 대덕산지대 창설. 7월 휴전회담 후로 유격대 타격받기 시작. 겨울부터 대규모 토벌대에 의해 유격대 파괴되기 시작.

• 1953년: 봄 마지막 빨치산으로 김점분 일행, 자살로 최후 마감.

이처럼 해방 이후 월악산부대의 활동이 시기별로 상세히 그려져 있고 또한 충청도 이하의 남부지역에서 일어났던 주요한 사건이 월악산부대와의 연관 속에서 기술되고 있음을 알 수 있다. 지금까지 고양기를 넘어서 침체기, 퇴조기의 국면에 이르는 과정에서 돌발적인 사건 혹은 각 지역 특수성에 의해 발생했다고 평가받는 주요사건(10월항쟁, 화순사건, 4·3항쟁, 여순사건 등)이 모두 김점분부대와 관련을 맺고 있고 이러한 사건을 통해 형성된 유격대의 중심에 김점분부대가 자리잡고 있음을 드러내고 있다.

그런데 2, 3부(9권 제외)에 와서 다양한 인물이 새로 등장하고 그러한 개개인이 중심이 된 사건이 중심축을 이루고 있기 때문에 소설 문맥상의 어색함이라든가 모순을 찾기는 어렵다. 그럼에도 불구하고 몇 군데에서 이러한 문제들을 쉽사리 포착할 수 있다.

우선 8·15 직후 당 지도부와의 갈등이다. 전체 정세파악의 중요성을 감안할 때 당연히 이 시기에 들어와서 가장 중요한 역할을 할 수밖에 없는 곳이 유호성·양평댁이 자리잡고 있는 서울 명륜동 거점이다. 그런데 이곳에 대한 이야기는 전혀 나오지 않고 있어 상식적으로도 매우 의아스러운 일이다. 또한 김삼웅이 아들 인혁과 함께 서울로 올라가 김재성·김삼룡과 접촉한 결과를 조상태한테 보고하는 자리에서 아들 인혁은 김재성을 만나기 위해 약속장소에 나갔더니 허준성과 정세용이 나와 있더라고 보고했는데(5권 89~91면), 김삼웅이 김점분에게 보고하는 대목에서는 김재성과 하준성(아까는 '허준성'이었다)이 나왔더라(5권 128~29면)고 말하고 있다. 그리고 김삼웅의 보고에서는 김삼룡과의 대화가 집중적으로 보고되고 이때 김삼룡의 주선으로 김삼웅은 북행했다 돌아왔다고 말한다. 이러한 두 보고 중 시간으로 보면 아들 인혁이 한 것이 나중의 일이지만, 이야기의 전개는 김삼웅의 보고가 나중의 것으로 배치되고 있다. 또한 인혁의 보고가 대략 3월 29일쯤 행해진 것으로 나와 있어 사실상 3월 27일 북행길에 올라 둔전이란 곳에 도착하여 하룻밤을 자고 그곳을 살펴본 후, 다음날 김삼웅은 평양까지 갔다가 함께 돌아온 것으로 되어 앞뒤가 맞지 않는다.

그리고 이 시기에 와서 가장 바쁘게 각 지역을 돌아다니며 활동하는 윤철중이 광주지역 3·1절 상황을 살피는 대목도 앞뒤가 맞지 않는다. 윤철중·김지길·장재천은 광주 행사를 참관하고 동지들을 만나기 위해 새벽 일찍이 별다른 제지를 받지 않고 광주로 들어섰다고 나온다. (5권 63면) 그리고 그 다음 나주지역 사람들이 3·1절 행사에 참여하기 위해 광주를 향해 길을 떠나는 대목이 나오는데, 미군 탱크에 밀려 결국 대열이 장터로 돌아오는 것으로 서술되고 있다. 그런데 여기서 윤철중은 대열의 후미에 끼여서 처음부터 이들과 함께 행동해왔고 그리고 나서 김지길·장재천과 약속한 광주를 향해 떠났다고 기술하고 있다. (5권 78면)

이상의 진술만으로도 작가의 수많은 '실수'가 단순한 착오 이상의 것임을 짐작할 수 있을 것이다. 오히려 이러한 실수는 작가가 의도된 상황과 계획된 줄거리를 만들기 위해 그때그때 임시변통으로 인물과 사건을 활용하기 때문에 나타난 현상이라고 파악된다. 김점분부대와 직접 관련이 없는 새로운 사건이 발생할 지점에 가보면 어김없이 김점분 부대원 누구와 그 지역 누구와의 연관성을 갑자기 만들어놓고 이야기를 전개하고 있다. 대구항쟁에서 박현석과 조상태의 관계가 그렇고, 화순탄광의 유종수·유몽룡과 윤철중이 그렇고, 여순사건의 지정수 상사와 순천댁이 그러하다. 이를테면 여순사건을 보자. 순천댁은 화순탄광의 부녀자(과부)로서 화순사건으로 인해 월악산부대원 윤철중과 알게 되고 지역거점 확보계획에 따라 순천에다 갑자기 '순천옥'이란 술집을 개설하고 여기서 지정수 상사와 연락망을 구축하는 것으로 나타나고 있다. 그리고 그 다음장에서 여순사건의 발발을 그려내고 있다.

그리고 해방 이후 제2차 빨치산의 활동에 대해서는 특별사동 내 많은 장기수들이 함께 한 시기이므로 좀더 폭넓은 활동과 면모가 그려지리라 기대된 것에 비해(실제로 '역사강좌'가 진행되는 도중 모든 사람이 차차 참여하여 해방 직후 활동에 대해 여러가지 이야기와 평가가 이루어지고, 이것들을 모두 수용하기로 했다고 작품 속에서 말하고 있다) 전혀 그렇지가 못하고 『녹슬은 해방구』전9권에서 유기적 연관성이 가장 취약한 부분이 되고 말았다는 생각이다. 그리고 그 내용에서도 이전의 소설적 성취에 비해 훨씬 못 미친다고 판단된다. 실제로 하나의 예로 특사의 정진길 선생 같은 경우 대구항쟁 때 김점분을 만나 50년 입산투쟁 때까지 가끔 내왕을 했다고 1권에서 나오는데 이에 대한 이야기가 이후에 나오지 않고, 10월 대구항쟁에서 김점분의 활동도 언급이 없다.

이러한 여러가지 사실로 인해 솔직히 필자는 일제하부터 빨치산활동을 해왔다는 '김형석'이라는 역사적 실제인물에 대해서 의심을 품고 있다. 그렇지 않다면 아마도 '김형석 선생'으로부터 짤막하게 들은 몇가지 이야기를 추후 작가가 억지춘향식으로 확대 서술한 것이라고 생각한다. 3년여의 준비작업과 3년여의 집필작업치고는 사실 너무 어눌하고 앞뒤가 일관성이 없는, 작가의 주관적 과장에 의한 '상상력의 산물'이라고 여겨진다.

3

사실상 『녹슬은 해방구』는 역사적 측면, 즉 인식적 측면을 넘어서 역사소설이라는 문학적 관점에서 바라보았을 때는 더욱 문제적이다. 이 소설을 밑받침하는 미적 정서의 뿌리는 특정한 인간군의 인식과 활동을 통해 표출하는 단순명료함과 낙관성이라고 할 수 있다. 많은 사람들이 이 소설을 읽고 혁명적 낙관주의 소설이 무엇인가를 알았다고 말한다고 한다. 그러나 리얼리즘의 관점에서 들여다볼 때 이 작품의 단순성·낙관성은 '작가의 의도에 의해 과장된' 단순성·낙관성이다. 말하자면 작가는 지금까지 이 시기 역사연구의 결과를 특정한 인물군의 집단(월악산부대)에 투영함으로써 독자로 하여금 놀라운 사실로 믿게 하는 '문학적 최면술'을 사용하였다.

그러므로 사실상 이 소설이 행하는 모든 영향력의 발원지는 '지금 여기에 있는 김형석'이란 살아 있는 인물이 직접 들려주는 월악산부대의 삶이다. 이 작품의 구성은 '1982년의 특별사동의 이야기'와 그중의 하나인 '1942년부터 1953년까지 월악산부대의 이야기'로 이중화되어 있다. 바로 이 이중적 진행방식을 통해 독자는 자신도 모르게 문학적 최면술에 걸리고 마는 것이다. 즉 오늘 우리 앞에 마주선 사람으로부터 흘러나온 '역사강좌'이기 때문이다. 실제로 작품 곳곳에 배치되어 있는 특별사동의 이야기는 특별사동 자체의 삶을 말하면서도 동시에 이 작품의 진술자인 '나'(박선생)의 '역사강좌'에 대한 여러가지 충격으로 충만되어 있다. 그리고 중간중간 특별사동 내에서 여러 장기수선생의 입을 통해 '역사강좌'에 대해 다양한 의견을 제시하고 때로 논쟁하고 평가하는 '오늘의 구체성'을 내보임으로써 독자들로 하여금 이것을 사실로 믿게 만드는 것이다.

그런데 지금까지 살펴본 결과로는 '역사강좌'는 구체적 내용이 대단히 의문스러운 강좌라는 점이다. 단순히 의문의 정도를 넘어서 작가 자신의 주관적 과장에 의한 자의적 역사해석으로 치달았다는 느낌이다. 실제로 작가는 이 작품 마지막 권(9권) 후기에서 이 이야기를 들려준 사람들이 작품 집필 동안 세상을 떠났다고 말한다. 이렇게 됨으로써 이 이야기는 흔히 수기가 갖는 개인성의 것, 말없이 죽은 자의 것으로 되돌려지고 말았다. 그러나 필자는 이 소설이 '어떤 특정한 사람'의 입을 통해 나온 실제 이야기라 하더라도 작가 자신의 주관적 과장에 의해 창조된 작품이라고 말하고 싶다.

이러한 필자의 판단은 이 작품이 발산하고 있는 핵심들이 너무나 단순명료하고 낙관적이고 동시에 오늘 우리에게 너무나 친숙한 것이라는 사실에서 비롯된다. 사실 이 작품의 중심골조는 '순박하고 단순한 민중의 변혁관에 의해 지도되는 월악산부대'가 일제 말기에 항일유격대로 태동되어 8·15 이후에도, 인텔리의 속성을 버리지 못하고 그 나름의 권력 획득에만 급급하는 남로당 지도부에 맞서 민중과 함께 숨쉬며 순수한 혁명적 열정으로 조국의 해방을 위해 항미유격대로서의 순결성을 지켜왔다는 사실이다. 흔히 이 작품의 최고가치로 간주되는 단순명료함은 이러한 사실과 관련되어 있다. 다시 말해 이 작품의 기본적 인식태도는 '일제하로부터 해방직후에 이르는 시기가 일제로부터 미제로 옮겨진 식민지의 연속이며 따라서 반제투쟁이 그 핵심에 놓여 있고, 그러므로 투쟁방법은 무력투쟁일 수밖에 없다'이다. 이것은 당연히 일반적으로 알려져 있는 남로당의 노선과 대립적일 수밖에 없으며, 그렇기 때문에 소설에서 이러한 대립적 성격을 표나게 내세운 것도 당연할 수밖에 없다. 단순히 노선상의 대립뿐만 아니라 당시 일어났던 각 지역의 제반 투쟁도 남로당 지도부와 하등 연관을 갖지 않는(남로당의 무능력, 지도력의 상실로 나타남) 형태로 그려지고 있다. 이러한 점은 지금까지 연구에서 공통적으로 지적되는 미국에 대한 인식의 불철저(특히 '8월테제'와 연관시켜), 지도부와 지방의 유기적 연관성의 부족을 역으로 '월악산부대'의 핵심적 지표로 삼은 데서 잘 알 수가 있다. 바로 이 점이 오늘 우리에게 너무나 친숙한 점이다.

단순명료함은 이런 데서만 나타난 것은 아니다. 조직관·인물관 등에도 고스란히 반영되고 있다. '이 조직체를 가장 인간적이고 믿음이 넘치는 사회로 만들겠다'는 월악산부대 1대 대장 조성옥의 신념은 이후 이 조직의 정신을 이룬다. 말하자면 원칙이 정해지면 그대로 실천하는 혁명적 순수성과 가족적인 분위기가 그것이다. 그리고 그것은 조성옥과 김점분이라는 특출난 지도자의 힘에서 집중적으로 표현된다. 특히 김점분의 형상은 이것을 단적으로 보여준다. 평범한 시골 아낙네에서 불과 6개월 정도에 2대 대장으로 선출될 만큼 탁월한 인물로 나타나고 있다. 그러나 어디에도 그녀의 구체적 인물형상은 나타나지 않고 있다. 그러한 인물로 이미 주조되어 되풀이되고 있을 뿐이다. 모든 인물의 형상이 대부분 그러한데, 많은 사람의 이야기가 이력서를 옮긴 듯한 것도 이의 반증이다. 그리고 가장 중심에 놓인 '용감·담대성'으로 인물형상을 말하는 것에 그친다. 그리고 이 점을 출신성분에서 우러나온 것으로 단순하게 이해하고 있다. 이를테면 지식인 노동운동가 출신 조상태의 다음과 같은 인물평을 보라.

조상태는 형석이 매우 신뢰할 만한 사람이며, 부대에서도 그의 존재를 인정해야 할 단계에 이르렀다고 생각했다. 그러면서 그는 얼마 되지 않은 산생활 중에서 진정 본받을 것을 꼽아보았다. 가장 인상적인 것은 형석이, 김점분 대장, 박진목, 신종국, 유성화 등 소위 농촌출신 대원들의 활약상이었다. 그들은 대체로 공통점을 가지고 있었다. 조상태로서는 부럽기까지 할 정도로 그들은 원칙에 대해 이의 없이 받아들이고 실천하는 자세를 가지고 있었다. 일단 설정된 계획이 있으면 그것을 우직할 정도로 밀고 나가는 힘이 그들에게는 천부적으로 있어 보였다. 실제 부대가 존재해왔던 힘은 그들의 헌신적인 노력 때문이기도 했다. 그중에서도 김점분은 젊은 여성의 몸으로 실로 조상태 자신이 놀랄 만큼 대단한 힘을 가지고 있었다. (2권 79~80면)

이처럼 출신성분의 천부적 힘을 계급성으로 인식하기 때문에 인간의 형상도 단순하게 나타날 수밖에 없다. 또한 원칙이 정해지면 그것을 끝까지 밀어붙이는 월악산부대의 생리도 우리는 쉽게 이해할 수가 있다. 다른 한편으로 이 점은 월악산부대원 모두가 전체적으로 마치 피붙이에 대한 헌신성으로 뭉쳐져 있는 것으로 나타나고 있다. '가족적 분위기'란 사실상 이 말에 다름아니다. 그렇기 때문에 인간 내면의 고민과 갈등은 지식층의 인물에만 나타날 뿐 이 소설에선 그다지 소용이 없게 된다. 그러므로 낙관성이 필연적으로 나타날 수밖에 없다.

  사실상 『녹슬은 해방구』는 형상화 측면에서 보자면 초고상태에 가까
운 것이라고 보는 것이 적절할 듯싶다. 우선 무엇보다도 묘사방법이
대부분 획일화되어 있기 때문이다. 지형을 설명할 때는 지리책의 지형
설명에 약간의 문학적 문장을 가미한 것 같고, 정세 설명은 일반적 논
문투의 글을 작품 내적 연관 없이 그냥 사용하고 있고, 인물설명은 대
부분 이력서와 흡사한 형태를 되풀이하고 있고, 심지어 대화에 있어서
사투리의 활용도 대단히 어설픈 형태로 문장 끝만 사투리흉내를 내는
식으로 나타나고 있다. 필자가 알기로 이 작품은 작가의 주재하에 몇
사람이 공동 혹은 분담 집필하였다고 들었다. 그런 이유에서인지 작가
의 개성적 문체를 발견하기 힘들었다. 이 점은 작가의 또다른 작품
『붉은 산 검은 강』에서도 마찬가지로 느꼈던 체취이다.
  따라서 결론적으로, 작가는 장기수선생으로부터 들은 일제하 항일
유격대에 관한 이야기와 해방 직후 빨치산에 대한 몇가지 이야기를 가
지고 작품창작에 임했으며, 작가 자신의 도식적 입장(반제투쟁론)을
소규모 유격대라고 생각되는 월악산유격대에 무리하게 투영해 남로당
에 대립하는 관점에서 해방 직후의 역사를 명쾌하게 조감하려고 하였
던 것이 아닌가 싶다. 스스로 김형석의 입을 통해 “어떤 곳은 단지 도
망자의 집단도 있었고, 또 어떤 곳은 천둥산부대보다 훨씬 규모나 짜
임새가 있는 곳도 있었다”고 회상하면서 월악산부대 이외의 것에 대해
서는 무시하고, 또 경성콤그룹이 1940년쯤에 검거 구속되고 그후 석
방된 인사들이 산으로 들어왔고, 연안의 무정과도 연락이 닿기도 하였
다고 하는 대화내용을 보면 이 소설의 중심축인 ‘역사강좌’는 작품 중
간중간에 나오는 김형석의 회고와 오히려 겹도는 것이 아닌가 하는 의
문이 든다. 그리고 이것은 ‘역사강좌’ 자체가 작가 자신의 주관에 의해
상상화된 역사라는 생각이다. 실제로 작가는 독자의 흥미를 끌기 위해
서 단편적인 언급들을 자주 사용하고 있다. 조상태 등의 만주행이라든
가 김삼웅의 평양행이라든가 하는 것은 매우 중요하면서도 실제 작품
의 내용으로 전화되지 않는다. 심지어 김삼웅이 벽초 홍명희가 동굴로

피신해서 『임꺽정』을 집필할 때 옆에서 도와주었다고 나오는데 벽초는 그런 적이 없다. 또한 송인석이 일본 감옥에 갇혔을 때 느닷없이 윤동주도 그날 잡혀들어왔다는 등 책임없이 호기심만 자극하는 문구를 남발하고 있다. 그리고 김재성의 경우 카프 문학운동가 출신으로 나오는데 실제로 그런 사람은 없고, 다만 추측컨대 카프 성원들과 친분관계가 두텁고 경성콤그룹과 연관이 있으며 해방 직후 대외연락업무를 담당하다가 빨치산에 참여했다 체포되어 사형당한 김태준(金台俊)을 모형으로 창조한 인물이 아닌가 싶다. 그외에도 이 작품은 많은 무리수가 곳곳에 산재해 있다.

　이러한 여러 요인으로 인해 『녹슬은 해방구』는 치밀한 조사와 문학적 형상화를 거치지 않고 조급하게 현재의 독자 구미에 꿰어맞추려고 했던 작품이라고 생각한다. 실제로 9권의 경우는 작가의 무리한 조작이 전형적으로 드러난 예이다. 이에 대해서는 이미 정운영도 '과욕'이라고 지적한 바 있기 때문에 더이상의 의견은 첨부하지 않겠다. 물론 정운영은 9권이 나오기 전에 판단한 것이기에 이를 빨치산의 후일담일 것으로 진단하였다. 그러나 작품은 느닷없이 김점분·김지길의 아들 김용희와, 송인석과 김형랑의 딸 송난희의 이야기로 이끌어진다. 그리고 그들의 활동을 통해 빨치산투쟁이 대를 이어가고 있다는 그야말로 비현실적·속류적 형상화를 시도하였다. 김형석 선생의 입을 통해 남부군의 궤멸과 4·19의 시차가 기껏 6년에 불과하다는 사실을 이야기하면서 여기에 만리장성을 쌓으려는 '역사의 최면술'을 지적하고 있지만, 오히려 작가는 너무 과도한 '문학적 최면술'을 사용하다 8권까지 쌓았던 그나마의 성과도 잃어버리지 않았나 염려된다.

　그런 점에서 작가가 '문학적 최면술' 장치를 통해 독자로 하여금 어느정도 사실로 믿게끔 유도하였다는 점은 문학적으로 성공하였다고 볼 수 있다. 그러나 설사 그러하더라도 작품의 내용이 철저히 리얼리즘으로 충만되지 않으면 모든 문학적 성취와 목표는 모래성처럼 일거에 무너지고 만다. 『녹슬은 해방구』를 애초에 역사적 사실의 '울혈든 보고

서’(정운영), ‘실존인물의 증언’(임헌영)으로 보았다가, 작가에 의해 창
조된 문학작품으로 인식하게 되면서 문득 필자의 머리에 라쌀레논쟁이
떠오른 것은 그런 점에서 당연한 일이었다. 라쌀레(F. Lassalle)는 “당
대 내에서 가장 자유롭고, 가장 발전된 자가 사유하고 말하고 전망하
는 모든 것을 마치 하나의 초점처럼 자기 주인공의 머리에 집중시켜야
만 할 것”이라고 말하였다. 『녹슬은 해방구』에서 월악산 식구들의 모
습이 바로 그렇지 않은가. 그러나 이에 대해 맑스와 엥겔스는 개인들
을 시대정신의 단순한 전달도구로 전락시킨 쉴러화의 길이라고 비판하
면서, “이념적인 것 때문에 리얼리즘적인 것을 잊어버리지 말고, 쉴러
때문에 셰익스피어를 잊어버리지 말아야 한다”고 하였다. 즉 사상적
깊이와 자각적인 역사적 내용이 셰익스피어적인 행위의 활기와 충만성
으로 완전히 용해되기를 원했다.

　실제로 『녹슬은 해방구』는 이중적 진행방식을 통해 ‘역사강좌’를 오
늘 우리 눈앞의 것으로 끌어당겨 문학적 최면술의 효력을 마음껏 발휘
했다. 이미 김하기의 소설이 보여주었던 장기수들의 충격적 삶의 자장
이 이 작품에도 깊은 파고를 일으키고 있다. 필자 개인의 판단으로는
중심축을 이루는 ‘역사강좌’보다도 특별사동의 삶의 묘사에서 이 작품
은 그나마 성공하고 있다고 본다. 정운영의 높은 평가도 실제로 여기
에 있다. 다만 여기에다 새로운 역사적 사실을 충격적으로 드러내고
사실로 믿게끔 하였기에 이 작품이 주는 맨 처음의 충격은 클 수밖에
없었다. 그러나 이 극적 감흥은 본질적으로 ‘표본으로’ 선택된 역사적
갈등, 바로 해방전후사 그 자체에서 발원한 것이다. 그런데 불행히도
작가 권운상의 정치적·미학적 구도에 의해서 이것은 작품상에서 올바
로 실현되지 못했다. 줄거리의 진행은 등장인물의 실제 행위와 사건에
의해서 생동감있게 이루어지기보다는 ‘논리를 따지는 논쟁’에 의해서
이루어졌다. 다만 이러저러한 역사적 사건을 억지로 꿰어맞춰서 이를
보장받으려 했으나 이러한 취급방식으로 진실성은 획득될 수 없다. 현
실의 투쟁들이 단순히 정신적인 논쟁과 결단으로 옮겨가는 것은 이를

반증해준다. 이에 따라 인물행위의 장엄한 흐름이 명료하게 부조되는 것이 아니라 단지 자신을 무엇이라고 표명하는가로만 귀결될 뿐이다. 그러므로 작중인물은 작가가 의도하는 시대정신의 옷만 걸치고 이러저러한 사건들을 찾아 뛰어다니는 형국으로 나타나고 만다. '사상적 깊이와 역사적 내용이 셰익스피어적인 행위의 활기와 충만성'으로 용해되지 못하고 단지 활자로 급하게 채색되었을 뿐이다.

아무튼 이러저러한 이유로 필자는 『녹슬은 해방구』에 대해서 흔히 말하는 '내용은 좋은데 형식이 좋지 않다'는 말 대신에 '소재는 좋은데 문학적으로 완성하지 못했다'는 말을 전해주고 싶다. 단순히 형식적 수완의 부족이 '결함이 아니라 리얼리즘이 더 근본적인 문제이기 때문이다. 복잡성을 단순성으로 치환하여 명쾌하게 시대의 의문을 드러내보임으로써 '혁명적 낙관주의'란 이름을 얻었다 해도 이런 식의 낙관이란 리얼리즘의 칼날에 의해 쉽게 주저앉을 수밖에 없다. 마지막으로 작가와 행복한 만남을 기대했다가 불행한 만남이 된 것을 아쉬워하며, 최근 필자가 한 젊은 작가에게 주문했던 다음의 말을 함께 고민했으면 하는 바람이다.

그러나 그러한 사실들이 설사 '실제'라고 하더라도 문학 속의 형상 속에서는 전혀 다른 위치를 가질 수밖에 없습니다. 아무리 '실제다, 실제다'고 외쳐도 문학작품은 문학작품이기 때문입니다. 그렇습니다. … 준비가 안 된 갑작스런 변화, 즉 루카치의 표현법으로 '권총으로 갑작스레 발사'되는 것이 내용상으로 가능할 때에라도 안타깝게도 예술적으로는 허위라는 인상을 준다는 점입니다. 그 자체로서는 가능할지라도 이것이 예술적으로 준비될 경우에만 작품은 살아남을 수 있다는 말을 저는 하고 싶습니다. (졸고 「부채의식을 벗고 '젊은 역사'를」, 『사상문예운동』 1991년 가을호)

〔창작과비평 1991년 겨울호〕

은폐당한 역사적 인간의 현실화

김하기 소설집 『완전한 만남』

충격의 시작——「살아있는 무덤」

특사 내부는 완전히 밀봉된 고대의 지하왕릉을 연상시켰다. 들어가는 사동 입구는 이중철문이 녹슨 금강역사처럼 육중하게 팔짱을 끼고 가로막아 섰고, 나방 똥과 털먼지를 흠뻑 뒤집어쓴 30촉 알전구가 침침한 빛을 흘리고 있는 길고 음산한 사방 복도는 좌우의 수십개의 폐쇄독방을 현실(玄室)처럼 거느리고 있었다.

몇마리 야윈 쥐들이 싸늘한 냉기에 콧등을 오들거리며 복도를 가로질러 잽싸게 꼬리를 감추었다. 망주석인 양 감중연히 서 있던 간수가 뚜벅뚜벅 걸어다니며 독방의 시찰구를 들여다보고 있었다. 좌우 양켠의 독방 안에는 30~40여년의 수형생활에 들피지고 깡마른 수십명의 비전향 사상범들이 무덤 속의 토용처럼 시간을 뛰어넘어 세월마저 잊은 채 꼿꼿하게 좌정하고 있었다.

김하기의 첫 소설 「살아있는 무덤」은 이렇게 시작된다. 그것은 마치 우리를 전혀 낯선 곳으로 이끌어갔다. 1989년 『창작과비평』 가을호에 「살아있는 무덤」이 발표되었을 때 평자는 이에 대해 많은 이야기가 오고가는 것을 들은 바 있다. 그리고 그 목소리는 하나같이 '충격적'이란 표현이었다. 실제로 「살아있는 무덤」은 읽어갈수록 충격의 연속이었다. 단순히 장기수 문제를 다루었다는 소재의 특이함뿐만 아니라 이 작품 전체가 양파마냥 벗길수록 충격적인 내용물로 응축되었다고나 할까. 바둑돌이나 잔돌멩이로 벽을 쳐서 모스 신호를 보내 의사를 타전하는 일상적 삶이나 뇌졸중을 스스로의 연구와 치료법으로 고쳐나간다거나 혹은 소학교 중퇴에도 불구하고 이론물리학자가 된 사람의 이야기, 6개 국어를 통달한 외국어 실력 등등, 그러한 환경 속에서 이루어진 개인적 탁월성, 73년 10월유신과 함께 전향을 강요하며 행해진 엄청난 테러공작과 그 참상, 그러한 고통 속에서도 단지 자신이 선택한 신념을 지키기 위해 스스로 '살아있는 무덤'이 되어야 했던 사람들의 모습 하나하나가 충격적인 사실들이었다.

평자는 그런 충격 앞에서 새삼 형식주의 비평방법에서 즐겨 사용하는 '낯설게 하기'란 개념이 떠올랐다. 예술은 실생활의 정확한 재현이 아니라 도리어 생활의 모습을 일그러뜨리고 낯설게 만들어 우리의 관심을 불러일으키게 한다는 충격요법. 그날그날의 권태로운 일상과 어떠한 의미들 자체에 둔감해진 현대의 대중들을 위해 문학 역시 엑스터시로 제공되어 이러한 대중들의 갈증을 해결해야 한다는 것이다. 일종의 환상적 대리만족으로 이끌어나가는 이러한 문학적 견해가 문학뿐만 아니라 영화·연극 등 전 예술영역에 걸쳐서 상당한 영향력을 행사하고 있음을 우리는 실제로 목격할 수 있다. 그러나 이러한 입장은 한마디로 인간의 옆에 항상적으로 존재하는 삶의 조력자로서 문학의 지위를 스스로 반납하고 삶의 유희로서 소모화되는 일회용 상품으로 자리잡고자 함을 의미할 뿐이다. 더 나아가 이러한 것이 우리에게 얼마나 사치스러운 것인가는 「살아있는 무덤」의 충격에서 쉽사리 확인할 수가 있다.

그렇다. 『완전한 만남』(창작과비평사 1990)이 우리에게 던진 충격의 본질은 현실적으로 존재한 것의 의도적 비틀기가 아니라 현실 자체의 왜곡성으로 인해 존재하게 된 은폐된 현실의 정직한 드러남이다. 현실적인 것 속에 존재하지만 일상의 그물에 포착되지 않는 특별한 것들, 그것은 일상을 에워싸고 있는 힘이 강제적으로 덮어놓은 또다른 현실이기 때문에 보통사람들의 눈에 보이지 않을 뿐이다. 나아가 현재 그들이 존재하는 삶의 공간에서 직접 다룬 '첫번째' 소설이란 점에서 그 충격은 더욱 컸다. 더군다나 지나간 과거의 공간이 아니라 현재적 공간 속에서 현재 살아 있는 이들이 가지는 특이성이란 다름아닌 첨예한 현실강제력의 가장 고도화된 은폐물이라는 점이다. 그런 점에서 이미 어떤 형태로든간에 이에 대한 보고 자체가 충격적일 수밖에 없는 오늘의 시대에서 이의 형상화란 더욱 의미심장하다 할 것이다.

흔히 대중의 각광을 받는 많은 작품이 특이한 소재를 다루는 데서 나타난다는 의견이 있지만 사실상 중요한 것은 현상적 특이함이 아니라 왜곡화된 현실의 본질과 관련하여 일상의 눈에 포착되지 않는 은닉된 본질을 드러내줄 수 있는 대상의 선택이란 점이다. 이 점이 『완전한 만남』이 갖는 첫번째 의의이다.

이념 혹은 정신적 자유의 중요성

『완전한 만남』은 「살아있는 무덤」「노역장 이야기」 중편 2편과 「완전한 만남」「첫눈 내리는 날」「뿌리 내리기」「노란 불꽃」「어느 수인의 좋은 아침」「해미」 등 6편의 단편을 모은 김하기의 첫소설집이다. 김하기는 30대 초반의 학생운동권 출신 작가로 1980년 계엄확대 반대 시위사건, 부림사건 등으로 10년형을 언도받고 1988년에 가석방으로 출감한 이력을 갖고 있다. 『완전한 만남』에 수록된 작품들은 바로 이 기간 동안 특별사동에서 장기수들과 접촉한 체험에서 나온 작품들이다. 작가 자신은 뿔 달린 간첩으로만 알고 처음엔 경원시했지만 이들과 접하고 그들의 세계를 이해하게 됨으로써 "분단 45년의 역사와 시간의 궤를 나란히 하는 장기수들의 삶을 외면하고서는 우리 시대의 어떠한 문제도 떳떳하게 바라볼 수 없다"는 외고집으로 끈덕지게 펜을 들었다고 한다. 이러한 점을 감안할 때 『완전한 만남』은 체험문학의 범주에 속한다고 할 수 있다.

그러나 『완전한 만남』은 체험문학이 빠지기 쉬운 체험의 직접성에서 우러난 단순한 사실의 나열에서 벗어나 상당한 정도의 예술적 농축을 보여주고 있다. 적어도 이런 점에서 이들 작품은 작가 자신의 말대로 "특수하고 제한된 그들의 삶을 보편화되고 전형성을 획득한 우리의 삶으로 확장"하려는 작가의 의도와 부합된다고 할 수 있다. 작가는 주로 작품 안에서 현재의 시국사범과 장기수들과의 만남이란 방식으로 출발하여 과거를 상실당한 현재(젊은이)와 피투성이 과거가 끈질긴 생명력으로 살아남은 오늘(장기수)을 접목하고 있다. 시간적으로 현재의 젊은이가 특사에 배정되어 이들과 접촉하면서 이들 혹은 이념・역사에 대한 인식의 변화과정을 거치게 되고 이들과 헤어지면서 새로운 출발을 다짐하게 된다는 구조적 장치는 사실상 우리의 현대사 자체의 구조와 동일하다 할 것이다. 김하기 작품의 특징은 여기에 있다. 말하자면 장기수의 세계는 '살아있는 무덤'처럼 철저히 정지되어 있지만 그는 이것을 끊임없는 생명력으로 살아남은 역사의 생물로 파악하고 있다. 단편 중에서 가장 뛰어난 성과를 보여준 「뿌리 내리기」를 보자.

> "영감님, 제 고양이가 기르던 쥐를 물어죽여 죄송합니다. 그런데 쥐는 왜 기르셨습니까?"
> "학생은 왜 고양일 기르오?"
> "그저 심심도 하고 지난날을 잊어버리고 싶어서요."
> "난 지난날을 잊지 않고 싶어서지."

학생운동을 하던 두혁은 애인의 변심으로 인한 충격과 다소간 청산주의적 기분 속에서 도피의 한 형태로 미문화원 점거를 결행하고 감옥으로 들어왔는데 학생들과 있기가 싫어 조용한 방을 원해 특별사동으로 배치받았다. 절간 같은 특사에서 장기수의 접근에도 전혀 반응을 보내지 않고 한동안 '까망'이라는 고양이만 데리고 지내던 중 이 고양이를 유일하게 경원하던 맞은편 박중린 영감과 대화를 나누게 된다. 그리고 놀랍게도 이 노인은 쥐를 키우고 있었는데 고양이의 등장으로 쥐가 불안에 떨다가 끝내 물려죽게 된다. 그리고 이로부터 두혁은 박중린 영감과 친하게 지내게 되었는데 앞의 인용문은 그와의 대화 중 한 대목이다. 현실적인 삶의 문제로 망각을 시도하는 젊은 학생과 전 인생을 걸고 역사를 망각치 않으려는 늙은 장기수의 대립이 짤막한 문장 속에서, 그리고 하나의 작은 행위 속에서 여실히 드러난다. 그리고 이후 그와의 대화 속에서 두혁은 보다 근원적인 삶의 물음과 답에 목 말라하게 된다. 결국 유일한 청와대 경호요시찰 인물이었던 박중린 영감과 접근하였다 하여 이감하게 된 두혁이 그와 한 마지막 대화는 그 것을 상징적으로 보여주고 있다.

> "나의 선물이오. 올 봄에 받은 꽃씨요. 터서구니가 센 땅에서 자란 꽃이라 어디서나 활짝 필 것이오."
> "자작나무……"
> "그건 가슴속에 심어 가시오."

일제의 단말마적 황민화정책에 조선이 암흑천지에 빠지고 자칭 민족의 지도자연했던 자들이 앞다투어 변절하여 일제에 무릎꿇었을 때 조선은 살아 있다, 조선민중은 죽지 않았다며 끝까지 투쟁하여 마침내 조국광복을 안았던 백두산의 자작나무숲. 이 '자작나무'로 상징되는 박중린 영감의 끈질긴 신념과 삶의 선택, 한때의 도피적 행동으로 감옥을 선택했던 두혁이 그로부터 얻은 것은 바로 이것이었다. 실제로 그들이 겪는 현실적 고통 그리고 그 속에서 이루어지는 놀라운 삶의 양상들은 흔히 여타 소설에서처럼 에피소드적 효과로서 나열되는 것이 아니라 고도로 집중되어 신념, 개인이 선택한 이념으로 결정화되고 있

다. 이러한 신념·이념의 형상화 문제는 사실상 우리 문학이 안고 있
는 가장 큰 취약점의 하나라 할 수 있다.

　예를 들어 70년대의 중요한 소설사적 성과로 간주되는 황석영의
「한씨연대기」나 현기영의 「순이삼촌」 등을 들어보자. 연좌법에 의해
희생당한 인물을 다룬 「한씨연대기」나 제주 4·3사건의 희생자를 다룬
「순이삼촌」은 당대에 휴머니즘적 문학으로써 역사의 희생자들을 되돌
아보는 계기를 부여해주었다. 그러나 이들 소설에서도 이 신념·이념
의 문제는 소설의 중심을 차지하지 못했기 때문에 그들이 서 있는 자
리는 역사의 실제 자리와는 거리가 있었다. 『완전한 만남』은 이런 점
에서 확실히 80년대 이후의 역사적 진전이 낳은 작품이다. 이미 이러
한 소재를 문학의 대상으로 끌어들인 것 자체가 그것의 반영이지만 더
나아가 문학사적으로는 휴머니즘의 현실화를 위한 정신적·행동적 무
기로서 이념의 문제를 인간 삶의 전측면과 관련시켜 오늘의 상황에 투
영한 데서도 이를 확인할 수 있다. 이른바 ‘전향’ 문제에서 집약적으로
표출되는 육신의 석방과 정신적 자유의 사수 사이의 갈등에서 후자를
견지하여 고통의 무덤 속에 스스로 남는 행동은 사실상 오늘의 일반적
상식으로는 쉽게 납득되지 않는다. 1973년의 전향공작에서 엄청난 테
러와 고문을 당하며 전향서를 쓰지 않고 손만 들어 의사표시만 해도
바깥의 자유로운 삶을 얻을 수 있는데도 차라리 죽음을 선택하려 한
그들의 삶은 무엇인가. 수억 개의 눈을 가진 역사도 비켜 흐르는 폐쇄
된 특사 속의 후미진 밀실에서, 오로지 죽음을 증언해줄 수 있는 것은
누렇게 맥없이 비치는 30촉의 알전구뿐인 공간 속에서 말이다.

　독립군이 만주벌판에서 이름없이 죽어갈 때마다 얼마나 쓸쓸했을까?
과연 그들은 책에서처럼 다가올 조국해방의 영광을 보며 기뻐하며 죽어갔
을까? 아! 난 손가락 하나만 까딱하면 살 수 있는데……

　「살아있는 무덤」에서 박덕기란 노인의 독백이다. 그러나 그들은 수

많은 고문과 회유 속에서도 끝내 그 자리를 떠나지 않는다. 한 예로 아내의 호소를 거절하는 「살아있는 무덤」의 허용철이란 인물의 말을 들어보자.

"그 이야기가 어느 모퉁이에선가 나올 줄은 짐작하고 있었소. 나도 당신과 자식들을 생각하면 무엇이든 해야겠지만 전향만은 못하겠소. 그것은 나의 혼을 팔아먹는 행위기 때문이오. 민족적 양심, 인민에 대한 애정, 조국통일에 대한 염원, 이 모든 것이 어우러져 있는 얼을 뽑아버린다면 얼간이밖에 더 되겠소. 그런 몸으로 당신을 대할 수조차 없소. 당신과 자식들을 진정 사랑하기에 전향할 수 없는 나의 마음을 헤아려주오."

자유의 문제가 인간 내부에 깊이 뿌리를 내리고 있으며, 또 그것은 자신 앞에 제기된 목적을 객관적 필연성에 대한 인식에 기초하여 자유로운 자기의지의 의식적 표출에 의해 실현됨을 보여준다. 그리고 그것이 인간의 본질적 힘 가운데서 중심적 위치를 차지함을 이들 작품은 확인시켜준다. 『완전한 만남』이 갖는 두번째 문학사적 의의는 바로 인간의 문제를 취급하는 데 있어서 이념의 자유 혹은 정신적 자유의 중요성을 본격적으로 부각했다는 데 있다. 더 나아가 흔히 이념이라 하면 '도식화된 인물'에 의한 이념의 직접적 표현 혹은 논리적 서술을 연상하는 현재의 풍토 속에서 역사 혹은 현실의 주인으로서 인간의 중심에 이것을 위치시키고 그것을 삶의 전양태로 발현시켜나가고 있다는 데 있다.

'기피'에서 '이해'로의 나아감

이제 『완전한 만남』이 작품 내에서 어떤 힘을 통해서 이념의 문제를 그 중심에 위치시키면서도 도식성을 극복했는가를 살펴보자.

　첫째, 이념의 문제를 이념 자체의 서술로서 보여주는 것이 아니라 그것이 인간의 삶에 어떠한 위치를 차지하는 것인가를 행동으로 보여주고 있다는 사실이다. 실제로 작품 자체에서는 어떠한 이념적 논리도 발견할 수가 없다. 오히려 이것은 역사와 민족을 위해 자기 목숨까지도 내던지려는 투철한 삶의 한가운데에 육화되어 있을 뿐이다. 작품에서는 오로지 어떠한 회유나 위협 혹은 고통 속에서도 자기의 신념을 옹호하고 그에 근거하여 살아가는 삶 자체가 있을 뿐이다. 이러한 힘을 통해 우리는 현실과 역사에 발을 딛고 사는 인간에게서 그 현실과 역사로부터 배태된 이념의 가치가 삶속에서 어느만큼 본질적인가를 자연스럽게 깨닫게 된다. 그들이 현재 서 있는 자리가 현실적·역사적 좌표에 의해 규정되었음을, 폐쇄된 삶속에서 자신의 과거를 통해 그리고 그곳에서 부딪치는 사소한 것들에 대한 의미부여 속에서 보여주고 있다.

　둘째, 역사의 단절로 그 전모를 파악하는 데 있어 이들은 사실상 '너무나 낯선 사람들'이다. 이러한 낯섦을 작가는 현재적 인물을 통해 자연스럽게 조명하면서 그들의 삶의 역사를 떠올리게 한다. 주로 단편에서 나타나는 현재적 인물과 장기수의 결합이란 방식은 앞서 보았듯이 「뿌리 내리기」 외에도 「첫눈 내리는 날」 「해미」 「노역장 이야기」에서도 나타난다. 그리고 그 결합의 시작과 끝은 「뿌리 내리기」에서처럼 '기피'에서 '이해'로 나아가 출옥 혹은 이감으로 인한 헤어짐과 동시에 새로운 출발을 다짐하는 형태를 취하고 있다. 말하자면 지극히 낯섦을 자연스런 접근으로 이해할 수 있게 하는 소설적 구성은 이들에 대한 독자의 현재상태와 잘 조응하고 있다.

　그리고 이들 작품에서는 쥐라든가 자작나무 등 동·식물이 핵심적인 역할을 하고 있다. 주로 자신들의 삶을 비유적으로 대상화하는 형태를 취하긴 하지만 거기엔 보다 근본적인 삶의 본질이 응축되어 있다.

　달팽이가 숙명처럼 제집을 지고 살아가듯 우리는 통일의 그날까지 분단

구조물인 너를 우리의 집으로 지고 살아야 할 운명인가. (「살아있는 무덤」)

그렇다. 굼벵이는 똥물에 굴러도 즐거운 법이다. 결코 영악하고 민첩한 날파리로 탈바꿈하지 못하는 굼벵이 같은 우리들! 역사의 바닥이 있다면 맨 밑바닥까지 가서라도 뒹굴어보자. 그러나 무릎을 꿇어서는 안된다. (「살아있는 무덤」)

"김선생, 난 쥐를 기르면서 나를 기르고 있었소. 어둠을 갉아먹고 지하에서만 살아야 하는 쥐의 운명이 쥐를 잡아먹고 삼십삼년간 폐쇄독방에 갇혀 살아온 바로 나의 운명이었소. 투쟁을 포기하지 않고 양심의 자유를 지킨 대가로 반평생을 한 평의 세계에서 살고 있는 셈이오. 아니 내 옆방의 김선생은 사십년을 살고 있소. 전향을 거부하는 것은 나의 양심, 나의 자유, 나의 삶, 나의 존재가 파괴되는 것을 거부하는 것이기 때문이오. 우린 어쩌면 쥐처럼 영원히 이 지하의 세계에서 빠져나가지 못할지도 모르오. 그러나 우리의 신념만은 결코 포기하지 않을 것이오."(「뿌리 내리기」)

이처럼 원초적 생명력을 상징하는 동·식물은 단지 비유적 대상에 그치는 것이 아니라 이미 「뿌리 내리기」에서 보았듯이 지극히 폐쇄된 공간에서 그들이 마주할 수 있는 '생명' 그 자체이다. 바로 원초적 삶에서 우러나오는 생명의 고귀함에 대한 진지함이 오늘의 세속적 삶에 충격으로 와닿는 것이다. 더구나 작품 전체를 다소간 시적 분위기로 이끌어나가는 작가의 문체와 절묘하게 결합되어 이들이 설명해내지 않으면 안될 논리성을 응축하면서 그 효과는 더욱 증대된다. 이를테면 『완전한 만남』에 수록된 거의 모든 소설이 다른 한편으로 과거와 현재의 교차라는 방식을 취하고 있는데 이 방식이 상당히 성공을 거두게 된 것도 상세한 세부묘사와 이야기로서 산문적 서술이기보다는 바로 특정한 중심적 이야기를 응축해 부조하는 시적 분위기에 의해서이다.

부자유 속의 건강성과 낙관성

그러나 『완전한 만남』에 수록된 작품의 세계는 이렇게 많은 성과에도 불구하고 이 성과를 충분히 그리고 완벽하게 담아내고 있다고 하기에는 다소간 문제점이 가로놓여 있다.

첫째, 현재적 인물이 장기수와 접촉하면서 변화·발전되는 소설적 구성은 이념이 한 인간에게 차지하는 위치를 어느정도 인식하고 그러한 신념 혹은 이념에 전생애를 걸고 현실적으로 고통받고 있는 인물을 이해하는 데는 도움이 될 수 있다. 그러나 이는 장기수가 분단의 희생물로서의 위치여부를 넘어서 현대사 자체의 모순을 스스로 담지한 인물이라는 그 역사성을 그려내기에는 스스로 부족한 문학적 형태이다. 시적 분위기에 힘입어 강직한 신념의 소유자인 인물의 형상화를 단편이란 양식으로 충분히 소화했다고 보지만 그것을 넘어서 그들이 담고 있는 세계의 총체상을 그려내기 위해서는 좀더 치열한 산문정신이 요구된다 하겠다. 이른바 이들이 담지한 의식이 개인활동의 전 나침반, 죽음에 맞서 사수해야 할 인간적 원칙으로 의미있는 자기 확증의 수단이 되기까지의 과정에 대한 형상화가 필요한 것이다. 「어느 수인의 좋은 아침」 중의 다음과 같은 진술은 이 점을 잘 반증해준다 하겠다.

지난 30여년 동안 그는 나무젓가락으로 비닐 위에 수많은 글들을 썼다 지웠다. 그동안 쓴 글들을 책으로 엮으면 얼마나 될까. 비좁은 감방을 꽉 채우고도 남았으리라. 그는 걷잡을 수 없는 울분과 회한, 자기모멸과 그리움을 비닐만 들면 지워질 글판에다 적고 또 적었다.

둘째, 『완전한 만남』에 수록된 작품간에 질적 차별성이 존재한다는 점이다. 필자의 판단에는 「살아있는 무덤」 「뿌리 내리기」 「노역장 이야기」 정도가 성공한 작품이고 그 나머지는 이에 비해 예술적 성취도가 뒤떨어진다. 그 이유는 나머지 작품들에 등장하는 인물들이 특수성을 구현하기에 너무나 우연성에 기반해 있기 때문이다. 이를테면 「완전한 만남」의 경우 자신이 젊어서 부모에게 불효한 죄를 갚기 위해 '목적의식과 핏줄이 하나가 되고 과학과 감정이 통일되는 만남'을 꿈꾸며 어머니를 만났으나 북받치는 울음으로 이웃집에서 신고하여 무기징역을 받은 한 인물의 이야기다. 그러나 그를 두고 수사관이 "너만큼 멍청하게 잡힌 간첩은 처음이야" 하는 이야기에서 알 수 있듯이 실제 있었던 일인지는 모르나 비극성이 희극성으로 치환되어버리는 양태를 취하고 만다. 이것은 다른 많은 예 안에서는 하나의 우연적 예로 받아들여질 수 있지만 그 자체가 독립되어 단편으로 서술되었기 때문에 일어나는 현상으로 보여진다. 또한 「첫눈 내리는 날」의 이원기라는 인물도 아무런 의미없이 이북 삐라를 여동생에게 보내다 적발되어 육군교도소에 수용되었고 다시 거기서 탈옥계획에 맹목적으로 동참하여 탈출하다 잡혀 추가형을 선고받고 전주교도소 특별사동으로 이감되어, 거기서 자신이 어려서 고향마을에서 보았던 남파간첩 사건의 주모자를 만나 자신의 선입견을 교정하고 그들의 세계를 어느정도 이해하게 되었다는 이야기로, 우연적인 사건의 연속에 기반하고 있다.

그밖에 월북했다가 무장공비로 남파되어 자신의 집에 은신해 있는 큰아버지와의 만남을 통해 한 고교생이 역사의 비극을 깨달으나 끝내 발각되어 일가족이 고통을 받게 되는 삶을 그린 「해미」나, 80년에 시위사건으로 강제 징집당했는데 과거 자신이 몸담았던 조직이 발각되자 탈영하다 검거되어 9년간의 수형생활을 하고 가석방으로 출감한 한 젊은이의 이야기를 그린 「노란 불꽃」 등도 보고소설의 양태를 크게 벗어나지 못하고 있다.

셋째, 중·단편이라는 다소간 집약적 양식 때문인지 몰라도 작품 전반의 분위기가 비감하다. 다시 말해 장기수 문제를 취급하면서 그들의 삶의 건강성·낙관성에 대한 풍부한 묘사의 부족으로 일차적으로 드러날 수밖에 없는 고통과 환경의 열악함이 지배적이다. 실제로 장기수들이 장기간의 감옥생활에도 불구하고 오늘에까지 견딜 수 있었던 것은 바로 그들의 육신 속에 들끓고 있는 건강성·낙관성 때문이다. 폐쇄된 공간 속에서도 솟구쳐나오는 이러한 성격적 특징이 『완전한 만남』에서는 충분히 드러나지 못했다고 보여진다. 이를테면 「뿌리 내리기」에서 두혁이 박중린 영감과 친해진 것을 두고 주위 장기수들이 말하는 다음의 대목을 보자.

> 박선생은 가장자리가 닳아 나달한 회색모포를 건조대에서 내렸다. 두혁이 모포의 반대편 두 귀를 잡으니 기울어진 햇빛을 받는 모포는 다습고 바싹바싹한 감촉을 주었다. 둘은 네 귀를 잡고 호흡을 맞춰 팡팡 먼지를 털었다. 이미 모포를 턴 다른 선생들이 지켜보며 한마디씩 했다.
> "야아. 박선생 늘그막에 호강이네."
> "환갑 지나 아들 하나 보았구만."
> "늦바람 났네그려."
> "아픈 허리도 좀 주물러 달래보지."
> "혼자만 귀애치 말고 나도 인사 좀 시켜주게나."
> 왁자지껄한 농담을 들으며 정작 얼굴이 붉어진 쪽은 두혁이 아니라 박선생이었다. 박선생은 다 턴 모포를 세 겹으로 접어 어깨에 둘러메고 설핏한 서산 해를 보며 벌게진 얼굴로 말했다.
> "오늘 따라 왜 이리 노을이 붉나."

이 짧은 인용문에서 먼저 와닿는 것은 폐쇄된 사회에도 굴하지 않고 솟아난 웃음과 여유이다. 그러나 말미에 이러한 분위기는 일거에 전환되고 만다. 이 점은 작품 전체에도 동일하게 적용되는데 역시 특정한 부면을 집중화할 수밖에 없는 양식적 제약의 결과라고 보고 싶다.

넷째, 현재적 인물의 선택에 있어서 취약성을 보여준다. 「뿌리 내리기」의 김두혁, 「첫눈 내리는 날」의 이원기, 「노역장 이야기」의 김영배 등은 모두 우연적인 사건으로 복역하거나 혹은 현실도피의 일환으로 감옥에 들어온 젊은이들이다. 작가는 보통인의 눈으로 장기수의 세계를 바라보자는 의도여서 이런 인물을 선택했거나 왜곡된 현실이 강요하는 비극성 때문에 이런 인물을 선택했는지 모르지만 역사와 현실의 만남을 치열하게 만드는 데 스스로 제약되어버린다. 오랫동안 은폐된 역사적 현실이란 한꺼번에 벗겨지는 것이 아니라 여러 겹으로 덧씌워져 오늘에 이르게 마련이다. 그러한 본질을 파악하기 위해서는 그 만남 자체가 치열해질 수밖에 없는데 이와 연관되어 『완전한 만남』의 현재적 인물들은 확실히 취약하다. 이로 인해 드러난 장기수의 세계는 앞에서 언급한 한계들과 연결되어 그들의 세계가 안고 있는 총체적인 측면의 파악으로까지 나아가지 못하고 있다.

　이상 몇가지 점에서 『완전한 만남』이 안고 있는 문제점들을 지적했지만, 냉정히 말해 장기수를 다룬 첫번째 소설로서 그 성과는 탁월했다고 보여진다. 더욱이 작가는 자신이 할 수 있는 영역에 적합한 형상화의 방법을 구현하여 앞날이 더욱 기대된다는 것이 평자의 견해다. 장년의 나이에 감옥에 들어가 27년 만에야 백발의 나이로 풀려나온 우리가 잘 아는 남아공의 흑인지도자 만델라는 서방 기자들이 어떻게 27년간이나 감옥 속에서 살아갈 수 있었는가 하는 질문에 다음과 같이 말했다고 한다.

　　"감옥이 그렇게 부자유스러운 곳은 아니오. 몸만 구속한 것이지 정신까지 구속한 것은 아니잖소. 정말 고통스러운 곳은 우리 흑인을 인간취급하지 않는 바깥세상이 아니겠소."

　정신과 물질이 분열된 혼탁한 세상에서 감옥의 죄인이지 역사의 죄인이 아니라는 이들의 깊이 모를 세계, 이들이 택한 부자유의 자유, 그들의 역사와 희구를 꼭 알고 싶다는 것은 평자의 바람만은 아닐 것이다. 작가의 더욱 크나큰 발걸음을 기대한다.

〔한길문학 1991년 봄호〕

보론: 부채의식을 벗고 '젊은 역사'를

　1980년 광주의 비극이 벌어진 시기 부산에서의 고독한 유인물 살포, 강제징집 후 무장탈영, 엄청난 고문과 남한산성, 그 악명 높다던 육군교도소 등 8년간의 긴 징역생활, 그리고 장기수 선생들과의 특이한 교유, 1988년 석방, 희한한 '출학(出學)'선고까지 받고 다시 학생 신분으로 돌아온 나이든 복학생, 그리고 13년 만의 대학 졸업, 장기수 문제를 최초로 정면으로 다룬 『완전한 만남』의 작가…… 당신은 동세대의 우리 눈으로 볼 때 참으로 '희한한' 경력의 소유자입니다. 『늦깎이』란 책을 최근에 보고, 특히 그 속에 실린 「자전: 감옥——분단시대의 인생대학」이란 글을 읽고 당신이 참 '특별한 인간'이란 생각을 했습니다. 한때 체 게바라(Ché Guevara)를 '흠숭(欽崇)'하여 '떠돌이 보따리 혁명장수'의 삶을 최고의 이상으로 생각하여 목총을 만들어 들고 다녔다는 '도라이'. 이렇게 보면 당신이 무장탈영하였다는 사실도 얼핏 이런 '도라이' 기질의 발동이 아니었겠느냐 하는 이야기도 있을 법합니다. 그러나 그 글을 읽으면서 당신의 '희한한' 경력 저류에 흐르고 있는 '대담성' '불 같은 행동방식'에 저같이 나약한 소심주의자, 저울질 잘하는 사람으로서는 진짜 칼날 위를 스스로 올라설 담력을 가진 사내 대장부를 만난 것 같아 기쁘기 그지없습니다. 이 구태의연한 '기묘한 안정' 속의 속물시대에 말입니다.

　저도 구치소 생활 몇개월을 해보았지만, 그리고 나서 많은 사람들로부터 고생 많았다는 이야기를 듣기도 했지만, 솔직히 '고생했지요'가 본심이면서도 '아니오, 뭐 다들 하는 고생인데요' 하고 점잔을 빼기도 했습니다. 그러나 그런 말을 하게 된 배경은 당신과 같이 진짜 고생하는 사람들이 뇌리에서 떠나지 않았기 때문입니다. 어떻게 보면 우리 시대는 참으로 많은 사람들이 현실의 비참함 때문에 '사서 고생하는' 역사가 아닌가 하는 생각이 들 정도입니다.

이제 당신에 대한 나의 '외경스러운' 찬사는 이만 그치겠습니다. 오히려 이러한 말에 누구보다도 먼저 화를 낼 사람이 당신이기 때문입니다. 당신 역시 당신보다 더 고생하는 '사람들'을 결코 뇌리에서 지울 수 없기에 하는 말입니다. 그러나 제게 당신이란 존재는 외경스런 존재입니다. 그것은 무엇보다도 당신 스스로 떠맡은 무거운 역사적·문학적 책무 때문입니다. 그리하여 이제 나는 과연 당신이 그러한 책무를 어느만큼 수행하고 있는지, 찬사의 반대편에서 굶주린 가슴으로, 갈증난 눈으로 당신의 작품을 헐뜯으려 합니다. 우리 현대사의 참으로 기나긴 찌들림과 그 찌들림의 공간마다 가로놓인 숱한 살아 있는 것들의 매장, 이 기막힘을 '예감'만 하며 지내온 우리 앞에 당신이 던져놓은 「살아있는 무덤」의 충격을 이제 차분히 가라앉히고 말입니다.

저는 몇달 전에 『완전한 만남』 작품집에 대해 짧은 서평을 쓴 적이 있었습니다(『한길문학』 1991년 봄호). 그 글을 당신이 읽어보셨는지 궁금하지만, 현단계에서 당신의 소설이 갖는 의의를 저는 이렇게 보았습니다. 첫째, 온갖 잡다한 소설이 쏟아지는 오늘의 문학풍토 속에서 올바른 현실주의 소설가가 그러하였듯이 당신은 현상적 특이함이 아니라 왜곡된 현실의 본질과 관련된, 일상의 눈에 포착되지 않는 은닉된 본질을 드러내줄 수 있는 대상을 정확히 선택하고 있다는 사실입니다. 둘째, 무엇보다도 우리 소설사에 당신의 이름을 새겨넣기에 주저하지 않게 만드는 요인은 인간의 문제를 취급하는 데 있어서 이념의 자유 혹은 정신적 자유의 중요성을 본격적으로 부각했다는 데 있습니다. 즉

자유의 문제가 인간 내부에 깊이 뿌리를 내리고 있으며, 또 그것은 자신 앞에 제기된 목적을 객관적 필연성에 대한 인식에 기초하여 자유로운 자기 의지의 의식적 표출에 의해 실현됨을 보여주었다는 겁니다.

당신은 이렇게 말했습니다. "나는 장기수 선생들이 무엇 때문에 인간 인내력의 한계를 넘는 고문에도 굴하지 않고 양심의 자유를 지켰으며, 왜 수십년간을 폐쇄독방에 갇혀 살면서도 낙관적으로 살고 있는가를 나름대로 고민했다. 도대체 그들을 지탱시켜주고 있는 보이지 않는 힘은 무엇인가?" 그리고 이에 대해 스스로 이렇게 답을 내렸지요. "그들이 그 큰 고난을 이기며 사는 이유는 육체적 생명보다도 사회정치적 생명을 더 고귀하게 생각하기 때문이다. 육체적 생명은 잠시 있다 없어질 뿐이지만 민족과 민중에게 바쳐진 사회정치적 생명은 민족과 민중과 더불어 영원하다."

그렇습니다. 당신의 작품이 독자들의 심금을 울리는 것은 단지 어떤 작가도 쉽게 접할 수 없는 특이한 소재의 힘에 의해서만은 결코 아니라고 생각합니다. 바로 무엇보다도 인간의 삶에서 사회정치적 생명, 그 신념, 정신적 자유의 힘이 얼마나 고귀하고 중요한가를 여실히 보여주었기 때문입니다. 이 점에서 저는 이 시대 어떤 작가보다도 당신의 문학적 실천을 높이 평가하고 싶습니다. 그리고 적어도 이 점에 대해서는 많은 비평가들도 당신의 문학적 수완과 함께 모두 동의를 하고 있다고 생각합니다.

그러나 이제 문제를 좀더 진전시켜봅시다. 우선 무엇보다도 장기수 문제를 다루는 데 당신이 정치적·역사적 측면을 어느정도 예술적 농축을 통해 문학화했느냐는 점입니다. 백진기의 경우는 "역사주의 원칙과 현재성의 원칙이라는 창작원리를 형상적으로 구현"하였다 하여 당신의 작품에 최고의 가치를 부여해주고 있습니다. 그러나 신승엽의 경우는 작품 속에 형상화된 인물이 "다만 의지의 모범으로서이지 당시 투쟁의 역사적 평가를 통해서가 아니다"라고 하여 역사적인 평가의 결여를 한계로 지적하고 있습니다. 이 두 주장에 대해 필자는 양쪽 다

긍정과 부정을 표하지 않을 수 없습니다. 즉 필자는 이 문제와 관련하여 다음과 같이 지적한 바 있습니다.

이념의 문제를 이념 자체의 서술로서 보여주는 것이 아니라 그것이 인간의 삶에 어떠한 위치를 차지하는 것인가를 행동으로 보여주고 있다는 사실이다. 실제로 작품 자체에서는 어떠한 이념적 논리도 발견할 수가 없다. 오히려 이것은 역사와 민족을 위해 자기 목숨까지도 내던지려는 투철한 삶의 한가운데에 육화되어 있을 뿐이다. 작품에서는 오로지 어떠한 회유나 위협 혹은 고통 속에서도 자기의 신념을 옹호하고 그에 근거하여 살아가는 삶 자체가 있을 뿐이다. 이러한 힘을 통해 우리는 현실과 역사에 발을 딛고 사는 인간에게서 그 현실과 역사로부터 배태된 이념적 가치가 삶속에서 어느만큼 본질적인가를 자연스럽게 깨닫게 된다. 그들의 현재 서 있는 자리가 현실적·역사적 좌표에 의해 규정되었음을, 폐쇄된 삶속에서 자신의 과거를 통해 그리고 그곳에서 부딪치는 사소한 것들에 대한 의미부여 속에서 보여주고 있다.

현재적 인물이 장기수와 접촉하면서 변화·발전되는 소설적 구성 이념이 한 인간에게 차지하는 위치를 어느정도 인식하고 그러한 신념 혹은 이념에 전생애를 걸고 현실적으로 고통받고 있는 인물을 이해하는 데는 도움이 될 수 있다. 그러나 이는 장기수가 분단의 희생물로서의 위치부여를 넘어서 현대사 자체의 모순을 스스로 담지한 인물이라는 그 역사성을 그려내기에는 스스로 부족한 문학적 형태이다. 시적 분위기에 힘입어 강직한 신념의 소유자인 인물의 형상화를 단편이란 양식으로 충분히 소화했다고 보지만 그것을 넘어서 그들이 담고 있는 세계의 총체상을 그려내기 위해서는 좀더 치열한 산문정신이 요구된다 하겠다. 이른바 이들이 담지한 의식이 개인활동의 전 나침반, 죽음에 맞서 사수해야 할 인간적 원칙으로 의미있는 자기 확증의 수단이 되기까지의 과정에 대한 형상화가 필요한 것이다.

이 두 예문은 필자가 성공한 지점과 미흡한 지점을 각기 지적한 한 대목입니다. 즉 필자가 중시한 것은 장편과 구별되는 중·단편이란 양식 속에서 작가가 장기수란 '역사적 인물'의 어떤 측면까지를 정확하게 보여주었는가 하는 문제였습니다. 그런데 앞서 언급한 두 사람의 평가는 이 '역사적 인물'이 담고 있는 복잡한 면모를 양식과 결부지어 보지 않고 어느 한편에서 일반화시키는 오류를 범하지 않았나 합니다. 그러기에 필자는 작가 앞에 더 크나큰 과제가 가로놓여 있음을 제기하고 싶었던 것입니다. 따라서 일부 독자들이 "장기수를 너무 완벽한 인간으로 만들어놓았다"고 평가하는 것은 역으로 주목해볼 필요가 있지 않나 생각합니다. 여기엔 작가가 한 작품에서 무엇을 중심문제로 붙들고 있는가를 간과한 채 막연한 총체성으로 작품을 재단하는 방식의 문제점이 내포되어 있지만, 소설이 만들 수 있는 최대치의 범주인 총체성에 대해 작가는 스스로 책임을 질 줄 알아야겠습니다.

그런 점에서 백진기처럼 다소 성급한 예찬도, 신승엽처럼 전체로서그 과정의 일부를 재단하는 비판도 문제가 있다고 봅니다. 그렇기 때문에 저는 신승엽이 「뿌리 내리기」를 두고 '형상의 현실성의 결함'을 문제로 삼는 데 반대합니다. 오히려 저는 「뿌리 내리기」가 『완전한 만남』에 실린 많은 작품 중에서 가장 탁월한 '단편' 작품이라고 단언합니다. 그것은 바로 단편이란 문학적 양식 속에서 말하고자 하는 바에 가장 효과적으로 문학의 힘을 발휘한 작품이기 때문입니다. 상징화 혹은 낭만화 방법 자체가 문제가 아니지 않습니까. 단편이란 제한된 공간속에서 바로 상징화(낭만화라는 말은 이 소설과 그다지 관련없다고 봅니다)는 내용과 형식의 일치로서 글 기능을 최대한 발휘하고 있다고 생각합니다. 이에 덧붙여 다만 한가지만 지적해두자면 흔히 상징화에서 연상되는 추상성이 이 작품에서는 구체성을 기반으로 분명히 이루어지고 있다는 점입니다. 폐쇄된 공간, 정지된 역사를 껴안고 있는 감옥, 그 속에서 마주할 수 있는 원초적 생명력으로서 동·식물에 투영된 그들의 현재적 삶과 의식 및 그로부터 나오는 역사가 바로 그것입니다. 그런 점에서 저는 짧은 단편에서 위력을 발휘한 작가의 문학적 역량에 대해 깊은 신뢰를 가지게 되었습니다.

반면에 필자가 문제시하는 것은 『완전한 만남』에 수록된 작품들간에 상당한 편차가 있다는 사실입니다. 이 점이 백진기와 구별되는 지점입니다. 또한 작가 자신의 주장과도 차이가 있지 않나 생각됩니다. 당신은 이렇게 말했습니다. "책 속의 현실은 극히 일반적이고 제한적이며, 풍부하고 거대한 현실의 극히 일부분만을 담아내고 있다고 생각한다. 「해미」「노역장 이야기」를 비현실적이고 작위적인 이야기로 치부해버리는 사람들이 많다. 내 문제와 서술방법이 작위적일 따름이지 사건은 소설보다 더 기구하고 극적이었음을 밝히고 싶다."

이것은 당신과 같이 엄청난 체험을 한 사람으로서는 당연한 이야기라고 생각합니다. 더군다나 그 체험이 비극적인 현실의 모순을 그대로 보여주는 산 역사이기에 직접적으로 체험한 것만 풍부하게 드러내주어도 나의 사명은 충분하다고 생각할 수 있을 것입니다. 그러나 작가에게 기대하는 것은 개인적 측면이 아니라 보편적이고도 본질적인 측면으로의 생생한, 살아 있는 발전입니다. 저는 「완전한 만남」「첫눈 내리는 날」「해미」등에 나타난 사실이 실제로 작가가 체험했던 바, 혹은 들었던 '실제'라고 생각합니다. 그러나 그러한 사실들이 설사 '실제'라고 하더라도 문학 속의 형상에서는 전혀 다른 위치를 가질 수밖에 없습니다. 아무리 '실제다, 실제다'고 외쳐도 문학작품은 문학작품이기 때문입니다. 그렇습니다. 다른 많은 예 안에서는 하나의 우연적인 예로 받아들여질 수 있지만, 그 자체가 독립되어 단편으로 서술되었기 때문에 '충격적' 보고소설의 차원을 크게 벗어나지 못한 작품이 되지 않았을까요. 준비가 안된 갑작스런 변화, 즉 루카치(G. Lucács)의 표현법으로 '권총으로 갑작스레 발사'되는 것이 내용상으로 가능할 때에라도 안타깝게도 예술적으로는 허위라는 인상을 준다는 점입니다. 그 자체로서는 가능할지라도 이것이 예술적으로 준비될 경우에만 작품은 살아남을 수 있다는 말을 저는 하고 싶습니다. 그래서 저는 그러한 것까지도 포용할 수 있는 치열한 산문정신, 대규모적인 장편의 창조를 권하고 싶습니다.

　그런 점에서 저는 신승엽 말대로 '감옥 속에서 만났던 그들에 대해 품고 있는 부채의식'을 겸허히 반성해볼 필요가 있다고 보여집니다. 당신이 작품 속에서 말했던 대로 오늘 우리의 대다수가 '줄기만 있고 뿌리는 없는 꽃다발 속의 꽃'으로서 '화려한 만큼이나 빨리 시들고 말'지라도 오히려 이를 극복하는 살아 있는 정신적 무기를 만들기 위해서 그들 삶의 단순성과 복잡성의 변증법, 살아 있는 정치적·역사적 생명체로서 그들에 대한 역사적 평가와 현실화 등 그들이 우리 앞에 내포하고 있는 영역 모두를 풍부하게 보여줄 필요가 있습니다. 변증법을 아는 사람으로서는 현실과의 변증법 속에서 사람과 현실 역시 변화한다는 것은 어떻게 보면 당연한 일이며, 따라서 현대사의 새로운 출발(비록 엄청난 왜곡이 그 토대일지라도)로부터 성장해온 우리들에게 단순히 신념의 사수, 이데올로기에의 절대적 집착만 보여준다면 이 역시 문제가 아닌가 생각됩니다. 그래서 단편이란 양식 속에서 작가가 말하고자 하는 바를 효과적으로 결합시키기 위해 취한 상징화가 다른 한편으로 껴안을 수밖에 없는 실체의 풍요로움과는 거리감이 있음에 이제 눈을 돌려야 하지 않을까 합니다. 그런 점에서 오히려 『완전한 만남』 속에 실린 작품들 중 상대적으로 구체적 사실을 담지한 작품들이 뒤떨어졌다는 점은 심각하게 고려해야 할 대목이 아닌가 여겨집니다. 단순한 비극적 개인사의 복원이 아닌 '현실적인 눈'으로 역사의 사실에 깊숙이 개입하고 그것을 자리매김하면서 가치평가하는 적극적 자세의 결핍이 문제입니다. 바로 이것은 현재적 인물의 선택에서의 취약성과 관련됩니다. (「자전」을 읽으며 받은 느낌은 「첫눈 내리는 날」의 경우 차라리 작가 자신 혹은 그에 견줄 만한 인물을 주인공으로 했다면 훨씬 생동감과 설득력이 있지 않았겠느냐는 것이었습니다.) 그리고 결과적으로 그들에 의해 압도당한 인물형상은 당신의 '부채의식'과도 관련이 있다고 보여집니다. 또한 의외로 당신의 중·단편은 구성상의 공통성(현재의 시국사범과 장기수들과의 만남으로 이 틀은 독자의 현재상태와 잘 조응하는 특징을 가지면서 문학적 효과를 분명히 고양시켰습니다)을 가지고 있습니다. 이것은 실제 감옥 속에서 마주친 모든 사람들에 대한 당신의 애정의 소산이며, 당신 자신의 '만남의 철학'("만남을 통해 나는 우리를 발견하고 우리는 민족을 발견하고 민족은 분단을 발견한다. 즉 만남을 통해 나는 우리가 되고 우리는 민족이 되고 민족은 통일이 되는 것이다")의 현실적 대응물이겠지만 독자는 참으로 비슷한 것들에 영악하게도 싫증을 잘 냅니다. 그러나 이것은 독자의 영악성만의 문제가 아닌 것 같습니다. 개개인의 특이한 삶의 운명으로서보다는 그 개개인의 삶속에 응축된 장기수라는 역사적 인물군의 운명과 가치에 더 중점이 가 있기 때문입니다. 앞으로 분명히 써낼 것이라고 확신하고 있는 미래의 장편에서 이 문제가 내용·형식 양면에서 진지하게 고려되었으면 하는 바람입니다.

당신의 부채의식 속에는 분명 강한 휴머니즘이 흐르고 있습니다. 그리고 그것은 당연할지 모릅니다. 그래서 우리와 함께 여기에 발을 딛지 못하고 지금 '거기에 그렇게 외롭게' 서 있는 그들의 실제 삶 자체를 그야말로 사실적으로 복원해야겠다는 것에는 경의를 표할 만합니다. 그러나 여러가지 조건으로 우리와 그들은 '너무 먼 거리'에 서 있습니다. 그 먼 거리를 좁히기 위해서는 엄청난 노력이 요구될 수밖에 없습니다. 그들의 믿기지 않는 낙관성, 부자유의 자유문제, 당신이 작품 속에 짤막한 문장으로 써놓은 '걷잡을 수 없는 울분과 회한, 자기모멸과 그리움' 등 실제 일상적 삶으로부터 유리될 수 없는 일반 인간들이 가지게 되는 의문으로부터 시작하여 그곳에 이르기까지 그들이 선택한 사회정치적 활동에 대한 역사적 평가, 그들의 신념을 구성하는 수많은 논리적 뿌리에 대한 현실적 평가, 우리 민족의 운명, 그들이 작가에게 선사했다는 마지막 말인 "동지, 통일의 광장에서 만납시다"를 이루기 위한 그들과 우리와의 진정한 관계…… 그러기 위해서는 당신 자신이 먼저 부채의식에서 벗어나 당당하게 그들과 만나야 되지 않나 생각합니다.

이 작업을 오늘 우리들 가운데 적어도 당신 말고 어느 누가 제대로 수행할 수 있겠습니까. 당신은 우리 시대의 특징인 '젊은 역사'를 새로이 성취해내려는 젊은 세대의 뛰어난 촉수를 가졌기 때문입니다. 그런 점에서 저는 이제 소재를 확대하여 훨씬 더 넓은 문학세계로 나가야 한다는 일부의 주장에 대해서 찬성하지 않습니다. 이게 어디 소재의 문제입니까. 저는 오히려 당신에게 진정으로 이 모든 것을 한덩어리로 포용할 장편 창작에 적어도 당분간은 전념하기를 진심으로 권하고 싶습니다.

진정으로 당신의 건투를 빕니다.

〔사상문예운동 1991년 가을호〕

'이 좋은 세상'을 향한 사랑과 증오의 미학

김남주의 시에 대하여

1

> 아니 이미 오고 있을 김남주여! 그대는 이미 벌판이 되어,
> 날으는 파랑새가 되어, 우리와 함께 가고 있구나. 아주 건강한
> 모습으로, 흰 도포자락 휘날리며……
>
> ——김준태, 「혁명성·전투성·역동성·순결성」 중에서

좋은 시에는, 훌륭한 시인에게는 비평가가 필요없다고 한다. 아마도 우리 시대 이런 부류의 대표적 시인으로 김남주(金南柱) 시인을 들 수 있을 것이다. 그의 시는 설명이 필요없이 고스란히 우리 가슴에 꽂히는 시이다. 그는 더구나 이런저런 시로 평가를 받은 시인이 아니다. 시인 김남주 하면 '혁명' '전사' 등이 떠오를 만큼 이미 이름 자체가 보편적 상징성을 가지고 우리 시대의 정신으로 서 있다. 그렇기 때문에 우리는 그의 시에서 그 한계를 넘어서 그가 쏟아낸 언어 하나하나의 방향에 관심을 쏟는다.

오랜 옥고생활 이후 생활현실로 돌아와 최근 몇년 동안 발표한 시들을 묶은 시집 『사상의 거처』(창작과비평사 1991)를 두고 이러저러한 소리가 들려온다. 생활인으로 돌아와 발표한 그의 시를 두고 어떤 이는

모색의 조짐을, 어떤 이는 더 나아가 동요의 조짐을, 그리고 어떤 이는 그에게 지금까지 결핍되어 있던 구체적 생활의 냄새와 숨결을 찾아 나서려 하고 있다고 말하기도 한다. 그러나 그 평가가 어찌되었든 대부분의 사람들은 그의 시를 통해 시대의 내일을 기대하기에 혼돈스런 시대의 가슴 복판을 파헤치는 그의 진솔하고도 투박한 삽질을 예의 주시하고 있다.

그런데 사실 그의 시는 애초부터 두 가지 방향으로 향해 있었다. 모순투성이인 현실에 정면으로 맞서거나 아니면 그러한 현실에 대처하는 자신을 향하고 있다. 이전의 시에 비해 최근 김남주가 변모하였다고 하는 진단은 주로 후자의 영역에서 이루어졌다. 그러나 그것은 변모가 아니라 대중 가운데로 돌아온 그가 우리 모두의 '나'를 위해 행하는 날카로운 자기비판이다. 솔직히 말해 지금까지 우리가 "수긍하되 말하기를 꺼려하는, 그래서 늘 입가에 뱅뱅 맴돌기만 할 뿐" 엉거주춤 서성거릴 때마다, 그의 시는 이를 과감히 내뱉어버림으로써 십년 천식의 갑갑함을 후련히 떨쳐버리게 했고 우리는 이를 통해 일종의 대리만족을 느끼지는 않았던가. 말하자면 우리는 그를 '우리와 다른' 특별한 그로 만들지 않았던가. 바로 김남주는 그러한 우리들 속으로 돌아와 우리 가슴에 새로운 씨앗을 뿌리고자, 그리하여 우리가 보듬고 있는 일상생활로부터 파랑새를 날리고자 어느 누구보다도 힘든 정신적·사회적 삶을 살고 있는 것이다.

"감옥이 열리고/길도 따라 내 앞에 열려 있다/세 갈래 네 갈래로//어느 길로 들어설 것인가/불혹의 나이에/나는 어느 길로도 선뜻/첫발을 내딛지 못한다// (중략) 별 생각이 다 떠오른다/그러나 세상은/내 좋을 대로 하라고 내버려두지 않는다/자꾸만 자꾸만 내 등을 밀어 사람들 속으로 집어넣는다 (하략)."(「길」)

그의 시 본질은 결코 변화되지 않았다. 변화가 있다면 생활과의 부딪침 속에서 새로이 솟구치는 어제와는 다른 '살아 있는 오늘'이 있을 뿐이다. 그가 사람이 살아야 할 현실로부터 한치도 벗어나지 않는다는 것, 그리하여 현실을 날카로운 칼날로 찔러 거기서 콸콸 솟구치는 사상의 피를 우리에게 주려 한다는 것, 말하자면 눈물과 증오의 통일을 통해 진정한 사랑의 미학을 노래하고자 하는 순진무구한 민중의 시인이라는 것을 표제시 「사상의 거처」 등 그 시집에 실려 있는 대부분의 시가 보여주고 있다. 그것은 한마디로 언제나 그가 오늘 우리의 사회상태, 그 자본주의사회의 존재방식에 정면으로 맞서고 있다는 데 있다. 이 맞섬에서 그의 눈은 어느 한순간 현사회의 핵심적인 결함, 중심적인 폐해를 벗어난 적이 없다.

그러한 점을 우리는 그의 제6시집에 해당되는 『이 좋은 세상에』(한길사 1992)에서도 여전히 확인할 수 있다. 크게 4부로 이루어진 이 시집은 외형적으로 분류해보면 제1부 '역사의 길'이 역사기행시 계열, 제2부 '밤길'과 제3부 '하늘도 나와 같이'가 서정시 계열, 제4부 '대통령 하나'가 정치풍자시 계열이다. 『사상의 거처』가 주로 서정시 계열인 점을 감안해보면, 이 시집은 최근 김남주 시의 또다른 특징과 그 본질을 이해하는 데 여러모로 도움이 될 것이다. 특히 이번 시집에서 두드러지게 나타나는 풍자적 시 형식은 우리에게 주목을 요한다. 사실 김남주 시가 오늘 우리 시단에서 차지하는 독특한 위치와 그의 시에서 솟구치는 남성적 힘은 이와 연관되어 있다. 무엇보다 김남주의 풍자는 오늘 우리 현실 자체로부터 발원해나온 것이며, 이는 단순한 수법의 차원이 아니라 방법으로 기능하고 있다. 말하자면 사람 사는 세상을 위한 이 땅의 인간들에 대한 사랑과 증오의 변증법인 것이다.

2

노동자 농민에 대한 이 애정이야말로, 노동자 농민의 적에 대한 이 증오야말로, 증오의 대상 '나쁜 사람들'을 찾아 무기를 벼리는 전사들에 대한 찬가야말로 내 가슴에 꽃다발을 안겨준 사람들에게 답례하는 꽃다발이 될 것이다.

———김남주, 『사랑의 무기』 후기에서

아들은 쇠파이프에 머리가 깨진 채
피바람 오월 타고 저세상으로 가고

아버지는 아들의 죽음에 저항하다
쇠고랑 차고 감옥으로 가고

어머니는 감옥에 저세상에 남편과 자식을 빼앗기고
가슴에 멍이 들어 병원으로 가고

옷가지 챙겨 들고 아버지 보러 감옥에 가랴
밥 반찬 보자기에 싸들고 어머니 보러 병원에 가랴

누나는 세상사람들에게 눈물 보일 겨를도 없다면서
꽃 한송이 사들고 내일은 동생 보러 무덤 찾겠다네.
———「이 좋은 세상에」 전문

‘이 좋은 세상에’ 우리는 비극적 가정을 가지고 있다. 강경대 열사의
가족. 아들은 쇠파이프에 맞아죽고, 아버지는 감옥에 가 있고, 어머
니는 화병으로 병원에 입원해 있고, 단 하나 남은 가족 ‘누나’는 무덤
과 감옥과 병원을 찾아다녀야만 하는 이 기막힌 현실. ‘이 좋은 세상
에’ 이런 기막힌 사연이 어디 한둘이랴. 눈 있고 다리 가진 사람들이
라면 오늘 우리 현실, 그 부패해가는 자본주의의 객관적 현실이 매일,
매시간 토해내고 있는 수많은 풍자적 현실을 보게 된다.

차에 깔려 죽고
물에 빠져 죽고
날마다 날마다 죽음이다

흉기에 찔려 죽고
銃器에 맞아 죽고
날마다 날마다 죽음이다
공부 못해 죽고 대학 못 가 죽고
취직 못해 죽고 장가 못 가 죽고
날마다 날마다 죽음이다.
아이는 단칸 셋방에 갇혀 죽고
에미는 하늘까지 치솟는 전세값에 떨어져 죽고
날마다 날마다 죽음이다.
농부는 농가부채에 눌려 죽고
노동자는 가스에 납에 중독되어 죽고
날마다 날마다 죽음이다.
여름이면 흙사태에 묻혀 죽고
겨울이면 눈사태에 얼어 죽고
날마다 날마다 죽음이다.
낮에 죽고 밤에 죽고
아침에 죽고 저녁에 죽고
시도때도 없이 세상은 온통 죽음의 공동묘지
이 묘지에서 고개 들고 죽음의 세계에 항거한 자는
쇠파이프에 머리가 깨져 죽고
최루탄에 가슴이 터져 죽는다.

——「날마다 날마다」 전문

　　이런 기막힌 현실이기에 시인 김남주는 일찍부터 공공연히 투쟁성을
띠기 위해 풍자적 표현양식을 적극 활용하여왔다. 흔히 대상을 우스꽝
스럽게 만들어버리는 것을 두고 풍자적 기법을 활용하고 있다고들 하
지만 김남주의 풍자는 외관이 아니라 본질이다. 김남주의 시 안에서는
투쟁 자체와 함께 무엇을 위해 그리고 무엇에 맞서 투쟁하는가가 형상
화될 뿐만 아니라, 형상화 형식 자체가 애초부터 직접적으로 공공연한

투쟁의 형식으로 자리잡고 있다. 물론 많은 작가들이 옛날부터 대단히 다양한 방식으로 풍자를 활용하여왔다. 문제는 이러저러한 풍자적 형식이 아니라 풍자의 깊이, 그 적확성이다.

바로 오늘을 보라. 선거의 해에 펼쳐지는 이 역겨운 정치판의 현실. 제4부 '대통령 하나'는 화려한 의상 배후에 감추어진 음흉한 본질을 단번에 폭로해내는 통렬한 풍자이다. 말하자면 현상의 가면이 그 본질의 갑작스런 출현을 통해 일거에 그 추악성을 드러내는 통쾌함을 우리는 보게 된다. 루카치의 말대로 '현상과 본질의 직접적인 대조'를 통해서 말이다. 그래서 김남주의 시에 화해의 미학은 없다. 있다면 타협할 수 없는 '신성한 증오의 미학'이 있을 뿐이다. 있다면 부둥켜안을 수밖에 없는 '순진무구한 사랑의 미학'이 있을 뿐이다. 이미 본질을 고스란히 드러내주는 현실이 엄청나게 많은 세상이기에 말이다. 말하자면 실제로 일어난 특별한 개별 사건과 현상 속에 본질과 현상의 직접적인 통일과 동시에 직접적인 대조가 대낮처럼 명료하게 나타나고 있다. 그는 확실히 어둠의 미학, 구별되지 않는 색감 속에서 짜깁기를 하는 미세한 언어의 조율사가 아니라, 대낮의 미학, 확연히 구별되는 색깔로 칼날을 세워 가슴을 찌르는 전사의 목청을 우리 앞에 토해낸다.

　　개가 나와도 그 지방 사람들은
　　우리 개 우리 후보 하면서 그 개를 국민의 대표로 뽑아 국회로 보낼 것입니다
　　개가 그 꼬랑지에 ○○당의 깃발을 달고
　　개가 그 주둥이를 놀려 그 지방 사투리로
　　멍멍멍 지방유세를 하고 다니기만 하면
　　　　　　　　　　　　　　　　　　　——「선거에 대하여」 부분

　　곰보여 째보여 언청이여 애꾸여 대머리여 귀머거리여 말더듬이여 눈봉사여 사기꾼 협잡꾼 정상모리배여 장군이여……

'이 좋은 세상'을 향한 사랑과 증오의 미학　355

지금은
기술이 모든 것을 결정하는 시대나니
대통령이 되고 싶거든
쓰잘데없는 걱정일랑 하지 말고 가서 바다 건너 아메리카에 가서
백악관에 가서 청와대로 가는 허가증이나 하나 따가지고 오거라
차기 대통령감에 아무개라고 큼직하게 찍힌.
——「대통령 지망생들에게」 부분

그 나라에 가거든
자네도 한번 날뛰어보게나
백주 대낮에 칼 차고 총 들고
그러면 누가 아나
자네도 대통령이 되어 떵떵거리고 살게 될지
잊지 말게 그러나
총칼 휘둘러 찔러죽이고 쏴죽이고
닥치는 대로 오가는 거리의 행인들을 죽이되
아이건 어른이건
아이 밴 어머니건 처녀건
가리지 말고 죽이되
혼란이닷 !
빨갱이닷 !
좌경폭력이닷 !
고래고래 소리치는 것을
——「그 나라에 가거든」 부분

　실상 이 시집에 실린 거의 모든 시는 이와같은 풍자적 시 형식이다.
그러기에 우리는 김남주 시를 읽다보면 단일하고 명징한 분위기에 휩
싸인다. 분노나 증오, 아니면 눈물과 사랑 ! 이것 아니면 저것으로 가
슴이 터질 듯하다. 이런 것을 두고 너무 과도한 증오나 경멸이 아닌가
할지도 모른다. 그러나 시인 김남주는 오로지 이러한 증오나 경멸, 분

노를 받아 마땅한 대상에 대해 증오하고 경멸하고 분노할 뿐이다.

> 나만 해도 그렇다구요
> 그동안 이십 몇년 동안 성조기와 독점지배의 그늘 아래서
> 증오 없이는 하루도 살지 못했던 나에게
> 싸움 없이는 하루도 살지 못했던 나에게
> 그들이 죽고 이 땅에서 없어져봐요
> 그러면 우리 시대에서 가장 아름다운 말의 꽃──
> 자주의 꽃 민주의 꽃 통일의 꽃도 시들어버린다구요
> 그러면 나의 시 나의 노래도 빛을 잃고 만다구요
> 그러니 나의 동지 노동자여 제발 부탁하노니
> 내 증오의 대상 그들을 죽이지 마오
> 내 싸움의 대상 그들을 죽이지 마오
> 기어이 그들을 죽일진대는 그 씨를 말려버릴진대는
> 그 일에 나의 칼 나의 피도 한몫하게 해다오.
>
> ──「부탁 하나」 부분

증오나 경멸, 분노는 김남주 풍자시의 불가결한 이데올로기적 출발점이다. 물론 풍자란 기본적으로 우연 및 가능성과 필연성, 현상과 본질을 현실 자체와는 분명하게 다르게 연결시킨다. 풍자적 형식은 사실적인 매개를 배제하기 때문에 독특한 시적 세계상을 창조한다. 김남주가 창조한 단호하고 명징한 세계상은 형식적으로 구현되는 형상화된 대조의 감각적 관통력에 힘입고 있으며, 내용적으로 드러내고자 하는 내용 연관의 정확성에, 다시 말해 형상화된 우연이 풍자적으로 묘사된 사회상태와 본질상 올바르게 조응되고 있는 데서 나타난다.

그렇기 때문에 오히려 이런 풍자시에서 생활의 냄새나 생활의 미세한 결은 벗겨내야 할 군더더기살일 뿐이다. 개별 단어만 보면 뼈다귀만 남은 앙상한 시어지만 이런 진정한 풍자적 형상화에 힘입어 거대한 사상의 회오리로 우리의 두뇌를 엄습하는 것이다. 무엇보다 현실을 포

착하는 깊이있는 세계관에 힘입어 우리 시대의 현상과 본질의 날카로
운 대조와 통일을 뛰어난 감각적 암시력으로 내보인다. 때로 대조나
비교를 통해서 드러내는 본질 폭로 혹은 반복적으로 중첩되어가는 서
술구조나 열거구조 속에서 자연스레 본질이 도출되는 구성방식도 다
그런 이유 때문이다. 가령 역사적 인물과 사건을 다룬 제1부에서도 이
를 쉽사리 확인할 수 있다. 열거를 통해 중첩시킴으로써 역사의 교훈
을 끌어내는 「최익현 그 양반」 「종이 되어 사람이」, 비교를 통해 우
리 역사를 꿰뚫고 있는 「척화비와 현수막」, 대립되는 대조를 통해 모
순적 현실을 폭로하는 「다시 기지촌에서」 「두 사진을 보면서」 등이
그러하다.

3

지금 이 땅에서 가장 건강한 문학, 가장 인간적인 문학은 자
본의 폭력과 비인간성에 저항하는 문학이다. 저항의 한 수단으
로서 시는 그렇기 때문에 뼈처럼 단단하기 위해서 생활의 군더
더기살을 빼야 한다.
——김남주, 「나는 이렇게 쓴다」 중에서

참으로 풍자적인 형식으로 현실을 담아내기에 그의 시는 군더더기가
없다. 이러한 풍자의 뿌리는 결코 현실의 비유적 비켜섬이 아니다. 현
실의 내용과 형식을 그대로 시로 만드는 것이 그의 풍자이다. 이처럼
현상과 본질을 함께 꿰뚫는 김남주 특유의 감각적 암시력이야말로 김
남주 시의 생명이다. 모호성이 없는 간결성·단순성과 소박한 표현의
기법이라든가 칼날의 시, 직설의 시라는 김남주 시에 대한 지금까지의
평가도 다 이러한 생명력에서 자연스레 발원해나온 특질에 근거한다.
말하자면 그는 민중에 대한 끝없는 사랑과 적에 대한 가차없는 증오로
우리 시의 봉화대에다 불지피고 있는 것이다.

일부 사람들은 그가 투쟁을 위한 무기로서만 시를 파악했지 생활에 근거한 것이 시라는 사실을 등한시했다고 말한다. 그러나 그는 결코 생활을 도외시하지 않았다. 생활에 가장 철저히 기반했기 때문에 투쟁·변혁·혁명의 시를 외칠 수 있었다. 그가 경계했던 것은 생활의 군더더기였다. 말하자면 "맑은 물이 탁한 물과 만나/금방 하나가 되더니/맑지도 탁하지도 않은/흐리멍텅한 물이 되네"(「청탁론」)와 같은 흐리멍텅한 물, 미지근한 물을 참으로 싫어했던 것이다. 그럼에도 불구하고 이제 그의 시가 더욱 구체적인 생활의 냄새와 숨결을 담아주기를 우리는 기대한다. 왜냐하면 수많은 사람이 일상에 빠져들어 우왕좌왕하는 변화된 현실 사회에서 이제 이들과 더불어 일을 꾸며야 할 '생활의 전사'로 그가 복귀했기 때문이다.

이미 그 자신도 『사상의 거처』 후기에서 "생활이 있어야겠다. 생활의 중요한 구성인자인 노동과 투쟁이 있어야겠다. 노동과 투쟁이야말로 콸콸 흐르던 시의 샘이 아니었던가!"라고 말하고 있다. 그는 동요했지만 동요하고 있지 않다. 그는 모색하고 있지만 결코 모색하고 있지 않다. 그는 이미 돌아온 현실에 발을 딛고 그 현실의 맥박에 손을 갖다대며 우리 시대의 노래를 부르려 하고 있는 것이다. 아니 이미 부르고 있다. 제2, 3부에 수록되어 있는 많은 시를 보라. 최근의 수많은 투쟁과 삶의 모습이 굵직굵직한 선으로 부조되어 있다. 다만 과거 옥중시가 대중과 형식적으로 거리를 둔 연사의 높은 목소리였다면, 이제 그는 당연하게도 대중과 함께 걸어가고 민중과 함께 호흡하면서 대중과 자기 자신을 향해 끝없이 파고드는 서정시 양식도 새로이 창출해내고 있는 것이다.

그렇게 '노동과 투쟁'이 그의 시 중심에 서 있었으면서도 이처럼 '노동과 투쟁'을 끝없이 갈구하기에 우리는 여전히 그 자신이 창조하는 이러한 사람을 바로 김남주로 읽게 된다.

밤이 깊어갈수록

별 하나 동편 하늘에서 더욱 빛나고
그 별 드높게 바라보며
가던 길 멈추지 않고 걷는 사람이 있다
거센 바람 나뭇가지 뒤흔들어도
험한 파도 뱃전에서 부서져도
자지 않고 깨어나 일어나
앞으로 앞으로 나아간다
어둠에 묻혀 사라진 길을 열고

앞으로 앞으로 나아간다
가야 할 길 먼 길
가지 않으면 병신 되는 길
역사와 함께 언젠가는
민중과 함께 누군가는
꼭 이르고야 말 길 그 길을
쓰러지고 쓰러지고 다시 일어나
전진하는 사람이 있다
밤이 깊어갈수록 더욱 빛나는
별 하나 드높게 우러러보며

혁명하는 사람이 그 사람이다.

——「밤길」 전문

〔이 좋은 세상에, 한길사 1992〕

보론: 80년대와 김남주를 다시 읽으며

1 최근에 출간된 김남주 옥중시전집 『저 창살에 햇살이』 1·2(창작과 비평사 1992)는 이 시대의 어스름한 행로에 여러모로 의미 깊은 바람을 흘려보낸다. '80년대적 현실'로부터 훌쩍 강을 건너버린 듯한 오늘의 현상 진단, 그렇게 내닫는 시선에서는 이 옥중시전집이 한갓 '지나버린 역사'를 정리하는 문헌적 의미의 시집으로만 보여질지도 모른다. 그러기에 일부 신문 등에서 이 시집의 작가를 언급하며 '80년대 대표적 민중시인'이란 이름으로 못박으려 하고 있지 않은가. 확실히 오늘 우리의 발걸음은 장엄한 집단의 행진곡은 아니다.

아, 이 어수선하고 부산스러운 발걸음들의 소음이란…… 두리번거리고 기웃거리고 물질의 화냥내에 두 손 적시며 '과거를 비판함으로써 현재를 보상받고자 하는' 저 음습한 달음박질들이란……

시인 김남주는 말한다.

내 시의 정서가 너무 전투적이라는 독자의 역겨운 반응에 대한 나의 대답은 이렇다. 80년대는 '피와 학살과 저항의 연대'였고 나는 그 연대에 '인간성의 공동묘지'인 파쇼의 감옥에 있었다고. 일부의 시인들과 평론가들이 이제 와서 80년대의 시문학을 전면적으로 부정하고 반성하자고 하는데 나는 그들의 앞날을 의심스러운 눈으로 바라보고 있다. 오늘의 현실이 어제와는 다르다고 해서 어제의 역사적인 실천과 그것의 문학적 대응을 오늘의 잣대로 잰다는 것은 무책임할 뿐만 아니라 어떤 저의마저 감지케 한다. 하이네적 의미에서 우리의 현실도 '예술시대의 종언'을 고했다고 감히 선언한다. 오늘의 우리 현실을 괴테 시대의 그것으로 착각하는 시인에게 '개꿈' 있어라. (『저 창살에 햇살이』 머리말)

80년대 변혁적 발걸음이 걸어갔던 길은 누구도 가르쳐주지 않았던 우리들 자신이 가시덤불을 헤치고 만들어놓은 역사의 길이다. 오늘 우리가 걷고자 하는 길도 아마 어느 누구도 가르쳐주지 않을 것이다. 다만 확실한 것은 80년대의 길 밖에서 서성거리는 눈길로는 결코 길이 나타나지 않으리라는 점이다. 흔히 '민족문학의 위기'란 말을 딴 진영의 문학은 풍요로운데 민족문학만이 변화하는 현실에 동승하지 않고 스스로 위기를 자초하여 흔들리고 있다는 투로 이야기하는 사람들이 있다. 오늘이 어제와 다르다는 것이 진정 바탕현실이 달라졌기 때문인가. "무엇이 달라졌나 말똥아／이가가 박가로 달라지고 박가가 전가로 달라지고／말자하면 그 성이 달라졌지요／2공의 자리에 3공이 들어서고 4공의 자리에 5공이 들어서고／무엇이 달라졌나 쇠똥아／4·19가 5·16으로 달라지고 5·16이 12·12로 달라지고／말하자면 그 숫자가 달라졌지요"(「개똥아 말똥아 쇠똥아」). 이 뒤에 우리가 어떤 성씨, 어떤 숫자를 덧붙인다 해서 과연 변화가 있는가. 비록 80년대의 변혁운동이 수많은 오류와 잘못된 방향으로 이끌려가기도 했다손치더라도 결코 80년대의 저 심연의 밑바닥에서 발원되지 않는 시대의 물줄기란 금세 사그라지고 말 터이다.

그렇다고 원점으로 되돌아갈 수도 없는 일이다. 현실은 또한 부단히 변화하고 있기 때문이다. 더더군다나 변화하는 현실의 위력이 다른 어떤 시대보다 훨씬 고압적이기 때문이다. 단적으로 전자매체의 위세 앞에 갈수록 문학이 설 자리를 위협받는 세계사적 진행을 생각하면 충분히 가늠할 수 있을 것이다. 바로 민족문학의 위기를 말하기 이전에 문학 자체의 위기를 실감하는 오늘이다.

② 문제는 어찌됐든 90년대를 표상할 의지체계, 90년대적 발걸음의 행로를 밝혀줄 실천의 횃불이 여하한 공감의 파문으로 우리 가슴을 덮쳐오고 있지 않는 것이다. 물론 여기에는 80년대 그 뜨거운 문학적 파고를 불러일으켰던 박노해·김남주와 같은 역사적·문학적 인물이 우리 앞에 불쑥 나타나지 않는 데 대한 조급함도 한몫하고 있다.

그러나 더 중요한 것은 문학인 특유의 촉수를 담금질하는 열정의 샘이 솟구치지를 않고 있다는 데 있다. 이 시대를 사는 인간들을 사로잡을 정열의 몸짓이 나타나고 있지 않다. 그러한 열정과 정열을 분출하는 시대정신과 이념과 현실장악 능력의 수맥을 찾지 못한 탓이다. 인류사적 과정으로 보면 사람의 시대가 위협받고 과학 혹은 첨단문명의 괴력이 갈수록 커지는 너무나 분명한 사태가 눈앞에 전개되고 있는데도 말이다.

대통령선거 바람으로 가장 행동적인 정치적 인간으로서의 양태들이 곳곳에서 서서히 태동하고 있지만, 87년에 비하면——그 결과야 어찌됐든——확실히 조용하다. 활기 대신 뭔가 비릿한 침묵의 이상스런 고요함이 주변을 휩싸고 돌고, 여기에다 일반 대중들의 정치적 무관심까지 동반되니 더욱 곤혹스럽다. 이러한 상황이다 보니 김남주가 「대단한 나라」에서 읊은 세상이 또 되풀이되지 않을까 참으로 안타깝기만 하다.

아침이면
예수의 제자들이 들고일어나
새로 탄생한 국왕의 만수무강을 위해
조찬기도회를 갖고

오전 아홉시쯤이면
나라의 모든 관리들이 그 한 사람의 사노가 되고
낮 열두시쯤이면

　　나라의 모든 병사들이 그 한 사람의 사병이 되고

　　오후 서너시쯤이면
　　나라의 모든 재산이 그 한 사람의 사재가 되고
　　저녁 일곱시쯤이면
　　나라의 모든 명사들이 초대되어
　　그 한 사람의 너털웃음을 위해
　　샴페인을 터뜨리는 나라

　　그러고도
　　십년이고 이십년이고 사십년이고
　　아무렇지 않는 나라 대단한 나라
　　아무렇지 않는 나라 대단한 국민.

──「대단한 나라」 부분

　최근 일간신문의 사회면을 읽어보면 너무나 비인간적이고 반사회적인 양태들이 무한대로 확산되는 듯한 가공할 일들이 우리 주변에 버젓이 일어나고 있는데도 둔감, 너무나 둔감하다. 자기 혈육도 도끼로 내리치고 성폭행하는 저 야수적 행동부터 멀쩡한 기계를 폐품처리하여 사익을 챙기는 가장 규율이 강하다는 군대사회에 이르기까지 어느 한 구석 썩어 문드러지지 않은 곳이 없다는 비리가 매일매일 고발되고 있는데도 둔감, 너무나 둔감하다.

　이러한 상황에서 문학, 그것도 가장 현실적이라는 민족문학이 한 일은 무엇일까. 갈수록 찢겨져가는 삶의 미세한 다원화와 벽들을 넘어서 '인간'을 애정 속에서 개인과 사회와 국가와 민족 단위로 결속시키는 열정의 불쏘시개를 만드는 일이 아닐까. 80년대에서 우리가 읽어내야 할 요체도 바로 이러한 점이라고 생각한다. 시인 김남주가 「함께 가자 우리 이 길을」에서 노래한 "함께 가자 우리 이 길을／앞에 가며 저 뒤에 오란 말일랑 하지 말자／뒤에 남아 너 먼저 가란 말일랑 하지 말자/열이면 열 사람 천이면 천 사람 어깨동무하고 가자/가로질러 들 판 산이라면 어기여차 넘어주고/사나운 파도 바다라면 어기여차 건너 주고/산 넘고 물 건너 언젠가는 가야 할 길" 말이다.

③ 김남주는 또한 「관료주의」란 시에서 쏘비에뜨 혁명시인이었던 마야꼬프스끼 (V. Mayakovskii)의

> 나는 이리가 되어
>   관료주의를
>   물어뜯고 싶다

라는 시를 다음과 같이 개작한다.

> 나는 망치가 되어
>   관료주의를
>   두들겨패고 싶다.

　한마디로 관료주의는 물어뜯어서 사라지지 않는 "가슴에 철판을 대고 발가락 끝에서 머리 끝까지/무쇠로 조립된 몰인격의 로봇이다"는 것이다. 이것은 자기멸망의 길을 재촉한 쏘비에뜨에 대한 통렬한 공격이자 살아 있는 삶의 나라, 사람의 나라를 거부하는 모든 권력에 대한 통렬한 고발이다.

　우리가 80년대에서 마찬가지로 읽어내야 할 것은 이념의 닻이 대중의 가슴에 채 뿌리 내리기 전에 불확실하고 오류에 찬 이념으로 관료화하는 경향을 보였음을 깨닫는 것이다. 살아 있는 삶의 이념을 위한 우리의 삽질은 결코 중단되어서는 안된다. 이를 저해하는 우리 자신의 모든 병폐에 대해서도 쉼없이 망치질을 해야 한다.

사상의 꽃이 아름다운 것은
민중의 피로 그것이 개화하기 때문이다
그 열매가 아름다운 것은
한 사람이 아니라 한두 사람이 아니라
만인의 입으로 그것이 들어오기 때문이다.
——「사상에 대하여」 부분

만인의 일용할 양식을 위한 사상과 이념과 세계상에의 희구, 그것을
위해 오늘 우리가 "앉아서 기다리는 자여／앉지도 서지도 못하고／엉
거주춤 똥누는 폼으로"(「똥누는 폼으로」) 새세상이 오기를 기다려야만
할 것인가. 정말 오늘 우리 "아리랑고개에다 물찌똥 싸놓고／쉬파리
오기나 기다리는" 것은 아닌가. 비록 오늘 우리를 에워싼 것이 어둡다
하더라도 우리의 발걸음은 이래야만 되지 않을까.

해 떨어져 어두운 길
네가 넘어지면 내가 가서 일으켜주고
내가 넘어지면 네가 와서 일으켜주고
가시밭길 험한 길 누군가는 가야 할 길
에헤라 가다 못 가면 쉬었다 가자
아픈 다리 서로 기대며.
——「함께 가자 우리 이 길을」 부분

〔민족예술 제12호, 민족예술인총연합 1992〕

박노해 최근 시의 성격과 변화에 대하여
『참된 시작』을 중심으로

1

　지금 우리의 정신은 어떤 영혼의 불길에 이끌려 이 시대를 걸어나가
고 있는 걸까. 나날의 시간은 '자유'의 시장 속에서 바쁘게 헤매고 도
는데 우리의 시대정신은 어디서 어떤 모습으로 서성거리고 있는 걸까.
한때 내 머리와 행동의 나침반으로 삼고자 했던 청년기의 사상, 미래
에로 전체의 행복을 이끌려 했던 지상의 신은 어느덧 기억의 창고 속
에 묻어놓은 낡은 사진첩 속의 사진들처럼 희미한 안개숲이 되어 서성
이다가 어느 방향인지 모르게 떠밀려가고 있다. 분명 손을 내밀면 잡
힐 것 같던 80년대의 격랑은 지금의 나를 키워준 어머니의 역사가 아
니었던가. 그러나 지금 나는 막 헤어진 옛 연인과의 한때의 시절을 회
상하듯 불안하게 서 있다.
　우리 민족의 숙명인 듯 우리의 현대사는 독재권력의 위용이 마음껏
위세를 떨친 병든 역사였다. 그렇게 병든 반도의 몸체이기에 우리의
민족문학이 꿈꾼 세계상은 이상주의적 성격을 취할 수밖에 없었고, 따
라서 존재를 지향하면서도 당위를 지향하는 경향이 강했다. 아직까지
도 한번도 혁명을 성공시키지 못한 우리의 역사는 동학농민전쟁, 3·1
운동, 4·19, 5월항쟁 등 실패한 역사 속에서 그 꿈과 이상 속의 모범

적인 세계를 관념적으로 선취하려 했다. 80년대에도 분단상황과 적대적 이데올로기의 첨예한 대립 속에서 그 모든 것을 일거에 지양하려 했던 진보주의로의 흐름은 분명 우리의 상황에서는 불가능할 것 같았다. 그러나 희미하게 태동하여 놀랍게도 거대하게 주류를 이루어나갔다. 그렇지만 현실 운동의 전개, 그 존재에 잠재하는 여러 경향을 차분히 개발하기보다 현실을 앞질러 달려나갔던 이념의 깃발이었기에 흔들림 또한 쉬웠다. 우리 역사에 밀려들어왔던 수많은 '주의(主義)'의 명멸을 보라. 또한 신채호(申采浩)가 진작 지적했듯이 어떤 '주의'가 들어오면 '조선의 주의'가 되지 않고 '주의의 조선'이 돼버린다는 점도 결코 이와 무관치 않다. 그토록 어렵사리 싹터나온 바로 그 순간, '현실사회주의'의 몰락이라는 된서리가 내리자 우리네 대지에 피어났던 싹들은 일제히 시들기 시작하였다. 누가 뭐래도 우리는 그만큼 시대에 뒤졌던 것이다. 그러나 그 일체가 결코 역사의 창고 속에 내팽개쳐질 미완성의 유물일 수는 없다. 더구나 모작품이라 하여 일거에 폐기처분할 수는 없는 일이다. 우리의 이상과 이념이 현실과 거리가 있었음을 직시하는 것은 참으로 중요한 일이지만, 아예 무관하였다는 식의 평가는 용납할 수 없다.

실제로 우리네 자본주의적 질서가 보여주었던 극심한 모순, 낙후된 사회적 상황은 우리들로 하여금 이념을 통해 우리의 미래사를 꿈꾸게 하였다. 진보운동에 대한 비판자들까지도 80년대를 정치의 시대, 이념과잉의 시대라고 말할 만큼 80년대의 이념적 형상은 뚜렷했다. 자본주의적 상품경제가 그물처럼 촘촘히 모든 영역을 장악하던 그 속에서도 우리의 문화적·정신적 산물들은 온갖 탄압 속에서 초라한 수공업적 생산으로도 맹렬한 세포분열을 이루어내었다. 또한 그러한 상황은 이념으로 달구어진 강철인간들을 탄생시켰다. 현실적 일상성을 넘어서 이상적 세계상으로 빚은 인간형, 개인성을 넘어서 집단성으로 담금질되어 지금과 같은 고도자본주의사회에서는 쉽사리 상상할 수 없는 수많은 행동적 삶의 조직들을 우리는 기억한다.

김남주와 박노해, 그들도 이러하였다. 그들이 있음으로 해서 나의 80년대 문학은 확실히 영웅시대였다. 이들은 선명한 마마자국처럼 각인되어 나의 문학적 항체 역할을 해왔다. 나는 항시 이 두 산봉우리에서 불타오르던 봉홧불을 바라보았다. '전사(戰士)'와 '얼굴 없는 혁명시인'으로 상징되던 봉홧불, 어둠의 감옥과 수배의 그늘 속에서 솟구쳐올랐던 봉홧불, 천민자본주의가 내뿜던 악취 그득한 산문성과 자유민주주의의 허울 아래 녹슨 총칼의 권력에 마비된 굼뜬 속물성의 껍질을 단숨에 뚫고 캄캄한 밤하늘을 비추던 봉홧불. 그러나 불과 몇해 사이 우리의 정신적 지형도는 바뀌어졌다. 분명한 선(線)들이 굴곡없이 내치닫던 그 지형도는 어느 사이 먹물이 번지듯 흐려져버리고, 대신 점점(點點)이 어지럽게 흩어져버렸다. 김남주와 박노해, 이 강철인간들도 지금 자기 맨살에 와닿는 변화된 날씨에 몸을 추스리고 있다. 한 사람은 감옥이란 정신투쟁의 산봉우리에서 지금 우리 곁으로 돌아와 일상세계 속에서 '사상의 거처'를 찾고 있고, 또 한 사람은 은닉의 발걸음으로 세워올렸던 이념의 산봉우리에서 내려와 감옥이란 폐쇄된 공간 속에서 '참된 시작'을 모색하고 있다. 그들의 봉홧불은 진정 꺼진 것일까. 아니면 그들은 지금 어떤 불을 치켜세우고자 하는 것일까.

80년대에 비추어 오늘은 확실히 집단성에서 개별성으로의 빠른 전환이 이루어지고 있다. 분명 '현실사회주의권'의 몰락에서 비롯된 이념의 쇠퇴, '문민정부'의 수립으로 인한 천민성의 부분적 개조과정 등 일련의 변화된 정세가 발빠른 변화를 추동하고 있다. 그러나 밑바탕의 현실은 여전하고, 그런 점에서 우리 근·현대사의 저류를 흐르던 "인간이 무엇보다 중요하고 그리고 사람은 평등하게 살아야 하며 노동이 즐거워야 되고 우리 사회가 자유와 행복으로 가득 채워져야 한다"는 변함없는 진리의 이념은 현실 속에 여전히 살아 있다. 그렇기 때문에 현단계의 민족민중운동은 지금 새로운 단계로 질적인 비약을 이루어야만 할 전환점에 서 있는 것이다. 민족문학 역시 전환점에 서서 토해내야 할 것은 토해내고 새로 삼켜야 할 것은 삼키면서 앞으로 나가야 할 길을 당장 찾아나서야 할 때이다.

2

　박노해의 두번째 시집 『참된 시작』은 여하튼 아픔이었다. 그리움과 구슬픔, 안쓰러움 혹은 착잡함…… 자꾸만 읽어갈수록 마음결은 폭풍우 속의 물살처럼 흔들렸다. 『노동의 새벽』이 수행한 역할보다 훨씬 더 강력하게, 새로운 전망과 단계를 열어가는 제2시집을 반드시 발간할 것이라고 공언했던 그였기에 아픔은 더욱 클 수밖에 없었다. 크게 4부로 이루어진 이 시집 속에 『노동의 새벽』과 함께 우리의 노동문학, 그 격랑의 10년 역사가 굽이치고 있다. 그 스스로 자신이 걸어온 길을 이렇게 말한 바 있다.

　　한 사람의 평범한 노동자에서 저항하고 투쟁하는 노동운동가로, 그리고 어느 사이엔가 정치투쟁을 주도하는 조직적 운동가로, 그리고 또다시 사회주의 혁명을 선도하는 전위투사로, 『노동의 새벽』을 노래하던 시인에서 선명한 노선을 가진 사회주의 혁명시인으로, 노동자계급의 선전·선동가와 조직지도자로 숨가쁜 변모를 거듭해왔다. (「이 땅의 자식으로 태어나서」, 『민들레처럼』, 노동자의 벗 1991)

　바로 제3, 4부에 실린 시편들은 그런 급격한 변모, 새로이 형성한 활화산의 삶이 내뿜어낸 뜨거운 '혁명시편'이다. 그간 여러 잡지 등에 이들 시들이 단편적으로 발표될 때마다 벌어졌던 뜨거운 논쟁의 소용돌이를 우리는 기억한다. 『노동의 새벽』에 대하여 일대 문학사적 사건으로서 바라보던 그 나름의 일치된 평가의 초점이 두 줄기 물길로 나누어지듯 가장 예민한 찬·반, 긍정·부정의 시선을 보여주었다. 그런 그는 결국 100여명의 구속자를 낳은 '사노맹'의 중앙위원으로 활동하다 1991년 '자유민주주의의 파괴세력의 수괴'로 체포되어 지금 무기

징역형을 받고 경주교도소에서 기약없는 세월에 파묻혀 있다. 1, 2부
에 실린 작품은 바로 이 기간에 쓰여진 시들로서 일종의 '옥중시편'에
해당된다. 현재 우리의 감옥이 집필의 자유를 허락하지 않는 상황임을
감안하면 참으로 놀라운 열정으로 시혼(詩魂)의 꽃씨를 철창 너머 날
리고 있는 셈이다.

그런데 이 옥중시들 역시 3, 4부가 보여주었던 시에 비해 너무나도
급격한 경사를 보여주고 있어 이미 또다른 산등성이를 오르고 있음을
보여준다. 이런 급격한 변모에 대한 최근의 단편적인 비평은 상당히
긍정적이다. 진보적 이상주의의 새로운 출발을 예감하기도 하고, 아
득한 추락 속에서 새로이 싹틔우는 '강철 새잎'을 주목하기도 한다. 이
들 평가는 기본적으로 박노해라는 한 개인의 비극적인 현재의 삶과 관
련을 맺고 있지만, 지금까지 보여진 박노해 시와의 상대적인 비교 속
에서 이루어지고 있음을 눈여겨볼 필요가 있다. 긍정 뒤에 숨어 있는
이 시집 3, 4부에 대한 비판의 눈 때문이다. 『노동의 새벽』이 가져온
문학적 풍요 뒤에 나타나는 시적 일탈, 그리고 다시 새로운 출발과 모
색이라는 평가의 굴곡이 명확히 선 그어져 있다. 그런 점에서 우리 시
대의 대표적인 문학사적 인물의 하나인 시인 박노해가 빚어낸 새 형체
의 산이 과연 어떤 형상으로, 그리고 상호 어떤 관계 속에서 만들어져
있는가를 파악하는 것은 오늘 이 시점에서 참으로 중요한 문학사적 질
문이 아닐 수 없다.

어쩌면 최근 시편이 위치하는 바에 대해서 박노해 자신은 이미 답을
내려놓고 있는 듯하다. 시집의 표제인 '참된 시작'이 이를 말해준다.
실제로 이 말은 시 「그해 겨울나무」와 「그리운 사람」의 핵심어이며,
어찌보면 1, 2부 시편 전체를 떠받들고 있는 밑둥치라 할 수 있을 것이
다. 특히 「그해 겨울나무」란 시는 1, 2부 시편에서 가장 뛰어난 작품
이면서 동시에 「민들레처럼」과 함께 1, 2부 전체를 대표하는 시로서
주목할 필요가 있다. 이 시집 발문에서 김병익이 이미 잘 지적한 대로
첫 연의 끝에서 "그해 겨울/나의 시작은 나의 패배였다"고 고백하고

는, 마지막 3연의 끝에서 "그해 겨울/나의 패배는 참된 시작이었다"
고 마무리하는 과정에서 나타나는 '변증적인 변용'의 의미가 바로 그것
이다. '그해 겨울/나의 시작'이 의미하는 새로운 단계, '나의 패배'와
'참된 시작'이 의미하는 삶의 변화, 그 내적 변증법이야말로 박노해 최
근 시편을 이해하는 열쇠인 것이다.

> 세계를 뒤흔들며 모스크바에서 몰아친 삭풍은
> 팔락이던 이파리도 새들도 노랫소리도 순식간에 떠나보냈다
> 잿빛 하늘에선 까마귀떼가 체포조처럼 낙하하고
> 지친 육신에 가차없는 포승줄이 감기었다
> 그해 겨울,
> 나의 시작은 나의 패배였다

박노해는 이미 한 개인이 아니었다. '노동해방'이란 깃발로 80년대
가 달려갈수록 유령처럼 떠돌며 민중의 가슴을 파고들던 시대의 이름
이었다. 그는 어느 사이 하나의 상징이었던 것이다. 그는 일찍이 한
글에서 프롤레타리아적 명망성은 개인적인 투쟁과 실천의 성과물이 아
니라며 "노동자계급의 성장과 함께 집단적 결의와 조직적 실천에 따라
쟁취된 성과물로서, 그 명망의 소유자도 조직이며 계급이다. 따라서
그는 자기 명망을 자기 마음대로 처분하거나 '나'의 것으로 사유하지
않는다"(「투쟁하는 자만이 민중의 대표자일 수 있다」)고 말한 바 있다.
그러나 이 시에서 박노해는 '나' 박기평으로 돌아왔다. '지친 육신'
의 '나'는 무엇일까. 옥중 속의 '나'에 대한 자기 자신의 시선은 1, 2부
곳곳에서 보이는데, 그것은 '외로움'으로, '시퍼런 슬픔'으로, '처절한
묵시'로 현시되고 있다. 전 노동자계급의 전위에서 '지친 육신의 나'는
어떻게 생겨났을까. 이 시의 흐름에서 본다면 결코 잡히지 않고 중단
없는 활동을 전개해나가겠다는 한 지하활동가가 체포되어 투옥되는 데
서 비롯되는 개인적 허탈감과 좌절감 때문만은 아니다. 그것은 "팔락

이던 이파리도 새들도 노랫소리도 순식간에 떠나보"내버린 "세계를 뒤흔들며 모스크바에서 몰아친 삭풍" 때문이다. 언젠가 그는 스스로 "사회주의혁명의 기치를 치켜든 나는, 어느날 갑자기 이 땅에 출현한 '불순세력'이 아니다. 외국에서 혁명이론을 주입받거나 북한의 사주를 받고 활동하는 '첩자'가 아니다. 나는 '이 땅의 작품'이다"(「이 땅의 자식으로 태어나서」)고 말한 바 있다. 그러나 시 「징역에서들 보면」에서 그는 다음과 같이 자기비판하고 있다.

교조주의를 비판하면서도 전형적인 교조주의자에 다름아니었던 나, 스탈린주의를 비난하면서도 실상 그 손바닥 안을 기고 있었던 나, 노동자계급의 분노와 과학을 구분 못한 나, 혁명적 열정과 지성을 구분 못한 나, 세계와 혁명과 현실과 시와 삶과 사람 그 자체에 대하여 겨우 절반도 깨우치지 못했으면서도 전부를 아는 것처럼 착각했던 나, 부끄럽고 죄많은 나, 자칭 사회주의 혁명가인 나는 나는……

체포와 함께 뒤따른 소련의 붕괴, 뒤이어 안기부에서의 고문과 자살미수, 그리고 사형구형 등 일련의 현실이 박노해를 '지친 육신'으로 추락시켰다. 그리고 그러한 것들을 스스로 '패배'로 인정하였다. 희망의 새벽별을 향한 불요불굴의 솟구침에서 최원식(崔元植)의 말대로 그 솟구침을 이끌 날개를 다치고 끝내 아득한 추락 속에 떨어진 셈이다. 그러나 그 패배 속에서 오히려 그는 과거를 죽이면서 미래의 씨앗을 살리는 내적 변증법을 실천하고 있다. 「그해 겨울나무」의 2연은 바로 누구 아닌 자기 자신을 향해 그 변용의 과정을 드러내주고 있다. 바로 "낡은 건 떨치고 산 것을 보듬어 살리"는 변증법이다. 다 떨궈주고 발가벗은 채 칼바람 앞에 서서 "절대적이던 남의 것은 무너져내렸고/그것은 정해진 추락이었다". 그가 껴안은 것은 '남의 것'을 도려내고 남는 내 것이었다. 그의 '참된 시작'은 이로부터 시작된다.

> 땅은 그대로 모순투성이 땅
> 뿌리는 강인한 목숨으로 변함없는 뿌리일 뿐
> 여전한 것은 춥고 서러운 사람들, 아
> 산다는 것은 살아 움직이며 빛살 틔우는 투쟁이었다.

여기서 지친 육신의 한 주관성은 다시 한번 '변화시킬 수 없는 영원한 인간의 운명'이란 형식을 취한다. 이념의 날갯짓에서 허공을 떨어내고 대지에 내려앉아 살아 있는 것들을 품고, 거기에다 뿌리를 내리는 운명의 형식. 시 「징역에서들 보면」의 마지막 구절을 보라.

> 이미 깨지고 무너지고 끝장나버린 듯한 사회주의 고목더미에서 이리 힘찬 신록 우람우람 자라나는 것 좀 봐 처절한 자기비판으로 하얀 무명옷을 입고 나선 열린 가슴들은 참 순결하고 아름답기도 하지 그래 긴 호흡 강한 걸음으로 새로운 창조의 뿌리 키워나가는 걸 보면 하 인간세상이라는 게, 역사라는 게, 혁명이라는 게, 엄숙하고 신비하기도 하지

이러한 의미의 확산은 시 「그해 겨울나무」 3연에서 '겨울나무'로 이미지화하면서 봄을 향한 새로운 탄생, 참된 시작으로 지양된다. 이 겨울이 언제 끝날지 아무도 말할 수 없지만 남한테 의지하지 않고 오직 자신의 뿌리로만 키우는 겨울의 신념('오직 핏속으로 뼛속으로 차오르는 푸르름'), 그 '내면의 종울림', 바로 '긴 호흡, 강한 걸음'이다. 「그해 겨울나무」의 이러한 내적 변증법은 그의 옥중시편을 떠받침하고 있는 시적 골간이다. 「작아지자」에서 "작아지고 작아져서／마침내는 아무것도 없어진 나──／조국의 들꽃이 되자"나 「강철 새잎」에서 "썩어가는 것들 크게 썩은 위에서／분노처럼 불끈불끈 새싹 돋는구나／부드러운 만큼 강하고 여린 만큼 우람하게／오 눈부신 강철 새잎" 등이 그러하다. 말하자면 그의 시를 관통하는 내적 변증법은 다름아닌 철저한 자기부정의 변증법을 통한 새로운 출발이다.

　그러면 1, 2부의 시편에서 「그해 겨울나무」에 대응하는 또하나의 전형인 「민들레처럼」을 보자.

　　자신에게 단 한번 주어진 시절
　　자신이 아니면 꽃피울 수 없는 거칠은 그 자리에
　　정직하게 피어나 성심껏 피어나
　　기꺼이 밟히고 으깨지고 또 일어서며
　　피를 말리고 살을 말려 봄을 진군하다가
　　마침내 바람찬 허공중에 수천수백의 꽃씨로
　　장렬하게 산화하는 아 민들레 민들레
　　그 민들레의 투혼으로 살아가겠습니다.

　　고문으로 멍들은 상처투성이 가슴 위에
　　노오란 민들레꽃 한송이 받아들고
　　글썽이는 눈물로 결의합니다.
　　아― 아― 동지들, 형제들
　　준엄한 고난 속에서도
　　민들레처럼 민들레처럼 그렇게 저는 다시 설 것입니다

　겨울에 줄기는 죽지만 이듬해 다시 살아나 노란 꽃망울을 토해내며 끝내 수없는 씨앗을 대지 위에 뿌리는 민들레. 그런 형상 때문에 오래 전부터 민들레는 밟아도 밟아도 다시 꿋꿋하게 일어서는 민초(民草)의 이미지로 되었다. 바로 이러한 이미지가 박노해란 인간의 현재조건에 상응하여 시적 생명을 얻는다. 0.75평의 좁은 독방에 갇혀 마치 '앉은뱅이'라는 별명대로 한포기 민들레처럼 살아가는 부자유한 식물적 삶이 그것이다. 그러나 "자신에게 단 한번 주어진 시절／자신이 아니면 꽃피울 수 없는 거칠은 그 자리에"서 다시 일어서고야 말겠다는, 그리하여 "마침내 바람찬 허공중에 수천수백의 꽃씨로 장렬하게 산화" 하겠다는 굳은 결의, 이러한 철저한 자기반성과 새로이 태어나고자 하는 견결한 정신의 고투는 이번 시집 중 1, 2부, 말하자면 검거되고 투옥된 이후 시에서 보여지는 가장 중심된 주제이다. 특히 시 「민들레처럼」뿐만 아니라 신문모음집 제목도 "민들레처럼"이란 것을 상기하면 민들레는 '얼굴 없는 혁명시인' 시절의 '노동해방'에 대응하는 '무기수 박기평' 시절의 상징어로 다가온다. 말하자면 '한곳에서 뿌리를 내리고 사는 식물'의 안으로 뿌리 내림이라는 삶의 철학과 미학이 담겨 있다. (흥미롭게도 우리는 이런 삶의 철학과 미학을 역시 오랫동안 감옥체험을 했던 소설가 김하기의 단편 「뿌리 내리기」에서도 볼 수 있다.)

그러나 '민들레'의 기존 이미지가 워낙 강해 사실 평범한 감이 없지 않다. 1, 2부 시편에서 '민들레'나 '민들레꽃씨'라는 시어가 흔하게 나타나는 것도 이를 부추긴다. 물론 이것은 현재의 자기존재를 열어 보여주고 드러내는 상징물이며, 동시에 진실하게 다가오는 것은 분명하다. 사실 일반적으로 진실하다는 것은 본질적인 규정들의 통일을 내포한다는 의미에서 매우 구체적인 것인데, 이 규정들은 공간 속에 열거된 것으로뿐만 아니라 시간적인 연속성 속에서 역사로서 전개되어야 한다. 「민들레처럼」은 민들레가 내포하고 있는 삶의 역사, 즉 여러가지 상태로의 변화와 연속, 완결된 총체성을 그 자신의 마음으로 내연(內燃)시키고 있다. 그러나 비유의 되풀이가 가져오는 상투화가 그 생명력을 삭감하고 있음은 어찌할 수 없다. 또한 시 「민들레처럼」에서 보이는 '~합니다' '~맙시다' '~살아야겠습니다' '~설 것입니다' 같은 민들레의 이미지를 통한 자기결의의 직접적 표출 역시 그러하다. 오히려 그 결과 응축을 통한 발산보다는 직설적(直說的)이고 산만하다는 느낌을 더 강하게 준다. 이런 요인과도 다소간 관련이 있겠지만, 시집 1, 2부를 관통하는 주선율은 과도한 주관성에 갇혀 있는 특정한 개인의 센티멘털리즘, 그것이 내뿜는 자기 연민이다. 그리고 그런 주관주의가 에워쌀 수밖에 없는 그 나름의 매너리즘화이다. 「그리운 사람」 「때늦은 나이」 「눈물의 김밥」이나 「성호를 긋는다」 「그대 나 죽거든」 등

은 지나친 자기연민에의 집착이 강하게 드리워진 작품들이다. 먼저
'시퍼런 슬픔' '뜨거운 열정' '철저한 헌신성' '불타는 투혼' '피맺힌 적개
심' 등의 시어에서 볼 수 있듯이 자신의 기분을 형상이 아닌 주관적
판단으로 직접 지시하게 되면서 독자들이 느끼게 되는 과장성·상투
성·감상성을 지적하지 않을 수 없다. 자신을 냉정하게 대상화하여 내
연하는 정서로 자연스럽게 환기시키는 것이 아니라 스스로 자기연민에
결박되었다는 느낌을 주고 만다. 가령 「그리운 사람」을 보자. 이 시
는 '피마르는 투쟁'에 뒤따르는 육신의 고통과 외로움 속에 만난 한 여
성동지에 대한 그리움을 통해 '적의 손에 넘어간' 현재의 자신을 반추
하며 자기 결의를 다지는 시이다. 전반적으로 슬픈 어조 속에서 한 대
상에 대한 절절한 그리움을 토하면서 동시에 자신의 고통과 외로움과
회한과 불안을 아주 심각하게 토로하고 있다. 그러나 정작 거기 서 있
는 주인공은 이미 저만큼의 자리에 우뚝 선 채 결론을 알고 있는 사람
이다.

> 그러나 나는 나를 잘 알지 나는 나를 잘 알지
> 마지막 한 가닥 희망과 애착마저 툭, 끊어져
> 오직 홀로 남은 나 자신과 처절한 묵시의 투쟁 끝에 서면
> 나는 결국 죽음조차 의연하게 껴안을 수 있었지
> 그래 울지 말자 울지 말자 오늘은 통곡할지라도
> 자신을 저버리지는 말자 포기하지는 말자
> 시퍼런 슬픔의 심연 끝바닥에 다다르면
> 그래 나는 다시 서서히 솟아오를 수 있을 것이야
> 허허로운 눈빛으로 다시 솟아오를 수 있을 것이야

특히 '사형' '죽음'과 관련된 시들에서 이런 경향이 두드러진 것은 여
러모로 착잡한 느낌을 준다. 스스로를 노동계급의 상징물로 세워두고
개인적 실존의 고통을 통해 스스로에 대한 연민을 이야기하는 형상으

로 비치기 때문이다. 또한 「바람 잘 날 없어라」 「모과 향기」 「가다 가다가」 「나는 순수한가」 등은 독자들에게 진작 익숙해 있는 시로 다가온다. 그만큼 매너리즘화해버리지 않았나 의심된다. 의외로 상투적인 시틀에서 벗어나지 못하거나, 감정의 절제나 응축이 이루어지지 못하고 때로 어설프게 산문화되는 경향이 있다. 이를테면 「바람 잘 날 없어라」 「김밥 싸야지요」에서 볼 수 있는 낯익은 상투성, 「가다 가다가」에서 보여지는 낯익은 김지하류의 시풍 등이 이를 예증해준다. 또한 「나도 어머니처럼」보다는 솔직히 산문집 『민들레처럼』에서 어머니를 언급한 대목이 오히려 감동적이다. 그것은 곧 이 시가 시로써 제대로 응축되지 못하고 어설프게 산문화되어 있는 결과다. 그리고 위에 언급한 많은 시들의 시어를 살펴보면 유사한 시어들이 끊임없이 되풀이되고 있음을 볼 수 있다. 이러한 탓인지는 몰라도 1, 2부의 많은 시들이 비록 결론의 자기 결의를 통해 시 전체의 흐름을 주도하지만, 시 전체가 보여주는 정서는 대단히 불안하게 다가온다. 문제는 단순히 시 전체를 관통하는 논리적인 의미와 내용만이 아니라 문체나 리듬, 어조, 어휘의 선택과 결합방식, 그리고 이들의 상호작용에 의해서 형성되고 드러나는 분위기와 대상의 태도와 이것이 전반적으로 연관되어 있다는 사실이다. 3, 4부 시편은 차치하고서라도 『노동의 새벽』과 견주더라도 확실히 가슴을 후벼파는 절창의 시어와 시행, 그리고 그로부터 환기되는 명료한 이미지를 찾아보기 힘들다.

그런 점에서 작품의 실제적 성과는 일단 무시하고서라도 3, 4부 시편의 주선율을 이루고 있는, 현실의 객관적인 대상을 시적으로 직접 반영한 서정시들이나 시사시 형식은 급격한 주관화 경향이 이루어지면서 상당한 혼선이 이루어지고 있는 듯 보인다. 이는 시인의 주관적 존재와 객관적 존재로서의 양측면이 통일되지 못하고 시인이 주관적 존재로서의 측면으로 과도하게 경사되면서 나타나는 경향 때문이다. 다만 「그해 겨울나무」 같은 경우 이 양자가 상호 삼투되어 자기 내면성으로 적절히 융합되어 있다. (물론 1, 2부에도 3, 4부의 주된 시형식들

인 철저한 객관적 형상화나 시사시 형식이 간간이 섞여 있다. 그런 점
에서 이들 시편은 시적 변화를 살펴보는 데서는 더욱 효과적일지도 모
르겠다. 그러나 불행히도 이들 시편들은 오히려 3, 4부의 시편보다 훨
씬 더 흐트러지고 왜소해졌음을 지적하지 않을 수 없다.)

3

　이처럼 1, 2부 시편 상당수는 '무기수 박기평'이란 인물의 직접적인
감정과 표상의 언표들로, 감옥 속에서 느꼈던 직관과 감정을 노래한
시들이다. 이러한 시형태는 확실히 『노동의 새벽』 이후, 즉 이 시집
3, 4부의 시편에서는 찾기 힘들다. 아마도 많은 사람들은 이런 변화를
보고 박노해 시가 전혀 달라졌다고 말할지 모른다. 그러나 1, 2부 시
편의 본질을 그런 방향으로만 몰아가서는 아무런 해결도 이루어지지
않는다. 기본적으로 시, 특히 서정시라고 하는 것의 본질은 대상과 환
경의 총체적 세계를 '자신' 속으로 흡수하여 자신의 내면적 의식에 새
겨넣는 한편, 자아에 집중된 심중을 드러내며, 단순하고 막연한 감정
을 직관과 표상의 영역으로 끌어올리면서 이 내용에 언어를 부여한 것
이다. (헤겔) 말하자면 시인 내부의 정신은 대상의 객관성에서 벗어나
자신 속으로 침잠하여 스스로의 의식을 들여다보면서 사물의 외적 실
재가 아니라 마음의 경험을 통해서, 또는 관념적 성찰 속에서 현존하
는 사상을 표현한다. 그리하여 시인은 자신의 내면성 자체의 내용과
활동을 표현하려는 욕구를 시라는 것으로 채우는 것이다. 말하자면 내
면성의 표출이며 자아와 세계의 정서적 융합이다. 따라서 시, 특히 서
정시의 작품 내용은 시인의 주관성 자체와 이것과 연관된 개별화된 상
황과 대상들에 있다. 각자의 주관적인 판단과 즐거움, 찬양, 슬픔,
간단히 말해서 감정을 지닌 마음이 대상과 부딪치면서 이루어지는 정
서적 반응 속에서, 그리고 그런 반응을 통해서 자신을 자각하는 것이
기 때문에, 그 내용은 실제로 매우 다양하며 각양각색의 사회생활을

모든 방향에서 다룰 수 있게 된다.

　이런 점에 비추어 이 시집의 1, 2부 시편이 시 본령에 가깝고, 3, 4 부 시편은 그로부터 벗어난 별종의 형식이라는 식의 평가는 벗어나야 한다. 시는 기본적으로 시인의 내적인 감정과 표상이 그 중심이다. 그 래서 모든 것은 시인의 마음과 정신으로부터, 특히 그의 기분이나 그 가 처한 특수한 상황으로부터 출발한다. 따라서 시에 있어서는 시인 자신의 주관성의 깊이, 더 나아가 삶의 깊이가 핵(核)이다. 박노해 시의 변천동인 역시 바로 여기에 있다. 문제는 각기 그러한 삶에서 우 러나온 내면성이 자기 자신과 외부세계와 관계를 맺으면서 어떤 관심 과 폭으로 형상화되고 있는가, 그리고 그것이 현실적으로 올바른 의미 와 시적 성취를 담아내고 있는가를 살피는 일이다. 그런 점에서 박노 해가 『노동의 새벽』으로부터 시작하여 『참된 시작』 3, 4부 시편에 이르 는 시적 도정은 『노동의 새벽』 출현과 함께 우리 문학사에서 대단히 중요한 의미를 담고 있다고 생각한다. 3, 4부 시편은 확실히 보편적인 것, 다시 말해 현사회에 대한 보편적인 견해나 세계관의 실제적인 내 포 혹은 생활 속에서의 결정적인 관계에 대한 이해문제가 그 줄기를 이루고 있다. 이러한 점은 『노동의 새벽』에 견주어볼 때 확실히 개별 성이 약화되고 보편성이 강화된 형태이다. 그러나 시가 개별성의 영역 이거나 혹은 보편성의 영역이란 이해방식으로는 결코 해결되지 않는 다. 시를 포함한 문학, 더 나아가 예술이란 루카치가 말한 대로 참된 의미에서 특수성의 영역에 속한다. 문제는 매개적 중심으로서 특수성 이 엄격하게 확정된 중앙이 아니라 운동을 위한 하나의 공간이라는 점 이다. 따라서 하나의 문학작품이 추구하는 중심은 이 운동을 위한 공 간 내 어느 곳에나 위치할 수 있다는 사실이다. 그리고 그 위치는 예 술형식이나 장르, 그리고 개별 작가마다 상이하게 나타난다. 그런 점 에서 『참된 시작』 3, 4부 시편은 확실히 보편성에 가까운 곳에 그 중심 이 놓여 있다.

　문제는 이들 시편이 시인 특유의 시적 상상력에 의해 적합하게 만들

어졌고 그것이 진정 감정의 영역으로 들어가 감동의 선율을 울리고 있
는가이다. 그런 점에서 솔직히 3, 4부의 많은 시편은 슬로건주의의 혐
의가 짙다. 그것은 곧 이들 시편들이 가장 정확한 일반화와 법칙성을
직접 목표로 함으로써 특수성의 역할을 보조적인 매개수단으로 떨어뜨
린 결과이다. 가령 「무너진 탑」이란 시를 보자. 이 시가 가고자 하는
목표는 마지막 연에 집약되어 있다.

> 네 놈들이 짓밟고 치면 칠수록
> 시퍼런 칼날 되어 내가 일어서고
> 내 아내가 일어서고 우리 동지가 일어서고
> 이 공장 저 공단 전국의 노동자가
> 우뚝우뚝 일떠서 손을 치켜드는 날
> 공고한 자본가세상은 모래성처럼 무너져
> 피비린 총칼은 수수깡처럼 흩어져
> 끝내 한줌 먼지로 화하고 말 것이다.

　해고노동자인 '나'를 포함한 전국의 노동자가 모두 일어서는 날 공고
한 자본가세상은 모래성처럼 무너지리라는 이 일반화를 위해서 해고된
'나'가 어떻게 기능하는가. 그것은 사유의 일반법칙에 기대어 있다. 관
념적으로 선취된 이론의 상대적 일반화과정을 밟고 있다. 해고자 명단
에 이름이 박히던 날 인생은 무너졌다. 온몸을 던져 일했으나 적금도
깨지고 그리하여 내 집 꿈도 깨지고 모든 꿈도 깨져 "이제 더이상 무
너질 것 하나 없"게 된다. 그리고 투쟁을 통해 '이기주의 모래성'을 버
리고 일어서고 다른 해고자 동지들도 일어서고 그리하여 위에서 인용
한 마지막 연의 환희에 찬 결론에 도달한다. 이처럼 이 시는 개별자에
서 출발하지만 일시에 일반화에 힘입어 상대적 일반화과정으로 급격한
상승을 이룬다. "더이상 빼앗길 것이 없기 때문에 투쟁뿐이다"는 규정
에 기초하여 자본가세상의 끝장에 이르는 일반화의 과정 속에서 매개

중심으로서 해고자 개인의 특수성은 일시적으로 이용될 뿐이다. 「내 눈에 흙이 들어가기 전에는」에서 보이는 '나'와 '우리'의 거리 없는 직선적 연결도 그러하며, 또한 구체적인 개별자(신문배포자)의 행위를 둘러싼 글인 「배포자의 꿈」 같은 경우도 그 자신의 감정의 영역으로 승화되지 못하고 일반화된 결의의 연속으로 이끌어지고 있다.

그런 점에서 이러한 일련의 시편들은 확실히 직접 선전·선동을 목표로 하는 시라 할 수 있다. 박노해 자신은 이 무렵의 자신에 대해 다음과 같이 말한 바 있다.

나에게는 아직도 극복해야 할 '시적인 요소'가 남아 있었으며, 일인칭이 남아 있었고, 계급적 직관에만 의존하는 '추상성'과 '감성'이 과학적 사고를 가로막고 있었던 것이다. (중략) 나는 한 사람의 탁월한 노동자 시인이기에 앞서 철저한 조직운동가가 될 것을 요청받고 있었다. (「이 땅의 자식으로 태어나서」)

결국 시인이기에 앞서 조직운동가로서의 면모가 전면에 두드러지면서 나타난 현상이다. 따라서 그의 시가 투쟁하는 노동자를 시적 대상으로 삼아 그를 통해 과학적 전망에 근거를 둔 낙관성의 일사불란한 시를 분출해내고, 정치적인 문제들에 대해서 아주 상세한 견해를 표명했지만, 대신 시가 가지는 일차적 특질인 '나'를 통한 마음의 느낌과 시 표면을 이끌어야 할 '감성'이 사라지고, 오히려 감성을 통해 드러나야 할 '과학적 사고'나 '정치적 슬로건'이 전체 국면을 압도하는 형태가 돼버린다. 일반적으로 개별자와 보편자를 가장 잘 매개해주는 요소들은 행동·상황·인물 등이다. 시에 있어서도 특정한 인물과 행동과 상황이 설정될 수 있다는 점에서 이 요소들은 중요한 기능을 수행할 수 있다. 박노해의 시에 있어서도 실제로 그렇게 기능하고 있다. 그러나 시에 서사적 요소가 제아무리 많이 삼투해 들어가더라도 '시적인 요소'는 여전히 본질적이다. 이는 곧 하나의 시작품이 생동감있는 전형적

차원에까지 도달하기 위해서는 '지시'가 아닌 '환기'의 힘을 발휘해야
한다는 뜻이다. 소설에서와 같은 구체성이나 철학에서와 같은 논리성
을 시에 기대할 수는 없다. 하이데거의 말대로 "사상가는 존재를 말하
고 시인은 성스러운 것을 부른다." 그러나 불행히도 위의 시편들은
'자연스러운 환기'가 아닌 '직접적 지시'의 형태를 취하고 있다. 여기서
우리는 그람시(A. Gramsci)의 다음과 같은 말을 참고해볼 필요가 있
다.

> 정치가는 인간을 있는 그대로 바라보며, 특정한 목적을 달성하기 위해
> 서는 이러저러한 모습을 갖추어야 한다는 정도가 그가 인간에 대해 상상
> 하는 내용의 전부라고 할 수 있다. 그의 과제는 다름아니라 제시된 목표
> 를 집단적으로 성취할 수 있도록 하기 위해, 즉 목표에 '적응할' 수 있도
> 록 하기 위해 사람들을 분기시키고 현재의 삶을 박차고 과감히 떨쳐 일어
> 나도록 하는 데 집중된다. 예술가는 특정한 순간에 '존재하는 것(개별적
> 이고 비순응주의적인 것)을 있는 그대로', 필연적인 법칙에 따라 현실(주
> 의)적으로 묘사한다. (조형준 옮김, 『그람시와 함께 읽는 문화』, 새물결 1992,
> 39면에서 재인용)

시인 박노해가 아닌 정치가 박노해의 시선에 의해 만들어진 작품들
은 노동자의 대동단결에 의한 자본가세상의 타도라는 목표(그가 만든
슬로건 "가라 자본가 세상, 쟁취하자 노동해방"이 이를 집약하고 있
다)를 집단적으로 성취하기 위해 사람들을 분기시키는 선전·선동시
이다. 이를테면 「손을 내어뻗는다」 같은 경우 애초부터 '우리'라는 집
단의 손이 되면서 '거인의 손'으로 치솟아올라 강철주먹에서 강철피스
톤으로, '번쩍이는 총구'로 기계화되어버린다. (그런 점에서 한때 논란
이 많았던 박노해 시와 당파성 문제도 재검토해볼 필요가 있다. 박노
해 시에서 경향성, 혹은 당파성이 진정 어디에서 발원하는가 하는 질
문이다. 그것이 내용에 단순히 추상적·산문적으로 부착된 것인지,

아니면 소재 자체로부터 유기적으로 우러나오는 깊이있는 현실성을 가지고 있는지. 이들 시편들에서는 전자에 기생한 혐의가 짙다.)

3, 4부의 시편에서도 「머리띠를 묶으며」 「못생긴 덕분에」 「공장의 북」 「소를 찌른다」 「허재비」 등은 좀더 깊은 성찰을 요구한다. 이들 시편에는 숨길 수 없는 시인 박노해의 현실주의 시정신이 살아있다. 파업현장에서 머리띠를 묶는 행위를 통해 아주 빠른 속도로 그 집단성을 다양하게 변주하며 점차로 그 의미를 고양시켜나가고 있는 「머리띠를 묶으며」에는 의미, 내용과 리듬과 어조, 그리고 분위기와 정서 그 모든 것이 통일되어 있다. 말하자면 시인 자신의 지적·도덕적 노력에 의해 획득된 창조적 주관성은 파업현장에서의 머리띠를 묶는 행위가 가지고 있는 본질적인 규정들과 다양성의 통일을 함축하여 현실의 구체적 전체성을 환기하는 것이다. 루카치가 말한 시 한편에도 완결된 내포적 총체성이 있다는 것을 유추할 수 있는 시이다.

1연에서 파업이 시작되었음을 보여주면서, 2연부터 마지막 7연까지 마지막 구절이나 첫 구절에서 머리띠를 묶는 행위를 반복하는데, 여기서 다양한 변주가 이루어지고 있다.

    2연: "우리 모두 한가슴으로 머리띠를 묶는다"
    3연: "단호하게 머리띠를 질끈 묶는다"
    4연: "뜨겁게 머리띠를 함께 묶는다"
    5연: "떨리는 손길로 머리띠를 묶는다"
       "사무치게 하나로 질끈 묶는다"
    6연: "아 뜨거운 열망으로 머리띠를 묶는다"
       "피어린 투쟁으로 하나로 묶는다"
    7연: "머리띠를 질끈 묶으며"
       "결연한 투지로 비장한 맹세로／떨리는 손길로 머리띠를 묶는다"

머리띠를 묶는 행위를 이처럼 다채롭게 전환, 변주하는 것은 빠른 속도감을 유발하며, 4연까지 마지막 구절에 배치했다가 5연부터 연의 시작과 끝에 배치한 것도 분위기의 점진적인 고조를 유발하고 있다. 또 2연에서 공장 안에서의 구체적인 상황을 박진감있게 사실적으로 반영하는 데부터 시작하여 3, 4연에서 회사 내에서 노사간의 의미를 머리띠를 묶는 행위로 계급적 차원에서 그려나가다가, 5연에서부터 차차 '꿈과 미래' '벗과 친지와 이웃'으로까지 확대되어 '역사' '민족' '인류공동체'를 묶는 행위로까지 나아가고 있다. 특히 시 전반부에서 형상화한 것을 다시금 마지막 7연에 압축적으로 담아내면서 시 전체가 파문이 번지듯 확산되다 응축되는 완결된 내용의 형식을 취하고 있다. 실제로 머리띠를 묶는 행위는 아주 엄밀한 구체성으로부터 이루어진다. 머리띠를 양손에 펼쳐잡는 데서부터 시작하여 매듭지어 묶는 행위, 그리고 집단적 묶음을 보여주는 '함께 묶는다'로의 행위, 그리고 그 '함께'가 의미하는 바를 5, 6연에 펼쳐 보이면서 7연에 와서 다시 애초의 상황으로 되돌리는, 순간성 속에 함축되어 있는 하나의 과정과 본질을 유기적으로 펼쳐 보이고 있다.

이러한 점은 「공장의 북」에서도 마찬가지로 관철되고 있다. 또한 「못생긴 덕분에」 「허재비」 등은 위의 시편들과는 상이한 어조와 분위기를 보여주는데, 여기엔 각기 다른 노동자들의 삶이 감동적으로 나타나 있다. 대상을 바라보는 시인의 눈에서 발산하는 정서와 마음결이 개별 대상 속으로 삼투해들어가 융합했기 때문이다. 이를테면 「못생긴 덕분에」에서 보이는 능청스러울 정도의 넉넉한 해학과 풍자는 여성 노동자 스스로의 입으로 말하는 노동자적 인간관의 자연스런 표출이다. 또한 연탄가스로 죽은 여성 동거녀를 그린 「허재비」에서의 남성 노동자가 독백조의 사설로 풀어놓은 비장감은 노동자의 삶 자체에 다름아니다. 헤겔은 눈을 영혼의 고유한 기관으로 규정하였는데, 이는 영혼이 눈을 통해서 밖을 내다볼 뿐만 아니라 눈 속에서 스스로를 드러내 보인다고 생각했기 때문이다. 그릇이 큰 시인은 그만큼 '백안(白眼)의 거인'인 것이다. 3, 4부 시편에서 보이는 여러 종류의 인물과 사회적 현상에 대한 폭넓은 관심은 이 시인이 그만큼 깊은 영혼의 눈을 가졌다는 것을 반증해주며, 현실의 구체적 전체성을 표현할 수 있는 깊이를 가졌다는 것을 말해준다.

다만 3, 4부 시편에서 시인 박노해보다 정치가 혹은 조직운동가 박노해가 앞섬으로써 시적 형상화의 결핍이 드러나고, 때로 시를 훼손한 감이 없지 않다. 과학적 지식과 시적 진리는 분명히 상이한 과정을 밟게 마련이다. 그래서 횔덜린(J. Hölderlin)은 시인과 사상가는 다같이 존재의 거처(언어)의 파수꾼이지만, 그러나 가장 가까이 살면서도 가장 먼 봉우리에 거주한다고 하였다. 그런데 박노해에게서는 종종 정치적 목적의 과도성이 특정 현상 혹은 인물을 예증의 수단으로 활용하는 폐단을 낳기도 한다. 이런 정치적 목적의 과도성은 다른 한편으로 1, 2부 시편에서 곧잘 보이는 과도한 주관성과 결부되어 있다. 스스로를 어떤 자리에 선험적으로 위치시켰을 때 대상과의 거리는 생기게 마련이며, 그것은 시 내부에서 필연적으로 부조화를 낳게 마련이다.

4

우리는 박노해가 가지고 있는 체험의 깊이, 또한 그 누구도 따를 수 없는 치열한 지적·도덕적 노력, 그에 따른 창조적 주관성의 깊이, 이 모든 것을 농축한 시적 영혼의 눈을 대단히 소중히 생각한다. 실제로 80년대에 우리는 무수한 박노해 시의 아류들을 보아왔다. 그리고 그것이 유발한 심각한 폐해도 지켜보았다. 그것은 삶의 깊이에서 저절로 우러나오지 못한 외부로부터 주입된 시의 당연한 귀결이었다. 그러한 점에서 박노해는 그만이 할 수 있는 고유한 시의 몫이 있다. 특히 노동자의 눈으로 여타 시인들이 함부로 행하지 못한 광대하고도 높은 세계, 역사 속으로 움직여가는 노동자들의 세계를 그려내기를 다른 사람 아닌 그에게서 기대하는 것이다. 새 시대의 입김을 누구보다도 먼저 예감하며 시로, 삶으로 육화해나간 그였기에 기대는 클 수밖에 없다.

물론 박노해가 가는 길만이 우리 시가 나아갈 길이라고는 결코 생각하지 않는다. 우리네 땅덩어리가 커다란 산맥과 높은 산과 무수한 야산과 들판과 강과 개울이 한데 어우러져 국토를 이루듯이 우리의 문학, 시 역시도 마찬가지이다. 다만 우리가 박노해를 유달리 주목하는 것은 위대한 문학사적 인물들처럼 산맥의 형상으로 우리 문학사의 지도에 뚜렷이 떠올랐기 때문이다.

이번 시집의 편집후기에서 이시영(李時英)은 "『노동의 새벽』에서 「머리띠를 묶으며」에 이르는 길이 가파르고 급격했다면 이 시집의 3부와 4부에서 1~2부의 옥중시로 넘어오는 길은 더욱 깊고 아스라하다"고 했다. 이미 지적했듯이 필자 역시 같은 생각이다. 그의 시가 보여주는 지형(地形)이 골 많은 몇개의 산이 아닌 유장한 산맥으로 이어졌으면 하는 바람은 필자만의 것은 아니리라. 현재 시인 자신의 비극적 현실, 그리고 그 고통을 모르는 바 아니지만 오히려 역설적으로 우리는 그런 비극적 체험 속에서 솟구쳐나올 깊은 영혼의 샘물, 뜨거운 용암의 분출을 기다리고 있다. 그런 점에서 필자는 가장 최근에 발표된 산문 속의 다음과 같은 대목을 의미심장하게 받아들이고 있다.

에밀레종은 뼈아픈 내 침묵, 절필 이후에 새롭게 시작할 나의 시가 어떤 울림을 지녀야 하는지를 깨우쳐줍니다. 장중하면 맑기 어렵고, 맑으면 장중하기 힘든 법이건만 엄청나게 큰 소리이면서 이슬처럼 영롱하고 맑은 울림. 참된 시는 날카로운 외침이 아니라 그 누구도 거부할 수 없는 '둥근 소리'여야 하지 않겠느냐, 길고 긴 여운을 지닌 소리여야 하지 않겠느냐, 그런 울림은 에밀레종처럼 정중하면서 유려한 형태의 아름다움과 20세기 첨단기술로도 흉내내지 못한 불가사의한 과학성과 혼신의 공력으로 만들어지는 것이 아니겠느냐. (「삶의 대지에 뿌리박은 팽창된 힘」)

이 글이 원래 유홍준(兪弘濬)의 『나의 문화유산답사기』에 대한 서평 형식을 취하고 있어 다소간 칭찬의 과잉이 묻어 있을 수밖에 없다는 점을 인정하면서도, 거기에 짙게 밴 존재론적 혹은 신비주의적 혹은 민족주의적 내음만은 쉽게 지나쳐버릴 수 없다. 그러나 에밀레종에 비유하여 시의 앞날을 진술한 대목에 대해서는 동감하는 바가 많다. "엄청나게 큰 소리이면서 이슬처럼 영롱하고 맑은 울림". 시의 본질을 '울림'으로 파악하는 것은 앞서 지적한 대로 그의 시가 '환기'가 아닌 '지시' 형태였음을 감안하면 의미가 큰 진술이다. 정약용(丁若鏞)의 「오학론(五學論)」이란 글엔 이런 말이 있다.

춘추사물이 변화하는 이치를 깨달으며 하늘 땅 사이의 진리를 통달하고 만물의 정서를 두루 알아내어 그 지식이 내부에 쌓이고 쌓여 땅처럼 든든하고 바다처럼 포용력이 있으며 구름처럼 뭉치고 우레처럼 움직여 아무리 참을래야 참을 수 없게 되었을 때 비로소 발표를 하였다. 그러므로 그 문장의 힘이 때로는 파고들고, 때로는 부딪치고 흔들기도 하고 격동을 시키기도 하였다. 내부의 필연성이 있어 외부로 발표하였기 때문에 그 문장의 힘은 거대한 물결처럼 술렁거리고 번개처럼 번쩍거려 가깝게는 사람을 감동시키고 멀리는 하늘 땅을 움직이며 귀신을 느끼게 하였던 것이다.

그렇다면 '날카로운 외침'을 거부하며 그가 찾아나서고자 하는 '둥근 소리'란 무엇일까.

지난 시절 우리 진보진영은 '무엇을' '어떻게'에 집중해왔습니다. 그러나 지금은 '왜'라는 물음을, 과연 진보란 무엇인가에 대한 근본적인 물음을 던져야 할 때라는 생각입니다. 정답을 고르기보다 문제가 무엇인지를 찾아내는 태도, 전술과 조직개편과 전략적 사유에 머무르는 것이 아니라 철학과 문명에 대한 근본적인 탐구가 절실하다는 생각입니다. 자본주의도 사회주의도 그 한계와 모순을 너무도 분명히 드러낸 기술문명의 쌍둥이라는 점을 바로보아야 할 때가 아닌가 싶습니다. 한때 그렇게 생동감있던 자주·민주·통일·노동해방·진보라는 가치가 이미 민중의 삶속에서 딱딱하고 거북살스러운 이물질로 굳어져가는 현실을 지켜봅니다. 몇년 전의 소프트웨어가 거추장스러운 하드웨어로 되어버린 현실. 텅 빈 진보의 내용을 채워나갈 소프트웨어가 그 어느 때보다도 절박한 현실이 아닌가 합니다. 삶의 질을 높여내는 구체적인 요소들, 생활 속에서 절실한 가치들, '우리가 놓쳐온 작은 것들의 소중함'을 살려나가지 않으면 안됩니다. 그 작은 것들 속에서 거대한 운동들이 싹트고 있음을 꿰뚫어보지 않으면 안되지 않겠습니까.

우리는 앞서 그가 이미 기존의 사회주의에 대해서 비판적인 시선을 갖고 '참된 시작'의 길로 나섰음을 지적한 바 있다. 여기서는 그 모습이 보다 구체적으로 나와 있다. '무엇을' '어떻게'에 집중했던 것을 '왜'라는 근본적인 물음으로 되돌리는 자기부정의 변증법을 내보이면서 '철학과 문명에 대한 근본적인 탐구'를 절실한 과제로 제기하였다. 그러면서 그는 민중의 의식변화를 나름대로 진단하면서 '삶의 질' '생활 속의 절실한 가치' '우리가 놓쳐온 작은 것들의 소중함'을 새로이 태동하는 거대한 운동의 동력으로 제창한다. 그는 지금 인식의 거대한 확대와 작은 것에서부터 사랑을 싹틔우는 삶의 개조를 시도하고 있다. 그러나 아쉽게도 필자는 이 글에서도 역시 과도한 진동을 본다. 과연 우리가 '무엇을' '어떻게'에만 신경쓰고 '왜'와 '삶의 질'에 소원했기 때문에 실패했던가? 우리는 분명 새로운 단계에 진입한 것만은 사실이다. 그러나 주체적 역량의 부족에도 원인이 있지만 동시에 외적인 요인에 의해 떠밀렸다는 사실 또한 잊어서는 안된다. 과거의 것을 전면 부정하고 완전히 새로이 출발하는 태도만이 능사는 아니다. 우리가 가졌던 것이 진정 '텅 빈 진보의 내용'이었던가. 우리가 지금 해야 할 일은 과거에 보지 못했던 현실뿐만 아니라 새로이 조성된 현실, 그리고 변하지 않는 현실 등 객관적 현실 일체를 직시하면서 그로부터 '왜' '무엇을' '어떻게'를 통일적으로 일구어나가는 것이다. 자주·민주·통일·노동해방·진보라는 가치가 결코 민중에게 이물질이 되었다고 생각하지는 않는다. 그런 가치를 촉발할 우리의 내용을 민중의 현실 속에서 추출하여 민중과 실제적으로 결합하는 노력이 정작 필요하지 않을까.

체포 후 재판과정에서부터 최근의 간헐적인 시와 산문을 읽다 보면 극심한 동요의 흔적이 때로 엿보인다. 솔직히 말해서 최근의 박노해를 바라보노라면 위태로운 느낌이 때로 들기도 한다. 시집 『참된 시작』뿐만 아니라 산문집 『민들레처럼』에서도 내부의 글들간에 상호충돌하는 것이 많다. 그만큼 변화가 심하다는 사실을 말해주는 것이리라. 그러나 독자의 입장에서는 이런 상호충돌이 결코 바람직스럽지만은 않다. (이것이 일련의 발전적인 변화과정인지 동요의 반영인지는 좀더 세심한 고찰이 필요하다.) 그런 점에서 역설적으로 최근의 시에서 주목하고 싶은 것은 「침묵이 말을 한다」이다. 그는 "때로 침묵이 말을 한다"며 특히 "사람이 부끄러운 시대／이상이 몸을 잃은 시대에는／차라리 침묵이 주장을 한다"고 말한다. 그리고 뒤이어서 "아직 말을 구하지 못한 백치울음"으로 침묵을 규정하면서 그 의미를 이렇게 말한다. "그러나 살아 있는 가슴들은 알지／삶은 불을 잉태하고 있다는 걸." 그리하여

> 진실은 가슴에서 가슴으로
> 침묵 속에 익어가고 침묵 속에 키워지고
> 마침내 긴 침묵이 빛을 터트리는 날
> 푸른 사람들, 소리치며 일어설 것이다

고 예감하고 있다. 그러나 최근의 글을 읽다 보면 그의 침묵은 "침묵 속에 익어가고 침묵 속에 키워지고" 있는 것이 아니라, 그리하여 "긴 침묵이 빛을 터트리는" 것이 아니라, 너무 빨리 침묵이 말을 하고 있다는 느낌을 준다. 지금의 그와 유사했던 선배시인 김남주의 옥중시가 각별한 의미로 다가오는 것도 그 때문이다. 이에 대해 김사인(金思寅)은 계급론과 유물론이라는 혁명적 전망에 근거하고 있고, 또한 감

옥 속의 철저한 정신적 긴장은 오히려 높은 산에 선 것과 같아 한 손
에 잡힐 듯 명료하게 사람의 사는 일을 관념적으로 조감, 정돈하는 탁
월한 시편을 산출하였다고 말한 바 있다. 그러나 지금 박노해는 산봉
우리에 서 있는 것이 아니라 숲속에 있는 듯하다. 스스로 터를 잡고
은거하는 중인지, 아니면 산봉우리를 오르는 험난한 도정에 있는지는
아직 모르겠지만……

  그러나 그의 싸움이 지금 '뿌리 내리기'에 있기에 우리는 좀더 기다
려야만 한다. 그에겐 아직 봄이 오지 않았고, 아직은 언 땅속의 뿌리
를 보듬고 겨울을 나야 할 시간이 길기만 하다. 그가 피워낼 싹과 꽃
을 좀더 기다리면서 우리는 우리 앞에 놓인 민족문학의 가시밭길을 각
자 최선의 몸체로 헤쳐나가야 한다.

〔실천문학 1993년 가을호〕

ㅈ

임규찬 문학평론집

왔던 길, 가는 길 사이에서

1997년 12월 5일 초판 펴냄

지은이 임규찬
펴낸이 김윤수
펴낸곳 ㈜창작과비평사

121-070 서울 마포구 용강동 50-1
전화 718-0541 · 0542 (영업)
718-0543 · 0544 (편집)
716-7876 · 7877 (독자관리)
팩스 713-2403 (영업) 703-3843 (편집)
천리안 · 하이텔 · 나우누리 ID: Changbi
지로번호 3002568
등록 1986. 8. 5. 제10-145호

조판 동국전산주식회사
인쇄 대정인쇄공사

ⓒ 임규찬 1997, Printed in Seoul, Korea
ISBN 89-364-6301-2   03810

임규찬 문학평론집

왔던 길, 가는 길 사이에서

1997년 12월 5일 초판 펴냄

지은이 임규찬
펴낸이 김윤수
펴낸곳 ㈜창작과비평사

121-070 서울 마포구 용강동 50-1
전화 718-0541·0542(영업)
718-0543·0544(편집)
716-7876·7877(독자관리)
팩스 713-2403(영업) 703-3843(편집)
천리안·하이텔·나우누리 ID: Changbi
지로번호 3002568
등록 1986. 8. 5. 제10-145호

조판 동국전산주식회사
인쇄 대정인쇄공사

ⓒ 임규찬 1997, Printed in Seoul, Korea
ISBN 89-364-6301-2 03810